BASTEI
LÜBBE

Über den Autor:

Peter Berling, Jahrgang 1934, war zunächst als Produzent und Filmschauspieler bekannt. Mit seinen großen Grals-Epen DIE KINDER DES GRAL, DAS BLUT DER KÖNIGE, DIE KRONE DER WELT, DER SCHWARZE KELCH und mit seinem historischen Roman DIE KETZERIN gelang ihm nicht nur in Deutschland der Durchbruch, sondern auch der Sprung auf die Bestsellerlisten Frankreichs und Spaniens.

PETER BERLING

DER KELIM DER PRINZESSIN

Roman

BASTEI LÜBBE

BASTEI LÜBBE TASCHENBUCH
Band 15539

1. Auflage: August 2006

Vollständige Taschenbuchausgabe

Bastei Lübbe Taschenbücher in der Verlagsgruppe Lübbe

Originalausgabe

Einbandgestaltung: Atelier Versen, Bad Aibling
unter Verwendung von Bildern von: Francesco Venturi/
CORBIS, BILDARCHIV STEFFENS/Bridgeman Art Library
Satz: Kremerdruck, Lindlar
Druck und Verarbeitung: Ebner & Spiegel, Ulm
Printed in Germany
ISBN-13: 978-3-404-15539-2 (ab 1.1.2007)
ISBN-10: 3-404-15539-4

C’est accompli,
Elgaine de Bailliers –
Tant pis pour moi !

NEC SPE NEC METU

INHALTSVERZEICHNIS

DAS EINHORN

DER SALAMANDER IM FEUER

DIE SCHLANGE AUS DER TIEFE

PHÖNIX AUS DER ASCHE

DRAMATIS PERSONAE

DAS KÖNIGLICHE PAAR

ROGER-RAMON-BERTRAND TRENCAVEL
DU HAUT-SÉGUR, gen. ›Roç‹
ISABELLE-CONSTANCE-RAMONA ESCLARMUNDE
DU MONT Y SION, gen. ›Yeza‹

IHRE FREUNDE

WILLEM VON ROEBRUK,
gen. ›William‹, der Chronist (Franziskaner)
JALAL AL-SUFI, ein Derwisch
JOSHUA, gen. ›Josh der Zimmermann‹,
jüdischer Kabbalist
DAVID VON BOSRA, der Templer

MONGOLEN

HULAGU, der Il-Khan
DOKUZ KHATUN, seine (christliche) Frau
KITBOGHA, sein oberster Feldherr
(nestorianischer Christ)
DUNGAI, dessen Vertrauter, Feldhauptmann
SUNDCHAK, ein General
KHAZAR, ein Neffe Kitboghas, Unterführer
BAITSCHU, jüngster Sohn Kitboghas
ARSLAN, der Schamane

ANTIOCH

Bohemund VI., der Fürst
Sybille von Armenien, seine Frau
Guy de Muret, Beichtvater der Fürstin (Dominikaner)
Terèz de Foix, ein Vasall
Berenice de Tarascon, dessen Frau
Pons de Tarascon, deren jüngerer Bruder
Alais, muslimische Zofe der Fürstin

KAIRO

Qutuz, amtierender Mameluckensultan
Baibars (Emir Rukn ed-Din Bunduktari), sein wichtigster General, gen. ›Der Bogenschütze‹
Der Rote Falke, nom de guerre des Emirs Fassr ed-Din Octay, Sohn des letzten Großwesirs, als christlicher Ritter: ›Prinz Konstanz von Selinunt‹
Madulain, dessen Frau, eine Prinzessin der Saratz
Ali, Sohn des ermordeten Sultans Aibek, des Vorgängers von Sultan Qutuz
Naiman, Geheimagent des Sultans

AKKON/OUTREMER

GOTTFRIED VON SARGINES, Bailli des ›Königreiches von Jerusalem‹

THOMAS DE BÉRARD, Großmeister des Templerordens

HUGO DE REVEL, Großmeister des Johanniterordens

HANNO VON SANGERSHAUSEN, Großmeister des Deutschen Ritterordens

YVES DER BRETONE, Gesandter des Königs von Frankreich

MARIE DE SAINT-CLAIR, ›La Grande Maîtresse‹

KARL VON GISORS, ihr Bruder, Groß-Prior des Templerordens

LORENZ VON ORTA, ›Der Sekretär‹, (Franziskaner)

MARC DE MONTBARD, Komtur der Templer zu Sidon

JAKOB PANTALEON, Patriarch von Jerusalem

JULIAN VON SIDON UND BEAUFORT, Raubritter

JOHANNA VON ARMENIEN, seine Frau

HETHUM, König von Armenien, Vater von Sybille und Johanna

PHILIPP DE MONTFORT, Herr von Tyros

DAMASKUS/ISLAM

AN-NASIR, Sultan von Damaskus

CLARION VON SALENTIN, seine Favoritin

EL-AZIZ, sein Sohn

DER BAOUAB, sein Oberhofmeister

EL-KAMIL, Emir von Mayyafaraqin

BADR ED-DIN LULU, Atabeg von Mossul

KAIKAUS, Sohn des Seldschukensultans

ALP-KILIDSCH, dessen älterer Bruder

DAS EINHORN

EIN GESCHENK FÜR DEN IL-KHAN

DIE KARAWANE HATTE – um die Sümpfe im Südteil des Urmia-Sees zu umgehen – einen weiten Bogen geschlagen und war dabei tief in die Wüste geraten. Auch hatte man ihnen in Täbriz eingeschärft, die Nähe des Sees unter allen Umständen zu meiden, denn auf einer Landzunge in dessen Mitte würden die Mongolen gerade eine Zwingburg errichten, weniger um das Land zu knechten, als um die unermesslichen Schätze zu horten, die ihnen bei der Eroberung von Bagdad und Aleppo in die Hände gefallen waren. Es wimmelte von mongolischen Streifen, mehreren Hundertschaften, deren Aufgabe es war, die Sklaven zu bewachen und anzupeitschen, die im pausenlosen Strom das Gold heranschleppten. Um die Festungsanlage von Schaha herum hatten die Mongolen zudem einen ehernen Ring gelegt. Wer unbefugt innerhalb dieses Sperrbezirks angetroffen wurde, hatte sein Leben verwirkt. Er wurde auf der Stelle niedergemacht. Es war aber nicht die Sorge um ihr Leben allein, die jene Karawane aus Täbriz vom kürzesten Weg abgebracht und in die Wüste gedrängt hatte, sondern ihre absonderliche Schwerfälligkeit, denn wie einen riesigen Rammbock schleppten die achtundzwanzig Kamele eine gewaltige Teppichrolle, die zwischen den Tieren an breiten Gurten aufgehängt war. Je vier von ihnen schritten nebeneinander, und sieben solcher ›Gespanne‹ folgten einander dicht an dicht. Das Gewicht ihrer Traglast hielt sie zusammen und schob die Tiere vorwärts, ließ keinen Ausbruch, kein Einknicken zu, dafür sorgten schon die sie umschwärmenden Treiber. Die Beduinen auf ihren schnellen Reitkamelen waren vor allem bemüht, vorausschauend im steinigen Gelände den geeignetesten Weg zu finden, mit den geringsten Hindernissen, um den bedächtig sich dahinschleppenden Tross nicht zum Stillstand kommen zu lassen.

Denn auch abrupte Richtungsänderungen ließ die starre Last nicht zu.

So war es geschehen, dass sie sich mehr und mehr von ihrer ursprünglichen Marschroute entfernt hatten und bald nicht mehr wussten, wie sie ihren Kurs korrigieren sollten. Lagern inmitten der Wüste kam nicht infrage, die jetzt noch gleichmütig voranstapfenden Tiere brauchten Wasser. Die Beduinen, die sich und die Kamele bis dahin mit lauten Rufen angefeuert hatten, verfielen nach und nach in bedrücktes Schweigen, ihre Blicke richteten sich erst fragend, dann vorwurfsvoll auf den Ältesten, ihren Anführer, doch dessen Turban senkte sich zusehends immer tiefer, sich dem Unausweichlichen schließlich fügend. Stumm zog die Karawane ihres verlorenen Weges.

Keiner wusste später zu sagen, wer ihn zuerst gesehen, woher er gekommen. Die seltsame Gestalt, in einen weiten Mantel gehüllt, an dem Silberplättchen die Sonne spiegelten, Federn und Knöchelchen von Vögeln baumelten, schritt plötzlich vor der vordersten Viererreihe und lenkte sie, ohne ein Wort zu sagen, ohne einem der Tiere ins Halfter zu greifen, in eine neue Richtung. Dass die sonst so starrsinnigen Kamele ihm so willig folgten, mochte auch an der zotteligen Bestie gelegen haben, die sich hinter dem Fremden auf ihren Tatzen aufrichtete: ein ausgewachsener Bär, der seinem Herrn und Gebieter mit großer Selbstverständlichkeit folgte. Arslan der Schamane strahlte eine Ruhe und Zuversicht aus, der sich die Lastkamele viel schneller ergaben als die verstörten Söhne der Wüste. Als er schließlich der Karawane mit Sanftmut seinen Willen aufgezwungen und sie behutsam gewendet hatte, hob Arslan ebenso langsam seinen Arm und deutete zum Horizont, wo sich die Hügelkette erhob, die sie überwinden mussten. Im flirrenden Dunst der Hitze erblickten die Beduinen die Palmenwipfel einer Oase – zwar immer noch in einiger Entfernung, aber verlockend nahe, verglichen mit der hoffnungslosen Weite der Steinwüste, der sie gerade entronnen waren. Sie wagten nicht den seltsamen Alten anzusprechen, schon aus Furcht, er könnte sie wieder verlassen. Der Schamane schien der Karawane voranzuschweben wie ein guter *djinn*, selbst der hinter ihm herzottelnde Bär glitt über den harschigen Felsengrund, als sei es der glatte Wasserspiegel eines Sees. Da die Kamele dem neuen Führer bedingungslos und zügig folgten, hielten sich die Treiber – auf einen herrischen Wink ihres Ältesten – zurück und vermieden alles, was den Fremden und seinen pelzigen Begleiter stören könnte. In gebanntem Schweigen und gebührendem Abstand ritten sie hinter ihren Tragtieren her, nur ihr Anführer hielt seinen Blick fest auf die dicke Teppichrolle gerichtet, als habe er Angst, dass die kostbare Last sich plötzlich in Luft auflösen könnte. Diesen Zauberern aus dem fernen Osten war jeder teuflische Trick zuzutrauen! Wer weiß, ob dieser alte Hexer es nicht einzig und allein auf den ›Vater der Teppiche‹ abgesehen hatte? Doch weder der Schamane noch sein Bär drehten sich auch nur einmal nach dem unhandlichen Beweis exquisiter Webkunst um. Unbeirrt schritten sie auf den fernen Palmenhain zu, der nicht näher kommen wollte, obgleich die Beduinen schon das Wippen der grünen Wedel im leichten Wind deutlich wahrzunehmen vermeinten.

Lang zog sich der mühselige Marsch, und als endlich das ersehnte Ziel von Labsal und Schatten in greifbare Nähe gerückt schien, verblasste plötzlich das dunkle Grün der Palmen wie ein Trugbild, und übrig blieb ein Haufen unwirtlicher Felsbrocken in der vor Hitze glühenden Landschaft. Inmitten dieser trostlosen Einöde erhob sich neben einem von Steinen sorgsam eingefassten Brunnen ein ärmliches erdfarbenes Zelt, und davor saßen im würdevollen Schneidersitz zwei junge Menschen, die so wenig mit ihrer Umgebung gemein hatten wie der auf sie zutappende Bär. Erwartungsvoll und völlig furchtlos sahen sie den Ankommenden entgegen. Die Frau war unverschleiert und trug nicht einmal ein *hijab*, langes blondes Haar fiel ihr über die Schultern. Der Jüngling neben ihr wirkte eher wie ein schön gewachsener Knabe als wie ein Krieger, und auch die Art, mit der er das stolze Weib neben sich duldete, wies ihn in den Augen der Beduinen nicht gerade als geborenen Herrscher aus. Doch der ihnen voraneilende Schamane verneigte sich ehrfürchtig vor dem Paar und wandte sich um zu der Karawane. Der gleichmütige Trott der Kamele kam zum Stillstand, die Beduinen drängten sich neugierig, aber noch scheu und befangen vor.

»Lobt Allah, Euren Gott, und dankt ihm für die Euch erwiesene Gnade«, sprach Arslan mit fester Stimme. »*Ihmidu allah!* Neigt Euer Knie vor den Königen der Welt!«

Während die Beduinen noch verunsichert auf ihren Ältesten schauten, knickten die Kamele wie auf unhörbares Kommando die Vorderbeine ein und ließen dann langsam auch die kräftigen Hinterläufe folgen, die Teppichrolle berührte auf ganzer Länge gleichzeitig den Boden und kam zwischen den Tieren zu liegen. Da beugte der Älteste sein Knie vor Roç und Yeza, und alle seine Mannen taten es ihm nach.

»*Al hamdu lillah*, gepriesen sei Allah!«, rief der Mann. »Er ist groß und allmächtig!« Dann richtete er das Wort an den Schamanen. »Mir blutet das Herz, das erhabene Königliche Paar auf nacktem Felsengestein lagern zu sehen.« Er verneigte sich ums andere Mal. »Gestattet uns, den Kelim vor diesen Königen auszurollen, damit seine kühle Glätte ihre zarten Glieder umschmeichelt!« Er war sich so sicher, dass sein Vorschlag vollste Zustimmung erfahren würde, dass er seinen Leuten bereits das Zeichen gab, sich über die Rolle herzumachen, doch da sprang der Schamane mit Vehemenz zwischen sie, der Bär stieß ein drohendes Brummen aus.

»Untersteht Euch«, fauchte Arslan den erschrockenen Alten an, »diesen Teppich weltlicher Macht vor den Königen auszubreiten, deren Herrschaft allein die Stärke ihres Geistes bestimmt, kraft des Blutes, das in ihren Adern fließt!«

Die Beduinen waren eingeschüchtert zurückgewichen. Weniger als Entschuldigung als zur Erklärung seiner Heftigkeit wandte sich der Schamane Roç und Yeza zu, die keine Miene verzogen hatten. »Euer Erscheinen auf der Bühne dieser Welt, meine Könige, sollte nicht länger auf sich warten lassen«, beschwor er sie eindringlich, »doch der Pfad, den Ihr betreten müsst, ist schmal und dornig.« Er blickte den beiden in die Gesichter, in das von Yeza, über das jetzt ein wissendes Lächeln huschte, und in das trotzig fragende von Roç. »Hütet Euch vor dem bequemen Weg, der Euren Trieben und Launen entgegenkommt, der leichte Erfüllung Eurer Wünsche verspricht und Euch äußerliche Macht, billigen Ruhm und kleines menschliches Glück vorgaukelt – « Arslan hielt kurz inne, die Wirkung seiner Worte musste er nicht überprüfen, er spürte den Widerstand von Roç und die Skepsis von Yeza auch, ohne ihnen in die Augen zu schauen, dennoch sollte die Warnung nicht unausgesprochen bleiben. »Auf diesen Teppich setzt ungestraft keiner seinen Fuß. Hütet Euch vor dem Kelim, so verlockend er sich Euch auch andienen wird.« Der Schamane schien noch eine Steigerung seiner Beschwörung auf der Zunge zu haben, eine dunkle Bedrohung, die von der ungeöffneten Rolle ausging, die ihr innewohnte wie ein böser *djinn*, doch er schloss nun Mund und Augen. So wie er gekommen war, verschwand er auch.

Keiner der Beduinen konnte sich erinnern, dass er ihn und seinen Bären hatte davonziehen sehen. Arslan hatte sich in Luft aufgelöst. Roç und Yeza erstaunte das nicht. Der abrupte Abgang des Schamanen bewirkte zumindest, dass seine Worte einen Nachhall in ihren Herzen fanden. Seiner magischen Kraft konnten sie sich nicht verschließen. Sie erhoben sich als Könige und wiesen die Beduinen an, ihr Zelt abzubrechen und auf einem der Tragtiere zu verstauen. Mit größter Selbstverständlichkeit machten Roç und Yeza sich die Karawane dienstbar, indem sie solcherart ihren Willen bekundeten, dass sie mit ihr ziehen würden. Sie stellten sich nicht etwa in ihren Schutz, sondern übernahmen stillschweigend die Beduinen als ein vom Schicksal gesandtes, ihnen anvertrautes Gefolge. Der Erste, der das begriff, war der Älteste. Er bat Roç um die Erlaubnis, die Tiere aus dem Brunnen tränken zu dürfen. Danach trat die Karawane den Weitermarsch an.

WIE EIN MONOLITH stand ein einzelner Reiter auf einer Hügelkuppe in der Steinwüste. Unverkennbar ein Ritter des Westens. Das Visier seines mächtigen Helms war hochgeklappt, sein Blick schweifte über den Horizont des nordsyrischen Berglands. Er wartete. Seine Rüstung war ohne jeden Zierrat, sein Schild führte kein Wappen, auffallend war einzig das riesige Schwert im Seitengehänge seines Sattels.

Die Augen des Einsamen verengten sich. Über den zerklüfteten Konturen der ihm gegenüberliegenden Felswände blinkte vereinzelt kaum wahrnehmbares Glitzern auf. Er verharrte unbeweglich. Zu den jetzt deutlich erkennbaren stählernen Speerspitzen gesellten sich die hoch aufragenden fremdartigen Feldzeichen, Vogelschwingen, Schwanzbüsche von Wolf und Pferd, die ersten runden Kampfhauben wurden sichtbar, ihre bronzenen Pickel schoben sich voreinander, nicht länger zu unterscheiden. Endlose Kolonnen: Das Heer der Mongolen! Ein gewaltiges Bild, eine beklemmende, den Atem abschnürende Vorführung von unentrinnbarer, gesichtsloser Gewalt! Keine Kommandorufe ertönten, nur das Geräusch der schnaubenden Pferde war zu vernehmen, je näher sie rückten, das harte Scheuern von Leder, kaum das Klirren der Waffen. Stumm wie mit zusammengebissenen Zähnen schob sich die breite Mammut-Echse mit mächtigem Panzer über Klüfte und Zacken. Ein Lavastrom, der die Landschaft aufriss, unter sich begrub, das Gebirge selbst schien sich in Bewegung gesetzt zu haben. Versetzt gestaffelt die Blöcke von Hundertschaften, die sich mit der Disziplin von Raubameisen voranwälzten,Tausendschaften in ihrer erschreckenden, das wilde Land lähmenden Einförmigkeit, unterlegt vom Knirschen der Räder, Ächzen der hochrädrigen Karren mit den schwarzen Jurten. Das Stampfen der Hufe erzeugte kein Dröhnen, keinen Donner, aber die Erde erzitterte!

Furchtlos schweifte das Auge des Ritters über den sich dahinwälzenden Mahlstrom. Doch selbst in seiner Bewegungslosigkeit wirkte er menschlicher als dieser mechanisch vorwärts malmende Drachenleib aus Tausenden von Hufen und Stiefeln, Helmspitzen, auf den Rücken geschnallten Bögen und vollen Köchern. In diesem wogenden Lanzenwald öffnete sich jetzt ein frei gelassener Raum mittendrin: In pausenlosem Staccato mit eiserner Disziplin stetig vorangestoßen, glich er auf seltsame Weise dem magischen Geviert eines Tempelbezirks, dessen unsichtbare Einzäunung – von Zauberhand gezogen – von Mensch und Tier strikt geachtet wird. Das so ehrfurchtsvoll gehütete Heiligtum musste jenes überdimensionale Gefährt in seiner Mitte darstellen, eine prunkvolle Stufenpyramide auf Rädern. Dräuend auf hohen Stelzen, erhob sich über der obersten Plattform ein goldener Thron. Doch wie ein Käfig wirkte das kunstvolle Gehäuse, das diesen bedingungslose Anbetung, nahezu würdelose Unterwerfung einfordernden, ein merkwürdiges Dauern und Schauern erregenden Doppelsitz umschloss, ein fremdartiges unwirkliches Gebilde inmitten der graubraunen Kriegermasse, der mit ihren Pferden bizarr verwachsenen Kentauren. Weniger die geometrisch pedante Einhaltung des Gevierts erstaunte den einsamen Reiter, sondern das Verhalten der Dienerscharen, die in respektvoller Distanz rechts und links hastend, hechelnd mit dem Gefährt Schritt zu halten versuchten und jedes Mal, wenn es sie überholte, sich platt zu Boden warfen und im demütigen Kotau verharrten, bis das leere Throngehäuse – von vier Doppelgespannen gezogen – an ihnen vorübergewankt war.

Der Ritter wartete geduldig, bis der Block der mongolischen Heeresführung in Sicht kam – gut erkennbar an den größeren Zelten und den noch höher gereckten Insignien der Macht, dann ließ er sein Pferd gemessenen Schritts hinabsteigen. Viel anders wäre ihm auch nicht zu raten gewesen, denn in seinem Rücken waren längst Bogenschützen aufgezogen. Die stumm auf ihn gerichteten Pfeile ließen ihm keine Wahl.

Der Ritter wurde vor den kommandierenden General Sundchak geführt und stellte sich als ›Yves der Bretone‹ vor, ›Gesandter des Königs von Frankreich‹. Das beeindruckte den General wenig, geschweige denn das Begehr des Bretonen, vor den Il-Khan Hulagu persönlich gebracht zu werden. Yves musste sich in Geduld fassen, was ihm keinerlei Mühe bereitete. Die zu seinem Geleit abgestellten zwei jungen Mongolen, die derweil neben ihm herritten, denn das Erscheinen des Gesandten hatte mitnichten das Heer der Mongolen in seinem Vormarsch aufgehalten, flankierten den Fremden mit gewisser Scheu. Kaum konnten Khazar und Baitschu ihre Neugier gegenüber dem Gast zügeln. Vor allem dessen enorme Waffe, breit und lang wie ein Zweihänder, erregte mit leichtem Schauder ihr Befremden. Yves kam ihrer Wissbegierde durch herablassend gezeigtes Interesse entgegen. »Was hat es mit diesem Thron auf sich, dem so viel Ehre erwiesen wird?«, fragte er. Baitschu, der jüngere seiner jugendlichen ›Bewacher‹, konnte kaum an sich halten: »Dies ist der Thron des ›Königlichen Paares‹, von Roç Trencavel und der Prinzessin Yeza Esclarmunde!«

Der Bretone lächelte unmerklich. Er hatte die Frage nur gestellt, um völlig sicher zu gehen. Eine solche Monstrosität, nur um ihren Anspruch auf das Königliche Paar zu unterstreichen, konnte nur den Mongolen einfallen. Geradezu abgöttische Züge hatte die Verehrung des Steppenvolks für das Königliche Paar angenommen, je länger sich Yeza und Roç von der ihnen zugedachten Aufgabe entfernten. Die Mongolen kannten den ›Großen Plan‹ nicht – hatten wahrscheinlich noch nie von ihm gehört. Wieso auch? Er war eine derartig elitäre *conceptio*, dass nicht einmal ›der Rest der Welt‹, also das Abendland, sie ganz verstand – geschweige denn sie zu akzeptieren sich bereit gefunden hatte. Yves der Bretone war zwar kein ›Ritter des Gral‹, dessen hatte ihn die hochnäsige geheime Bruderschaft nicht für würdig befunden, und doch wusste er, der einfache Knecht des Königs, mehr über den Großen Plan als manch einer dieser feinen Brüder! Und er war gewillt, ihn durchzusetzen – auch wenn keiner es ihm dankte. Der Bretone war treu! Gegenüber seinem König Ludwig – und eben in allem, was das Königliche Paar anbetraf und dem hohen Ziel, das diesem vorgegeben war.

Unerbittlich und unbeirrbar zeigte sich der Bretone, und deswegen stand er jetzt auch hier.

Mit keiner Miene gab Yves zu erkennen, dass ihm die ›Kinder des Gral‹ und ihre Bestimmung seit ihrer frühesten Jugend durchaus vertraut waren, im Gegenteil, er stellte sich völlig unwissend. Das verleitete Khazar und Baitschu, den Neffen und den Sohn des mongolischen Oberbefehlshabers Kitbogha, dem Fremden bereitwillig von der Bedeutung des Königlichen Paares zu berichten, das zwar gerade nicht beim Heere weile …

»– auf unserem siegreichen Vormarsch ist es uns ›abhanden‹ gekommen«, räumte Khazar, der Ältere, ungehalten ein, »weil wir nicht genügend Acht gaben –«

»– weil wir es ihnen an Achtung fehlen ließen.« Sein jugendlicher Begleiter legte Wert auf den feinen Unterschied. »Die großmächtige Heeresleitung weiß nicht einmal«, setzte der Knabe

Baitschu noch naseweis hinzu, »wo Roç und Yeza sich zur Zeit aufhalten!«

Dem stämmigen Khazar ging die Plauderei nun doch zu weit, er fuhr Baitschu über den Mund. »Wir alle sind sicher, das erhabene Königliche Paar in Bälde –«

»– zu versöhnen?!« Der Knabe blieb renitent.

»– wieder seiner ›Bestimmung‹ zuführen zu können!«

Der kecke Baitschu konnte über diese protokollarisch korrekte Verbreitung von Zuversicht nur grinsen, hinter dem breiten Rücken des Älteren. Der Bretone fing den belustigten Blick – wider seine sonstige herbe Art, sich für menschliche Regungen empfänglich zu zeigen – mit einem wohlwollenden Hochziehen seiner buschigen Augenbraue auf. ›Bestimmung‹!? Yves lächelte gequält. Roç und Yeza wussten sicher nicht, was ihnen bevorstand – er, Yves, übrigens auch nicht. Vielleicht ahnten sie das Ungemach, das sie erwartete, und hielten sich deswegen versteckt – oder zumindest von den Mongolen fern. Würden sie erst einmal als Königliches Paar vom Il-Khan auf den Schild gehoben, als zukünftige Herrscher von ›Outremer‹, das die Mongolen mit Sicherheit sich zu unterwerfen gedachten, dann würden den jungen Königen schlagartig mehr erbitterte Feinde sich entgegenstellen, als Skorpione unter jedem Stein in der Wüste zwischen Tigris und Nil hockten! Zu bezweifeln war auch, ob die christlichen Barone des Königreiches von Jerusalem sonderlich erpicht auf eine solche »Oberherrschaft« waren – ganz zu schweigen vom Patriarchen, der Speerspitze der ›ecclesia catolica‹ Roms. Nicht einmal für den Orden der Templer wollte er, Yves, seine Hand ins Feuer legen …

»Niemand kann seiner Bestimmung entgehen«, murmelte der Bretone mehr zu sich selbst.

JERUSALEM WAR EINE WÜSTE STÄTTE. Seit eingefallene Choresmierhorden den letzten Überbleibseln christlicher Herrschaft noch zu Lebzeiten des großen Staufers endgültig den Todesstoß versetzt hatten, lag nicht nur die Stadt in Schutt und Asche, auch alles Leben schien aus ihr gewichen. Der ägyptische Souverän hielt es nicht einmal mehr für nötig, dort noch eine Garnison zu unterhalten. Lediglich einige Torwachen waren zurückgeblieben, sich selbst überlassen, sie lebten von der kargen Maut, die sie jedem abknöpften, der einen der offiziellen Zugänge zur Stadt in Anspruch nahm oder ihr zu entfliehen suchte.

Der Franziskaner William von Roebruk – das armselige Kloster des Ordens neben der Basilika des Heiligen Grabes war bis auf die Grundmauern niedergebrannt – hatte durch mächtige Gönner Zuflucht auf dem Montjoie gefunden, jenem Hügel, der frommen Pilgern den ersten beglückenden Anblick der glänzenden Kuppeln und trutzigen Türme des seligen Hierosolyma darbot wie himmlisches Manna. Das Schiff des den ›Berg der Freude‹ krönenden Wallfahrtskirchleins war eingestürzt, doch der wehrhafte Glockenturm – seines Geläuts längst beraubt – bot dem Minoriten eine sichere Bleibe, konnte er doch die zur Glockenstube hinaufführende Leiter jederzeit einziehen.

Für sein leibliches Wohl sorgte der alte Sakristan, der den angrenzenden Pilgerfriedhof in einen Gemüsegarten verwandelt hatte und sehr geschickt darin war, von den Stauden und Knollen angelocktes Getier in Fallen und Netzen zu fangen, auch streunende Hunde und Katzen gingen ihm arglos in die Schlingen – ebenso arglos wie sein einziger Kostgänger William die würzig angerichteten Eintöpfe begierig verschlang. Wer weiß schon, wie ein fetter Maulwurf oder gar ein Igel schmeckt, wenn ihr ausgelöstes Fleisch zwischen Rüblein und Kürbisgurken, Rettichwurzeln und reichlich Zwiebeln gar gesotten, mit Äpfeln, Feigen und Datteln und vielerlei Beeren versüßt, schließlich mit der Schärfe kleiner Pfefferschoten, wildem Thymian, einem Zweiglein Rosmarin, Oliven und gestampften Maronen wohlig abgerundet, einem hungrigen Magen dampfend vorgesetzt wird. Anfangs hatte der Franziskaner sich noch mit gelindem Argwohn an den Ingredienzien seines täglichen Mahls interessiert gezeigt, doch in die Töpfe gucken ließ sich Odoaker nicht, und was seine Rezepte anbetraf, war er keiner klaren Auskunft mächtig, sie hatten ihm die Zunge so weit herausgeschnitten, dass die Laute, die er von sich gab, weitaus eher dazu angetan waren, William den Appetit zu verderben, als etwa ein genaueres Wissen um die Herkunft der Speisen zu geben. Der Sakristan hätte gewiss keinen Hehl aus den Zutaten und der speziellen Zubereitung gemacht, war doch William der einzige Mensch, dem er sich mitteilen konnte. Wie gern hätte er ihn an dem Gedeihen seines Gärtleins teilhaben lassen oder ihn mit den Listen und Tücken der allfälligen Jagd vertraut gemacht, die zur Vervollständigung des Küchenzettels vonnöten waren.

Odoaker war mit Recht stolz auf seine Küche. Sein Lohn bestand seit langem aus dem Privileg, dass William ihm jeden Tag das vorlas, was er in seiner Turmstube zu Pergament gebracht hatte. Er musste es dem wissbegierigen Sakristan täglich vor dem späten Mittagsmahl, dem einzigen des Tages, zu Gehör bringen, sonst gab es nichts zu essen. An der Reichlichkeit, mit der er seinen Napf gefüllt bekam, mochte der Schreiber zudem ermessen, wie weit er die Erwartung seines einzigen Zuhörers getroffen hatte. Doch auch William profitierte von dieser Symbiose zwischen Kochkunst und der handwerklichen Leistung, die ihm aus der Feder fließen musste. Odoaker gab mit starker Mimik und gelegentlichem Röcheln, Husten und heiserem Bellen seinem Gefallen unmissverständlich Ausdruck, lauschte auf besondere Art schweigend, wenn die Spannung auf ihn übergriff, und schämte sich auch keiner Tränen, wenn das Geschehen ihn tief berührte, oder gackernder Lachstöße, wenn er seinen Spaß hatte. Nicht besonders häufig, aber schon einige Male hatte William seinen Text überarbeitet, wenn Odoaker sichtlich gelangweilt war oder ihn verständnislos anglotzte. Der Sakristan war für den Skribenten ein idealer, weil stummer Lektor. Dass William ihm die Seiten nicht einfach zum Lesen gab, lag an der furchtbaren Klaue des Franziskaners, der seine Pergamentseiten so hastig und eng mit Schriftzeichen zu bedecken pflegte, dass er sie kaum selbst zu entziffern imstande war. Und doch bildete diese von beiden Seiten sehnlichst erwartete Köchelstunde, in der die Schwaden verheißungsvoll dem Deckel des Topfes entwichen und Williams immer weiter vorangetriebener Erzählfluss den Odoaker umwaberte, ins Traumreich fremder Welten versetzte, in wilde Abenteuer voll mit Rittern und schönen Frauen, in denen der gedrungene Franziskaner mit seiner recht beachtlichen Wampe und seinem schütteren, rötlichen Haarwuchs nicht selten den strahlenden Helden spielte, längst auch für William den einzigen Moment einer menschlichen Begegnung in der Einsamkeit des Montjoie. Nur noch selten verirrten sich mutige Pilger auf den Hügel – und wenn sie ihn erklommen, dann nur, um schleunigst weiterzueilen, dem verheißungsvollen Ziele eines heiligen Grabes entgegen. William hatte sein Faktotum im Verdacht, die frommen Reisenden gezielt in Augenblicken solcher Glückseligkeit um ihren Proviant zu erleichtern, denn an Tagen derartigen Besuches gab es oft harten Käse oder geräucherten Speck, Kostbarkeiten, die Odoaker nun mal nicht herzustellen in der Lage war. Auch die Hühner – wenn sie der Fuchs nicht holte – warfen höchst selten die unverzichtbaren Zutaten für einen leckeren Eierfisch ab, und der Holzofen wurde nur sonntags angefeuert, die erhofften handtellergroßen Fladen von grobschrotigem Gerstenbrot blieben meist entweder ungare, klebrige Kleiebatzen, oder sie waren bereits verkohlt, wenn der Bäcker sie aus dem verrußten Loch zerrte. Heute war Sonntag, und im Topf schmurgelte ein Pilzgericht …

Aus der Chronik des William von Roebruk

… schnell zeigte sich der Pferdefuß, die zugedachte Aufgabe geriet zur Bürde des Gewissens, unvereinbar mit dem Selbstverständnis der jungen ›Friedenskönige‹ Roç und Yeza. Die Mongolen sahen sie als ihren verlängerten Arm, die eiserne Faust der Unterdrückung unter einem verzierten Kinderhandschuh aus weichem Lammleder verdeckt. Als Roç und Yeza die grausame Vernichtung ihrer Freunde miterleben mussten, gipfelnd in der sinnlosen Zerstörung des Wunderwerks von Alamut, kehrten sie den Mongolen abrupt den Rücken, weigerten sich fortan, willige Figuren in deren Spiel abzugeben. Mit meiner Hilfe, was mich um Stab und Hut eines Patriarchen von Karakorum brachte, flohen die beiden nach Jerusalem, versuchten auf eigene Faust zur Erkenntnis zu gelangen, welches

Schicksal ihnen bestimmt, wie die Verheißung zu erfüllen sei, die mehr und mehr unheilvoll auf ihnen lastete. Sie forderten den Gral heraus, der sich ihnen nicht zeigen wollte. Der schwarze Kelch, aus dem sie trotzig tranken, brachte uns allen, die wir uns zu Jerusalem um sie versammelt hatten, nur schlimmes Unheil, nur wenige der Getreuen überlebten den Sturm des Bösen, der losbrach. Roç und Yeza verschwanden, wie verschluckt von der dunklen Wolke entfesselter Macht des Demiurgen. Noch immer weine ich ihnen nach, meinen beiden Königen … Leer und sinnlos will mir das Dasein nach ihrem Fortgang erscheinen, alles würde ich drangeben, auch mein törichtes Leben, wenn ein solch geringes Opfer sie denn zurückholen könnte in eine Welt, die ihrer so sehr bedarf, so wie ich damals ohne jedes Zögern ihnen zu folgen versuchte, bereit, mit ihnen zu sterben, zu verderben, doch wurden sie meinem Auge für immer entzogen –

DER TAG NEIGTE SICH schon dem Abend zu, als Roç und Yeza an der Spitze der Karawane wenig abseits vom Weg das Kamel erblickten, am Boden hingestreckt und an den Hals des Tieres geklammert einen Menschen. Beide schienen am Rande völliger Erschöpfung durch Hitze und Durst, allerdings verriet der sich noch schwach hebende und senkende Bauch des Tieres, dass zumindest noch nicht alles Leben aus ihm gewichen war. Doch auch der Mann hob beim Näherkommen der ersten Beduinen mühsam sein vom verrutschten Turban verdecktes Haupt, um es dann gleich wieder mit dramatischer Gebärde auf den gestreckten Hals des liegenden Tieres sacken zu lassen. Die Reiter der Vorhut, denen es oblag, der schwerfälligen Transportkarawane den geeigneten Pfad zu weisen, blickten fragend auf das Königliche Paar. Aus eigenem Antrieb sahen sie in der Begegnung kaum Anlass, das mechanische Vorwärtsschreiten der Kamele mit der Teppichrolle aus dem mühseligen Trott zu bringen.

Roç hob den Arm. Das Zeichen zum Halt wurde befolgt. Die Tiere, die den zusammengerollten Kelim trugen, knieten auf der Stelle nieder und übergaben ihre Last dem steinigen Boden. Zwei der Beduinen stiegen ab und traten, sichtbar unwillig, zu der störenden Gruppe am Rand des Weges. Unsanft zerrten sie den Mann hoch. Sein bartloses Gesicht war blutverschmiert, den Grund erkannten Roç und die Umstehenden sofort, die Halsschlagader seines Tieres wies eine hässliche Schnittwunde auf, wie ein Vampir hatte sich der Verdurstende des Lebenssafts bedient. Nicht nur dieser Gedanke stieß Yeza unangenehm auf. Als das geopferte Kamel jetzt seine großen Augen noch einmal auf sie richtete, bevor es ermattet seine Beine von sich streckte, fiel ihr Blick auf das Gesicht des Mannes – und das gefiel ihr noch weniger. Etwas Stechendes lauerte in seinen Augen, außerdem schielte er auf eine unverzeihliche Art. Dass er auch noch sein eines Bein hinkend nachzog, als die beiden Beduinen ihn jetzt vor Roç und Yeza führten, wunderte sie schon gar nicht mehr. Sie war diesem Menschen in ihrem Leben schon einmal begegnet, da war sie sich sicher, und die Umstände waren höchst unguter Natur, nur entsann sich Yeza nicht mehr, bei welcher Gelegenheit. Roç schien von jeglichen Reminiszenzen frei zu sein, zumindest gab er sich völlig unbefangen, er ging auf in seiner Feldherrnrolle, die mit dem Heben der Hand begonnen hatte – woraufhin die gesamte Karawane zum Stillstand gekommen war –, und setzte sich jetzt fort, indem er den Geborgenen keines Blickes würdigte, sondern mit generös wegwerfender Geste den Beduinen überließ.

Yeza betrachtete das sterbende Kamel. Sie musste sich beherrschen, nicht abzusteigen und es zu umarmen. Ein Zittern lief durch den Leib des Tieres, dann war es von seinem Leiden erlöst.

Der feurige Sonnenball näherte sich dem Horizont der hinter ihnen liegenden Wüste. Sie waren bereits zuvor in die Geröllhalden einer sich vor ihnen auftürmenden Gebirgskette eingestiegen, deren Überwindung noch vor ihnen lag. Sie heute noch in Angriff zu nehmen, verbot sich schon angesichts der schroffen Klippen, deren blauschwarze Schatten bedrohlich schnell wuchsen. Roç erteilte den Befehl, das Nachtlager aufzuschlagen.

Dass es sich bei dem Geretteten nicht um einen Sohn der Wüste handelte, war auch den Beduinen klar, deren Anführer sich des Mannes angenommen hatte, nachdem das Königliche Paar kein weiteres Interesse an ihm zeigte. Von seiner Kleidung her zu schließen, war er sicher ein Städter, und wahrscheinlich auch kein Araber, wenngleich er den Dialekt der Kurden gut beherrschte. Er gab sich als Kaufmann aus, der unter Räuber gefallen sei, grad' sein Leben habe er dank des treuen Reittieres retten können. Der Ton von Betroffenheit, ja Trauer über den Verlust, versöhnte die ihn umringenden Beduinen, und sie drangen nicht weiter in ihn. Er war ihr Gast.

In Wahrheit stand der hinkende Naiman in ägyptischen Diensten, war Spion der Mamelucken, die dringend in Erfahrung zu bringen wünschten, welches die nächsten Schritte der Mongolen sein könnten, vor allem, welche Absichten sie bezüglich des Sultansthrones von Kairo hegten. Dass sich der Il-Khan Syriens bemächtigte, war vorerst nicht mehr zu verhindern, doch damit wurden diese unersättlichen Eroberer zu Nachbarn, deren Gefährlichkeit – im Gegensatz zu den verstrittenen Ayubitenherrschern von Homs, Hama und selbst Damaskus – nicht zu unterschätzen war. Naiman hatte das Vorwärtsdrängen dieser Kriegswalze beim Fall von Aleppo miterlebt, wo es ihm nur mit knapper Not gelungen war, seine eigene Haut zu retten, indem er sich unter das Gefolge des Gouverneurs schmuggelte, dem wider alles Erwarten freier Abzug gewährt wurde. In Aleppo hatte er auch zum ersten Mal – nach langer Zeit – von dem ziemlich unglaubwürdigen Gerücht über das Wiedererscheinen des Königlichen Paares gehört. Er, Naiman, hatte Roç und Yeza seit den turbulenten Ereignissen von Jerusalem und ihrem Verschwinden in jenem Sandsturm nicht für verschollen, sondern für tot gehalten und dies beruhigende Ergebnis auch nach Kairo gemeldet. Dann verdichteten sich die Hinweise, sie seien in Kurdistan gesichtet worden, und er hatte sich auf den Weg gemacht, denn es war ihm äußerst peinlich, seinem Herrn, dem Sultan, eine Falschmeldung geliefert zu haben, dazu eine von solcher Tragweite. Da verstanden, wie er wusste, die Mamelucken keinen Spaß, weder Sultan Qutuz noch sein Generalissimus Baibars »der Bogenschütze«! Falls Roç und Yeza tatsächlich noch unter den Lebenden weilten und er, Naiman, seinen Kopf retten wollte, dann musste er dafür sorgen, dass seine voreilige Nachricht sich schnellstens bewahrheitete! Naiman hatte lange genug die intrigengeschwängerte Luft der Paläste von Kairo geatmet, um nicht genau zu wissen, was die Mameluckenherrscher angesichts des Königlichen Paares in heftige Besorgnis versetzte. Sollten Roç und Yeza in einem zweifellos genialen Schachzug der Mongolen – das musste er neidlos anerkennen – in Syrien auf den Thron gehoben werden, dann würde das nicht nur eine Stärkung – weil Befriedung! – des christlichen Königreiches bedeuten, sondern es bestand auch die imminente Gefahr, dass die versprengten und oftmals untereinander verfeindeten Ayubiten, diese nichtsnutzigen, aufrührerischen Nachfahren des großen Saladin, sich unter solch lockerer Oberherrschaft vereinten, mit den fränkischen Baronen Frieden schlössen und gemeinsam mit den Mongolen sich gegen Ägypten wenden würden. Einer derartigen, geballten Übermacht hätten dann die Mamelucken – in den Augen vieler Ayubiten immer noch dreiste Usurpatoren der Macht am Nil! – wenig entgegenzusetzen. Also musste dieses unheilige, aber leider charismatische Königliche Paar vom Schachbrett gefegt werden. Und zwar unverzüglich!

Nun war der hinkende Agent kein Mann der Tat im Sinne der zupackenden eigenen Hand. Selbst einen todbringenden Dolchstoß zu führen war ihm zuwider, allenfalls Gift war für ihn vorstellbar, aber lieber ließ er auch solche Handreichungen von anderen besorgen. Naiman war ein geborener Intrigant, er liebte das aufregende Spiel, Fallen zu stellen und Netze auszuwerfen, in denen sich die Leute verfingen, die dann willig das taten, was er ersonnen. Dabei war er keineswegs feige, im Gegenteil, er scheute keine noch so prekäre Situation und vergnügte sich, in den abenteuerlichsten Verkleidungen aufzutreten und durchaus sein Leben zu riskieren, um sein Ziel zu erreichen. So hatte er tagelang in der Wildnis gelauert und wäre tatsächlich beinahe elendiglich verdurstet, bis er endlich die Karawane aus der Wüste auftauchen sah. Stunden hatte er in der glühenden Sonne gelegen und nicht ohne Not das

Kamel zur Ader gelassen – immer in der Sorge, die Karawane aus Täbriz könnte im letzten Moment einen anderen Weg einschlagen. Naiman war zäh, er vertraute keinem mehr als sich selbst, weswegen er auch viel Mühe und viele Geschenke aufgewandt hatte – das Umsichwerfen mit Goldstücken hätte ihn verdächtig gemacht und höchstens die Aufmerksamkeit von Räubern erregt –, um alle Reisenden aus dem Nordosten eingehend zu befragen, bis er schließlich in Erfahrung gebracht hatte, dass die Gesuchten sich wahrscheinlich einer Teppichkarawane angeschlossen hätten, die ein Geschenk für den Il-Khan mit sich führte.

Seine Ausdauer war belohnt worden: Roç und Yeza lebten also noch, so ärgerlich es ihm war, wenigstens dieser Zweifel war nun ausgeräumt! Dass die beiden ihn nicht wiedererkannten, verschaffte ihm eine zusätzliche Befriedigung, seine Tarnung war eben perfekt! Jetzt musste er nur noch diese Beduinen dazu bringen, das Königliche Paar als Bedrohung anzusehen, er musste sie gegen Roç und Yeza so aufhetzen, dass sie zu ihren Dolchen griffen – oder die beiden zumindest barfuß in die Wüste jagten, wo sie dann grässlich umkommen würden …

MELDEREITER PRESCHTEN VOR. Das Heer der Mongolen fächerte weit auseinander, kaum, dass die Vorausabteilungen die Ebene erreicht hatten, während die Nachhut im Abstieg innehielt und absichernd die Berghänge besetzte. Die Kriegsmaschine kam zum Stehen.

Yves der Bretone hatte sich im Gefolge Kitboghas einreihen müssen und wurde erst zum Oberbefehlshaber vorgelassen, als dessen Zelt in Windeseile aufgeschlagen war. Der französische Gesandte konnte nicht umhin, diesem reibungslosen, präzisen Mechanismus insgeheim Bewunderung zu zollen. Denn das alles geschah in größter Schweigsamkeit, kaum, dass Kommandorufe zu hören waren. Die Befehle wurden durch Flaggensignale weitergegeben, ebenso wie ihre erfolgte Ausführung stumm zurückgemeldet wurde. So erging auch die Aufforderung an die ›Bewacher‹, den Gesandten jetzt zu dem berühmten Kriegsherrn zu geleiten.

Kitbogha, für die meist kleinwüchsigen Mongolen ein Hüne von einem Mann, mit bartlosem bronzefarbenem Gesicht, das in seiner gutmütigen faltigen Fleischigkeit den Bretonen an die riesigen Hütehunde rund um das Kloster des heiligen Bernhard auf der Passhöhe in den Seealpen erinnerte, empfing den Gast im kurzärmeligen Wams vor seinem Zelt und bot ihm als Willkommenstrunk nicht – wie zu erwarten – Kumiz an, sondern einen Becher Wein. Yves achtete beim Betreten des Zeltes sorgsam darauf, nicht auf die Schwelle zu treten, was den Mongolen als böses Omen galt und unerfreuliche Folgen zeitigen konnte. Dem Bretonen lag nichts daran, wegen eines solchen *faux pas* seinen Kopf zu verlieren, und so saßen sich die beiden Herren nach Austausch der üblichen Begrüßungsfloskeln endlich gegenüber und fixierten sich mit freundlichem Lächeln. Yves selbst war hager von Gestalt, sein Schädel kantig und seine Züge scharf geschnitten wie die eines Greifvogels. Das Auffälligste an ihm waren seine überlangen, muskulösen Arme, und da er seinen kräftigen Brustkorb meist vornübergeneigt hielt, wirkten sie wie die eines Primaten. Dass er sich der physischen Bedrohung, die von ihm ausging, im Innersten schämte, war höchstens aus den tieftraurigen Augen zu schließen. Er war kein schöner Mann und keiner, der in seinem Kriegerdasein viel Liebe empfangen hatte.

»Wisst Ihr«, eröffnete der alte Feldherr seufzend das Gespräch, »wo wir die Kinder finden können?« Kitbogha erwartete eigentlich keine Antwort und fuhr fort. »Ihr Fehlen durchkreuzt den Plan unseres Herrscherhauses, sie als Friedenskönige in dem Teil der Welt einzusetzen, dessen Eroberung jetzt vor uns liegt.«

Dem Bretonen lag jetzt nicht daran, die Vorgaben des Il-Khan als solche infrage zu stellen, obgleich die Mongolen von der, seiner Meinung nach irrigen, Vorstellung ausgingen, dieser ›Rest der Welt‹ würde sich ihnen willig unterwerfen. So griff er lediglich die Eingangsfrage auf, die Kitbogha wohl nur als vorübergehendes Missgeschick betrachtete: Das ›verschwundene‹ Königliche Paar.

»Es gibt im Leben von Roç und Yeza nur eine Figur, die Ihr immer wieder an ihrer Seite finden werdet, das ist dieser William von Roebruk!« Yves ließ keinen Zweifel über seine Wertschätzung des Minoriten aufkommen. »Der Franziskaner ließ sich noch nie lange abschütteln, er hängt ihnen an der Kehle wie ein Frettchen dem Kaninchen! Besorgt Euch also William, und heftet Euch an seine Hacken. Er wird Euch über kurz oder lang zu den Gesuchten führen.«

Seinem Gegenüber schien die Vorgehensweise, das Einspannen einer solchen Person, weder zu behagen noch dem Selbstverständnis von der Macht der Mongolen angemessen. »Ich hatte eher an Arslan den Schamanen gedacht«, ließ er seinen Besucher wissen, »der bewies schon oft ein magisches Gespür im Auffinden seiner Zöglinge«, erklärte er nicht ohne Stolz. »Seine Fähigkeit, mit ihnen Verbindung aufzunehmen, sollte uns schneller ans Ziel bringen –«

»Und was hindert Euch, diesen genialen Schamanen längstens mit der Aufgabe betraut zu haben?!« Yves mochte seinen Spott nicht verbergen.

»Wir wissen nicht, wo er sich zur Zeit aufhält.« Kitbogha war ein mächtiger Mann und konnte es sich leisten, behebbare Schwächen im strategischen Konzept offen zuzugeben. »Der Il-Khan, der erhabene Hulagu, und die Dokuz Khatun erwarten Euch«, verkündete er gelassen und erhob sich.

ODOAKERS SCHLUCHZEN richtete das Augenmerk Williams auf den irdenen Topf mit den Pilzen. Es roch angebrannt. Statt den vor Rührung zerfließenden Sakristan deswegen mit Vorwürfen zu überhäufen, zerrte der hungrige Mönch kurzentschlossen das Gefäß vom Feuer, und bald darauf schon löffelten die beiden Einsiedler vom Montjoie ihr Mahl, tunkten ihr ausnahmsweise knuspriges Gerstenbrot in den würzigen Sud und schmatzten unter Tränen um die Wette. Schnell versöhnt mit seinem Schicksal glitt der Blick des Franziskaners über das selig leuchtende Jerusalem im warmen Licht der Nachmittagssonne. Ein dürres Männlein kam den Pfad heraufgeschritten, der sich von der Ruine des Kirchleins hinabschlängelte zur Stadt. Es handelte sich um keinen heimkehrenden Pilger, William erkannte den rüstigen Alten sofort. Es war der *secretarius venerabilis*, der Generalbevollmächtigte der geheimnisvollen Bruderschaft, die den Minoriten William von Roebruk unter ihre Fittiche genommen hatte -- unter ihre Fuchtel! Der Alte war ihr Sprachrohr. Aus den Reihen seiner anonymen Auftraggeber die einzige Person aus Fleisch und Blut, die William je zu Gesicht bekommen hatte, aber sein Wort galt! Lorenz von Orta gab sich zwar – nach seinem Habit zu schließen – ebenfalls und immer noch als schlichter Franziskaner, doch wenn Bruder William sich gelegentlich der Sünden des Fleisches zeihen musste, dann waren es beim Herrn von Orta gewiss die eines notorisch ketzerischen Geistes, und die wogen schwerer! Doch solche aufsässigen Gedanken behielt William lieber für sich! Leichten Fußes erklomm der silberhaarige Greis die letzten Stufen. William kratzte schnell den Rest seines Pilzgerichts in der Schale zusammen, wischte sie mit dem Brot aus und stopfte alles hastig schlabbernd ins Maul, nicht, dass er sich schämte, sondern weil er ungern sein karges Mahl mit dem Bruder teilte. Franziskaner sind immer hungrig!

»Pax et bonum!«, grüßte Lorenz mit überlegenem Lächeln den Mampfenden, der den Gruß mit vollem Mund nicht erwidern konnte. Ohne zu fragen, ließ sich der Herr von Orta am Tisch nieder und nahm einen Schluck Wasser aus Williams Becher. »Wie weit ist deine Totenklage gediehen?«, erkundigte er sich wenig mitfühlend bei William, um dann gleich mit der Tür ins Haus zu fallen. »Noch solltest du an dich halten, den Gegenstand deines wehleidigen Nachrufes in Tinte und Tränen zu ertränken: Das Königliche Paar soll im Norden des Landes gesichtet worden sein.«

»Wie das!?«, prustete William ungläubig, er hatte sich verschluckt, und er war empört. »Ich hab sie doch mit eigenen Augen – «

Der Secretarius schnitt ihm Entrüstung und Lamento ab. »Ich komme aus Antioch« – erklärte er seinen Zuhörern, denn auch Odoaker zeigte augenrollendes Interesse – »dort im Fürstentum geht schon seit einiger Zeit das Gerücht um, Yeza und Roç seien am Leben, ein Schamane habe sie gerettet vor elendem Verdursten in der Wüste …«

»In Antioch wird viel erzählt!« William hatte den letzten Happen heruntergeschluckt und seine Fassung wiedergewonnen. »Und warum schickt man nicht sogleich Ritter in alle Himmelsrichtungen aus?! Muss es nicht dem dortigen Normannenhof als die vornehmste aller Aufgaben erscheinen, das edle Paar –?!«

»Das Fürstentum hat andere Sorgen«, versuchte der Weißhaarige die Lage zu vermitteln. »Abgeschnitten von den letzten Bastionen der Kreuzfahrer, ist es dem Zugriff der Mongolen ausgeliefert: Es braucht jeden Mann!«

»Wichtigeres als das Schicksal von Roç Trencavel und seiner Prinzessin Yeza kann es nicht geben!«, empörte sich William. »Treuloses Pack! Blutsbrüderschaft hat Bohemund, der junge Fürst, dem Königlichen Paar dereinst geschworen!«

Lorenz belächelte den Ausbruch. »Es gibt keinen Grund, die Sache zu überstürzen, denn wahrscheinlich liegt dem Königlichen Paar zurzeit wenig daran, gerade jetzt aufzutauchen und sofort den Mongolen in die Hände zu fallen«, sann der Herr von Orta mit leiser Stimme. »Vielleicht wollen sie – nach all den bitteren Erfahrungen – gar nicht mehr als Paar auftreten, dem alle Konflikte aufgehalst werden, die Ost und West, Islam und Christentum zu lösen sich nicht in der Lage sehen, diese Last eines Königtums des ewigen Friedens in einer Welt, die nur auf Krieg, Unterdrückung und Machterweiterung aus ist«, gab der alte Herr zu bedenken, wenn er auch mehr zu sich sprach.

»Ich will ja nur wissen, wo ich sie finden kann?«, warf William kleinlaut ein »Zu ihnen eilen, ihnen zur Seite stehen, sie brauchen mich!« Davon war er selbst nicht ganz überzeugt, sodass Lorenz das Anerbieten übergehen konnte.

»Jeder Diener des ›Großen Plans‹«, rief er den Verstörten zur Ordnung, »hat jetzt vor allem an dem Platz zu stehen, der ihm zugewiesen!« Lorenz fügte als geübter Prediger zum Pathos noch die Strenge. »Dir, William, wurde auferlegt, die Geschichte von Roç und Yeza niederzuschreiben – und zwar von Anfang an!«

»Aber die ist ja nun noch nicht zu Ende!«, begehrte William auf. »Der Mutter Gottes sei Dank! Allein schon aus dem Grund sollte ich unverzüglich –«

Der Weißhaarige unterbrach ihn schroff. »Hier sollst du deine Arbeit fortführen, William!«, befahl er streng. »Mit einer Gewissenhaftigkeit, an der du es bis jetzt gewaltig hast fehlen lassen!« William klappte zusammen wie ein Faltstuhl. »Nur deswegen haben wir dich an diesem lieblichen Ort einquartiert!« Der rundliche, um nicht zu sagen ziemlich dickliche Chronist dauerte seinen feingliedrigen Zuchtmeister. »Sollten wir dich andersorten brauchen, werden wir es dich rechtzeitig wissen lassen!«

Der Besucher hatte sich erhoben, die Dämmerung legte sich über die Stadt, die flach einfallenden Strahlen der Sonne warfen lange Schatten, ihr Licht vergoldete die Steine. »Es ist ja nicht einmal gesagt«, fügte er abmildernd hinzu, »dass an dem Gerücht etwas dran ist. König Hethum von Armenien traf kurz vor meiner Abreise bei seinem Schwiegersohn, dem Fürsten Bohemund, ein. Auf seiner gesamten Reise durch den Norden hatte der Monarch nichts dergleichen vernommen.«

Das gereichte William kaum zum Trost, er bockte. »Der Armenier scheißt sich doch in die weiten Pluderhosen, wenn es um die anrückenden Mongolen geht, da will der Feigling schon gar nichts von den armen Kindern wissen.«

»Mehr und mehr erinnerst du mich an eine feiste, weinerliche, alte Amme«, unterbrach ihn Lorenz bissig, »die das Drehen des Rades, das Fortschreiten der Jahre nicht mehr mitbekommt! Die du immer noch als ›deine Kleinen‹ siehst, an deinen schwabbeligen Busen zu drücken suchst, haben längst ein Alter erreicht, in dem andere schon selber Kinder zeugen oder gebären.« Diese Zurechtweisung gefiel William noch weniger. Unverständliches maulend, wollte er sich in sein Turmgemach zurückziehen, doch sein gestrenger Besucher hielt ihn am Ärmel seiner Kutte fest. »Wenn dir so viel an Roç und Yeza liegt«, legte er unnachsichtig dem Verwirrten nahe, »dann schreib sie herbei!« Der Secretarius senkte seine Stimme, als ginge es um ein großes Geheimnis. »Die Macht des geschriebenen Wortes hat schon Tote wieder zum Leben erweckt.« Damit ließ er William stehen und schritt von dannen.

Der Mönch schaute ihm nach, beeindruckt, aber vor allem ziemlich verstört. Er verspürte wenig Lust, seine Arbeit wieder aufzunehmen, hatte er sich doch mit schmerzendem Herzen innerlich von Roç und Yeza verabschiedet, und jetzt stand alles wieder infrage! Sein eigenes Schicksal, das wohl untrennbar an das der Kinder gekettet war, lag plötzlich vor ihm wie ein unbeschriebenes Blatt, zu dem ihm nochmals der erste Satz einfallen musste, wo er sich gerade erst zu einem zwar wehmütigen, aber würdigen Abschluss der Chronik durchgerungen hatte. Er seufzte tief, schon aus Mitleid mit sich selbst. Das Problem waren weniger die Mongolen, sondern die Pläne, die sie mit dem Königlichen Paar hatten.

Doch beim Hinaufsteigen der Leitersprossen verspürte er erstmals wieder die unbändige Freude aufkeimender Hoffnung: Wenn Roç und Yeza lebten, dann würde er sie wiedersehen, ›die Lieben‹, egal, wie alt sie inzwischen! So um die zwanzig, überschlug er die vergangene Zeit. Für ihn blieben Roç und Yeza seine Kinder – in jedem Fall und in alle Ewigkeit!

DER UNHOLD VON MARD' HAZAB

DASS ROÇ UND YEZA – inzwischen beim gemeinsamen Nachtlager mit der Karawane – dem zugelaufenen Fremden kein weiteres Augenmerk schenkten, war höchst leichtsinnig. Naiman, der Agent des Sultans von Kairo, sann auf nichts anderes, als das Königliche Paar zu verderben, selbst, wenn er dafür die Beduinen aufwiegeln musste. Doch das offensichtlich gute Verhältnis zwischen diesen verdammten mongolischen Friedensfürsten und den braven Beduinen ließ mitnichten einen solchen Umschwung von Ehrfurcht zu wütendem Hass erwarten. Sollte er die stupiden Kameltreiber vielleicht glauben machen, Roç und Yeza beabsichtigten, ihnen den Teppich zu entwenden? Einzig und allein auf das kostbare Stück hätten die beiden es abgesehen!

Naiman begann auf den Ältesten, den Anführer der Karawane, einzuwirken, er solle doch den Kelim jetzt und hier ausrollen, damit das Königliche Paar, dessen uneingestandenes Verlangen es sei, von dem einzigartigen Stück Besitz zu ergreifen, sich auf ihm niederlassen könnte. Denn die beiden wüssten genau, welche magischen Kräfte dem Teppich innewohnten: Tausend *djinn* hausten im Verborgenen zwischen den meisterlich gewebten Wollfäden und warteten nur auf den Befehl, sich gegen die treuen Hüter zu wenden.

Doch statt, wie von Naiman erwartet, sich voller Empörung oder wenigstens heftigem Misstrauen gegen die Friedenskönige zu wenden, ging der Älteste erfreut, ja begeistert auf Naimans Vorschlag ein. Er beorderte alle seine Mannen zwischen die ruhenden Kamelgespanne, und auf sein Kommando schulterten sie die schwere Rolle, schleppten sie mit weichen Knien vor zu Roç und Yeza. Stolz breiteten sie den riesigen Kelim vor ihnen aus. Als Yeza ihre hoffnungsgläubigen Gesichter sah, nahm sie den strengen Ton etwas zurück, etwa wie man mit kleinen Kindern spricht.

»Hatte der Schamane euch nicht untersagt« – ermahnte sie die von der Anstrengung noch schwer atmenden Beduinen – »die Rolle zu öffnen, bis das Ziel erreicht?!«

»Aber der Fremde –«, der Älteste empfand den Vorwurf als ungerecht, seine Augen suchten nach Naiman, um ihn als Unterstützung vorweisen zu können, »aber der Fremde hat doch gesagt, dass es Königen zukomme, auf diesem größten Meisterwerk, das Menschenhand je erschaffen –!?«

»Hat er das!?«, schnitt ihm Roç das Wort ab. »Wo steckt der Kerl, der sich erlaubt –?«

»Er ist der Versucher!«, flüsterte Yeza, doch Roç ging nicht darauf ein. Der Älteste hielt noch Ausschau nach Naiman, als vom anderen Ende der lagernden Karawane Stimmen laut wurden: In der einbrechenden Dunkelheit hatte sich der hinkende Agent aus dem Staub gemacht, auf einem gestohlenen Kamel war er in der Nacht verschwunden.

Die energische Yeza sorgte dafür, dass der Teppich wieder eingerollt wurde, denn sie hatte das begehrliche Leuchten in den Augen ihres Gefährten sofort bemerkt. Gewiss wäre es auch ihr angenehmer gewesen, Rocs Liebeswerben, das sie – wie jede Nacht – erwartete, und das durchaus mit Freude an der Lust ihrer Körper, statt auf steinigem Boden auf der weichen Unterlage dieser engmaschig gewirkten Wolle nachzugeben. Aber seit dem Auftreten dieses schielenden, verschlagenen Hinkebeins, das sich sogleich wie eine eklige Zecke an der Karawane festsaugte, hatte der wunderschöne riesige Teppich für Yeza ein menschliches Antlitz bekommen, eben das von Naiman. Selbst jetzt noch – inzwischen hatten die Beduinen den Kelim enttäuscht wieder verstaut – starrte es sie an aus dem Laubwerk der kunstvollen Ornamentik mit ihren Paradiesvögeln und anderen Fabelwesen – wie die verführerische Schlange aus dem Paradies, hinter der sich allemal der Teufel verbarg.

Langsam und geschmeidig, seiner Kraft bewusst, schlich sich der schwarze Panther durch das feuchte Unterholz. Die heiße Nässe ließ sein Fell so glatt anliegen, dass er sich wie eine nackte Echse anfühlte, pulsierend unter der gestrafften Haut, bis hin zu seinem wohlgeformten, aufrecht erhobenen Haupt. Mit leicht angezogenen Knien auf der Seite ruhend, schob Yeza unmerklich dem lautlos Herandrängenden unter der rauen Kamelhaardecke ihr Hinterteil entgegen. Sie hörte Rocs Atem schon deshalb so deutlich, weil sie sich selber zwang, keinen Laut von sich zu geben. Das Tier kannte seinen Weg, es tastete nicht vorwärts – was Yeza zweifellos vorgezogen hätte –, sondern schob sich zielsicher wie ein Python durch das fremde unterirdische Reich. Yeza ärgerte es zwar, mit dieser Selbstverständlichkeit in Besitz genommen zu werden, aber sie harrte erwartungsvoll des Augenblicks, in dem sich die perfide Schlange häutete und sich in den Feuer speienden Drachen verwandelte. Sein unberechenbares, sie immer wieder überraschendes Toben – gekonnt unterbrochen von zitterndem Innehalten, gedehntem Gleiten und kurzen schnellen Stößen – würde sie für alles entlohnen. Yeza hielt die Luft an, weil das Gefühl der sich anbahnenden Ohnmacht erfahrungsgemäß ihr Glücksgefühl noch steigerte. Sie wartete – nicht lange, doch vergebens! Roç schien es sich anders überlegt zu haben, der Python mutierte blitzschnell zur Blindschleiche, der schwarze Panther schnurrte zu einer Maus zusammen, die, ohne eine, wenn auch noch so törichte, Erklärung abzugeben, sich im Schutz der kratzigen Decke davonstahl. Yeza biss die Zähne zusammen und zwang sich, kein Wort zu sagen. Sie rollte sich zusammen, presste stumm vor Wut die Fäuste in den Schoß, bis ihre Erregung verklungen war, und suchte den Schlaf zu finden. Es war nicht das erste Mal, dass Roç sie schnöde um ihre Lust betrog und sich jeder Aussprache verweigerte. Yeza lag noch lange wach. Die verglimmenden Lagerfeuer der Beduinen leuchteten im Dunkeln wie glühende Augen.

Am nächsten Morgen brachen sie schon in aller Frühe auf, um die kurze Zeit der Frische zu nutzen, bevor die Hitze wieder einsetzte. Als Yeza einen letzten Blick zurückwarf auf das verlassene

Lager, sah sie schon die ersten der über ihnen kreisenden Geier flatternd niederfahren, grad' auf die Stelle zu, wo zwischen den Felsen das verblutete Kamel lag.

KHAZAR UND DER KNABE BAITSCHU, die ständigen Begleiter des Gesandten, hatten den Bretonen zum Rastplatz des Il-Khan gebracht, wo eine Wagenburg die Zelte Hulagus, seiner Frauen und seines Hofstaats hufeisenformig umringte. Durch Wachen und Wartende wurde Yves ins Audienzzelt geführt, wo ihm ein Platz zugewiesen wurde, bis die Reihe an ihm sei. Während Khazar sich diszipliniert an das Redeverbot hielt, ließ es sich der junge Baitschu nicht nehmen, den Fremden flüsternd mit Erläuterungen zu versorgen zu dem, was sich gerade vor dem erhöhten Sitz des Herrschers abspielte. Die rundliche Matrone auf dem kleineren, leicht zurückgesetzten Thronsessel, das war natürlich Dokuz Khatun, die ›Erste Gemahlin‹, die Christin. Einem Pagen oblag es, eilfertig die Audienzsuchenden, Ankläger, Beschuldigten, Beschwerdeführer und Bittsteller, den Wünschen des erhabenen Hulagu entsprechend herbeizuholen, dem Oberhofmeister des Herrschers ihre Namen ins Ohr zu flüstern, den dieser dann dem Ersten Sekretär weitergab. Der hin und her hastende schlanke Page, der die Abgefertigten – nach wiederholtem Kotau – an ihren Platz zurückzugeleiten hatte, wenn sie nicht den Wachen übergeben wurden, hingegen schien Baitschu eines belustigten Kommentars wert.

»El-Aziz ist unsere Geisel! Sein Vater, der Sultan von Damaskus, hat ihn uns unaufgefordert hergeschickt wie ein Gastgeschenk, samt Bediensteten, Kämmerlingen und Leibköchen«, Baitschu konnte ein helles Lachen kaum unterdrücken, »damit es dem Prinzlein bei uns Barbaren an nichts mangelt.« Er blinzelte zu Yves, um sich dessen Einverständnisses sicher zu sein. Der Bretone hob jedoch nur die buschige Augenbraue, was alles bedeuten konnte, den Knaben aber ermunterte fortzufahren. »Dabei zeigt es nur, dass ihm am Leben seines Sohnes wenig liegt – und Damaskus nehmen wir uns sowieso!«

Die Aufmerksamkeit des Gesandten richtete sich längst auf einen wohlbeleibten Würdenträger, der jetzt wie eine gewaltige Kugel vor den Thron rollte. Seine kurzen Beinchen waren kaum zu sehen.

Ein Herold verkündete: »Zur Huldigung ist erschienen: Der großmächtige Badr ed-Din Lulu, seines Zeichens Atabeg von Mossul!«

Der Dicke ließ sich ächzend auf den Bauch fallen, gestützt von zwei jungen Männern. Kaum hatten sie den Schnaufenden wieder aufgerichtet, warfen sie sich selbst zu Boden, während der Atabeg sich heftig atmend für sie verwandte.

»Die Prinzen Kaikaus und Alp-Kilidsch, Söhne des Sultans der Seldschuken, habe ich auf Wunsch ihres kranken Vaters mitgebracht, der diese weite Reise nicht überlebt hätte. Sie bitten für ihn um Eure gnädigste Huld, Hulagu!« Die Rede hatte Lulu noch mehr angestrengt als das lange Stehen, doch niemand schob dem vor Erschöpfung Zitternden einen Sitzschemel unter. Der Il-Khan flüsterte mit seinem Secretarius, der Majordomus tat das Verdikt des Herrschers kund: »Dieser säumige Sultan hätte den Weg zu uns auf einer Tragbare finden sollen, das hätte sein verwirktes Leben vielleicht verlängert. So gilt unser Verzeihen nur den Söhnen, die sich mit Recht unserer Macht unterworfen haben. Sie sollen sich zu unserer Verfügung halten!« Mit einer wegscheuchenden Handbewegung wurden die beiden aus dem engeren Gesichtskreis des Il-Khan entfernt. »Was aber Mossul betrifft, dessen Atabeg Ihr wart, Badr ed-Din Lulu, erwarteten wir von dieser reichen Stadt eigentlich mehr als Euer unnötiges Erscheinen.«

Der Dicke war längst – schon weil er sich nicht mehr auf den Beinen halten konnte – auf die Knie gesunken, seine vorgestreckten Hände stützten den schweren Körper ab. »Der Kelim«, stöhnte er verzweifelt, »ich reiste schneller, als die ihn transportierende Beduinenkarawane, wofür ich um Verzeihung bitte, wollte ich doch wie ein Vogel im Wind nicht rasten noch ruhen, bis ich vor Euer gütiges Antlitz –«

»– mit leeren Händen getreten!«, höhnte der Oberhofmeister ohne Rücksprache mit seiner Herrschaft, was den flinken

Schweinsäuglein des Atabeg nicht entgangen war. Lulu wagte zwar nicht den Blick zum Thron zu erheben, aber er hielt sich nun direkt an die nächste Stufe, den Secretarius.

»Solch ein Meisterwerk habt Ihr noch nicht gesehen!«, beschwor er den Mann, der das Ohr des Herrschers besaß. »Tausend Weber aus Täbriz schufen diesen Vater aller Teppiche! Ein Kelim, einzig in seiner Art, sowohl was Pracht als auch schiere Größe anbelangt: Sieben Kamele hintereinander, je zwei und zwei Seite an Seite schleppen die gewaltige Rolle über Berg und Tal! Warum?!«, stieß Lulu mit letzter Kraft aus, es sollte flehentlich klingen, wirkte aber wie zorniger Protest. »Warum nehmt Ihr nicht diese Anstrengung bereits als Huldigung, erhabener Il-Khan?! Warum lasst Ihr mich noch mehr leiden als diese achtundzwanzig ausgewählten Kamelstuten?!«

Dieser tollkühne Schlenker erzeugte ein Schmunzeln auf dem starren Gesicht des Hulagu. Er ergriff selbst das Wort. »Ich nehme Euer Geschenk an.« Er flüsterte mit seinem Sekretär, dieser mit dem Majordomus.

»Wann?!«, fragte der mit zuckersüßer Stimme.

Badr ed-Din Lulu fiel darauf rein. »Heute, morgen, in den nächsten Tagen gewiss!«, antwortete er fast schon aufsässig.

Der Oberhofmeister lächelte. »Sagen wir drei?«

Lulu nickte ergeben.

»Für jeden Tag, den dieser Teppich früher eintrifft, regiert Ihr als unser Atabeg ein Jahr länger in Mossul, für jeden Tag später schmachtet Ihr die gleiche Zeit im Kerker!«

Die Wachen führten den Dicken ab.

SCHROFFE FELSEN, WILD GEZACKT, wohin der Blick der Reisenden sich auch wandte. Das flammende Abendrot ließ sie im Westen bereits als schwarze Silhouetten aufragen, während ihre höchsten Gipfel im Schein der rasch untergehenden Sonne noch vom goldenen Licht verklärt wurden. Stoßweise kam kalter Wind auf.

»Nimm mich in den Arm«, flüsterte Yeza, ihr fröstelte.

Sie lagerten nun doch auf dem ausgebreiteten Kelim, obgleich der Ort keineswegs dafür geschaffen war, die opulente Bilderpracht des kostbaren Teppichs voll zu entfalten. Der steinige Boden schuf überall Wölbungen und Mulden, verwirrte die allegorischen Darstellungen zu dämonischen Fratzen, die mystischen Geschöpfe aus dem Garten Eden zu höllischem Gelichter. Doch das sahen Roç und Yeza nicht, sie kauerten in seiner Mitte, ein Menschenpaar, aus dem Paradies verstoßen, Gefangene ihres unbedachten Schritts. Roç hatte die Bedenken des Schamanen in den Wind geschlagen und befohlen, den Teppich auszurollen. Ringsherum hockten die Beduinen, starrten sie an, voller Genugtuung einerseits, dass die ›Könige‹ sich endlich dort befanden, wo sie hingehörten, andererseits in unruhiger Erwartung, dass sich nun ein Wunder ereignen müsste. Die abergläubischen Söhne der Wüste spürten den Ungeist, der über der von ihnen selbst heraufbeschworenen Szene wehte wie körperlose Heerscharen böser *djinn*, ihre Hoffnung richtete sich jetzt allein auf das Königliche Paar. Roç und Yeza haderten hingegen mit sich selber und mit der Natur, ihnen fehlte das schützende Zelt, Yeza, weil es sie erbärmlich fror, Roç, weil er die erwartungsvollen Blicke als lästig empfand. So fiel auch die von Yeza verlangte Umarmung weder besonders zärtlich noch wärmend aus.

»Schämt sich mein Geliebter«, spottete sie ärgerlich, »mir seine Zuneigung zu zeigen? Bedeuten ihm die Augen anderer mehr als mein bescheidenes Glück?«

Roç waren ihre Vorwürfe noch unangenehmer als das Glotzen der dumpf lauernden Beduinen. Er schlang seine Arme um Yeza und richtete seinen Blick zum Himmel der Dämmerung. Eine riesige Fledermaus flatterte dicht über sie hinweg.

»Hast du die Burg vorhin auf dem Felskegel gesehen?«, fragte Yeza unvermittelt. »Etwas Bedrohliches ging von ihr aus –« Selbst im Nachhinein war ihr der Anblick als unheimlich haften geblieben. »Wir hätten uns diesen Kelim nicht aufdrängen lassen sollen –«

Roç lachte sie aus. »Wie Recht Ihr habt, meine Prinzessin«, spottete er ihr leise ins Ohr. »Aus den schwarzen Fensterhöhlen der Ruine belauerten sie uns« – Roç mühte sich, den schattenhaften Flug des Tieres mit seinen blitzschnellen Wechseln nicht aus den Augen zu verlieren – »die geflügelten Drachen warteten nur darauf, ob meine Yeza sich traut, ihren kleinen Arsch auf den Teppich des Il-Khan zu betten?!«

»Vampire!«, flüsterte Yeza. Wenn Roç ihr Angst einjagen wollte, dann war sie bereit zu dem Spiel. »Sie sind scharf auf das Blut junger Männer, denen sie ihre spitzen Zähne erst in den Hals schlagen«, malte sie ihm den Vorgang boshaft lächelnd aus, »um dann den Samen aus den Lenden jener zu saugen, die vor Manneskraft strotzen, aber zu geizig sind, ihre Weiber damit zu schwängern!« Ihre Hand legte sich fordernd auf sein Gemächt.

»Lass das, Yeza!«, entfuhr es Roç unwillig. »Hier und jetzt ist weder der Ort noch die rechte Gelegenheit –«

»Das sagst du immer!«, begehrte sie auf. »Heute pressen sich keine scharfen Steine in meine Arschbacken« – Yeza schmiegte sich fordernd an ihn, gurrte mit mildem Vorwurf – »auf die du sonst auch keine Rücksicht nimmst!« Sie redete ihm gut zu. »Der von dir so sehnlich verlangte Kelim federt gewissermaßen jeden deiner Stöße ab, schont selbst deine Knie!« Wie eine Schlange glitt Yezas Hand dabei in seinen Schoß.

»Kommt nicht infrage!«, beschied Roç ihr Bemühen, seine Lanze zu härten und so seinen Widerstand zu schwächen.

»Du willst das Kind nicht, nach dem mein Leib sich sehnt«, klagte Yeza auf eine Weise, der Roç nie entnehmen konnte, ob sie sich nicht doch über ihn lustig machte. Einen Wimpernschlag lang war er bereit, ihrem Drängen nachzugeben, doch schon zerschlug sie mutwillig das zarte Pflänzlein des unter ihrer kundigen Hand wachsenden Triebes.

»Wahrscheinlich bist du gar nicht in der Lage«, verstärkte sie die Folter »eine Frau zu schwängern –«

Roç nahm den Hieb wortlos hin, die Folgen bekam Yeza zu spüren. Sein Glied erschlaffte. »Bitte lass uns jetzt nicht über ein Kind sprechen«, presste Roç seine Antwort gequält hervor.

»Gut – oder schlecht, mein Herr und Gebieter«, gab ihm Yeza erstaunlich kühl zur Antwort, »dann reden wir auch nicht über Liebe.« Sie genoss den Schlag, den sie ihm damit versetzte. »Beantwortet nur Eurer Hur die Frage, wo ist jene Leidenschaft abgeblieben, mit der Ihr einst das Gärtlein pflügtet, ob bei Regen oder Sonnenschein, am helllichten Tage oder im trügerischen Schutze der Nacht?« Ein letztes Mal versuchte Yeza die Festung zu stürmen, sie war bereit, sich selbst in den Sattel zu schwingen, bevor der Gaul völlig erlahmte.

Roç erkannte ihre wilde Entschlossenheit. »Erzwingen kannst du es nicht!« Unter verärgerter Aufbietung seiner körperlichen Überlegenheit wies er ihr wütendes Vorhaben zurück.

»Du willst mich nicht mehr!«, keuchte sie. »Seit du zu wissen glaubst, ich sei doch nicht deine Schwester, ist deine Geilheit verflogen wie ein scheuer Nachtvogel!« Yeza zwang Roç, ihr ins Gesicht zu sehen. »Nicht Liebe oder gar Zuneigung, einzig der Bruch des Tabus stachelte dich an« – Yezas smaragdene Augen versprühten ohnmächtigen Zorn in zuckenden Flammenblitzen – oder waren es bereits ungewollte Tränen? – »gaukelte mir wildes Begehren vor«, klagte sie mit rauer Stimme.

Roç war erschüttert. »Bevor du alles zerstörst«, raffte er sich mannhaft auf, was ihm aber nur zum Teil gelang, die Brüchigkeit seiner Stimme verriet eher seine Verzweiflung, »will ich dir beweisen, wie sehr –«

»Dazu hattest du gerade Gelegenheit!«, entgegnete Yeza schroff und entzog sich seiner Umarmung. »Und wie in letzter Zeit schon so oft, hast du sie versäumt.« Um ihre Worte zu unterstreichen, rückte sie mit dem Hintern spürbar von ihrem Gefährten ab.

Roç zog es das Herz zusammen, er bezwang sich, nicht nach ihrem Leib zu greifen, den Anschein zu erwecken, die fortstrebende Yeza halten zu wollen. Er spürte den neuerlichen Flügelschlag der Fledermaus, die über die inmitten des Kelims Lagernden hinweggestrichen war. Ihn fröstelte.

ES WAR SCHON SPÄT IN DER NACHT. »Der Il-Khan empfängt den Gesandten des Königs der Franken!«, verkündete der Herold. »Alle anderen verlassen den Raum!« Drängelnd und von den Wachen geschoben, strebte die Menge den Ausgängen zu. Das Zelt leerte sich im Nu. Khazar und Baitschu führten den Bretonen vor den Thron, verneigten sich tief und verließen rückwärts schreitend als Letzte den Ort. Hulagu wartete dies gar nicht erst ab.

»Kündigt Ihr mir das Kommen Eures Herrn, des Königs, an?«, überfiel er den Bretonen, kaum, dass der sich erhoben, seinen Kotau hatte er blitzschnell vollzogen. Yves schüttelte den Kopf. »Kann Euer Herr König die Fürsten zwischen der Syrischen Pforte und dem Flusse Nil dazu bewegen« – hatte die erste Frage noch wie ein Peitschenschlag geknallt, erschlaffte in der Fortsetzung der ausgeübte Druck – »sich dem großen Glück der *pax Mongolica* nicht länger zu verschließen?«

Yves wiegte abermals verneinend sein kantiges Haupt, sah sich dann aber doch zu einer Erklärung veranlasst. »Dass mein König Ludwig hier überhaupt noch Einfluss ausübt, liegt einzig und allein an der Uneinigkeit der in diesem Bereich ansässigen Fürsten, die alle untereinander so verstritten, dass sie keiner gemeinsamen militärischen Handlung fähig sind.« Diese Worte vernahm der Mongole mit so sichtbarem Wohlgefallen, dass Yves ihm einen Dämpfer verpassen musste. »Das heißt aber noch lange nicht, dass die Friedensherrschaft der Mongolen hier willkommen geheißen wird. Die christlichen Barone des ›Königreiches von Jerusalem‹ – ein hohler Titel aus vergangenen glorreichen Tagen«, flocht er mit dem ihm eigenen Sarkasmus ein, »sehen in Euch ihren Verbündeten.«

»Ihren Souverän, will ich hoffen!«, unterbrach ihn Hulagu milde. »Wenigstens Eures Königs Barone sollten so viel Klugheit aufbringen.«

»Selbst das ist zu bezweifeln«, nahm ihm Yves solche Zuversicht. »Darin sind sie sich noch am ehesten einig, dass sie keinen Oberlehnsherren über sich wollen.«

»Aber wir bringen ihnen das Königliche Paar«, hielt Hulagu immer noch hoffnungsvoll dagegen, »das seine Friedensherrschaft im Namen des Großkhan errichten wird.« Die Stimme des Il-Khan hatte wider Willen doch einen fragenden Unterton erhalten.

»Die Frage ist doch – schon weil sie sich noch nicht gestellt hat: Wollen die Fürsten dieses Gebietes, das Ihr großzügig den ›Rest der Welt‹ heißt, Roç und Yeza überhaupt als Herrscherpaar? Sicher nicht als Puppen, an deren Schnüren der erhabene Großkhan im fernen Karakorum nach Belieben zupft und zieht!«

»Eure Offenheit ist bewundernswert!«, seufzte der Il-Khan und lehnte sich zurück. »Womit haben diese Fürsten Unsere Milde verdient?!«, fragte er nachdenklich mehr sich selbst als den Gesandten. Der schwieg mit Geschick.

»Könnt Ihr mir, Herr Yves«, ergriff die Dokuz Khatun das Wort, »wenigstens die Prinzessin Yeza wieder herbeischaffen? Es ist nicht gut, wenn ein junges, unverheiratetes Mädchen allein …« Die bekümmerte Dame suchte nach den rechten Worten.

Yves gab sich verständig. »Ich werde alles versuchen, hohe Frau«, sagte er galant, »Euren Wunsch in Erfüllung gehen zu lassen.«

Die ›Erste Frau‹ schenkte ihm ein dankbares Lächeln.

»Bleibt als Unser Gast!«, ließ sich der Il-Khan vernehmen. »Wir haben noch viel zu bereden.«

Yves verneigte sich flüchtig. Diesmal schenkte er sich auch nur die Andeutung eines Kotau.

Die Nacht war kalt, kälter geworden, je länger sie sich hinzog. In stummer Wut hatte Roç auf Yezas abgewandten Rücken gestarrt. Sie hatten lange genug auf dem glatten Kelim nebeneinander gelegen wie zwei steife Fische.

»Du bist ohne Liebe, Yeza«, sagte er hart. »Deswegen willst du ein Kind, um die Welt und vor allem dich darüber hinwegzutäuschen. Doch unsere Aufgabe als Königliches Paar ist eine andere – « Er unterbrach sich, weil er sah, dass Yeza weinte. »Wenn wir unserer Bestimmung gerecht werden wollen, müssen wir unsere kleinen Wünsche zurückstellen, bis wir – «

»Tot sind!« Yeza schämte sich ihrer Tränen, doch nicht ihres Unmuts. Sie war auch nicht kleinmütig, sondern eher zornig. Roç machte sich noch immer Illusionen, bildete sich ein, den versprochenen Thron ›im Kampf‹ erstreiten zu können. »Wir werden sterben«, erklärte sie traurig, fast, dass sie ihm Trost zusprach, »ohne, dass irgendetwas von uns bleibt. Deswegen« – sagte sie leise – »wünsche ich uns ein Kind.«

Roç nahm sie wieder in den Arm. »Es soll eine Zukunft haben«, sprach er, ihr ebenso freundlich wie falsch zuredend. »Sobald wir unsere Herrschaft angetreten haben, wird auch ein Kind von unserem Glück zeugen. Das versprech' ich dir!«

Yeza wusste, dass es nicht die Wahrheit war. Nicht, dass Roç sie wissentlich belog, aber die Dinge würden sich nicht zum Besseren, eher zum Schlechten wenden. Das Gespür dafür hatte sie ihm – nicht an Erfahrung, sondern aus weiblichem Instinkt – voraus. Wenn sie es jetzt nicht wagten, sich nicht auf das Risiko einließen, dann würde es immer neue Gründe geben, den Schritt zu verschieben. Womöglich war es ihnen nicht beschieden, Nachkommen zu haben? Sollte nichts von ihnen zeugen, wenn sie ihre Bestimmung verfehlten? Yeza hatte sich gewünscht, dass ihr Liebster in seiner stürmischen Art ihr helfen würde, ihre Grübeleien, ihre Zweifel wegzuwischen, wie der Wind die Wolken vertrieb. Roçs Zaudern hatte sie maßlos enttäuscht. Dennoch würde sie den Weg an seiner Seite gehen. Sie waren das Königliche Paar!

Allein, jeder für sich, waren sie zum Scheitern verurteilt. Zusammen hatten sie eine geringe Chance. Ein Ausweg oder auch nur ein Abweichen vom vorgezeichneten Weg war wahrscheinlich gar nicht mehr möglich. Yeza begnügte sich damit, Roç einen flüchtigen Kuss auf die Stirn zu geben, und drehte sich zur Seite. Die Beduinen rings um den Teppich schienen im Sitzen eingeschlafen. Yeza fiel auf, dass sie in dieser Nacht kein Lagerfeuer entzündet hatten, dabei war es empfindlich kalt im Gebirge. Vielleicht wollten sie keine bösen Geister auf sich ziehen, die in der Dunkelheit von dem Licht hätten angelockt werden können. Die Fledermäuse flogen nicht mehr, stellte Yeza fest. Dann übermannte sie der Schlaf.

Roç lag noch lange wach. Er hatte seinen Arm schützend um Yeza gelegt. Die ungute Auseinandersetzung hatte ihn aufgewühlt. Nicht, dass ihn ein schlechtes Gewissen überkam. Yeza und er warfen sich in letzter Zeit immer öfter üble Worte an den Kopf. Er fühlte sich ihren Vorwürfen immer weniger gewachsen. Sie hatte ja mehr als Recht. Längst schon hätten sie ein Kind haben sollen, das dereinst den Thron erringen mochte, wenn dies ihnen versagt blieb. Doch eine Schwangerschaft der Geliebten erschien ihm angesichts aller bevorstehenden Strapazen und Unwägbarkeiten zu gefährlich für Yeza. Erbitterte Feinde gab es in Hülle und Fülle, die ihnen nach dem Leben trachteten. Und das wollte die Trotzige nicht einsehen. Im Gegenteil – ihr Fordern wurde immer aggressiver, der Ton immer beleidigender. Und genau das bewirkte sein ›Versagen‹. Er hätte es sich als Schwäche ausgelegt, wenn er zu diesem Zeitpunkt Yeza zu Gefallen gewesen wäre. Doch wie sie jetzt so dalag und ihm ihr vertrautes, schwesterliches Hinterteil entgegenstreckte, war er bereit, alle Bedenken über Bord zu werfen. Doch Yeza schlief bereits, und er wollte sie nicht wecken.

Die große Fledermaus musste dicht über den Teppich hinweggestrichen sein, er vermeinte ihren Schatten im Mondlicht gegen die schnell ziehenden Wolken des Nachthimmels deutlich gesehen zu haben. Roç starrte angestrengt in die sich verschiebenden Wolkenbänke, die immer wieder die Mondsichel verdeckten. Irgendwann fiel auch er in tiefen Schlummer.

ES WAR SCHON SPÄT IN DER NACHT, als es dem französischen Gesandten gestattet wurde, sich zurückzuziehen, wobei der Il-Khan es nicht daran mangeln ließ, den Bretonen zum noch längeren Bleiben zu bewegen. Diese Gunstbezeigung Hulagus war durchaus ehrlich gemeint. Der alte Kitbogha begleitete den Gast bis vor den herrscherlichen Pavillon und überzeugte sich persönlich, dass Yves von geeigneten Dienern in Empfang genommen wurde, damit sie ihn zu seinem Quartier begleiteten.

Als man Yves in seinem Zelt das Licht entzündet hatte, entdeckte der Bretone mit scharfem Blick das Schuhwerk eines jungen Mannes, das unter einem Wandteppich hervorlugte. Der Bretone wartete, bis die Diener sich entfernt hatten, bevor er mit behendem Schnitt die Aufhängung des Wandschmucks durchtrennte – vor ihm stand etwas verdattert, aber keineswegs verängstigt der Knabe Baitschu.

»Ich musste mich heimlich bei Euch einschleichen« – verlegen grinste er seinen Entdecker an –, »denn mein Herr Vater würde es kaum leiden, wenn ich einen hohen Herrn und Ritter wie Euch behellige.«

»Was gibt 's denn so Dringliches«, knurrte der Bretone ziemlich ungehalten, er war müde, »dass es nicht bis morgen Früh Zeit hätte?«

Baitschu hockte sich auf das herabgestürzte Teppichgewulst und schaute vertrauensvoll zu ihm auf. »Ihr, Herr Yves, seid der Einzige, der mir helfen kann, ein Paladin des edlen Roç Trencavel und seiner Prinzessin Yeza Esclarmunde zu werden. Allein das ist – ich schwöre es – mein aufrichtiges Begehren!«

Der Bretone betrachtete ihn ärgerlich amüsiert. »Und damit konntest du nicht bis morgen warten?!«, wies er ihn zurecht, doch Baitschu ließ sich nicht so leicht einschüchtern.

»Ich weiß genau, dass Yves der Bretone nur deswegen bei uns weilt, um selbst dafür zu sorgen, dass die Mongolen die Suche nach dem Königlichen Paar endlich ernsthaft betreiben. Ihr werdet nicht ruhen, bis es gefunden ist.«

Yves zeigte nicht, wie angetan er von der Ernsthaftigkeit des Knaben war. »Auch wenn dem so wäre, kommst du an der Einwilligung deines Herrn Vaters nicht vorbei«, wiegelte er ab, »und nun lass uns Roç und Yeza erst einmal ausfindig machen – und mich schlafen!«, setzte er auffordernd hinzu und schob seinen jugendlichen Besucher Richtung Zelttür.

Baitschu mochte sich nicht geschlagen geben. »Ich wollte nur sicherstellen, Herr Yves, dass Ihr wisst, wie sehr ich mir nur eines wünsche, Euch auf Eurer Suche zu begleiten – und da ich mir gewiss bin, dass Ihr jederzeit aufbrechen könnt …« Der junge Mongole warf sich stolz in die Brust. »Ich will der Erste sein, den das zukünftige Herrscherpaar in seine Dienste nimmt!«

Der Bretone legte mit fürsorglicher Schwere seine Hand auf die kräftige Schulter des Knaben. »Ein solcher Dienst könnte dir mehr abverlangen, Baitschu, als du dir in deinem jugendlichen Eifer vorzustellen vermagst. Der Weg von Roç Trencavel und Yeza Esclarmunde – selbst wenn sie dank ihrer Einzigartigkeit den Thron erringen, der ihnen bestimmt ist – wird bitter hart werden. Viele Feinde und Neider werden sich gegen sie stellen – nur wenige Freunde werden schlussendlich treu zu ihnen stehen –«

»Umso mehr will ich sie beschützen, an Eurer Seite, Herr Yves, als Euer Schildknappe und Schwertträger!«

Der Bretone lächelte traurig, er neidete dem Jungen dessen Zuversicht. »Gewaltig ist die Last der Verheißung –«

Der Knabe ließ sich nicht beirren. »Einzigartig! Das hat auch mein Herr Vater gesagt – und Euer Einsatz, Herr Yves, beweist mir, dass ich recht daran tue, für Roç Trencavel und die Prinzessin Yeza mein Leben in die Waagschale zu werfen!«

Der Bretone beförderte ihn mit kräftiger Hand über die Schwelle. »Nun geht der Knappe erst mal zu Bett!«, befahl er ihm. »Gut ausgeschlafen und im vollen Besitz aller Kräfte, das ist die wichtigste Voraussetzung für jeden Dienst bei Hofe!«

Baitschu verschwand.

ES WAR IM ERSTEN MORGENGRAUEN, dass Roç noch im Halbschlaf die Augen aufschlug. Er nahm die Unruhe rings um den Teppich kaum wahr. Er sah zwar unscharf herumhuschende Gestalten, hielt sie jedoch für die Beduinen, die offensichtlich noch vor Tagesanbruch aufbrechen wollten, und da ihm der Schlaf wohlig in den Gliedern saß, sah er keine Veranlassung, fröhliche Bereitschaft zu zeigen, sich schon zu erheben. Wie immer würde er warten, bis der Älteste kam, um mit aufmunternden Worten das Königliche Paar zu wecken. Neben sich verspürte er den ruhigen Atem der fest schlafenden Yeza. So schloss er seine Lider wieder, mit dem Vorsatz, sich die verbleibende Zeit dem Schlummer hinzugeben.

Das Nächste, was er zu spüren bekam, war dann ein Ruck, mit dem sich ein Strick um seine Fußgelenke zusammenzog, ihn rücklings wegriss von dem gemeinsamen Nachtlager und über den Teppich schleifte. Hilflos, ohne die Möglichkeit sich zu wehren, wurde er bis zum Rand des Kelims gezerrt. Roç war schon darauf gefasst, jetzt von dem spitzsteinigen Geröll zerfetzt zu werden, als kräftige Fäuste ihn aufrichteten, einen weiteren Strick um Leib und Arme schlangen und ihn wortlos seinem Schicksal überließen.

Jetzt erst erkannte Roç, warum die Beduinen immer noch so reglos rings um den Teppich kauerten. Man hatte ihnen die Kehlen durchgeschnitten. Sie mussten zuvor hinterrücks von einem Pfeilhagel überrascht worden sein, einige waren regelrecht gespickt wie Stachelschweine. Roçs Blick fiel auf Yeza. Sie lag immer noch so, als schliefe sie, doch musste sie spätestens erwacht sein, als man ihn von ihrer Seite wegriss – oder hatten sie ihr …? Siedend aufsteigende Angst schnürte Roç die Kehle zu, schnitt in sein Fleisch, mehr noch als die Stricke. Da sah er, dass Yeza den Kopf hob und zu ihm herübersah.

Yezas Blick fiel auf den einzelnen Reiter, der unbeweglich auf einem Felsen hielt und das Geschehen zu seinen Füßen ungerührt beobachtete. Als seine Leute Roç weggeschafft hatten, ließ er sein Pferd tänzelnden Schritts hinabsteigen und ritt – über die Toten hinweg – quer über den Teppich auf sie zu. Alles an ihm war schwarz, sein Bart, sein Turban, seine *libas*, selbst seine dunklen Augen, die er fest auf sie gerichtet hielt. Er ließ sich viel Zeit.

Roç sah, man hatte ihn so gesetzt, dass er es sehen musste, wie der Schwarzbärtige – offensichtlich ein mächtiger Emir – abstieg, ohne einen Blick auf Yeza zu verwenden, seinen Rappen mit einem rauen Befehl dazu brachte, sich niederzulegen, dann beugte er sich hinab zu Yeza, griff ihr in das blonde Haar und zwang sie hoch – er musste in die scharfe Klinge ihres unter der Haarpracht verborgenen Wurfdolchs gefasst und sich geschnitten haben, denn er lachte kurz auf, bevor er ihr die Handfläche hinhielt, damit sie das Blut ableckte. Yeza zögerte nicht, seinem Wunsch nachzukommen, was Roç ärgerte. Der Emir drückte Yeza bäuchlings über den Sattel, hob ihr Gewand und streifte gemächlich ihr Beinkleid hinunter bis in die Kniekehlen, dass ihr hochgereckter heller Hintern frei lag. Er ließ sich und allen Zuschauern genügend Weile, sich an dem Anblick zu ergötzen, und nestelte ohne jede Hast an seiner *bantalon.* Yeza rührte sich nicht, leistete nicht die geringste Gegenwehr. Roç konnte, wollte den Anblick nicht ertragen, er senkte seinen Blick, doch schon erhielt er einen Stoß, und sein Kopf wurde unsanft hochgerissen. Der Schwarze stand breitbeinig hinter Yeza und musste sein Glied, dessen Anblick Roç erspart blieb, bereits in ihre Scheide eingeführt haben, denn seine Bewegungen waren in ein sanftes Wiegen übergegangen, das jetzt auch von der Frau angenommen wurde, wie das leichte Beben ihrer Arschbacken den gebannten Blicken der geladenen – und des unfreiwilligen Zeugen verriet. Der Emir war sich bewusst, dass er hier nicht privatim seiner Lust frönen durfte, sondern dass seine Leistung eine öffentliche Handlung war. Er beritt das Weib nach allen Regeln der Kunst, so wie ein Araber ein junges Pferd zuzureiten pflegt, denn er wünschte sich des Beifalls seiner Leute ebenso sicher zu sein, wie er die Hingabe und damit Ergebenheit dieser fränkischen Prinzessin zu erringen trachtete. Langsam steigerte er den Rhythmus seiner Stöße, ihm lag daran, auf seine Burg zurückzukehren, bevor die Glutstrahlen der gerade aufgehenden Sonne den Weg durch die schattenlosen Felsen des Gebirges unnötig erschweren würden. Er musste sein Ziel erreicht haben, das Weib bäumte sich auf, riss ihn mit in den Strudel, in dem er sich ruckartig entlud, fast hätte es ihn auf den sich heftig windenden Leib geworfen, doch er stand seinen Mann, zuckend verebbten die stürmischen Wellen und schlugen immer matter ans Ufer. Er trat zurück und verschloss mit großer Geste die Waffe der Tat wieder in seiner Hose. In einem Anflug von Übermut beugte er sich über Yeza und küsste ihr voller Respekt den Hintern. Ein guter Fang!

Yezas Hirn begann sofort wieder zu arbeiten, den Kuss hatte sie lächelnd quittiert. Der Mann war ihr nicht gewachsen, er war eitel. Ihre einzige Sorge galt Roç. Sie musste nicht nur verhindern, dass ihm weiteres Leid widerfuhr – das Geschehene war unvermeidlich gewesen und würde gewiss noch etliche Fortsetzungen nach sich ziehen, bis es ihr gelingen sollte, diesen Liebhaber wieder loszuwerden. Roç musste lebend aus dieser Falle entkommen, und zwar sofort! Sie richtete sich auf, zog ihre Hosen hoch und schaute dem Schwarzbärtigen lachend ins Gesicht, es machte keinen Sinn für sie, die Geschändete zu spielen, die vor Scham und Verzweiflung im Erdboden zu versinken begehrt. Mit erwartungsvollem Erstaunen betrachtete der Eroberer seine gutgelaunte Beute.

»Habt Ihr noch weitere Wünsche« – leicht verunsichert grinste er sie an –, »so lasst es mich, El-Kamil, den Fürsten von Mayyafaraqin, wissen! Was in meiner Hand steht, soll Euch erfüllt werden, edle Dame!«, sprach er gestelzt, er war kein ebenbürtiger Gegner, wahrscheinlich sogar ziemlich dumm. »Auch diesen feinen Kelim, diese prächtige Blumenwiese, auf der ich Euch als seine schönste Rose fand und brach, nehmen wir mit auf meine Burg, damit er uns fürderhin …«

Yeza unterbrach ihn mit brüsker Gebärde. Das »Nein!« war ihr herausgerutscht, sie wollte ihm weder ihren Schrecken noch ihren Unwillen zeigen. »Ich schlage vor«, probte Yeza immer noch lächelnd ihre Stärke, »dass wir diese Unterlage unseres ersten, doch sicher nicht letzten Beilagers«, flocht sie scherzend ein, immer auf der Hut, den schlichten Mann nicht zu überfordern mit der ihm ungewohnten Selbstständigkeit einer jungen Frau, »diesen Teppich auf der Stelle Alilat, der Schutzherrin der Liebe, weihen, ihn also hier als freudige Opfergabe liegen lassen.« Yeza zwang das Strahlen der Sterne, den Tautropfen auf dem Blatt der sich öffnenden Rosenknospe in ihre graugrünen Augen. »Hingegen verlange ich, dass Ihr, mein Herr und Gebieter, den Besiegten, meinen bisherigen Gefährten, nicht tötet, sondern beladen mit seiner Schande von dannen ziehen lasst!«

Der Emir schaute überrascht, was wieder dieses törichte Grinsen hervorbrachte. »Ihr habt Recht, Prinzessin, ein Fortleben ohne Ehre ist schlimmer als der schnelle Tod!« Er gab seinen Leuten ein Zeichen. Sie banden Roç los und jagten ihn davon mit Steinwürfen wie einen streunenden, räudigen Hund. Beifallheischend richtete der Emir seinen Blick auf Yeza, die mit starrer Miene das Entkommen von Roç verfolgte. Er glaubte Befriedigung in ihren Zügen zu lesen, das veranlasste den Schwarzbärtigen von weiteren Opfern abzusehen und gemachte Beute nicht unnötig zu verschenken.

»Ich kenne Eure Alilat nicht, aber es deucht mich jammerschade, dies wertvolle Stück«, er zeigte auf den Kelim, »Wind und Wetter, den Vögeln und wilden Tieren zu überlassen.« Da Yeza nicht reagierte – sie hatte ihr vordringliches Ziel erreicht –, befahl er seinen Leuten, den Teppich einzurollen und den Kamelen aufzuladen. Die Soldaten verfügten nicht über die Routine, mit Lastkamelen umzugehen, so dauerte es eine Weile, bis die neue Karawane sich in Marsch setzte, um die Burg Mard' Hazab zu erreichen.

»ZUM LETZTEN NAGEL«

DIE ALTSTADT VON JERUSALEM war nicht so zerstört, dass sich kein Leben mehr in den Ruinen zeigte, nur verspürten die dort immer noch ausharrenden Bewohner keinerlei Anreiz, mehr als ein Dach überm Kopf wieder herzurichten, denn solange die einst so beeindruckenden Stadtmauern in Trümmern lagen, mehr Breschen als Tore aufwiesen, waren sie jederzeit neuen Überfällen preisgegeben. Ein wild zusammengewürfeltes Bevölkerungsgemisch. Meist aramäische, aber auch koptische Christen, alteingesessene Juden und zögernd zugezogene Muslime hatten sich in ihren – jetzt noch schwerer zugänglichen – Quartieren verschanzt, die geborstenen Pfosten verlassener Häuser und das verkohlte Balkenwerk ihrer Dächer dazu benutzt, die engen Straßen in ein unüberschaubares Labyrinth zu verwandeln, dessen Zugänge nur Eingeweihten vertraut waren. Anhänger der christlichen Kirchen, vorwiegend orthodoxe Griechen, aber auch viele Armenier – die Lateiner Roms waren in der Minderzahl – bildeten nach wie vor die größte Gemeinde, doch waren sie untereinander heftiger verstritten, als sie mit den Vertretern der anderen Glaubensrichtungen in Fehde lagen. So kam es, dass William von Roebruk, wenn er einmal die Woche seine Turmklause auf dem Montjoie verließ, um seine Freunde in der ›Stadt‹ zu besuchen, seine Schritte ins jüdische Viertel lenkte. In der Taverne »Zum letzten Nagel« hatte Josh ›der Zimmermann‹ das Regiment übernommen, die Weinbestände stammten allerdings aus den Kellern des Patriarchen. Der war vor dem letzten großen Angriff nach Akkon geflohen, ein eingestürztes Gewölbe hatte den Weg zu den kostbaren Fässern verschüttet. Der Zimmermann und sein Freund und Stammgast David der Templer hatten von der benachbarten Taverne aus in mühseliger Wühlarbeit einen Tunnel gegraben. Weitere Kosten für die teuren Jahrgänge, allesamt aus der Bourgogne per Schiff herbeigeschafft, entstanden den Freunden nicht. Der dritte im Bunde war Jalal al-Sufi, ein quirliger Derwisch, der seine Gefährten auch bei unpassender Gelegenheit mit den poetischen Ergüssen seines heißverehrten Meisters Jalaluddin Rumi beglückte. Der schmächtige Jalal geriet dabei nicht selten in derartige Verzückung, dass er sich kreiselnd zu drehen begann bis hin zum Zustand völliger Trance. David von Bosra hatte den linken Arm in der Schlacht verloren – angeblich auf der Flucht. Wegen dieser undurchsichtigen Verfehlung war er zwar nicht aus den Reihen der Tempelritter ausgeschlossen worden, aber man hatte ihn zur Buße in die vom Orden längst aufgegebene Stadt abkommandiert, damit er dort den Flügel der Al-Aqsa-Moschee bewachen sollte, der das ursprüngliche Ordenshaus, die Keimzelle der kämpferischen Bruderschaft, beherbergte, von dem sie auch ihren Namen herleitete. Doch davon stand nur noch die ausgebrannte Fassade, und kein Muslim dachte auch nur im Traum daran, diesen Teil des ›Tempels‹ wieder herzurichten. Mit dem Lauf der Jahre hatte man David vergessen, und der einsame Templer legte seine Bußübungen in die Hände des Zimmermanns und suchte das Vergessen seiner Schuld in der Taverne ›Zum letzten Nagel‹. Joshua war eigentlich ein überzeugter und beschlagener Kabbalist, der sich in der Grotte nur deswegen eingenistet hatte, weil sie leer stand und weil er dort seine Freunde bewirten konnte. Andere Gäste verirrten sich dorthin nie, obgleich Joshua ein weithin sichtbares Schild über dem schmalen Einlass angebracht hatte, das auf diesen Ort zur Einkehr hinwies. Als Zimmermann hätte er noch weniger Arbeit gefunden. Die in Jerusalem verbliebenen Einwohner waren arm und zimmerten sich ihre notdürftigen Verschläge selber. Als William von Roebruk schließlich in der Taverne eintraf, wurde er vom Patron lediglich mit einem geknurrten »Endlich langt er an, unser vierter Mann!« begrüßt, in das David, der einarmige Templer, willig einfiel: »Schande über Euch, säumiger Meister des verruchten Spiels!«, während Jalal al-Sufi dem Langerwarteten sein Kommen gern versüßte: »Willkommen oberster

Priester des allerhöchsten Wesens und sein niederster Adept zugleich!«

Der Franziskaner musste gar nicht erst hinschauen, er wusste, dass auf der Platte des blank gescheuerten Tisches bereits die Pyramide aus den feingeschliffenen, kunstvoll mit mystischen Symbolen bemalten Stäbchen sich erhob, bereit zum Anstich, dem Beginn des ›Wesen-Spiels‹, das die Freunde bei jeder sich bietenden Gelegenheit vereinte. William spielte es gern, sogar mit Leidenschaft. Zur wahren Meisterschaft hatte er es – entgegen der blumigen Ankündigung des Derwischs – nie gebracht. Um diese Krone wetteiferten eher Jalal al-Sufi selbst oder der geniale Joshua. David war ein verlässlicher, aber durchschnittlicher Spieler. Für sich konnte William nur einige – durch Tollkühnheit bedingte – Sternstunden in Anspruch nehmen, leicht aufgewogen durch etliche verheerende Niederlagen. Doch heute stürzte er sich keineswegs, wie von seinen Mitspielern erwartet, in das sofortige Austeilen der ersten Runde, sondern warf den Freunden den Knochen vor, an dem er seit dem Besuch des Lorenz von Orta nagte.

»Roç und Yeza sollen wieder aufgetaucht sein!«, schnaufte er, kaum, dass er seinen massigen Körper auf die Bank fallen ließ. »Im Norden Syriens will man unsere kleinen Könige gesehen haben – von diesem Gerücht berichtete mir mein Gewährsmann aus Antioch!« William ließ alle seine Zweifel spüren, und die Reaktion fiel auch sehr unterschiedlich aus.

»Ein Schritt hin zu dem Sehnen unserer Herzen« – jubelte Jalal und sprang auf den Tisch, dass die Stäbchen in der Pyramide erzitterten und das kunstvolle Gebilde Risse bekam – *»ist ein Schritt hin zu dem Geliebten!«*

Die ersten Stäbchen verrutschten, was Joshua mit bedenklichen Falten auf der Stirn quittierte. »Augenzeugen gibt es also nicht?«, dämpfte er die Freude des Derwischs, den er mit festem Griff an der Fußfessel nötigte, wieder vom Tisch auf die Bank hinabzusteigen, was Jalal aber nicht hinderte, weiter zu juchzen. *»Wenn der einzig Geliebte sich zeigen will, dann weiß er auch den Weg –«*

»Gewiss!«, grummelte Josh der Zimmermann. »Aber was besagt das für uns?«

William hielt sich zurück.

»Wir müssen die Augen aufhalten«, antwortete ihm David und goss sich aus dem Kruge vom Wein nach.

»Unsere Herzen!«, verbesserte ihn Jalal al-Sufi leuchtenden Auges und hielt ihm seinen leeren Becher hin. Der Templer ließ sich nicht beirren. »Wenn dem so wäre, würde ich es als Zeichen nehmen, dass meine Zeit der Buße hier ein Ende hat.« Er hob seinen Pokal. »Ich bin bereit, dem Königlichen Paar zu folgen, wohin immer es mich führen mag!« Er trank William und dann auch Joshua zu.

»Denkt nicht«, raunzte ihn der Zimmermann an, »dass mein Herz sich der Freude verschließt.« Und in seiner bedächtigen Art setzte er leise hinzu: »Ohne euch macht mir das Warten auf das Ende meiner Tage im ›Letzten Nagel‹ wenig Sinn. Also werde ich mit euch gehen.« Seine breiten Hände schoben die von Jalal ramponierte Stäbchenpyramide wieder in die rechte Form. »Weil wir aber dann vielleicht nur noch selten so zusammensitzen werden, lasst uns jetzt mit dem Spiel beginnen«, forderte er die Freunde auf, »manchmal geben die ›Drachen des Wesens‹ auch Hinweise auf das, was unserem Auge noch verborgen!«

»Der wahrhaft Gläubige ist dem Hoffenden gegenüber in dem Vorteil, dass er keine Enttäuschung zu befürchten hat«, sagte William und begann die ersten Stäbchen reihum auszuteilen.

Auf der wichtigsten Straße Syriens, die von Aleppo über Homs nach Damaskus führt, lagerte kurz hinter Hama das Heer der Mongolen. Den stark belebten Handelsweg selbst, Teil des Mündungsdeltas der alten Seidenstraße, hatten sie offen gelassen, die angrenzenden Dörfer verschont, um bei der Bevölkerung keine ungute Stimmung gegen sich aufkommen zu lassen, denn sie wünschten als Friedensbringer empfangen zu werden, als Stifter von Recht und Ordnung, so wie sie die Heilsbotschaft ihrer *pax Mongolica* sahen, und nicht als barbarische Eroberer. Dass sie ihre Verpflegung mit Geldern aus den bereits vollzogenen Beutezügen bezahlten, störte sie ebenso wenig wie die herbeiströmenden Karawanen, die ihnen bereitwillig alles zur Versorgung des Heeres Notwendige andienten.

Der alte Kitbogha, Oberkommandierender des Heeres, hatte seinen jüngsten Spross und – wie es Spätgeborenen oft beschieden – erklärten Liebling Baitschu dabei ertappt, wie er teilnahmslos zusah, dass andere Kinder des Feldlagers den wehrlosen Atabeg hänselten. Er rief ihn sofort an seine Seite.

»Er hat den erhabenen Il-Khan belogen!«, rechtfertigte sich der Knabe.

Sein Erzeuger war großmütig gestimmt. »Er hat vielleicht den Mund etwas zu voll genommen«, milderte er das Verdikt ab, was den Sprössling jedoch ermutigte, scherzend hinzuzufügen:

»Sonst wär er nicht so fett!«

Dafür handelte er sich einen Stüber ein. »Gefangene verspottet man nicht!« Kitbogha besann sich kurz. »Du kannst sie über die Klinge springen lassen oder in die Sklaverei verkaufen, aber keine Scherze mit ihnen treiben.«

Das leuchtete Baitschu am Beispiel des armen Lulu zwar keineswegs ein, doch er war nachsichtig mit seinem betagten Vater und wechselte schnell das Thema. »Sagt mir, Herr Vater, was hat es mit dem Königlichen Paar auf sich, dessen Thron wir getreulich mit uns führen, das sich aber uns Mongolen nicht zeigt? Zumindest ich habe die Könige noch nie zu Gesicht bekommen!«

Das klang wie ein Vorwurf und traf den alten Kitbogha an einer empfindlichen Stelle. »Dazu bist du noch zu jung!«, gab er dem neugierigen Filius unbedacht heraus. »Der erhabene Großkhan hat sie erwählt, das Volk der Mongolen liebt sie.« Er seufzte tief. »Bereits seit langem ist ihnen die Herrschaft über den ›Rest der Welt‹, alles Land, das wir zu erobern im Begriff sind, bestimmt –«

»So sind der König und seine Frau Königin schon sehr alt und weise?«, fragte Baitschu tief beeindruckt und bald recht verwirrt, als der Feldherr in seine dröhnende Lache ausbrach.

»Roç Trencavel und die Prinzessin Yeza zählen grad' sechs Lenze mehr als du, mein Sohn, sie sind jung, schön und überaus mutig, doch kein bisschen weise! – Sie haben einen Dickkopf wie mein Sohn Baitschu – oder noch schlimmer –«

In diesem Augenblick wurde der Oberkommandierende zum Il-Khan gerufen. Er gab seinem Filius einen aufmunternden Klaps und schritt auf das Zelt zu.

Der Il-Khan Hulagu hatte seine Generäle angewiesen, Botschaften vor allem zu den weiter entfernt herrschenden Fürsten zu entsenden, um sie zur Huldigung und damit zu Tributzahlungen zu veranlassen. Die näher liegenden Emirate, so war seine Rechnung, würden angesichts seines übermächtigen Heeres schon aus eigenem Antrieb ihre Unterwerfung anbieten. Als warnendes Beispiel war seit diesem Morgen der Atabeg von Mossul mitten im Lager ausgestellt. Der dicke Lulu saß bei Wasser und wenig Brot im Käfig, weil der dritte Tag verstrichen war, ohne dass die angekündigte Karawane aus Täbriz mit dem Prunkstück, dem ›Vater der Teppiche‹, angelangt war.

Hulagu empfing die eintreffenden Gesandtschaften in seinem Audienzzelt, und der ihm als Geisel übersandte El-Aziz musste weiterhin als Page und Dolmetscher zwischen dem erhöhten Thron und den demütig im Kotau Verharrenden hin und her springen, und wenn es dem Oberhofmeister nicht schnell genug ging, dann setzte es auch mal Fußtritte für den Sohn des Sultans. Seine Stellung bei Hofe verschlechterte sich Tag für Tag, der verstrich, ohne dass von seinem Vater aus Damaskus die längst überfällige Unterwerfung eintraf. Der Erste Sekretär des Il-Khan, der arabischen Sprache durchaus mächtig, hatte dem Knaben bereits genüsslich ausgemalt, wie man mit einer Geisel verfahren würde, wenn sie ihren Zweck offensichtlich verfehlt habe. Sein Sterben würde sich lang hinziehen, um seinem dickköpfigen Vater bis zuletzt noch die Möglichkeit einzuräumen, ihm den Tod zu ersparen, doch erfahrungsgemäß würde das Opfer ihn herbeisehnen, so groß seien die Qualen. El-Aziz heulte vor Angst, doch das rührte den Mann, der das Ohr des Il-Khan besaß, nicht im geringsten, schließlich sei es einzig und allein An-Nasir, der mutwillig das Leben seines Sprösslings in eine solche Lage brächte. Ein denkbarer Ausweg sei höchstens, dass jemand den unmenschlichen Vater beseitigte. Dann wäre er, El-Aziz, Sultan von Damaskus und der Il-Khan würde mit großem Vergnügen seine Huldigung entgegennehmen. El-Aziz war verzweifelt. Er kannte niemanden, der eine solche Tat für ihn begehen würde. Von seinen Vettern kam niemand infrage, sie hätten jeder sofort den Sultansthron für sich beansprucht. Als eine letzte Möglichkeit kam ihm El-Kamil, der Fürst von Mayyafaraqin, in den Sinn, doch der schien nicht gewillt, sich in irgendeiner Form unterjochen zu lassen, ja, es ging sogar das Gerücht im Lager, er habe dem Gesandten des Il-Khan Ohren und Nase abgeschnitten, bevor er ihn unverrichteter Dinge zu seinem Herrn zurückschickte. Ganz sicher würde sich El-Kamil jetzt nicht aus seinen Bergen herausbegeben, um für seinen Vetter El-Aziz die Kohlen aus der Damaszener Glutesse zu holen.

Aus der Chronik des William von Roebruk

Wir saßen noch in der Taverne ›Zum Letzten Nagel‹ beim Weine des Patriarchen und betrachteten, was uns das Wesen-Spiel gebracht, kaum, dass der Letzte aus der Runde, wie immer der etwas arg bedächtige Patron Joshua, umständlich seine Steine aufgedeckt hatte.

»Stets verrät der geheime, dem Spiel innewohnende Sinn«, bemerkte unser Templer nach raschem Blick auf das gezeigte Bild, »auch viel über den Spieler, ganz gleich, ob er seine Steine nun geflissentlich suchte oder sie ihm zufielen.«

»Es gibt im Wesen-Spiel keinen Zufall«, setzte ich gerade zu einem altklugen Exkurs über Veranlagung und Bestimmung an, als draußen in der Gasse Stimmen laut wurden. Sollten sich Gäste in unsere versteckte Grotte verirren, oder fahndeten gelegentlich entsandte ägyptische Steuereintreiber nach Einkünften aus unangemeldeter Tätigkeit? Unser ›Wirt‹, Josh der Zimmermann, verschloss leise die schwere Luke, die hinabführte zum geheimen Stollen im Keller, und ebenso geräuschlos verschoben wir den schweren Tisch, bis er den Einlass verdeckte. David der Templer goss aus einem sonst selten benutzten Krug Wasser in unsere Becher, den mit dem Wein hatte Joshua sofort verschwinden lassen.

»Oh, meine Seele!«, zitierte Jalal al-Sufi lachend seinen geliebten Rumi. *»Es geht in den Krieg!«*, und machte Anstalten, mal wieder auf den Tisch zu steigen, woran ihn diesmal David energisch hinderte. *»Leg Deine Rüstung an, verbann Deine Furcht«*, den kecken Mund ließ sich der Derwisch nicht verbieten. *»Reiß mit kühnem Schlag dieser Welt die Maske herunter!«*

»Tschitt!«, zischte der Zimmermann erbost und hob drohend seine gewaltige Pranke. Doch dann war unter den Stimmen draußen vor der Tür deutlich die einer Frau zu vernehmen, das sprach gegen Soldaten oder Büttel, und Jalal nahm seinen Rumi wieder auf. *»Oh, meine Seele, ergib Dich jetzt nicht –«* Er versuchte vergeblich, seinen Wein vor dem Verdünnen zu retten. *»Es ist doch alles nur das übliche Spiel von Katz und Maus!«*

Die Stimmen kamen näher, unser aller Augen richteten sich gespannt auf den schmalen Gang, durch den die Besucher die Taverne betreten mussten. Ein schlanker Knabe erschien im *zai safari*, der hellen Reisetracht, einen *Scimtar* um die Hüften gegürtet. Er blieb im Halbdunkel stehen, um die Nachfolgenden vorzulassen. Es war eine schöne Frau, das Gesicht nur zur Hälfte von einem Schleier gegen den Staub verdeckt, dicht gefolgt von einem hochgewachsenen Ritter in leichter Rüstung, einem Lederkoller, wie ihn die ägyptischen Mamelucken tragen. Trotz des schwarzen, tief in die Stirn gezogenen Turbans erkannte ich den edlen Sohn der Wüste sofort: der Rote Falke! Ritter des unvergessenen Kaisers Friedrich und Sohn des legendären Großwesirs von Kairo!

»Welche Freude!«, rief ich erleichtert. »*Al tahryat aleikum*, Fassr ed-Din!«

Die kühne Frau an seiner Seite war Madulain, Prinzessin der Saratz, der heute noch meines Herzens nie erloschene Zuneigung gilt, wenn auch längstens in geziemender *sublimatio* tief gefühlter Verehrung! Ich stellte den beiden meine Gefährten vor, die äußerst erleichtert waren, in den Ankömmlingen nichts Bedrohlicheres als alte Freunde ihres umtriebigen William zu finden. Der Knabe hieß Ali. Später erfuhren wir, dass er der Sohn des gestürzten Sultans von Kairo war, der seiner Heimat hatte entfliehen müssen. Es stellte sich bald heraus, dass sowohl David, unser einarmiger Templer, als auch Jalal al-Sufi den Emir kannten, der eine als ›Konstanz von Selinunt‹, mit Verleihung dieses Prinzentitels vom großen Staufer dereinst zum Ritter geschlagen, der andere unter dem bekannteren *nom de guerre* ›Roter Falke‹. Selbst Joshua erinnerte sich, ihm schon mal begegnet zu sein. Madulain in ihrer resoluten Art bewirkte schnell, dass unser Patron, der Zimmermann, hinabstieg, um aus dem besten Fass des Patriarchen einen besonders köstlichen Tropfen zu zapfen, während Jalal al-Sufi unsere Becher ausspülte, mit dem heiligen Schwur, dass dies das letzte Wasser sein sollte, mit dem wir heute in Berührung kämen.

»Oh, Träger des göttlichen Trankes«, begrüßte er den die Treppe hinaufächzenden Joshua, *»Vertreiber der Nüchternheit, Wasser reinigt, stillt den Durst des Leibes«*, summte er beglückt vor sich hin, *»doch nur Wein erquickt die Seele, erfüllt sie mit Liebe – «*

Der Rote Falke hatte inzwischen Platz genommen. Ich wunderte mich, dass er den jungen Ali als Stiefelknecht benutzte, um seine Füße vom staubigen Schuhwerk der Reise zu befreien. Der Knabe bediente ihn mit ausdrucksloser Miene, schielte allerdings zu Madulain hinüber, die sich rasch abwandte, als sie meinen forschenden Blick wahrnahm.

Ich berichtete dem Emir, welche Gerüchte uns über das Schicksal von Roç und Yeza zu Ohren gekommen waren, wusste ich doch, dass er einst zu den ersten Hütern der ›Kinder des Gral‹ gezählt hatte, die dereinst unter Einsatz ihres Lebens das Königliche Paar aus dem Montségur retteten, in der Nacht bevor die Gralsburg von ihren Feinden erobert wurde, – schließlich war der tumbe, völlig ahnungslose Franziskanermönch William von Roebruk damals mit dabei gewesen.

Ich verschwieg auch nicht, dass uns Zweifel plagten, was wir von diesem Hörensagen halten, wie wir uns verhalten sollten. Zu unser aller Erstaunen warf sich der Rote Falke sogleich zum glühenden Fürsprech der Königlichen Kinder auf, verlangte von uns – es klang wie ein militärischer Befehl –, wir sollten auf der Stelle alles stehen und liegen lassen! Unser Zaudern sei ihm unverständlich, wandte er sich an sein Weib, das nur Augen für den jungen Ali hatte, ihrem Mann aber sofort zustimmte. Mich hingegen fragte er barsch, wieso wir hier noch untätig unsere Zeit vertäten, anstatt uns längstens auf die Suche gemacht zu haben? Von meinen Gefährten fielen der Zimmermann und David der Templer in betroffenes Schweigen, während Jalal al-Sufi so tat, als ginge ihn das alles nichts an, dabei hatte er meine Neuigkeiten doch als Erster begeistert aufgenommen. Wenigstens erließ der Derwisch uns, jetzt einem weiteren Rumi lauschen zu müssen. Ali, den ich die ganze Zeit über genau im Auge behielt – törichte Alterseifersucht! –, hing an den Lippen des Roten Falken, kaum dass die Namen von Roç und Yeza gefallen waren. Sein Blick hatte etwas von einem Reptil. Mir war er unangenehm.

Nachdem der Emir praktisch das Kommando übernommen hatte, fügte sich unsere kleine Schar seiner Führung: Jahwe und dem Suff ergeben der Zimmermann, obgleich unser nun bevorstehender Auszug ihn für lange Zeit von den lieb gewordenen Fässlein des Patriarchen fern halten würde. Mit militärischem Gehorsam, den er so lange hatte vermissen müssen, David der einarmige Templer. Und ich, William von Roebruk? Ich ließ es die anderen nicht spüren, doch schlug mir das Herz bis zum Hals. Die Aussicht, meine Schutzbefohlenen wiederzusehen – denn daran zweifelte ich nicht –, machte schließlich den Sinn meines Lebens aus, wenn es denn überhaupt noch einen Sinn machen sollte! Auf der anderen Seite empfand ich eine starke Beklemmung, sie schnürte mir fast die Kehle ab. Wahrscheinlich hatte Lorenz von Orta sogar Recht: Es würde nie mehr so sein wie zuvor, aber wie würde es werden? Gewiss waren die Kinder ihren eigenen Weg gegangen, hatten sich naturgemäß verändert. Welchen Part würden sie mir zuweisen, welche Rolle würde das Schicksal spielen? Ich verspürte plötzlich Angst, große Angst. Ehe ich mich schelten konnte, gab der Rote Falke seine Anweisungen für jeden von uns, ich war ihm fast dankbar für dies unerbittliche *dictum*, – und schickte mich zurück auf den Montjoie, damit ich meine Chronik zum vorläufigen Abschluss bringen und danach in einem geeigneten Versteck hinterlegen sollte.

Jetzt sitze ich in meiner Turmstube, das Versteck für den Packen eng beschriebener Pergamente habe ich auch schon gefunden und für Lorenz eine schriftliche Anleitung auf Lateinisch ersonnen, wie nur er, der Franziskaner, den geheimen Ort entdecken sollte. Dafür habe ich sie geschickt verschlüsselt – den berühmten Gruß unseres Ordens nutzend. Diese zuletzt verfasste Niederschrift muss der Chronik nicht beigefügt werden, handelt es sich doch nur zum geringsten Teil um den Weg von Roç und Yeza, sondern um den Beginn eines völlig neuen Abschnitts, der nun vor mir liegt. Ich verstaue daher in meiner Pilgertasche so viel an leeren Pergamentblättern, wie darin Platz finden, dazu ein sorgsam verschlossenes Gefäß mit teurer Tinte sowie reichlich geschnittene Federkiele. Als getreuer Chronist will ich mich insofern beweisen, dass ich bei jeder sich bietenden Gelegenheit alles notieren werde, was mir auf der Suche nach dem Königlichen Paar widerfahren soll – und danach, wie alles – zusammen mit meinen beiden Lieben – weitergeht, denn mittlerweile bin ich wild entschlossen, sie nie wieder zu verlassen – und wenn ich mit ihnen bis ans Ende der Welt wandern muss!

Ein Problem bereitet mir der Abschied von Odoaker. Als ich gestern Abend zum Montjoie zurückgekehrt bin, hat mich die treue Seele mit so traurigen Augen angeschaut, dass ich es nicht übers Herz bringe, meinen stummen Gefährten und einzigen Zuhörer mit der Wahrheit zu konfrontieren. Ich werde diese letzten Blätter auf meinem Arbeitstisch liegen lassen, sodass er, wenn er mich vermisst, sich selbst ein Bild von meiner Seelenpein machen kann. Dann werde ich mich bereits – hoffentlich von ihm unbemerkt – hinausgeschlichen haben, denn der Zeitpunkt der Verabredung mit dem Roten Falken und den Freunden aus Jerusalem rückt unerbittlich näher.

Aus der Küche des Sakristans ziehen liebliche Schwaden des bereits köchelnden Mittagsmahles zu mir hoch. Odoaker wird es allein verzehren müssen, und ich werde mit knurrendem Magen mich davonstehlen. Ich könnte diesem mir lieb gewordenen Geschöpf nicht in die Augen sehen. Ich umarme ihn im Geiste und wünsche mir, dass er nicht schlecht denkt von dem Schreiber dieser Zeilen, den nun eine völlig anders geartete Pflicht ruft, stärkere Bande, als sein undankbarer Gast im Turm, dieser pflichtvergessene Franziskaner, selbst je gedacht. *Pax et bonum*, dies zum letzten Gruß!

William von Roebruk, O. F. M.

ÜBER DIE UNTAT DES EMIRS VON MAYYAFARAQIN, diese dreiste, frevelhafte Verstümmelung eines ›Boten‹, wurde im Lager der Mongolen nur hinter vorgehaltener Hand getuschelt. Das empörende Verhalten dieses wild gewordenen Kurden beschäftigte hingegen zwangsläufig den Hofstaat und die Generäle des Il-Khan. Im Beisein der Seldschukenprinzen erörterte der Oberkommandierende Kitbogha mit seinem General Sundchak die zu ergreifenden Maßnahmen, denn diese offene Auflehnung musste unverzüglich und strengstens geahndet werden, bevor das schlechte Beispiel Schule machte. Die beiden Prinzen Kaikaus und Alp-Kilidsch witterten die Chance, ihre Stellung bei den Mongolen aufzuwerten.

»Dieser ayubitische Räuber, dieser ungehobelte Viehdieb«, boten sie sich an, »ist in das Gebiet eingefallen, das unserem Herrn Vater, dem Sultan, untersteht.«

»Über das er offensichtlich wenig Macht besitzt!«, blaffte sofort Sundchak zurück. »Denn dieser El-Kamil schaltet und waltet dort nach eigenem frevlerischen Gutdünken!«

»Dreist und dumm!«, grummelte der alte Kitbogha, über das Kartenmaterial gebeugt, das vor ihm ausgebreitet war. »Er glaubt wohl, unser strafender Arm reiche nicht bis ins ferne Mayyafaraqin?«

»Übertragt uns die ehrenvolle Aufgabe«, schlug Kaikaus vor, »ihn dort auszuräuchern und Euch als Rauchfleisch zu servieren, dass Ihr ihn scheibchenweise aufschneiden mögt!«

»Keine schlechte Idee!«, lobte der stiernackige Sundchak. »Genau so sollten wir mit ihm verfahren!«

Kitbogha sah stirnrunzelnd zu ihm auf. »Um dies sicherzustellen, mein Sundchak, werdet Ihr in eigener Person diese Strafexpedition leiten.« Mit einer herrischen Handbewegung scheuchte er die beiden Seldschukenprinzen aus dem Feldherrnzelt. »Wir Mongolen sind nicht darauf angewiesen, dass andere unsere offenen Rechnungen begleichen, wenn es um die Ehre unseres Heeres geht! Wir werden ein Exempel statuieren, das jedmöglichen Nachahmer abschreckt.« Sundchak hatte verstanden. »Die Köpfe aller, die ich zu Mayyafaraqin vorfinde, werden aufgespießt die Mauern zieren, ganz gleich, ob Frauen oder Kinder!«

Kitbogha schwieg zu dieser Ankündigung, die Rohheit seines Untergebenen stieß ihm oft übel auf, aber Sundchak war ein verlässlicher General. »Den Emir jedoch«, wandte er missmutig ein, »bringt Ihr dem Il-Khan lebend!«

»Ihr könnt Euch auf mich verlassen!«, nahm Sundchak den Auftrag entgegen, wie ein Fleischerhund die Wurst als Belohnung. »Kein Stein wird auf dem anderen bleiben!«, schmatzte er in sichtbarer Vorfreude.

»Entweder – oder?«, pfiff ihn Kitbogha zurück. »Eben noch wolltet Ihr die Zinnen mit abgeschlagenen Schädeln schmücken?!« Der Oberkommandierende ließ seinen ungeliebten General noch eine Zeit lang nach den Knochen schnappen. »Dem Il-Khan geht es einzig um den aufsässigen El-Kamil! Je mehr dessen strenge Bestrafung exemplarisch herausragt, umso stärker ist der Eindruck bei der Bevölkerung«, dämpfte der Alte die Mordlust seines Generals. »Ich werde Euch meinen Neffen Khazar mitgeben, damit der junge Mann von Euch lernt, wie man seine Feinde einschüchtert, ohne sie aufzuhetzen oder in die blinde Wut der Rache zu treiben: Alle Frauen und Kinder werden verschont!«

Sundchak schluckte die Einschränkung. »Kinder werden als Sklaven verkauft!«, bestätigte er die Anweisung. »Aber die Weiber!?«, begehrte er auf.

Kitbogha ging nicht darauf ein, weil der Gesandte des französischen Königs das Zelt betrat. Yves der Bretone hatte bei Hulagu und der Dokuz-Khatun einen gewichtigen Stein im Brett, obgleich sein Herr, dieser König der Franken, sich bisher nicht bereit gefunden hatte, wenn schon nicht dem Großkhan zu Karakorum, so doch wenigstens seinem im Vorderen Orient machtvoll präsenten Vertreter, dem Il-Khan, zu huldigen. Es musste wohl etwas mit Roç und Yeza zu tun haben, dass der Bretone eine derart herausragende Stellung bei Hofe einnahm. Ihm, Kitbogha, war der Mann sympathisch. Yves schien äußerst besonnen und gab sich meist als schweigsamer, aufmerksamer Zuhörer. Wenn er mal das Wort ergriff, hatten seine Argumente stets Hand und Fuß.

»Ich gedenke mich der Strafexpedition nach Kurdistan anzuschließen«, eröffnete der Bretone sein Begehr, »ich will dort bestimmten Spuren nachgehen«, fügte er hinzu.

Kitbogha war auf Anhieb klar, dass der Bretone nur das Königliche Paar im Sinn haben konnte, nicht so der begriffsstutzige Sundchak, der sofort seine Führerschaft bedroht sah. Außerdem konnte er den Bretonen nicht leiden, aber das beruhte wohl auf Gegenseitigkeit.

»Ihr unterstellt Euch damit meinem Kommando!«, schnaubte der Fleischerhund unwillig.

»Mit größtem Vergnügen, General!«, gab sich Yves galant, was Kitbogha lächeln machte. Er fühlte sich sehr erleichtert, dass Yves mit von der Partie sein würde, denn Sundchak war ein strikter Gegner der Idee vom Königlichen Herrscherpaar, das der Il-Khan und seine Frau im zu erobernden ›Rest der Welt‹ einzusetzen beabsichtigten – wenn denn Roç und Yeza endlich wieder auftauchten. Man wusste ja nicht einmal ob, und schon gar nicht, wann und wo? Da war die umsichtige Präsenz des Bretonen schon recht beruhigend, denn dem skrupellosen und meist auch übertrieben brutalen Sundchak traute der alte Kitbogha, was Roç und Yeza anbetraf, mitnichten über den Weg! Ihm hingegen lagen die beiden mehr am Herzen, als er sich zuzugeben bereit war. Der Blick des Alten suchte den von Yves, und sie nickten sich einverständig zu.

»Euer wacher Filius Baitschu«, vertraute der Bretone ihm beiläufig an, »hat natürlich auch von der Strafexpedition vernommen und wollte partout mit gen Kurdistan ziehen. Ich habe mir erlaubt, es ihm auszureden.«

»Recht habt Ihr getan, Herr Yves«, bestätigte ihm dankbar der

Vater, »der Knabe ist viel zu jung, um an einer solch unschönen – wenn auch unvermeidlichen – Aktion teilzunehmen.«

Das forderte den Widerspruch Sundchaks heraus. »Wieso unschön?! Verträgt ein junger Mongole nicht den Anblick der Köpfe auf den Mauern des besiegten Feindes?!«

Yves enthob Kitbogha der Antwort. »Die Schönheit blutig aufgespießter Schädel ist letztlich eine Frage des Arrangements«, überforderte er geschickt den General, der sich geschmeichelt fühlte. »Doch für das Gemüt eines Knabens ist der vorausgehende Vorgang des Abschneidens nicht sonderlich zuträglich.«

Sundchak grummelte Unverständliches über die mangelnde Härte und Ertüchtigung mongolischer Jugend und stapfte hinaus.

»Wisst, Ihr, Herr Yves, was Ihr im Gemüt eines Fleischerhundes anrichtet«, Kitbogha ließ seiner Häme freien Lauf, »wenn Ihr ihm seinen Lieblingsknochen bepinkelt?«

Aus der Chronik des William von Roebruk

Ich hatte das Manuskript meiner Chronik sorgfältig im Glockenturm von Montjoie verborgen, war von Odoaker ungesehen aus dem Gemäuer entschlüpft – der Gute rupfte andächtig grummelnd die letzten frischen Kräuter im Küchengarten – und verbarg mich hinter einem der Grabsteine, bis er zufrieden wieder seinem Herd zustrebte, dann eilte ich hastig wie ein Dieb den von der Küche nicht einsehbaren Pfad hinab, bemüht, alsbald die schützenden Laubbäume des Tals zu erreichen.

Es war gar nicht so einfach gewesen, ein geeignetes Versteck zu finden, die Zerstörung des Glockenstuhls hatte den Turm auch seiner vielleicht geeigneten Balkenkonstrukton beraubt, aber dann entdeckte ich, dass eines der Löcher in der Wand, die einst als Auflager dienten, tief genug in das Mauerwerk hineinragte, um meinen mit gewachstem Tuch umwickelten Batzen aufzunehmen. Ich verschloss die Höhle mit einem unauffälligen Stein, ließ die verschlüsselte Anweisung für Lorenz von Orta auf meinem Tisch zurück und konnte nur hoffen, dass Odoaker sie ihm – trotz Kummer oder Wut über mein schnödes Verhalten – aushändigte. Ohne mich noch einmal umzudrehen, schritt ich munter fürbass, dem mit dem Roten Falken und den Freunden aus Jerusalem vereinbarten Treffen entgegen.

Ich hatte schon den größten Teil meines Weges zurückgelegt, als nach einer Wegbiegung einige Ritter vor mir auftauchten, in lange schwarze Umhänge gehüllt, die Gesichter hinter Topfhelmen verborgen. Ich war spontan geneigt, sie für Templer zu halten, leuchtete doch das rote Tatzenkreuz auf ihrer Brust, zwar trugen gemeinhin Mitglieder dieses Ordens ihr Emblem groß und weithin sichtbar auf weißer Clamys und nicht wie diese dezent, kaum Handteller breit über dem Herzen. Doch als ich dann die schwarze Sänfte gewahrte, die im Hintergrund stand, wusste ich, dass sie zu den ausgewählten Dienern jener Macht gehörten, der auch ich mich verpflichtet hatte und vor der es anscheinend kein Entkommen gab – zumindest nicht für einen unbedarften Minoriten wie mich! Die »Schwarzen Templer« befanden es nicht einmal für nötig, mich anzusprechen. Stumm hielten sie den Schlag der Sänfte auf, ich fügte mich und bestieg ebenso wortlos das enge Gehäuse. Der Zug setzte sich mit mir in Bewegung. An meiner Lage hatte sich eigentlich wenig verändert, die geheime Macht, für die ich an der Chronik von den königlichen Kindern schrieb, hatte meinen kleinen Ausbruchsversuch vereitelt, den unzuverlässigen William abgefangen. Sie würde auch dafür sorgen, dass ich wieder auf den rechten Pfad geriet und meine Pflicht erfüllte. Hatte es Lorenz mir nicht schon warnend angekündigt?!

DAS KLEINE MONGOLISCHE EXPEDITIONSHEER unter dem General Sundchak zog quer durch die nordsyrische Wüste gen Osten. Mit dem französischen Gesandten hatte der bullige General ein gewisses, von ihm mehr als Duldung gesehenes Einvernehmen hergestellt. Wie er dem neben ihm reitenden Bretonen kundtat, verließ er sich als verantwortlicher Stratege auf die in diesem Gebiet verstreuten Oasen und die zahlreichen Burgen, deren Besitzer sich beizeiten unterworfen hatten und jetzt bereitwillig Wasser und Proviant zur Verfügung stellten. Die Hauptkarawanenstraße, deren Benutzung den langwierigen Marsch erheblich erleichtert hätte, führte allerdings wenige Meilen weiter südlich über die sagenumwobene Stadt Palmyra. Doch dort herrschte eine Sekte fanatischer Derwische, Freunde der Sundchak sowieso verhassten Assassinen, außerdem galten sie allen Fremden gegenüber als unfreundlich, wenn nicht feindlich eingestellt. Ihre Macht stützte sich auf kriegerische Beduinenstämme in der Umgebung, und ein Brechen ihres Widerstands hätte einen längeren Krieg bedeutet. Den durfte sich der General schon aus Zeitgründen nicht aufzwingen lassen. Sein Auftrag lautete, schnellstmöglich den Emir von Mayyafaraqin seiner gerechten Bestrafung zuzuführen. Also hatte Sundchak zähneknirschend den unbequemen Weg querfeldein gewählt.

Yves der Bretone gab zu der Entscheidung keine Stellungnahme ab. Für ihn galt nur das Ziel, das er sich gesetzt hatte, der Weg dorthin war ihm ziemlich gleichgültig, solange nicht blanke Unvernunft ihn bestimmte. So schwieg er verbindlich, hielt aber seine Augen offen.

Insgeheim war Sundchak nicht unglücklich über den ihm aufgezwungenen Begleiter. Diese Franken verfügten über eine jahrzehntelange Erfahrung im Umgang mit diesen Beduinen, Türken oder Arabern, wussten, wie man sie zu behandeln hatte oder wie man sie sich vom Leibe hielt.

Der Bretone hingegen musste sich immer wieder über die fast kindlichen Vorstellungen seiner Gastgeber wundern – Bulldogge Sundchak allen voran! –, die da allen Ernstes meinten, dass die unterworfenen Muslime nichts sehnlicher erhofften, als die Einführung der *pax Mongolica* in ihren Ländern – anstelle der Lehre des Propheten! Den Mongolen waren deren Aufsässigkeit beziehungsweise unzuverlässigen Bündnisse völlig fremd, ja unverständlich. So beriet sich der mongolische General, ohne seine Befehlsgewalt aufzugeben, zunehmend mit Yves, seinem unliebsamen Begleiter.

Khazar, den Neffen seines Oberbefehlshabers, hingegen schloss Sundchak bewusst von solchen Besprechungen aus. Der junge Mann sollte ihm weder in die Karten schauen dürfen noch seinem Onkel Wesentliches über die Vorgehensweise seines Generals berichten können.

Das nächste Etappenziel stellte zweifellos das Erreichen des Euphrat dar. Darüber waren sich beide derart einig, als sie spätabends im besten Einvernehmen auseinander gingen, sie hatten getrunken, dass Sundchak den Franken im Scherz zum Vize-General ernannte. Yves lächelte nur, und sie begaben sich zur angesagten Nachtruhe.

Yves der Bretone lagerte wie immer abseits und so, dass er die verglimmenden Feuer der Mongolen im Auge behielt, auch wenn er auf diese Weise sich außerhalb der Ronde befand. Der Bretone verließ sich mehr auf seinen leichten Schlaf als auf die Wachsamkeit der eingeteilten Posten.

Yves lag noch lange wach. Seine Gedanken durcheilten das Land, das vor ihnen lag, Wüste, mächtige Flüsse und schließlich das unwirtliche Gebirge. Die Tatsache, dass Roç und Yeza bisher niemandem nachweislich zu Gesicht gekommen waren, sprach sehr für die unüberschaubaren Felstäler Kurdistans. Hier musste das Königliche Paar sich nicht einmal verstecken, sondern wurde von der schroffen Wildnis selbst vor Ausschau haltenden Augen im Verborgenen gehalten.

Yves dachte noch über die Schlüssigkeit seiner Gedankenkette nach, als er hinter sich ein leises Knacken vernahm. Seine Hand tastete nicht zu seinem Langschwert, sondern zum kurzen Dolch in seinem Stiefelschaft. Langsam krümmte er den Rücken und zog das Bein an. Der Unsichtbare hinter ihm verharrte, Yves konnte seinen Atem hören, und der verriet weit mehr Angst als Angriffslust – und außerdem die genaue Position des Mannes. Der Bretone schnellte hoch wie ein Python, seine langen Arme stießen vor und schlangen sich unerbittlich um den Hals des Unglücklichen. Sein klammernder Griff zwang den Schleicher in die Knie, gleichzeitig seinen Kiefer so weit auseinander, dass er angstvoll keuchen konnte:

»Naiman!«, stieß er gepresst hervor. »Ich bin Naiman«, würgte er verschwörerisch hinzu, »im Dienst des Sultans von Kairo.« Yves lockerte den Griff nur so weit, dass er mit der anderen Hand den Dolch an die Kehle des bekannten Agenten setzen konnte. Der schmächtige Naiman begann zu schlottern. »Die Kinder«, stieß er hervor, »ich kann Euch verraten, Herr Yves, wo Ihr das Königliche Paar finden könnt – «

Der Druck von Yves' kräftiger Hand ließ nach, aber die Klinge presste sich kalt gegen die Halsschlagader. »Und wozu begebt Ihr Euch in Gefahr, um mich dies wissen zu lassen?«

Naiman stöhnte in Todesangst und flüsterte dann mit dem Mut eines Verzweifelten: »Damit Ihr die beiden umbringen könnt!« Da der Dolch sich nicht rührte zum raschen Schnitt, setzte er frech hinzu: »Das ist doch Euer heimliches Ziel, Bretone, sonst wärt Ihr ja wohl kaum mit von der Partie!«

Der Preis für seine unverschämte Unterstellung war, dass sich die Hand des Bretonen verkrampfte, Naiman bekam kaum noch Luft. Yves ließ den Wicht zappeln, außer sich vor Zorn, doch er bezwang sich.

»Nehmt an, eine solche Tat zu vollbringen sei mein Begehr«, sagte der Bretone bedächtig, »warum sollte ich Euch zum Mitwisser haben?!«

Das Schlottern Naimans nahm wieder zu, bis zur Erbärmlichkeit. »Um den Preis meiner Unversehrtheit – «

Yves lachte bitter. »Was außer Hinkebein und Schielauge könnte man Euch noch zufügen?!«

»Lasst mich mit meinen Gebrechen leben, das ist der Strafe genug«, seufzte Naiman Mitleid heischend. »Ich vertraue Eurer Ritterlichkeit gegenüber Krüppeln und Schwachen, und so geb' ich Euch den geheimen Ort bekannt, in dessen nächstem Umkreis Ihr Roç und Yeza finden könnt – «

»Ich warne Euch, Naiman, ich bin weder Ritter noch Mörder!«

Der Agent des Sultans fühlte sich jetzt seinem Ziel nahe. »Es ist die Burg Mard' Hazab!«, brachte er seine sich selbst gestellte Aufgabe stolz zum Abschluss.

»Geht zum Teufel!«, sprach der Bretone, der seine Ruhe wiedergefunden hatte. Mit einem kräftigen Fußtritt beförderte er den windigen Naiman ins Dunkel zurück, aus dem er gekommen. Nicht ohne Genuss vernahm er am Scheppern der Steine, dass der Kerl sich nicht auf den Beinen hatte halten können, er lauschte dem sich entfernenden Schlurfen. Die mongolischen Wachen hatten von dem Zwischenfall nichts mitbekommen.

Yves legte sich nicht wieder schlafen, sondern hockte grübelnd in der Dunkelheit. Mard' Hazab! Damit waren Roç und Yeza zwar so gut wie gefunden, befanden sich aber gleichzeitig in größter Gefahr. Denn eines würde Sundchak sich nicht ausreden lassen: seinen erhaltenen Freibrief zur Liquidierung aller männlichen und weiblichen Bewohner der Burg nicht voll auszunutzen. Und wenn das Königliche Paar tatsächlich auf Mard' Hazab Zuflucht gesucht haben oder in Gefangenschaft geraten sein sollte, würde dieser tüchtige General mit größter Genugtuung beide Augen zudrücken, nicht um Roç und Yeza zu retten, sondern um sie – ein Versehen! – flugs mit allen anderen über die Klinge springen zu lassen. Die Vollmacht, die Sundchak erhalten hatte, musste außer Kraft gesetzt werden! Das konnte nur eine Gegenorder Kitboghas.

Yves schlich sich zum Schlafplatz von Khazar und weckte ihn, ihm gleich die Hand auf den Mund legend.

»Du musst auf der Stelle zum Hauptheer zurückreiten und deinem Onkel ausrichten, das Königliche Paar wird auf einer Burg namens Mard' Hazab gefangen gehalten, der allgemeine Tötungsbefehl muss sofort ausgesetzt werden. Das soll er dir schriftlich geben, gerichtet an seinen General Sundchak!«

Khazar hatte leuchtenden Auges zugehört, aber mit der Erwähnung des Generals kamen ihm Bedenken. »Wie soll ich mich unerlaubt von der Truppe entfernen?«

»Das nehm ich auf meine Kappe«, erklärte Yves mit fester Stimme, dabei war ihm klar, dass er den jungen Mongolen in größte Schwierigkeiten bringen konnte. Aber es blieb ihm keine Wahl. Khazar wusste um die besondere Stellung des Bretonen und war stolz, von ihm für diese wichtige Mission erwählt zu sein. Yves geleitete ihn selbst zum Hauptmann der Wachen und befahl, dass man Khazar das beste Pferd geben sollte. Dann schickte er den stämmigen Burschen los.

Am frühen Morgen, bevor noch von den Wachen Meldung gemacht werden konnte, betrat Yves das Zelt des Generals, der sofort schlaftrunken von seinem Lager auffuhr.

»Ich habe heute Nacht von meinen Befugnissen als Vize-General Gebrauch gemacht – « Sundchak grummelte sein Missfallen schlecht verbergend, was Yves nicht aufhielt. »Mir ist zu Ohren gekommen, dass der Emir von Mayyafaraqin uns am Tigris mit großem Truppenaufgebot einen Hinterhalt legen will«, phantasierte der Bretone, entgegen seiner sonstigen, eher einsilbigen Art, wild drauflos. »Ich habe daher einen Boten zum Hauptlager zurückgeschickt, damit der Atabeg von Mossul, der sich in unserem Gewahrsam befindet, Anweisung an seine Leute gibt, uns mit dem notwendigen Material zu versorgen, um an anderer Stelle eine Brücke über den Fluss zu schlagen und so dem Feind ein Schnippchen!«

»Geniales Schnippchen!«, höhnte polternd der General. »Vor uns liegt erst mal der Euphrat und keineswegs der Tigris!«

»Gut Ding will seine Weile!« Der Bretone ließ sich nicht ins Bockshorn jagen. »Wenn ich an die Karawane mit dem berühmten Teppich des dicken Lulu denke, die bis heute noch nicht angekommen – «

»Und wen habt Ihr als Boten losgeschickt?!«, hakte Sundchak lauernd nach, während er sich von seinem Feldbett hochstemmte.

»Ich wählte den aus, den Ihr, mein General, am wenigsten vermissen werdet: Khazar!«

»Fabelhafte Wahl!« Die trockene Morgenstimme Sundchaks hustete vor Häme. »Die beste wäret allerdings Ihr selber gewesen!«

»Das wollte ich Euch nicht antun.« Yves genoss den Ärger des Stiernackigen, doch dessen Blick wurde zusehends unfreundlicher.

»Nun verratet mir noch ein Letztes: Wer hat Euch diesen faustdicken Wüstenfloh ins Ohr gesetzt, dass Ihr jetzt schon von angeblichen Widrigkeiten wisst, die uns erst am Tigris erwarten?«

Yves lächelte. »Ihr kennt Naiman nicht, den fähigsten Agenten des Sultans von Kairo. Ich erwischte ihn heute Nacht, als er in das Lager eindringen wollte –«

»Um auszuspionieren, ob wir vielleicht selber eine Brücke bauen könnten oder dafür den Teppich des Atabegs von Mossul benutzen!?«

»Sein Auftrag war wesentlich schlichter, er sollte den fähigsten General der Mongolen im Schlaf erdolchen!«

Sundchak schluckte den Morgenschleim. »Herr Yves, ich entbinde Euch mit sofortiger Wirkung von allen Pflichten, mich als Vize-General zu vertreten. Selbst im Fall meines gewaltsamen Todes wünsche ich nicht, Euch als meinen Nachfolger zu wissen!«

Der Bretone verneigte sich lächelnd und trat aus dem Feldherrnzelt.

Aus der Chronik des William von Roebruk

Der Transport meiner so wichtigen Person durch die ›Schwarzen Templer‹ zog sich über mehrere Tage hin. Immerhin wurde ich in der Sänfte getragen und musste nicht laufen. Bei kurzen Aufenthalten zur Notdurft oder Nahrungsaufnahme wurden mir die Augen verbunden, bevor ich mein Gehäuse verlassen durfte. Ansonsten näherte sich mir keiner meiner Bewacher, keiner sprach mit mir, ich fühlte mich ausgestoßen wie einer, der die Lepra hat. Für die Übernachtungen kehrten sie auf Burgen ein, die wohl dem Orden gehörten oder ihm zumindest verpflichtet waren. Ich bekam zwar nie einen Templer zu Gesicht, aber Johanniter würden uns wohl kaum so entgegenkommend – ohne Fragen zu stellen – beherbergt haben, und Festungen des Deutschen Ritterordens gab es ja kaum. Auch das zeigte mir die Macht der geheimen Bruderschaft, jenes Ordens hinter dem Orden der Templer, dem die noch geheimnisvollere Person der ›Grande Maîtresse‹ vorstand. Man munkelte, dass dieser verschworene Bund schon über alle denkbaren Zeiten hinweg bestünde, als Hüter eines apokryphen Wissens über die

Entstehung der Welt und ihren Schicksalsweg, zumindest aber als unsichtbares Band alle diejenigen vereinte, die sich vom Blute des Christos herleiten durften, dieser besondere Adel des Abendlandes. Diese Familienbande bestimmten auch, wer als ›Großmeister‹ jeweils die Geschichte der okkulten Vereinigung lenkte, gleich ob Mann oder Frau. Womöglich verbarg sich hinter der Grande Maîtresse gar die oberste Priesterin des Gral? Ich bildete mir nicht ein, dass sie mir ihre eigene Sänfte geschickt hatte, aber ich erinnerte mich inzwischen genau, dass auch die alte Dame stets nur in einem solchen sinistren Gehäuse aufzutreten pflegte. Von Angesicht zu Angesicht hatte ich sie nie gesehen, noch sehnte ich mich danach, wahrscheinlich stand darauf der Tod!

Unmittelbar nach der Ankunft wurde ich unverzüglich in eine Zelle gesperrt, auch dies ging jedes Mal so reibungslos vor sich, dass ich mit niemandem außer mit meinen schweigenden Kerkermeistern in Berührung kam. So war ich immer allein, und das brachte mich zwangsläufig dazu, doch mehr und mehr über mich und meine Aufgabe nachzudenken, der ich mich wohl nicht entziehen konnte. Allem Anschein nach hatte meine Chronik, an der ich mehr zu meiner Unterhaltung, sicher auch zur Befriedigung meiner Eitelkeit schrieb, meine Auftraggeber nicht zufrieden gestellt, sodass ich jetzt mit solcher Strenge an die Kandare genommen wurde? Denn das war mir auch klar, das Ziel meiner unfreiwilligen Reise konnte nichts anderes sein als wieder ein Schreibgemach, in dem ich meine Arbeit unter verschärften Bedingungen unweigerlich würde fortsetzen müssen! Man hatte mir mein Schreibzeug und genügend Pergament gelassen, dazu ein Pult und ein hell leuchtendes Öllicht in die Zelle gestellt.

Mit Schrecken hörte ich plötzlich Stimmen vor meiner Zelle, der Schlüssel drehte sich rasselnd im Schloss. Ich verfluchte meine alberne Todesangst und dann die nächtliche Störung! Herein trat Lorenz von Orta, mein feingliedriger, weißhaariger Aufseher und Mentor zugleich. Er schien recht ungehalten, sodass ich es mir verkniff, mich über die erfahrene Behandlung zu beschweren.

»Kaum hattest du, Bruder William, eigenmächtig den Montjoie

verlassen«, eröffnete er mir vorwurfsvoll, »wurde das Wallfahrtskirchlein mit seinem Glockenturm von Unbekannten überfallen. Sie suchten – nach allem Anschein – sich in den Besitz deiner, unserer Chronik zu setzen.« Lorenz sprach unaufgeregt, fast kühl, was mich – als Betroffenen – verstimmte, zumal er unnötigerweise anfügte: »Denn deine Person kann ja wohl kaum einen Anlass für ihre Bemühungen darstellen.«

»Haben sie –?«, unterbrach ich ihn ungeduldig, doch er ließ mich auflaufen.

»Sie folterten den Sakristan, damit er ihnen das Versteck verriete. Da er es nicht preisgab, brachten sie ihn um!«

Ich fühlte mich wie vor den Kopf geschlagen, auch irgendwie schuldig, schon aufgrund meines Verrats an der treuen Seele. »Wer?!«, stammelte ich. »Wer waren diese Schweine?!«

Lorenz musterte mich kalt. »Hätten sie im Turm geschnüffelt, wäre ihnen der Stein sofort ins Auge gesprungen, so tölpelhaft war das Versteck angelegt. Gott sei Dank kamen wir noch rechtzeitig, und sie ergriffen die Flucht!«

Das Leben des armen Odoaker zählte nicht, nur die Chronik, das Dokument ihrer Machtinteressen! Wahrscheinlich würden sie auch über die Leichen von Roç und Yeza gehen, wenn es ihnen ›angebracht‹ erschien – über meine ganz gewiss! »Habt Ihr die Kerle noch gesehen?«, fragte ich indessen, meine Wut feige abwürgend.

Lorenz schüttelte unwirsch den Kopf. »Es können Muslime gewesen sein, doch das würde mich wundern, es sei denn Agenten des Sultans von Kairo«, er schaute mich wieder an, als sei ich der Schlüssel all des Ungemachs. »Ich befürchte, die gehässige – oder auch nur neugierige – Attacke kommt aus den Reihen unserer christlichen Glaubensbrüder.«

»Wie das?!«, entfuhr es mir, ziemlich unbedarft, wenn nicht blöd!

»Der Stuhl Petri kann wohl kaum Interesse daran haben«, erklärte mir Lorenz nachsichtig, »dass diese Ketzerkinder ausgerechnet hier im Heiligen Land, im heißgeliebten, blutig zuckenden, zuckersüßen Herzen der römisch-katholischen Christenheit auf den Thron kommen, einen Thron, unter dem dann das Feuer der

Hölle lodert – oder schlimmer noch: das des mystischen Gral!« So sehr der weißhaarige Alte diesmal aus sich herausgegangen war, er konnte nicht verbergen, dass er die Motive der Angreifer auch nicht kannte. Peinlich war dem Herrn von Orta dieser Mangel kaum, eher empfand er mich als Zeugen unpassend, wie er sogleich bewies. »Morgen Früh, William, wirst du an einen sicheren Ort gebracht werden«, eröffnete er mir abschließend, »wo man dich Unwürdigen« – das verkniff er sich nicht – »zu sehen wünscht!«

»Wohin?«, erdreistete ich mich zu fragen. Wahrscheinlich wollte man mir an höchster Stelle die Leviten lesen.

»Das geht dich nichts an!«, erhielt ich prompt den verdienten Verweis. »Richte lieber deine Wissbegierde auf das, was wir – und damit auch die Nachwelt – von dir zu erfahren wünschen! *Bona nox!*« In der Tür drehte er sich noch einmal zu mir um, fast mitleidig fügte er hinzu: »Deinen frommen Franziskanerwunsch *pax et bonum* ersetze bitte zukünftig durch *si vis pacem, para bellum!*, also die Erkenntnis, dass sich Frieden nur durch ständige Bereitschaft zum Krieg erringen lässt – wenn überhaupt!«

Ich hatte die Nacht schlecht geschlafen. Nachdem der Secretarius *venerabilis* mich allein gelassen hatte, drang das Rauschen des nahen Meeres nun deutlich an mein Ohr. Es beunruhigte mich anfangs, weil ich mir ausmalte, dass man mich auf eine einsame Insel verfrachten könnte, damit ich meiner mir auferlegten Chronistenpflicht endlich in völliger Abgeschiedenheit nachkommen möge. Was erwartete man eigentlich von mir? Dass Roç und Yeza zu monarchischen Würden ausersehen waren, das hatten die Geheimen hinter meinem Quälgeist Lorenz, ihrem Secretarius venerabilis. laut genug und vernehmlich für jedes interessierte Ohr in die Welt hinausposaunt. Gab es etwas, das diese Erhöhung meiner Lieblinge hindern konnte, ihnen die zugesagte Krone vom Kopf stoßen konnte? Etwas, das nur ich wusste – oder von dem man zumindest annahm, dass ausgerechnet der füllige Bruder des heiligen Franz mit breitem Arsch auf diesem brisanten Geheimnis saß. Vielleicht ohne es zu ahnen? Wie schon oft in meinem umtriebigen Leben war es mir, als sei ich zum Schutz meiner kleinen Könige aufgerufen. Statt es als Anlass zu beunruhigender Bedrohung durch Unbekannte zu nehmen, bereitete mir der Gedanke behäbige Zufriedenheit. Ich hatte mir die Aufmerksamkeit, die man mir zuteil werden ließ, weiß Gott verdient! Ich sah das schüttere Haupt des dicken William mit einer Mischung aus güldenem Lorbeer und Glorienschein bekränzt. Diese schöne Vision lullte mich endgültig ein …

Am nächsten Morgen wurde ich in aller Herrgottsfrüh und höchst unsanft aus dem Schlaf gerissen. Ich hatte zwar nicht mit einer persönlichen Verabschiedung durch Lorenz von Orta gerechnet, aber auch nicht mit einer herrisch krächzenden Stimme, die anscheinend nicht nur meine Person mit Missachtung strafte, sondern auch meinen Mentor. Der Adressat, an den sich die harsche Rüge richtete, war offenkundig schwerhörig, wahrscheinlich der Kastellan der Burg.

»Was glaubt denn der Herr Secretarius«, bellte das befehlsgewohnte Organ – zu sehen bekam ich seinen Besitzer dank meiner Augenbinde nicht –, »dass für den Transport eines unbotmäßigen Minoriten kostbare Angehörige unseres Ordens aufgeboten werden?!« Ich wurde grob in meine fensterlose Sänfte gestopft und vernahm den Rest nur noch gedämpft und damit weitgehend unverständlich – »… abliefern und einsperren! … So wichtig kann die Sache nicht sein, dass Templer …« Doch dann schnarrte die Stimme so dicht an meinem Ohr, dass ich das Gefühl hatte, der Unsichtbare, der anscheinend das Kommando hier an sich gerissen hatte, legte Wert darauf, mich seine Einstellung durchaus wissen zu lassen. »… der Orden soll sich nicht länger mit diesem … Königlichen Pärchen befassen … geschweige denn auch nur einen Ritter von Rang und Adel … für die Eskorte eines … geschwätzigen Chronisten abstellen … der uns doch nur zum Besten hält!« Die Art, wie er über mich und meine Funktion sprach, zeugte nicht gerade von hoher Wertschätzung. »Dieser säumige Minorit ist ohne weiteres Zutun des Ordens am vorgesehenen Ziel abzuliefern und festzusetzen, bis der Secretarius venerabilis die Güte hat, vor Ort zu erscheinen und über die zukünftige Verwendung dieses …

zu verfügen!« Die Stimme entfernte sich, »… gefälligst in eigener Verantwortung …«

Es dauerte dann noch eine geraume Weile, ich vernahm Pferdegetrappel, und meine Kiste wurde mehrfach herumgeschoben, aufgehoben und wieder abgesetzt, wobei aufsässige oder zumindest missgelaunte Stimmen zu hören waren, bis sich die offenbar ausgetauschte Mannschaft mit mir auf den Weg machte. Zu welchem Ziel? Ich ergab mich meinem Schicksal. Ich sehnte mich nicht einmal nach dem Montjoie zurück. Wer weiß, was mir dort geblüht hätte, wenn ich in die Hände derer gefallen wäre, die meinen guten Odoaker um meinetwillen so kaltblütig umgebracht hatten? Also um Himmels willen keine Reue! Ich fühlte die unsichtbare Hand meiner Lieben: Sie schützten mich, ihren treuen William!

»PAX MONGOLICA« – EINE STRAFEXPEDITION

KHAZAR NÄHERTE SICH DEM LAGER des Mongolenheeres, das inzwischen – unter Umgehung von Homs – weiter gen Süden in Richtung Damaskus vorgerückt war. Der Erste, den er in den Sanddünen traf, war sein jüngerer Vetter Baitschu, der Sohn Kitboghas. Ihm berichtete Khazar brühwarm, dass Yves der Bretone ihn geschickt habe, weil das vermisste Königliche Paar gefunden sei, morgen Früh müsse er mit einem wichtigen Brief wieder zurück zu der ausgesandten Strafexpedition unter General Sundchak.

»Diesmal komm ich mit!«, erklärte der Knabe wild entschlossen, doch Khazar dämpfte seinen Eifer.

»Dein Vater wird es dir nicht erlauben.« Khazar wollte seinem ermatteten Pferd die Sporen geben, aber Baitschu fiel ihm in die Zügel.

»Versprich mir, dass du mich mitnimmst, wenn ich das Problem mit meinem Herrn Vater gelöst habe?!«

»An mir soll 's nicht liegen, das weißt du, Baitschu.« Khazar drängte, er war nicht eine halbe Nacht und einen ganzen Tag geritten, um sich jetzt nicht schnellstens seines Auftrages zu entledigen. »Wo finde ich meinen Herrn Onkel, den erhabenen Kitbogha?«

Baitschu sah ein, dass er ihn ziehen lassen musste. »Beim Il-Khan!«, rief er dem Ungeduldigen noch hinterher und trabte selbst nachdenklich zu Fuß zurück ins Lager.

Hinter Büschen klirrte Stahl gegen Stahl. Die beiden Seldschukenprinzen duellierten sich unter der Aufsicht ihres mitgebrachten Fechtmeisters Rhaban, dessen Aufgabe vor allem darin bestand, Kaikaus und Alp-Kilidsch davon abzuhalten, sich mit ihren messerscharfen Damaszenerklingen ernsthaft zu verletzen. Baitschu bewunderte insgeheim die beiden Kampfhähne, die keine Gelegenheit ausließen, aufeinander einzuschlagen.

»Das Königliche Paar ist gefunden!«, machte sich Baitschu wichtig. »Yves der Bretone hat es entdeckt!«

Er hatte Erfolg mit der Nachricht, die Prinzen ließen ihre Scimtare sinken. »Ich habe gehört«, vermeldete Kaikaus, »die sind gar nicht gebunden im Sinne des Ehegesetzes!?«

»Solange der Mann sie nicht verstößt, hat die Frau ihm zu folgen!«, fuhr ihm Alp-Kilidsch in die Parade und funkelte seinen Bruder forschend an. »Falls du beabsichtigst, die Prinzessin Yeza für dich zu gewinnen«, er hob seine Waffe wieder zum Fortgang des Duells, »dir werde ich sie sicher nicht überlassen!«

Kaikaus schlug eine Finte und nahm die Herausforderung an. Einschüchtern ließ er sich nicht.

Baitschu befand, dass die beiden Seldschuken die wichtige Neuigkeit nicht genügend zu würdigen wussten, und setzte seinen Weg ins Lager fort.

Im großen Audienzzelt des Il-Khan Hulagu wurde Khazar sofort vorgelassen, als er verlangte, seinen Onkel Kitbogha zu sprechen. Der verschwitzte Reiter, den Staub der Wüste noch in den Kleidern, wollte dem Oberkommandierenden die Botschaft des Bretonen unter vier Augen anvertrauen, doch Kitbogha verwies ihm, in Gegenwart des Il-Khan und der Dokuz-Khatun zu flüstern. Also tat Khazar seinen Auftrag mit lauter Stimme kund. Kaum hatte er begonnen und die Namen Roç und Yeza waren gefallen, unterbrach ihn der Erste Sekretär und wies die Wachen an, das Zelt zu räumen, denn alles, was mit dem Königlichen Paar zusammenhing, galt als Staatsgeheimnis der Mongolen.

El-Aziz, der malträtierte Page, wollte sich ebenfalls entfernen, froh der Schinderei für kurze Zeit zu entkommen. Aber ihn hielt der Oberhofmeister zurück.

»Was deine Ohren hören«, erklärte er dem verschreckten Sultanssohn mit gedämpfter Stimme, »nimmst du mit ins Grab, das dein Vater dir bereitet!« Kraft seines Amtes konnte der Majordomus sich auch das leiseste Flüstern leisten.

Khazar war inzwischen, aufgrund eines huldvollen Winks des Il-Khan, mit seinem Bericht fortgefahren. Dass Roç und Yeza ausgerechnet auf einer nun sogar namentlich bekannten Burg gefangen gehalten wurden, erschien der Dokuz-Khatun als göttliche Fügung, wofür dem Herrn Jesus Christus zu danken sei, ihrem Mann, dem Il-Khan, als Vorsehung, die Macht der Mongolen auch im Rest der Welt zu etablieren, wozu das Königliche Paar von ihnen ausersehen sei.

Für Kitbogha stellte dies unverständliche Vordringen des Emirs bis nach Mard' Hazab eine weitere Frechheit dar, aber – und darin stimmte er mit Yves dem Bretonen überein – es bedeutete vor allem höchste und unmittelbare Gefahr für die beiden Kronprätendenten, kannte er doch seinen Fleischerhund Sundchak!

Khazar wurde entlassen. Er solle sich frisch machen, ordnete Kitbogha an, und sich bereithalten. Diesmal wurde auch El-Aziz aus dem Zelt verwiesen, sollte sich aber nicht zu weit entfernen.

Als die hohen Herrschaften endlich unter sich waren, erstaunte Hulagu seinen Oberkommandierenden mit einem unvorhergesehenen Diskurs über die Ausbreitung der mongolischen Weltherrschaft, dessen Heftigkeit verriet, dass sich die Frage schon seit einiger Zeit bei ihm aufgestaut hatte! Völlig aus heiterem Himmel vertrat der Il-Khan plötzlich die These, dass er die einzig wahre Voraussetzung einer solchen Herrschaft in der bedingungslosen Akzeptanz mongolischer Wertvorstellungen sähe, durchsetzbar – zur Not – auch ohne das Königliche Paar!

Kitbogha hütete sich, dem Il-Khan offen zu widersprechen. »Etwas mehr Entgegenkommen gegenüber dem ›Rest der Welt‹«, formulierte er vorsichtig, »erleichtert uns das Erreichen Eures hohen Ziels erheblich, zumal der feudalen Tradition dieser Landstriche mit einem – von Gott gesandten – Herrscherpaar aus königlichem Blute entsprochen würde, so wie es nun mal in Roç und Yeza zu finden ist – «

»Unsere lieben kleinen Friedenskönige!«, seufzte beglückt die Dokuz-Khatun. »Mir liegt diese christliche Lösung sehr am Herzen!«

Der Il-Khan verdrehte die Augen zur Kuppel des Zeltes und suchte den verständnisvollen Blick Kitboghas.

Der nahm die Gelegenheit wahr. »Ich benötige eine unmissverständliche schriftliche Anweisung an den General Sundchak, dass er – in Anbetracht der Gefahr, dass dem Königlichen Paar ein Leid widerfährt – auf das Töten aller Insassen der Burg verzichten soll –«

»Den Befehl könnt Ihr selber ausfertigen, werter Kitbogha«, wehrte Hulagu sofort ab, »schließlich ist er Euer Untergebener, und ich finde Milde in diesem Falle völlig unangebracht.«

Kitbogha steckte den Schlag weg. »Und dann wäre da noch ein Schutzbrief mit Eurem Siegel für den Überbringer der guten Nachricht, meinen Neffen Khazar, denn ich will nicht, dass Sundchak sein Mütchen an ihm kühlt.«

Das verbindliche Lächeln des Il-Khan erstarb. »Wenn er ohne Erlaubnis des Generals die Truppe verlassen hat, geschieht die Bestrafung zu Recht und hebt die Disziplin –«

»Ihr solltet ihn zum unantastbaren *iltschi* ernennen!«, ereiferte sich empört die Dokuz-Khatun. »Khazar hat Uns einen großen Dienst erwiesen!«

Gottergeben und seinem Weib zuliebe, winkte Hulagu seinen Sekretär zu sich heran. Kitbogha verkniff sich ein Grinsen.

Draußen vor dem Audienzzelt stand inmitten des weiten Platzes der Käfig mit dem dicken Lulu in praller Sonne. Zum Hohn hatte man dem Atabeg einen winzig kleinen Gebetsteppich durch die Gitterstangen zugesteckt. Darauf versuchte der Arme mal zu sitzen, mal zu knien, seine enormen Fleischmassen machten beides zur fürchterlichen Qual. Für die Jugend des Lagers war der Käfig die Attraktion und beliebter Treffpunkt. Hier stieß El-Aziz erschöpft auf den herumlungernden Baitschu.

Gemessen an dem Schicksal des Atabegs zeigte der muntere Knabe wenig Sinn für die Leiden des unglücklichen Pagen. »Wenn dein Vater, ein mächtiger Sultan, für dich nichts tut«, riet er ihm treuherzig, »musst du halt selber deinen Stand so aufwerten, dass man dich liebt und respektiert!«

El-Aziz war eher den Tränen nahe. »Wie sollt' ich das erreichen?!«, klagte er bar jeder Hoffnung.

»Nimm dir das Königliche Paar zum Vorbild«, schwärmte Baitschu, »seit langem hat keiner die Prinzessin Yeza und ihren Ritter Roç wahrhaftig von Aug' zu Aug' gesehen, doch alle reißen sich die Hacken aus, um ihrer teilhaftig zu werden!«

Über das von Kummer gezeichnete schmale Gesicht der Geisel ging ein Leuchten. »Du meinst, wenn ich sie heimführe, dann winken mir wieder Ehre und Respekt?«

Baitschu lachte über den einfältigen Sultanssohn. »Du sollst sie nicht heiraten, denn ihr Herz ist schon vergeben, aber wer sie befreien würde aus schmählicher Haft, erntet gewiss größten Dank und Ruhm als tapferer Held –«

»Du meinst, ich sollte –?« El-Aziz sah den Strohhalm, er wusste, der Oberhofmeister würde ihn ohne Erbarmen ertrinken lassen, er musste es wagen – aber wie? Baitschu überlegte noch angestrengt, ob nicht vielleicht er selbst zu einer solchen Heldentat berufen sei, als die Wachen am Einlass zum Audienzzelt ärgerlich nach dem Pagen riefen. El-Aziz hastete davon, Baitschu grußlos zurücklassend.

Es zog sich bis in den späten Abend hin, bis die von Kitbogha geforderten Schriftstücke ausgestellt waren. Der Il-Khan ließ sich reichlich Zeit, ihm lag durchaus daran, den Trotz der Festung Mard' Hazab – auch wenn sie in den hintersten Bergen von Kurdistan lag und strategisch ohne jede Bedeutung war – für jedermann sichtbar zu brechen und den aufsässigen Emir in seine Gewalt zu bringen. So erfuhr der Page El-Aziz in aller Ausführlichkeit, wie das ausgesandte Expeditionsheer vorgehen sollte, grausam, was die sonstigen Insassen der Burg anbetraf, jedoch von äußerster Behutsamkeit, falls die körperliche Unversehrtheit des Königlichen Paares auf dem Spiel stehen sollte. Schließlich wurde der Page vom Oberhofmeister herbeigewinkt. Zwei Schreiben wurden ihm in die Hand gedrückt. Das eine war ein huldvoller Schutzbrief, gesiegelt vom Il-Khan selbst, der den Träger nicht nur von jeglicher Verfolgung freistellte, sondern ihm jede Art von Unterstützung garantierte, wenn er ihn vorwies. Der andere Brief enthielt den Befehl des Oberkommandierenden an seinen General Sundchak, genauestens und widerspruchslos entsprechend der hier enthaltenen schriftlichen Instruktionen zu verfahren. Kitbogha wollte ihn noch verlesen lassen, bevor er ihn seinerseits versiegelte, aber Hulagu winkte ab. Barsch wurde El-Aziz befohlen, die beiden Schreiben Khazar zu überbringen, der vor Sonnenaufgang bereits seinen Ritt zurück zur Strafexpedition anzutreten habe. Der Page rannte los.

Khazar hatte sich schon zum Schlafen gelegt, denn er wusste einen anstrengenden Tag vor sich. El-Aziz übergab ihm das Schreiben an den General Sundchak. Von dem Freibrief sagte er nichts. Dann begab sich der Sohn des Sultans in das Quartier seiner Diener, die er sinnloserweise aus Damaskus mitgeschleppt hatte, seine Kämmerer, insbesondere seinen Leibkoch und seinen Eunuchen, der für das Bad zuständig war. Genützt hatten sie ihm wenig, aber wenigstens schlief er jede Nacht ein paar Stunden unter ihrer fürsorglichen Obhut. Er befahl ihnen, ohne Aufsehen zu erregen, ihre Sachen zu packen und sich zum Aufbruch bereitzuhalten. In wenigen Stunden würde er als freier Mann mit ihnen das Lager verlassen.

Als Khazar bei Tagesanbruch durch die Dünen ritt, der Wüste und der aufgehenden Sonne entgegen, traf er die beiden Seldschukenprinzen Kaikaus und Alp-Kilidsch schon wieder dabei, sich unter der Aufsicht ihres Fechtmeisters zwar nicht die Köpfe, aber Arme und Schultern blutig zu schlagen. Er grüßte sie spöttisch im Vorbeireiten. Die beiden hielten kurz inne.

»Da zieht er aus, der Mongole«, reizte Alp-Kilidsch seinen Bruder. »Er wird dir deine Prinzessin Yeza vor der Nase wegschnappen!«

Kaikaus brachte den Vorwitzigen mit einem wütenden Ausfall in arge Bedrängnis. »Ein geborener Verlierer wie du«, stieß er aus, »sollte sich jeden Gedanken an eine solche Braut aus dem Sinn schlagen!«

Khazar hatte die offene Wüste erreicht, das Lager der Mongolen war bereits außer Sichtweite, da stob hinter einer Sanddüne hoch zu Ross Baitschu hervor.

»Wo kommst du denn her?«, war die erstaunte Frage des Älteren. »Hat dein Vater dich –?«

Der muntere Knabe lachte und trieb sein Pferd an die Seite Khazars, offensichtlich gewillt, ihm auf seinem Ritt Gesellschaft zu leisten. »Ich hab' die Damaszener heute Nacht dabei überrascht, wie sie sich vorbereiteten, das Lager heimlich zu verlassen.«

»Und die Wachen haben sie durchgelassen?«, fragte Khazar ungläubig nach.

»El-Aziz, der Page, der so blöd, wie er tut, wohl doch nicht ist«, belehrte ihn Baitschu, »wies einen Passierschein vor, vor dem sie sich ehrfürchtig verneigten. Er zeigte das Siegel des Il-Khan!«

Khazar war beeindruckt. »Und du?«

Baitschu grinste. »Der Preis für meine Verschwiegenheit bestand darin, dass ich mich unerkannt unter die Köche und Bediensteten mischte, die das Gefolge des Sultanssohnes darstellen, – und jetzt reite ich mit dir gen Mard' Hazab!«

Khazar willigte grinsend ein.

DIE KLEINE REISEGRUPPE aus Jerusalem lagerte irgendwo im Gebirge an den südlichen Ausläufern des Hauran, die sich hier bis zum ausgetrockneten Flussbett des Jarmak hinzogen. Nachdem William zur vereinbarten Zeit nicht am Treffpunkt erschienen war, hatte der Rote Falke – ohne auf den Franziskaner zu warten – den sofortigen Aufbruch durchgesetzt. Die Gesellschaft bestand somit – neben Madulain, dem energischen Weib des Emirs, und dem ägyptischen Sultanssohn Ali – nur noch aus David, dem einarmigen Templer, und Joshua, dem Zimmermann. Die beiden waren beim Lagerfeuer sitzen geblieben, während der Rote Falke und Madulain, gefolgt von Ali, noch einen Rundgang unternahmen. Die Gegend galt nicht als sicher, herumstreifende Räuberbanden hätten die Reisenden entdecken können. Doch das kaum noch glimmende Feuer war von keiner Seite aus wahrzunehmen. Der Groll über den säumigen William saß tief bei den Zechkumpanen aus Jerusalem, denn ohne einen weiteren Mitspieler war an eine oder mehrere unterhaltsame

Runden des Wesen-Spiels nicht zu denken – und solche reichlich abzuhalten war sicher einer – wenn nicht der ausschlaggebende – Beweggrund gewesen, dass sie dem Drängen des Emirs nachgegeben und sich auf diese schon jetzt reichlich Mühsal versprechende Reise eingelassen hatten.

»Der Rote Falke weiß auch nicht«, murrte Joshua und starrte auf die zwischen ihnen ausgebreiteten Steine des Wesen-Spiels, »wo er nach Roç und Yeza fahnden will – ich kann jedenfalls keine Strategie in unserem bisherigen Vorgehen entdecken!«

Der Templer schaute nicht einmal auf, sondern wendete gedankenverloren einzelne der Symbole um. »Das mag seinen Grund auch in der Tatsache haben, dass wir zwar ungefähr wissen, was bestimmte Mächte mit ihnen vorhaben, ebenso wie wir uns ausrechnen können, was ihre Gegner umtreibt, es gerade dazu nicht kommen zu lassen, aber uns fehlt jede Vorstellung von dem, was unser Königliches Paar, die Thronanwärter selbst, fühlen und denken.«

Joshua begann die vor ihm liegenden Zeichen umzugruppieren, die Kombinationen schnell wieder zu verwerfen und neu zu ordnen. »Beginnen wir doch mal mit dem, was wir zu kennen glauben, dem Großen Plan.«

»– von dem nicht einmal gewiss ist, ob er überhaupt existiert!«, fiel ihm der Templer ins Wort. »Bekannt ist lediglich, wie die Mongolen ihn in die Tat umsetzen wollen!«

»Die Kugelköpfe«, sprach der Zimmermann bedächtig, »sind doch nur das tumbe Werkzeug, die Axt des Krieges, derweil sich die Schmiede bedeckt halten –«

»Weil auch die nicht wissen«, ereiferte sich David, »für wen sie das Eisen in der Esse zum Glühen bringen, Funken sprühend auf dem Amboss hämmern –«

Der Zimmermann sah seinen Gefährten zweifelnd an, es kostete ihn sichtbar einige Anstrengung an Höflichkeit, den anderen nicht mit seiner dröhnenden Lache zu überschütten. »Wenn Ihr – statt als Spieler – in Wettstreit mit mir als Dichter treten wollt«, sein Spott brach sich jetzt doch rumpelnd Bahn, »dann fordert Ihr einen gefürchteten Verseschmied heraus: ›Und wer betätigt hier den Blasebalg?‹«, prustete er los. »›Welch' Geistesmacht haucht ihm den Odem ein?‹«

Von beiden unbemerkt war der Emir von seinem Kontrollgang zurückgekehrt. Der neugierige Ali hatte sich den beiden Kumpanen von hinten genähert und wohl einiges von dem Disput mitbekommen.

»Also kennt keiner von Euch«, platzte er vorlaut dazwischen, »den Großen Plan, der diesen Roç Trencavel und die Prinzessin Yeza zu den Königen der Welt machen soll!?« Das plötzlich eintretende peinliche Schweigen übertünchte den feindseligen, tückischen Unterton, mit dem der Sultanssohn seine Frage wie einen Dolchstoß gezückt hatte, zumal Madulain den Knaben jetzt ärgerlich am Ärmel griff und vom Lagerfeuer wegzerrte. Er folgte ihrem herrischen Wink wie ein aufsässiger Hund und trollte sich zu seiner Lagerstatt.

Der Rote Falke schien dem Auftritt Alis keine Bedeutung beigemessen zu haben, denn er wartete geduldig darauf, bis sein Weib sich wieder zu ihm gesellte.

»Von den drei ursprünglichen Hütern, die am Montségur versammelt waren«, sagte Madulain nachdenklich, »lebt nur noch Ihr, mein Herr und Gebieter: Crean der Assassine verdarb in der Feuersbrunst von Alamut, Sigbert der Deutschritter kam bei dem Gemetzel von Jerusalem zu Tode – «

Der Emir schaute sein kluges Weib interessiert an. »Wir waren nur der Schwertarm! Du vergisst William von Roebruk« – ein Lächeln stahl sich über seine von Sonne und Wind gegerbten Züge –, »der schreiben kann – und lesen«, ungewollt senkte er seine Stimme, »der könnte es als Einziger wissen, was es mit dem Großen Plan auf sich …«

Madulain hatte ihrem Mann den Finger auf die Lippen gelegt. Sie waren bei ihrem Nachtlager angelangt. Ali hatte sich in seine Decke gerollt und tat so, als ob er schliefe. Nur Madulain warf ihm einen prüfenden Blick zu. Dann begab sich auch das Ehepaar zur Ruhe.

Der Templer blies angestrengt in die verlöschende Glut, Joshua kratzte seinen Schädel. »Mich interessiert vielmehr das Verhältnis der Betroffenen zu denen, die hier Schicksal spielen – «

»– die mit ihrem Schicksal spielen!«, korrigierte David sarkastisch, »aber es geht gleichwohl um Macht!«, fügte er hinzu. »Und für Roç und Yeza um die grundlegende Frage, sich ihr zu unterwerfen oder sie abzulehnen!«

»Abhängigkeit oder Widerstand?!« Der Zimmermann suchte auf der Decke zwischen den Spielsteinen nach den passenden Begriffen. »Das Wesen des Drachen –«

David schüttelte energisch seinen kantigen Schädel. »*Caput draconis* steht für den Hohepriester des Drachen der Macht –«

»Ihr denkt hoffentlich nicht an die würdige Grande Maîtresse?!«, spottete Joshua. »Ich finde, wir sollten uns frei machen von Namen lebender Personen!?«

Der Templer konnte sich bei der Vorstellung von seiner Ordensoberen Marie de Saint-Clair als alter Drachen eines Grienens nicht erwehren. »Wir sollten auch die Rollen zwischen uns, Vertreter des Teufels und schützender Engel, klar aufteilen, also: *Diaboli Angelique Advocati.*«

»Ich seh' schon, was Ihr mir zugedacht«, feixte der Zimmermann. »Wenden wir für unsere Probanden das Venus-Prinzip an, dann haben wir in der Liebe zwei Grundoptionen, die der Überhöhung und die der Erniedrigung –«

»Demnach auf der einen Seite Harmonie der Seelen, Gleichklang der Körper, und auf der anderen Seite: Hurerei, Verschleudern, Zwist!«

»So ungefähr könnten wir uns die Bälle zuspielen«, befand Joshua, »gut verschlüsselt, voller Allegorien, aber ich habe mir selbst eine Grube geschaufelt –«

Der Templer musterte seinen Gefährten mit amüsiertem Grinsen. »Sie ist Euch wohl zu tief geraten?«

»Der Rand ist mir zu hoch: Ich will Roç und Yeza beim Namen nennen!«

»Ihre Lage – die wir nicht kennen – ist schon kompliziert genug!«, stimmte ihm David zu. »Ich möchte wetten, dass auch die beiden nicht genau wissen, was sie eigentlich wollen!«

»Bei Roç sehe ich das ganz deutlich, dazu bedarf es nicht einmal jener im Olymp der griechischen Götter sattsam bekannten

Geschichten über das uneheliche Verhältnis zwischen Mars und Venus!« Der Zimmermann erwartete umsonst Beifall für seinen mythologischen Schlenker, so fuhr er fort: »Ich stelle mir Roç als Spieler vor, und zwar als einen schlechten, der weder sich selbst, also seine Fähigkeiten richtig einzuschätzen vermag, noch seine Möglichkeiten – und er hat kein klares Ziel! Weder in der Liebe noch auf dem leichten Feld ritterlicher Bewährung, geschweige denn auf dem schweren Boden weltlichen Machtstrebens!«

»Was die Liebe anbetrifft«, nahm David den Faden auf, »besteht da die selbstverständliche, weil ›gewachsene‹ Konstante seiner Beziehung zu Yeza, an der er nicht rüttelt –«

»– dazu ist sie, die Gefährtin, Schwester und Geliebte viel zu stark!« Joshua kannte zwar das Königliche Paar auch nicht länger als sein Freund David, aber als Kabbalist gab er sich gern als Wissender.

Der Templer fuhr lächelnd fort. »So stark, dass Roç Trencavel sich zunehmend gewisse Freiheiten erlaubt, die er als ›Abenteuer‹ verbucht –«

»– schon weil ihm die Frauen, die er dabei traf – und sicher noch treffen wird –, nichts bedeuten!«

David ging über den Einwurf hinweg. »Auch sein Leben als Ritter folgte bisher in gleicher Gedankenlosigkeit dieser unausgegorenen Verhaltensweise, war mehr eine Flucht in Abenteuer als das Streben nach einem bestimmten Ziel, wie Ruhm und Ehr oder gar höheren Idealen!«

»Nur, dass hier oft die Leben anderer«, wiegelte Joshua ab, »die dem Königlichen Paar gläubig und willig Gefolgschaft leisteten, bedenkenlos geopfert wurden.«

»Hoffentlich seid Ihr dieser Erkenntnis auch dann noch eingedenk, Zimmermann, wenn sich Euch die Frage bedingungslosen Einstehens für ›die Sache‹ dereinst stellt!«, höhnte der Templer und wurde sich gleichzeitig bewusst, dass er selbst noch viel weniger davor gefeit sein würde, galt ihm doch Treue weit mehr als der Tod.

Schweigende, aber aufmerksame Zuhörerin des Disputs war Madulain, die keinen Schlaf gefunden hatte.

»Und was die herrscherliche Würde anbetrifft, die beiden, Roç und Yeza, ›versprochen‹ ist, so glaubt zumindest der Trencavel für mein Empfinden immer weniger an ihre Verwirklichung«, warf die Prinzessin der Saratz ihre Meinung in den Ring.

»Obgleich er das verheißene Königstum hochhält wie ein stolzes Banner!«

»In Wahrheit klammert er sich an seinen Schaft, fürchtet den Tag, an dem er den Thron wird besteigen müssen!« Joshua war mehr als zufrieden mit dieser Formulierung. »So erhebt sich der Sitzende Drache, kehrt sich als *cauda draconis* ins Gegenteil, beißt sich in den Schwanz – und fliegt davon!« Der Zimmermann liebte es nicht, wenn Fremde sich in seine Streitgespräche mit dem Templer einmischten – schon gar nicht Weibsbilder!

David lächelte, was der Kabbalist als Beifall entgegennahm. »Eher ist die *contradictio in se* bei Yeza Esclarmunde zu finden«, stutzte ihn der Templer zurecht. »Das Jupiter-Syndrom, das für Wissen und Macht steht, zwar mit allen menschlichen Schwächen und Fehlern behaftet, aber von der Glorie des fürstlichen Despoten in der *exaltatio* bis zum Bettler und Sklaven im ›Niedergang‹ alles umfasst, was zwischen Aufstieg und Fall möglich ist, gilt für die Prinzessin weitaus mehr als bei ihrem männlichen Pendant Roç Trencavel.« Auch David genoss es, seinen Gesprächspartner zu verblüffen. »Je weiter sich die Durchsetzung der Herrschaft des Königlichen Paares von jeglicher Realität entfernt, je unwahrscheinlicher eine solche Thronbesteigung wird, desto stärker wird Yeza aufgehen in dem unbeirrbaren Glauben an ihre Berufung, verinnerlicht sie die Idee eines ›Gralskönigtums‹.«

Der Zimmermann litt es nicht, an die Wand gespielt zu werden, noch weniger, dass der Kabbala von dem Templer nicht genügend Ehrfurcht gezollt wurde. »Ihr tut so, David, als ob es vom menschlichen Willen allein abhängt, wie Schicksal sich …«

Aber auch der Templer ließ sich nicht von seiner Meinung abbringen. »Nach meinem Dafürhalten nimmt die Krone für die Prinzessin umso festere Form an, je nebelhafter die Umstände sich gestalten, je abstrakter das Land wird, dem sie als Herrscherin dienen will.« David wollte seinem Part als Schutzengel endlich gerecht werden, doch der Zimmermann ließ ihn nun nicht mehr zu Wort kommen, er hatte die ganze Zeit über den Steinen gebrütet. »Wir haben bei unseren Betrachtungen den merkurialen *Hermes Trismegistos* nicht gebührend berücksichtigt«, baute er gegen etwaige Einwände des Templers gleich vor. »Seine Ambiguität, seine Fähigkeit zum blitzschnellen Wechsel vom helfenden Arzt zum verräterischen Giftmischer, wird in der jetzt auf uns zukommenden Endphase eine entscheidende Rolle spielen –«

»Die, sich nicht zu entscheiden!«, spottete der Templer. »Vergesst aber auch nicht, dass der Merkur als Kind gern für das neue Leben steht, als einer der vier Reiter der Apokalypse jedoch für den grausamen Tod!«

»Eines schließt das andere nicht aus!«, sprach Josh der Zimmermann und erhob sich.

»Das ist der Trost des Parakleten«, besann sich David der Templer und starrte in die Glut des verlöschenden Feuers. »Ihm sollten wir die Obhut über unsere Seelen anvertrauen, die von Roç und Yeza und auch die aller, die mit ihnen ziehen werden oder für sie einstehen –« Dabei streifte sein Blick Madulain, die ihn aber bewusst nicht auffing.

»Ich vertraue meinen täglichen Erdenwandel allein Jahwe an, dem großen Gerechten – so auch meinen Schlummer.« Josh musste das letzte Wort haben.

ROÇ IRRTE ZIELLOS DURCH DAS GEBIRGE. Mehr noch als Hunger und Durst quälten ihn die Bilder, Bilder seines Versagens. Yeza war die Starke, sie würde überleben. Er sah sich, wie er versteinert Zeuge ihrer zu erwartenden Demütigung wurde, doch keineswegs erstarrt zum harten Block aus Granit, sondern eher zur von Regen und Wind ausgewaschenen, bizarren Skulptur aus mürbem Sand. Denn aus der Demütigung machte Yeza ihren Triumph. Roç war dem Zusammenbruch nahe, er stolperte durch das Geröll, stürzte über die scharfkantigen Steine, versuchte sich aufzuraffen, fiel wieder und blieb liegen. Da sah er zum ersten Mal den Bären, der hochaufgerichtet ihn beobachtete. Roç glaubte die Stimme Arslans zu vernehmen.

»Wer die Warnung in den Wind schlägt«, die Worte des Schamanen wehten über ihn hinweg, es war an ihm, nach ihnen zu greifen, er fühlte sich elendiglich in seiner Schwäche, »den trifft der Sturm voll ins Gesicht.« Roç hatte nicht die Kraft, sich aufzubäumen, der Bär stand immer noch über ihm im Fels, von dem Schamanen war nichts zu sehen, aber es tönte weiter. »Ein fallendes Blatt, das eigensüchtig, eitel und trotzig auf trügerischer Ebene sich niederlässt, statt im Heil Schutz zu suchen, das wirbelt die Macht des Unwetters ins finstere Verderben –«

»Wasser!«, begehrte Roç wütend auf. »Ich verdurste, während Ihr mich im prasselnden Regen Eurer Vorwürfe liegen lasst!«

Ein Stein polterte herab und gab über ihm einen sprudelnden Quell frei. Roç presste sein glühendes Gesicht zwischen die Steine, um das köstliche Nass aufzusaugen, er trank und trank, bis ein erneuter Steinschlag die Quelle wieder verschüttete. Roç fühlte sich gestärkt genug, dem Unsichtbaren seine Anklage entgegenzuschleudern, doch sie geriet zu einem schmerzverzerrten Aufheulen.

»Dieser schwarze Hundling hat mir Yeza geraubt!«

»Ein Mann hat sich genommen«, folgte die Antwort auf dem Fuß, »was leichtsinnig ihm feilgeboten!«

Roç heulte abermals auf. »Ich konnte mich nicht wehren, Yeza nicht beistehen!«

»Nicht mehr!«, erscholl es unerbittlich. »Wenn einer liegt, kann er seinen Mann nicht stehen!«

»Ich habe es nicht gewollt!«, fauchte Roç in Richtung des Bären, da erhielt er den ersten Hieb von der mächtigen Tatze, dass ihm der Schädel dröhnte.

»Du hattest dich deines Willens spätestens dann entgeben, als du deinen Fuß auf den Teppich setztest und – bar jeder Verantwortung – Yeza mit dir zogst!«

»Sie wollte –«

»Sie wollte dich nicht verlassen«, fiel ihm die Stimme ins Wort, »sie wollte deine Liebe.«

»Und hat sich lustvoll dem anderen hingegeben!«, trumpfte Roç trotzig auf.

Das überlegene Schweigen des Schamanen ging in leises Lachen über: »Solch Recht stünde ihr gewisslich zu.« Arslan schien sich über ihn lustig zu machen. »Wenig Kenntnis und noch weniger Verständnis beweist du gegenüber Frauen, denen der Spagat gelingen muss, zum Schutze ihres Leibes die Beine breit zu machen und gleichzeitig eine Empfängnis zu vereiteln!«

Das konnte oder wollte Roç nicht verstehen. »Wie kann sie es nur genießen, dass ihr Gewalt angetan wird und mir diese Schmach!«

Hier ereilte Roç die zweite Ohrfeige von der Bärenpranke, die Krallen hinterließen eine blutige Spur auf seiner Wange. »Heischst du auch noch Mitleid für dich?!« Schon fegte der dritte Hieb in sein brennendes Fleisch. »Wie weit ist es mit dir gekommen?! Wie oft muss ich dich noch schlagen, damit du deine guten Sinne wiedererlangst?!«

Roç flüchtete in die Bewusstlosigkeit, er ließ sich in Ohnmacht fallen.

Als Roç wieder erwachte, stand Arslan statt des Bären über ihm und schaute auf ihn herab.

»Steh auf!«

Roç richtete sich auf, tastete über seine Wange, an seinen Fingern klebte Blut.

»Was verlangt Ihr«, fragte er kleinlaut, »dass ich unternehmen soll?«

»Du solltest es selber wissen.« Der Schamane gab sich väterlich. »Du musst die Quelle deiner Kraft, du musst Yeza zurückgewinnen!«

»Wie soll ich das – allein?«

Arslan trat zurück, die Enttäuschung stand ihm in das faltige Gesicht geschrieben. »Es gab eine Zeit, Roç, da wären dir solche Zweifel nicht gekommen«, sagte er traurig. »Die Macht war mit dir –«

Die Figur des Schamanen verschwamm vor Roçs Augen, löste

sich auf. Als könne er das Verblassen des Bildes damit aufhalten, brüllte Roç gegen das Verschwinden des Meisters an.

»Du kannst sie mir nicht nehmen!« Seine eigene Stimme echote in den Felsen. »Ich werde sie wieder erringen!«, schrie Roç ihm verzweifelt nach. »Mit der Kraft meines Schwertes!«

Sein Ruf ging in die Leere. Arslan war fort und er, Roç, war auf sich gestellt.

ES GAB ZWAR EINEN HAREM auf Mard' Hazab, aber die durch kunstvoll geschnitzte Holzgitter von der übrigen Burg abgetrennten Räume waren seit Jahrzehnten nicht mehr benutzt worden. El-Kamil führte seine Gefangene durch die verschlissene Pracht. Der Gedanke, die von Motten zerfressenen Seidenkissen, Spinnweben überzogenen Baldachine und glanzlosen, verstaubten Messingtischchen könnten das Missfallen der erbeuteten Prinzessin erregen, kam ihm nicht. Auf dem Marmorboden der eingelassenen runden Wanne lag ein toter Skorpion. Yeza fühlte sich erleichtert, dass der finstere Emir den Rundgang schnell beendete und sie der stickigen Atmosphäre – ein abgestandener Moderduft, vermischt mit strengem Moschus und etwas Myrrhe – an die frische Luft entfliehen konnte. Wortlos, aber sichtbar stolz, stieg der Hausherr jetzt vor ihr die Wendeltreppe hoch, die wohl zum offenen Altan führen sollte. In der Tat hatte sich das flache Dach des Haremsflügels als der einzige Platz erwiesen, auf dem sich der Kelim aus Täbriz wenigstens zur Hälfte ausbreiten ließ. Die Freude dieses ungewöhnlichen Anblicks wollte er der Dame bereiten, auch mit dem lustvollen Gedanken, nach Sonnenuntergang in den lauen Lüften des Abends hier auf der so farbenfroh und phantasievoll gewirkten Unterlage ihrer ersten Begegnung die Prinzessin mit noch mancher Wiederholung des köstlichen Stechens zu beglücken. Doch als Yeza den Kelim erblickte, hielt sie störrisch in ihrem Schritt inne und ließ sich wie erschöpft auf die steinerne Ruhebank des Alkovens fallen, der sich über dem Ausstieg wölbte.

»Weder meinen Fuß noch sonst einen Teil meines Körpers gedenke ich je wieder auf diesen verdammten Teppich zu setzen!«, verkündete sie dem erstaunten Herrn der Burg. »Ihr solltet ihn Euch vom Halse schaffen, bevor es zu spät ist!«

»Er ist ein Meisterwerk!«, protestierte El-Kamil. »Einzigartig in seiner Schönheit und Größe!«

Wenn er gehofft hatte, es handelte sich nur um eine kurzlebige Laune der Dame, sah er sich nochmals getäuscht. »Verraten wird Euch dieses Machwerk des Bösen, hinterrücks an Eure Feinde ausliefern!«

Der Emir lachte. »Keiner weiß, dass Ihr hier bei mir weilt, Liebste!«

Yeza blitzte ihn zornig aus ihren grünen Augen an. »Der Teppich schert sich darum auch wenig, er will jeden verderben, der sich auf ihm niederlässt, er wird auch Euch ans Messer liefern!«

»Ihr seht Gespenster!«, wehrte der Schwarzbärtige ungehalten ab. »Wie kann dieser Kelim –?«

Yeza ließ ihn nicht ausreden. »Jeden Fußbreit von Webkante zu Webkante, in jedem Knoten seiner tausend Fransen hockt ein garstiger *djinn*! Sie werden dafür sorgen, dass Euch schlimmstes Unheil widerfährt!«

Ihre Schwarzseherei brachte den Emir schon deswegen auf, weil ihm der unverschämte mongolische Bote in den Sinn kam. Dessen Verstümmelung hatte er bislang erfolgreich verdrängt. »Niemand weiß von meinem kühnen Schachzug, mich nach Mard' Hazab zu begeben! Ich habe meine Stadt mit unbekanntem Ziel verlassen, um jede Unbill durch die Mongolen von ihr abzuwenden. Hier vermutet mich keiner, und wenn nicht Euer Kelim –«

»Es ist gewiss nicht der meine!«

»– oder sonst wer – zum Beispiel Euer Prinzgemahl –«

»Der wird schweigen, schon um meinetwillen!«

»Hier holt uns keiner raus«, versuchte El-Kamil Zuversicht zu zeigen. »Mard' Hazab ist uneinnehmbar!«

Yeza ließ es ihm nicht durchgehen. »Ihr hättet in Mayyafaraqin bleiben sollen!«, erregte sie sich über so viel Unverstand. »Dorthin ist für jedes Heer der Weg ziemlich weit und der Beute Lohn zu unergiebig. Doch durch Euren unüberlegten Schritt, Euch ausgerechnet hier zu verschanzen, seid Ihr den Mongolen sehr entgegengekommen, sie werden ihre Chance und ihre Übermacht nutzen!«

»So hat noch nie eine Frau mit mir gesprochen!« Bei allem Ärger musste er ihr Recht geben. »Ihr meint, wir sollten uns nach Mayyafaraqin zurückziehen?«

»Nicht ›wir‹, Ihr!« Yeza hielt seinem empörten Blick stand. »Wenn ich Euch folgen würde, dann hättet Ihr nichts gewonnen, die Mongolen würden sich unweigerlich an unsere Fersen heften. Stöbern sie mich hingegen hier wieder auf, mag sein, dass sie sich mit dem Erfolg zufrieden geben!«

»Ich lass ihnen den Kelim!?« El-Kamil versuchte zu handeln, Yeza lachte.

»Den solltet Ihr ihnen auf jeden Fall schenken, zumal sie schon lange auf seine Ankunft warten –«

»Und damit hätten sie die tausend bösen *djinn* am Halse!«, scherzte der Emir erleichtert. »Und Ihr kommt mit mir!«

Yeza sah ein, dass sie ihn nicht umzustimmen vermochte. »Unsere Wege haben sich gekreuzt, El-Kamil«, sprach sie ernsthaft und erhob sich, bereit, die Treppe wieder hinabzusteigen in die düstere Einsamkeit des Harem. »Begeht jetzt nicht auch noch den Fehler, Euer Schicksal mit dem meinen verknüpfen zu wollen!«

»Eher geb' ich mein Leben«, stöhnte der Schwarzbärtige und schlang seine Hände um ihre Taille, bevor Yeza sich ihm entziehen konnte, »als dass ich von Euch lassen will!«

EIN EINSAMER WOLF strich durch das Gebirge. Roç hatte die schonungslosen Vorhaltungen des Schamanen insofern beherzigt, dass ihm daraus kalter Trotz erwachsen war. Wenn er sich nicht aufgeben wollte, durfte er keinen Tag länger ziellos durch die Felswüste irren, sondern musste schnellstens Beute schlagen.

Die zwei Reiter verfolgte er nun schon seit Stunden, er durfte sie nicht aus den Augen verlieren. Zu seinem Jagdglück trug entscheidend bei, dass die beiden Mongolen es offensichtlich nicht eilig hatten, sodass es ihm – wenn auch mit hängender Zunge – bisher jedes Mal wieder gelungen war, ihnen auf den Fersen zu bleiben. Einfach gestaltete sich das nicht, denn um nicht von den Reitern entdeckt zu werden, musste er beim Springen von Stein zu Stein sich immer wieder wie eine Eidechse in die Felsen pressen, um für jedes aufmerksame Auge eins zu scheinen mit seiner Umgebung. Doch die Mongolen trabten ohne jeden Argwohn gemächlich im Tal dahin. Während der Jüngere, ein Knabe noch, außer seinem Pferd nichts mit sich führte, war der ältere Krieger mit Schwert, Pfeil und Bogen gut bewaffnet, und seine Satteltaschen schienen prall gefüllt.

Khazar und der junge Baitschu wussten sich ihrem Ziele nahe. Der alte Hirte, den sie trafen, als er seine Schafherde an das spärliche Rinnsal trieb, das jetzt im heißen Sommer von dem reißenden Wildbach übrig geblieben war, hatte ihnen zwar bedeutet, dass Mard' Hazab noch recht weit, sehr, sehr weit entfernt sei, aber ein Zug von fremden Kriegern sei vor wenigen, ein, zwei Stunden hier durch das Tal gezogen. Nach der umständlichen, aber bildhaften Beschreibung konnten das nur ihre Leute sein. Baitschu entdeckte die kaum verwehten Hufspuren im Sand des trockenen Flussbetts. Genau diese Gewissheit der baldigen Wiedervereinigung mit der Truppe und damit die Aussicht, unweigerlich wieder unter die Fuchtel des Generals Sundchak zu geraten, bewegten Khazar, seinen jungen Gefährten zu einer kurzen Rast zu überreden. Ihm waren nach scharfem Ritt im Hauptlager nur wenige Stunden Schlafes vergönnt gewesen, dann hatte ihn sein gestrenger Onkel schon wieder losgehetzt. Er wusste, dass Kitbogha daran lag, ihn, seinen Neffen, zu einem vorbildlichen Krieger zu erziehen, den er dann – ohne Arg der Protektion – als Unterführer einzusetzen vorhatte. Khazar teilte diesen Ehrgeiz mit dem ihm eigenen Phlegma. Jetzt wünschte er nur, aus dem Sattel zu kommen, sich ein schattiges Plätzchen zu suchen und die Beine lang zu strecken. Denn das war sicher, einmal zurück in den Reihen der Strafexpedition, würde für ihn an Ausschlafen nicht mehr zu denken sein. Baitschu zeigte Verständnis, und sein findiger Blick entdeckte eine versteckte, wenn auch recht niedrige Grotte in den Felsen, die bestens geeignet schien, dort die Schlummerpause einzulegen. Nur die Pferde mussten sie vor der Höhle lassen. Baitschu versprach, die Wache zu übernehmen und die Tiere im Auge zu behalten.

Als Khazar aus tiefem Schlaf auffuhr, gelang es Baitschu gerade noch, die Augen, die ihm zugefallen waren, aufzureißen, es half nichts – nicht, dass die Sonne mittlerweile tief stand, besagte ihm sein erster besorgter Blick, sondern statt der zwei Pferde stand da jetzt nur noch eines. Sie stürzten, stolperten aus der Höhle. Das Ross von Baitschu stand da und knabberte ausdauernd an einem mageren Ginsterbusch, das von Khazar war verschwunden!

»Mitsamt der Satteltasche!«, jammerte der Beraubte.

»War da etwa das Schreiben meines Herrn Vaters –?!« Khazar nickte wütend, sich seiner Schuld bewusst. Wie konnte er sich auf den Jungen verlassen, der noch keine Disziplin gelernt hatte und jetzt auch noch neunmalklug von sich gab: »So was trägt man auf der Brust!« Khazar musste seine Hand zurückhalten, die schon hochgezuckt war. »Und dein Schwert?«, patschte Baitschu noch auf die Wunde.

»Ja, natürlich!«, fauchte Khazar ihn an. »Auch das Schwert! Eben alles, was man nicht im Brustbeutel mit sich rumträgt oder mit ins Bett nimmt! Dem Räuber wird es an nichts fehlen!«

Baitschu schwieg betroffen, aber nicht lange. »Ich weiß was«, bettelte er mit treuem Hundeblick um Vergebung. »Wir sagen einfach nichts von dem Brief. Du hast in der Eile nur einen mündlichen Auftrag erhalten, ich bin dein Zeuge!?«

Khazar sah ihn länger an, als er nachdachte. Es war nicht sein Ding, sich das Gehirn zu zermartern. »Und das Pferd, das Schwert?!«

»Wir sind unter die Räuber geraten, du hast dich tapfer gewehrt, um mir die Flucht zu ermöglichen. Das hat dich Pferd und Schwert gekostet – vielleicht sollten wir auch noch deine Stiefel wegwerfen, gute Räuber ziehen einem immer die Stiefel ab!«

Khazar musste diesmal nicht erst lange grübeln. »Du willst mich zum Schaden auch noch dem Gespött der gesamten Hundertschaften aussetzen!«, empörte er sich.

Baitschu wusste Rat. »Ich bereute meine feige Flucht, reite zurück mitten unter die erschrockenen Räuber, die dir gerade die Stiefel von den Füßen reißen wollen. Ich sprenge dazwischen. Du springst hinter mir in den Sattel und fort wie der Wind!«

»Das erzählst du aber bitte, wenn ich nicht dabei bin!« Khazar hatte seinen Humor wiedergefunden. »Deine einzige Aufgabe wird sein, sofort dafür zu sorgen, dass der Bretone zugegen ist, wenn ich vor Sundchak treten muss«, instruierte er den Knaben. »Dem Herrn Yves kannst du alles erzählen, sogar die Wahrheit, dass du auf Wache eingepennt bist.«

Baitschu sah ein, dass er etwas gutzumachen hatte, und sie bestiegen zusammen das übrig gebliebene Pferd, Khazar nahm den Jüngeren vor sich in den Sattel. So ritten sie im Licht der untergehenden Sonne den Spuren nach – beide in der stillen Hoffnung, durch die einbrechende Dunkelheit daran gehindert zu werden, noch am gleichen Tage ihrer ausgemachten Dummheit oder mangelnden Disziplin oder ihres sträflichen Leichtsinns, jedenfalls an diesem Tage, an dem schwarzes Pech klebte, auch noch vor den General treten zu müssen. Ihre einzige Chance, den Befehl Kitboghas allen Widrigkeiten zum Trotz noch buchstabengetreu durchzusetzen, war und blieb sowieso Yves der Bretone.

WIE UM DIE HEIMLICHTUEREI des Burgherrn Lügen zu strafen – oder dem Teppich der tausend *djinn* Recht zu geben, begehrte eine erschöpfte Reisegesellschaft Aufnahme auf Mard' Hazab. Es war El-Aziz, der Sohn des Sultans von Damaskus, der den Unbillen einer Geiselhaft bei den Mongolen entflohen war, begleitet von seiner treuen kleinen Dienerschar, bestehend aus seinem Leibkoch samt Gehilfen, seinen Kämmerlingen und dem Meister des Bades. Der Emir El-Kamil empfing seinen jungen Vetter mit sichtlichem Erstaunen, erschrocken war er nicht, aber auch nicht sonderlich erfreut. Die Tür mochte er ihm nicht weisen, zumal er sich von ihm Informationen erhoffte, was die Pläne der Mongolen anbelangte. Diese seine zunehmende Besorgnis wollte er jedoch seinem jüngeren Verwandten nicht zeigen. Das Gespräch wurde aufgeschoben bis zur Abendtafel, zu der El-Aziz sich anerbot, die Künste seines Meisterkochs beizusteuern. Dem Emir war es recht, einmal, weil er solchen Komfort entbehrte, seit er sich Hals über Kopf auf der unwirtlichen Feste Mard' Hazab eingenistet hatte, zum anderen, weil ihm so die Zeit blieb, dafür zu sorgen, dass Yeza – sicher vor den Blicken fremder Augen – im Harem eingeschlossen wurde.

Während sich der Koch in der verrotteten Küche zu schaffen machte, genoss El-Aziz nach langer Zeit zum ersten Mal wieder die Wohltat eines warmen Bades. Genüsslich plätschernd, fand er auch die Muße, sich Gedanken zu machen, ob er seinen Vetter einweihen sollte, dass er, El-Aziz, sich vorgenommen habe, die Prinzessin Yeza zu finden und zu freien. Doch schnell verwarf er diesen Gedanken, denn El-Kamil war zuzutrauen, dass er diese glorreiche Idee sofort selbst aufgreifen würde. Zufrieden ließ er sich auf das Kostbarste einkleiden und begab sich zu dem angekündigten Mahle.

Sein Koch hatte gezaubert. Zur Eröffnung gab es kalte Forelle, wie sie aus den Bächlein des Gebirges gezogen, das rohe Fleisch geschabt mit Zitrone und allerlei Kräutern angerichtet. Dazu die Eier von Wildtauben und eingelegte Pilze. Der Emir rutschte unruhig auf seinem Stuhl, was nicht dem Anblick der Speise zu danken war, sondern der Herausforderung, Yeza teilhaben zu lassen, ohne dass man die Prinzessin erkennen sollte. Fahrig lauschte El-Kamil dem Bericht seines Vetters, nicht einmal die bedrohliche Tatsache, dass bereits eine Strafexpedition der Mongolen unterwegs sei, machte sonderlichen Eindruck auf ihn. Als die Diener dann das Hauptgericht auftrugen, allerlei Wildbret, vom mit schwarzen Oliven gespickten Hasen bis zum Fasan in roten Früchten des Waldes, zarter Berggazelle bis zum knusprigen Frischling in Weintunke mit geschroteten Nüssen, da hielt es den Emir nicht länger, er raste hinaus und erschien nur kurz später mit einer tiefverschleierten Schönen, der er wortlos den Platz am Kopf der Tafel zuwies. El-Aziz war wie vom Donner gerührt. Er ahnte sofort, dass sich hinter dem Gitterwerk der *burqua* niemand anderes als Yeza verbergen konnte, doch er fragte nicht, noch schenkte er der Gestalt unziemliche

Blicke, sondern hielt sich an den Emir, der sich jetzt mit stolzgeschwellter Brust über die Speisen hermachte. Er stopfte alles in sich hinein, mit viel zu großen Bissen zerfetzte und verschlang er die Köstlichkeiten. El-Aziz hingegen legte ausgesucht gute Manieren an den Tag. Er konnte sein Glück kaum fassen und überlegte fieberhaft, wie er es anstellen könnte, mit der Prinzessin Verbindung aufzunehmen, sich als ihr Retter und Befreier zu präsentieren und eine gemeinsame Flucht aus der Einöde dieser Bergfeste in die Wege zu leiten. Gewiss kein leichtes Unterfangen, doch nachdem ihm schon gelungen war, die Mongolen zu übertölpeln, traute er seinem Einfallsreichtum auch die Lösung dieser Aufgabe zu.

El-Aziz brachte das Gespräch wieder auf die Mongolen, was zwar den Unwillen des Hausherrn erregte – verunsichert warf er kontrollierende Blicke zu der Dame, die jedoch durch nichts verriet, dass sie eine aufmerksame Zuhörerin war. Es war El-Kamil, der die Existenz des riesigen Kelims auf der Burg ins Spiel brachte. »Mehr als dreißig Knechte waren nötig, um ihn auf den Altan zu schaffen«, prahlte er schnaufend, als hätte er selbst Hand angelegt. Womit er El-Aziz die Möglichkeit gab, nun seinerseits mit launigen Geschichten vom üblen Los des dicken Lulu zu glänzen, wobei er herausstrich, welche wichtige Rolle das Gastgeschenk des Atabegs mittlerweile für die Mongolen spielte, einfach schon aus dem Grunde, dass es, ihnen als Huldigung angekündigt, sie bis heute nicht erreicht hatte.

»Kein Wunder«, beschloss El-Aziz spöttisch, »wenn Ihr, lieber Vetter, darauf sitzt! – Nur, das geht nicht in die runden Dickschädel der Mongolen, dass irgendetwas anders verläuft, als sie es geplant: Sie sind es gewohnt, dass alles nach ihrem Willen geschieht!« El-Aziz bemerkte den triumphierenden Blick, den der Emir der Verschleierten zuwarf.

Der Nachtisch wurde gereicht, karamellisiertes Obst, aus der gedickten Milch heimischer Bergziegen gewonnener Frischkäse mit Honig von Akazien und geröstete Kastanien. Doch El-Kamil blieb nachdenklich und hob die Tafel auf, kaum, dass die verborgene Schöne ihren letzten Bissen hinter das lästige Gitterwerk der Burqua bugsiert hatte.

Man begab sich zur Ruhe. Yeza seufzend, denn ihr stand noch der nächtliche Besuch ihres unersättlichen Gebieters bevor. El-Aziz wagte, ihr einen schnellen scheuen Blick zuzuwerfen, und glaubte, ihr ein kleines Lächeln entlockt zu haben. Der Teppich, ging es ihm nicht aus dem Sinn, als er schon sein Nachtlager bezogen hatte, der Teppich könnte die Lösung sein!

SUNDCHAK, DER KOMMANDIERENDE GENERAL der vier mongolischen Hundertschaften, die das Expeditionsheer ausmachten, hatte bereits weit vor Sonnenuntergang befohlen, das Lager aufzuschlagen. So kam es, dass Khazar und Baitschu, beide auf dem Pferd des Letzteren, schon unerwartet rasch auf die Truppe stießen. An eine Umkehr war nicht mehr zu denken, man hatte sie bereits gesichtet, und wie zu erwarten, wurden die beiden sofort mit großem Freudengeschrei umringt. Zu Khazars großer Erleichterung vernahmen sie, dass vor dem Zelt des Generals Yves der Bretone hoch zu Ross im heftigen Disput mit Sundchak begriffen sei, was die Strategie des morgigen Tages anbetraf. Yves der Bretone musste befürchten, dass dieser Abend voraussichtlich der letzte sein könnte, bevor die Feste Mard' Hazab in Sichtweite geraten würde. Bisher hatte er Sundchak seine Kenntnisse verschwiegen. Mit seinem untrügerischen Gespür für den rechten Zeitpunkt beschloss der Bretone, mit seinem Wissen nicht länger hinter dem Berg zu halten, sondern steckte Sundchak jetzt ganz beiläufig, Naiman habe übrigens auch behauptet, dass der gesuchte Emir nicht mehr in Mayyafaraqin zu finden sei, sondern ihnen freundlicherweise so weit entgegengekommen wäre, dass er sich auf der nahen Burg Mard' Hazab verschanzt hätte. Über die merkwürdige Art des Bretonen, derart wesentliche Nachrichten einfach zu unterschlagen, regte sich Sundchak schon längst nicht mehr auf, genauso wenig wie über dessen Lügenmärchen. Diesmal wollte er ihm sogar Glauben schenken. Der General war sofort – entsprechend seinem ungestümen Temperament – für einen geballten Überraschungsschlag, um die Besatzung der Burg zu überrumpeln, während Yves sich für ein weit gefächertes Vorgehen einsetzte,. einmal um sicherzugehen, den eventuell flüchtenden Emir zu fassen, zum anderen – und das war seine eigentliche Sorge – um zu verhüten, dass bei einem massiven Eindringen der Mongolen es zum unkontrollierbaren Blutbad kam. Denn, wenn Roç und womöglich auch Yeza als Gefangene auf der Burg gehalten wurden, schien es ihm reichlich riskant, auch wenn er in vorderster Linie an der Erstürmung teilnahm, dass es ihm gelingen würde, als Erster das Königliche Paar aufzustöbern und sein Überleben zu sichern. Er kannte den Blutrausch der Mongolen, und Sundchak tat alles, um seine Mannen aufzuhetzen. Von einer Suche nach den beiden und Maßnahmen zu ihrem Schutz war nicht die Rede. Alle in der Burg Aufgegriffenen sollten ausnahmslos niedergemacht werden, ohne Ansehen der Person. Nur für den Emir hatte sich Sundchak ausbedungen, dass der Hund lebend vor ihn gebracht würde.

Der grimmige General pochte gerade auf seine alleinige Kommandogewalt, als Khazar und Baitschu von den Wachen vorgeführt wurden. Sie waren beide zu Fuß, sodass die Schande des abhanden gekommenen Pferdes jetzt nicht zur Sprache kam. Stattdessen verkündete Khazar mit unsicherer Stimme, dass sein Onkel Kitbogha, der Oberkommandierende, seinem General Sundchak befehle, sämtliche Bewohner der Burg Mard' Hazab zu schonen, – schon diese ersten Sätze brachten den General dazu, in eine dröhnende Lache auszubrechen.

»Da kommt dieses Bürschlein, das vor Tagen sich unerlaubt von der Truppe entfernt hat, und will mir erzählen, was ich zu tun habe !?«

Baitschu warf sich mutig in die Bresche, die keine war. »So lautet der Befehl meines Vaters! Und Ihr, General Sundchak tut gut daran, ihn strikt zu befolgen.«

Der so Angesprochene lief rot an, der heftige Lachanfall, gemischt mit schlecht unterdrückter Wut, würgte seinen dicken Hals, er hob die Hand gegen den kecken Knaben, der jedoch geschickt auswich in den Schutz des Bretonen, der zu Sundchaks Ärger Zeuge dieser Szene wurde. »Da will mir dieses Kind«, keuchte er puterrot, »das noch nicht mal –«, er verschluckte sich an seinem Zorn, »mir weismachen, sein Vater habe ihn beauftragt, mir, seinem General –!« Sundchak erlitt einen Hustenanfall, dass alle dachten, jetzt erstickt er oder platzt.

Nur Baitschu blieb davon völlig unberührt. »Ihr haftet ihm mit Eurem Kopf!«, rief er kalt und deutlich.

Sundchak stand wie ein Stier, den der Hammer vor den Schädel getroffen hatte, keiner wusste, ob er jetzt stürzen oder vorwärts stürmen würde. Doch er fing sich, grinste breit zum Bretonen hinüber, schon um endlich denjenigen anzugehen, mit dem er sich letztlich auseinander setzen musste. Doch Yves ging nicht darauf ein, sondern knüpfte sich streng den ziemlich dumpf dabeistehenden Khazar vor.

»Hatte ich nicht ausdrücklich verlangt, dass der Befehl schriftlich ausgefertigt werden sollte?!«

Khazar senkte schuldbewusst sein rundes Haupt, doch ehe er etwas Dummes antworten konnte, meldete sich nochmals Baitschu zu Wort. »Dazu blieb in der Hetze keine Zeit! Ich wurde dem *iltschi* in aller Hast beigegeben, um der Order des allerhöchsten Il-Khan sichtbares Gewicht zu verschaffen!«

Das ließ den Blutdruck des stiernackigen Generals wieder hochschnellen.

»Wenn du Schwergewicht«, sein dicker Finger stach in Richtung Baitschu, »als Siegel Hulagus auf einem unsichtbaren Befehl klebst«, lachte er hemmungslos, »dann haftet ja mein Haupt noch fest auf meinen Schultern!«

Darauf wusste auch Baitschu keine Antwort, aber Yves erhob plötzlich seine Stimme, weder drohend noch scharf. »Wenn auf Mard' Hazab auch nur einem Menschen ein Haar gekrümmt wird, dann werde ich es sein, der Euren Kopf vom Halse trennt.«

Das Lachen blieb Sundchak in der Kehle stecken, gegen seinen Willen irrte sein Blick hinüber zur Satteltasche des Bretonen. Dort steckte unübersehbar in breitem Lederfutteral der mächtige Zweihänder. Dunkel fiel ihm das Munkeln wieder ein, Yves sei nicht nur der Sonderbotschafter seines Königs, sondern eigentlich der Scharfrichter der Krone Frankreichs. Nie hatte er das Gerede ernst genommen, doch jetzt fuhr ihm die Drohung in die Glieder. Er rang nach seiner Fassung und Autorität.

»So haltet Euch, Herr Yves, von nun an bitte an meiner Seite, sodass Ihr die Befehle an meine Leute deutlich vernehmt.«

Der Bretone lächelte dünn. »Dessen könnt Ihr gewiss sein.« Er grüßte den General und führte Baitschu mit sich hinweg. Khazar wurde befohlen, sich am nächsten Morgen in voller Rüstung bei seinem General zu melden, zum Befehlsempfang.

Sundchak hatte sich bereits auf die Latrine zurückgezogen, um dem plötzlichen Drängen seines Gedärms nachzugeben. »Scheiße!«, fuhr er seinen Leibburschen an. »Scheiße! Scheiße!«

DIE EISERNE JUNGFRAU DES PATRIARCHEN

DER EMIR WAR AUSGERITTEN. Unruhe trieb ihn. Nicht, dass er den ringsum in den Bergen postierten Spähern nicht traute, ebenso wie er sich auf die starke Besatzung verließ, die er auf Mard' Hazab zusammengezogen hatte, aber er wollte sich mit eigenem Augenschein überzeugen, ob tatsächlich eine Strafexpedition – lachhaft! – im Anmarsch war. Niemand war zu sehen! El-Kamil hatte mit den kurdischen Bergstämmen der Umgebung ein Abkommen geschlossen, auf das er jederzeit zurückgreifen konnte. Sollten diese Mongolen tatsächlich so töricht sein, sich in die ihnen völlig fremde, unwegsame und unübersichtliche Gebirgslandschaft vorzutrauen, dann wäre es das Beste, ihnen einen Hinterhalt zu legen. Dafür standen ihm gewiss mehr Kämpfer zur Verfügung, als diese Kürbisköpfe jemals heranbringen konnten! Der gemeinsame Hass auf die schlitzäugigen Invasoren einte die Bergvölker, und die genaue Kenntnis der tief eingeschnittenen Täler und schroffen Klippen verlieh den freien Stämmen einen unüberwindbaren Vorteil. Jetzt den Rückzug nach Mayyafaraqin anzutreten, würde hingegen seinen Ruf als unbestrittener Anführer des Widerstandes untergraben. Er musste in Mard' Hazab ausharren, allen Unkenrufen zum Trotz – Weiber waren eben keine Krieger, nicht einmal diese neunmalkluge Prinzessin! Abergläubisch war Yeza, mit ihren tausend *djinn* in jedem Knoten dieses unförmigen Kelim! Wenn es den Mongolen nur um diesen Fußabtreter ging, würde er ihnen den sogar vor das Zelt ihres Il-Khan legen, damit sie damit glücklich wurden! El-Kamil setzte seinen Erkundungsritt fort.

Auf der Burg Mard' Hazab nutzte El-Aziz die Tatsache, dass sein Bademeister, ein Eunuch, Zutritt zum streng bewachten Harem erhalten hatte, um der Prinzessin zu Diensten zu stehen. Über ihn ließ er Yeza wissen, dass er gekommen sei, sie zu befreien. Er war äußerst entzückt, dass ihre Antwort keineswegs abschlägig ausfiel, sondern lediglich zurückhaltend. Die Prinzessin wünsche zuvor zu erfahren, wie der Plan ihres Retters beschaffen sei. Sie habe keine Lust, ließ ihn der Eunuch wissen, sich auf unüberlegte Abenteuer einzulassen, sondern zöge es vor, die Flucht nur als gut durchdachtes Unterfangen auf sich zu nehmen.

El-Aziz hatte sich mittlerweile den ominösen Teppich angeschaut. Als er das enorme Stück sah, war er zunächst entmutigt, denn heimlich ließ sich der niemals, auch nicht als Rolle, aus der Burg schaffen. Aber dann kam ihm die geniale Idee, den Kelim als Verpackung einzusetzen, die Prinzessin unsichtbar in der dicken Rolle verborgen! Er schickte den Eunuchen sofort mit diesem Vorschlag zurück zu Yeza – und erhielt eine barsche Abfuhr. Um nichts auf der Welt wolle die Prinzessin mit diesem Teppich nochmals in Berührung kommen, und schon gar nicht hilflos zwischen seine Massen eingequetscht! El-Aziz ließ die Sache auf sich beruhen, er würde gewiss eine ihr genehme Lösung finden, ließ er ihr ausrichten, sie könne sich auf seinen Einfallsreichtum ebenso verlassen wie auf seine treueste Ergebenheit! Das möge die Prinzessin beruhigen und trösten, gab er dem Eunuchen mit auf seinen Weg in den Harem.

Im *salet al fursan*, dem hohen Rittersaal der Burg, tafelten der Emir und sein Gast allein zu zweit an der langen Tafel. El-Aziz hatte Yeza gebeten, für die nächsten Tage Unwohlsein vorzutäuschen, damit El-Kamil, gewohnt an ihre verschleierte Präsenz, sich nicht verwundere, wenn ihr Platz leer bliebe. Das würde ihnen bei der Flucht einen gewissen Vorsprung verschaffen. Die Prinzessin hatte eingewilligt, berichtete der Eunuch, aber verlangt, dass der Koch der Köche auch für sie das Essen bereitete, das ihr dann im Harem serviert werden solle. Diese vom besorgten Emir sofort bewilligte Variante brachte den schon um das Nachlassen seines Einfallsreichtums bekümmerten El-Aziz auf neue Gedanken. Erst einmal lenkte er das Gespräch wieder auf den kostbaren Kelim und stieß damit beim Emir offene Türen auf. Wenn der Herr Vetter, El-Aziz, es auf sich nehmen würde, den verdammten Teppich zu den Mongolen zu schaffen, hätte er, El-Kamil keine Probleme, sich von diesem Kleinod persischer Webkunst zu trennen. El-Aziz brachte den berechtigten Einwand vor, dass er zur Bewerkstelligung des Transports über weitaus mehr tüchtige Männer samt Lastkamelen verfügen müsste als nur über sein eigenes, völlig ungeeignetes Gefolge. Das hörte der Emir hoch erfreut, denn auch ihm kam ein Einfall: Er würde morgen einen Clan von Nomaden anheuern, die ausreichend Kamele und genügend Erfahrung hätten. Des Vetters Gesinde, den Meister des Bades und den Koch der Köche, hingegen wolle er gerne in seine Dienste nehmen, um seiner Herzensdame willen, die sonst oben im Harem den vortrefflichen Fähigkeiten dieser von ihr so geschätzten Künstler entsagen müsste. Es bedurfte nicht des vertraulichen Zwinkerns des schwarzbärtigen Vetters, um El-Aziz klar zu machen, dass er die beiden opfern musste – oder zumindest einem recht ungewissen Schicksal auslieferte. Sie besiegelten ihren Pakt mit Handschlag und Bruderkuss. Angesichts der Unpässlichkeit seiner Gefangenen verzichtete der Emir auf einen Besuch in deren Gemächern. Er wollte früh aufbrechen, um persönlich die notwendige Karawane zu besorgen, und gedachte dies mit einem weiteren Erkundungsritt zu verbinden. Am späten Abend wolle er mit den besagten Nomaden vom Stamme der Seldschuken zurück sein. El-Aziz bestand darauf, im frühesten Morgengrauen des übernächsten Tages aufzubrechen, das hieße, die Leute müssten noch in der gleichen Nacht den Kelim hinaus zu ihren Kamelen schaffen und sie beladen. El-Kamil war alles recht. Ihm lag daran, diesen Teppich so schnell wie möglich wieder loszuwerden. Und wenn er Unglück brachte – was Allah verhüten möge –, dann würde es nicht mehr ihn treffen, *ma qadara allah*, sondern seinen törichten Vetter, der sich immer noch Hoffnungen auf den Thron von Damaskus machte, und er könnte sich – endlich von diesen *djinn* befreit – seiner Prinzessin ungetrübt erfreuen.

Am nächsten Abend – reichlich vor der üblichen Stunde des Nachtmahls und der erwarteten Rückkehr des Emirs – bestellte El-Aziz den Koch und den Eunuchen zu sich. Dieser Meister des Bades, ein stämmiger, muskulöser Bursche, galt auch als ein Meister der Gifte. Sein Herr verlangte von ihm ein starkes Betäubungsmittel, das vorhalten sollte bis zum nächsten Morgen. Dies solle der Koch der Prinzessin in die abendliche Speise mischen. Wenn es dann seine Wirkung getan habe, sollten sie Yeza in den Kelim einrollen und diesen gut verschnüren, fertig zur Abholung durch die Karawane. Aber peinlich sollten sie darauf achten, dass ihr Opfer keinen Schaden nähme und vor allem gut und reichlich Luft bekäme. Er würde während dieser kritischen Phase der Operation den Emir davon abhalten, aufs Dach zu steigen, um nach dem Verpacken des Teppichs zu schauen, wie er auch verhindern müsse, dass den Heimgekehrten noch in der Nacht die Sehnsucht nach seiner Herzensdame übermanne. Den beiden Mittätern war nicht sehr wohl bei dem Gedanken, was der schwarzbärtige Emir mit ihnen anstellen würde, wenn er am nächsten Morgen die Flucht der Prinzessin bemerkte.

Als Erstes befahl der hagere Koch seinen Gehilfen, reichlich leere Körbe zu beschaffen, sowie etliche Bambusrohre, die durchgehend durchbohrt sein müssten – wie gewaltige Rohrflöten –, und alles auf das Dach zu bringen, dann machten sie sich an die Arbeit.

El-Aziz erwartete im *salet al fursan* den heimkehrenden Emir. Er hatte kalten Braten geordert und verschiedene Salate und harrte am gedeckten Tisch aus, bis kurz nach Mitternacht El-Kamil endlich mit der Karawane eintraf. Der erste Küchengehilfe erschien, um die Speisenfolge zu erläutern und beiläufig mitzuteilen, die Prinzessin habe heute nur leichte Kost verlangt, denn ihr Magen spiele ihr übel mit. Der findige Gehilfe erfand noch unmissverständliche Gesten für heftigen Durchfall und Erbrechen hinzu, sodass dem Emir kaum danach war, sich dieser unerfreulichen und gewiss grässlich stinkenden Situation auszusetzen. Außerdem wurde ihm versichert, der Koch der Köche kümmere sich persönlich um die Zubereitung beruhigender Speisen und der Meister des Bades täte das Seine, damit die Kranke bald in heilsamen Schlaf versinke.

Diese Nachricht war für El-Aziz das vereinbarte Zeichen, dass alles wunschgemäß verlaufen war und die Teppichrolle zum Abholen bereit lag. Nach Beendigung des gemeinsamen Imbisses trat er an der Seite des Emirs in den Hof der Burg, wo schon die Träger warteten. Er begleitete El-Kamil auch auf das Dach, denn er wollte sichergehen, dass nicht in letzter Minute etwas schief ging, der Emir zum Beispiel doch die Fürsorglichkeit verspürte, im Harem nach der Schlafenden zu schauen. Der Atem stockte ihm, als El-Kamil sich laut verwunderte, wie dick die Teppichrolle sei, derart gewaltig habe er sie keineswegs in Erinnerung. El-Aziz scherzte schlagfertig über die jedem Teppich innewohnenden guten Geister, die sich stets aufplusterten, wenn sie zusammengerollt würden, denn das hätten sie nicht gern. Der Emir dachte erschrocken an die bösen *djinn*, die er seinem Vetter unterschlagen hatte, und rührte nicht weiter an das Thema. El-Aziz hingegen ritt der *sheitan*. Als die Träger beim Hochwuchten der Rolle auf ihre Schultern sich über das erstaunliche Gewicht des Kelims beschwerten, setzte er noch perfide hinzu, dass die kleinen Geister sich aus Protest auch noch recht schwer zu machen verstünden, damit der Teppich dort bliebe, wo er lag. Der Emir trieb die Träger mit barschen Worten an, sie sollten sich nicht so anstellen! Er war heilfroh, als die klobige Rolle die Treppen hinunter zu den Kamelen geschafft war und diese die Last gleichmütig auf ihre Höcker verteilten. El-Kamil drängte seinen Vetter zum sofortigen Aufbruch, die Morgendämmerung hatte noch nicht einmal eingesetzt. El-Aziz umarmte ihn und fügte sich der Eile. Kurz darauf öffnete sich das Tor, und die Karawane verschwand in der Dunkelheit. Erschöpft ließ sich El-Kamil auf sein Ruhelager fallen.

Aus der Chronik des William von Roebruk

Am Ende meiner unfreiwilligen Reise, dessen durfte ich gewiss sein, würde mich neue Schreibfron erwarten, dafür hatte mein gestrenger Zuchtmeister, der Secretarius mit Sicherheit gesorgt. Auch wenn seine Person, und vor allem seine Position innerhalb der geheimen Bruderschaft, nicht die ungeteilte Zustimmung aller in der Führungsspitze des Templerordens fand – wie mir das harsche, fast höhnische Eingreifen des mir unbekannten Kommandeurs mit der krächzenden Stimme bewies, dem ich meine ausgewechselte Eskorte verdankte. Das ging wohl auf das Konto der berüchtigten Arroganz der Templer, denn Lorenz von Orta war nur – wie ich – ein Franziskaner!

Ich sah keinen triftigen Grund, mich im Glauben zu wiegen, dass – wie aus seinen Abschiedsworten zu entnehmen – am Zielort des Gefangenentransports, den man mir zuteil werden ließ – sich gar die ominöse Großmeisterin der Bruderschaft, die geheimnisvolle Grande Maîtresse, persönlich herbeilassen würde, mich in Empfang zu nehmen. Ich wusste auch nicht, ob ich mir das wünschen sollte! Und wenn, was würde eine so hochstehende Persönlichkeit von mir armen Minoriten, außer Fleiß und strenge Pflichterfüllung, dann verlangen? Das beschäftigte mich, während ich in meiner engen tragbaren Zelle dem unbekannten Ziel meines Transports entgegenschaukelte. Durch das kleine – unnötigerweise vergitterte – Guckloch der Sänfte sah ich auf die breiten Ärsche der Rappen, auf denen die Ritter meiner Eskorte – ohne je ihre Hundsgugel nach mir, ihrem Gefangenen umzuwenden – über Berg und Tal trabten, von einer Burg zur nächsten. Ich sah ihre Rücken, die hochaufgerichteten Lanzen in ihren Fäusten, die Schwerter im Gehänge ihrer Sättel – aber nie ihre Gesichter! Die Sehschlitze ihrer wie Hundeschnauzen vorne spitz zulaufenden Helme gaben nicht einmal einen Blick auf die Augen frei. Über ihre Schultern geworfen, trugen sie allesamt karminrote Capes, auf denen schwarz das vierfach überhöhte Nagelkreuz der Kirche *Sancti Sepulchri* prangte, das Wappen des Königreiches von Jerusalem, wenn ich mich recht entsinne. Ich dachte sofort an Roç und Yeza, für die ich mich hier stellvertretend behandelt fühlte, eingepfercht in die dunkle Kiste eines zwar bestimmten, aber nicht erkennbaren Schicksals, vorwärts getrieben, getragen von der geheimen Macht, die auch ihnen den Weg vorgab. Doch zu welchem Ziel? Ich schloss die Augen, denn ob ich nun die Landschaft erkannte, die an mir vorbeizog, oder nicht, ich hatte keinen Einfluss auf das, was mit mir geschah. So musste sich auch das Bild des Lebens für ›meine Kinder‹ darstellen, wie ich sie, das Königliche Paar, immer noch trotzig nannte. Ein Leben an einer langen Leine, zwar reich verziert und kostbar anzuschauen, doch unzerreißbar wie eine schwere Eisenkette, unlösbar angeschmiedet an ein Konzept, das nicht sie selbst, sondern andere den Großen Plan nannten.

Die Ungewissheit über das Ziel meiner Reise fand ein vorläufiges Ende, als wir in der Abenddämmerung eine düstere Burg erreichten und meine seltsame, mir irgendwie zunehmend suspekt erscheinende Eskorte in den Hof der Festung einritt. Diesmal wurde ich nicht, wie sonst üblich, in irgendwelchen Kellerverliesen untergebracht, sondern in einem hellen Turmzimmer, dessen Fenster auf schroffe Berghänge hinausgingen, in der Ferne glaubte ich das Meer zu erkennen. Das ermutigte mich, den Mohren, der mich geleitete – das erste menschliche Gesicht nach langer Zeit, das sich mir zeigte –, zu fragen, wo wir uns befänden? Er rollte seine Augen und grinste mich an.

»Wenn es Euch dienlich ist, William von Roebruk«, sagte er höflich, »dann wisset, dies Kastell wird der *Krak de Mauclerc* geheißen!«

Damit ließ der freundliche Turbanträger mich allein, bis er mir mein Abendessen brachte und mir Wasser reichte, um mich zu erfrischen. Dazu bediente er sich einer Klappe in der Mauer. Dahinter hing an einem Seil ein hölzener Bottich, den er leicht ankippte und aus dem er mir das köstliche Nass aus geöffnetem Spundhahn in eine kupferne Schale goss. Ich wollte mich schon ermattet von den Strapazen der Reise zur Ruhe legen, als er nochmals erschien. Diesmal trug er einen siebenarmigen Kerzenleuchter in mein Gemach, das sofort im hellsten Licht erstrahlte. Mein Kammerdiener gab dazu keine Erklärung ab, sondern zog einen in schlichtes Leder gehüllten Packen hervor. Er löste die Verschnürung und legte das Bündel völlig leerer Pergamentblätter feierlich auf das Schreibpult.

»Diesen Blättern solltet Ihr noch heute Eure kostbaren Erinnerungen anvertrauen!«, beschied er mich, verbeugte sich artig und verließ den Raum. Ich trat – nicht sonderlich schreibwillig – zum Pult, rückte den Kerzenständer zurecht, als ich von der Tür her vernahm, wie ein Riegel vorgelegt wurde, sich der Schlüssel drehte und sich mit metallischem Klacken die Bolzen im Schloss verhakten, dann erst entfernten sich leise die Schritte des Mohren. Die strenge Maßnahme galt kaum der Sicherheit meiner Person als vielmehr dem Schutz des zu erstellenden Manuscriptum. Bevor ich meiner zukünftigen Aufgabe näher trat, sollte ich mich meiner verschwitzten Reisekleidung entledigen, mich endlich erst mal waschen und vor allem in Ruhe gerade über den Anfang nachdenken. Also warf ich mich – so wie ich war – rücklings auf mein Lager …

DER EMIR SCHLIEF UNRUHIG den verbleibenden Rest der Nacht. Ihn plagten Träume, die ihn allemal als Gehetzten, Strauchelnden, als Verlierer sahen, was auch immer er unternahm, um den Bedrohungen, Fallstricken und brunnentiefen Löchern zu entgehen. Als er von den heißen Strahlen der Vormittagssonne geweckt wurde, fiel ihm auf, wie still es auf Mard' Hazab war, weder hatte der Koch ihm seinen Morgenimbiss, die geeisten Früchte und den bitteren Pfefferminztee, am Bett serviert, und als er sich erhob und leicht benommen zum marmornen Becken wankte, hatte der Meister des Bades nicht einmal das Wasser eingelassen. Von böser Ahnung befallen, stürmte El-Kamil hinüber in den Harem. Kein Wächter, keine Dienerinnen! Das breite Lager unter dem Baldachin, wo seine Geliebte ihn sonst zu erwarten pflegte, war leer, seiner damastenen Laken ebenso beraubt wie der seidenen Kissen: Die Prinzessin war entführt worden, dieser El-Aziz hatte sie ihm gestohlen! Völlig sinnlos hastete er die Treppe hinauf auf das Dach, wo der Teppich gelegen hatte, und warf verzweifelte Blicke hinunter auf das zerklüftete Land, in der wütenden Hoffnung, die Flüchtigen noch zu Gesicht zu bekommen. Nichts! Grell schien die Sonne auf die schroffen Klippen und felsigen Schründe. Der Emir raste die Stufen hinunter, brüllte nach seinen Wachen, seinem Pferd. Als er den Hof der Festung erreicht, tauchten verstört die ersten seiner Leute auf, viele waren es nicht, nur die Getreuesten. Sie zerrten sein Pferd aus dem Stall und umringten ihn fragend.

»Alle Mann auf die Pferde!«, schrie er ihnen entgegen, sie stoben auseinander. »Wieso sind es so wenige?«, fuhr er den alten Hauptmann seiner Wachen an.

Der senkte den grauen Schädel. »Sie haben uns verlassen«, murmelte er, »die meisten haben sich der Karawane angeschlossen.«

El-Kamil raffte die ihm verbliebenen Berittenen zusammen, ließ das Tor öffnen und stob mit der Kavalkade hinaus, den steilen Hang hinunter. Weit konnten die Flüchtlinge noch nicht gekommen sein, die Geschwindigkeit der Karawane bestimmte allemal der Teppich! Im nächsten Tal würde er den Verräter stellen! Der Emir kürzte wütend den Weg ab, preschte durch ein ausgetrocknetes Flussbett und eine tief eingeschnittene Klamm. In halsbrecherischem Ritt galoppierte der kleine Haufen in die vermutete Richtung, der Schwarzbärtige vorweg, die bereits abgeschlagenen Köpfe von El-Aziz und seinen Helfershelfern vor den blutunterlaufenen Augen –

El-Aziz blickte schwer atmend von der Anstrengung zurück, hinunter ins Tal. Dem Sultanssohn war klar gewesen, dass der hauchdünne Vorsprung niemals ausgereicht hätte, sich weit genug von Mard' Hazab und seinem nach der Entdeckung der Flucht mit Sicherheit vor Wut schnaubenden Emir abzusetzen. Er hatte also die Karawane mit Schmeicheleien und dem Versprechen zusätzlicher Belohnung dazu gebracht, das einladende, bequeme Flussbett zu verlassen und sich der quälenden, Mensch und Tier bis an die Grenzen der Belastbarkeit strapazierenden Anstrengung auszusetzen, in die Felsen der gegenüberliegenden Wand einzusteigen. Schließlich konnte er ja kaum den von El-Kamil gestellten Kameltreibern offenbaren, was es mit der Teppichrolle auf sich hatte. Endlich hatten sie den Scheitel des Felsenriffs erreicht und waren allesamt der Sicht von möglichen Verfolgern entrückt. Eine kurze Rast konnte El-Aziz den ermattet zwischen den Klippen Schatten suchenden Leuten nicht verweigern. Er warf einen letzten prüfenden Blick hinab in das Tal. Gerade wollte er sich befriedigt abwenden, da quollen aus den Felsen unter ihm, wie zornige Hornissen, die Verfolger, angeführt vom Emir selbst. Ohne sich zu bedenken, stürmte die Kavalkade genau in die Richtung, wohin sich nach menschlichem Ermessen die Karawane gewandt haben musste. El-Aziz sah lächelnd auf sie herab. Sein Blick eilte ihnen voraus, um sicherzugehen, dass sie längst verschwunden waren, bevor er mit seiner Karawane den Abstieg begann. Dann erblickte er die Staubwolke, die im gleichen Tal sich schnell vorwärts bewegte, es blitzten die Speere über den wohlgeordneten Reiterblöcken, ein, zwei, drei Hundertschaften der Mongolen trabten ihrem Ziel, der Festung Mard' Hazab, entgegen. Eine scharfe Biegung im Verlauf des Flusstales, eine weit vorspringende Felsnase verhinderte, dass sich der Emir und sein ungezügelter Haufen der Gefahr bewusst wurden, sie galoppierten direkt in ihr Verderben. Genau bei dem Knick würden sie aufeinander prallen – El-Aziz wandte sich ab. Er durfte die Gelegenheit nicht verstreichen lassen, den Vetter war er los, die Mongolen würden weiterziehen, um ihr Mütchen an Mard' Hazab zu kühlen. Vom Teppich wussten sie nichts, aber Yeza würden sie dort suchen. Er trieb die Karawane an, mit dem Abstieg zu beginnen. Am nächsten sicheren Ort wollte er dann die Rolle öffnen lassen und die Prinzessin aus ihrer unbequemen Lage befreien. Es stand nur zu hoffen, dass ihre Betäubung noch anhielt, denn sonst müsste die Arme in der stickigen Hitze sicher entsetzlich leiden –

Seinem Ärger über den protegierten Neffen seines Oberbefehlshabers konnte der General Sundchak nicht einmal Luft machen, als herauskam, dass dieser Schwachkopf sich hatte Pferd samt Waffen stehlen lassen. Die Anwesenheit des Bretonen, dieses besserwisserischen, ziemlich unverschämten Gesandten des französischen Königs, schützte Khazar vor der sofortigen Verhängung einer empfindlichen Disziplinarstrafe, die sonst für jeden Mongolen galt, der sich solches Vergehen zuschulden kommen ließ. Denn da war noch Baitschu, der späte, aber leibliche Sprössling des alten Kitbogha.

Der forsche Knabe hielt fest zu Khazar, nicht weil der wesentlich Ältere sein Vetter, sondern weil er ihm vom Kopf her weit überlegen war, sodass er den Trottel vor sich herschieben konnte, wohin immer es ihm gefiel. Khazars breiter Rücken gab ihm Deckung, und der tumbe Klotz hielt es auch noch für Verehrung, die der Jüngere ihm entgegenbrachte. Und Baitschu stand unter den Fittichen des Herrn Yves! So blieb dem verärgerten Sundchak als einzige Möglichkeit, Khazar eins auszuwischen, die, ihn offiziell zu befördern. Er übertrug ihm das Kommando über den Flankenschutz, überließ ihm die Hälfte der Hundertschaft, die die Nachhut stellte, und schickte ihn in die Wüste, in ein unbedeutendes, abgelegenes Seitental, wo weder Freund noch Feind zu erwarten, noch, dass es für die Sicherheit des vorrückenden Hauptteils der Strafexpedition ansonsten von irgendwelcher Bedeutung war.

So kam es, dass El-Aziz, der sich mit seiner Karawane – nach Umschiffung aller Gefährdungen und glücklich überstandenem Abstieg – bereits geborgen wähnte und nur noch nach einem Rastplatz Ausschau hielt, wo er endlich ungestört den Teppich entrollen könnte, sich plötzlich dem Mongolentrupp unter Khazar gegenübersah. Sie waren ihm quasi auf die Füße gestiegen, denn Khazar sah nicht ein, warum seine Leute sich nicht neben ihren – diesmal gut bewachten – Pferden im Schatten der überhängenden Felsen eine ausgedehnte Ruhepause gönnen sollten. Da kamen diese Kamele von oben! Nun kannten sich Khazar und El-Aziz vom Audienzzelt des Il-Khan her, allerdings war beiden nicht so recht klar, was der andere hier zu suchen hatte. Doch der Sultanssohn war dem geförderten Neffen an Findigkeit überlegen, zumal der helle Baitschu nicht zugegen war. El-Aziz präsentierte frech seinen ›Schutzbrief‹ mit dem Siegel Hulagus, wies auch auf die Teppichrolle, die er jetzt zum Il-Khan brächte, nachdem ihr Transport dem unglückseligen Atabeg aus den Fingern geglitten war. Das alles verwirrte, überforderte den gutmütigen Khazar. Er wünschte dem ›Pagen‹, der zum *Iltschi* des großen Hulagu aufgestiegen war, eine gute Reise und befahl seiner halben Hundertschaft, sich jetzt wieder zu erheben, um den befohlenen Flankenschutz Richtung Mard' Hazab fortzusetzen. Auch fand Khazar, dass alles schon deswegen seine Richtigkeit haben müsste, weil es letztlich gerecht war. Schließlich war ja auch er – trotz seines peinlichen Missgeschicks – zum Kommandeur befördert worden. In einer großen Staubwolke entschwanden die Mongolen.

El-Aziz übernahm den Lagerplatz, denn hier sprudelte eine Quelle aus dem Fels. Er ließ die Teppichrolle behutsam auf eine geeignete Fläche senken, die zuvor hastig von allen störenden Gesteinsbrocken gesäubert worden war. Langsam wurde das Prachtstück aus Täbriz entrollt, El-Aziz schaute neugierig zu, denn er wusste ja genauso wenig wie die Kameltreiber der Karawane, wie sein Koch und der Meister des Bades das Innere gestaltet hatten, das der Prinzessin als Kokon gedient hatte, aus dem sie jetzt als Schmetterling entsteigen würde. Die Treiber rollten und rollten. Schließlich kamen die Körbe in Sicht, es waren sechs in einer Reihe, je zwei einander mit der Öffnung zugewandt, umgeben waren sie von langen Bambusrohren, die durch das Flechtwerk der Körbe gestoßen waren und so dem Ganzen die Wirkung einer luftigen Röhre gaben, die sich nahezu über die gesamte Breite des Kelims erstreckte. In allen drei riesigen Fischreusen steckten Menschen. Die beiden hinteren wurden als Erste auseinander gezogen, aus der einen hüpfte recht fidel der stämmige Meister des Bades, während man den hageren Koch der Köche nur mit Mühe aus seinem Käfig zerrte und halten musste, als man ihn auf seine wankenden Beine stellte. Beide grinsten mehr oder minder verlegen ihrem überraschten Herrn zu. Doch El-Aziz' Augenmerk war einzig und allein auf Yeza gerichtet. Er sprang auf und trat näher. Jetzt sah er auch, wie die Rohrflöten funktionierten: In die langen, ineinander gesteckten Bambusstangen waren jeweils in der Position des Kopfes reichlich Löcher gebohrt, durch die die Eingeschlossene Luft saugen konnte, wenn es ihr zu stickig wurde. Angenehm war es sicher nicht! Die Prinzessin war von Kopf bis Fuß in die dicken Seidenkissen verpackt, dann mit den Damastlaken umwickelt, wie eine Mumie, nur das Gesicht hatten die findigen Künstler frei gelassen, doch zu El-Aziz' Schrecken schien alles Leben aus ihr gewichen. Behutsam löste der immer noch zitternde Koch der Köche die Bandagen, während der behende Meister des Bades aus einem kleinen Flakon Yeza eine Essenz auf Mund und Nase tröpfelte. Es vergingen bange Sekunden, vor allem der schlotternde Koch starrte gebannt auf das blasse Gesicht – plötzlich riss Yeza die Augen auf, El-Aziz, dem edlen Retter, fiel ein Stein vom Herzen, groß wie ein Granitbrocken im Gebirge! Die letzten Lagen aus seidenen Kissen, die sie wohl vor Stößen bewahren sollten, wurden entfernt und Yeza vorsichtig von den starken Armen des Eunuchen hochgehoben. Als sie endlich wieder auf eigenen Beinen stand, schaute sie sich nur kurz erstaunt um. Dann entdeckte sie El-Aziz, der sie beglückt anstrahlte. Er hatte ein Amulett, das er um den Hals trug, hervorgezerrt und hielt es Yeza auffordernd hin.

»Dies zum Beweis«, tönte er voller Stolz. »Ich bin der Sohn und Erbe des Sultans von – «

Noch leicht schwankend, den Teppich keines Blickes würdigend, ging Yeza auf ihn zu, holte aus und schlug El-Aziz mit voller Wucht ins Gesicht, dass dem Hören und Sehen verging und er taumelte. Ungerührt betrachtete sie seine schmerzverzogenen, völlig verdatterten Züge. Dann fiel sie ohnmächtig dem hinzugesprungenen Meister des Bades in die Arme.

Aus der Chronik des William von Roebruk

Ich erwachte – immer noch ungewaschen und in meiner verdreckten Kutte auf meinem Bett hingestreckt – nicht von der Sonne, die mir durch das Fenster darüber ins Gesicht schien, sondern vom knirschenden Geräusch des Sandes, mit dem mein krausköpfiger Diener und Kerkermeister die leeren Pergamentblätter aufraute. Er stapelte sie mit vorwurfsvoller Miene auf meinem unbenutzten Schreibpult und beschwerte sie, um sie glatt zu halten, mit einem faustgroßen Kieselstein. Die Kerzen in dem siebenarmigen Leuchter daneben waren allesamt niedergebrannt.

»Mir ist noch nichts eingefallen«, murmelte ich zu meiner Entschuldigung und stemmte mich von meinem Lager hoch. »Der

Anfang ist immer das Schwerste –« Besser als jede Verteidigung meiner Säumigkeit war es, gleich zum Angriff überzugehen. »Außerdem habe ich Hunger!«

Der Mohr sah mich recht gelassen an und wies auf das frisch aufgefüllte Tintenfässchen nebst frisch geschnittenen Federkielen. »Ein Chronist, der nicht schreibt«, griente er mit stets gleichbleibender Freundlichkeit, »erwirbt ein umso größeres Anrecht auf ein reichliches Frühstück!« Er begab sich zur Tür und winkte mir mit dem Finger wie einem ausgehungerten Kater, als hätte er ein Schälchen Milch in der Hinterhand. »So ist es der Brauch auf Mauclerc – für Faulpelze und Verstockte!«, fügte er hinzu, als er mein verdutztes Gesicht sah. »Denn derer ist das Himmelreich – und das liegt in der Küche – und dem darunter befindlichen Weinkeller!«

Verstört folgte ich ihm durch das menschenleere Treppenhaus des Donjon, in dem mein Turmzimmer lag.

»Firuz«, stellte sich mein krausköpfiger Wärter vor, sich zufrieden auf die Brust klopfend, kaum, dass wir das Sockelgeschoss erreicht hatten, wo sich eine Tür in der Mauer auftat, »ist für Euer leibliches Wohl verantwortlich, ob Ihr nun schreiben mögt – oder es unterlasst!«

Mein Leibmohr führte mich bis hinab ins Souterrain und schob mich an der Küche vorbei in ein Kämmerlein, wo sich ein blanker Tisch mit einer Holzbank davor befand.

»Hier werdet Ihr in Zukunft Eure Nahrung aufnehmen, William von Roebruk«, eröffnete er mir mit der üblichen heiteren Bestimmtheit. »Pro Seite einen Napf voll, alle fünf einen Becher Wein!«

Er öffnete die Tür zur Küche, und herein trat eine stramme Maid mit wogendem Busen und rundem Steiß, die mir ohne Umschweife eine dampfende Schale Bohnen mit Speck vorsetzte.

»Vorschuss!«, grinste der Mohr und zog sich, der Magd den Vortritt lassend, zurück. Doch ich kratzte noch die letzten Löffel des kräftigen Mahls zusammen, da trat die holde Küchenfee schon wieder die Tür auf, weil sie mit beiden Händen den schweren Topf vor sich her trug. Sie grinste mir schelmisch zu und füllte mit der Kelle mir reichlich nach, fischte mir auch die besten Schwartenstücke heraus. Sie setzte sich zu mir auf die Bank und schob sowohl ihren Schenkel eng gegen den meinen als auch ihr rotglühendes Gesicht zwischen mich und meinen Napf, sie schwitzte arg.

»Ich bin Gundolyn!«, hauchte sie mir ins Ohr, dass ich fürchtete, sie würde mir das Läppchen abbeißen. »Von mir kannst du so viel haben, wie 's dir schmeckt, William!« Das unverhoffte Angebot verwirrte mich, zumal ich einen fahren ließ, was Gundolyn nur herzhaft lachen machte. »Und wenn du Wein willst, komm mit mir in den Keller!?«

Das ließ ich mir nicht zweimal sagen, ich stapfte hinter ihr die steile Stiege hinab in die Tiefe, es roch erst modrig und dann bei den trocken gelagerten Fässern gar würzig nach Quitten, Nüssen und gepresstem Saft sonnendurchglühter Reben in seiner schönsten Form. Gundolyn ließ den edlen Tropfen breitbeinig in das mitgebrachte Krüglein fließen und reichte es dem sie Bedrängenden nach hinten, ohne sich nach ihm umzuwenden. Ich hob es mit der einen Hand begierig an meine Lippen, mit der anderen ihren Rock, während mein Speivogel schon das Spundloch suchte. Die kundige Maid beugte sich weit und tief über das Fass, und schlürfend, vor Begeisterung schmatzend wuchs meine Bereitschaft, den Genuss lang entbehrter Wonnen zu erfahren, da erscholl oben an der Kellertür die aufgeregte Stimme des Mohren:

»Hohe Gäste, Gundolyn!«, rief Firuz hinab. »Lass alles stehen und liegen!«

Und die pflichtbewusste Magd verabschiedete – ohne Hast, aber auch ohne Mitleid – den liebesdurstigen Bettelmönch, zog den Rock über ihre weißen Arschbacken und stürmte die Stiege hinauf. Ich folgte ihr bekümmert, hatte aber wenigstens das geleerte Krüglein nochmals gefüllt – das meiste war eh verschüttet – und hockte mich oben in die Kammer, die meine Gaststube war. Der Mohr schaute eilends vorbei.

»Der Patriarch auf der Durchreise!«, ließ er mich knapp wissen und war schon wieder entschwunden. Dann sah ich Gundolyn schwerfüßig vorbeischieben, das Tablett beladen mit Braten und fetten Würsten, saftigen Schinken und ölig glänzenden Oliven, alles Leckereien, die für mich niemals aufgefahren würden!

»Seine Eminenz«, rief sie mir wohlgemut zu, »tut noch einen Gast erwarten, mit dem er sich hier verabredet!«

Ich trank von meinem Roten, beruhigt, weil ich jetzt wenigstens wusste, wo ich den Krug wieder nachfüllen konnte. Draußen hastete der Mohr vorbei, mit einer kostbaren Kristallkaraffe. Schon die purpur leuchtende Farbe des Weines ließ mich ahnen, dass es sich bei diesem Tropfen um einen lang gehegten und gut verborgenen Schatz handeln musste, aufgespart für solche Gäste wie den »Patriarchen von Jerusalem«! Dabei wusste in der *terra scancta* ein jeder, dass es sich bei Jakob Pantaleon, dem derzeitigen ranghöchsten Vertreter der *Ecclesia catolica*, um einen ehemaligen Schuster aus Troyes handelte. Entsprechend grob gegerbt und schlecht vernäht sei auch sein Auftreten – hatte man mir erzählt!

»Er sitzt jetzt im vertraulichen Gespräch«, teilte mir mein kraushaariger Gewährsmann mit, »mit Guy de Muret, dem Beichtvater der Fürstin von Antioch, einem Dominikaner!«

Also ein Renegat, wahrscheinlich ein abtrünniger, reumütiger ehemaliger Ketzer aus Okzitanien, ging es mir durch den dicken Kopf. Das sind die Schlimmsten!

»Und worüber reden sie?«, fragte ich mehr, um mich des eifrigen Informationsflusses würdig zu erweisen, interessieren tat mich das Geschwätz von zwei Klerikern nicht im Geringsten.

»Sie sprechen übel von einem Königlichen Paar!«, ließ mich Gundolyn wissen, die meine neugierig erscheinende Frage mitbekommen hatte. »Auch über dich ziehen sie her«, lachte mich die Maid aus.

»Mehr noch scheinen sie höchstlich interessiert an der Chronik, an der du so fleißig schreibst!«, setzte Firuz grienend hinzu. »Du solltest es mit eigenen Ohren hören, William von Roebruk!«, stachelte er mich scherzhaft an, wechselte dabei mit der Küchenmagd einen Blick belustigten Einverständnisses.

»William im Eimer?!«, fragte Gundolyn zweifelnd glucksend zurück und betrachtete mich recht abschätzend, wo ich ihr doch als Stößer durchaus willkommen gewesen, »wenn der das Gewicht aushält?!«

Die beiden winkten mir, ihnen wieder in den Keller zu folgen.

Diesmal ging es an den Weinfässern vorbei zu einem Brunnenschacht, der tief in den Felsen geschlagen schien, und auch nach oben verlief seine dunkle Röhre, reichte hoch hinauf ins Mauerwerk, wie ich feststellte, als ich meinen Kopf in die Höhle steckte. Ich hörte gedämpft die Stimmen der beiden disputierenden Geistlichen, auch fiel auf halber Strecke ein Lichtschein in den Schacht. An einem dicken Seil hing ein hölzerner Bottich. Ich begriff sofort, dass dies der Wasseraufzug war, mit dem auch mein Turmzimmer versorgt wurde, – ein wohlüberlegter, nie versiegender Trinkwasserquell für den Donjon der Burg in Belagerungszeiten! Ich stieß mich nicht an dem schweren Eisengitter, das ihn wie eine große Haube krönte.

»Also steigt ein!«, forderte mich mein Leibmohr auf. »Haltet Euch gut am Seil fest!«

Ich stieg in den hölzernen Bottich, er nahm mich nur stehend auf und schwankte heftig in seiner Halterung. Der Mohr verschloss die Gitterhaube, ich kam mir vor wie ein Vogel im Käfig, allerdings musste ich den Kopf einziehen, um nicht an die Eisenstäbe über mir zu stoßen.

»Bequem ist es nicht!«, frohlockte Gundolyn und kniff mich Wehrlosen herzhaft in den Hintern. Dann zogen sie mich mit vereinten Kräften nach oben in den dunklen Schacht. Ich glitt an der Küche vorbei, wo auf dem Herdfeuer zwei Fische in der Pfanne schmurgelten – noch dufteten sie lieblich, doch würden sie wohl bald verkohlt sein, wenn die tüchtige Magd sich nicht sputete. Ich gönnte sie weder dem Jakob Pantaleon noch seinem Gast, diesem Dominikaner. Dann hielt mein Bottich vor einem hölzernen Paneel, und dahinter konnte ich jetzt Wort für Wort vernehmen, was sich die beiden zu sagen hatten, als säße ich mit ihnen am Tisch.

»… ich wusste, dass ich mich auf einen so exzellenten *canis Domini* wie Euch verlassen konnte, Guy de Muret!«, gab sich die süffige Stimme des Älteren jovial, die ich dem Patriarchen zuordnete. »So wie Ihr mir jetzt diesen unseligen Chronisten beigebracht habt, werdet Ihr unserer *sancta ecclesia* auch zur eisernen Hand gehen, um ihn seine ketzerischen Texte auswendig singen zu machen, die uns zu Jerusalem entgangen sind.« Der hohe Herr rülpste höchst vulgär, sein Gegenüber nicht zu Wort kommen lassend. »Haben wir den Fettwanst erst ausgewrungen wie einen Scheuerlappen, wird es an Euch sein, jegliche Spur von diesem elenden Minoriten zu tilgen –«

»*Corpus mortuus?!* Nicht mit mir!« Diese Aussage des Dominikaners beruhigte mich, doch nicht lange.

»Diente Guy de Muret nicht seinem obersten Herrn und Hirten, dem Papst, mit weitaus weniger Skrupeln als erfolgreicher Inquisitor?!«, höhnte der Patriarch. »Wollt Ihr den Nichtsnutz *in vitam* erhalten!?« Sein Spott troff ihm von den Lippen. »Bitte, er gehört Euch!« Der hohe Würdenträger lachte roh. »Mir geht es einzig darum, dass Ihr Eure geschätzten Fähigkeiten am noch Lebendigen zur Verfügung stellt!« Er redete jetzt mit eindringlichem Eifer auf den Dominikaner ein. »Diese Kunst des Erforschens verstockter Seelen und sich sträubender Leiber verlernt man nicht! Wichtig ist der Kirche nur, dass der Kerl die bisher verfasste Chronik herausrückt und sich von nun an des weiteren Schreibens enthält, als habe er sich die schmutzigen Finger gequetscht und verbrannt!«

»Eure Vorstellungen vom Wirken der Heiligen Inquisition sind immer noch von Daumenschrauben und Scheiterhaufen geprägt!«, schlug der streitbare Beichtvater zurück, »doch will ich der Kirche noch einmal zu Gefallen sein!« Er legte eine Pause ein. »Ist dieser Auftrag jedoch erledigt«, sagte er leise, »entbindet Ihr mich meines Gelübdes?! Den Rest meines Lebens will ich als Ritter bestreiten, mit dem Schwert in der Hand!«

Das sonderliche Angebot schien dem Patriarchen überlegenswert, zumindest des Versuchs einer kleinen Erpressung. »Da ist dann noch diese Ketzerbrut!«, brach eine wohl lang angestaute Gehässigkeit hervor. »Diese verdammten Kinder des Gral müssen beseitigt werden, ehe sie die Herrschaft Satans in Gottes eigenem Land errichten, auf dem heiligen Boden, den der Fuß unseres Herrn Jesus Christus berührte! Sie müssen verschwinden, oder der Leib des Heilands findet keine Ruhe mehr in seinem Grabe!«

Diesmal zog sich das Schweigen noch länger hin. »Dafür besorgt Euch jemand anderen!«, sagte dann Guy de Muret. »Ich bin kein Assassine – und selbst auf die Gefahr hin, dass Ihr mir die Exkommunikation androht, bin ich nicht gewillt, mein neues Leben als Meuchelmörder zu beginnen, meine Ehre als Ritter zu besudeln!«

»Noch seid Ihr keiner!«, fauchte Jakob Pantaleon.

»Ihr irrt, Monsignore, aufgrund meiner noblen Herkunft bin ich es immer schon gewesen! Das könnt Ihr mir nicht nehmen!«

Der Patriarch lenkte ein. »Chronik gegen –?« Er verstummte, bevor er sein Angebot formuliert hatte, denn im Refektorium, wo die beiden saßen, wurden fremde Stimmen laut, offensichtlich waren neue Gäste eingetroffen.

Ich hatte eigentlich genug gehört, meine Beine drohten mir einzuschlafen. Ich wünschte, Gundolyn oder der Mohr würden mich jetzt wieder runterlassen, aber anscheinend hatten sie mich vergessen – oder waren anderweitig beschäftigt. Wütend – laut werden durfte ich ja nicht – rüttelte ich an dem Seil, dass der Bottich mit mir tanzte, aber niemand kümmerte sich um mich und mein übles Los.

Der Patriarch und sein unwilliger Inquisitor hatten sich erhoben, um die Neuankömmlinge zu begrüßen. Das Stimmengemurmel entfernte sich. Ich trat im Bottich von einem Bein aufs andere. Ich schlug mit der Faust an die Holzwand, an das Eisengitter über meinem Kopf. Plötzlich, ich hatte schon jegliche Hoffnung aufgegeben, setzte sich mein Gefährt ruckartig in Bewegung. Ich glitt abwärts, dem Weinkeller entgegen, wo sicher die liebe Gundolyn und mein guter Mohr meiner harrten, denn ohne ihre Hilfe konnte ich mich ja nicht aus dem vergitterten Bottich befreien. Langsam senkte sich das hölzerne Gefäß im Schacht durch die Decke des Gewölbes, doch dann sah ich keinen von den beiden auf mich warten, keine Spur! Und das Schlimmste war: Der Bottich hielt nicht inne in seiner Abwärtsbewegung. Ich wollte schreien, aber eine entsetzliche Angst schnürte mir die Kehle zu – Stück für Stück versank ich in der Tiefe, völliges Dunkel umfing mich in der Enge feuchten Mauerwerks. Zitternd vor Furcht lauschte ich wenigstens auf irgendein Geräusch – außer dem trockenen Knarzen des Seils, an dem ich herabgelassen wurde. Unsichtbare Fäuste schienen es zu bedienen, dann vernahm ich unter mir das leise Plätschern von Wasser – ein unterirdischer Saal tat sich zu meinen Füßen auf, kreisrund, an seinen Wänden blafften Fackeln ringsherum und tauchten den Raum in flackerndes Licht, steinerne Sitzbänke waren im Schatten der Nischen zwischen den Säulen erkennbar. Mein Bottich kam zum Stillstand. Ich baumelte nur einen Fuß hoch über dem Wasserspiegel des unterirdischen Quells, der als Brunnen gefasst sich inmitten des Raumes erhob. Keine Menschenseele ließ sich sehen, nur die gespenstischen Schatten der flackernden Fackeln huschten über die Wände. So konnte ich mir den Vorraum zur Hölle vorstellen, wenngleich das Wasser zu meinen Füßen weder dampfte noch kochte, im Gegenteil, es wirkte eher eiseskalt in seiner tiefdunklen Klarheit. Nach allem, was mir der Patriarch zugedacht hatte, tat ich auch wohl gut daran, mit dem Schlimmsten zu rechnen. Meine einzige Hoffnung war die Unlust dieses ehemaligen Inquisitors. Mein Blick fiel hinunter zu meinen Füßen, und ich bemerkte mit Schrecken, dass jemand den Spundhahn aus meinem hölzernen Bottich entfernt hatte. Schweigend betraten vermummte Gestalten das Rund des Raumes. Sie trugen allesamt kardinalsrote lange Gewänder, die oben in steife, spitze Kapuzen übergingen. Gemessenen Schritts nahmen sie, ein jeder in seiner Nische, auf den Steinbänken Platz. Stechend waren die Augenlöcher der überhohen Hüte auf mich gerichtet.

»Satansdiener William von Roebruk«, eröffnete die in der Mitte thronende Gestalt, der Patriarch, wie ich sofort an der Stimme erkannte, die Verhandlung. »Gesteht, dass Ihr im Wissen um den so genannten Großen Plan nach diesem handelt und Euch somit außerhalb des Segens und des Schutzes der allein selig machenden Kirche gestellt habt!?«

Ich wusste, dass ich mein Leben verloren hatte, denn es bedurfte wohl nur des Schnippens seiner Finger, und ich würde so lange unter Wasser getaucht werden, bis mein Geist als letzte Luftblase blubbernd aus mir weichen sollte. Das machte mich widerborstig. »Ich folge seinem Befehl, ohne ihn zu kennen«, sagte ich mannhaft. »Ich bin stolz darauf, ihm zu dienen!«

Das eisige Schweigen, das mir entgegenschlug, ließ mir den Quell unter meinen Füßen von wohliger Wärme erscheinen.

»Ihr wisst also nicht, wo dieses ketzerische Pamphlet verborgen gehalten wird?« Langsam senkte sich mein Zuber dem Brunnenschacht entgegen, das kalte Wasser trat glucksend durch das offene Spundloch ein und umspülte schnell meine Füße bis zu den Knöcheln, doch das reizte meine Aufsässigkeit erst recht.

»Das will ich Euch gern verraten«, stieß ich mutig hervor, »denn nie werdet Ihr Eure ringgeschmückten Tentakel auf dieses *exemplum purum et divinum* legen können: Die Botschaft vom Heil der Welt, die Kunde vom Kommen der Friedenskönige tragen die wissenden Hüter längst in ihrem Herzen!«

Es erging kein Signal, mit dem Absinken meines Bottichs innezuhalten, mir wurde es arschkalt, vor allem ums Gemächte herum, was weit unangenehmer war. Die Herren wirkten völlig versteinert, endlich ergriff der Inquisitor das Wort. »Herzen kann man herausreißen«, sagte er trocken, »doch Eures, William, wird Euch bald zwischen Beinen und Arsch hängen!«

»Dort spüre ich schon nichts mehr«, entgegnete ich mit klappernden Zähnen, »wenn Ihr noch etwas Nützliches von mir zu erfahren wünscht, dann zieht mich rasch wieder hinauf – oder ertränkt mich zur Gänze!«

Ich vernahm ein meckerndes Lachen. »Seht Ihr, William, wir kommen uns schon näher.« Tatsächlich hob sich der Bottich, das Wasser lief plätschernd aus dem Spundloch, ich verspürte das Bedürfnis, mich meiner nassen Hosen zu entledigen, nur war es dazu viel zu eng. »Ihr berichtet dem hier versammelten hohen Tribunal jetzt alles, was Ihr über die angebliche ›Bedeutung‹ des Königlichen Paares wisst, über seine so genannte ›Bestimmung‹?« Guy de Muret legte geradezu wärmende Freundlichkeit in seine Stimme. »Uns interessiert im Besonderen, welche herausragenden Umstände ausgerechnet diese beiden Ketzerkinder dazu ausersehen haben, jene aberwitzige Rolle einzunehmen?«

Ich besann mich nicht lange, eh mir mein armer Speivogel gänzlich abfror, war ich gewillt, ihnen Mäuler und Ohren mit den Gerüchten voll zu stopfen, die mir höchst unterschiedlich bislang zu Gehör gekommen waren. Ein keineswegs nachweisbares Wissen um die Herkunft von Roç und Yeza konnte dem Inquisitor wenig nützen, hingegen meinen Lieben kaum schaden. Auch wenn ich den sinistren Spitzhüten das Erfahren der kostbaren Blutslinie eigentlich nicht vergönnte – und diesem ungehobelten Patriarchen schon gar nicht –, irgendein Opfer musste gebracht werden!

»Die Geschichte von der jungfräulichen Kastellanin der Ketzerburg Montségur«, hub ich an zu erzählen. »Esclarmunde mit Namen – nicht zu verwechseln mit der berühmten Hüterin des Gral –«

»– die damals schon längst nicht mehr lebte!«, unterbrach mich Herr Guy unwillig, doch sachkundig.

»Zur Hölle gefahren!«, schnaubte der Patriarch, was mich nur anstachelte.

»Als die Bedrohung Okzitaniens und seines freien, ›reinen‹ Glaubens –« Seinen Zorn kaum verbergend, stieß der Daumen seiner beringten Hand zitternd nach unten, worauf sofort wieder kaltes Quellwasser meine Gliedmaßen umspülte. »Als die Bedrohung des ›reinen‹ Glaubens durch Rom und Frankreich«, keuchte ich dagegen an, »immer größer wurde.« Der junge Inquisitor setzte sich durch, mein Bottich stieg noch einmal, und ich fuhr bibbernd fort: »– machte sich die junge Esclarmunde zusammen mit ihrem greisen Vater auf, den Stauferkaiser Friedrich um Hilfe zu bitten –«

»Seht ihr?!«, wandte sich der Patriarch zeternd an sein *collegium secretum*. »Seht ihr, welch Abgrund von Häresie?!«

Ich unterbrach seinen Ausbruch mit überlegener Ruhe. »Sie reisten in die Höhle des Löwen, nach Apulien.« Ich wartete ab, bis ich die Aufmerksamkeit aller wieder erlangt hatte. »Doch nichts lag Friedrich ferner, als seine schützende Hand den ketzerischen Okzitaniern zu reichen, zumal er mit dem französischen König in engster Allianz stand. Der Kaiser wies ihr Ansinnen brüsk zurück, doch nicht das Fleisch des jungen Weibes«, jetzt konnte ich sie sabbern hören, leise röcheln. »In seiner sattsam bekannten Geilheit fiel der Staufer nächtens über Esclarmunde her, bevor er sie von seinem Hofe jagen ließ.«

»Hoho!«, dröhnte die grobe Lache des Patriarchen, in die alle anderen einfielen. Ich ließ sie sich auf die Schenkel schlagen und wartete.

»Zurück auf dem Montségur fühlte sich die Gedemütigte alsbald guter Hoffnung. Das muss sich rund vier Jahre vor dem Fall der Ketzerburg zugetragen haben – «

»Es geschah im Jahre des Herrn 1244, dass dort oben wieder das Kreuz aufgerichtet wurde«, präzisierte Guy de Muret, doch der Patriarch zischte frohlockend dazwischen:

»Und unten an seinem Fuße warteten die Scheiterhaufen!«

Ich ließ die Begeisterung erst abklingen, bevor ich den zweiten Faden aufnahm. »Ungefähr zur gleichen Zeit suchte eine hochschwangere Nonne Zuflucht auf dem Montségur.«

»Hört, hort!!«, hechelten die Spitzhüte begierig. *»Graviditas monachae in cauda nefarii causa!"*

Guy de Muret machte mir Zeichen fortzufahren. "Es musste sich bei der Unbekannten um eine Dame aus höchstem Adel handeln, wohl von königlichem Blut – und zwar von einer dynastischen Seite, sodass die Geschichte, wenn sie denn herausgekommen wäre, ein politischer, mehr noch für die christliche Geistlichkeit ein Skandal gewesen wär!« Ich genoss das geschluckte Entsetzen. »Aber ihre Abstammung blieb – dank der mächtigen Bruderschaft, die ihr diese Zuflucht verschafft hatte – bis heute im Verborgenen. Über die Vaterschaft wurde viel gemunkelt. Es hieß, der einzige männliche Nachkomme des unglückseligen – von der *Ecclesia catolica* verräterisch und tückisch ermordeten – ›Perceval von Carcassonne‹ habe bei seinem Versuch, das väterliche Erbe zurückzuerobern, davor in der letzten Nacht die Liebe dieser jungen Frau empfangen. Am nächsten Morgen fiel er im Kampf.« Das Tribunal unterbrach mich nicht, ich strebte einem zügigen Ende entgegen, von dem ich nun wieder einen mir gnädigen Ausgang erwartete. »Die von unsichtbaren Händen geschützte Nonne und die junge Kastellanin kamen etwa zur gleichen Zeit auf dem Montségur nieder. Esclarmunde brachte ein Mädchen zur Welt, die Fremde einen Sohn. Gleich nach der Geburt verschwand die Unbekannte wieder und ließ den Knaben in den Händen der jungen Wöchnerin Esclarmunde zurück, die beide Kinder an ihrer Brust großzog – «

Es herrschte kein Schweigen der Betroffenheit, eher einer gewissen Enttäuschung, dass ich ihnen keine satanischen Akte offenbart hatte, den großen *incubus*. Oder hatten sie von mir hören wollen, dass Roç und Yeza von einer Mutter Leib geboren, also in Wahrheit Geschwister waren? Damit hätten sie als ›Paar‹, und noch dazu als ›Königliches‹, eine Angriffsfläche geboten, mit der die Kirche sie ohne Mühen von jeglichem Throne fern halten, ja die physische Vernichtung ihrer blutschänderischen Existenz hätte betreiben können. Ich hatte – der Stolz beflügelte mich – meinen Lieben wohl doch den rechten Dienst erwiesen, dass ich die wild rankenden Legenden als ehrlich bezeugte Geschichte aufgetischt hatte.

»Sie wurden also nicht christlich getauft?!«, stellte der Patriarch unlustig fest.

Jetzt ritt mich der Teufel. »Nie und nimmer!«, rief ich aus. »Sie wurden in die *Gleyiza d'amor* aufgenommen, was Ihr die Ketzerkirche nennt, als sie im zarten Alter von drei oder vier Jahren die schützende Gralsburg Hals über Kopf verlassen mussten. Doch fühlten sich beide zeit ihres jungen Lebens, und soweit ich dies verfolgen durfte, dem ›reinen‹ Glauben zugetan, dem Vertrauen auf den Parakleten, den Erlöser vom Übel dieser irdischen Welt!«

»Sie müssen vernichtet werden!«, brüllte der Patriarch. »Ausgerottet mit Stil und Stumpf, ehe ihr böser Samen über uns kommt, um Christi willen!«, wandte er sich, mit beiden Armen fuchtelnd, beschwörend an die Mitglieder des geheimen Tribunals, während gleichzeitig mein Bottich sich rasant wieder mit Wasser zu füllen begann, die unsichtbaren Folterknechte, die das Seil bedienten, mussten ihn wohl missverstanden haben.

»Das wird Euch nicht gelingen!«, schrie ich gegen ihn an. »Eher wird Gott Euch zermalmen, Jakob Pantaleon, elender Flickschuster!«

Diese Bloßstellung war zu viel für ihn. »Fahr zur Hölle, dämlicher Minorit!«, waren die letzten Worte, die ich noch vernahm, dann rauschte mein Bottich in die Tiefe, die Wasser schlugen über meinem Kopf zusammen, ich schnappte nach Luft, schluckte das flüssige Eis, es drang mir in die Lungen und ins Gehirn mit tausend Nadeln, ich erstickte und platzte zugleich – dann spürte ich nichts mehr …

WILLIAM LAG AUF DEM NACKTEN STEINBODEN der Küche von Mauclerc, lediglich eine Strohmatte hatten sie ihm unter den entblößten Torso geschoben. Nicht erlebt hatte er, jedenfalls nicht bei Bewusstsein, wie der Rote Falke auf seinem Brustkasten kniete und mit verzweifeltem rhythmischem Pressen sich bemühte, das kaum noch schlagende Herz wieder in Gang zu setzen. Sein Freund David, der einarmige Templer, sorgte dafür, dass der Kopf des Minoriten in der Seitenlage blieb, um das stoßweise austretende Wasser abfließen zu lassen. Schließlich hatte Williams kräftiges Herz wieder zu klopfen begonnen, und sie flößten ihm vom scharfen Branntwein ein, mit dem sie seine ausgekühlten Gliedmaßen immer wieder eingerieben und abgerubbelt hatten. William schlug erstaunt die Augen auf.

»Wo bin ich?«, fragte er matt die über ihn Gebeugten.

»Nicht im Himmel«, spöttelte David. »Guy de Muret hat von seinem Recht Gebrauch gemacht, einem tolldreisten Bruder des heiligen Franz die Hölle zu ersparen!«

»Er war es, der Euch samt Käfig aus dem Brunnen ziehen ließ – der Patriarch konnte es nicht hindern!«, fügte der Rote Falke erklärend hinzu.

»Und wo kommt Ihr her, wenn ich also nicht im Himmel noch in der Hölle bin?«

»Wir sind deine Schutzengel«, grinste David, »denn du bist an einem weitaus übleren Ort gelandet: Mauclerc gehört dem Patriarchen –«

»Ach, deswegen kannte auch keiner hier den Lorenz von Orta –«

»Gott sei Dank beklagte sich der Herr Secretarius aber noch rechtzeitig bei uns, als du nicht dort eintrafst, wohin er dich hatte schicken wollen –«

»So sind wir gerade dann hier angelangt«, verkürzte der Emir die Ausführungen seines Begleiters, »als der Herr Inquisitor völlig hilflos neben der Wasserleiche stand, die er mithilfe der schluchzenden Köchin und des zitternden Mohren aus dem vergitterten Bottich hatte befreien können.«

»Was hat ein Schlitzohr wie dich, lieber William«, David nahm seine Häme schonend zurück, »dazu bewogen, sich ausgerechnet und freiwillig in eine Eiserne Jungfrau zu begeben, denn nichts anderes als ein solches Folterinstrument stellt diese Tonne dar!«

»Wo ist Gundolyn, diese liebreizende Köchin?«, hakte William misstrauisch nach, »und Firuz, der mir so herzlich zugetane Mohr?«

Der Rote Falke und David wechselten einen kurzen Blick. »Der Herr Patriarch hat seine ihm treu ergebene Haushälterin mit sich genommen, als er – gleich nach dem turbulenten Eingreifen des jungen Inquisitors – Mauclerc wieder verließ. Ebenso seinen fähigen Knecht. Dem freundlichen Mohren oblag es, Euch, William, jeweils auf einen Wink seines Herren hin, kräftig zu tunken und zu steupen!«

Dieser Abgrund menschlicher Falschheit, der sich vor ihm auftat, erschütterte den Minoriten nicht lange – eher schon seine eigene blinde Vertrauensseligkeit. »Und der Inquisitor, dieser Guy de Muret?«

»Der ist – kaum, dass er sein beleibtes Opfer in guten Händen wusste – davongeritten, nicht mit dem Herrn Patriarchen, dem er übrigens ein für alle Mal den Dienst aufkündigte, sondern zurück zu seiner weltlichen Herrin, der Fürstin von Antioch!«

»Doch auch dieser –«, wusste der einarmige Templer noch beizutragen, »mag er nicht länger als Beichtvater zur Hand gehen, sondern Guy de Muret verlangt es danach, sich zukünftig als edler Ritter zu bewähren!«

William sah seine Freunde nachdenklich an. »Vielleicht sollte auch ich mich der mühseligen wie lebensbedrohlichen Tätigkeit eines Chronisten entgeben und ein neues Leben –?!«

»Uns allen«, wiegelte der Rote Falke lächelnd ab, »ist es nicht gegeben, aus unserer Haut zu schlüpfen – dann und wann mag es uns gelingen, sie abzustreifen, doch darunter ist uns schon eine neue gewachsen, grad' die gleiche wie die alte!«

Kurz darauf verließ der kleine Trupp die einsam gelegene Burg. Mauclerc lag ausgestorben wie zuvor.

DER SALAMANDER IM FEUER

»CAUDA DRACONIS« – DIE REISE DER PRINZESSIN

DAS AUSGEDEHNTE LAGER des mongolischen Heeres befand sich nun schon seit Tagen am gleichen Ort. Kitbogha, der Oberkommandierende, regte zwar täglich in der Lagebesprechung an, man solle sich nun ohne längeres Hinwarten der syrischen Hauptstadt Damaskus bemächtigen, bevor die Mamelucken von Kairo auf die Idee kämen, ihnen zuvorzukommen. Die Nachrichten der vorgeschickten Spione waren zwar widersprüchlich, aber eines schien festzustehen: dass An-Nasir, der Sultan, die Stadt verlassen hatte, in Richtung Süden. Das konnte durchaus ein Anzeichen dafür sein, dass die Ägypter bereits mit im Spiel waren. Doch der Il-Khan verlangte, dass – bevor das Heer sich auf die anscheinend wehrlose Stadt zubewegte, was dann unweigerlich Angriff, Einnahme und vor allem Besetzung zur Folge haben würde – man sich den Rücken freihalten müsse, also nicht länger Widerstandsnester zu dulden, die Nachschubwege und Verbindung mit dem Il-Khanat gefährden könnten. Wie zum Beispiel jene merkwürdige Tempelstadt Palmyra, die wie eine Fata Morgana inmitten der Wüste auftauchte, seit alters her Knotenpunkt wichtiger Karawanenstraßen. Von dort sei bis heute keine Delegation eingetroffen, die ihre Botmäßigkeit erklärt habe. Er wisse nicht einmal, der Ton Hulagus wurde ungehalten, wer dort eigentlich herrsche.

»Derwische!«, knurrte Kitbogha, dem der Vorwurf galt. »Heulende Derwische und aufsässige Beduinen!«

»Bringt das in Ordnung!«, hatte die knappe Anweisung gelautet, und damit war für den Oberkommandierenden die morgendliche Audienz beendet.

»Hauptmann Dungai, Ihr gehört zu den Leuten«, sprach Kitbogha vertrauensvoll den ihm schon lange treu dienenden Unterführer an, »die sich noch an das Königliche Paar erinnern müssten – würdet Ihr Roç Trencavel und die Prinzessin Yeza wiedererkennen?«

Der alte Haudegen besann sich nicht einen Moment. »In jeder Verkleidung, unter Tausenden würde ich sie herausfinden!«, erklärte er spontan, und ein Leuchten ging über sein faltiges Gesicht. »Ich würde mich sehr glücklich schätzen, wenn es mir vergönnt wäre – sie fehlen mir«, setzte er seufzend hinzu und verbesserte sich sogleich, »uns allen!«

Kitbogha nickte. »Ich gebe Euch eine Hundertschaft an die Hand. Der offizielle Auftrag lautet, die beiden Seldschukenprinzen, die uns kaum gefährlicher werden können als sie sich selber – mit ihrer blödsinnigen Sucht täglich aufeinander einzuschlagen –« Kitbogha verbarg sein Missvergnügen nicht, raunzte dafür den Hauptmann an, »unverzüglich bis zum Euphrat zu eskortieren und überzusetzen.«

»Ich verstehe«, zeigte sich der Hauptmann sogleich verständig, »damit sie in ihre Stammlande zurückkehren und ihren alten Vater glücklich machen.«

»Der alte Seldschukensultan soll im Sterben liegen«, beschied ihn Kitbogha, »was ihnen der willkommene Anlass sein wird, die Nachfolge auszufechten.« Knurrend setzte er noch hinzu: »Ich will sie nicht länger zwischen den Füßen haben!« Der Oberkommandierende war mit seinen Gedanken sofort wieder bei der Sache. »Ihr nehmt den Weg über die Oase Palmyra und schaut Euch dort um, wer eigentlich von diesen Derwischen das Sagen hat. Gelingt es Euch, den Mann zu überzeugen, dass er gut daran täte, mit Euch zu kommen, um dem Il-Khan förmlich zu huldigen, bringt ihn mit. Aber keine Gewalt, keine kriegerische Handlung! Habt Ihr mich verstanden?!«

»Gewiss!«, antwortete der Hauptmann sinnend. »Doch was ist mit dem Königlichen Paar?«

Kitbogha nahm befriedigt zur Kenntnis, dass er den richtigen Mann gewählt hatte. »Haltet Eure Augen offen«, er versuchte sich in die Lage seines Untergebenen zu versetzen. »Sollten sie nicht auf Mard' Hazab unserem Sundchak in die Hände gefallen sein und Euch in Freiheit begegnen, was ich mir für sie wünsche, teilt ihnen mit, wie sehr wir alle sie vermissen, stellt Euch ihnen zur Verfügung, sie sicher heimzugeleiten.« Er dachte angestrengt nach, aber eine klare Anweisung fiel ihm nicht ein. »Doch tut ihnen keinen Zwang an. Es liegt in Eurem Geschick, Hauptmann, ob sie Eurer Einladung folgen werden.« Die beiden alten Kriegsmänner schwiegen sinnend. »Ich bin mir nicht sicher«, rang sich Kitbogha dann ab, seine Zweifel in Worte zu fassen, »ob die kleinen Könige uns noch lieben?«

DAS ANSEHEN DES EL-AZIZ hatte in den Augen der Nomaden einen nicht einmal mehr durch Blut abzuwaschenden Schaden genommen. Der Schlag ins Gesicht von der Hand einer Frau war letztlich – allein als Gedanke – derart unvorstellbar, dass er Yeza wie durch einen mächtigen Zauber in die Stellung einer Priesterkönigin katapultierte, weit erhaben über Sitte und Ehre des Gezüchtigten und auch aller tief erschütterten Zeugen des Vorfalls. El-Aziz hingegen stürzte schlagartig aus dem Sattel eines Sultanssohns vor die Hufe des Gesetzes der Wüste. Niemand sprach ihn mehr an, selbst der willfährige Meister des Bades und sein ihm ergebener Koch der Köche vermieden es, das Wort noch an ihn zu richten, sondern hielten sich devot an die »Erhabene Prinzessin«. Yeza jedoch hatte das Mitwirken der beiden an dem Komplott längst durchschaut und zeigte ihnen die kalte Schulter. Sie ritt alleine der Karawane voraus und duldete niemanden neben sich. Dass die Kamele der Nomaden hinter ihr den wieder eingerollten Kelim trugen, interessierte sie nicht. El-Aziz mochte ihn zu den Mongolen schleppen, um damit die Huld des Il-Khan wiederzuerlangen. Genauso gut hätte er sich seiner unterwegs in der Wüste entledigen können oder dem Nächstbesten schenken, der des Weges kam. Für sie existierte der Teppich nicht mehr, noch weniger als ihr unglücklicher ›Befreier‹, der wie ein Ausgestoßener hinterdrein trabte.

So erreichten sie den Tigris, fanden auch einen Fährmann, der sich jedoch weigerte, die schwere Teppichrolle auf sein Floß zu laden, das gewisslich allein unter ihrer Last – auch ohne die Kamele – absaufen oder kentern würde. Doch weder die Nomaden, geschweige denn Yeza, kamen dazu, den besorgten Mann zu überreden, denn von hinten drängelte sich plötzlich El-Aziz durch, riss seinen Scimtar aus der Scheide, sprang den Fährmann an wie ein Löwe, nur, dass er ihm statt seiner Zähne die Klinge an die Gurgel presste. Die Nomaden verhielten sich auch jetzt völlig indifferent; dem Hals entströmte bereits Blut, denn der gedemütigte Sultanssohn hatte bei dem Ausbruch angestauter Wut seine Schwerthand nicht unter Kontrolle, sie zitterte, und der scharfe Stahl schnitt sich immer tiefer in die gespannte Haut.

»Weder du Hurensohn«, schrie er ihn mit überschlagender Stimme an, gemeint war aber Yeza, die der Szene ostentativ den Rücken zuwandte, *»ibn al ahira!* – noch sonst wer werden mich hindern, dich zur Hölle zu schicken, wenn du nicht auf der Stelle –«

»Ich!«, sagte Yeza deutlich vernehmbar, ohne sich umzuwenden. »Lass ihn los –«

»Du, du –!«, stammelte El-Aziz, er brachte das Wort »Hure« nicht über die Lippen, schon weil sein verwirrter Geist, fieberhaft um seine verletzte Männlichkeit kreisend, krampfhaft nach einem Schwenk suchte, der ihn wieder in seine Rechte als Herr über dieses Weib einsetzte. »Küss mir die Füße«, zischte er sie an, »sonst –«, der Druck seiner Klinge ließ jetzt das Blut in Strömen aus der Wunde fließen.

»Komm her und hol dir, wonach es dich verlangt«, sagte Yeza, mit geradezu unterwürfiger Freundlichkeit, und drehte sich langsam zu ihm um. Sie tat ein Übriges, sie beugte das Knie und senkte ergeben ihren Blick. El-Aziz ließ sein Opfer keineswegs fahren, aber er löste seinen Scimtar von dessen Hals und trat mit der blutigen Waffe fuchtelnd auf Yeza zu, den malträtierten Fährmann an den Haaren hinter sich herzerrend. Um seinen Triumph für alle sichtbar zu machen, schlüpfte El-Aziz aus seiner Sandale und hielt Yeza den von Wüstensand und Uferschlamm verdreckten Fuß hin, gleichzeitig seine Klinge drohend erhebend. Die Nomaden verharrten schweigend.

»Leck ihn sauber, Weib!«, schnaubte El-Aziz in einer Art, die er für furchterregend und vor allem respektgebietend hielt. Yezas langsamem Griff zurück zum Nacken unter ihr dichtes Blondhaar schenkte er keine Beachtung, weil sie die andere Hand demütig nach dem Fuß ausstreckte und sich zu ihm niederbeugte. Danach ging alles blitzschnell. Ihre schlanken Finger umschlossen den kleinsten der Zehen wie die Scheren eines Krebses, rissen ihn über das gebeugte Knie, während schon ihr Dolch aufblitzte und geschwinder, als selbst die gebannt starrenden Nomaden es wahrnehmen konnten, einen Schnitt über den Handrücken seines Schwertarms zog. Mit einem Schrei ließ El-Aziz den Scimtar fallen und stürzte vorwärts, über die abgeduckte Yeza hinweg. Als er versuchte, sich aufzurichten, stand sie schon über ihm, auf seiner Hand und hielt den Scimtar in einer Weise, die keinen Zweifel ließ, dass sie mit ihm umzugehen wusste und auch kaum zögern würde, es unter Beweis zu stellen. El-Aziz blieb also liegen, mit dem Gesicht im Uferschlamm.

Der zu Boden geschleuderte Fährmann rappelte sich als Erster auf. »Ihr seid es, Prinzessin«, keuchte er, »die mir befiehlt!«

Yezas Blick schweifte über die Fähre zu der wartenden Karawane mit dem Teppich. »Lasst Euch verbinden«, sie winkte den Meister des Bades herbei, »und setzt mich dann über!«, entschied sie. »Und danach alle anderen, so wie sie es wünschen. Als Letztes den Teppich!« Sie warf den Scimtar verächtlich dem El-Aziz vor die Füße, und ohne sich umzuwenden, betrat sie die schwankende Fähre.

Yezas heimliche Hoffnung war, dass das Gewicht der Rolle den Kahn schlussendlich unter Wasser drücken würde und der Teppich auf Nimmerwiedersehen in den Fluten des Tigris versinken würde. Aber ihre Rechnung ging nicht auf. Bereits am jenseitigen Ufer harrend, musste sie zusehen, wie die Nomaden mit Hand anlegten und unter äußerster Kraftanstrengung die Fähre samt der Rolle durch das lehmige Wasser hinüberzerrten.

Mit aufsteigender Wut beobachtete Yeza, wie das dunkle Ungetüm die trüben Wellen des Flusses teilte und sich unaufhaltsam auf sie zubewegte, bis die Fähre endlich zu ihren Füßen im Uferschlick auflief. Danach hatte sich die Rolle derart vollgesogen, dass alle Mann nicht mehr in der Lage waren, sie auf die geduldigen Kamele zu wuchten. Also wurde der Kelim zum Trocknen ausgebreitet.

Yeza musste tagelang warten, denn die Nomaden waren einerseits nicht gewillt, den angenommenen Auftrag unerfüllt im Stich zu lassen, andererseits auch nicht bereit, die Prinzessin schutzlos in die vor ihnen liegende Wüste ziehen zu lassen. Sie betrachteten Yeza als ein übernatürliches Wesen, dem sie sich voller Verehrung unterwarfen wie einer kriegerischen Göttin, aber den Kult ihres Tempels bestimmte das langsame Trocknen des Teppichs. Sie zogen eine unsichtbare Bannmeile um ihr Zelt am Ufer, die nur der Meister des Bades und der Koch der Köche ehrerbietig betreten durften. Yeza ertrug die Zeit mit zusammengebissenen Zähnen. Sie wünschte, Roç würde zu ihr zurückfinden.

Die Nähe von El-Aziz blieb ihr hingegen erspart. Der Sultanssohn wurde gezwungen, sich abseits zu halten wie ein Aussätziger.

DIE MONGOLISCHE HUNDERTSCHAFT unter dem bewährten Hauptmann Dungai, den Kitbogha für diese Mission ausgewählt hatte, bewegte sich zügig auf der alten Handelsstraße gen Osten in Richtung Palmyra. Nur, dass die beiden Seldschukenprinzen, die sie bis zur Grenze des Seldschukensultanats eskortieren sollte, vorne am Kopf des Zuges ritten, als seien sie die Feldherren und Speerspitze eines Kommandounternehmens. Alp-Kilidsch und der jüngere Kaikaus waren umringt von ihren eigenen Leuten, nicht vielen, aber allesamt tatendurstige Krieger. Einzig Rhaban, ihr alter Fechtmeister, sorgte immer wieder ausgleichend dafür, dass nicht mit zunehmender Entfernung vom Feldlager der Mongolen, die sie lange genug als Geiseln festgehalten hatten, es zu offenen Feindseligkeiten mit der diszipliniert nachfolgenden Hundertschaft kam. Je mehr die Freiheit der Steppe winkte, desto ungebärdiger verhielten sich die Prinzen. Längst hatten sie begonnen, aus dem Stand heraus zu wilden Wettrennen anzusetzen, wobei sie es nicht unterließen, im vollen Galopp aufeinander einzuschlagen, dass die Funken sprühten. Und der ihnen begeistert nachstiebende Haufen feuerte sie dabei noch an. Der Fechtmeister hatte alle Mühe, die beiden Kampfhähne immer wieder zur Raison zu bringen.

Von der Statur her waren sich Kaikaus und sein älterer Bruder ähnlich wie Zwillinge, was der Erstgeborene an Erfahrung und auch Tücke voraushatte, machte der Jüngere durch ungestümen Kampfesmut wett, der jedoch schnell in Jähzorn umschlagen konnte. Ihr Abstand zur nachfolgenden Hundertschaft vergrößerte sich teilweise derart, dass der Hauptmann fürchten musste, sie aus den Augen zu verlieren. Ihm wäre es nur allzu recht gewesen, wenn er sie auf diese Weise vom Hals gehabt hätte, doch der Befehl seines Oberkommandierenden war klar und schon kompliziert genug, denn es galt auch Palmyra, die seltsame Stadt der Derwische inmitten der Wüste, zu erkunden und wenn möglich zu einem symbolischen Akt der Unterwerfung zu bewegen. Wenn Dungai an das ungezügelte Auftreten der Seldschuken direkt vor seiner Nase dachte, sah er eher größte Schwierigkeiten für seine Mission auf sich zukommen. Denn die ungebärdigen Prinzen hatten damit begonnen, Scheinattacken auf entgegenkommende Händlerkarawanen zu reiten, bei denen ihr Gefolge sie johlend bejubelte, wenn eines der Lasttiere verschreckt ausbrach und in die steinige Wüste flüchtete, wo die Treiber es mühsam wieder einfangen mussten. Auch Hirten mit ihren Herden, die der wilde Haufen überholte, mussten um das Leben ihrer Tiere fürchten, wenn sie voller Angst auseinander stoben. Hauptmann Dungai brachte ärgerlich seine Mannen auf schnelleren Trab, um den Abstand wieder aufzuholen. So stob die Kavalkade staubaufwirbelnd dahin, auf Palmyra zu …

Sybille, die Fürstin von Antioch, hatte ihrer jüngeren Schwester Johanna, verheiratet mit dem Herrn Julian von Sidon und Beaufort, einen Besuch abgestattet. Ein besonderer Anlass dafür lag nicht vor, noch herrschte besonders innige Schwesternliebe zwischen den beiden Töchtern Hethums, des Königs von Armenien. Der eigentliche Grund bestand einzig und allein darin, dass die mit Ende zwanzig schon nicht mehr zur knospenden Jugend zählende Sybille sich an der Seite ihres wesentlich jüngeren Gatten Bohemund entsetzlich langweilte. Somit war ihr jeder Vorwand recht, auf Reisen zu gehen, denn das erlaubte ihr, die kühnsten Ritter des Fürstentums als Begleiter zu erwählen und sich in Abenteuer zu stürzen. Zu den edlen Herren aus dem Süden Frankreichs musste sie bald auch Guy de Muret rechnen. Der Dominikaner hatte sich Sybille ursprünglich als Beichtvater angedient, aber mehr und mehr traten bei Guy recht weltliche Neigungen zutage. Eines Tages, zurückgekehrt von längerer Pilgerreise in den Süden, behauptete er, der ehrwürdige Patriarch von Jerusalem habe ihm in eigener Person Dispens erteilt, das Kreuz mit dem Schwert zu vertauschen. Guy de Muret gesellte sich zu seinen Landsleuten aus Okzitanien, übte sich im Waffenhandwerk, stellte ihrer Kammerzofe Alais nunmehr ohne jede Scham nach und vernachlässigte zusehends sein geistliches Amt zur Gänze. Sybille war es nicht einmal unrecht, solange die Form gewahrt blieb. Sie hatte nichts zu beichten! Schon gar nicht ob des Umstandes, dass die heißblütige Fürstin diesmal auf einen dieser Okzitanier ihr vor ungestillter Leidenschaft glühendes Auge geworfen hatte.

»Die armenische Sybille hat Feuer unterm Arsch!«, wie Guy de Muret, der streitbare Dominikaner, grinsend zum dicklichen Pons de Tarascon bemerkte, als der Dritte in ihrem Bunde, sicher der stattlichste und die anderen auch um Hauptes Länge überragende Terèz de Foix, im Zelt der Fürstin verschwand.

»Denn nichts geht der Dame über den Dienst am vorderen Ofenloch!«, schnalzte sein Kumpan Pons fast neidisch, war er doch noch nie zum Beschicken des Feuerofens aufgefordert worden. Auch der drahtige Dominikaner, ein spitznasiges Fuchsgesicht, konnte sich nur auf seine blühende Phantasie stützen, denn die mitreisende Alais, mit der er gern im heimlichen Konkubinat gelebt hätte, diente der Fürstin als Hofdame und Zofe. Das schloss auch ihn von jeder handfesten Erfahrung als williger Heizer aus, schon ein solches Ansinnen hätte bei der milden und tugendhaften Alais einen denkbar schlechten Eindruck hinterlassen. Allerdings hatte auch Sybille nie erwogen, die Dienste dieser beiden in Anspruch zu nehmen. Ihr reichten die Darbietungen von Terèz voll aus, schließlich hatte sie mit Bedacht dessen Frau Berenice, vom Rang her ihre Erste Dame, in Antioch zurückgelassen, damit sich der Herr de Foix durch nichts abgelenkt oder gar gehemmt erweisen sollte.

Die kleine Reisegruppe bewegte sich – unter weiträumiger Umgehung von Damaskus – auf wenig benutzten Karawanenwegen gen Norden, denn man wollte es vermeiden, den Mongolen in die Arme zu laufen, und die Fürstin war sich nicht sicher, ob ihr traniger Dickkopf von Ehemann bereits dem Il-Khan gehuldigt hatte, wie sie ihm dringend vor ihrer Abreise ans Herz gelgt hatte. Es hieß, die Mongolen stünden bereits vor den Toren der syrischen Hauptstadt, also hatte sich Sybille mit ihrem Favoriten dahingehend beraten, dass sie, quasi querfeldein, in der eingeschlagenen Richtung weiterziehen würden, bis sie auf die berühmte Handelsstraße von Palmyra stoßen würden. Dann sei man weit genug im Rücken der lästigen Mongolen und könnte auf diesem Weg unbehelligt über Homs zur Küste und nach Antioch heimkehren. Angeblich wimmelte der Antilibanon bereits von diesen kurzbeinigen Reitern auf ihren struppigen Pferden. Von dem gewiss einfacheren Seeweg hatte man ihr auf Beaufort abgeraten, weil die Küsten zurzeit von Piraten stärker denn je unsicher gemacht würden und sich keine der Hafenstädte so recht darum kümmere, weil alle wie gebannt auf das Vorrücken der Mongolen starrten – und die waren, weiß Gott!, keine Schutz vor Übergriffen garantierende Seemacht!

Sybille war diese Entwicklung sehr zupass gekommen, denn dieser weiträumige Umweg gab eine triftige Entschuldigung für ihr langes Ausbleiben ab und vergönnte ihr noch etliche Nächte mit ihrem Geliebten unterm Sternenzelt.

Dungai, der Hauptmann der Mongolen, hatte die Prinzen Alp-Kilidsch und Kaikaus samt ihrem Gefolge inzwischen insofern an die Kandare genommen, als er grimmig dafür sorgte, dass seine Leute ihnen ständig an den Fersen klebten, gleich welche Gangart sie einschlugen. Doch als die Seldschuken die ihnen entgegenkommende kleine Reisegruppe erblickten, gab 's für sie kein Halten mehr. Eine vornehme Dame in einer verhangenen Sänfte auf dem Rücken eines Kamels, eine weitere, wohl ihre Zofe, hielt sich unverschleiert an ihrer Seite, bewacht von drei westlichen Rittern nebst einigen Knechten! Alp-Kilidsch und sein Bruder preschten vor, kaum, dass ihre eigene Truppe ihnen zu folgen vermochte. Sie prallten auf die drei Okzitanier, die schon die Schwerter gezogen hatten und eine schützende Kette vor den Tieren der Damen bildeten. Die Prinzen schickten ihren Fechtmeister vor, der die Söhne des Sultans aller Seldschuken förmlich vorstellte.

»Es geht meinen Herren nicht um Raub oder Besitz der Frauen«, erklärte er steif, »sondern um die Ehre der Damen –« Ehe Terèz, Pons sowie Guy überhaupt begriffen, was im Gange war – außer, dass hinter den Vorgepreschten wie eine drohende Mauer eine Hundertschaft der Mongolen verharrte und offensichtlich nicht gewillt war, den Weg freizugeben, fuhr der Parlamentär fort, »so verlangen meine Herren danach, mit Euch, edlen Rittern des Westens, die Waffen zu kreuzen – Mann gegen Mann!«

Der Erste, der seine Sprache wiederfand, war Guy de Muret, der längst seine Kutte gegen eine blinkende Rüstung getauscht hatte. »Mit Euch nimmt unser Kleinster es alleine auf!« Er zeigte auf den pummeligen Pons, der sich sofort in die Brust warf, aber Terèz verwies es ihm.

»Mir gebührt die erste Klinge«, befand er, ohne Widerspruch zu dulden. Kaikaus und Alp-Kilidsch sprangen gleichzeitig vor und rissen ihre Scimtare aus dem Gehänge. Aber ihr Fechtmeister trat ihnen entschieden in den Weg.

»Lasst mich diesem Fremden zuvor eine Lehrstunde erteilen, bevor Ihr Euch mit dem Blut Ungläubiger befleckt!«, und an Terèz, Guy und Pons gleichzeitig gerichtet: »Wer von Euch stellt sich mir für die Lektion zur Verfügung?«, fragte er nicht einmal überheblich, sondern nur seiner Sache so gewiss, als läge der Waffengang schon hinter ihm. Die neugierigen Mongolen hatten inzwischen ein ordentliches Rechteck gezogen, dessen letzte offene Seite von der zusammenstehenden Reisegruppe mit der Sänfte, den beiden

Damen und den sich davor postierten Okzitaniern gebildet wurde. Die beiden Prinzen hielten sich nur mühsam zurück, denn ihr Fechtmeister schnappte ihnen damit den schönsten der drei möglichen Gegner weg.

Terèz zog sein Schwert, klappte sein Visier runter und ließ sein Pferd tänzelnd vorwärts schreiten. Der Waffenmeister hob lässig seinen Schild und –

»Nein!«, gellte da der schrill protestierende Schrei der Fürstin. Frau Sybille hatte den Vorhang ihrer Sänfte zur Seite gerissen. »Haltet ein!« Ihr gestreckter Arm wies auf eine Gestalt, die im gestreckten Galopp aus der Wüste heranfegte. Nach seiner Bewaffnung zu schließen, war es ein Mongole, auch schwang er seinen Krummsäbel in der gleichen Art wie dieses Reitervolk. In den Reihen der Hundertschaft entstand Unruhe, aber es war der Hauptmann Dungai, der plötzlich von seinem Pferd sprang und sich im Kotau zu Boden warf.

»Unser König!«, rief er seinen Mannen zu. »Unser junger König ist zurück!«

Ehe sie ihm noch nacheifern konnten, hatte auch Pons schneller als seine Gefährten den Reiter aus der Wüste erkannt, obgleich er ihm noch nie begegnet war: »Roç Trencavel!«, seine Stimme überschlug sich vor Begeisterung. »Er muss es sein! Trencavel, unser Held!«

Roç, in der Rüstung und auf dem Pferd des Khazar, setzte mit einem gewaltigen Satz in das Geviert, ließ sich erschöpft aus dem Sattel gleiten, sofort umringt von den drei Okzitaniern, umarmt allerdings nur von dem begeisterten Pons, während sich Terèz vornehm zurückhielt und Guy de Muret noch mit seinem Gewissen als einstiger Mann der Kirche rang, schließlich war dies also der ketzerische Trencavel, den der Patriarch so sehnlich zur Hölle wünschte. Die beiden Seldschukenprinzen mit ihrem Fechtmeister standen fassungslos, keiner kümmerte sich noch um sie, geschweige denn, dass sich jemand mit ihnen duellieren wollte. Dann wurden sie auch noch von den aufgeregten Mongolen abgedrängt, die den fremden Ritter, diesen ›König Trencavel‹ jubelnd hochleben ließen. Als Alp-Kilidsch und Kaikaus begriffen, dass es überhaupt nicht auffallen würde, wenn sie sich jetzt von ihrer Eskorte trennten, gaben sie ihrem völlig konsternierten Fechtmeister ein Zeichen und setzten sich ab. Quer durch die Wüste ritten sie von dannen in ihrem ohnmächtigen Zorn. Keiner beachtete ihr Verschwinden.

›Roç, der große Held‹ nahm dafür, dass ihm nicht im Geringsten klar war, wie er zu der Ehre kam, die ganze Aufregung mit kühler Selbstverständlichkeit hin, endlich widerfuhr ihm der lang ersehnte Respekt so, wie es dem ›Trencavel‹ gebührte. Der einzige Wermutstropfen, den Roç schlucken musste, war, dass bereits die zweite Frage Yeza galt. Selbst ohne anwesend zu sein, zog sie sofort die Neugierde aller auf sich, ihr flogen die Herzen zu! Um vergleichbare Anerkennung zu erringen, von Hochachtung ganz zu schweigen, müsste er schon die Taten eines Herkules vollbringen! Roç wurde von den drei Okzitaniern den ihn dicht umdrängenden, Schulter klopfenden Mongolen aus den Armen gerissen und zur Fürstin gebracht, die eigens aus ihrer Sänfte herabstieg, um ihrem Retter zu danken, und ihn ausgiebig herzte und küsste. Alais, die errötend ihre wasserblauen Augen niederschlug, reichte ihm einen erfrischenden Trunk. Der Hauptmann der Mongolen besann sich des Auftrages, den ihm Kitbogha mit auf den Weg gegeben hatte. Immerhin hatte Dungai mit dem Trencavel die eine Hälfte des Königlichen Paares wiedergefunden. Er verneigte sich mehrfach vor Roç, und als es ihm endlich gelungen war, dessen Aufmerksamkeit zu erringen, brachte er mit fester Stimme sein Anliegen vor.

»Das Heer der Mongolen bittet Euch, sein Lager wieder als das Eure zu betrachten!« Ob des bei den Okzitaniern aufkommenden Unmuts hob Dungai seine Stimme. »Ihr seht mich bereit, Euch dorthin zu geleiten, wo der erhabene Il-Khan Hulagu und seine Gemahlin Dokuz-Khatun das Königliche Paar bereits sehnlichst erwarten!« Seine letzten Worte wurden bereits übertönt von dem einhelligen Protest der Okzitanier, zu dem sich unüberhörbar das metallische Organ der Fürstin Sybille gesellte.

»Nie und nimmer!«, gellte es schneidend. »Ihr, liebster Trencavel, kommt mit uns nach Antioch!«, und gurrend fügte sie hinzu:

»Dort will ich Euch über meine Ritter erheben, und an meiner Seite sollt Ihr an der Tafel sitzen!«

Das klang verlockend in den Ohren des Trencavel, zumal auch Terèz, Guy und Pons sich nun um ihn drängten, um zu verhindern, dass ihnen ihr Held von den Mongolen entführt wurde. Hauptmann Dungai sah seine Felle wegschwimmen.

»Wir haben bereits eine Expedition ausgeschickt«, rief er stolz, wenn es auch nicht ganz der Wahrheit entsprach, »die Eure Prinzessin Yeza heimführen wird, sodass das Königliche Paar sich wieder auf seinem Thron vereinigt – «

›Yeza!‹ Roç wusste es besser, doch das verschwieg er geflissentlich, aber es gab den Ausschlag, sich für Antioch und die drei Okzitanier zu entscheiden. Wie immer es auch um seine *damna* stehen mochte, mit der Hilfe dieser neuen Gefolgsleute würde er Yeza wiederfinden, befreien und nie wieder von ihr lassen!

»Richtet meinem väterlichen Freund, Eurem Oberkommandierenden, aus«, beschied er den untröstlichen Dungai, »dass ich rechtzeitig im Lager der Mongolen eintreffen werde, wenn sich die Prinzessin tatsächlich dort eingefunden hat!«

Die beiden Gruppen trennten sich. Die mongolische Hundertschaft nahm ihren Marsch nach Palmyra wieder auf, denn das war das Einzige, was dem Hauptmann blieb, wenn er nicht mit völlig leeren Händen vor seinen Oberkommandierenden treten wollte.

Die kleine Reisegruppe zog weiter die Straße in der entgegengesetzten Richtung, um über Homs schließlich das Fürstentum im Norden Syriens zu erreichen. Roç ritt an der Seite der Sänfte der feurigen Sybille. Terèz war es mehr als recht, dass die Armenierin ihm jetzt die kalte Schulter zeigte. In Antioch wartete seine Angetraute Berenice auf ihn, und die hatte ein feines Gespür für eheliche Untreue, gewisslich nicht gewillt, solche tatenlos hinzunehmen. Außerdem versprach das überraschende Zusammentreffen mit dem Trencavel neue, aufregende Abenteuer in Hülle und Fülle. Da wusste er sich mit seinen Kumpanen Guy und Pons einig: Mit Roç und Yeza würden wieder die guten alten Zeiten anbrechen, denn dass die beiden gar bald zum Königlichen Paar vereint, daran hegten die Okzitanier keinerlei Zweifel!

Roç hingegen musste seine erheblichen Bedenken bekämpfen, ob der jetzt eingeschlagene Weg nicht der falsche war – gar ein Verrat an Yeza? Seine Selbstsucht gewann die Oberhand: Hatte er nach all der Schinderei und den erlittenen Demütigungen nicht etwas Wohlleben verdient?! Ein schlechtes Gewissen sollte ihn deshalb kaum plagen – vielleicht genoss Yeza gerade in vollen Zügen die Tatsache, von ihm getrennt zu sein? Sicherlich würde sie leichter, als es ihm gelang, mit diesem Schicksal fertig werden.

TAGELANG ZOG DIE KARAWANE mit dem Teppich durch die Wüste, Yeza einsam an der Spitze auf dem Rücken eines Kamels, das die seldschukischen Nomaden ihr bereitwillig überlassen hatten, nachdem sie sich so eindrucksvoll gegen den Schwächling El-Aziz durchgesetzt hatte. Der Sultanssohn aus Damaskus hatte in den Augen der Seldschuken sein Gesicht endgültig verloren. Dass sie ihn noch bei sich duldeten, lag an dem Respekt für den Emir El-Kamil, der sie für diesen Transport angeheuert hatte. Ihre Ehre ließ nicht zu, den angenommenen Auftrag im Stich zu lassen. Nur legten sie keinen Wert darauf, den unglückseligen El-Aziz während des ganzen langen Ritts vor der Nase zu haben, weswegen er, flankiert von seinem Koch und dem Meister des Bades, die Nachhut der Karawane bildete.

Doch Yeza haderte mit sich, denn der Weg, den sie eingeschlagen hatten, würde eines Tages vor den Thronsesseln des Il-Khan und der Dokuz-Khatun im Feldlager der Mongolen enden, wo immer sich dies befinden sollte. Und genau dorthin, in die fürsorglichen Arme dieser betulichen Ersatzeltern, wollte sie auf keinen Fall zurück! Aber wohin sollte sie sich wenden?! Sie hatte keine Familie, die auf sie wartete, genau genommen hatte sie nur Roç, und der war ihr abhanden gekommen, hatte ihr wahrscheinlich den Rücken gekehrt, war wütend auf sie? Auch wenn er ihr damit keine Gerechtigkeit widerfahren ließ, sie, Yeza, war bereit, alle Schuld auf sich zu nehmen, sogar um Vergebung würde sie ihren Ritter bitten, die Roç allerdings großmütig gewähren müsste – aber dazu musste sie ihn erst einmal wiederfinden, und hier im trostlosen Osten würde sich ein Tatendurstiger wie Roç Trencavel nicht unnötig lange aufhalten. Ihn würde es an die belebte Küste gezogen haben, wo Kampf, Abenteuer und schöne Frauen auf jeder Burg, in jedem Hafen auf ihn warteten. Yeza sah das mit der gleichen Generosität, die sie auch für sich in Anspruch nahm – ab und an!

Sie erreichten den Fluss Euphrat. Keine Fähre weit und breit, aber die Bauern, die an den fruchtbaren Ufern ihre Felder bestellten, erzählten bereitwillig von leicht passierbaren Furten weiter im Süden, dort, wo die Handelsstraße von Palmyra nach Bagdad den Euphrat kreuzte. So zogen sie den Fluss entlang, bis er tatsächlich immer breiter und somit auch flacher wurde. Haine von Zitrussträuchern, behäbig auskragende Feigenbäume und hohe Dattelpalmen breiteten sich beidseitig aus, das gegenüberliegende Ufer lag teilweise so weit entfernt, dass man die Menschen und Tiere auf der anderen Seite kaum zu erkennen vermochte. Diesmal bestand Yeza darauf, als Letzte den Fluss zu durchqueren. Sie hatte keine Lust, noch einmal auf die Ankunft des dämlichen Teppichs zu warten, und vor allem wollte sie sich die Chance offen halten, sich unter Umständen von der Karawane und damit von ihrem ›Retter und Befreier‹ El-Aziz lösen zu können. Dieses windige Bürschlein – so vermutete sie zu Recht – hatte nichts anderes im Sinn, als die Prinzessin schnellstmöglich bei den Mongolen abzuliefern. Vielleicht erhoffte sich der Tölpel zur Belohnung von des Il-Khan Gnaden nicht nur als Sultan in Damaskus inthronisiert zu werden, sondern auch noch die Hand Yezas, als zukünftige Sultana – lachhaft!

Die Karawane, die Tiere mit der Teppichrolle und deren Treiber sowie die sonstigen berittenen Begleiter stiegen als Erste in die kaum hüfthohen Fluten, sie hatten einen Einheimischen aufgetrieben, der die Furt kannte und die Untiefen zu vermeiden wusste. El-Aziz mit seinen beiden Begleitern wollte ihnen auf der Stelle folgen, sie machten Yeza Zeichen, sich ihnen anzuschließen. Doch die Prinzessin würdigte das Angebot nicht einmal einer Antwort. Sie stand mit ihrem Reitkamel oben auf der Böschung im Schatten der Palmen und tat so, als nähme sie weder das heftige Gestikulieren wahr noch höre sie die Rufe. Ihr Blick war wie gedankenverloren auf den träge dahinfließenden Euphrat gerichtet. Die Karawane hatte bereits die Mitte des Flusses erreicht, als El-Aziz sein Bemühen um Yeza aufgab und seinen beiden Dienern befahl, sich nicht länger um die Störrische zu kümmern. Rasch ließen sie ihre Tiere hinter den vorausziehenden Nomaden herwaten. Yeza beobachtete bewegungslos, wie beide Gruppen eine nach der anderen für sie allmählich verschwammen, das gegenüberliegende Ufer hatte sie verschluckt. Yeza verfolgte weder einen bestimmten Plan, geschweige denn, dass sie einen Entschluss fasste. Sie wartete einfach ab. Entweder würde El-Aziz sich bei den Nomaden durchsetzen und einige, genügend, Leute zurückschicken, um die Prinzessin mit Gewalt zu holen, oder es geschah nichts dergleichen. Dann war sie frei, allerdings auch Freiwild als allein reisende Frau. Mit der ersten Möglichkeit rechnete sie nicht ernsthaft, denn das Verhältnis zwischen dem Sultanssohn und den Seldschuken ließ einen solchen Einsatz zu seinen Gunsten kaum erwarten. Sie erfüllten die Verpflichtung, die sie eingegangen, das war der Transport des wertvollen Kelim. Von einer Prinzessin darin war nie die Rede gewesen, das war die höchst private Angelegenheit des El-Aziz, und sie würden den Teufel tun, sich da einzumischen. Umso erschrockener war Yeza, als sich jetzt vom gegenüberliegenden Ufer ein stattlicher Haufen von Kamelreitern löste und in lockerer Formation durch die Furt trabte. Im Näherkommen erkannte sie bald, dass es die Nomaden waren, die sich – ohne die Teppichrolle – schnell auf sie zubewegten. Jetzt die Flucht zu ergreifen war sinnlos, die Reiter würden sie hetzen wie Geparden eine Gazelle. Blieb sie hingegen stehen, wo sie stand, würde sie keine gefährliche Erregung provozieren und das Aufkommen von Jagdfieber vielleicht vermeiden. Die ersten Nomaden erreichten die Uferböschung, sie mussten Yeza gesehen haben, doch schenkten sie ihr keinerlei Beachtung, im Gegenteil, sie schauten grimmig durch sie hindurch, als würde die junge Frau, allein auf dem Kamel, für sie nicht existieren. Einer nach dem anderen stob grußlos an ihr vorbei, keiner drehte sich nach ihr um, und als auch der letzte der

Seldschuken wieder festen Boden unter den Füßen hatte und den anderen hinterdrein geprescht war, stand Yeza plötzlich wieder allein, doch ziemlich verwirrt. Was war geschehen? Träge flossen die grünbraunen Wasser des Euphrat zu ihren Füßen. Sie starrte angestrengt hinüber zur anderen Seite des Flusses, dort musste des Rätsels Lösung liegen, aber so sehr sie sich auch mühte, mit zusammengekniffenen Augen das Dickicht der Uferböschung zu durchdringen – drüben bewegte sich nichts. Hatte El-Aziz die Unerfüllbarkeit seines dummen Knabentraums eingesehen und sich ohne die ersehnte Prinzessin auf und davon gemacht – unter Verzicht auf den Kelim, der dann ja auch keinen Sinn mehr machte? Hatte er sich mit den Nomaden überworfen, hatten sie sich geweigert, den Teppich bis ins Heerlager der Mongolen zu schleppen? Yeza lenkte ihr Kamel bis an des Flusses Strand, ritt dort für jedermann sichtbar auf und ab, um zu sehen, ob sich drüben etwas regte – nichts! So töricht konnte dieser Sohn eines Sultans ja wohl kaum sein, dass er glaubte, ihr eine Falle stellen zu können? Selbst bei williger Mitwirkung seines Kochs und des Eunuchen waren sie nicht Manns genug, eine wie Yeza zu fangen – niemals! Die drei Helden hatten wahrscheinlich längst das Weite gesucht. Yeza sah nicht ein, warum sie weitere Zeit verlieren sollte, und trieb ihr Tier in die Fluten. Den Weg durch die Furt hatte sie sich einigermaßen gemerkt, doch überließ sie es ihrem Kamel, sich behutsam über die verborgene Kette von Sandbänken voranzutasten, schließlich hatte sie keine Eile.

Yeza hatte noch nicht die Hälfte des Flusses hinter sich gebracht, als aus den Büschen vor ihr drei, vier Reiter hervorbrachen und ihre Pferde zwangen, sich den lehmigen Fluten anzuvertrauen. Sie hielten keineswegs auf den Abschnitt zu, unter dem sich die unsichtbare Furt dahinschlängelte, sondern schlugen einen weiten Bogen, als wollten sie vermeiden, mit der einsamen Reiterin zusammenzustoßen. Yeza achtete nicht weiter auf sie, obgleich ihr auffiel, dass sie nicht wie Reisende mit schwerem Gepäck behangen waren, hingegen allesamt gut bewaffnet. Sie war gerade schon bereit, sie aus den Augen zuverlieren, als sie merkte, dass die Reiter hinter ihrem Rücken nun doch auf die Furt zustrebten, als wollten sie ihr einen möglichen Rückweg abschneiden, auch gaben sie sich nicht länger den Anschein, sie hätten die Überquerung des Flusses im Sinn. Yeza spürte langsam, wie sie näher kamen, also trieb sie ihr Kamel zur Eile an, um schnellstmöglich Land zu gewinnen, denn die Vorstellung, hinterrücks von den Kriegern im Fluss angefallen zu werden, bereitete ihr Unbehagen! Sie überlegte noch, mit welcher Finte sie sich von den Verfolgern absetzen könnte, als zur linken Hand nun am Ufer ebenfalls drei Reiter erschienen, die ganz offensichtlich danach trachteten, ihr den einzig noch offenen Fluchtweg entlang des flachen Strandes zu versperren. Sie peitschte entschlossen ihr Tier über die letzten Meter, dass das Wasser aufspritzte, setzte mit mächtigem Sprung in den trockenen Sand, der den breiten Hufen des Kamels gegenüber den Pferden über längere Distanz einen Vorteil bringen musste. Yeza riss ihr Tier herum, da sah sie, dass ihre Verfolger aus dem Fluss bereits schräg dem Ufer zu ihrer Rechten zustrebten. So erklomm sie die sandigen Dünen – das Kamel scheute, Yeza erstarrte: Vor ihr ragten drei Köpfe wie absonderliche Pilze aus der Böschung: El-Aziz, flankiert von seinen Begleitern, bis zum Hals im Sand vergraben! Yeza erschauerte, aber sie zwang das Kamel, das Hindernis zu überwinden, ohne Zögern, um das schützende Buschwerk zu erreichen. Doch am Brechen der Äste zur Rechten wie zur Linken begriff sie schnell, dass die Schlinge sich zuzog, die Jäger hatten sie bereits in die Zange genommen, sie trieben ihr Wild genau dorthin, wohin sie es haben wollten, ohne sich zu zeigen. Die Zweige des Gestrüpps verbargen ihre Gesichter, aber Yeza glaubte – weniger ihr heftiges Atmen als ihr Gelächter zu vernehmen. Machten sich die Unbekannten über sie lustig?!

Das Grün lichtete sich abrupt zu bestellten Feldern, weiträumig umzäunt. Inmitten der Fläche lag ausgebreitet vor ihr der Teppich! Brüsk zügelte Yeza ihr Tier. Keinen Schritt weiter. Die Hitze, die Strapazen, die Entbehrungen, das alles, um jetzt mit diesem Anblick konfrontiert zu werden? – Yeza wurde schwarz vor den Augen, sie erinnerte sich nicht, ob sie ihrem Kamel, das sie bis hier treu getragen, noch das Kommando zuflüstern konnte, niederzuknien, sie sank, sank in immer größere Tiefen …

Sie sah Roçs Kopf aus dem Sand ragen, sie selbst drohte in der Düne zu versinken, erst waren es nur ihre Füße, dann umschloss der rutschende Sand ihre Waden, sie ließ sich auf ihre Knie fallen, kam dennoch keinen Schritt vorwärts, sie warf sich auf den Bauch, mit ihren nackten Händen versuchte sie das Haupt ihres Geliebten freizuschaufeln, immer neue Mengen Sand rieselten, stürzten in Bächen, machten ihr Bemühen zunichte, in ihrer Verzweiflung griff sie in sein lockiges Haar, um ihn aus diesem Mahlstrom zu zerren – und hielt seinen abgeschnittenen Kopf in den Händen! Da erwachte Yeza.

Eisen klirrte gegen Eisen, kreischend glitten die scharfen Klingen aneinander entlang, bis mit hartem Schlag das Heft dem spitzen Schrei des Stahls ein Ende bereitete. Auf dem Teppich fochten zwei junge Männer, und was wie ein grausiges Spiel anmutete, war längst ein Kampf auf Leben oder Tod. Alles, was dazu geführt haben musste, lag im Dunkel ihres Schwächeanfalls und ihrer tiefen Ohnmacht. Yeza kannte sie beide nicht, und doch war ihr sofort klar: Der Preis war sie! Man hatte sie auf den Sattel ihres Kamels gesetzt, diesen mit untergeschobenen Futtersäcken und allerlei Decken erhöht, sozusagen ein improvisierter Thron für die Prinzessin. Außer Yeza nahm niemand die Breitseite des Kelim ein. Zur Rechten wie zur Linken an beiden Schmalseiten saßen – mit gebührendem Abstand zur Teppichkante – die jeweiligen Freunde und Anhänger der beiden Duellanten und verfolgten mit vor Spannung gekrümmten Rücken jede Finte, jeden Schlag, doch schienen sie gehalten, weder Jubel noch Schrecken laut werden zu lassen – nur in ihren Gesichtern und Gesten spiegelte sich die Erregung, wurden schmerzhafte Treffer zuckend mit empfunden und geglücktes Ausweichen mit glänzenden Augen registriert.

Yeza gegenüber stand, als Einziger aufrecht, ein barhäuptiger älterer Mann im dunklen *burnus*, das war Rhaban, der Fechtmeister der Seldschukenprinzen. Alp-Kilidsch und Kaikaus mussten zu Beginn ihres Schlagabtausches die rechte beziehungsweise – von Yeza aus gesehen – die linke Seite des zur Kampfmatte genützten Kelims gewählt haben. Das ging aus dem Verhalten ihrer jeweiligen Parteigänger hervor. Inzwischen wechselten die Positionen mit jedem Sprung, mit dem sie einen Hieb nach der Kniekehle übersprangen, mit jedem Abducken, wenn die sausende Klinge auf den Hals zielte. Akrobatisch ließen sie sich rückwärts fallen, um noch im Salto den Scimtar nach dem Gegner kreisen zu lassen. Selbst die gewagtesten Ausfälle parierten sie eher durch gewandte Körperdrehung, als dass sie ihren kostbaren Damaszener Stahl zum Abblocken eines Hiebes einsetzten. Was sie vollführten, war eine hohe Schule der Fechtkunst. Ihr Meister hätte stolz auf seine Eleven sein können, wenn er nicht – vielleicht als Einziger außer Yeza – gespürt hätte, dass beide es längst darauf anlegten, den Bruder nicht einfach außer Gefecht zu setzen, sondern ihm unverhohlen nach dem Leben trachteten. Mehr noch der ungestüme Kaikaus als der bedächtigere Alp-Kilidsch. Die Schläge gerieten immer heftiger, immer unbarmherziger. Längst bluteten beide aus klaffenden Schnittwunden an Armen, Schultern und kreuz und quer über der Brust. Rhaban, der als Einziger offen eine kunstvoll ziselierte Damaszener-Klinge in der Hand hielt, während alle anderen des Gefolges sich ihrer Waffen zuvor hatten entledigen müssen, sah sich genötigt einzuschreiten. Furchtlos sprang er aus dem Stand zwischen die beiden.

»Keinen Sieger gibt es unter Euch, meine Prinzen«, knurrte der Grauhaarige mit erstaunlicher Ruhe, während er Kaikaus mit blitzschneller Finte den Scimtar aus der Hand wirbelte, »dafür aber bald den Ersten, der verstümmelt verbluten wird!« Der drahtige Fechtmeister ließ Alp-Kilidsch, der sein Eingreifen hinterhältig ausnutzen wollte, bis kurz vor die Spitze seiner Klinge laufen, die er ihm überraschend unters Kinn setzte, dass dieser vor Schreck mit der Hand nach ihr griff und sich schnitt.

»Anmaßend tragt Ihr dazu bei, Rhaban!«, fauchte Alp-Kilidsch, seine blutige Handfläche ihm entgegenstoßend, »doch habt Ihr darüber nicht zu befinden –«

»Nur einer kann den Preis gewinnen«, tönte jetzt auch Kaikaus, der seinen Scimtar wieder aufgeklaubt hatte und drohend schwang, »und der mag sich erst seines Besitzes erfreuen, wenn der Verlierer mit seinem Blut gezahlt!«

»Ich bitte Euch, meine Prinzen«, wandte sich der immer noch

recht rüstige Rhaban weniger an die Streithähne, sondern sein Blick suchte Yeza, und Yeza verzog keine Miene, sondern sah kalt auf die beiden, die da glaubten, sie sei nichts anderes als eine Trophäe, eine über den Weg gelaufene Gazelle, die dem siegreichen Jäger zufallen müsste! Ihr kamen die Geister des Teppichs in den Sinn, und ihre Augen wurden grausam, und ihr Lächeln gerann zur schieren Provokation. Die jungen Männer fassten es als Herausforderung auf.

»Rhaban!«, rief Alp-Kilidsch mit ungewohnter Schärfe. »Stellt Euch nicht zwischen mich und Kaikaus, der noch nicht begriffen hat, wer hier sein Blut lassen wird!«

Das ergrimmte den Jüngeren, und er stieß wütend ins gleiche Horn. »Verlasst den Teppich! Ihr seid die längste Zeit unser Meister gewesen, unser Herr wart Ihr nie!«

Rhaban sah ein, dass er von Yeza keine Unterstützung zu erwarten hatte, doch er wich nicht von seinem Platz zwischen den beiden.

»Legt Eure Waffe ab und tretet zur Seite!« Alp-Kilidsch fixierte dabei schon wieder seinen Bruder, und der war sich ausnahmsweise mit ihm einig.

»Das ist ein Befehl, Rhaban!«, verkündete er seinem Lehrer. »Und Ihr habt zu gehorchen!«

Der Fechtmeister warf seinen Scimtar auf den Teppich, verneigte sich mit ausdruckslosem Gesicht vor den beiden und auch vor Yeza und verließ rückwärts schreitend den Kelim. Er nahm dort Platz, wo er zuvor als Schiedsrichter gestanden, und starrte hinüber zu Yeza, als wären seine beiden Schüler aus Glas.

Ohne weitere Worte bückte sich Alp-Kilidsch und entfernte den Scimtar des Meisters wie einen störenden Knüppel, der ihnen zwischen die Füße geraten. Die Waffe schlitterte über den Kelim und blieb vor Yeza liegen. Sie rührte sich nicht, auch nicht, als die beiden Seldschukenprinzen sich wieder anfielen wie wilde Tiere. Das Geschehen auf dem Teppich betraf sie nicht mehr, das war jetzt eine Sache der *djinn*. Hingegen brachte es die unerfreuliche Situation mit sich, dass Yeza sich gegen ihren starken Willen in das Dilemma des unglücklichen Fechtmeisters hineinzuversetzen begann. Aus dem ungewollten Mitgefühl erwuchs ihr unmerklich Zutrauen zu diesem zur Machtlosigkeit verdammten Mann. Der Kummer in seinen Augen, der zusammengekrümmte Rücken verrieten ihr, wie sehr der Lehrer darunter litt, dass die prinzlichen Brüder alles, was er ihnen seit Kindsbeinen beigebracht, jetzt dazu benutzten, sich gegenseitig umzubringen. Natürlich hätte er eingreifen, sich über seine Stellung als Diener und Untertan hinwegsetzen und mit der erwiesenen Überlegenheit seiner Fechtkunst wenigstens für diesmal das Schlimmste verhindern können, aber die Abfuhr, die Demütigung, die Alp-Kilidsch ebenso wie Kaikaus ihm hatten zuteil werden lassen, hielten ihn nun zurück. Es war, als hätte eine Lähmung Rhaban befallen, und Yeza, die ebenso gut schlichtend, die aufgeheizten Gemüter besänftigend, vermocht hätte, sich als Friedenskönigin zu bewähren, sie wusste, dass es der Kelim war, der das Böse wollte. Nachdem die Prinzen sich der Obhut, und damit der Aufsicht ihres Meisters entledigt hatten, fielen mit den Hemmungen jetzt auch die Regeln ritterlichen Kampfes. Blindlings rückwärts geschlagen, zog die Klinge Alp-Kilidschs einen feinen roten Strich quer über den Hals des Kaikaus, sofort quoll pulsierend das Blut aus der verletzten Schlagader. Instinktiv ließ sich Kaikaus nach vorne fallen, als suche er die Arme seines Bruders, dessen nächster schwungvoller Hieb so über ihn hinwegsauste. Kaikaus fiel vor ihm auf die Knie, Alp-Kilidsch stolperte über das Hindernis, seine Augen weiteten sich im grenzenlosen Erstaunen, als sich die Schneide des brüderlichen Scimtars in seine Weichteile fraß. Kaikaus hielt den Griff fest umklammert, bis der eigene heftige Blutverlust ihm schnell hintereinander Kraft und Bewusstsein raubte. Im Sterben schienen sich die Brüder noch einmal zu umarmen, dann bettete der Tod sie – unversöhnlich Kopf an Fuß – Seite an Seite auf dem Kelim.

DER ›SAAL DER NORMANNEN‹ auf der Burg der Fürsten von Antioch war von schmuckloser Nüchternheit. Es gab zwar zu beiden Seiten unter den hohen Fenstern festgemauerte Steinbänke vor langen Eichentischen, die einzigen beweglichen Sitzgelegenheiten jedoch waren die lehnenlosen Hocker auf dem Podest rund um den marmornen Thron. Auf solch kargen Schemeln saßen im vertrauten Gespräch der junge Fürst und sein Schwiegervater, der König von Armenien. Es wäre Bohemund äußerst unangenehm gewesen, gegenüber dem wesentlich älteren Hethum einen erhöhten Platz einzunehmen. Dessen Gefolge und die Hofleute des Fürsten standen in Gruppen verteilt in der großen Halle. Eben war Fürstin Sybille, die Ehefrau Bohemunds und Tochter Hethums, mit ihren Damen aus dem Raum gerauscht, nachdem sie ihren Ärger kundgetan hatte, dass ihr »Retter«, der edle Ritter Roç Trencavel, noch immer nicht gebührend bei Hofe empfangen und für seine großherzige Tat bedankt worden sei. Die Schuld hieran trage ganz offensichtlich ihr Herr Vater, während Bohemund vorzuwerfen sei, dass er sich – wie immer – nicht entscheiden könne, ihre Partei zu ergreifen!

»Retter vor wem?!«, mokierte sich König Hethum hinter dem Rücken seiner erbosten Tochter. »Mir ist aus ihrer verworrenen Schilderung der angeblichen ›Heldentat‹ nicht die geringste feindselige Handlung seitens der Mongolen ersichtlich geworden!«

»Roç Trencavel ist mir lieb wie ein Bruder«, lehnte sich prompt Bohemund gegen den alten Ränkeschmied auf, der aus seinem Misstrauen über das Auftauchen des Trencavels in Antioch, seiner Ablehnung des Königlichen Paares wenig Hehl machte.

»Hergelaufener Abenteurer!«, schnaubte er verächtlich. »Bestenfalls eine Schachfigur in einem undurchsichtigen Spiel!« König Hethum legte seine beringte Hand väterlich auf das Knie Bohemunds. »Euer Fürstentum ist für diesen Trencavel verlockend wie Honig für einen jungen Bären!«, belehrte er den Jüngeren. »In Jerusalem ist dieser als ›König‹ deklarierte Springer mit seinen Ambitionen gescheitert, in Akkon wollen die Barone keinen solchen Herrscher von des Il-Khan Gnaden, also bleibt ihm doch nur das prächtige, süße Antioch!«, verstrickte sich Hethum in seine vorgefasste Meinung. »Ich würde mich an Eurer Stelle keinen Schritt weit von Fürstentum und Stadt entfernen, wüsste ich Roç Trencavel in deren Mauern!«

Bohemund lachte hellauf. »Seid Ihr es nicht, Hethum, der

mich seit Tagen zu überreden sucht, ich sollte an Eurer Seite mich schleunigst ins Lager der Mongolen begeben, um Hulagu meinen Kotau darzubringen?« Leichtfüßig sprang der junge Fürst auf. »Allzu gern bleib ich hier – zusammen mit meinem Freund und Blutsbruder Roç Trencavel, den ich jetzt sofort in seinem Quartier aufsuchen will, um ihm zu danken für den ritterlichen Dienst an meiner geliebten Frau – «

Der in Intrigen erfahrene Armenier sah ein, dass sein Bemühen in die falsche Richtung ging. »Ich kenne meine Tochter« grinste er boshaft, »sie wird schon einen Weg finden, den Helden zu belohnen.« Geschmeidig gab er sich sofort, nachdem er den Samen des Zweifels gesät, wieder milde entgegenkommend, als könne kein Wässerchen seine Gedanken trüben, geschweige denn irgendein Verdacht an der ehelichen Treue von Frau Sybille. »Vielleicht ist es sogar eine gute Idee, den Trencavel zum Hüter und Beschützer Eures Weibes und Eures Söhnleins zu bestellen, während Ihr an meiner Seite die längere Reise zum Il-Khan antretet.«

Bohemund warf seinem Schwiegervater einen verwunderten Blick zu ob dieses sprunghaften Wechsels und verließ eiligen Schritts den Saal der Normannen.

Der Fürst hatte den drei Okzitaniern als Quartier die zwei Wehrtürme rechts und links des Sankt-Georg-Tores zugewiesen, nicht so sehr, dass er sie für besonders taugliche Wächter hielt, sondern um ihnen den schnellsten Weg durch das Tor zum Hafen von Sankt-Symeon anzubieten. Wenn sie dort ihr Unwesen trieben, brachte das allemal weniger Ärger mit dem Klerus in der Stadt, dem Patriarchen an der Spitze. Unmittelbar nach der Rückkehr von ihrer Reise, auf der sie sein Weib Sybille begleitet hatten, war Bohemund damit konfrontiert worden, dass jetzt auch Guy de Muret, deren bisheriger Beichtvater, sich seinen Landsleuten angeschlossen hätte. Wundern tat es ihn nicht, verdächtigte er den Dominikaner doch schon des Längeren, es mit der jungen Alais zu treiben, der weichbrüstigen Zofe seiner Frau Sybille, die der Fürst – zugegebenermaßen – selbst gerne beritten hätte. Jetzt hatte er das Nachsehen – und der Patriarch würde außer sich sein! Das Anstößige war nicht so sehr die abgelegte Ordenskutte des Guy de Muret – noch das, was sich geil darunter verbergen mochte, sondern der Umstand, dass es sich bei Alais um eine *moslemah* handelte, die der Lehre des Propheten Mohamed keineswegs abgeschworen hatte. Also Unzucht eines ehemaligen Mönches mit einer heidnischen Syrerin! Am liebsten wäre Bohemund diese Bagage aus dem ebenso leichtlebigen wie ketzerischen Südwesten Frankreichs ganz losgeworden. Er neidete diesen Okzitaniern die Freiheit, die sie sich nahmen, sie tummelten sich allesamt wie Maden im Speck von Antioch und nutzten weidlich die großzügige Gastfreundschaft des Fürsten aus.

Das sollte sich nun mit dem Wiederauftauchen des Trencavel schlagartig ändern. Plötzlich sahen sich die Ritter aus Okzitanien zur Treuepflicht gegenüber dem Königlichen Paar veranlasst, und zwar vor allem zum minniglichen Dienst an der *damna*, der Prinzessin Yeza. Sie gerieten derart ins Schwärmen, dass Roç Stiche von Eifersucht verspürte.

»… und es gibt keinen Anhaltspunkt, Roç Trencavel«, insistierte Terèz bei seinem hohen Quartiergast, »wohin sich die verehrte Prinzessin gewandt haben könnte?«

»Auf der Stelle reiten wir los und hauen sie da raus!«, bekräftigte Pons die Bereitwilligkeit der Freunde. Sie saßen im oberen Turmzimmer, durch die Fenster ging der Blick auf die mächtige Stadt, die ihren Wohlstand mit Mauern und Türmen umschloss, wie eine stolze Glucke ihre wohlgelungene Kükenschar.

Die Fragen waren Roç unangenehm, von dem Kelim und dem finsteren Emir mochte er schon gar nicht reden, zu beschämend war die Rolle, die man ihm dort aufgezwungen.

»Wo sie war, wird sie nicht mehr sein«, sinnierte er eher abweisend als abwägend. »Meine *damna* ist Manns genug, sich dorthin durchzuschlagen, wohin sie will – vielleicht ist sie schon auf dem Weg nach Antioch?« Roç streckte räkelnd seine Beine, doch untätig zum Hinwarten verurteilt zu sein, das wollten die neuen Freunde nicht hinnehmen.

»Dann reiten wir ihr entgegen!«, verkündete Pons seinen Tatendrang. »Wenn wir davon ausgehen«, fasste Terèz zusammen, »dass die Prinzessin auf keinen Fall zu den Mongolen –«, und verfiel dann ob der dürftigen Lage an weiteren Informationen ins Brüten.

»Vielleicht sollten wir unsere Weiber um Rat fragen«, schlug Pons vor. Er hatte als Witwer gut reden, und so ging auch keiner darauf ein.

Berenice und Alais versahen ihren Dienst bei der Fürstin. Guy de Muret hatte die Frau seines Freundes Terèz de Foix am Morgen zum Schloss begleitet. Einer von ihnen, das war so ausgemacht, begab sich jeden Tag ›zu Hofe‹, um – stellvertretend für die anderen – Fürst Bohemund die Referenz zu erweisen und sich seiner Huld zu versichern.

Reiter hielten am Fuße des Turmes. Ein Blick hinab zeigte, dass der Fürst sie mit seinem Besuch überraschte, Terèz und Pons sprangen auf, Roç erhob sich gemächlich, aber immer noch rechtzeitig, um den die Treppe hinaufstürmenden Bohemund wortlos umarmen zu können. Lange dauerte die Umarmung, die mehr Fragen stellte als Antworten gab. Endlich löste sich der Fürst und sagte nur: »Und Yeza?!«

Seinen Ärger schluckend, ging Roç darauf ein. »Wenn Ihr, werter Bruder, die drei Herren hier entbehren wollt«, seine Gestalt straffte sich, »dann werde ich mich auf die Suche nach meiner geliebten *damna* machen!«

Der junge Fürst fackelte nicht lange. »Ich geb' Euch noch zehn Ritter obendrein, Roç Trencavel, samt Pferden und Knechten, damit Euer – unser aller Sehnen von Erfolg gekrönt wird.« Bohemund war weitaus mehr gerührt von der eigenen großmütigen Geste als etwa der unverhofft Beschenkte. »Ich wollte, meine Pflichten gäben mir die Freiheit, mit Euch auszuziehen zu dieser noblen Campagne!« Um sein feuchtes Auge zu verbergen, riss er den Trencavel stumm an sich, drehte sich um und stapfte die Treppen wieder hinunter.

Roç sah ihm nach. »Wie schön, wenn man so aus dem Vollen schöpfen kann«, murmelte er missgünstig. »Es scheint, der edle Fürst kann uns gar nicht schnell genug wieder loswerden!«

Terèz und Pons vernahmen beklommen diesen Ausbruch der Undankbarkeit und schauten angestrengt zum Fenster hinaus. Dabei hatte der Trencavel nicht Unrecht, in der Tat fühlten sie sich hinausgeworfen!

Kurz darauf erschien Guy de Muret. »Der König von Armenien legt noch fünf Reiter oben drauf, die mit Euch ziehen sollen«, informierte er Roç, »dafür verlangt er, dass Ihr morgen Früh Antioch verlasst.« Während Roç noch schluckte, fuhr der Fuchs ungerührt fort. »Die Fürstin Sybille lässt Euch ausrichten, dass solche Eile, wie sie ihr Herr Vater an den Tag lege, für die Nacht –« Guy zwinkerte dem Trencavel auf recht eindeutige Weise zu, »– und auch die nächsten Nächte nicht gelte. Sie erwartet Euch in ihren Gemächern!« Jetzt war es an Roç, den schadenfroh grinsenden Blicken der Okzitanier auszuweichen. Guy brachte seinen Auftrag zu Ende. »Fürst Bohemund bittet uns alle, in einer Stunde im Schlosshof zu erscheinen, damit er sich von uns, und vor allem von Euch, Roç Trencavel, verabschieden kann. König Hethum liegt daran, den bereits eingetroffenen Abgesandten der Mongolen zu zeigen, dass Antioch ihrer Aufforderung zur Huldigung größte Dringlichkeit beimisst.«

Roç hatte sich alles angehört. Ob er wollte oder nicht, ab jetzt musste er Führung beweisen.

»Ziemlich viel auf einmal!«, seufzte er und sehnte sich nach dem warmen Fleisch der armenischen Sybille. Doch dann raffte er sich auf zum tatkräftigen Helden, der von ihm erwartet wurde. »Packt Eure Sachen«, befahl er forsch, »und macht Euch bereit zum Ausritt ins große Abenteuer!«

YEZA HATTE IHR KAMEL gegen ein Pferd eingetauscht. Der Tod der beiden Prinzen hatte ihr sogar die Wahl zwischen deren edlen Hengsten gelassen. Niemand hatte ihr den Zugriff verweigert. Für die Seldschuken, die die Söhne ihres Sultans bis zum bitteren Ende begleitet hatten, war Yeza die einzig rechtmäßige Nachfolgerin – quasi die Witwe beider. Der alte Fechtmeister Rhaban hatte ihr als Erster gehuldigt, kaum, dass Alp-Kilidsch und Kaikaus von ihren Getreuen zur letzten Ruhe gebettet waren. An die Gestade des Euphrat zurückzukehren, schlug niemand vor – alles, was sich dort abgespielt hatte, sollte der Vergangenheit angehören, insbesondere der blutbefleckte Kelim, den keiner mehr anfassen wollte. Sie ließen ihn einfach liegen. Yeza, die an der Spitze des kleinen Trupps ritt, war das nur recht. Sie hätte auch nie die Sprache auf die drei Köpfe im Ufersand gebracht, aber der leicht versetzt hinter ihr reitende Fechtmeister glaubte, seiner neuen Herrin eine Erklärung schuldig zu sein. Yeza ließ ihn berichten, ohne besonderes Interesse zu heucheln. Rhaban fasste sich kurz. Die Nomaden vom Stamme der Seldschuken, deren Tiere die Teppichrolle getragen hatten, erkannten beim Aufeinandertreffen mit den Prinzen sogleich in Alp-Kilidsch und Kaikaus die Söhne ihres Sultans. Auf rüdes Befragen des sofort in Fesseln geschlagenen El-Aziz kam schnell heraus, dass es dem Sohn des Sultans von Damaskus weniger um den Kelim ging als um die noch erwartete ›Prinzessin‹, die er am jenseitigen Ufer des Euphrat zurückgelassen hatte. Da El-Aziz feige verweigerte, für seine Dame sich mit einem von ihnen zu duellieren, aber ein Wort das andere gab, entbanden die Söhne des Sultans die Seldschuken von ihrer eingegangenen Treuepflicht, sodass diese keinen Finger rührten, als jetzt das Gefolge sich den Schwächling griff. Seine zwei Begleiter, wohl sein Leibkoch und der Eunuch, wurden gezwungen, ihren Herren lebend bis zum Hals einzugraben.

»Bevor ihnen selbst die Köpfe abgeschnitten wurden – «, beendete der Fechtmeister ungerührt seinen Bericht, »damit sie ihm als Begleiter dienten, auf seinem qualvollen Weg in den Tod, der ihn sicher bald ereilen wird.«

Yeza schauerte, aber nichts sollte sie dazu bringen, sich nochmals in die Nähe des Kelims zu begeben. Rhaban respektierte ihr Schweigen, doch irgendwann musste er ihr die Frage stellen, welches denn das Ziel sei, das sie zu erreichen trachte. Das waren auch genau die Gedanken, die Yeza durch den Kopf gingen. Sie wollte sich mit Roç vereinigen. Der einzige Anhaltspunkt, den sie hatte – wenn er nicht zu den Mongolen zurückgekehrt war –, blieb Antioch. Dort hatten sie beide einen Freund in dem jungen Fürsten Bohemund, mit dem sie einst Blutsbrüderschaft geschlossen hatten.

Alle diese Fragen erübrigten sich kurz darauf, sie näherten sich bereits der Oasenstadt Palmyra, als ein ungeordneter Trupp von Kamelreitern ihnen säbelschwingend und fahnenschwenkend entgegenkam. Die Beduinen hegten mitnichten feindliche Absichten, im Gegenteil: Sie zügelten plötzlich ihre Tiere, und ein einzelner kleinwüchsiger Mann löste sich aus ihrer Mitte und stolperte wild mit den Händen fuchtelnd auf Yeza zu.

»Oh, meine große, einzige Liebe!«

Es war Jalal al-Sufi, der verrückte Derwisch! Wie lange hatten sie sich nicht gesehen!?

»Der ständige Gedanke an Dich, grad' er war es, der mich fern von Dir gehalten!«

Wie lange hatte er Yeza nicht mit seinen stets griffbereiten Versen des großen Jalaluddin Rumi beglückt!?

»Vor meinen Augen stets das Bild Deines Antlitzes, wie blind hat es mich gemacht!«

Der kleine Derwisch, dem das Alter nichts anzuhaben schien, hüpfte aufgeregt ihrem Pferd vor die Hufe, dass es wiehernd sich auf den Hinterläufen erhob, was Jalal al-Sufi nicht im Geringsten beeindruckte.

»Volltrunken ist der Liebende vor Lust und Wonne – Frei ist er und wie von Sinnen! Hingegeben tanzt er in wilder Leidenschaft und berauschter Wildheit!«

Yeza hatte ihre liebe Müh, den Schwall an poetischen Ergüssen abzuwehren, sie sprang von ihrem Pferd und umarmte den Kleinen. Endlich wieder ein bekanntes Gesicht und eine Person, der sie vertrauen konnte! Fragend deutete sie auf die festlich gestimmte Beduinenmeute hinter dem Derwisch. Atemlos berichtete Jalal al-Sufi.

Ein Trupp Mongolen, eine Hundertschaft, sei in Palmyra erschienen und habe nicht nur die Unterwerfung verlangt, sondern auch Geiseln, die ihnen ins Feldlager des Il-Khan folgen sollten. Das erregte sowohl den Unmut der Derwische, die in der reichen

Oase die geistige und weltliche Führungsmacht darstellten, sondern kränkte auch den Stolz der freien Beduinenstämme, die ringsherum als Nomaden hausten, dort ihre Märkte abhielten und sich als Karawanenführer verdingten. Doch ehe es zum Aufstand kam, erschien aus dem Nichts ein Schamane, eine merkwürdige Gestalt, begleitet von einem Bären. Dem sei es mühelos gelungen, die erhitzten Gemüter zu beruhigen, die Mongolen akzeptierten ihn als Botschafter und zogen befriedigt mit ihm und einer mit kostbaren Geschenken versehenen Gesandtschaft ab. Doch zuvor hatte dieser weise Mann, der sich Arslan nannte, ihm, Jalal, noch einen wertvollen Hinweis gegeben: Palmyra sei der von guten Geistern auserwählte Ort, an dem das Königliche Paar wieder zusammenfinden sollte.

»Wie?!«, unterbrach ihn Yeza erregt. »Roç Trencavel in Palmyra?!«

Der Derwisch geriet in Verlegenheit. »So hätte es sollen sein!«, seufzte er. »Aber der Hauptmann der Mongolen musste zugeben, dass er Roç nicht habe halten können –« Yeza verbarg ihre Enttäuschung nicht. »Nur noch wenige Meilen von Palmyra entfernt, habe der Trencavel es vorgezogen, sich mit alten Freunden nach Antioch zu begeben –«

»Dachte ich mir 's doch!«, schnaubte Yeza ärgerlich, wieder einmal war es die Macht der bösen *djinn*, die ihr Glück vereitelte.

»Immerhin wussten wir jetzt«, strahlte Jalal al-Sufi sie an, »dass Ihr, Yeza, vom Euphrat her im Anmarsch wart –«

Die Angesprochene antwortete nicht. Eine ungeheure Welle von Müdigkeit umfing sie. War denn aller Kampf umsonst?! Warum musste Roç mal wieder seinen Dickkopf durchsetzen?!

»Gefangene unserer granitschwer wiegenden Gedanken –« Durchschaute der Derwisch sie, machte er sich über sie lustig? *»… stoßen wir uns an federleichten Nichtigkeiten –«*

Es war ihr, als renne sie gegen eine Wand von weichen Kissen an – *»Mag kommen, was kommen mag: So soll es sein!«* Nur mit halbem Ohr hörte sie zu, wie Jalal ihr vorschlug, mit ihm nach Palmyra einzuziehen. Der kleine Derwisch nahm seine gesungene Einladung selbst nicht sonderlich wichtig, sodass er auch Yezas mögliche Reaktion für gering erachtete. Er sprudelte sein Glück heraus. Sowohl die hohe Geistlichkeit, seine Derwischbrüder als auch die Beduinen würden sich glücklich schätzen. Und schon sprang er wieder wie ein Vögelchen auf den nächsten Ast, egal, was Yeza grad' empfand. *»Und wenn wir dann trunken sind von dieser großen, einzigen Liebe«*, jubilierte er. *»Mag kommen, was kommen mag: So soll es sein!«*

Erschöpft bestieg Yeza ihr Pferd. Es war wohl ihr Schicksal, Haltung zu beweisen, ganz gleich, woher sie die Kraft nahm. Sie rief den Fechtmeister und die verbliebenen Seldschuken zu sich. Letztere entließ sie in ihre Heimat im fernen Turkistan und traf mit dieser Aufforderung auch auf keinerlei Widerstand. Der alte Rhaban hingegen bat sie inständig, ihn auch fürderhin in ihre Dienste zu nehmen. Treu wolle er ihr dienen, denn nach dem Tod der Prinzen habe er sonst keinen Herrn mehr, dem er sich nützlich machen könne – Yeza willigte ein und gab das Zeichen zum Weiterritt, auf Palmyra zu.

IM HOF DES NORMANNEN-SCHLOSSES zu Antioch hatte sich eine starke Versammlung aller Granden und Ritter des Fürstentums eingefunden. Ein Gutteil von ihnen, um Bohemund das Geleit zu geben, denn er sollte, darauf legte sein Schwiegervater größten Wert, nicht wie ein armer Bittsteller vor dem Il-Khan auftreten, sondern wie ein Verbündeter von Rang. Die anderen waren gekommen, um Bohemund ihre Ehrerbietung zu bezeugen, auch wenn es vielen übel aufstieß, dass ihr Fürst, der sich nicht einmal dem Kaiser von Byzanz gebeugt hatte, jetzt diesen Barbaren aus dem fernen Osten huldigen sollte. Aber es war wohl nicht zu ändern. Wer von ihnen den Vorbeizug des mongolischen Heeres – nach der Eroberung von Aleppo – gesehen hatte, hieß die Zweifler schweigen.

Roç hatte Mühe, sich zum Fürsten und dessen prächtiger Entourage durchzudrängeln, die wenigsten kannten ihn, auch wenn die meisten schon von dem Königlichen Paar gehört hatten. Zu seinem gelinden Erschrecken kam jetzt König Hethum der fabelhafte

Einfall, wie gut es sich doch machen würde, wenn Roç Trencavel sich ihnen einfach anschlösse, das würde bei den Mongolen gewiss einen hervorragenden Eindruck machen. Roç tauschte mit Bohemund einen verzweifelten Blick, der den davon abhielt, die – alles andere als spontane – Idee seines Schwiegervaters weiter zu verfolgen. Dazu trat – nicht frei von Eigensucht – die sich dem jungen Fürsten aufdrängende Überlegung: Sollte er etwa den Glanz seines Auftritts bei Hulagu dadurch schmälern, dass er sich an die Seite – und damit in den Schatten – Roçs stellte und der berühmte Trencavel die ungeteilte Aufmerksamkeit des Il-Khan auf sich zog?

»Wir haben nicht das Recht«, gab er scheinheilig zu bedenken, »die an uns ergangene Einladung auf unsere Freunde auszudehnen –«

Roç nahm diese Lösung dankbar entgegen. Er verabschiedete sich hastig und begab sich zurück zu seinen Leuten. Dem aufmerksamen Auge Hethums entging nicht, dass zumindest die drei Okzitanier – in voller Rüstung, die Pferde bepackt – offensichtlich zur alsbaldigen Abreise bereitstanden. Er winkte Guy de Muret zu sich und schlug ihm mit falscher Freundlichkeit vor, sie könnten doch den ersten Teil des Weges zusammen reiten. Sofort mischte sich Terèz de Foix ein, der den Armenier nicht leiden konnte, erstens wolle man sich erst noch gen Osten wenden, um nach der Prinzessin Yeza Ausschau zu halten, und zweitens könne sein Weib Berenice mit Fug und Recht von ihm erwarten, dass er die letzte Nacht mit ihr verbrächte. Das leuchtete Hethum zwar nicht im Geringsten ein, denn er konnte nicht verstehen, was der doch recht ansehnliche Ritter an einer solch hageren Ziege finden mochte, denn so sah Herr Hethum die – zugegebenermaßen – etwas knochige, männlich wirkende Hofdame seiner Tochter. Diese flachsblonde Amazone! Nicht einmal ein ordentlicher Steiß, auch ihre flache Brust hätte ungepresst unter jeden Kürass gepasst! Wie dem auch sei, andere drängten herbei. Den Trencavel hatte der König aus den Augen verloren.

Die Fürstin Sybille stand am Fenster ihres auf den Hof hinausgehenden Schlafgemachs, das hatte sie ihrem Mann versprochen, um mit einem Tüchlein zu winken, wenn er durch das Tor hinausritte. Sie sah, wie die Ritter jetzt ihre Pferde bestiegen und wie die schweren Flügel des Tores weit geöffnet wurden. Sybille lehnte sich über die Brüstung und zog das Tüchlein. Ihr Mann schaute zu ihr auf und grüßte sie voller Stolz. Die ersten Ritter zogen an ihrem Fürsten vorbei, Frau Sybille winkte – sie spürte, wie eine kräftige Männerhand von hinten ihr Gewand hochstreifte, das Fleisch ihrer Schenkel dabei begehrlich anpackte –

»Winkt«, befahl ihr Roç, hinter sie tretend. »Winkt nur weiter!«

Sybille beugte sich weit vor und wedelte beglückt mit dem Tüchlein.

»Schaut nur, Euer treues Weib!«, hielt König Hethum seinen Schwiegersohn an, noch einmal einen Blick zurück, hinauf zum Fenster zu werfen.

»Grausam ist ihr Schmerz, mich so lange missen zu müssen!«, pflichtete ihm Bohemund mit stolzgeschwellter Brust bei, erhob sich in seinen Steigbügeln und winkte heftig gestikulierend zurück. Sybille musste es gesehen haben, denn sie breitete jetzt beide Arme aus, als wollte sie ihn ein letztes Mal umfangen. Bohemund richtete männlich seinen Blick nach vorn, das Schloss und seine Fenster entschwanden aus seinem Blickfeld.

DAS ZERBRECHLICHE GLÜCK VON PALMYRA

DIE URALTE HANDELSSTADT PALMYRA, inmitten der nordsyrischen Wüste gelegen, präsentierte sich Yeza als eine bizarre Anhäufung von Tempelruinen und säulenbestückten Kolonnaden, die vom ehemaligen Reichtum und Luxus zeugten. Die eigentliche Oase, mit ihrem belebten Bazar immer noch Schnittpunkt wichtiger Karawanenstraßen, hatte sich rund um diesen Bezirk bröckelnder Schönheit und versunkener Macht ausgebreitet, ihn aber respektvoll unangetastet gelassen. Hier hausten die Derwische in den beiden noch einigermaßen erhaltenen Heiligtümern des Gottes Baal und der Alilat, streitbare Schutzherrin der Weisheit und des Handels. Gleich daneben erhob sich der ›Palast‹ jener heißverehrten Königin Zenobe, die es gewagt hatte, den Römern zu trotzen, womit sie zwar die Verwüstung von Palmyra heraufbeschwor, sich aber für immer und ewig einen Platz in den Herzen der Beduinen sicherte.

Jalal hatte es als anerkannter und allseits beliebter Sufi keine Schwierigkeiten bereitet, die Derwische davon zu überzeugen, dass mit Yeza die glückhafte Wiedergeburt der großen Zenobe den ärmlichen Hütten widerfahre – schließlich sei die Bedrohung durch die Barbaren aus dem fernen Land der Mongolen durchaus vergleichbar mit der – in den Köpfen des Volkes immer noch gegenwärtigen – einstigen Unterdrückung durch die verhassten Römer. Nachdem er dieserart die hohe Geistlichkeit des Ortes auf seine Seite gebracht hatte, sprang der Funke unvermeidlicherweise auf die Beduinen über, entfachte im Handumdrehen einen wahren Feuersturm an Begeisterung, denn von durchziehenden Karawanen und den stets auf ruheloser Wanderung begriffenen Derwischen war längst auch der Ruf vom Königlichen Paar, den sagenhaften »Friedenskönigen«, bis nach Palmyra gelangt. Jedenfalls wurde Yeza bereits am Rande der Ruinenstadt von einer jubelnden Menge erwartet, und eine feierliche Delegation der Derwische, die hier – entgegen ihrem eigenen Selbstverständnis – in den Augen des Volkes die Priesterschaft stellten, geleitete ›die Königin‹ zum Palast der Zenobe. Dass ihr der königliche Gemahl fehlte – schuld daran waren allemal die Mongolen! –, wurde Yeza unter diesen besonderen Umständen herzlich gern nachgesehen. Viele der herbeigeströmten Beduinen versicherten Yeza ihres Mitgefühls für den Verhinderten. Zur Steigerung des Missverständnisses rückten schon die Klageweiber an, als gelte es bereits seinen Verlust hinzunehmen. Spitze Schreie der Begeisterung mischten sich mit Trauertrillern, dass keiner mehr in dem Tumult noch ein Wort verstand! Die Kinder hingegen zeigten nur das eine heftige Verlangen, die ›Königin‹ zu berühren, ein Stück von ihr zu erhaschen, sei es einen Fetzen ihres Kleides oder ihrer Haut.

Jalal al-Sufi sah sich genötigt, die Derwische energisch aufzufordern, Yeza vor derartiger Berührung mit dem rasenden Volk zu schützen. Nur dank des Schutzschildes ihrer in Ekstase erprobten Körper gelang es dem entsetzten Rhaban, die Königin schleunigst in den Palast zu verfrachten.

Palast?! Yeza traute ihren Augen nicht. Das verfallene Gemäuer musste seit Jahren als Schafstall gedient haben, eingetrocknete Köttel bedeckten die Mosaikböden der Gemächer, gackernd und aufgeregt flatternd stoben Scharen von Hühnern aus den Fensteröffnungen, im Gebälk nisteten unzählige Schwalben, dort, wohin kein Licht gelangte, hingen ungehalten zirpende Fledermäuse von der Decke.

Yeza hatte zwar keine festen Vorstellungen von ihrem Leben als Königin, doch sie war mitnichten verärgert, eher amüsiert. Der alte Rhaban machte sich sofort als Majordomus nützlich. Unter seiner Anleitung fegten und reinigten bereitwillige Helfer das Haus, vor dem sich die Menge jetzt verlief. Yeza betrat den verwilderten Garten, wo ihre beiden Pferde und das Kamel standen. Jalal al-Sufi hatte ihr eine Hängematte zwischen schattenspendenden Bäumen anbringen lassen und erfreute sie mit köstlichen Gedanken seines geliebten Meisters Rumi.

»Es herrscht Nacht, sagen sie, aber ich weiß nichts von Tag oder Nacht. Das Einzige, das ich kennen will, ist das Antlitz des Einzigen, der die Himmelssphären mit seinem Licht erfüllt.«

Der kleine Sufi saß ihr zu Füßen. *»Oh, Nacht, Du gibst Dich nur so dunkel, weil Du Ihn nicht kennst«*, schwärmte er mit leiser, sanfter Stimme. *»Oh Tag, zieh aus und lerne von Ihm, was es heißt, so hell zu scheinen –«*, verstummend hing Jalal al-Sufi den Worten nach.

Zwei junge Mädchen fächerten die warme Wüstenluft zur linden Kühle. Sanft schaukelnd fiel Yeza zum ersten Mal nach langer Zeit in tiefen Schlummer.

IN DEN STALLUNGEN des fürstlichen Schlosses zu Antioch lagerten seit drei Tagen sowohl die Ritter aus Okzitanien als auch die zehn Männer, die Bohemund bereitgestellt hatte, und die fünf des armenischen Königs, allesamt mit ihren Knechten. Nur einer ließ sich nicht sehen, das war Roç. Der Warterei leid, hatten sich die Herren seines Gefolges längst in der Halle fürs Gesinde niedergelassen, gleich neben den Küchenräumen, und ließen sich von den Mägden bedienen. Es hieß, der Trencavel habe sich allein auf Erkundungsritt begeben, um sich schlüssig zu werden, in welche Richtung er sich wenden sollte, um nicht den Mongolen in die offenen Arme zu reiten. Die drei Okzitanier hielten sich abseits, schon um nicht den hinter vorgehaltener Hand aufkommenden Spott über ihren Herren ertragen zu müssen. Was die anderen nur vermuteten, sie wussten es – dank ihrer Weiber: Roç teilte seit der Abreise von Bohemund das Bett der Fürstin, die sich von Alais das Essen und reichlich gekühlten Wein in ihrer Kemenate servieren ließ. Dies waren nur die kurzen Unterbrechungen ihrer erstaunlichen Wollust, wie Alais errötend berichtete, oft wartete Frau Sybille nicht einmal ab, dass die vertraute Dienerin die Reste der hastig verschlungenen Speisen abräumte. Berenice, der Ersten Hofdame, oblag zwar nicht der Dienst in der Kemenate, aber was sie im Vorzimmer durch Tür und Wand hörte und den Freunden voller Sarkasmus und unverhohlener Missbilligung zum Besten gab, erregte und belustigte die Zuhörer. Doch nur eine gewisse Zeit lang, dann begannen sich die Okzitanier ernsthaft Sorgen zu machen. Aus freien Stücken würde Roç sich nicht so schnell von der Unersättlichen losreißen, also war es an ihnen, den Trencavel zu ›befreien‹, damit er endlich seiner Pflicht nachkam und mit ihnen losritt, Yeza zu suchen. Diejenige, die am meisten an Roçs Minnediensten litt, war Berenice, die hochaufgeschossene, ziemlich herbe Lebensgefährtin des Terèz von Foix. Für sie gehörte das Königliche Paar zusammen! Jeder für sich von den beiden war ein gewöhnlicher Sterblicher, nicht besser und nicht schlechter als einer von ihnen, wobei sie sich selbst nicht mit einschloss, denn Berenice fühlte sich von der Natur ungerechterweise benachteiligt. Die Aura der besonderen, einzigartigen Bestimmung war ihnen nur als Paar gegeben! Berenice kannte Yeza nicht, weswegen sie auch nicht schlecht von ihr denken wollte. Aber sie verachtete aus tiefster, gestählter Brust die höchst liederliche Fürstin Sybille, die sie zudem im Verdacht hatte, auch ihren Terèz nach Belieben zu missbrauchen. Vor allem schlug heimlich hinter mageren Rippen das Herz der hageren Berenice schwärmerisch für den edlen Ritter Trencavel. So wenig wie sie sich über ihre wahren – und vielleicht auch tieferen – Gefühle klar wurde, vermieden dies auch Terèz und ihr kleiner Bruder Pons de Tarascon – von Guy de Muret ganz zu schweigen. Letztlich war das Einzige, das für sie alle zählte, die bevorstehende abenteuerliche Reise ins Ungewisse, die sich neu eröffnende Möglichkeit, als Erste Paladine von Roç und Yeza ungeahnte Heldentaten zu vollbringen. Damit wollten sie sogleich beginnen.

In der Kemenate der Fürstin mündete versteckt hinter der Wandtäfelung eine kupferne Rutsche, die in den Palastmauern verborgen hinabführte zu den Pferdeställen. Es war nicht etwa Sybille, die sie hatte einbauen lassen, aber sie hatte sie längst entdeckt und stolz ihrer Zofe gezeigt. Darauf fußte der Plan, den die drei ausheckten. Auf Berenice entfiel die heikelste Aufgabe, denn die ängstliche Alais war dafür nicht zu gebrauchen, sie würde sofort in Tränen ausbrechen oder sich sonst wie verraten, deswegen wurde die Gute gar nicht erst eingeweiht. Im Ankleidezimmer lagen Kleider und Rüstung des Trencavel: Die mussten beiseite geschafft werden! Das sollte Berenice besorgen. Nur ein nackter Roç konnte die Fürstin in die Panik versetzen, die seine Freunde erzielen wollten …

Am Abend verließen die drei Okzitanier, ohne Aufsehen zu erregen, das fürstliche Schloss. Mitten in der Nacht stürmten sie zurück mit brennenden Fackeln vor das Tor, schrien »Verrat!« und »Die Mongolen kommen!«. Im Hof des Schlosses veranstalteten sie dann einen derartigen Tumult, dass alle Ritter aus Schlaf, Suff oder von einer Küchenmagd erschrocken auffuhren, nach ihren Knechten, Pferden und Waffen brüllten, während die Okzitanier gut verteilt die wildesten Gerüchte ausstreuten: ›König Hethum hätte Boten geschickt, den Trencavel zu warnen! Die Mongolen kämen, um sich Roçs zu bemächtigen!‹ Und das verstärkt durch handfeste Andeutungen: ›Fürst Bohemund verlange, dass seine Frau Sybille sofort zu ihm ins Lager der Mongolen geschafft würde!‹, die von der zitternden Alais umgehend der Fürstin hinterbracht wurden.

»Jemand hat Euch verraten!«, zeterte und jammerte Berenice im Vorzimmer. »Euer Gatte will den Kopf des Ehebrechers!« Sie trommelte mit ihren Fäusten an die Tür zum Schlafgemach, Alais fing prompt an zu heulen, als der nackte Trencavel sie einen Spaltbreit öffnete und die Zofe anherrschte, wo denn seine Kleider abgeblieben?! Frau Sybille wagte kaum aus dem Fenster hinabzuschauen in den Hof, wo immer mehr Fackeln aufflammten, Waffen klirrten und die Pferde schnaubten.

Mit dem Schrei »Rettet Euch, Trencavel!«, war Berenice aus dem Vorzimmer entwichen. Frau Sybille wickelte den Geliebten in ein Bettlaken und stieß ihn in die Öffnung der geheimen Fluchtröhre. Unten fingen ihn die Verschwörer auf, kleideten ihn hastig im Dunkeln an, Roç war viel zu aufgeregt, um zu fragen, woher sie plötzlich seine Rüstung hatten. Sie setzten ihn auf sein Pferd und stürmten mit dem Trencavel hinaus in den Hof. Das Tor wurde aufgerissen, und mit ihm an der Spitze donnerte die Kavalkade aus der Burg, fegte durch die nächtlichen Straßen, preschte durch die tief eingeschnittene Schlucht des reißenden Wildbachs Onoplikes, der hier seinen Weg aus der Stadt nahm und Antioch durch das »Eiserne Tor« in der Mauer verließ, das eigentlich dafür gedacht war, den Feind davon abzuhalten, durch diese Klamm einzudringen. Kein Weg war besser geeignet, den Rittern aus Antioch zu zeigen, wie groß die Gefahr war, denn diese Pforte aus schwerem Eisengitter wurde nur in höchster Not, bei riskanten Ausfällen geöffnet.

Das fürstliche Schloss fiel – so plötzlich wie es aufgeschreckt war – wieder in friedlichen Schlummer. Frau Sybille hielt noch eine Zeit lang am Fenster Ausschau nach den Mongolen, verwies die schluchzende Alais des Zimmers und begab sich wieder in das zerwühlte Bett. Ganz geheuer kam ihr die Geschichte nicht vor, doch fühlte sie sich viel zu müde, um sich jetzt noch den Kopf zu zerbrechen. Morgen Früh würde sie Berenice zur Rede stellen – wohlig ermattet streckte die Fürstin ihre Glieder und ließ sich in den verdienten Schlaf fallen.

»DER MOND GEHT AUF«, rezitierte eine warme Stimme im nächtlichen Garten des *beit al malikah*, *»und schwebend erheben wir uns mit ihm.«* Öllichter hingen von den Zweigen und tauchten die Sträucher rund um das »Haus der Königin« in magisches Licht. *»Wer nichts sein Eigen nennt, hat auch nichts, was ihn am Schweben hindert.«*

Yeza hatte es eingeführt, dass jeder, der von den Derwischen Palmyras die Lust dazu verspürte, sich in ihrem verwunschenen Garten unter wispernden Palmen einfand.

»Der kreiselnd sich drehende Derwisch fragt: ›Warum sind weise Männer immer so furchtbar nüchtern?‹«

Yeza hockte auf einer Bank mitten unter ihren Gästen, die anfangs Jalal al-Sufi angeschleppt hatte, die inzwischen sich aber auch von allein bei ihrer Königin versammelten.

»Und diese Weisen fragen: ›Warum nur sind die tanzenden Derwische derart verrückt?‹«

Alle lachten, Yeza klatschte dem Vortragenden Beifall. Wein gab es immer bei der Königin, und was passte besser zu einer Nacht der Poesie als die Verse von Rumi. Yeza lächelte dankbar zu Jalal hinüber, worauf der listige Derwisch sich sogleich schalkhaft erkühnte, sie in ihrer Mäzenatenhaltung zurechtzustutzen.

»Von Rumi, den ich Euch zu schätzen gelehrt, meine liebe Königin, stammen auch diese Worte.« Er stand auf und verbeugte sich vor Yeza. *»Ein Derwisch, der freigiebig die geheimen Lehren verschenkt und sowieso alles, was er besitzt, mit der gleichen Großmut, mit der er seine Atemluft verströmt, der bedarf nicht Eurer Brosamen – «*

Yeza wusste nicht, ob der listige Jalal scherzte, sie beschloss, es heiter zu nehmen.

»Ein solcher Derwisch lebt von der Gunst einer ganz anderen Hand!«

Und weil die Königin lachte und allen Wein nachschenken ließ, sprang ein Jüngerer in die Mitte der Runde und wirbelte in tollen Sprüngen umher, während er krächzend sang: *»Der Derwisch tanzt, tanzt wie die schimmernden Strahlenfinger der Sonne durch die Blätter dringen«*, er drehte sich so schnell, dass er wankte, aber er hielt nicht inne. *»Er tanzt von der Morgenröte bis in die Dämmerung – «* Im Vorbeiwirbeln griff er sich Yezas Becher. *»Sie sagen ›Das ist Teufelswerk!‹«*, er verschüttete den meisten Wein beim Versuch, das Gefäß an die Lippen zu bringen. *»Gewiss doch, der Teufel, der mit uns tanzt, ist voller Süße – «* Ihm gelang endlich ein Schluck, der Wein rann ihm über die Brust, *»– und voller Lust! Er selbst ist ein Tänzer der Ekstase!«*

Er trat vor Yeza, um ihr den Becher zurückzuerstatten, sie aber hob die Kanne und füllte ihm reichlich nach, dass der Wein überlief. So verbrachten sie die Nacht, und wenn sich die Königin zurückzog, war das Fest noch lange nicht zu Ende, das hatte Yeza sich ausbedungen. So tranken und lärmten, sangen und tanzten die Derwische im Garten der Königin, bis die Lichter erloschen und der Morgen graute.

Die Tage benutzte Yeza, um bereits am frühen Morgen mit ihrem Fechtmeister Rhaban auszureiten, nicht nur um ihre beiden Pferde oder das Kamel im Gelände zu bewegen, sondern auch selbst im Gebrauch der Waffen nicht aus der Übung zu kommen. Mit Rhaban focht sie mit jeder Art von Schwertern, Degen und fein ziselierten Säbeln, vom schweren Scimtar bis zu leichteren Hieb- und Stichwaffen, die der Alte rund um Palmyra auftrieb. Yeza besaß schnell eine bemerkenswerte Sammlung, meist kostbare Einlegearbeiten, denn die Beduinen – kaum, dass sie mit Staunen und Respekt die kriegerischen Fähigkeiten ihrer Königin entdeckt hatten – schleppten wahre Kostbarkeiten der Damaszener Stahlschmieden in den Palast. Yeza übte sich auch in der Kunst des Bogenschießens, die sie bei den Mongolen erlernt hatte und worin sie es bald wieder zur Meisterschaft brachte. Doch mit nichts verblüffte sie ihren Lehrmeister mehr als mit ihrer Fertigkeit im überraschenden Schleudern des Wurfdolchs, den sie im Nacken, unter ihrer blonden Mähne verborgen, stets bei sich trug, wo sie stand und ging. Die Beduinen, die anfänglich dem Treiben ihrer Königin mit gelindem Entsetzen begegnet waren, verfolgten inzwischen jede ihrer Exerzitien mit stolzer Neugier und zunehmendem Enthusiasmus. Der Ort, den Yeza und ihr Lehrer sich dafür wählten, konnte gar nicht so abgelegen sein, dass nicht nach kurzer Zeit die ersten ihrer leidenschaftlichen Anhänger dort rundherum am Boden kauerten, jeden gelungenen Schlag von ihr mit murmelndem Beifall bedachten, während jede Attacke des alten Rhaban von Argwohn und gezischtem Missfallen begleitet war. Immer mehr Zuschauer strömten zusammen, es musste sich jedes Mal wie ein Lauffeuer herumsprechen, wo die Königin sich gerade schlug, mit geschlossenen Augen ihre Pfeile ins Ziel schoss oder – zur größten Belustigung aller – ihren Wurfdolch dicht neben dem Hals ihres Lehrmeisters in den Stamm einer Palme sausen ließ. Yeza war in den Augen der Beduinen mehr als nur die Wiedergeburt der unvergessenen Zenobe, die Palmyra einst groß gemacht hatte, ihre Königin war die herabgestiegene Alilat, die wehrhafte Göttin der Weisheit und des Handels. Und da die Derwische ihnen nicht widersprachen, begannen einige der Jüngeren, heimlich den verfallenen Tempel der Göttin zu reinigen und sich selbst in Waffen zu üben, so wie sie es Yeza abgeschaut hatten. Vielleicht würde die

Königin eines Tages einer Palastgarde bedürfen oder würde mit ihnen in einen Krieg ziehen. Darauf wollten sie vorbereitet sein.

Am Nachmittag ruhte Yeza, um dann, wenn die Sonne tiefer stand, in ihrem ›Palast‹ Bittsteller und Delegationen zu empfangen, Streitigkeiten zu schlichten und Recht zu sprechen. Vor allem aber musste sie Geschenke entgegennehmen, nicht immer Kostbarkeiten von außerordentlichem Wert, sondern oft ergreifende Bekundungen der Verehrung, die das einfache Volk ihr entgegenbrachte. Die Beduinen liebten ihre Königin, sie hätten sich für sie in Stücke hauen lassen!

Selten, dass sie sich allein zu Tisch begab, fast immer hatte sie Gäste, lud sich Leute, die sie interessierten, an die Tafel, wobei sie nie Sorge um die Speisen tragen musste. Die Geladenen setzten ihre Ehre drein, die Tafel reich zu decken und mit dem Besten, das sie hatten, zu bestücken. Die Königin war Gastgeberin und Gast zugleich.

Aus der Chronik des William von Roebruk

Da wir nur zu dritt waren – ich, der Rote Falke und David der Templer –, kamen wir sehr zügig voran. Derjenige, der immer wieder für Verzögerungen sorgte, war allerdings meine wehleidige Person, denn mein Hintern war einen solchen Ritt durch Gebirge und Steinwüste nicht gewohnt. Wir ließen die Burg Beaufort links liegen, denn ihr Herr Julian von Sidon galt als ausgemachter Straßenräuber, und bewegten uns den Litani hoch, um dann bei der Quelle, wo der Jordan entspringt, scharf nach Osten zu schwenken, auf Damaskus zu. Dort war der Emir mit seinem Weibe Madulain und diesem Sultanssohn Ali verabredet. Ich war hocherfreut, desgleichen mein einarmiger Freund David, dass uns dort auch Josh der Zimmermann erwarten würde, vor allem aber sehnte ich mich danach, aus dem Sattel zu kommen und meine geschundenen Körperteile von den Innenseiten der Schenkel bis zum verlängerten Rücken zu kühlen und mit größter Behutsamkeit zu pflegen. Ich träumte von zarten Händen, Salben und linderndem Puder. Vielleicht hätte ich doch auf dem Krak de Mauclerc ausharren sollen, dann wären mir wenigstens diese entsetzlichen Qualen erspart geblieben. Doch der Rote Falke und der Templer hatten mir nicht einmal die Wahl gelassen! Sie hielten mich wohl für ein Magneteisen, dessen pure Präsenz das Königliche Paar unweigerlich anziehen würde, ganz egal, wo es denn nun stecken würde! Ein verlorener Hufnagel im Wüstensand würde leichter aufzufinden sein – hier gab es nur getrocknete Disteln und Steine!

Doch wir erreichten die berühmte Sultansstadt schlussendlich, und dank der Beziehungen des Roten Falken wurden wir von der Torwache anstandslos eingelassen. Allerdings hatte unser Anführer zuvor von David verlangt, dass er seine geliebte weiße Clamys mit dem roten Tatzenkreuz der Templer ablegte. Christen, auch ihre Ordensritter, seien im offenen Damaskus durchaus willkommen, aber auf das provokant streitbare Emblem solle er lieber verzichten.

Ich hatte keinen Blick für das farbenfrohe Leben, das uns hinter den Mauern sofort umfing, noch für die prächtigen Bauten und die überall verführerisch angepriesenen Köstlichkeiten. Der Emir führte uns schnurstracks quer durch die Stadt, am Palast des Sultans vorbei und an der Großen Moschee Al-Omayyad hin zur Zitadelle, die in der äußersten Nordwestecke der Befestigungen sich auf einem schroffen Fels erhob. Mit letzter Kraft und vielen heiligen Schwüren, mich auf solche unsäglichen Strapazen nie wieder einzulassen, schleppte ich mich den steilen Torweg hoch und ließ mich stumm und vorwurfsvoll leidend in das Stroh der Pferdeställe fallen, wo wir unsere Tiere abstellten.

Der Rote Falke war mit dem Kommandanten der Zitadelle befreundet, weswegen er sein Weib und deren Begleiter hierher bestellt hatte, damit sie sich wieder mit ihm vereinten. Diese gute Beziehung bewirkte auch, dass ich auf eine Bahre umgebettet und in den Hamam getragen wurde. Es waren allerdings keine zartfingrigen Huris, die sich dort meiner annahmen, sondern ein bulliger ›Bademeister‹, der nun auch meine übrigen Gliedmaßen durch

Schläge und kalte Güsse derart rabiat bearbeitete, dass ich keinem Teil meines Körpers mehr einen speziellen Schmerz zuzuschreiben wusste. *Haris al hamam!* So kann man auch geheilt werden!

Meine Freunde besuchten mich im Ruheraum, wo ich, in weiche Tücher gehüllt, meiner ›Genesung‹ entgegenschwebte. Der Spott, den sie für mich erübrigten, war grausam, einzig Madulain hatte ein tröstendes Wort für mich übrig, weswegen der junge Ali, der mit gequälter Miene ihren Samariterdienst an mir mit ansehen musste – sie strich mir lediglich die Schweißtropfen aus der Stirn –, mir sogleich einen scheelen Blick zuwarf. Josh der Zimmermann und David der Templer schienen nur an der Wiederherstellung meines Sitzvermögens interessiert, damit ich ihnen so bald wie möglich als Mitspieler zur Verfügung stand: Das Wesen-Spiel! Das hatte ich fast vergessen!

DER BAZAR VON DAMASKUS war ein dunkles Labyrinth, in das nur gelegentlich an den Kreuzungspunkten der unzähligen Gassen von oben ein Sonnenstrahl einfiel. Hier trat das Gewimmel offen zutage, fast so, als hätte ein Wanderer seinen Stab in einen Ameisenhaufen gestoßen. Doch ansonsten zogen sich die Röhren und Kolonnaden, Grotten und Gewölbe eher im schummrigen Licht durch diesen Bauch der großen Stadt, und das quirlige Treiben in ihnen blieb dem Fremden meist geheimnisvoll verschlossen. Der Kenner allerdings wusste genau, wo die unsichtbaren Trennlinien der einzelnen Handwerkerquartiere verliefen und welche Regeln zu beachten waren.

Der *baouab*, der oberste Haushofmeister des Sultanspalastes, ein agiler Mann, dessen höfliches Entgegenkommen über den durchaus ausgeprägten Sinn für den Erhalt seiner Macht hinwegtäuschen sollte, begleitete zwei soeben eingetroffene besondere Gäste zielstrebig zum größten und bedeutendsten Handelshof für Waffen aller Art. Es waren die gewaltigen Hallen einer Karawanserei, in denen verladen wurde, was unzählige Schmiede, Sattler und Kürschner, kunstfertige Hersteller von Kürassen, Helmen und Schilden, Brustpanzern und Beinschienen, Armbrüsten und Bolzen, sonstigen Rüstungsteilen, Sätteln und Zaumzeug aus ihren Werkstätten anlieferten. Den beiden Herren, die mit dem Hofbeamten recht vertraulich umgingen, war nicht anzusehen, woher sie kamen und für wen sie tätig waren. Marc de Montbard, Komtur der Templergarnison von Sidon, ließ sich begleiten von einem alten Bekannten, Naiman, dem umtriebigen Geheimagenten des Mameluckensultans von Kairo. Der Kauf von Damaszener Klingen war Vertrauenssache, vor allem, wenn es sich nicht um geschmeidig biegsame Krummsäbel handeln sollte, sondern um Langschwerter, an deren Festigkeit und Härte höhere Ansprüche zu stellen waren. Außerdem verlangte der Templer jenes Harzgemisch zu kaufen, mit dem man die am besten federnden Bogen zusammenfügen konnte – und dieser Klebstoff war ein eifrig gehütetes Geheimnis der Bogenmacher! Doch das Gespräch der so unterschiedlichen Männer drehte sich um ganz andere Dinge.

»Wie lange will Herr An-Nasir«, wandte sich der Komtur an den Baouab, »seinen Sohn El-Aziz von den Mongolen noch als Fußmatte treten lassen?« Der Templer griff den Hofbeamten aufmunternd plump am Arm. »Eine sinnlose Demütigung, wenn sich der Sultan doch nicht unterwerfen will«, ereiferte er sich, doch der Baouab ging nicht darauf ein, was sollte er auch sagen, weswegen Marc de Montbard noch einmal ins gleiche Horn stieß. »Noch ist es Zeit für ihn, sich mit Kairo ins Benehmen zu setzen –«

Das lockte den Majordomus des Palastes aus seiner Reserve. »El-Aziz«, erklärte er stolz, »hat sich der Schmach bereits entledigt und das Lager der Mongolen erhobenen Hauptes wieder verlassen!«

Naiman lächelte bös. »Und wohin?! Nicht etwa ist er zu seinem unschlüssigen Vater zurückgekehrt! Nein, dieser Wirrkopf von Sohn sucht ihn noch zu übertreffen: Er hat sich aufgemacht, die Prinzessin Yeza zu befreien!«

Diese Eröffnung brachte den Templer zum Lachen. »Damit ist er wohl auf dem besten Weg vom Regen in die Traufe«, ließ er seinem Spott freien Lauf. »Wer immer sich auf die Sache der Prinzessin einlässt, hat seinen Kopf schon verloren!«

Der Baouab schwieg verstört, aber Naiman nahm den Gedanken hämisch auf. »Von allen Lösungen, nach denen Damaskus greift wie nach einem rettenden Strohhalm, ist die des Königlichen Paares, mit wem auch immer als Prinzgemahl, diejenige, der ein Scheitern so gewiss ist wie –«

»Eine solche Herrschaft von Ketzern!«, unterbrach ihn der Komtur trompetend. »Die will nun wirklich keiner – außer den ignoranten Mongolen! Weder der christliche Patriarch noch die Juden von Jerusalem! Und der Islam schon gar nicht!«

»Und wie steht es mit den Templern?«, fragte Naiman lauernd. »Steht nicht die gleiche Macht hinter dem angestrebten Thron für Roç Trencavel und der Prinzessin Yeza«, er ließ den Komtur zappeln, der Baouab begriff eh nicht, worum es ging, »die auch über die Geschicke Eurer Ordensritter verfügt?«

Marc de Montbard musste die Kröte schlucken. »Im entscheidenden Augenblick, wenn es um das nackte Überleben geht, wird die Entscheidung zu Gunsten des Ordens fallen!«, gab er triumphierend preis.

Der Mann des Sultans von Kairo war es zufrieden, nicht so der Baouab. »Wenn einer nur den Erhalt seiner selbst im Sinne hat und keine höheren Ziele«, sagte er nachdenklich, »wird er nichts erreichen und zu Staub zerfallen!«

»Wir werden ja sehen«, entgegnete der Komtur trotzig, »wer dann ein solches Opfer bringen wird!«

Sie betraten ein verschwiegenes Kontor. Dessen Inhaber, ein würdiger alter Mann in einem kostbaren Burnus und mit schlohweißem Haar, betrachtete die Gäste mit durchdringendem Blick, während er sich vor dem Baouab verneigte. »Mit welcher tödlichen Waffe kann ich den Feinden unseres Glaubens diesmal dienen?«, fragte er mit unbeteiligter Höflichkeit. »Allah wird wissen, gegen wen er sie schlussendlich richtet.«

Die drei Herren sahen sich betroffen an, aber nur Marc de Montbard und der Haushofmeister ließen sich nieder zum angebotenen *shai nana*. Naiman, der Agent der Mamelucken, sah keinen Grund, länger bei ihnen zu verweilen. Er verließ eiligen Schritts den weitläufigen Waffenmarkt.

»Lieber Euch als unerbittlichen Gegner«, sagte der Alte zum Komtur gewandt, »als diesen zum Freund!«

OBEN AUF DER ZITADELLE willigte der Rote Falke ein, überredet von seinem Freund, dem Kommandanten, sich mit einem »Abgesandten Kairos« zu treffen. Der Emir hatte bereits einige Erfahrung mit den Bemühungen des Sultan Qutuz, ihn, den Sohn des ruhmreichen und unvergessenen Großwesirs, wieder für die Sache Ägyptens, also der Mamelucken zu gewinnen. Doch seine Familie hatte diesen Emporkömmlingen nie gedient, und so war er auch eher bereit, der verdrängten Dynastie der Ayubiten, den Nachkommen des großen Saladin, seine Hand zu reichen, als diesem Qutuz, der zurzeit den Thron in Kairo innehatte. Sein Weib Madulain hasste die Mamelucken derart, dass er das Treffen ihr verheimlichen musste, weswegen der Rote Falke sie mit Ali hinab in die Soukhs der Stadt schickte, damit sie sich dort kaufen sollte, was ihr Herz begehrte.

Als der Kommandant ihm dann den inzwischen eingetroffenen Gesandten vorstellte, war die Enttäuschung des Emirs heftig, denn er kannte Naiman als einen der windigsten und völlig charakterlosen Agenten des ägyptischen Sultans. Empört wollte er grußlos den Raum auf der Stelle verlassen, doch obsiegten seine guten Manieren, schließlich wollte er auch seinen Gastgeber nicht vor den Kopf stoßen. Auch Naiman hatte sofort begriffen, dass der Emir alles andere als sein Freund war, doch auch unverhohlene Missachtung hinzunehmen gehörte zu seinem Beruf.

»Dass Ihr kein Anhänger meines Herrn, des Sultans, seid«, eröffnete er das Gespräch, kaum, dass sie allein waren, »finde ich immer noch bedauerlich, Fassr ed-Din, doch halte ich Euch – bis zum Erweis des Gegenteils – für einen vaterlandstreuen Ägypter –«

»Ich habe nicht vor«, entgegnete der Rote Falke unwirsch, »noch sehe ich Veranlassung, Euch über meine Gefühle Rechenschaft abzulegen!«

Naiman schluckte auch diese Zurechtweisung. »Wie dem auch sei«, lenkte er ein. »Es kann für den Sohn des berühmten Fakhr ed-Din, der die Verteidigung seiner Heimat gegen die Ungläubigen mit seinem Leben bezahlte, keinen Grund geben, es mit den Mongolen zu halten, unseren erklärten Feinden!«

Der Emir sah dem Agenten offen ins verschlagene Gesicht. »Grund nicht, aber Anlass!«, beschied er ihn bündig. »Die Mongolen unterstützen den Plan«, fast wäre ihm das Wort vom Großen Plan herausgerutscht, »das Königliche Paar als Friedensfürsten in diesem Land einzusetzen. Und deren Sache habe ich zu meiner gemacht – ob das nun Sultan Qutuz behagt oder nicht!«

Naiman wiegte den Kopf und versuchte sich verständnisvoll zu geben. »Der Il-Khan fördert dieses Vorhaben nicht aus selbstloser Liebe zu Roç Trencavel und Prinzessin Yeza«, gab er zu bedenken, »sondern sieht sie als nützliche Marionetten. Die Macht, die er zu etablieren gedenkt, wird von den Mongolen ausgehen, und ihre Eroberungswut wird auch an den Grenzen zu Ägypten nicht Halt machen!«

»Euer kleiner Geist, Naiman, kann die Herrschaft von Roç und Yeza nur unterschätzen«, griff er den Agenten frontal an, »die Idee zu dieser völkerverbindenden Krone stammt auch nicht von den Mongolen, selbst der Großkhan im fernen Karakorum ist lediglich dazu ausersehen, diese Inthronisierung durchzusetzen!« Der Rote Falke ließ sich dazu hinreißen, mehr preiszugeben, als er ursprünglich wollte. »Hinter Roç und Yeza steht eine ganz andere Macht!«

Naiman lächelte, er ließ nicht durchscheinen, dass ihm die geheime Bruderschaft und die geheimnisvolle Grande Maîtresse ein Begriff waren, er sagte nur: »Und Ihr überschätzt die Möglichkeiten eines jeden fremden Herrschers auf dem Boden eines Landes, das der Lehre des Propheten folgt. Nicht einmal die geballte Macht aller Kreuzfahrerheere des Abendlandes hat hier das Königreich von Jerusalem auf die Dauer im Sattel halten können. Wie soll ein solches Unterfangen Euren Schützlingen gelingen?«

»Ihr tut jetzt so, als wäre das gewaltige Mongolenheer gar nicht mehr vorhanden!«, spottete der Rote Falke. »Aber dessen Masse und Kampfkraft könnt Ihr nicht einfach wegreden!«

Naiman gab sich mitnichten geschlagen. »Wir, das syrische Volk oder das der Ägypter, stehen auf unserem ureigenen Boden, und nicht Tausende von Meilen entfernt in der Fremde! Deswegen erlaube ich mir, die Mongolen nicht sonderlich ernst zu nehmen!«

»Sie werden Euch schon dazu bringen!«, schnaubte der Emir aufgebracht über den Unverstand des Agenten, der ihm so zäh und nicht ungeschickt Widerpart bot. »Was jedenfalls Roç und Yeza anbelangt, bin ich als einer ihrer Hüter berufen und werde dieser hohen Ehre auch nicht entsagen!«

»Ich will Euch meine Hochachtung nicht versagen, Fassr ed-Din«, der geschmeidige Agent verbeugte sich übertrieben tief, »doch hütet Euch, mit ihnen unterzugehen!« Er verließ rückwärts den Raum, auch wenn er nicht befürchten musste, einen wütenden Tritt zu empfangen. Zu sehr hatte er den Roten Falken, diesen Idealisten, beeindruckt. Jedenfalls schied er in dieser Meinung: Eines Tages würde es ihm doch noch gelingen, den Emir auf seine Seite zu ziehen – vielleicht sogar gegen dieses Königliche Paar einzunehmen. Naiman war da sehr zuversichtlich.

Der Rote Falke hingegen war unzufrieden mit sich selbst: Er hätte sich auf den Disput mit dieser Kreatur nie einlassen sollen. Madulain hatte völlig Recht!

Aus der Chronik des William von Roebruk

Da uns die Zitadelle wenig Abwechslung bot, waren wir, David der Templer, Josh der Zimmermann und ich, der Franziskaner, hinabgezogen in die Soukhs der Stadt. Doch anstatt die Bauten zu bewundern, hatten wir uns in einer der Teestuben an dem belebtesten Platz des Bazars niedergelassen. Dort hockten wir zusammen, schmauchten an den Mundstücken der *shisha* und bedachten die vorüberhastenden oder schlendernden Menschen mit bissigen Kommentaren. Wir hätten den Beutel mit den Stäbchen mitnehmen sollen, kein Ort ist geeigneter für das Wesen-Spiel als eine *mashrab shai* in der Altstadt von Damaskus. Keiner hatte daran gedacht, aber das warfen wir uns jetzt gegenseitig vor, schnell so heftig, dass offener Streit zwischen uns ausbrach. Der tiefere Grund für die gereizte Stimmung meiner Gefährten lag in der Unbestimmtheit unserer Reise, ihrem ungewissen Ziel. Ich hatte meine Chronik, an die ich mich klammern konnte, aber die anderen hatte der Rote Falke mit seinem Elan überrollt, dass sie sich auf die Suche nach dem Königlichen Paar zu begeben hätten, wie weiland die Hirten oder besser die Drei Könige aus dem Morgenland nach dem Jesus-Kind! Doch denen wies wenigstens ein Stern den Weg, wir wussten grad' mal die ungefähre Himmelsrichtung, und das bedeutet weniger als nichts, wenn es in die Wüste geht, die sich im Norden und vor allem im Osten von Damaskus endlos erstreckt – eigentlich auch im Süden! Irgendwo in diesem Meer, steiniger Sand, wohin man schaut, mochten sich Roç und Yeza befinden, und ausgerechnet uns unerfahrenen Wüstenreisenden sollte es beschieden sein, sie zu finden!?

Grad' da fiel unser Blick auf Madulain, die mit dem jungen Ali an den Ständen der Silberschmiede entlangstrich, offensichtlich bemüht, ihn zur Annahme eines Schmuckstücks zu bewegen. Ich glaube, unter uns dreien, die wir die Szene beobachteten, war keiner, der nicht davon überzeugt war, dass die schöne Frau, die etwas von einer Raubkatze hatte, weniger im Gesicht als in ihren Gebärden, den Sultanssohn gelegentlich als Liebhaber duldete oder ihn auch zu Minnediensten heranzog. Ali schien unsicher in seiner Rolle, Madulain war ihm überlegen, und er versuchte sich gegen sie zu behaupten, indem er sich verweigerte und den starken Mann herauskehrte. Wir genossen amüsiert als heimliche Zuschauer das Schauspiel, wie sie ihm einen Armreif nach dem anderen aufdrängte, mal spielerisch mit leichter Hand, wie es ihre Art war, dann wieder ihn zärtlich umgarnend. Nicht, dass er kein Geschenk von ihr wollte, aber er war nicht bereit, es zu zeigen. Ali litt unter der Bravour, mit der Madulain das Spiel beherrschte, ich glaube, er wäre vor Scham im Boden versunken, wenn er gewusst hätte, dass wir Zeugen seiner ›Niederlage‹ wurden, als sie ihm endlich den Ring überstreifte, den sie von Anfang an für ihn ausgewählt hatte. David und ich grienten uns belustigt zu, vielleicht mit etwas uneingestandenem Neid, nicht die Stelle des hübschen Burschen einnehmen zu können. Einzig der trockene Joshua rettete sich auf eine moralische Position, indem er uns empört fragte, ob wir diesem ehebrecherischen Treiben etwa zustimmen würden. Da haben wir ihn ausgelacht!

Zurück auf der Zitadelle, musste ich in meinem Quartier feststellen, dass jemand meine Sachen durchwühlt hatte. Meine wohlbehüteten Pergamente befanden sich zwar noch in meiner Pilgertasche, es fehlte auch keines, wie ich nach sofortiger Kontrolle feststellte, aber sie waren in Unordnung, als habe sie jemand durchgeblättert und dann hastig wieder an ihren Platz gestopft. Nun hatte ich mir seit dem letzten Anschlag auf die Chronik und ihren Verfasser angewöhnt, beschriebene Blätter am Leib zu tragen, so lange es irgend ging oder bis sich die Gelegenheit ergab, sie sicher irgendwo zu verstecken, wie ein Hund seinen Knochen verscharrt. Ich notierte mir lediglich in Geheimschrift, wo diese Schatzkästlein verborgen lagen, damit die Chronik nicht erst wieder in hundert Jahren ans Tageslicht geraten sollte. So habe ich auch auf der Zitadelle von Damaskus ein geeignetes Versteck ausgemacht, in dem ich alles, was ich seit dem Aufbruch aus dem Krak de Mauclerc zu Pergament gebracht, deponieren werde. Damit ist es Sache meiner Auftraggeber, die Chronik Stück für Stück einzusammeln und zusammenzufügen zum Großen Werk. Ich halte dieses Vorgehen für sehr verantwortungsvoll und bin stolz auf mich.

Morgen Früh werden wir Damaskus verlassen.

DER FRIEDEN, DIE SCHÖNHEIT des Ortes und die Harmonie der menschlichen Begegnungen ließen Yeza gelegentlich – und das auch nur insgeheim – daran zweifeln, ob ihr Leben in Palmyra nichts war als ein Traum. Eigentlich fehlte ihr zu ihrem Glück nur noch, dass Roç Trencavel es an ihrer Seite erleben könnte. Von innerer Unruhe getrieben, ritt sie dann bei Sonnenuntergang noch mal alleine auf ihrem Kamel aus, streifte ziellos durch die Oase und besah sich, von niemandem gestört, die merkwürdigen Grabtürme, die verteilt in der hügeligen Landschaft standen. Sie erinnerten Yeza mehr an Fluchtburgen denn an hochaufragende Familiengrüfte, im Innern liebevoll ausgestattete Mausoleen. Die Türme hatten für sie nichts Unheimliches, sie strahlten eine Ruhe der Selbstverständlichkeit aus, man lebte mit seinen Toten. Zugleich gemahnten sie an die

Vergänglichkeit der eigenen Existenz, doch das empfand Yeza fast jedes Mal, wenn sie die Welt besonders schön erlebte und ihr eigenes Los darin als fast beneidenswert.

So war Yeza auch nicht sonderlich erstaunt, dass sie bei einem ihrer Lieblingstürme zwei Reiter antraf, die dort bereits abgestiegen waren, als hätten sie auf Yeza gewartet.

»Yves der Bretone!«, grüßte sie heiter gelassen den finstertraurigen Ritter mit seinem riesigen Schwert, der Einbruch der Außenwelt musste ja eines Tages erfolgen. »Ihr gehört zu dem Kreis von Menschen, die einen offensichtlich von der Wiege bis zum letzten Atemzug begleiten, ohne dass man weiß, auf welcher Seite sie stehen.«

Yves lächelte verlegen und schob den Knaben vor, den er mit sich führte. »Das ist Baitschu, der jüngste Spross Eures alten Verehrers Kitbogha, dem er allerdings ausgerissen ist.«

Baitschu grinste Yeza auf ihrem Kamel an, wenig Schuldgefühle zeigend, dafür aber unverhohlene Neugier für die Reiterin. »Und Ihr seid unsere Prinzessin«, gab er sich forsch, »deren Verlust meinen Herrn Vater nicht minder betrübt. Alle Mongolen suchen nach Euch!«

Yeza hielt sich an den Bretonen, dem die Offenheit des Knaben nicht zu passen schien. »Herr Yves findet jeden«, spottete sie, »und wenn er dafür in die Hölle hinabsteigen müsste!« Sie besann sich und gab sich als konziliante Herrscherin. »Doch Palmyra gleicht eher dem Paradies auf Erden und ist damit kaum der rechte Ort für ein auf Recht und Ordnung versessenes Raubein wie den Bretonen.« Ein prüfender Blick auf Yves zeigte ihr, dass der diese Sicht der Dinge gar nicht spaßig fand, doch ihr lag daran, gleich Klarheit zu schaffen. »Macht es Euch einfach, meine Herren: Ihr habt mich nicht gesehen, weder dort droben im lichten Himmel«, sie wies auf die blutrot untergehende Sonnenscheibe im Westen, »noch im dunklen Reich der hier friedlich ruhenden Toten.« Sie schloss behutsam die Tür zu der steinernen Gruft. »Und jetzt folgt mir bitte, damit ich Euch gastlich in meinem Hause bewirten kann!«

Yeza wendete ihr Kamel und lenkte es zurück zum Palast der Zenobe, ohne sich nach den beiden umzudrehen. Sie ließ ihnen Gemächer zuweisen und bat dann zu Tisch, zu dem auch Jalal und einige seiner Derwisch-Freunde geladen waren. Das Essen verlief wortkarg, die Ankunft der beiden Gäste lastete auf ihrer Königin, glaubten die feinfühligen Derwische schnell als Grund erkannt zu haben. Kaum waren die Speisen abgeräumt und wurde nur noch Wein kredenzt, machte Jalal al-Sufi tastend den Anfang im Zitieren der Poesie des von Yeza so geschätzten Jalaluddin Rumi. Wie auf geheime Verabredung richteten sich jedoch Wort und Gehalt gegen den mürrischen Bretonen.

»In jeder Kunst beschlagen zu sein, stehst Du Dich an zu behaupten, – Kenntnis alles Wissens sei Dir zu Eigen, der Du nicht einmal zu hören vermagst, was Dein eigenes Herz Dir sagt – «

Die Königin lächelte dünn, Herr Yves folgte dem Text insofern, dass sein Mienenspiel vorgab, nicht zugehört, geschweige denn die Verse auf sich bezogen zu haben. Der kleine Derwisch ließ es sich nicht verdrießen.

»Solange bis Du diese einfachen Worte nicht vernehmen kannst, wie willst Du dann zu den Wahrern des Geheimnisses zählen, zu den Reisenden auf dem Weg, der das Ziel ist?«

Yeza spendete ihm Beifall, in den auch der Knabe Baitschu einfiel, der nichts verstanden hatte, aber die Königin großartig fand. Der Bretone blieb verschlossen. Er gab sich zwar Mühe, nicht allzu finster dreinzuschauen, wirkte damit aber wie ein Mann, dem das Leben nur Grund für eine unendliche Traurigkeit bereitgehalten hatte. Königin Yeza ließ den Garten illuminieren, die Tischgesellschaft begab sich zu den Sitzgelegenheiten unter den Palmen. Die vollen Becher kreisten, Herr Yves nippte höflich an dem seinen und verlangte dann Wasser für Baitschu, seinen Schutzbefohlenen. Das ließ den nächsten Derwisch in den Ring springen.

»Wenn Du eine Perle finden willst, dann stocher' nach ihr nicht in Pfützen! Perlensucher tauchen in die Tiefe des Ozeans!« Während der junge Derwisch mit der krächzenden Stimme noch innehielt, um die Wirkung seines Gedankens zu überprüfen, übernahm ein anderer flugs dessen Fortführung.

»Und wer wird die Perle finden? – Alle, die wiederauftauchen aus den Wassern des Lebens – und immer noch durstig.«

Er war es, der den Applaus einheimste, was den Bretonen zwar nicht zum Lächeln brachte, aber immerhin hatte er stirnrunzelnd zugehört. Yeza verschenkte ihr Lächeln mangels der erhofften Reaktion an Baitschu, der mit dem neben ihm sitzenden Rhaban ins geflüsterte Gespräch gekommen war.

»Ist die Prinzessin die Perle des Meeres?«

»Mehr noch«, entgegnete ihm der alte Fechtmeister, »sie ist das Wasser des Lebens und die Taucherin!«

Da erhob sich der Bretone, verneigte sich zu den erstaunten Derwischen und dann vor der Königin. *»Ihr sollt nicht denken!«*, hub er an, seiner Sache erstaunlich sicher. *»Verliert Euch nicht in dem Fadengespinst Eurer Gedanken. Euer Denken wirkt wie ein Schleier vor dem Antlitz des Mondes –«*

Kenner des großen Rumi, allen voran Jalal al-Sufi, mussten sich eingestehen, dass Yves dessen Lyrik Wort für Wort beherrschte.

»Dieser Mond ist Euer Herz –«

Die Erkenntnis machte den sonst um keine Replik verlegenen Derwisch sprachlos.

»– und solches Denken verhüllt wie ein Mantel Euer Herz!«

Auch die Derwische starrten gebannt auf den Vortragenden.

»So lasst die Gedanken fahren! Lasst sie grad' fallen, fallen in das große Wasser!«

Es erhob sich kein tosender Beifall. Das war auch gut so, denn Herr Yves war vor der Königin stehen geblieben, aber was er nun sprach, war an alle gerichtet. »Ich werde Yeza«, er verbesserte sich todernst, »Isabel, Prinzessin Esclarmunde du Mont y Sion«, der Angesprochenen stockte der Atem, »nicht allein Eure Königin, sondern Königin aller«, man hätte eine Nadel fallen hören, selbst die Zikaden hatten ihr Zirpen eingestellt, »ich werde die Prinzessin von Palmyra hinwegführen –« Der Rest ging unter in einem Wutschrei der Derwische.

Yeza war aufgesprungen. »Dazu gehören zwei, Bretone!«, fauchte sie ihn kalt an.

Yves verbeugte sich, nahm Baitschu an der Hand, murmelte:

»Ihr erlaubt, dass ich mich zurückziehe?!«, und verschwand in seinem Gastgemach.

Yeza ließ den Aufgebrachten neuen Wein einschenken, reichlich, aber die Stimmung war dahin, der Abend verdorben. Nach und nach verließen die Gäste den Garten der Königin.

»Ich hätte den Kerl umbringen können!«, schnaubte Rhaban.

»Versucht das lieber nicht!«, sagte Yeza und verabschiedete den empörten Fechtmeister. Sie hatte das Bedürfnis, jetzt allein zu sein. Sie war es.

DER PREIS
EINES KOPFES

Aus der Chronik
des William von Roebruk

Unsere kleine Reisegruppe war jetzt schon einige Tage unterwegs, aber immer noch ließ es der Emir, unser unwidersprochener Anführer, an einer klaren Vorgabe fehlen, welchen Weg wir einschlagen sollten. Wir waren jetzt wieder die gleiche Gesellschaft, die zu Jerusalem beschlossen hatte, die Suche nach dem Königlichen Paar aufzunehmen, aber wir spürten, der Rote Falke wusste auch keine Erfolg versprechende Methode, zu diesem Ziel zu gelangen. Genau genommen – auch wenn ihm niemand von uns einen offenen Vorwurf machte – irrten wir planlos in der Wüste umher. Ich war mir sogar sicher, dass wir uns – statt nach Nordosten – inzwischen südlich der Höhe von Damaskus bewegten. Da wir uns reichlich mit Proviant und Wasser versehen hatten, hielt sich der Unmut in Grenzen. Schließlich hatte keiner von uns eine Lösung parat, die wenigstens einen Schimmer von Hoffnung auf Erfolg angeboten hätte. Das Einzige, worauf wir uns, nach einem Machtwort des Roten Falken, verständigt hatten, war, die beschwerliche Reise auf Kamelrücken anzugehen. Etwas anderes hätten sich die meisten von uns gar nicht leisten können. Lediglich der junge Ali, dieser Sultanssohn, hatte gemault, dass er es gewohnt sei, hoch zu Ross – ein scharfer Blick des Roten Falken ließ ihn verstummen, zumal er auch bei Madulain keine Unterstützung fand. Die Prinzessin der Saratz, Eheweib des Emirs, zeigte ansonsten eher Nachgiebigkeit gegenüber den Launen des hübschen Burschen. Die völlig unterschiedliche Zusammensetzung unserer Reisegesellschaft war eine weitere Ursache für unser langsames Vorwärtskommen.

Joshua der Zimmermann und David der einarmige Templer

schienen den Marsch durch die Wüste nur deshalb auf sich genommen zu haben, um jeden Abend ihrem in einem Beutel mitgeführten Wesen-Spiel frönen zu können. Kaum neigte sich die Sonne dem Horizont zu, drängten sie klagend, völlige Erschöpfung vortäuschend, auf die Suche nach einem geeigneten Rastplatz, breiteten sofort eine Decke aus und machten sich an den Aufbau der Pyramide aus den farbigen Hölzchen. Weil ihnen mit Jalal, dem Sufi, der vierte Mann abhanden gekommen war, hatten sie Madulain überredet, die allerdings schnell Gefallen an dem klugen Spiel fand und uns Männer bald durch blitzgescheite Findigkeit und kühne Kombination verblüffte.

Ich selbst konnte mich, aufgrund alter Freundschaft, sowieso der Teilnahme nicht verweigern. Schon immer hatte ich versucht herauszubekommen, wer das Spiel eigentlich in unseren Kreis eingeführt hatte, denn diesbezüglich wartete jeder mit einer anderen Version auf. Josh der Kabbalist verwies gern auf frühe Funde im Bereich des Tempelbergs, die eine jüdische Benutzung der Symbole zur Übermittlung geheimer Nachrichten während der römischen Besatzungszeit nahe legten. David hingegen bestritt weder das Alter noch den geschichtsträchtigen Ort, behauptete aber, dass die vermutlich einst in Horn geschnittenen Zeichen die entscheidenden Hinweise bei den ersten Grabungen der Templer unter den Pferdeställen Salomons, also der heutigen Al-Aqsa-Moschee, lieferten. Um nicht gänzlich unbedarft dazustehen, vertrete ich mit bissigem Vergnügen die ebenfalls nicht beweisbare These, der divinatorische Ursprung läge im Zweistromland, schließlich handele es sich um astrologische Symbole und die Kunst ihrer Deutung habe dort ihren Anfang genommen. Wie auch immer, unserem schnelleren Fortkommen diente die Spielleidenschaft nicht, sehr zum Ärger des Roten Falken, der sich wohl ein zielstrebigeres Verhalten unseres wild zusammengewürfelten Haufens vorgestellt hatte. Doch da fiel ihm schon sein eigenes Weib in den Rücken. Mit kühnem Zugriff hatte Madulain gerade den unaufmerksamen Joshua um den wertvollen *Caput draconis* gebracht, auch »Der Hohepriester« genannt, und damit ihr Spiel zum Abschluss gebracht, als unbestrittene Siegerin.

Ich hatte mich einerseits zu unbescheiden in meinen Ansprüchen festgelegt, aber in der Durchführung zeigte ich mich nicht wagemutig und konsequent genug. Von allem irdischen Besitz hatte ich mir Überfluss erhofft und Hungersnot geerntet, von der Macht, dem Herrschergeist des von mir verehrten Jupiters, Glanz und Wissen und Reichtum – und was ist William von Roebruk geblieben, wenn er ehrlich ist mit sich selbst? Ein Bettler ist allemal besser dran!

Das Wesen-Spiel ist schonungslos, wenn man sich vor der Deutung nicht drückt! Aber diese Einblicke ins Innerste – auch ins Innerste der Welt, in der wir leben, macht seine Sucht aus. Jeder von uns erhält reichlich Schläge, und doch halten wir sofort wieder die Backe hin!

Zu unserem Glück lagen noch reichlich Oasen in der hügeligen Landschaft, die uns jeweils einen guten Vorwand lieferten, mal wieder eine Rast einzulegen. Der Rote Falke war darüber zunehmend verärgert, aber auf Befragen – wir schickten sein Weib vor – wusste auch er nicht zu sagen, was denn nun seine Strategie sei. Das Aufstöbern des Königlichen Paares stellte sich unbestreitbar als die Suche nach einer Nadel in einem Heuhaufen dar, nur, dass hier das getrocknete, duftende Gras durch Berge von Sandkörnern ersetzt wurde, endlos und fast gleichförmig für unsere Augen zogen sich die Dünen dahin. So genommen hatten unsere Spieler nicht einmal Unrecht, die Chance, auf die Gesuchten zu stoßen, würde sich durch hektische Bewegung keineswegs verbessern. Genauso gut konnte man sich hinsetzen und einfach warten, ob sie nicht zufällig gerade hier vorbeikämen, zumal ein solches Verfahren im Schatten von Palmen und bei frischem Wasser aus dem Ziehbrunnen seine Vorzüge hatte. Und so stand auch einer neuerlichen Partie nichts im Wege.

Josh, unser Zimmermann, versuchte diesmal sein Glück im Unglück. Er verbarg seine Intentionen nicht, als er uns – gegen alle Gepflogenheiten – schon gleich zu Beginn den *Cauda draconis*, den Drachenschwanz, zeigte und dann begierig nacheinander alle Zeichen der Erniedrigung an sich zog, die Feuersbrunst, die Hurerei und den Meuchler aus dem solaren Prinzip des Feuers, auf der Kehrseite des Mondes raffte er den Sklaven, den Siechen und den Ertrunkenen, krönte seine Sammlung auch noch durch das seltene Seeungeheuer, doch dann raubte ihm Madulain den merkurialen Giftmischer und David griff sich schnell den Spion, obgleich der Templer mit seinem geraden Charakter besser seine Finger von den luftigen Zeichen der Spiritualität, wie Dichter und Künstler generell, lassen sollte. Ich empfand diesen plötzlichen Hang zu den Niederungen menschlichen Verhaltens bedenklich, sogar unheilvoll und beschloss, mich gegen diese »Deszendenz« zu stemmen, indem ich um den »Sitzenden Drachen« alle Elemente in ihrer reinen und positiven Form zu versammeln suchte, es fiel mir auch nicht schwer, denn keiner meiner Mitspieler machte sie mir streitig. Doch mangelnde Opposition bereitet keinen Lustgewinn!

Die Sonne stand schon tief, als aus der Wüste eine Karawane auftauchte und ganz offensichtlich auf den gleichen Ort zuhielt, den wir besetzt hatten. Der Rote Falke hieß uns sofort, alle verfügbaren Schläuche und Beutel mit Wasser aus dem Brunnen zu füllen, bevor diese Menschen und Tiere sich über das kostbare Nass hermachen würden. Dafür mussten wir sogar unser Spiel unterbrechen, aber die Vorsichtsmaßnahme war uns allen einsichtig – selbst Ali. Wir rückten enger zusammen, je näher die Fremden kamen, denn der erste Eindruck, den sie auf uns machten, war alles andere als vertrauenerweckend.

»Tuareg!«, zischte der Rote Falke seiner Frau zu, »der Wüste schlimmste Räuber!«, die daraufhin ihr *hijab* tief in die Stirn zog und ihren Kopf senkte, um nicht unnötige Begehrlichkeit aufkommen zu lassen. »Wenn die sich bis hierher verirrt haben«, flüsterte Madulain, »dann sind sie besonders gefährlich.« Ali, dessen Hand sofort zur Waffe gezuckt war, wurde von dem Emir mit festem Griff daran gehindert, durch eine solche Geste die Ankömmlinge zu provozieren. Sie waren in so starker Überzahl, dass Gegenwehr nicht den geringsten Sinn machte, außerdem hätte sie allein auf dem Roten Falken und vielleicht noch auf dem einarmigen David gelastet, denn wir, der traurige Rest, wussten nicht einmal, wie man mit einem Scimtar umging – abgesehen davon, dass keiner von uns eine solche scharfe Klinge sein Eigen nannte. Der Emir erhob sich und trat dem Anführer, einem dicken Kerl mit riesigen Ohrringen, lächelnd entgegen. Der grinste breit und sagte, nach Austausch der üblichen Begrüßungsfloskeln:

»Nachdem Eure Leute schon so aufmerksam waren, für uns das Wasser zu schöpfen, ist es nur recht, dass die schöne Frau«, sein fleischiger Finger zeigte auf Madulain, »es uns jetzt zum Willkommen kredenzt!« Das war keine Anfrage, sondern eine klare Aufforderung, der nicht nachzukommen ein großer Fehler gewesen wäre, denn nach dem Gesetz der Wüste stellt sich durch Darbieten und Annahme eines solchen Trunks unverletzliche Gastfreundschaft her – wenn denn diese Räuber solche Gesetze achteten!

Der Rote Falke gab also Madulain einen Wink, dem nachdrängenden Gefolge des Anführers aus unseren Beuteln und Schläuchen zu trinken zu geben. Dieser Vorgang, den wir alle mit angstvoller Spannung verfolgten, verlief ohne Zwischenfälle, im Gegenteil, die wilden Gesellen bedankten sich jeder mit einer Verbeugung vor der mutigen Saratz.

Währenddessen hatte der Dicke den Roten Falken beiseite genommen und ihm gezeigt, mit welcher »Ware« seine Karawane unterwegs war.

»Wir haben da einen wunderschönen Kelim, zwar in seiner Größe etwas ungewöhnlich«, er schnalzte mit seinen fetten Lippen, »er wäre die höchste Zier einer jeden bedeutenden Moschee – von Aleppo bis Damaskus oder gar Kairo! Den wollen wir Euch günstig verkaufen!« Das war ebenfalls kein Angebot, sondern ein kaum verbrämter Wunsch, an den Inhalt unserer Geldbeutel zu gelangen.

Der Rote Falke sah das auch so. »Es war schon immer mein brennender Wunsch, der großen Moschee Al-Omayyad von Damaskus ein solches Schmuckstück von bleibendem Wert zu stiften, schon um des Friedens meiner Seele willen«, holte er weit aus, das breite Grinsen des Anführers bis zu den Ohrringen ausdehnend, »doch sind meine Gefährten und ich nicht ausgezogen, um einen Bazar zu besuchen, sondern um nach dem Schicksal von in der

Wüste zwischen Euphrat und Tigris Verschollenen zu forschen, deswegen führen wir solche Barmittel, die Euer großherziges Geschenk als Gegengabe wert sind, nicht mit uns – weswegen mich tiefe Scham erfüllt!«

Das Grinsen des Dicken schnurrte zusammen, bis es unter der Knollennase Platz hatte. »Dann sollen die edlen Wohltäter mal zusammenlegen«, schlug er sogleich vor, tiefste Betrübnis zeigend, aber auch schnelle Anpassungsfähigkeit, »um Allah zu beweisen, was sein Lob ihnen wert ist –«

Da wir alle mitgehört hatten, griffen wir seufzend in unsere Taschen, zogen die Geldbeutel und leerten ihren Inhalt in das Tuch, mit dem der Dicke bei uns Mann für Mann unsere Münzen einsammelte. Das Ergebnis war nicht berauschend, aber offensichtlich war der Kelim, den wir noch gar nicht zu Gesicht bekommen hatten, entweder gestohlen – oder es gab für die Räuber sonst einen Grund, ihn loswerden zu wollen. Der Dicke rang mit sich, ob unsere Kollekte einen annehmbaren Gegenwert für eine solche monströse Rarität darstellte, wie er sie beschrieben. Das tat sie sicher nicht, und ihm musste es wohl Leid getan haben, sich für ein Almosen von dem Prunkstück zu trennen.

»Ich hätte da noch – *bi qudrat allah* – ein anderes Angebot«, wandte er sich wieder an den Roten Falken, »das uns durch Allahs Fügung in die Hand gefallen ist, wir haben ihn nämlich aus dem Ufersand des Euphrat ausgegraben –« Er gab seinen Leuten einen Wink, und sie zerrten eine gefesselte Gestalt herbei, einen jungen Mann mit wirrem Blick, wahrlich ein Bild des Elends! Wie einem wilden Tier hatten die Räuber ihm einen Ast als Knebel in den Mund gepresst, sodass er kaum zu atmen, nur zu röcheln vermochte. Einer trat ihm in die Kniekehlen, damit er vor uns auf die Knie fiel, wobei das menschliche Bündel flehentlich die Hände hob, die mit dem Strick zusammengeschnürt waren, an dem die edlen Retter ihr Opfer wohl mit sich geschleift hatten.

»Der Kerl behauptet, El-Aziz, der einzige Sohn des Sultans von Damaskus, zu sein«, ließ uns der Dicke ungerührt wissen, »den könnte ich Euch gegebenenfalls überlassen – angesichts der beschränkten Mittel –« Er ließ uns durchaus den Vorwurf heraushören, »mit denen Ihr Euch auf Reisen begeben habt. Ich lass Euch die Wahl!«, fügte er geschmeidig an, obgleich er nicht sonderlich gewillt war, uns die Entscheidung zu überlassen.

Ich schaute betroffen auf die Mitleid heischende Gestalt. Auch wenn es kein Sultanssohn sein sollte, regte sich bei mir sofort das anerzogene christliche Erbarmen, und das erlaubte keinen Zweifel, wie sich der Minorit William von Roebruk zu entscheiden habe. Aber ich war der Einzige, der dem leidenden Menschensohn den Vorzug geben wollte. Josh der Zimmermann und David der Templer hatten ganz anderes im Sinn und sprachen es auch offen aus.

»Für unser schönes Geld«, erklärte der Kabbalist mit Nachdruck, »wollen wir wenigstens eine nützliche Unterlage zum Wesen-Spiel, und die könnte dieser Kelim für uns Spieler großzügig bieten!«

»Ein entlaufener Sklave hingegen«, pflichtete ihm der Templer bei, »lässt sich nicht einmal als vierter Mann einsetzen und wird uns höchstens das knappe Wasser wegsaufen!«

Madulain schüttelte nur verneinend ihr kühnes Haupt, und Ali starrte den angeblichen Thronprätendenten zwar mit einer merkwürdigen Mischung von Misstrauen und Gier an, doch ebenfalls bar allen Mitgefühls.

Unser Emir, *primus inter pares*, überflog rasch das klare Abstimmungsergebnis. »Meine Gefährten«, ließ er den enttäuschten Dicken wissen, »haben sich für den Kelim entschieden –«

»Den wir endlich zu Gesicht bekommen sollten!«, hakte der Zimmermann begehrlich nach. »Ihr könntet ihn jetzt vor uns ausbreiten.«

Der Dicke ließ das menschliche Bündel entfernen und gab den Befehl, den Teppich auszurollen. »Wahrhaftig, ein prächtiges Stück orientalischer Webkunst!«, rief Joshua begeistert aus. Was mich störte, ja abschreckte, waren die unverkennbaren Flecken auf dem Teppich, die nur von vergossenem Blut herrühren konnten. Aufgeteilt war dieser Kelim in eine Unzahl von rechteckigen Feldern, die bedeckt waren mit geheimnisvollen Symbolen und Fabelwesen der Mythologie. Ich kam nicht dazu, mich näher mit ihrer versteckten Bedeutung zu befassen, die mein Interesse wachgerufen, denn wie kleine Kinder hüpften sogleich Joshua und David auf die in glühend leuchtenden Farben verwobene Ornamentik, um in der Mitte der Fläche ihren Beutel mit den Stäbchen des Wesen-Spiels auszuleeren. Es war meine kluge Prinzessin der Saratz, die ob des gewiss überwältigenden Anblicks keineswegs die Übersicht verlor und den Dicken, der seinen Leuten schon den Befehl zum Aufbruch geben wollte, unverblümt anging.

»Wie stellt Ihr Euch denn vor, dass wir diesen Riesenteppich mit uns schleppen sollen, wenn Ihr uns nicht die Kamele und Treiber überlasst, die ihn bisher transportierten!?«

Der beleibte Anführer erlaubte sich ein freches Grinsen. »Ich sah Euch schon mit Euren zarten Schultern unter seiner Last zusammenbrechen –«

Madulain musterte ihn kühl. »Ist das die Art, wie man mit Freunden verfährt, mit denen man gemeinsam getrunken?«

Dem Dicken imponierte ihre mutige Sprache, irgendetwas bewog ihn, sich mit dieser Frau nicht anzulegen. Verschmitzt kniff er die Augen zusammen. »Ich werde Euch die notwendigen Tiere und ihre Leute überlassen, für drei Tage, die man braucht, um Damaskus zu erreichen. Dort vor den Toren werdet Ihr sie mir zurückerstatten –«

»Ah!«, mischte sich der junge Ali ein. »Ihr wollt den Sohn des Sultans –?«

»Spricht dieser elende Hurensohn die Wahrheit«, fuhr ihm ungehalten der Dicke ins Wort, »dann wird der edle Prinz uns von seinem Vater in Gold aufgewogen. Ist er ein dreister Lügner, bleiben immer noch Prügel und dann der Sklavenmarkt!« Er bedachte seine Kapitalanlage mit einem auffordernden Fußtritt. »Damaskus zahlt auch für Lumpen die besten Preise!« Der Dicke, selber sicher kein Targi, beorderte die finsteren Treiber, sich zu uns zu gesellen, die Anweisungen, die er ihnen in ihrer Mundart erteilte, verstand ich zwar nicht, aber sie nickten einverständig. Ihre Mienen flößten mir wenig Vertrauen ein, so beschloss ich, auf der Hut zu sein. Die Tuareg, von ihrer schweren Last befreit, ritten hurtig von dannen. Die Gefährten riefen mich und Madulain ungeduldig zum

Wesen-Spiel. Zu meinem Erstaunen drängte sich Ali auf den Kelim und verlangte, mitspielen zu dürfen. Da Madulain keine Anstalten machte, ihren Platz zu räumen, sondern sich im Schneidersitz bei der bereits errichteten Pyramide niederließ, verzichtete ich großmütig auf mein Recht als Stammspieler. Mir lag heute mehr daran, die anderen zu beobachten und dabei den Kelim zu studieren, der in meinem Kopf eine seltsame Verbindung mit Spiel und Spielern einging, die sich mir noch nicht erschlossen hatte. Wie Ali, der ja das Wesen-Spiel höchstens vom Zuschauen her kannte, obgleich er mir als Kiebitz nie aufgefallen war, sich nun bewähren würde, machte mich ebenfalls neugierig. Wenngleich ich keine Sympathien für den auf mich verschlagen und hinterhältig wirkenden Sultanssohn empfand, verblüffte mich seine rasche Auffassungsgabe. Weniger erstaunte mich die Art und Weise, mit der er sein Spiel anging. Die Fabelwesen ließ er außer Acht, doch auf alle Drachen stürzte er sich, den »Fliegenden« hatte er schon mindestens dreimal aufgenommen. Dazu passte – das musste ich zugeben – natürlich der unstete Merkur, der Verräter genauso wie der Mars als gemeiner Meuchler und der Fall des herrscherlichen Jupiters in die Niederungen der Sklaverei. Dass er – in völliger Selbstüberschätzung – sich auch noch das pneumatische Zeichen für Irrsinn zulegte und im Meer des Gemüts nach der Schwermut fischte, zeigte mir ganz deutlich, wessen Geistes Kind er war, ein Kranker an der Seele! Wie weit dieser Prozess der Zersetzung schon fortgeschritten war, zeigte Ali seinen Mitspielern nur kurz darauf. Ihm fiel der zum Cardinal erhobene, spirituelle Sohn des Hohepriesters und des Hermaphroditen in die Hand, eine Drachengeburt also, und er sprang auf und schrie hysterisch:

»Sieg! Sieg! Ich bin der Größte!« Er schaute triumphierend um sich, auf seine verlegen ihre Nasen in ihr Spiel versenkenden Mitspieler herab. Nur Madulain hielt seinem flackernden Blick stand, sie lachte ihm hell ins Gesicht. »Keiner soll wagen, an meiner Überlegenheit zu zweifeln!«, schrie er wieder.

Das taten diese Frechen nun doch. Joshua der Zimmermann machte sich zum Sprecher der peinlich Berührten. »Euer Spiel, junger Herr«, sagte er streng nach kurzem Augenschein, »geht nicht auf! Und außerdem ist es aufgrund seiner wirren Komposition nichts wert!«

Ali starrte ihn fassungslos an, dann trat er in die restliche Pyramide, dass die Stäbchen flogen. »Mit Betrügern und Falschspielern geb' ich mich nicht ab!«, fauchte er hasserfüllt und raste quer über den Kelim in die anbrechende Dunkelheit.

Für mich war ganz offensichtlich, dass Ali diesen Streit vom Zaum gebrochen hatte, um als ›Beleidigter‹ das Feld zu verlassen. Nur, zu welchem Behufe? Mir fiel allerdings auch auf, dass sich die meist heitere und geistvolle Atmosphäre völlig gewandelt hatte, seitdem das Spiel auf dem Kelim ausgetragen wurde. Die Spieler reagierten gereizt, neigten zu Boshaftigkeiten und Intoleranz. Oder bildete ich mir das alles nur ein? Jedenfalls verspürte ich keine Lust, kehrte den Gekränkten heraus, als mich die Gefährten jetzt aufforderten, den frei gewordenen vierten Platz zu besetzen. Da ich mich also verweigerte und auch die Dämmerung schon einsetzte, zerstörten die übrigen Spieler verärgert die schon errichtete Pyramide, stopften die Stäbchen in den Beutel und verließen den Kelim, ohne noch ein weiteres Wort an mich Spielverderber zu richten. Man begab sich missgelaunt zur Nachtruhe. Ich behielt den Teppich im Auge samt den uns überlassenen Kameltreibern, die ihn am morgigen Tag Richtung Damaskus befördern sollten. Mir war der Argwohn gekommen, ihr Anführer könnte ihnen befohlen haben, bei Nacht den uns verkauften Kelim wieder zu entwenden. Ich verwarf zwar solches Misstrauen bald mangels handgreiflicher Verdachtsmomente – die Leute hatten sich bei ihren Tieren schlafen gelegt –, starrte aber dennoch gebannt auf das Objekt unserer Begierde, für das wir einen armen Menschen geopfert hatten. Ich versuchte zu beten. Plötzlich durchfuhr mich die Angst, jemand könnte mir die Blätter meiner Chronik entwendet haben. Ich griff nach meiner Pilgertasche – aber die beschriebenen Pergamentseiten waren vollständig!

Über dem leeren Kelim erhoben sich, sie stiegen aus ihm auf, seltsame, körperlose Wesen, wie Rauchschleier von kleinen, unsichtbaren Öllämpchen, sie drehten und tanzten über seine sich endlos dehnende Fläche, die Geister lullten mich in den Schlummer.

Als ich am nächsten Morgen unsanft von Josh geweckt wurde, lag zwar der Kelim noch so da wie am Abend zuvor, aber die Treiber mit den Lastkamelen waren verschwunden. Mich überraschte das keineswegs, auch nicht, dass Ali fehlte –

Der Rote Falke war wütend auf sein Weib, das sich um den Abtrünnigen sorgte, anstatt eine Lösung parat zu haben, wie wir den schweren Teppich bewegen könnten. Von mir aus konnten wir ihn auch liegen lassen, allerdings wäre es schade gewesen um das prachtvolle, ziemlich einzigartige Exemplar! Hingegen bestanden der Templer und der Kabbalist – gestern Abend noch heftig zerstritten – darauf, bei dem Kelim auszuharren, bis eine – von Gott – oder wem? – gesandte Lösung in Sicht, verhieß doch der unfreiwillige Aufenthalt mitten in der Wüste noch etliche Runden anregenden Wesen-Spiels.

Ich glaube, ich war der Einzige, der noch einen Gedanken an den eigentlichen Grund unseres Aufbruchs aus Jerusalem verschwendete, an die so feierlich beschworene Suche nach Roç und Yeza, unserem Königlichen Paar.

EIN BLICK DURCH DIE RITZEN der geschlossenen hölzernen Fensterläden bestätigte die Befürchtungen, die den Knaben Baitschu – mehr als die Erwachsenen – während der Nacht geplagt hatten: Der Palast der Zenobe wurde belagert, von allen Seiten war er von wild entschlossenen Beduinen umstellt. Noch wagten sie keinen Sturm auf das Anwesen, aber Mutige rückten in kühnen Sprüngen immer näher. Sie kauerten hinter den Bäumen und Sträuchern, als fürchteten sie, gesehen zu werden. Vereinzelt erschollen jedoch wütend ausgestoßen die ersten Rufe.

»Unsere Königin!«, schrien sie. »Gebt unsere Königin frei!«

Im Patio drängten sich nicht nur die Pferde der Eingeschlossenen, an den Wänden hockte auch stumm und verängstigt das Gesinde. In der Mitte des Innenhofs standen sich Yves und Yeza gegenüber, abseits von ihnen mit versteinertem Gesicht Rhaban, neben sich Baitschu, der mit großen Augen das Geschehen verfolgte. Der Fechtmeister kochte innerlich, in seinem Kopf kreiste nur der eine Gedanke, Yeza aus dieser Zwangslage zu befreien. Die ersten Beduinen mussten sich bis zum Portal vorgearbeitet haben, Schläge hallten bis in den Patio und zerrten an den Nerven der dort Versammelten.

»Klopf!«, tönte da die Stimme Jalals, der bislang wie unbeteiligt zwischen den Dienern gesessen hatte. *»Poch! – und Er wird Dir öffnen die Tür.«*

Yeza musste lachen, doch sie war die Einzige.

»Verschwinde!«, rezitierte der Sufi. *»Und Er bringt Dich zum hellen Scheinen wie die Sonne.«*

»Sagt ihm, er soll uns verschonen!«, wandte sich Yves an Yeza, die das Absurde der Situation genoss. »Oder ich bringe ihn zum Schweigen!« Der Bretone stand zum Kampf bereit wie ein Erzengel in voller Rüstung vor Yeza, nur, dass er das Visier seines Helmes noch nicht heruntergeklappt hatte, aber dafür stützte er sich auf das Heft seines breiten Zweihandschwertes.

»Schickt ihn lieber hinaus, damit er freien Abzug für Euch erwirkt, Bretone!«, entgegnete sie schnippisch, erreichte aber, dass der Derwisch abwehrend die Hände hob und von nun an schwieg.

Der Blick des Angesprochenen verfinsterte sich. »Yeza, Ihr habt immer noch nicht begriffen, dass ich das ausführe, was ich angekündigt habe«, er sah sie fest an, »also werdet Ihr Palmyra mit mir verlassen!«

Wieder dröhnten Schläge gegen die Pforte des Hauses.

»Welchen Zwang wollt Ihr ausüben, Bretone, damit ich Euch folge?« Auch sie blickte ihm furchtlos in die Augen. »Den der Schärfe Eures Richtschwertes?«

»Dessen bedarf es nicht!«, erwiderte Yves, ohne auf ihren Ton einzugehen. »Die Kraft der Hände, die es halten, reicht, um Eure Widerspenstigkeit zu bezwingen!«

Da platzte dem alten Rhaban der Kragen. »Ich ertrag das nicht länger!«, schrie er mit hochrotem Kopf. »Lasst die Königin gehen oder ich –«, er riss den neben ihm stehenden Baitschu an sich und presste ihm seinen Scimtar an den Hals. »Ihr geht jetzt hinaus«, rief er Yeza zu, »und Herr Yves soll Euch folgen!« Der rührte sich nicht, doch seine Hände umkrampften den Schwertknauf. »Lasst die Waffe fallen!«, fauchte ihn Rhaban an, »wenn Ihr nicht schuld –«

Sein Scimtar zuckte am Hals des verängstigten Knaben, dann fiel er ihm polternd aus der Hand. Mit einer blitzschnellen Bewegung hatte Yeza ihren Wurfdolch geschleudert – genau zwischen Elle und Speiche seines Schwertarms. Rhaban ließ Baitschu fahren und brach in die Knie, hart auf die Fliesen des Patio. In die Erstarrung hinein donnerten jetzt Stöße gegen das Tor, aber auch die Stimme des Derwischs erhob sich wieder.

»Lass Dich fallen«, flüsterte er, *»und Er wird Dich emporheben in den Himmel!«*

Baitschu starrte seine Retterin entgeistert an, leuchtenden Auges, den Tränen nah. Der Bretone tat einen Schritt auf Rhaban zu, der ergeben sein Haupt senkte. Doch nicht der Blitz des Richtschwerts fuhr ihm in den Nacken, nur die Klinge wurde ihm mit einem Ruck aus dem Unterarm gezogen.

»Gehen wir!«, sagte Yeza trocken, als Yves ihr wortlos den abgewischten Dolch zurückerstattete. »Ihr nehmt mich als Geisel«, forderte sie den Bretonen auf. »Baitschu soll uns mit den Pferden folgen –«

»Und was führt Ihr wirklich im Schilde?«, fragte Yves zwischen verhohlener Bewunderung und offenem Misstrauen.

»Das werdet Ihr sehen, Bretone.« Yeza war wieder die Königin. Sie trat zum Tor und hieß die Knechte, es zu öffnen. Die Beduinenmeute davor wich erschrocken zurück. »Gebt den Weg frei«, forderte sie von denen, die zuvorderst standen, »und tastet niemanden an, der mir folgt – im Guten wie im Bösen!«

Das galt für Yves den Bretonen, der mit gezücktem Schwert hinter ihr stand. Enttäuscht wandten sich die Beduinen ab und verließen mit gesenkten Häuptern den Platz vor dem Palast der Zenobe.

SCHON NACH WENIGEN STUNDEN, bereits in der benachbarten Oase, hatten die Kameltreiber der Räuberbande sich wieder mit dem Dicken, ihrem Anführer, vereint, der schon auf sie wartete, um sogleich aufbrechen zu können. Er war keineswegs erfreut, dass sie ihm Ali mitbrachten. Doch der kam gleich zur Sache.

»Ich bin gekommen«, erklärte er dem Dicken kühl, »um Euch den Sklaven abzukaufen.«

Der beleibte Anführer witterte sofort das Geschäft, auch wenn er sich mühte, genauso gleichmütig aufzutreten wie sein Gast. Seine wippenden Bartspitzen verrieten seine Gier.

»Ihr seid also zu der Überzeugung gelangt, dass es sich um den Sohn des Sultans von Damaskus handelt?«

»Seid Ihr das nicht?!«, hielt Ali ihm entgegen, lenkte aber überlegen feixend ein. »Fragt ihn nach dem Namen der Favoritin seines Vaters An-Nasir!«

Der Dicke schaute etwas verwundert, schickte aber seinen Leibwächter, einen baumlangen Nubier mit einem besonders breitklingigen Krummsäbel, los. Die scharfe Waffe steckte in der Schärpe vor seiner nackten Brust. Ali schaute dem riesigen Neger versonnen nach. Die hämische Lache des Dicken riss ihn aus seinen Gedanken.

»Von dem könnte ich Euch in handliche Stücke hacken lassen«, schlug er seinem Besucher spielerisch vor, um dann gleich in den Tonfall eines Händlers auf dem Bazar umzuspringen. »Was wolltet Ihr mir denn zahlen?«, fragte er lauernd.

Der riesige Leibwächter kam zurück und flüsterte seinem Herrn nur ein Wort ins Ohr. Der Dicke grinste. »Nennt mir die Summe und den Namen der Frau«, verlangte er mit freundlichem Lächeln. »Wenn beides stimmt, dann sind wir im Geschäft!«, er sah prüfend dem Käufer ins Gesicht, doch Ali verzog keine Miene. »Wenn nicht, habt Ihr verloren, Geld und Leben!«

Ali hielt dem Blick stand. »Clarion«, sagte er gelassen, was der Dicke gegen seinen Willen mit einem Nicken bestätigte, »doch die dreißig Goldstücke, die ich Euch zahlen werde, trage ich nicht bei mir«, jetzt hielt Ali das Heft in der Hand, »wenn Ihr also zum

Abschluss gelangen wollt, dann gebt mir jemanden mit, am besten Euren schwarzen Muskelprotz, dem ich die Summe aushändigen kann.«

Der Wohlbeleibte dachte nach, wo denn wohl der Haken an dem vorgeschlagenen Handel versteckt sein könnte. Er ließ sich nicht gern übertölpeln. »Mit dem Gefangenen?!«, versuchte er schnell noch eine Barriere zu seinem Schutz zu errichten.

»Mir genügt der Kopf!« Ali sah ihn kalt an. »Es geht mir nur um die *hamsa*, das Amulett, das der Kerl um den Hals trägt –«

DER STEINHAGEL PRASSELTE gegen das Gemäuer des allein stehenden Turmes. Es war der gleiche, den Yeza schon des Öfteren gewählt hatte, wenn sie in der Stille mit sich ins Reine zu kommen suchte und wo sie auch mit Yves zum ersten Mal in Palmyra zusammengestoßen war. Yeza liebte den Ort. Die Ruhe der Toten in ihren marmornen Sarkophagen übertrug sich auf sie. Sie ließen sich auch jetzt nicht stören, sondern schützten die kleine Gruppe, die sich hierher geflüchtet hatte. Vielleicht fiel der Verdienst auch dem Bretonen zu, der breitbeinig in der Türöffnung stand, die verwitterten Bohlen als Schild nutzend, und mit seinem Schwert jeden empfing, der leichtsinnig oder todesmutig die schmale Treppe hinaufstürmte. Die Stufen waren bedeckt mit Körpern derer, die sich dennoch nicht davon abhalten ließen, den unerbittlichen Wächter zu überwinden. Yeza und Jalal al-Sufi, der sich ihnen unaufgefordert angeschlossen hatte, kauerten im Halbdunkel der schlotartigen Grabkammer und lauschten dem Geräusch der Steine, die an dieser Schutzwehr des Bretonen abprallten wie Hagelkörner, den Schreien der aufgebrachten Angreifer, die sich gegenseitig anfeuerten und vergeblich gegen den Mann anbrandeten, den sie erschlagen mussten, wollten sie ihre geliebte Königin behalten.

Baitschu, der findige Knabe, war im Innern den Schacht zwischen den Grabkammern hinaufgeklettert, um durch die schmalen Lüftungsschlitze oben in der Mauer hinauszuspähen. Er sah als Erster, bevor noch die Eingeschlossenen ein Nachlassen der Attacken wahrnahmen, dass die Hauptmacht der Beduinen sich beim Tempel der Alilat zusammenrottete, dort, wo die Derwische hausten. Doch es blieben immer noch genug, um den einsamen Turm mit einem dichten Ring von Kämpfern zu umgeben, die jetzt zwar nicht mehr blindlings in das Schwert des Bretonen rannten, ihm dafür nun mit gezielteren Steinwürfen, vereinzelt auch Pfeilschüssen zusetzten. Yves zog sich so weit im Türrahmen zurück, dass er nur noch die Stufen vor sich im Blickfeld behielt. Baitschu vermeldete aufgeregt, er sähe Mongolen, mehrere Hundertschaften rückten von Osten kommend auf das Herz von Palmyra zu …

General Sundchak befand sich auf dem Rückmarsch von der erfolgreich abgeschlossenen Strafexpedition. Er führte den gefangenen Emir von Mayyafaraqin mit sich, damit der Il-Khan den Aufrührer, der es gewagt hatte, die Abgesandten der Mongolen anzutasten, grausam zu Tode bringen konnte. El-Kamil wurde in einem engen Käfig transportiert, damit jeder im Lande sehen sollte, wie es einem erging, der sich gegen das Gesetz der Sieger empörte. Das leidige Problem mit dem Königlichen Paar hatte sich dem General nicht gestellt, seine Leute hatten weder Yeza noch Roç in der erstürmten Feste Mard' Hazab aufgegriffen, also konnte man ruhigen Gewissens alle abschlachten, die sich auf der Burg befanden, Männer, Frauen, Kinder. Er hatte dieses Mard' Hazab dem Felsboden gleichgemacht, auf dem es stand. Sundchak war zutiefst befriedigt und wollte nun nichts wie zurück zum Heerlager des Hulagu, um sich von dem Il-Khan belobigen zu lassen. Schon gar nicht war er gewillt, sich mit diesen aufgebrachten Beduinen und den sie aufhetzenden Derwischen auseinander zu setzen, auch nicht, als Khazar, der die Nachhut befehligte, jetzt aus den Derwischen herausquetschte, dass sie Yves den Bretonen als Geisel gefangen hielten, damit er ihnen ihre Königin nicht entführte. Und diese sei Königin Yeza, die lang gesuchte Prinzessin Yeza!! Das geschah dem Bretonen grad' recht, hämte der General unbeeindruckt, was mischte er sich ein in dieses vertrackte Getue um das Königliche Paar, das aus Sundchaks Sicht die klare Linie der Weltherrschaft der Mongolen nur belastete! Nichts als ein törichtes Zugeständnis an diesen unordentlichen Westen, Länder der untergehenden Sonne, wie das Reich des unbotmäßigen Königs der Franken, in dessen Namen dieser Herr Yves auftrat. Und die Prinzessin Yeza? Alle guten und bösen Dämonen mögen ihn, Sundchak, davor bewahren, dass er es mit der aufsässigen Person noch jemals zu tun bekäme! Barsch fertigte er Khazar ab, auch als der darauf hinwies, dass Baitschu, der Sohn des Kitbogha, sich ebenfalls in Gefahr befände. Das sei nicht ihm, sondern dem Bretonen anzulasten und kein Grund, sich hier, in diesem staubigen Nest inmitten der Wüste und voller Skorpione, noch länger aufzuhalten.

Nun stand der Käfig mit dem El-Kamil schon längere Zeit mitten zwischen seinen Bewachern und den ihn neugierig begaffenden Beduinen. Der Emir, der genau wusste, was ihm blühte, wenn er lebend im Lager der Mongolen eintreffen würde, sah in den erregten Beduinen von Palmyra seine letzte Chance. Dass er sich ihnen zu erkennen gab, hätte allein nicht viel bewegt, aber er hatte die Geschichte von Yeza und Yves mitbekommen und tat nun lauthals kund, die Mongolen steckten mit dem Bretonen unter einer Decke und seien nur gekommen, um nun mit Gewalt sich der Königin zu bemächtigen. Die Todesangst verlieh El-Kamil die Zunge Sheitans, er hielt sich an die Derwische, denen die plötzliche Anwesenheit der fremden Teufel so wenig geheuer war, wie sie den Stolz der Beduinen kränkte. Es ging um ›ihre‹ Königin, niemand sollte sie ihnen rauben! Sundchak war der Letzte, der mit dem schnell schwellenden Aufruhr beschwichtigend umgehen konnte, die Beherrschung der Lage glitt ihm aus den Händen, als die Beduinen versuchten, den Emir aus seinem Käfig zu befreien, und die ersten Steine flogen. Der General gab den Befehl zum Angriff …

Im Turm der Gebeine herrschte mitnichten eine gedrückte Stimmung, aber die Spannung hielt unverändert an. Baitschu berichtete von seinem Ausguck, dass die mongolischen Reiter die Beduinen vor sich hertrieben, zusammenschossen und abstachen. Genaueres konnte er aus der Entfernung nicht ausmachen, auch nicht, welches Schicksal den Derwischen blühte, nach denen Yeza immer wieder besorgt fragte.

»Wer nicht sein Heil in der Flucht sucht, hat nicht die geringste Aussicht, seinen Kopf zu retten«, stellte Yves lakonisch fest, »aber sie werden nicht fliehen.«

»Sie lieben das Leben!«, wagte Yeza einzuwenden. »Sie leben, um eins zu sein mit dem großen, einzigen Geliebten!«

»Die meisten Lebenden gehen strampelnd und kreischend ihrem Tod entgegen, doch nicht so die Seele, die um den Geliebten weiß«, traute sich jetzt der Derwisch wieder einige Verszeilen nachzuschieben, die er für passend hielt. *»Der Tod ist für sie weder grausam noch schmerzlich, er ist nichts als ein Schritt näher zu ihm, dem Großen, dem Einzigen.«* Jalal warf einen Blick zu Yves, doch der ließ ihn fortfahren. *»Wer vor dem Tod davonläuft, der muss wieder und wieder sterben! Erst das nenne ich wahrhaft grausam und schmerzlich!«*

»Das klingt zwar eher nach Hinrichtung, wenn einer vom Scharfrichter zum Schafott gezerrt wird«, sagte Yeza leichthin, »doch bin ich es gewohnt, dem Tod ins Auge zu schauen. Seit Anbeginn«, fügte sie sinnend hinzu, »bestand das Leben des Königlichen Paares aus nichts anderem!«

Yves hatte die massige Tür so weit zugezogen, dass nur noch ein Spalt offen stand. Aber es versuchte keiner mehr, bis zum Turm vorzudringen. Baitschu bestätigte, dass ihre Belagerer sich ausnahmslos – unter Hinterlassung der Toten, die den Treppenaufgang säumten – zurückgezogen hätten. Die meisten wären ihren angegriffenen Stammesbrüdern zu Hilfe geeilt – einige aber auch geflohen.

»Die mongolischen Reiter beherrschen das Feld!«, vermeldete der Knabe von oben mit Stolz.

Eigentlich könnten sie jetzt den Turm verlassen, sich ihre Pferde holen, die hoffentlich noch im Innenhof des Palastes der Zenobe stünden, und davonreiten, schlug Yeza vor.

Yves runzelte die Stirn. »Wie lange wart Ihr nicht mehr bei den Mongolen, Isabel Esclarmunde du Mont y Sion?«, stellte er Yeza die Frage und beantwortete sie gleich selbst. »Das Königliche Paar hat inzwischen mehr Feinde im eigenen Lager als noch Anhänger«, erklärte er ihr mit besorgtem Ernst. »Sundchak gehört auf keinen Fall zu Euren Freunden.« Der Bretone senkte seine Stimme zum Flüstern, Baitschu musste es nicht hören. »Wenn wir hier entdeckt werden, dann lässt er Euch kaltblütig töten – und mich gleich dazu.« Es wurde sehr still in dem engen Turm.

»Vielleicht täte er Recht daran«, sagte Yeza leise. »Ich bringe den Menschen nur Unglück –«

Jalal verwehrte ihr mit Vehemenz den Gedanken. »Keiner besitzt die Macht, die göttliche Bestimmung zu beeinflussen – *kulu sheien min iradatu allah*!« Der Derwisch wirkte plötzlich sehr gelöst. »Nicht einmal ich, der ich Euch nach Palmyra brachte, bin schuldig am Schicksal seiner Bewohner noch die Mongolen, die es hierher verschlug – alles ist Allahs Wille!«

In das Schweigen rief Baitschu: »Sie schwärmen aus, unsere Reiter bewegen sich auf uns zu!« Seine Stimme überschlug sich vor Begeisterung für die siegreichen Hundertschaften.

»Schrei nicht so laut!«, raunzte Yves den eifrigen Beobachter an, der daraufhin erschrocken verstummte. »Sie kommen näher!«, flüsterte er aufgeregt.

Yeza wünschte, sie könnte den unbedachten Knaben von da oben an den Füßen herunterzerren oder ihm wenigstens die Hand auf das Plappermaul pressen, denn Baitschu begann jetzt, zwischen den obersten Sarkophagen herumzuhüpfen. »Es ist Khazar!«, rief er jubelnd. »Khazar führt die Reiter an!« Erst jetzt merkte er, dass keiner seine Freude teilte.

Yves, der sich im Schatten hielt, äugte angespannt durch den offenen Türspalt. Ohne sich nach ihr umzudrehen und ohne Widerspruch zu dulden, richtete er das Wort an Yeza. »Ich werde allein hinausgehen«, befahl er heiser. »Ihr rührt Euch nicht, bis ich Euch hole!« Er schob die Bohlentür beiseite und trat mit gezücktem Schwert aus dem Turm. Es war Khazar, der ihm entgegenschritt.

»Noch jeden Gefangenen habe ich befreit!«, deklamierte leise der Derwisch, seine Erleichterung war spürbar in der hohen Gruft. *»Die Zähne des Drachen, ich zwang sie auseinander!«* Jalal lächelte Yeza aufmunternd zu. *»Selbst den dornigen Pfad der Liebe, ich bestreute ihn mit Rosen!«*

ALI, DER SOHN DES LETZTEN, gestürzten und ermordeten Ayubitensultans von Kairo, ließ den schwarzen Leibwächter des dicken Oberhaupts der Räuber vor sich herreiten. Das Amulett, das er jetzt um den Hals trug, brannte ihm auf der Brust, als würde die silberne, fein ziselierte Hand aus glühendem Eisen sein. Der dicke Anführer der Tuareg hatte ihm das Lederband mit der *hamsa* eigenhändig, fast väterlich umgehängt.

»Zahlt Ihr nicht«, hatte er dabei gemurmelt, während seine fleischigen Hände noch seinen Hals tätschelten, »wird dieses Leder – «, und er drehte das Band zusammen, bis es Ali zu würgen begann, »Euch zu eng werden!« Dann hatte er ihn losgelassen.

Ali fuhr sich jetzt noch an den Hals, als würde ihm die Luft abgeschnürt. Er durfte sich nicht gehen lassen.

Als er genügend Abstand zwischen sich und die Oase gebracht hatte, wo die Tuareg auf die Rückkehr des riesigen Nubiers warteten, hieß Ali ihn halten und absteigen. Der Schwarze hielt den Sack mit dem abgeschnittenen Kopf unschlüssig in der einen Hand. Es tropfte dunkel in den Sand. In der anderen hielt er seinen mächtigen Scimtar umkrampft. Ali ließ ihn zehn Schritt nach vorne tun, dann sieben zur Seite, drei zurück und noch zwei zur anderen. Der Riese stapfte zunehmend verwirrt durch die Dünen. Dann befahl Ali ihm zu graben, mehr rechts, nein, höher, weiter links. Der Herumgescheuchte stieß brummend seinen Scimtar in den Sand und begann mit bloßen Händen ein Loch zu graben. Er wühlte sich tiefer und tiefer, seine Pranken waren wie Schaufeln – aber Gold kam keines zum Vorschein. Der Riese fühlte sich zum Narren gehalten. Ärgerlich schnaufend schickte er einen fragenden Blick hinauf zu Ali, der immer noch – und im sicheren Abstand – auf seinem Kamel hockte.

»Nun werft den Sack hinein und schaufelt das Loch wieder zu!«, lautete der Befehl, der Schwarze war über diese Frechheit empört.

»Und das Gold?!«, bellte er, seinen Argwohn bestätigt sehend. Er schätzte bereits ab, ob er mit einem gewaltigen Satz den Unverschämten von seinem Tier reißen könnte – da flogen die ersten

Goldmünzen neben ihm in den Sand, er musste aufpassen, wo sie landeten, er klaubte rechts, er klaubte links. Ali hatte seinen Leibgurt, verborgen unter dem weiten *burnus*, gezogen und warf ihm die abgezählten Goldstücke zu wie Almosen, nur immer mehr und immer schneller, sie fielen in das Loch, wurden von herabrieselndem Sand verschüttet, rutschten unter den blutigen Sack – als der Riese fast verzweifelt und blind vor Wut über die ihm angetane Schmach nach seinem Peiniger schaute, um sich auf ihn zu stürzen, ihn mit bloßen Händen zu erwürgen, da waren Kamel und Reiter schon unerreichbar weit von ihm entfernt – und er hatte noch längst nicht alle dreißig Münzen beieinander, auf denen sein Herr bestehen würde. Und so verschwand Ali aus seinem Blickfeld –

Aus der Chronik des William von Roebruk

Gekettet an ein Brunnenloch in der Wüste – als Oase konnte man die drei mageren Dattelpalmen beim besten Willen nicht bezeichnen –, hockten wir nun auf diesem Kelim und vertrieben uns die Zeit mit dem Wesen-Spiel. Wenn ich bedenke, mit welch ungestümem Tatendrang wir uns in Jerusalem aufgemacht hatten, einzig das Forschen nach dem Königlichen Paar Roç und Yeza hatten wir uns auf die unsichtbare Fahne geschrieben, und jetzt hingen wir, samt unseren noblen Vorsätzen, schlaff auf diesem Ungetüm von Teppich herum, den wir uns von den Tuareg hatten andrehen lassen. Wohl oder übel, denn eine Wahl hatten uns diese räuberischen Berber nicht gelassen, aber nun einmal in seinem Besitz, zwang uns auch keiner, dass wir uns wie Sklaven dieses zugegebenermaßen sehr prächtigen Kelims verhielten. Wir hätten die uns abgepresste Kaufsumme einfach als recht günstigen Preis für unser Leben ansehen, den Teppich der Wüste oder zukünftigen Besuchern der Oase überlassen können und wären frei von allem Ballast weitergeritten. Es war wie verhext! Zumindest Joshua, unser Kabbalist, und David der Templer waren ihrer Spielleidenschaft wie im Rausch verfallen, seitdem der Kelim ihnen als Unterlage diente. Sie hätten jedem mit Mord gedroht, der es wagen sollte, ihnen den Teppich unter den Ärschen wegzuziehen oder sie von ihrer Spielwiese zu vertreiben! Aber auch der Rote Falke nahm eher hin, dass sie ihm sein Weib abspenstig machten – die Prinzessin der Saratz zählte längst zum festen Stamm der unentbehrlichen Mitspieler –, als dass er ein Machtwort gesprochen hätte. Ihm lag nichts an diesem Kelim, und doch wirkte der Emir wie gelähmt, als hätte schleichendes Gift sein edles Blut befallen, seitdem wir Eigentümer des Teppichs geworden waren – oder umgekehrt: Der Kelim beherrschte uns wie ein böser *djinn*! Und da zum Wesen-Spiel vier Leute benötigt wurden und Ali seit der letzten Nacht verschwunden, riefen mich die bereits um die Stäbchenpyramide Versammelten mit unflätigen Beschimpfungen herbei, weil sie endlich beginnen wollten. David der Templer hatte schon mit dem Austeilen begonnen. Nach Durchsicht meiner zwölf Stäbchen sah ich für mich die Möglichkeit, die »Elementaren Prinzipien« mit den »Wesentlichen Neigungen« zu kombinieren. Mir lag – nach den Turbulenzen der letzten Zeit und auch angesichts der zunehmenden Gereiztheit meiner Partner – an einem Spiel der Harmonie! Da Madulain, die ihren Ärger über Ali noch nicht geschluckt hatte, und Joshua, der sich über die Anwürfe des Burschen doch mehr erregt hatte, als er zeigen wollte, sich gegenseitig in den trügerischen Untiefen des Wassers und des Mondes bekriegten, konnte ich mein friedvolles Anliegen nahezu unbehelligt vorantreiben. Auch David kam mir nicht ins Gehege. Mein einarmiger Freund schien sich diesmal zwischen Aer, der Luft, und dem vielgesichtigen Hermes der Spiritualität verschrieben zu haben. Ich beobachtete seine Strategie aufmerksam, war er doch der Einzige, mit dem ich mich bei den von mir begehrten Fabelwesen würde auseinander setzen müssen. Noch schien der Templer zu schwanken zwischen Okkultismus und Inspiration, zwischen dem Gift der Schlange und dem Gegengift des Medicus. Diese stete Wechselwirkung würde ihm noch zu schaffen machen, wenn ihm nicht der *Lapis ex coelis*, das »Höchste Wesen«, wundersam aus dem Gezerre zwischen Feuersalamander und den Krallen des Phönix erretten sollte.

»Wir werden schon wieder gestört!«, rief Josh der Zimmermann verärgert und warf seine Stäbchen auf den Teppichboden. Ich drehte mich langsam um, schon um Madulain kein diebisches Schielen in mein Spiel zu schenken, worauf die Saratz stets aus war wie eine Elster. Es waren offensichtlich Ritter aus den Kreuzfahrerstaaten der Küste, die sich bis hierhin vorgewagt – oder verirrt hatten. Ich erkannte die Fahnen Antiochs und die des armenischen Königs. Als die Reiter sich sicher waren, dass wir nur wenige waren und auch kein Köder für einen Hinterhalt, kamen sie in gelockerter Form näher. Der Rote Falke hatte sich erhoben, doch es war sein Weib Madulain, die plötzlich mit einem wilden Schrei aufsprang, in ihrem Ungestüm die Pyramide über den Haufen stieß und mit dem Ruf »Roç Trencavel!« den Emir auf den Anführer der Ritter hinwies.

Es war tatsächlich Roç, er musste mich erkannt haben, aber er schaute ostentativ, ja fast verächtlich weg, als er uns auf dem Teppich erblickte. Roç sprang ab und schritt – gemessen an der Begeisterung, die ihm entgegenschlug – eher mit lässiger Selbstverständlichkeit auf den Roten Falken zu. Jeder, die wir hier versammelt waren, kannte den Trencavel gut genug, dass auch er sich an unsere Gesichter erinnern musste, doch Roç ignorierte uns verbliebene Spieler völlig. Madulain wurde mit den üblichen Wangenküssen bedacht, die er auch kühl mit dem Emir austauschte.

Der Rote Falke war doch immerhin – wie in gewisser Weise auch ich – eine der wichtigsten Figuren gewesen, die damals am Montségur – und seitdem eigentlich ohne Unterlass – den Kindern des Gral zu rettenden Hütern wurden?

Ich verstand Roçs befremdliches Verhalten nicht! Uns, die wir mangels des vierten Mannes das Spiel zwangsläufig unterbrochen hatten, bedachte er lediglich mit einem mürrischen, wenig einladenden Blick, bis wir uns dann erhoben und vor ihn traten, um ihn zu begrüßen. Ich muss sagen, ich fühlte mich unter meinem Rang behandelt. Schließlich verband mich, den Älteren, eine tiefe Freundschaft mit Roç Trencavel, und das seit seinen Kindesbeinen! Er umarmte mich, sagte: »Ach, William« in einem Ton, dass ich das ungesprochene »Schön, dich mal wiederzusehen« wie einen kalten Guss zu spüren bekam.

Meinen Gefährten erging es nicht besser – allerdings hatten sie nie dieses innige Verhältnis zu Roç, auf das ich zurückblicken konnte. Die Ritter aus Armenien, es waren fünf an der Zahl, hatten sich freundlich zu uns gesellt, genauer gesagt, drängten sie sich sofort um die einzige Frau in unserer Gesellschaft. Das war Madulain, und wenn auch ihr Mann wenig begeistert dreinschaute, die gebürtige Prinzessin der Saratz übernahm sogleich mit Würde und Herzlichkeit die Rolle der *damna* und Gastgeberin. Hingegen fiel mir auf, dass der wesentlich größere Haufen der Herren aus Antioch in einem Abstand verharrte, der mir feindselig erschien, als hätte jemand eine unsichtbare Schranke zwischen ihnen und denen errichtet, die ihr Anführer Roç Trencavel gerade begrüßte, – oder, dass sie nichts mit uns zu tun haben wollten. Erst waren sie forsch auf unser Lager zugeritten, doch plötzlich rissen die Vordersten ihre Pferde herum, kehrten uns den Rücken und scharten sich dicht gedrängt um ihre Fahne. Gut, die Antiocher sind für ihren Hochmut verschrien, mir schien es ein schon fast beleidigendes Verhalten! Doch anscheinend kümmerte das niemanden außer mich! Aller Augen und Ohren waren einzig auf den Trencavel und den Emir gerichtet. Selbst der weithin sichtbare, in seinen dunkelglühenden Farben auch kaum übersehbare Kelim stellte mit keiner Silbe Bestand des Gespräches dar, das sich jetzt zwischen Roç und dem Roten Falken entspann. Der Ton wurde schnell gereizt und aggressiver. Es ging um die Suche nach Yeza. Für den Emir war es selbstverständlich, dass sie beide – nach diesem glückhaften wie unverhofften Zusammentreffen – ihre Kräfte vereinen würden, um gemeinsam alles zu unternehmen, Roç und Yeza glorreich wieder zum Königlichen Paar zu erheben. Dafür habe man sich auf den Weg gemacht! Das klang nach einem Vorwurf des Roten Falken und sollte es auch wohl sein.

Roç verbat sich prompt diese Einmischung in sein Leben. Was Yeza anbelange, so würde diese ebenfalls – so stehe jedenfalls zu hoffen – in der Lage sein, sich frei zu entscheiden, welches der ihr angemessene Weg sei! – Ein schnödes Wort zog das nächste nach sich, der Emir rief seine Frau zu sich.

»Wir haben hier nichts mehr verloren«, erklärte er ihr bitter.

»Mir wäre wohler ums Herz, ich wäre Roç Trencavel auch nie begegnet.«

Madulain versuchte ihn zu versöhnen, sie griff nach Roç, um ihn zu sich und den Roten Falken heranzuziehen, doch der drehte ihr den Rücken zu und schüttelte sie ab. Eine derartige Brüskierung alter Freunde war auch mir zu viel. Als der Emir jetzt, gefolgt von der tief bekümmerten Madulain, auf sein Reittier zuging, raffte ich mich auf und trat tapfer vor den Unleidlichen.

»Ich hoffe, Roç«, sagte ich mit doch wohl belegter Stimme, »dass wir uns nicht das letzte Mal gefunden haben.« Ich fühlte einen Kloß im Hals. »Wenn es eine weitere Gelegenheit geben sollte, wünsche ich mir eine Stimmung, die der herzlichen Freundschaft entspricht, die ich für dich und Yeza stets empfunden habe und die ich euch halten werde bis ans Ende meiner Tage.«

Mir waren nun doch die Tränen gekommen, und ich fiel schluchzend dem Trencavel um den Hals. Er ließ mich ausheulen, dann löste er sich aus meiner Umarmung und rief mit düsterer Stimme hinter dem Roten Falken her, der ob meines Weinkrampfs stehen geblieben war.

»Einen anderen Empfang hätte auch ich mir vorstellen können, anstatt meine Freunde – oder die sich als solche ausgeben – offensichtlich beim Spiel zu stören!«

Das war zwar an die Adresse von Joshua und David gerichtet – wohl weniger an Madulain –, ich hingegen konnte mir den Schuh anziehen, doch der Emir gab sich unversöhnlich, so sehr sein Weib ihn auch bedrängte, auf Roç zuzugehen. Er schaute Roç nur lange schweigend an, bevor er sich endgültig abwandte.

Das rang dem nun erst recht erregten Trencavel eine weitere Erklärung ab. »Ich will gern mit Yeza wieder vereinigt sein«, wandte er sich an mich, »aber nicht mit der Hilfe von Leuten, die sich dem vertrauten Umgang mit diesem Kelim anheim gegeben haben!«

Ich hätte brennend gern gewusst, was er eigentlich gegen unsere harmlose Spielleidenschaft hatte, auch wenn er es jetzt auf den Kelim schob, der uns als bequeme Unterlage diente, doch ich wollte die Begleitung des Emirs nicht verlieren, der schon sein Reitkamel bestiegen hatte. Ich hatte mich festgelegt und wollte nun auch nicht klein beigeben. Doch wenigstens wünschte ich mich von meinen Gefährten aus Jerusalem zu verabschieden, ihnen meine Entscheidung zu erklären, auch, wenn sie diese ›Fahnenflucht‹ nicht akzeptieren würden. Ich lief also zum Roten Falken, gerade als auch sein Weib bei ihm eintraf.

»Es liegt mir fern, Euch umzustimmen, aber angesichts der schon tief stehenden Sonne«, bettelte ich, »lasst uns den Aufbruch doch bitte auf morgen Früh verschieben?!«

Ich hatte wenig Hoffnung auf sein Einlenken gehegt, aber es war Madulain, die sich für meinen Vorschlag und damit für meine Nöte verwandte. Wir rangen gemeinsam dem Roten Falken ab, dass wir an anderer Stelle der Oase unser Nachtlager aufschlagen würden – getrennt von Roç und seinem Haufen schon durch den Kelim, der seit den Streitigkeiten verlassen auf dem sandigen Boden lag, sprungbereit in seiner leuchtenden Düsternis wie ein vielfarbig gescheckter Tiger – wenn es eine derartige Bestie denn geben sollte! Die goldgelben Strahlen der Abendsonne, die durch das Blattwerk der Büsche drangen, zeichneten immer neue, pausenlos ihre Gestalt verändernde Figuren auf den mich sowieso schon beunruhigenden Teppichgrund. Auch der Haufen aus Antioch lagerte in gebührender Distanz am Rande der Oase, ohne dass bislang auch nur einer der Ritter uns seine Aufwartung gemacht hätte.

KAUM WAR YVES DER BRETONE an der Seite von Khazar davongeritten, machte sich im Turm der Gebeine eine gewisse Erleichterung bemerkbar. Baitschu war zur Tür gesprungen und spähte hinaus. Die meisten aus der Mongolentruppe waren bereits aus seiner Sichtweite entschwunden, sie begleiteten ihren Anführer Khazar und den Bretonen, der ihren Schutz zwar nicht angefordert hatte, ihn aber klugerweise akzeptierte. Ehe Yeza den Knaben zurückhalten konnte, war Baitschu hinausgeschlüpft und lief auf die noch bei ihren Pferden herumstehenden Leute seines Vetters zu, er kannte die meisten, und sie wussten, dass er der Sohn ihres Oberbefehlshabers Kitbogha war. So konnten sie ihm auch schlecht sein Verlangen nach zwei von ihren Pferden abschlagen. Sie mochten den munteren Knaben und nahmen dafür auch den zu erwartenden Anraunzer in Kauf. Also gaben sie ihm, was er wünschte, und Baitschu kehrte stolz mit den beiden Pferden zum Turm zurück. Yeza hatte ihn mit Bangen – und einer gewissen Rührung erwartet. Unrecht hatte der wache Bursche ja nicht: Sie musste die Gelegenheit beim Schopfe packen und sich aus dem Griff des Bretonen befreien – wenn jetzt nicht, wann dann noch!? So kam sie ihm lächelnd entgegen, was für Baitschu schon die größte Belohnung seiner eigenmächtigen Handlung darstellte, denn er hatte damit gerechnet, die heißverehrte Prinzessin erst noch zur Flucht überreden zu müssen. Dass Yeza jetzt wie selbstverständlich ihn als ihren Begleiter, Beschützer akzeptierte, überwältigte ihn, und er blinzelte verlegen hinüber zu Jalal, der Yeza hinausgefolgt war.

Dem Sufi war sofort klar gewesen, dass dies die Stunde des Abschieds von einem Traum war, dem Traum von der Wiederkehr der großen Königin Zenobe, der Errichtung einer einzigartigen Herrschaft der Geistesliebe und der Poesie, einer Zeit des ungetrübten Glücks für die Derwische von Palmyra! Es war ein Traum geblieben – ihm fiel nicht einmal eine passende Verszeile Rumis ein. Ehe sich noch Yeza nach ihm umwenden konnte, trat der Sufi zurück in das Dunkel des Gemäuers. Er wollte ihr das Scheiden nicht schwer machen, denn er konnte seine Tränen nicht zurückhalten.

So ritt Yeza mit Baitschu an ihrer Seite durch Palmenhaine der Oase davon. Erst als Palmyra schon zwischen den schlanken Stämmen entschwunden war, erkühnte sich der Knabe, seiner Herzensdame die Frage zu stellen: »Wohin soll ich Euch führen?«

Yeza schenkte ihrem jungen Ritter ein wehmütiges Lächeln. »Das Paradies lassen wir soeben hinter uns – unwiderruflich, wenn ich das übliche Vorgehen eures Generals Sundchak bedenke«, fügte sie bitter hinzu, schaute aber nicht etwa zurück, wo über den Palmenwipfeln Rauchsäulen aufstiegen. Baitschu hatte bereits mehrfach diesen Blick hinter sich geworfen, schon aus Furcht vor Verfolgern.

»Ihr wollt also nicht zu den Mongolen zurückkehren?« Er wagte nicht, sie dabei anzuschauen. »… die Euch von Herzen zugetan«, schob er seine versteckte Liebeserklärung nach.

»Doch«, sagte Yeza, sie nahm den Jungen und seine Nöte ernst, »aber zuvörderst will ich mich wieder mit Roç Trencavel vereinen!« Sie wollte nicht mit seinen Gefühlen spielen, »und dazu muss ich mich wohl aufmachen, ihn zu finden – «

Baitschu bewies sich als Mann. »Liebt der Euch?«, brachte er mit trockener Stimme hervor. Yeza musste lachen.

»Nicht so wie ich ihn«, versuchte sie ihr Verhältnis zu Roç zu erklären, ganz einfach war das nicht. »Aber wir gehören zusammen!«

Baitschu gab sich einen Ruck. »Dann werde ich Euch zu ihm bringen und Euer beider Ritter sein!«

Einer spontanen Regung folgend, beugte sich Yeza aus dem Sattel, nahm den Kopf des Knaben in beide Hände und drückte dem Überraschten einen Kuss auf den Mund. Dann gab sie ihrem Pferd die Sporen, und sie galoppierten beide den Weg dahin, von dem sie nicht wussten, wohin er führte.

DER UNERBITTLICHE ABGANG DES SULTANS VON DAMASKUS

Aus der Chronik des William von Roebruk

In der Oase wurden die Schatten der drei mageren Palmen im Licht der Abendsonne immer länger. Rings um den Brunnen hockten Roç und seine Getreuen, zu denen ich mich nicht mehr zählen durfte, weswegen wir, der Rote Falke, sein Weib Madulain und ich, abseits lagerten – und zwischen uns erstreckte sich beunruhigend der Kelim mit seinen seltsamen Ornamenten, symbolhaft verwobenen Zeichen und Linien. Der Teppich barg ein Geheimnis, nur schwante keinem von uns, welches! Nicht einmal Joshua, der erfahrene Kabbalist, wusste die eingewebten Strukturen wenigstens annähernd zu enträtseln. Er kauerte im Schneidersitz am Rande der dunklen Fläche, aus der mich Teufelsfratzen und glühende Augen anstarrten, als wären sie der Hölle entstiegen immer noch mit ihr unheilvoll verbunden. Ich hätte mich nicht verwundert, wenn der Kelim sich in einen siedendheißen Teersee verwandelt hätte, so fremd wie er hier in der Wüste lag.

David, der einarmige Templer, der Josh gegenübergesessen hatte, erhob sich und schritt quer über den Kelim langsam auf mich zu. Wahrscheinlich sollte er mich bewegen, wieder an ihrem Spiel teilzunehmen. Die beiden taten mir Leid, aber ich konnte den Roten Falken nicht vor den Kopf stoßen, nachdem ich mich ihm unterstellt hatte. Deswegen kam ich David gleich zuvor, als er endlich bei mir anlangte.

»Ich schlage vor«, sagte ich und wies auf die in einiger Entfernung immer noch um ihre Fahne gescharten Ritter aus Antioch, »wir statten den Herren, die mit dem Trencavel kamen, einen Besuch ab, denn ich bin neugierig zu erfahren, warum sie uns so schnöde meiden, als wären wir nicht gut genug für sie – «

Zu meinem Erstaunen sagte David, dass er eben das vorhätte, denn da müsse ein tieferer Grund für eine offensichtliche Verstimmung vorliegen.

»Vielleicht sind auch sie vom Verhalten des Trencavel so sehr enttäuscht«, bot ich an, »dass sie ihm die Gefolgschaft aufkündigen wollen?«

David schüttelte abweisend den Kopf, und wir machten uns zu Fuß auf den Weg. Noch bevor wir bei der Gruppe angelangt waren, lösten sich drei, vier Ritter aus ihr und kamen uns entgegen. »Den einen kenne ich«, gab mir David mit gepresster Stimme zu verstehen, »jetzt begreif' ich auch die Zurückhaltung, die sie an den Tag legen«, knurrte er, »es ist der am weitesten links Schreitende – «

Ich nahm die bezeichnete Person verstohlen ins Visier, sie machte mir den Eindruck eines schnürenden Fuchses.

»Guy de Muret hat allen Grund, uns zu meiden, dich wie mich!«

Jetzt gingen mir die Augen auf. »Der vom Krak de Mauclerc!?«, rutschte es mir vielleicht zu laut heraus, denn der Fuchs nahm Witterung auf und fixierte mich mit stechendem Blick, was mich empörte. »Mit dem habe ich noch ein Hühnchen zu rupfen!«, zischte ich meinem Begleiter zu, doch der enthielt sich jeder weiteren Stellungnahme. Wir waren inzwischen uns so weit näher gekommen, dass es – der einen oder der anderen Seite – zukam, das erste Wort der Begrüßung auszusprechen. Das tat David.

»Willkommen, Freunde des Trencavel!« Damit war das Eis gebrochen, aber schon sah ich mich Guy de Muret gegenüber, der seine Kutte als Dominikaner inzwischen mit einer Ritterrüstung vertauscht hatte.

»William von Roebruk«, sprach mich der Kerl mit falscher Freundlichkeit an, »lasst uns ein paar Schritte beiseite tun!« Ohne meine Einwilligung abzuwarten, führte er mich von den anderen weg in die Wüste. »Ihr haltet mich für den Inquisitor«, begann er ohne Umschweife, »der Euch nach dem Leben trachtete?« Er hielt mich am Arm fest und zwang mich, ihm ins Auge zu sehen.

»Nein!«, stieß er aus. »Ich habe Euch zwar peinlich befragt, wie man mich geheißen, aber Euren Tod durch gemeines Ertränken –« Ich ließ ihn reden. »Das hatte ich von vornherein abgelehnt!« Obgleich mir viele Fragen auf der Zunge brannten, hüllte ich mich weiterhin in verbissenes Schweigen. »Jakob Pantaleon schalt mich einen zahnlosen Hund seines Herrn, als ich mich seinem Willen widersetzte und Euch wieder hochziehen ließ aus dem Brunnen, den er Euch als kaltes Grab zugedacht – das müsst Ihr glauben!«

Ich vermied es, ihn anzuschauen, und murmelte nur: »Mag sein!«

Guy de Muret schien verzweifelt, zumindest spielte er die Mischung zwischen Zerknirschtheit und heldenhaftem Pathos sehr geschickt. »Ich werde es Euch, euch allen beweisen«, rief er aus, »dass ich ebenso treu zu Roç Trencavel stehe wie Ihr, dass ich bereit bin, mein Leben für das Königliche Paar zu geben!«

Ich war keineswegs überzeugt von seiner Läuterung von Saulus zu Paulus, doch was sollte ich tun?! So entgegnete ich trocken: »Wenigstens weiß ich von nun an, wenn mir eine Seite der von mir zu schreibenden Chronik fehlt, bei wem ich sie suchen muss!«

Guy nahm meinen Sarkasmus für bare Münze. »Ich werde über Euren Schlaf wachen wie ein Erzengel, William, und über die Chronik wie ein feuriger Drache!«

Da musste ich lachen. »So lange niemand die beiden gegeneinander vertauscht!« Ich schlug ihm aufmunternd auf die Schulter – nicht minder falsch in der Gesinnung, wie ich sie meinerseits Guy de Muret unterstellte. »Alles andere wird die Zukunft zeigen!«

Am Horizont der Wüste versank als feuerrote Scheibe das Sonnengestirn. Wir gingen zurück zu den anderen, mit denen David, mein einarmiger Templer, inzwischen bereits Freundschaft geschlossen hatte. Mich – und meine ruhmreiche Vergangenheit als »Hüter« der Kinder des Gral – kannten alle, wie ich mit einiger Befriedigung feststellen konnte. »Die Drei Okzitanier«, so nannte Pons, dicklicher Spross des Vizegrafen von Tarascon und der Jüngste im Bunde, voller Stolz sich und seine Gefährten, waren mit dem Schicksal und der geheimnisvollen Bestimmung von Roç Trencavel und Yeza Esclarmunde vom Hörensagen noch von ihrer gemeinsamen Heimat her vertraut. Unbestrittener Anführer der Bande war Terèz de Foix, zweifellos auch der Größte und Schönste, und er galt auch als die stärkste Schwerthand von allen dreien, angeblich ein Bastardsohn des edlen Grafen von Foix. Und zu diesen zählte nun auch wieder ihr Jugendfreund Guy de Muret, nachdem er seinen Irrweg als *canis Domini* endlich verlassen und zu seinen alten Kumpanen zurückgefunden hatte.

»Der vierte Ritter, den Ihr hier seht, William von Roebruk«, gab der dicke Pons noch zum Besten, »ist ein falscher Hase!« Der Dicke ließ sich genüsslich Zeit, während meine Augen flink hinüberwanderten zu der hochgewachsenen, schlanken Gestalt, die sich neben Terèz de Foix erhob. Ein schlankes, kühnes Gesicht, das dem kaum einen Finger größeren Ritter in Fragen der Anmut den ersten Rang durchaus streitig machen konnte. »Doch im Sattel und im Stechen steht sie ihren Mann, Berenice Comtesse de Foix – mein Schwesterlein!« Pons war nicht minder stolz auf sie als ihr Ehemann Terèz. Ein edles Paar, musste ich neidvoll eingestehen, während Berenice ihren Helm abnahm und ihr volles dunkles Haar ausschüttelte.

»Schaut sie Euch nur recht schön, Bruder William!«, frotzelte mein neuer Freund Guy de Muret sich anbiedernd. »Ihr müsst lange kein Weib mehr vor dem Klöppel gehabt haben, dass Ihr diese hagere Stute so begehrlich mit Euren Augen verschlingt!«

Ich ärgerte mich über solche Vertraulichkeit, die mir – was wohl beabsichtigt – meinen Lusttraum schmälerte, hatte ich mich doch schon zwischen diesen zachen Schenkeln eingebettet. Der ranke Knabenarsch wollte mir plötzlich nicht mehr recht gefallen. »Schert Euch zum Teufel, Guy de Muret!«

Als hätte Berenice unseren Disput erahnt, schenkte sie mir ein liebreizendes, schüchternes Lächeln. »Lasst uns jetzt alle zusammen hinübergehen zu Roç Trencavel, um ihn unserer Gefolgschaft zu versichern«, forderte sie uns auf, »die wir übrigens nie infrage gestellt!«

Das war an mich gerichtet, und ich musste die ranke Pallas Athene jetzt bitter enttäuschen. »Auf mich zählt nicht«, warf ich so bedeutungslos hin wie mir möglich, »ich werde Euch morgen – für einige Zeit – verlassen!«

NICHT DIE FRÜH EINSETZENDE HITZE des Frühjahres machte den Damaszenern zu schaffen, sondern das untätige Verhalten ihres Sultans hatte sich lähmend über alles Leben der syrischen Hauptstadt gelegt. An-Nasir zeigte sich nicht mehr in der Öffentlichkeit, die Tore des Palastes blieben verschlossen. Dann hieß es, die Zitadelle würde durch zusätzliche Truppen in einen Verteidigungszustand versetzt, der es erlauben würde, sie zu halten, bis Hilfe eingetroffen sei. Hilfe von wem?! Aleppo war gefallen, die Emire von Shaizar, Hama und Homs hatten sich nacheinander dem Heer der von Norden langsam, aber unaufhaltsam heranrückenden Mongolen unter ihrem Il-Khan Hulagu ergeben, das hatte in den Soukhs der Altstadt und im Bazar auch niemand anders erwartet, und die noch eintreffenden Handelskarawanen aus der Gegend konnten die wesentlich schneller reisenden schlechten Nachrichten auch nur bestätigen. Dann kam das Gerücht auf – oder der Palast hatte es gestreut –, aus dem Süden rücke eine gewaltige Armee der Ägypter heran, nur gesehen hatte sie keiner, abgesehen davon, dass immer weniger Händler noch von dort sich ausgerechnet nach Damaskus begaben, um sich dem wohl unvermeidlichen Schicksal der Stadt auszuliefern. Der Handel in den einst so geschäftigen engen Straßen der Soukhs kam langsam zum Erliegen. Als schließlich mitten in der Nacht die Armee des Sultans ausrückte, nahm jeder an, es handele sich um die angekündigte Verstärkung der Garnison auf der Zitadelle, denn die Bevölkerung erwartete von An-Nasir, dass er, wenn auch durch hohe Mauern gut geschützt, in ihrer Mitte ausharren, ihr Los teilen würde. Doch die Truppen riegelten alle Zufahrtswege zum Palast ab, bis hin zur Moschee, schlossen den Bazar und rückten dann – ohne die Zitadelle auch nur in ihre ringförmige Bewegung mit einzubeziehen – bis zum Bab as-Saghir vor, dem wichtigsten Tor in der Stadtmauer – gen Süden! Dieses Manöver beunruhigte die Bürger sehr, denn sie hatten gehofft, dass die Wälle der Stadt nicht bemannt würden, schon um nicht den Zorn der Mongolen heraufzubeschwören. Vor allem, welchen Sinn sollte es machen, die Südmauer zu verteidigen, wo doch der Ansturm mit Sicherheit aus dem Norden zu erwarten war? – Dann hieß es, man habe den Elefanten des Sultans gesehen, umgeben von der Leibwache des An-Nasir, das deutete auf ein kriegerisches Unternehmen hin. War doch eine Armee der Mamelucken im Anmarsch, um die bedrohte Stadt zu entsetzen? Die Damaszener schliefen schlecht in dieser Nacht – oder gar nicht! Ihre Häuser zu verlassen schien ihnen nicht ratsam. Die Palastgarde wie auch die Wachen sprangen sowieso in solchen Situationen recht rüde mit der Bevölkerung um, und heute wirkten sie besonders gereizt. Die Nachrichten vom Truppenaufmarsch waren höchst widersprüchlich, es sickerte durch, dass es zu einer Meuterei gekommen sei, doch keiner wusste zu sagen, warum, beziehungsweise: Wer gegen wen? Jedenfalls zogen Soldaten kreuz und quer durch die Innenstadt, Leute, die in der Nähe der Mauern wohnten, wollten Waffenlärm gehört haben, berichteten von Tumulten in der Nähe des Bab as-Saghir, es sollte zu Plünderungen gekommen sein, aber auch zum massenhaften Niederlegen von Waffen. Als der Morgen graute, trauten sich die Händler des Bazars als Erste hinaus. Vor ihren Läden und Bänken stapelten sich weggeworfene Rüstungsteile, Helme, Brustpanzer, Spieße und vereinzelt auch wertvolle Scimtars, teure, scharfe Klingen, für die Damaskus so berühmt war. In den Bogengängen und Balken der überdachten Soukhs baumelten an dünnen Stricken halb nackte Männer mit schlaffen Hälsen – Deserteure? Aufrührer? Von den Soldaten war nichts mehr zu sehen, eine unangenehme Ruhe war eingekehrt. Es wurden Stimmen laut, am as-Saghir-Tor sei völlig unbeaufsichtigt der Elefant gefunden worden. Der Sultan habe mit wenigen Getreuen die Stadt verlassen, von seinem Hofstaat sei ihm nur seine Favoritin gefolgt, nebst einigen seiner schwarzen Leibwächter aus dem Sudan. Die Palastgarde und die Truppenteile, die nicht desertiert waren – wie zum Beispiel die Seldschukensöldner –, hätten sich auf der Zitadelle verschanzt. Keiner wusste zu sagen, ob An-Nasir sich nun zur Flucht entschieden hatte oder dazu, gemeinsam mit den Ägyptern den Kampf gegen die Mongolen aufzunehmen. Dagegen sprach allerdings der zurückgelassene Kriegselefant, auf dessen Rücken der Sultan in die Schlacht zu ziehen liebte. Die Mitnahme seiner Favoritin gab auch keine Antwort auf die Frage, denn diese Dame, sie galt als eine Tochter des Kaisers der Deutschen, pflegte selbst zu entscheiden, wohin sie ging – und der Sultan ließ sie stets gewähren. Jedenfalls, so berichteten Hirten, sei der kleine Zug im frühen Morgengrauen gen Süden, in die Wüste gezogen.

Aus der Chronik des William von Roebruk

Die Nacht brach schnell herein über der namenlosen Wasserstelle in der Wüste, an der wir uns nun schon seit drei Tagen aufhielten. Der Ausdruck »wir« traf die merkwürdige Situation nicht korrekt, denn inmitten der Oase lagerten Roç und seine Okzitanier, mit denen er aus Antioch aufgebrochen war, verstärkt durch zehn Ritter des dortigen Fürsten Bohemund und weiteren fünf, die der König von Armenien beigesteuert hatte, nebst den dazugehörigen Knechten und Knappen. Dazu kamen aus Jerusalem meine Freunde, Josh der Zimmermann und David der Templer, die mich jedoch inzwischen nicht mehr als solchen anerkannten, denn ich hatte mich dem Roten Falken und seiner Frau Madulain zugesellt – und mich damit nicht nur mutwillig, sondern auch rücksichtslos gegenüber ihren Interessen ausgeschlossen. Das bezog sich sowohl auf den aus freien Stücken geschaffenen räumlichen Abstand zu ihnen, war aber von mir vor allem als Protest gegen das unakzeptable Verhalten Roçs gedacht. Für sie waren wir drei »Abtrünnige« bereits am Abend abgereist. Dass wir uns noch in Sichtweite aufhielten, war nur auf mein dringliches Bitten hin geschehen und durch den Hinweis auf die einbrechende Nacht. Wir waren also da, und doch gab es uns nicht!

Schuld daran war dies Ungeheuer von Kelim! Flach hingestreckt zwischen uns trug er mehr zu unserer Trennung bei als ein klaftertiefer Graben bestückt mit Mauern und Türmen. Allerdings war der Teppich nicht die alleinige Ursache für das Zerwürfnis. Mit seinem Auftauchen, dem gierigen, herzlosen und letztlich feigen Erwerb, hatte sich nur klar und schonungslos offenbart, dass unser aller Beweggründe keineswegs frei waren von Eigensucht, Gleichgültigkeit und vielleicht noch schlimmeren charakterlichen Mängeln.

Ich will mich da gar nicht ausschließen. Mein bisheriges Verhalten wies bis zum überraschenden Eintreffen des Trencavel schon kein Ruhmesblatt auf, und dass ich mich zu diesem Schritt eines offenen Affronts gegen ihn durchgerungen habe, liegt sicher mehr in der erlittenen Kränkung begründet als in einem überzeugten Empfinden für Recht und Unrecht meinerseits. Ich war beleidigt!

Doch keineswegs so sehr, dass ich nicht Gefahr lief, rückfällig zu werden, eine winzige Geste der Versöhnung hätte mir gereicht. Deswegen hatte ich meine Decke auch gleich am Rande des Kelims ausgebreitet, sodass man mich sehen musste und wieder herbeirufen mochte. Doch es geschah nichts dergleichen, keiner nahm noch Notiz von mir.

Inzwischen hatte der harte Kern der Spieler, also der Kabbalist und der Templer, die Mitte des Teppichs mit einem Kranz von Öllichtern bestückt, so befand sich die Pyramide in einem magischen Kreis von flackernden, rußenden Flammendochten. Die neuen Mitspieler hatten sie aus dem Trupp der Okzitanier rekrutiert, den pummeligen Pons und Guy den Fuchs. Terèz und Berenice leisteten dem Trencavel Gesellschaft, sie kehrten – wohl auf Verlangen Roçs – dem Kelim ihre Rücken zu. Ich konnte ihre Silhouetten gegen den Widerschein des langsam niederbrennenden Lagerfeuers sehen. Die übrigen Ritter hatten sich schlafen gelegt.

Es waren gewiss die aufreizenden Ornamente dieses Teppichs der Unzucht, die mich nach einem Weib verlangen ließen, oder der Umstand, dass unweit von mir ich die verschlungenen Leiber des Roten Falken und der Saratz wahrnehmen konnte, wenn auch unter einer alles verhüllenden Decke. Sich die fleischliche Vereinigung mit einer Frau vorzustellen, die gerade ein anderer befriedigt, verschafft zwar wohlfeile Lust, taugt aber wenig zu Wachträumen mit offenem Ausgang – höchstens zu einem feuchten! So steigerte ich mich beim Anblick der schlanken Rückenpartie der Berenice in Phantasien ganz anderer Art. Schon die Tatsache, dass sie zwischen zwei Männern saß, ihrem eigenen und dem Trencavel, erhöhte den Anreiz, mich ihr heimlich zu nähern, ungemein, konnte ich mir doch vorstellen, dass sie mir ihr Hinterteil im geheimen Einverständnis hinschob, ohne dass die anderen es spitzkriegten. Es war vor allem die Idee ihrer biegsamen Taille, übergehend in die straffe Wölbung ihres Bauches, keusch das dunkle Dreieck zwischen harten Schenkeln verbergend. Ich vermochte mir nicht vorzustellen, dass Terèz sein Weib ähnlich aufreizend empfand – was verband die beiden so Ungleichen, was hatte Berenice noch darüber hinaus zu bieten, das sie so fest zusammenschmiedete? Dabei hatte ich sie in Verdacht, dass sie heimlich den Trencavel verehrte, der sich aber aus ihr nichts machte, denn einem Vergleich mit Yeza vermochte sie wohl kaum standzuhalten! Yeza!! Allein schon der beschämend oft und jetzt plötzlich wieder aufkommende, sträflich sündige Gedanke an den Leib der Prinzessin verbot sich mir ja wohl absolut! Absolutissime! Ich durfte meinem Klopfspecht, diesem elenden Verräter, derlei Sinnen nicht durchgehen lassen! Nicht einmal im Traume! Ich wälzte mich auf den Bauch und erstickte die böse Geilheit. Da war es allemal besser, sich an das sublimierende Wesen-Spiel zu halten!

Hätte Roç Trencavel mitgespielt, wäre es ihm – da war ich mir sicher – zugefallen, im Zeichen des Jupiter zu stehen, als Fürst und als Despot. Doch er zeigte dem Wesen-Spiel bislang die kalte Schulter.

Der dicke Pons von Tarascon hingegen warf sich mit Inbrunst auf alles, was ihm ansonsten versagt blieb, auf Mars, den großen Krieger, und auf Frau Venus, doch heraus kamen nur die Unbillen eines unsteten Soldatenlebens und billige Hurerei. Hier in der Wüste nicht einmal das!

Guy, der ehemalige Dominikaner, schlug sich wider mein Erwarten betont wacker in den festen und unerschütterlichen Dominanzen des klassischen Herrscherpaares Sonne und Mond. Zusätzlich zum in sich ruhenden Sitzenden Drachen hatte er sich sowohl den Priester der heiligen Flamme als auch sein Pendant, die Priesterin der Quelle, erwählt, beides Zeichen von Schöpferkraft wie auch der Macht der Phantasie. Guy de Muret ging auffällig still und bedächtig zu Werke, als wollte er mich, der ich immer noch an seiner Zuverlässigkeit zweifelte, eines Besseren belehren. Diese mir vorgegaukelte Seriosität vergrößerte indes meinen Argwohn gegenüber einem, der so mir nichts, dir nichts seine Mönchskutte abgestreift hatte und in einen weltlichen Ritterharnisch geschlüpft war! Es ging ja auch weniger darum, mich ob der Attacke auf meine Chronik zu versöhnen, als um den Beweis seiner Loyalität gegenüber Roç Trencavel, dem Königlichen Paar insgesamt.

Die Unterbrechung, die das Spiel erfuhr, musste gegen Mitternacht erfolgt sein. Mir war es nicht gelungen, mich wach zu halten, denn ich hörte zwar deutlich die Stimmen der Spieler, sah aber nicht ihre Züge – das ermüdet auf die Dauer!

Ich fuhr auf, weil neben mir ein Reiter rücksichtslos sein Kamel auf den Teppich trampeln ließ. Auch die Spieler brachten ihre Empörung lautstark zum Ausdruck, David der Templer fuhr den späten Gast barsch an, sich auf der Stelle zu entfernen, doch der ließ sein Tier auf dem Kelim niederknien und stieg ab, ohne sich um die Proteste zu kümmern. Es war Ali, der zurückgekehrt war. Da ihn keiner fragte, wo er abgeblieben war, trat er trotzig in den Kreis der Öllichter und verlangte sogleich wieder mitzuspielen, als wäre das sein angestammtes Recht. Die beiden Okzitanier waren verunsichert, doch der einarmige Templer widersetzte sich.

»Stellt Euch erst mal unserem Herrn Roç Trencavel vor!«, befahl er dem Unverschämten kühl. »Der entscheidet, ob Ihr überhaupt in unseren Reihen aufgenommen werdet, denn Euer Roter Falke hat sich von uns verabschiedet –«

»Samt seinem Weibe Madulain«, setzte Josh der Zimmermann anzüglich hinzu, »und unserem lieben William!«

Mir wurde gleich warm ums Herz, aber dieser Ali wurde sofort frech. »Ich kann mich nicht entsinnen, dem Emir jemals Rechenschaft abgelegt zu haben über mein Tun und Lassen«, rief er schrill, damit der Rote Falke es selbst im Schlaf mitbekommen sollte. »Genauso wenig wünsche ich mir einen neuen Herrn!«

Roç musste dem lautstarken Disput aufmerksam zugehört haben, denn unter der Führung des Terèz de Foix betraten jetzt einige, noch schlaftrunkene Ritter aus Antioch den Teppich, griffen sich erst das Kamel, das sie zur Seite führten, und zwangen dann Ali mit gezückten Schwertern, nicht etwa ihnen zu folgen, sondern seinen Scimtar abzulegen.

»Roç Trencavel wünscht«, teilte ihm dann Terèz höhnisch mit, »heute nicht mehr von Euch gestört zu werden –« Er gab Pons einen unmerklichen Wink, sich von seinem Platz zu erheben. »Hingegen erwartet er von Euch, dass Ihr ohne weiteren Verzug an dem Spiel teilnehmt!« Ali warf sich wütend wie ein trotziges Kind auf den Teppich, doch das beeindruckte Terèz nicht im Geringsten. »Das ist ein Befehl!«, ließ er ihn wissen, und die Ritter packten den Strampelnden, schleiften ihn an den freien Platz zwischen den Spielern und pressten ihn mit Nachdruck mit seinem Arsch auf den Teppichboden.

»Eben wolltet Ihr spielen!« Statt einer Begrüßung warf ihm Guy de Muret, der das Austeilen der Pyramide übernommen hatte, seine abgezählten Stäbchen vor die Knie. »Nun spielt auch gefälligst.« Zähneknirschend, denn hinter ihm standen immer noch Terèz und die Ritter, seinetwegen aus dem Schlaf gerissen, die ihn liebend gern verprügelt hätten, und grün vor Wut nahm er die Spielsteine auf.

Josh der Zimmermann und David der Templer ließen sich weder von der Aufsässigkeit des Ali noch von den drohenden Handgreiflichkeiten der rabiaten Rittersleut aus der Ruhe bringen, sie zogen geübt ihren Spielrhythmus durch, warfen ab, nahmen auf, ohne Emotion zu zeigen. Nur als der Sultanssohn völlig wirr längst abgelegte, und damit »verbrannte« Stäbchen für sein Spiel reklamierte, nahm ihn Joshua sich zur Brust.

»Nur ein Narr versucht das Meeresungeheuer, stehend für Wasser, feucht und kalt, mit dem Wesen der Materie zusammenzubringen, sei es als Besitz und Überfluss, sei es in Armut und Hungersnot!«, belehrte er Ali unwillig. »Dafür stünde das Einhorn, mit allen vieren auf der Erde als aristotelisches Element!« Doch damit nicht genug! Genüsslich schnaubend fügte er noch hinzu:

»Der Merkur in seinen negativen Aspekten, wie Giftmischer, Dieb und Verräter, mag Euch ja sehr liegen, aber weder könnt Ihr ihn ins sonnige Bett der Aphrodite schmuggeln noch einem ehrlichen Kriegsmann unters Wams jubeln! Eure Herangehensweise grenzt an fortgeschrittenen Wahn, doch Geisteskrankheit müsstet Ihr ganz anders darstellen!«

Ali biss sich auf die Lippen und verweigerte für den Rest der Partie jedes Engagement. Er zog lustlos seine Spielsteine aus der Pyramide und warf sie seinen Mitspielern hin, ohne auch nur einen Blick auf sie zu werfen. Ali zeigte seine Wut, indem er gar nicht daran dachte, jetzt – wie alle anderen –mit Hand anzulegen, die Stäbchen neu zu mischen und eine Pyramide zu errichten. Dass er sich erhob, bekam ich schläfriger Zaungast schon nicht mehr mit, spätestens bei diesen mich langweilenden Spielpausen nickte ich regelmäßig ein.

Ich wurde der Unruhe erst gewahr, als eine harsche Auseinandersetzung an mein Ohr drang. Sie fand zu Füßen meines Lagers statt.

»Ich habe genau gesehen«, fauchte Guy de Muret den Ali an, »wie Eure Hand in Williams Beutel glitt –« Ich tat so, als ob ich fest schliefe, blinzelte aber hinüber, wo in Reichweite meine Pilgertasche lag mit den Schreibutensilien und den Pergamenten der Chronik. Die beiden hockten davor in Lauerstellung wie Gockel kurz vor dem Hahnenkampf. »Ihr wolltet die Dokumente stehlen!«

»Da täuscht Ihr Euch gewaltig!«, verteidigte sich der Sultanssohn frech. »Ich war im Begriff, meine Notdurft zu verrichten, so suchte ich nach etwas Besserem als Sand, um mir den Arsch abzuwischen!« In der Tat hatte Ali die Hosen halb heruntergelassen und wies dem zornigen Inquisitor Guy seinen nackten Hintern. »Macht Euch nicht lächerlich!«

Guy stopfte die Pergamente ärgerlich in den Beutel zurück. »Lasst Euch nicht noch einmal erwischen!«, blaffte er den Tatverdächtigen an und packte mir zur Beruhigung die Pilgertasche dicht neben meinen Kopf, der ich mich weiterhin schlafend stellte.

Ali verzog sich in die Dunkelheit, als müsse er jetzt wirklich dringend scheißen. Für mich hatte er die Hosen nur deswegen schnell abgestreift, um die Pergamente ungesehen in seinen Beinkleidern zu verstauen. Guy stapfte zurück auf den Kelim zu seinen Mitspielern. Ich konnte ihm eine gewisse Anerkennung für diesen Freundschaftsdienst nicht versagen.

FÜR DIE NACHT hatten die beiden einsamen Reiter Aufnahme bei am Wege lagernden Beduinen gefunden. Yeza und Baitschu wurden zuerst mit unverhohlenem Misstrauen beäugt, ein junges blondes Weib der Franken allein unterwegs mit einem fremdartigen Knaben – Mongolen hatten die hier ihre Herden weidenden Hirten bislang noch nicht zu Gesicht bekommen –, doch dann siegte die Neugier, und sie wurden mit größter Herzlichkeit in das Zelt gebeten. Sofort wurde für die Gäste ein Zicklein geschlachtet, und als das Festmahl endlich vorüber war, wurden die Fremden geradezu genötigt, hier ihr Haupt für die Nacht zum Schlaf zu betten. Obgleich Yeza protestierte, wurden Frauen und Kinder aus der schützenden Behausung vertrieben, damit nichts die Ruhe der teuren Gäste stören sollte. Die Männer schliefen sowieso draußen bei ihren Tieren. Baitschu, der völlig in seiner Beschützerrolle aufging, ließ sich, in eine Decke gerollt, gleich hinter dem Eingang nieder, während Yeza auf einem Stapel von Schafsfellen ihre bereits vorbereitete Schlafstelle fand. Während der Mongolenknabe als treuer Wächter noch aufmerksam den fremdartigen Stimmen auf dem Vorplatz lauschte, die riesengroßen Schatten der vor den Feuern vorüberhuschenden Menschen erregt mit staunenden Augen in sich aufnahm, war Yeza schon eingeschlafen.

Keiner weckte sie des Morgens, mit rücksichtsvoller Leisigkeit hatten ihre Gastgeber ihr Tageshandwerk wieder aufgenommen. Die Sonne kroch schon gleißend und Hitze verströmend den Himmel empor, als Baitschu sich räuspernd traute, die Aufmerksamkeit der wohlig schlummernden Prinzessin auf sich zu lenken. Sie traten vor das Zelt. Kaum, dass sie in das Licht zu blinzeln vermochten, erhob sich vor ihnen die Silhouette des Bretonen. Herr Yves überschüttete die beiden Ausreißer nicht etwa mit Vorwürfen, noch gab er sich verlegen.

»Ihr habt klug gehandelt, Prinzessin«, sagte er trocken, »Palmyra auf dem kürzesten Weg zu verlassen«, er zurrte den Sattelgurt seines Pferdes fest, im Lederfutteral zur Seite steckte das gewaltige Richtschwert, »und ausreichend Distanz zwischen Euch und den General Sundchak zu bringen!« Im Hintergrund sah Yeza die sich nähernde Hundertschaft des Khazar. »Das ist bereits die Nachhut!«, klärte Yves sie auf.

Yeza gab Baitschu einen Wink, sich seinem älteren Vetter wieder zuzugesellen, sie versüßte ihm die knappe Verabschiedung mit einem kleinen komplizenhaften Lächeln. Das versöhnte den Knaben, und beglückt schwang er sich auf seinen Gaul. Auch Yeza bestieg ihr Pferd, verabschiedete sich von dem Ältesten der Beduinen und folgte dem ungeduldigen Bretonen.

»Zur Salzsäule erstarrt wärt Ihr«, ließ Yves mit gekünstelter Beiläufigkeit Yeza wissen, die gesenkten Hauptes an seiner Seite ritt, »grad' wie Lots Weib, wenn Ihr hättet anschauen müssen, wie Sundchak seine Soldaten in Palmyra hausen ließ –« Selten hatte Yeza den Bretonen in solcher Weise angeschlagen erlebt, ihre eigene Betroffenheit, selbst ihre Schuldgefühle in den Schatten stellend. »Die Leiber der Frauen aufgeschlitzt, die Schädel der Kinder zertrümmert –«

Sie schwieg, und Yves ließ es bei dieser Schilderung bewenden. Beide ritten sie inmitten der Nachhut, die von Khazar angeführt wurde. Neben ihm trabte voller Stolz Baitschu. Yves hatte auf diesen Maßnahmen bestanden. Der blutrünstige General hatte für den Bretonen nur ein verächtliches Schnauben übrig gehabt, als der zusammen mit Khazar im Palast der Königin erschienen war, um die dort zurückgelassenen Pferde zu holen.

»Hat Rhaban das Massaker überlebt?!«, fragte Yeza in banger Hoffnung.

»Nein«, antwortete ihr Yves. »Doch ich hielt ihn todgeweiht in meinen Armen. Trotz seiner Verletzung hatte er die Leute Sundchaks hindern wollen, Euer Kamel zu schlachten«, schob Yves schonungslos als Erklärung nach. »Treue zieht den Tod an, wie Blut das Fliegengeschmeiß.« Der Bretone verbreitete keine tröstlichen Illusionen.

»Ich musste den zäh mit dem Tode ringenden Fechtmeister dem Sufi überlassen, als der sich von mir verabschieden wollte –« Der harte Yves kämpfte um seinen zur Schau getragenen Gleichmut. »Jalal versprach mir, bei ihm auszuharren. Der Weg, den die Königin jetzt wohl gehen müsste, sei gewiss nicht der seine.« So lautete sein letzter Gruß. Nicht einmal ein Vers von Rumi sei ihm eingefallen, angesichts des Desasters, das über seine Brüder aus Palmyra hereingebrochen war.

Mehr noch als Trauer verspürte Yeza die schreckliche Hoffnungslosigkeit, in die der kleine Sufi gefallen sein musste. Und das Schrecklichste war, auch sie hätte kein Wort des Trostes zu spenden vermocht. Alles, an was sich Yeza auch zu klammern versuchte, es waren immer nur Selbstvorwürfe, die über sie herfielen wie böse *djinn* in der Nacht.

»Ich hätte mich dem General stellen sollen, sichtbar freiwillig für die Beduinen, und hätte so vielleicht –«

»Nichts hättet Ihr damit erreicht«, schnitt Yves sie kurz, »außer, dass Ihr in den gleichen Käfig gesperrt worden wärt, wie der Emir von Mayyafaraqin!« Yeza zuckte unwillkürlich zusammen. »Denn El-Kamil war es, der die Beduinen aufhetzte, nicht um Euretwillen, sondern um sein eigenes, erbärmliches Leben zu retten.«

»Oder zumindest seinen Tod in der Schlacht zu finden«, mischte sich Khazar ein, der sich – samt Baitschu – zu den beiden hatte zurückfallen lassen, »der dem, was ihm nun blüht, vorzuziehen ist wie jeder Zipfel des Paradieses dem Flammenmeer der Hölle!«

Sowohl der Bretone wie auch Yeza schauten erstaunt auf den stämmigen Mongolen, der bisher solcher Bildersprache unverdächtig war. Doch dieser – wohl zu belustigte – Blick machte Khazar auch deutlich, dass er das Gespräch der beiden gestört hatte. Er gab seinem Tier die Sporen und schloss wieder zu seinen Leuten auf. Baitschu folgte ihm.

»Und doch hätte ich dies Opfer bringen sollen, schon um meiner Seele willen«, beharrte Yeza, kaum dass sie wieder allein waren, auf ihrem Anteil der Schuld.

»Damit müsst Ihr leben, was viel quälender ist als der grässlichste Tod«, beschied sie der Bretone sarkastisch. »Die Erlangung Eurer Bestimmung, ihre Durchsetzung, ist dazu angetan, noch viel Leid über die Erde zu bringen.« Herr Yves verfiel – sicher gegen seinen Willen – in den belehrenden Ton eines Priesters – der Beruf, den er einst angestrebt hatte. »Dagegen mag das Eure wiegen wie ein Sandkorn in der Wüste!«

Yeza sah ihn fest an. »Es kostet mich nur einen schnellen Stoß, und ich bin dieser Fesseln ledig!«

Yves wusste, dass sie auf ihren verborgenen Dolch anspielte und dass sie ihn geschwinder zur Hand haben würde, als er sie daran zu hindern vermochte. »Dagegen steht«, hielt er ihr entgegen, sie nicht aus dem Auge lassend, »das Friedenskönigtum, diese gewaltige Verheißung, die dem Königlichen Paar mitgegeben!«

Soviel Emphase verwunderte Yeza. »Der Große Plan ist mitnichten eine Prophetie von Gottes Gnaden«, widersprach sie Yves vehement, »sondern das ehrgeizige Vorhaben sehr kühn planender Menschen – ob weise, sei dahingestellt!« Sie erstaunte selbst über die Klarheit, mit der sie ihre Rolle darin sah.«Und ›Verheißung‹ ist somit auch kein Wert an sich, besonders, wenn sie sich nicht erfüllt!« Yeza sann weniger der Wirkung als dem Sinn ihrer Worte nach. »Dem Wesen des Menschen entspricht aber der Krieg –«

Wenn sich jemand nicht geschlagen gab, war es der Bretone. Zur Durchsetzung von Gesetz und Gerechtigkeit fügte er noch die Pflichterfüllung als hohes Gut hinzu. »Der Menschen Sehnen gilt jedoch dem Frieden! Ihn zu suchen, ihr Schicksal – und deswegen könnt Ihr nicht aufgeben – nicht einmal Euch selbst!«

Aus der Chronik des William von Roebruk

Wir, der Rote Falke, seine Frau Madulain und meine Wenigkeit, der Minorit William, waren am frühen Morgen noch vor Sonnenaufgang von der Oase aufgebrochen, während Roç und seine Gefährten noch schliefen. Selbst die unermüdlichen Wesen-Spieler hatten irgendwann in der Nacht ihrem zwanghaften Wahn nicht länger nachgegeben, immer noch eine neue Runde, die letzte, die allerletzte bestreiten zu müssen. Der Kelim lag jedenfalls in den frischen Farben des Morgentaus verlassen da, nur die Reste der Stäbchenpyramide erhoben sich in seiner Mitte wie ein Häuflein verbrannter Knochen. So fand sich auch keiner zu unserem Abschied ein, darauf hatte ich auch nicht mehr gezählt, wenngleich ich mir eine versöhnliche Geste gewünscht hätte.

Nach den Berechnungen des Roten Falken befanden wir uns in der Höhe von Philippolis, dessen Ruinen aber auf die Entfernung und im bereits hellen Tageslicht nicht auszumachen waren, und wir beschlossen auf Damaskus im Norden zuzuhalten. Doch gerieten wir immer tiefer in die Wüste, weil wir den letzten Karawanenweg verfehlt hatten. Da wegen der drohenden Mongolengefahr immer weniger Handelsreisende den Weg in die Stadt suchten, verwehten Sand und Winde schnell alle Spuren, die die Kamele normalerweise hinterlassen. Hohe Sanddünen trugen zusätzlich dazu bei, dass man leicht die Orientierung verlor. Wir richteten uns nach dem Stand der Sonne, die immer unbarmherziger auf uns niederbrannte, und hofften, irgendwann auf wüstenerfahrene Beduinen zu stoßen, die uns in die angestrebte Richtung weisen sollten. Doch ob wir uns nun mühsam die sanften Kämme hinaufquälten oder in den Tälern gegen das Versinken in den Sandwehen ankämpften, immer waren wir allein – bis wir plötzlich eines äußerst seltsamen Zuges ansichtig wurden, der sich in entgegengesetzter Richtung quer durch die Wüste bewegte.

Es waren keine gewöhnlichen Reisenden, das sah ich schon an der stattlichen Kamelkarawane, die ihnen folgte, alle Tiere schwer bepackt mit Truhen und Körben, Kisten, Fässern und Säcken. Es handelte sich auch nicht um reiche Kaufleute. Fasziniert starrte ich auf die voranschreitenden Herrschaften. Ein bizarrer Hofstaat in prächtigen, für eine solche Reise völlig ungeeigneten Gewändern. Ich erkannte auch, außer wenigen bewaffneten Reisigen, leicht gekleidete junge Weiber auf den Kamelen – vielleicht Tänzerinnen? – und herumlaufende Zwerge. Über einer schwergewichtigen Gestalt wurde sorgsam ein Baldachin gehalten, Diener fächelten dem fetten Riesen Kühlung zu, an seiner Seite ritt eine unverschleierte Frau, die sich nur durch einen Schirm gegen die Sonne schützte. Sie mussten uns jetzt ebenfalls erblickt haben, denn sie hielten an, was für uns eine Einladung bedeutete, näher zu kommen. Der Rote Falke, dessen Augen schärfer waren als die meinen, hielt mich, der ich gleich lostraben wollte, zurück.

»Für mich ist das An-Nasir, der Sultan von Damaskus«, sagte er mit leiser Stimme zu seinem klugen Weib, »er muss aus seiner Stadt geflohen sein!«

»Der Vater des –?«, fragte ich betroffen.

Der Emir winkte ungehalten ab. »Über das peinsame Zusammentreffen mit seinem Sohn sollten wir lieber schweigen, William«, flüsterte er mir zu, als hätte es an mir gelegen, dass wir den Armen schmählich seinem Schicksal überlassen hatten. Doch ich nickte einverständig, zumal der Rote Falke jetzt eine weitere Person erspäht hatte, die auch ich kannte. »Jene *imratun kheir muhadjaba* an seiner Seite ist Clarion von Salentin, seine Favoritin!«

»Lasst uns nicht unhöflich sein!«, drängte jetzt die kluge Saratz. »Auch wenn wir ihnen keine Hilfe anzubieten haben, sie werden uns sicher den Weg nach Damaskus weisen können!«

Wir ließen unsere Tiere den Hang hinabsteigen und hielten auf die stattliche farbenprächtige Gruppe zu.

Es war der Sultan, und es war auch Clarion, die uns sofort erkannte und es dem riesigen Fettkloß mitteilte. Die Leibwächter ließen uns daraufhin absteigen und näher treten. Auf Geheiß der Favoritin wurde uns von den Dienern nach Rosen duftendes Wasser mit leichtem Minzgeschmack als Erfrischungstrank gereicht. Clarion hatte sich von ihrem Reittier gleiten lassen und begrüßte uns mit großer Herzlichkeit. Für An-Nasir war es wohl ein zu großer Aufwand, von seinem Kamel gehievt zu werden, obgleich mehrere starke Männer dafür bereitstanden. Der Rote Falke richtete seinen Blick fragend hinauf zu der massigen Gestalt, doch stand es dem Sultan zu, das Gespräch zu eröffnen.

»Ich habe mich entschlossen«, schnaufte der von seiner Sänfte herab, die Last war auf zwei Kamele verteilt, »bei meinem Bruder im Amte, beim Sultan von Kairo, Beistand zu erfragen – gegen die heranrückenden Mongolen – «

Der Rote Falke war nicht gewillt, so zeigte sich, dem vormals mächtigen Herrscher zu Gefallen die Lage schön zu reden. »Das hättet Ihr schon längst – «, begann er, aber Clarion unterbrach ihn voller Spott.

»Was glaubt Ihr, Emir, treibt Seine Hoheit hier inmitten der Wüste seit dem Tag, an dem wir Damaskus verlassen mussten?« Sie schob die Antwort gleich nach. »›Vielleicht sollte ich mich doch den Mongolen unterwerfen?‹ Also Kehrtwendung, zurück Richtung Damaskus! ›Oder wäre es doch günstiger, zusammen mit den Ägyptern den Mongolen die Stirn zu bieten?‹ Also gleich wieder umgedreht, Richtung Askalon, oder sonst wo zur Grenze im Süden!« Clarion schilderte das alles höchst amüsiert, als wolle sie die bittere Situation nicht wahrhaben, in der sich der Sultan befand.

»Wie stellt Ihr Euch eigentlich vor, edler An-Nasir«, wandte sich der Rote Falke daher streng an den Herrscher, »werden die Mamelucken auf Eure Schwäche reagieren?«

»Wieso Schwäche?«, schnaubte das Nilpferd. »Ich biete Kairo ein Bündnis an!«

»Und Ihr geht ernsthaft davon aus, der Mameluckensultan marschiert sofort los, um Euren Thron zu retten?!« Da An-Nasir außer Schnaufen nichts von sich gab, fuhr er fort. »Wenn sich Kairo in den – vermutlich unvermeidlichen – Krieg verwickeln lässt, dann wird, bei einem Sieg der Ägypter, ganz Syrien der Preis sein – «

»Und wenn sie ihn verlieren?«, fragte Clarion keck dazwischen.

»Dann fangen sie ihn erst gar nicht an!«, gab ihr der Emir zur Antwort. »Sie werden ihren besten Heerführer schicken, Baibars, den Bogenschützen!«

»Und wie verhalten sich die Barone des Königreiches?« Die gute Clarion hegte anscheinend noch immer Hoffnung für das politische Überleben ihres Herrn und Gebieters.

»Die werden die Köpfe einziehen und warten, bis der Sturm vorüber ist«, trug ich mein Scherflein bei, kannte ich mich doch aus in den Krämerseelen von Akkon bis Tyros.

»Letztlich spielen beide«, zog der Emir den Disput wieder an sich, »weder das Königreich von Jerusalem noch das Sultanat von Damaskus, keine entscheidende Rolle in dieser Auseinandersetzung – «

Das Nilpferd schluckte heftig an seinem aufsteigenden Ärger. »Ich kehre auf der Stelle in meine Hauptstadt zurück!«, verkündete er schwer atmend. »Mit mir an der Spitze – «

Clarion hinterfragte respektlos: »An der Spitze von was?!«

Dem Emir missfiel die Art, wie sie mit dem Fleischberg umsprang. »Ihr könnt Euren Thron nur retten«, hielt er sich – ihren Einwurf ignorierend – an den Sultan, »wenn Ihr sofort und in Eilmärschen den Mongolen entgegeneilt, bevor sie Damaskus ohne Euer Zutun einnehmen!«

»Das werden sie nicht wagen!«, polterte An-Nasir. »Ich kann immer noch meine Hand den Ägyptern reichen?!« Er war sich schon wieder unsicher.

»Ihr könntet uns begleiten«, schlug Madulain vor, die sich bisher bescheiden, aber aufmerksam zurückgehalten hatte. »Wir sind auf dem Weg dorthin – «

Der Sultan schwitzte, seine Hand suchte wie ein kleines Kind die seiner Favoritin. »Clarion, was soll ich tun?«, klagte er.

»Das habt Ihr doch gehört, mein Herr und Gebieter«, versuchte sie ihn jetzt mit Sanftmut zu bewegen, doch An-Nasir mochte sich nicht entscheiden.

»Reitet nur voraus, Emir«, forderte er den Roten Falken auf, »und bereitet in der Stadt meine Ankunft vor!«

Wir hatten keine Zeit zu verlieren, Madulain herzte und küsste Clarion, und wir schwangen uns wieder auf unsere Tiere. Der Baouab, sein Oberhofmeister, ein spindeldürres Männchen, wies uns bereitwillig den richtigen Weg, und wir ließen den grotesken Haufen in der Wüste zurück.

»Mir gefällt nicht«, bemerkte der Emir nach einiger Zeit nachdenklichen Ritts, »wie diese vollreife Dame sich über den Sultan lustig macht!«

Das war zwar an die Prinzessin der Saratz gerichtet, doch ich antwortete aufgewühlt: »Unterschätzt nicht die zärtliche Liebe der Clarion von Salentin zu ihrem Koloss!« Die Begegnung hatte zumindest bei mir einen bitteren, wenn nicht tragischen Nachgeschmack hinterlassen. »Im Zweifelsfall ist sie die Einzige, die treu zu An-Nasir stehen wird!«

Meine beiden Weggefährten schwiegen. Bedachten sie vielleicht ihr eigenes Verhältnis?

»Ihr Einfluss wird leider nicht ausreichen«, befand schließlich Madulain, »ihn zu einer Entscheidung zu drängen – «

»Er hat gar keine Wahl«, beschied ihr Mann sie freundlich. »Die Mamelucken würden ihn umbringen – über kurz oder lang!«

»Und die Mongolen?« Ich wollte meine Einschätzung erst zurückhalten, sprach sie aber dann doch aus. »Wahrscheinlich werden auch sie ihn töten, allerdings sofort!«

Wir stießen endlich auf den Karawanenweg und setzten unsere Reise nach Damaskus fort.

DIE HORDEN DES SUNDCHAK hatten Palmyra verlassen, eine breite Schneise von willkürlichen Metzeleien und sinnloser Zerstörung durch die Oasenstadt geschlagen. Auf den Stufen der Tempelruinen lagen die Körper der Derwische, einigen hatten sie die Köpfe abgeschnitten.

Vor dem Tor zum Palast der Königin hockte Jalal al-Sufi mit starrem Blick. Auf seinen Knien hielt er das Haupt des sterbenden Rhaban. Bei vollem Bewusstsein und offenen Auges spürte der alte Fechtmeister, wie ihm das Leben langsam aus dem Leibe wich.

Aus der Wüste kommend, fegte ein einzelner Reiter heran, gebeugt über den Hals seines Pferdes, das er unerbittlich antrieb. Er warf keinen Blick auf die Spuren von Tod und Zerstörung, als er sich – ohne innezuhalten – anschickte, die offene Ebene zwischen dem Palast der Zenobe und den beiden Tempeln zu durchqueren. Weithin sichtbar ragte über seinen Nacken und seinen breitkrempigen Lederhelm die am Schulterpanzer befestigte Standarte hinaus.

»Ein Iltschi!«, stöhnte Rhaban. »Ein mongolischer Staatsbote – «

Der Sufi hob nur langsam seinen Blick, unbeeindruckt ließ er den Reiter vor seinem leeren Auge vorüberfliegen.

»Niemand darf sich ihm in den Weg stellen, keine Hand sich gegen ihn erheben – « Dem Fechtmeister entrang sich ein erleichterter Seufzer. »Er ist unantastbar– «

Jalal schaute dem Boten nach, der eine Staubfahne hinter sich herziehend in der nahen Wüste verschwand. Dennoch hetzt er sein Pferd, bedachte der Sufi bekümmert die Nichtigkeiten der Welt, als säße ihm der Sheitan im Genack! Als sein Blick sich wieder Rhaban zuwandte, sah er, dass er einen Toten in den Armen hielt.

ALS DER ZUG DES SULTANS zum dritten Mal innerhalb weniger Tage die Richtung wechselte, weigerte sich sein Hofstaat, ihm weiterhin Gefolgschaft zu leisten. Gerade hatte sich An-Nasir entschlossen, doch nach Damaskus zurückzukehren. Darin sah sein Oberhofkämmerer, der *Ouasir al-Khazna*, keinen Sinn, die Stadt hatte sich gegen den Herrscher erhoben und würde außerdem bald in den Händen der Mongolen sein. Er plädierte dafür, endlich und zielstrebig den Weg nach Ägypten fortzusetzen. Unterstützt wurde er darin vom Obereunuchen des Harems. Dem *Kabir at-Tawashi* lagen die jungen Mädchen mit ihrem Gejammer in den Ohren, die nichts so sehr fürchteten wie eine Massenvergewaltigung durch die Eroberer. Damit wäre dann seine Stellung in der Tat überflüssig, sein hoher Rang nichtig. Gelänge es ihm hingegen, den Harem unbeschädigt bis nach Kairo zu schaffen, traute er sich zu, für sie einen neuen Herrn zu finden – der dann allerdings nicht mehr An-Nasir Yusuf heißen würde. Dass gerade die Dame Clarion sich dafür einsetzte, dem Sultan die Treue zu halten, verstärkte nur den Widerstand. Die Unabhängigkeit der Favoritin war den Herren der Hofkamerilla schon immer ein Dorn im Auge gewesen. Da dem Ouasir al-Khazna mit der Oberaufsicht über die gesamte Dienerschaft auch die Leibwächter unterstanden und ansonsten keine Bewaffneten zur Hand waren, musste der vor Empörung mit Atemnot ringende Sultan die Abtrünnigen ziehen lassen. Mit ihnen entschwanden die

Köche und die Zwerge, die Musikanten und die stämmigen Leibdiener. Der bunte Tross wandte sich schleunigst gen Süden, denn auf den Kämmen nicht sonderlich weit entfernter Dünen tauchten bereits die ersten mongolischen Späher auf. Sie hielten sich nicht einmal bedeckt, sondern beobachteten wie Geier den sich auflösenden Haufen. Es muss ihnen vorgekommen sein, als wenn ein dicker, fetter Kapaun, ohnmächtig von panischer Angst geschüttelt, sein farbenprächtiges Gefieder verliert.

Die verbliebene Gepäckkarawane und ihre Treiber schickten als ihren Sprecher den spindeldürren Baouab vor, damit er dem Sultan untertänigst, doch dringlich vortragen sollte, dass sie bereit wären, nach Damaskus zurückzukehren – das aber bitte sofort! Die Furcht saß ihnen seit dem Erscheinen der Späher in den Gliedern. Der am ganzen Leib zitternde Majordomus, sein oberster Haushofmeister, stellte seinem Herrn An-Nasir ein Ultimatum, was ihn noch vor wenigen Tagen glatt den Kopf gekostet hätte, aber nun war keiner mehr da, um ihn dem Unverschämten abzuschlagen. Die verständige Clarion schob den Baouab beiseite, besänftigte und bearbeitete den vor Wut ebenfalls bebenden Fleischberg.

»Lieber Vizekönig von des Il-Khan Gnaden in Eurer eigenen Stadt, als ein Ayubitensultan im Exil, ohne Freunde in der Fremde!« An-Nasir war Gefangener seiner Sänfte, seit die muskulösen Stemmer ihn im Stich gelassen hatten. Seine Favoritin nutzte das keineswegs schamlos aus, aber schonungslos hielt Clarion ihm sein Los vor Augen. »Die Mamelucken haben bisher noch jeden Eurer Familie umgebracht, dessen sie habhaft wurden!«

»Soldatenpöbel, Hurensöhne!«, polterte der Sultan. »Ich, als direkter Nachfahre des großen Saladin –« Ein neuerlicher Anfall von Atemnot ließ seinen verwirrten Geist umspringen. »Die Mongolen sollen mir garantieren«, keuchte er schwer atmend, »dass wenigsten El-Aziz, mein geliebter einziger Sohn, sein Erbe antreten darf –«

»Dafür müsst Ihr Euch unterwerfen!«, hielt ihm Clarion mit liebevoller Unerbittlichkeit vor.

Der Baouab räusperte sich. »Hoheit, die Karawane will nicht länger warten. Es steht Euch frei, verehrungswürdiger An-Nasir

Yusuf, uns zu folgen!« Er verneigte sich vor der Sänfte und vor der Favoritin. Kurz darauf setzte sich die lange Reihe der Kamele Richtung Norden in Bewegung und entschwand zwischen den Dünen. Mit dem Majordomus gingen gesenkten Hauptes auch die letzten alten Diener.

Außer der Frau, die er als Einzige wirklich geliebt hatte, war dem Sultan nur sein Hofnarr geblieben, ein kleiner Mohr. Sie irrten noch wenige Stunden durch die Wüste, schon weil keiner die Tiere mit der Sänfte mehr führte. Clarion hatte den Mohren hinter sich in den Sattel klettern lassen, dafür hielt er ihr den Schirm. Als die Schatten schon länger wurden, traf die von den Spähern herbeigerufene Hundertschaft ein. Sie schnitten herzlos den Kamelen, die zwischen sich die Sänfte trugen, die Sehnen durch, sodass der Koloss herabstürzte. Der Hauptmann der Mongolen trat an ihn heran, fragte ihn noch, ob er An-Nasir sei, bevor er ihm sein Schwert in den Leib rammte.

Clarion, der es gelungen war, abzusteigen, warf sich über den massigen Körper. Zwei, drei Speere nagelten sie auf ihren Herrn und Geliebten. Der Mohr rannte weg, versuchte in die Dünen zu entkommen. Die Bogenschützen veranstalteten ein Scheibenschießen, mit Pfeilen gespickt wie ein Igel, kullerte der Kleine den sanft gewellten Abhang wieder hinunter.

DER ORT WAR UNVERÄNDERT der gleiche geblieben, die drei mageren Dattelpalmen in der steinigen Wüste, wo Roç und seine Gefolgschaft lagerten, nur die Stimmung war gesunken, tiefer als der Brunnenschacht, aus dem sie täglich das kostbare Nass heraufwanden für sich und ihre Tiere. Die Nahrungsmittel hingegen waren ihnen längst so knapp geworden, dass der Trencavel einen Fouragetrupp ausschicken musste, denn, was sie durchziehenden Beduinen hatten abkaufen können, war längst aufgezehrt. So waren die fünf Armenier ausgezogen, und alle hofften, dass sie wenigstens mit etwas ›Beute‹ zurückkehrten – und sich nicht bei der Gelegenheit aus dem Staub machen würden.

Roç hatte unmissverständlich ankündigen müssen, dass sie am nächsten Morgen in jedem Fall aufbrächen, ansonsten wäre seine Führerschaft, die sich bislang auf seine Okzitanier stützte, noch weiter angezweifelt, wenn nicht endgültig von den Rittern aus Antioch bestritten worden. Die Sonne sengte, die Sonne neigte sich dem Abend zu, die Armenier waren immer noch nicht zurück. Dass der Kelim geopfert werden musste, war allen klar, wurde von den meisten auch mit Erleichterung erwartet, nur nicht von denen, die dem Wesen-Spiel verfallen waren. Joshua und David, Guy de Muret und der mittlerweile spielsüchtige Ali saßen auf dem Teppich, der längst seine leuchtenden Farben eingebüßt hatte, weil ständig Staub aus der Wüste über ihn wehte und sich in seinem Gewebe verfing. Der Kelim begann zu versanden, zumal seine eifrigen Benutzer nichts dagegen unternahmen, es hätte sie vom Spiel abgehalten.

David der einarmige Templer und sein Freund Josh der Zimmermann begannen bereits die Öllichter für die Nacht aufzustellen, denn die Dämmerung fiel schnell, derweil Guy de Muret kundig und gewissenhaft die Pyramide für eine neue Runde aufschichtete. Bei ihm saß brütend Ali, für eine Beteiligung an solch vorbereitenden Tätigkeiten war er sich zu schade. Er wusste, die anderen brauchten ihn. Den Begriff des »Vierten Mannes« verdrängte er dabei mit Erfolg. So weit, dass Ali sich einredete, die anderen verlangten geradezu nach ihm und seiner Gesellschaft. Mit dem Versinken des glutroten Feuerballs kam ein leichter Wind auf, die kühle Nacht kündigte sich an. Der Templer und der Kabbalist hatten mit einigen Schwierigkeiten zu kämpfen, bis alle Lichter brannten. Sie nahmen ihre angestammten Plätze ein, Guy begann mit dem Austeilen der Stäbchen.

Josh der Zimmermann, bei weitem seinen Mitspielern in der sinnvollen Auswertung dessen, was die Hand des Schicksals ihm zukommen ließ, überlegen, überdachte gewissenhaft vor allem seine Chancen, von seinen Nachbarn jene Stäbchen zu ergattern, die ihm noch zu einer gewinnträchtigen Kombination seiner Spielsteine fehlten. Er ließ sich Zeit. Sein Freund David ging ähnlich zu

Werke, nur, dass seine Ausgangslage wesentlich vielversprechender war. Er musste eigentlich nur bedenken, was er dem Kabbalisten zum Fraß vorwerfen sollte, um den zum Abwurf jener Werte zu bewegen, die er noch zu einem glanzvollen Abschluss seiner Strategie benötigte. Guy de Muret war nicht bei der Sache, ihn beschäftigte eigentlich die nahe Zukunft der Truppe, die sich um den Trencavel geschart hatte, weitaus mehr als das Spiel. Vor ihnen lag Damaskus! So geriet er, was die Aufnahme von Spielsteinen anbetraf, zwischen die Mühlsteine des verbissenen Machtkampfes zwischen Templer und Zimmermann. Für ihn blieb, das musste er bald erkennen, nur noch die Spreu vom Weizen!

Ali machte Schluss, bevor die anderen überhaupt richtig angefangen hatten, und verlangte gerade zur Verblüffung aller – Guy kicherte vor Vergnügen, der Zimmermann wurde zornig, denn David konnte bis dahin das klar erkennbare bessere Ergebnis vorweisen –, dass der Sieg ihm zuzusprechen sei, da erschien Pons und forderte im Auftrag des Trencavel den Templer und den Kabbalisten auf, zu ihm zu kommen, er wünsche sie zu sprechen. Beide Spieler, die ansonsten weder glühende Hitze, Sandstürme oder eisige Kälte dazu bringen konnten, vom Spiel abzulassen, wickelten sich aus ihren Decken und folgten dem Gebot. Ali blieb allein zurück mit seinem Anspruch, als Sieger anerkannt zu werden. Der verbliebene Guy de Muret weigerte sich allerdings lachend, darüber auch nur ein Wort zu verlieren. Stattdessen unterhielt er sich demonstrativ mit dem dicklichen Pons über eine Sternschnuppe, die gerade pfeilschnell und hell über den schwarzblauen Nachthimmel gesaust war. Ali hielt das Ganze für eine üble Intrige Roçs, der sich bis heute nicht dazu herbeigelassen hatte, mit ihm auch nur ein Wort zu wechseln. Dazu benutzte dieser hochmütige Trencavel jeweils seine Leibgarde, die Okzitanier. Bei denen müsste er ansetzen … Eine weitere Lichterscheinung raste über das dunkle Firmament und verlosch –

»Wünscht Euch was!«, forderte der gutmütige Pons den sichtbar vor Wut köchelnden Sohn eines gescheiterten Mamelucken-sultans auf. »Aber sprecht es nicht aus!«, fügte Guy stichelnd hinzu. »Sonst geht das – wie mit Eurem glorreichen Sieg – nicht in Erfüllung!«

Ali biss sich auf die Lippen, er durfte sich nicht provozieren lassen. »Ich muss mir nichts wünschen!«, stieß er bemüht gelassen aus. »Ich muss es mir nur nehmen«, er nestelte an dem Amulett, das er unter seinem Gewand am Lederband um den Hals trug, und wies es mit verschwörerischem Stolz den beiden vor. »Auf mich wartet ein Königreich!«

Pons beäugte die Silberhand unbeeindruckt freundlich.

»Das kennen wir schon!«, rutschte es Guy trocken heraus. »Zur Erlangung dessen steht unser Leben bereits im Dienste des Königlichen Paares!« Der Okzitanier gab ihm den Korb nicht ohne Genuss und schaute unverwandt zum Himmel auf.

»Jedoch mein Königreich ist von dieser Welt!«, stellte Ali die Verlockung über seine Verärgerung. »Wenn ich auf Eure Hilfe zählen könnte –« Er ließ die *hamsa* wieder im Halsausschnitt verschwinden, denn das Interesse der beiden hatte sich vollends von ihm abgewandt.

Die Armenier waren zurückgekehrt. Sie hatten in der Wüste den spindeldürren Majordomus des Sultans von Damaskus aufgegabelt samt dessen Dienerschar, eine gewaltige Karawane mit der gesamten Ausstattung eines Hofstaates und reichlichem Proviant würde ihnen auf dem Fuße folgen. Die Armenier waren sehr stolz auf ihre ›Beute‹, der Trencavel lobte sie, bevor er sich von dem Baouab berichten ließ, wie sie einem grausamen Tode durch die furchtbaren Mongolen nur knapp entronnen, weil ihnen die Angst Beine gemacht, was dem verehrten Herrn An-Nasir nicht vergönnt gewesen. So erfuhr Roç auch von der Favoritin, die ihrem Gebieter unerschütterlich in ihrer Zuneigung auch in seiner letzten Stunde zur Seite gestanden hatte. Wenn der Trencavel vom Ende Clarions, seiner alten Freundin, erschüttert war, zeigte er es nicht. Roç entließ den erschöpften Majordomus samt den mit ihm entkommenen Dienern und wandte sich dem Templer und dem Kabbalisten zu.

»Mir gefällt es nicht«, eröffnete er den beiden, »dass Ihr mit Eurer Sucht – mit Spielleidenschaft mag ich Euer Verhalten nicht mehr entschuldigen – mir jetzt auch meine Okzitanier ansteckt!«

Die beiden senkten betroffen die Nasen. »Ich brauche diese tüchtigen Burschen, Euch hingegen kaum!« Dem Trencavel taten die alten Weggefährten fast Leid, doch er wollte Härte zeigen. »Wenn Ihr das vorzieht, dann schenk' ich Euch den Kelim und lass Euch morgen mit ihm zurück –« Sein Blick fiel auf Ali, der die ›geretteten‹ Damaszener zu sich auf den Teppich gebeten hatte, als sei er hier der Herr und Gastgeber. Roçs Stirn verdunkelte sich.

Ali, den auch Guy inzwischen verlassen hatte, sodass er nur noch über Pons als Zuhörer verfügte, versuchte gerade den Baouab und dessen Leute für sich zu gewinnen, er wünsche in ihrer Begleitung in Damaskus einzuziehen. Den Majordomus beeindruckte diese Haltung sehr, zumal nach dem kühlen Empfang durch den Trencavel. Er setzte gerade dazu an, dem jungen Herrn seine Dienste anzubieten, als Roçs ärgerliche Stimme herüberscholl, Ali habe den Teppich sofort zu verlassen, und Terèz fügte nicht weniger herablassend, doch laut genug hinzu: »Sitzt Ihr auf Euren Ohren, Ali? Dies ist ein Befehl des Trencavel: Jeglicher Aufenthalt auf dem Kelim ist jedermann ab sofort untersagt!«

Alis Gesicht erstarrte vor Wut und Scham zur Maske.

»Wer ist der«, fragte der in Intrigen erfahrene Baouab provozierend, »dass er so mit Euch zu reden wagt!?«

»Das ist Roç Trencavel, der Gemahl der großen Yeza Esclarmunde!«, tat da Pons ungefragt, aber mit hörbarem Stolz kund. »Zusammen bilden sie das ruhmreiche Königliche Paar!«

Das beeindruckte den gewieften Majordomus noch weit mehr als das Angebot des Ali, der seine Mameluckenherkunft bewusst verschwiegen, sich dafür in ein geheimnisvolles Licht zu setzen gewusst hatte. Der Baouab verneigte sich knappstens, eigentlich nur ein höfliches Kopfnicken, gab seinem Gefolge einen Wink, und sie verließen gehorsam den Teppich. Ali hatte die rabiate Handgreiflichkeit der Mannen aus Antioch noch in böser Erinnerung und fügte sich, die Lippen schmal zusammengepresst.

Die angekündigte Karawane traf ein. Roç ließ ihren Treibern und den Kamelen frisches Wasser bringen. Hier machten sich schon dieser spindeldürre Majordomus und seine Dienerschar nützlich, die ihm sogleich ihre Dienste angetragen hatten. Im Hinblick auf Damaskus, das jetzt vor ihnen lag, war es vielleicht nicht falsch, über ortskundige Leute zu verfügen. Josh der Zimmermann und David der Templer hatten sich still verdrückt, jedoch aufmerksam die stattliche Karawane inspiziert. Zögerlich, fast schüchtern sprach Joshua seinen alten Freund auf die neue Situation an. Roç gab sich abweisend.

»Solltet Ihr fürderhin zu Eurem großherzigen Angebot stehen, edler Trencavel«, trug David sodann mit fester Stimme vor, »wären doch diese zahlreichen Kamele durchaus in der Lage, zusätzlich auch noch den Kelim zu transportieren – «

»Dafür versprechen wir«, fügte der Zimmermann treuherzig hinzu, »dass wir Euch nach unserer glücklichen Ankunft in Damaskus nicht länger zur Last – «

»Ihr seid mir beide lieb und wert«, unterbrach ihn Roç gerührt, »auch Yeza würde sich freuen, Euch – «

»Was mich betrifft«, erklärte spontan der Templer, »stifte ich meinen Teil des Kelims gern der Großen Moschee, wenn ich weiterhin an Eurer Seite reiten darf, Trencavel.«

Ihm mochte der Kabbalist nicht nachstehen. »Was soll ich mit der anderen Hälfte des Teppichs anfangen?«, beklagte sich der alte Gauner spaßig. »Längs- oder quergeteilt oder gar im Goldenen Schnitt? Bevor ich diese Zirkulatur eines Rechtecks als mathematisch-geometrisches Problem gelöst habe, da komm' ich lieber gleich mit – und spiel' in Zukunft auf blankem Boden!«

Roç legte seine Arme über ihrer beider Schultern und ließ sie spüren, dass die alte Freundschaft wiederhergestellt war.

Die Damaszener, die wieder den alten, spindeldürren Baouab zum Sprecher gekürt hatten, unterbreiteten mit einer gewissen Feierlichkeit dem Trencavel ein verlockendes Angebot: Da Stadt und Land nun ohne Herrscher dastünden, wäre es wünschenswert, wenn Roç als männlicher Teil des berühmten Königlichen Paares zu Damaskus die Regierung übernähme – zumal er ja mit den Mongolen im besten Einvernehmen stünde. Roç bat sich Bedenkzeit aus, bis zur Ankunft in der Hauptstadt. Er bestimmte den nächsten Morgen zum Zeitpunkt des Abmarsches. – »König von Damaskus«? Roç überlegte, ob Yeza wohl damit einverstanden wäre.

Eigentlich müsste sie sich freuen? Und wenn nicht, dann wäre klar erwiesen, wie wenig ihr an seinem Glück gelegen sei. Zudem verspürte er keine Lust, mit Yeza stets Machtanspruch – und vor allem Ansehen – zu teilen.

Der Trencavel ahnte nicht, dass ein anderer bereits sehr feste Vorstellungen hinter seiner glatten Stirn wälzte, wie er den gleichen Titel an sich reißen könnte: Ali war gewillt, den Kampf um die Herrschaft von Damaskus mit allen Mitteln aufzunehmen.

WANKELMUT UND ZWIETRACHT DER GROSSMEISTER

DAS HAUPTHEER DER MONGOLEN hatte sich inzwischen ohne sonderliche Hast durch die Buqaia-Ebene südwärts vorgeschoben und lagerte unweit der Tempelruinen von Baalbek, dem antiken Heliopolis. Alle Landstriche um sie herum waren so weit ›befriedet‹, dass der Il-Khan jetzt darangehen konnte, seinen Einzug in der Hauptstadt Syriens zu planen. Die von ihm gewünschte *pax Mongolica* war zwar längst nicht von allen lokalen Machthabern als segensreicher, quasi paradiesischer Zustand dankbar akzeptiert worden, aber keiner wagte mehr, sich offen dagegen aufzulehnen. Die Johanniter vom *Krak des Chevaliers*, die Templer von Safita und Tortosa, selbst die Assassinen von Masyaf hatten Ergebenheitsadressen geschickt und die muslimischen Emire Syriens samt und sonders Geiseln gestellt.

Der Oberkommandierende Kitbogha, der dieses gewaltige Unternehmen für seinen Herrn Hulagu durchgeführt – und dabei nie die Übersicht verloren hatte –, konnte durchaus zufrieden sein. Von dem abgelegenen und wegen seiner aufsässigen Derwische als schwierig erachteten Palmyra hatte Dungai, der Hauptmann, der das uneingeschränkte Vertrauen Kitboghas besaß, eine Delegation mitgebracht, die ohne Umstände – wenn man einmal von der hilfreichen Intervention des Schamanen absah – mit geradezu heiterer Bereitwilligkeit die legendäre Handelsstadt in der Wüste dem Schutz des Königlichen Paares unterstellte. Das genügte überraschenderweise dem Il-Khan vollauf und erfüllte die Dokuz-Khatun mit großer Freude, zeigte es doch, welch gute Ausstrahlung von den beiden Friedenskönigen ausging. Dem bedächtigen Kitbogha schien es unangebracht, gerade jetzt darauf hinzuweisen, dass bis dato weder Roç noch Yeza – wenngleich von Arslan offensichtlich aufgespürt – wieder vereint im mongolischen Lager am

Hofe des Il-Khan zur Verfügung stünden. Umso beglückter war der bärbeißige Oberkommandierende, als jetzt die ersten Meldereiter seines erfolgreich heimkehrenden Generals Sundchak eintrafen und berichteten, dass die »Königin« Yeza sich in dessen Gefolge befände.

Sundchak war übel gelaunt. Knapp berichtete er von der Erfüllung seiner Mission, der Zerstörung von Mard' Hazab und der Gefangennahme des dorthin geflüchteten El-Kamil. Der stiernackige General bestand darauf, den Verbrecher auf der Stelle dem Il-Khan vorzuführen, damit der über dessen Bestrafung befinden könne. Kitbogha verweigerte seinem Untergebenen eine sofortige Audienz bei Hulagu und verlangte stattdessen zu wissen, was denn mit Yeza sei? Sundchak reagierte gereizt.

»Die Dame reist in Gesellschaft des Bretonen, der sie in Schutzhaft genommen hat!«, knurrte der Fleischerhund aufsässig seinen Vorgesetzten an. »Sie hatte sich zur Herrscherin von Palmyra aufgeschwungen, zur Königin dieser aufrührerischen Derwische!«, bellte er voller Empörung. »Ich habe Euch die Köpfe der Anführer mitgebracht.« Er gab seinen Leuten einen Wink, sie sollten die auf Lanzen gespießten Trophäen hereintragen, aber Kitbogha verwies ihm auch das.

»Eine Delegation aus Palmyra ist grad' vor zwei Tagen von unserem Il-Khan Hulagu und der Dokuz-Khatun hier huldvoll empfangen worden«, hielt er dem schnaubenden Sundchak mit kühler Überlegenheit entgegen. »Ich glaube nicht, dass der Il-Khan über Eure überflüssigen Mitbringsel besonders erfreut sein wird. Euer eigenmächtiges Handeln stört die Politik der Befriedung Syriens gewaltig!«

Sundchak zog seinen hochroten Glatzkopf ein. »Was erregt Ihr Euch über die paar Schädel von verrückten Derwischen?«, muckte er aber doch auf. »Den Emir habe ich dem Il-Khan lebend herbeigeschafft, damit er ihn persönlich häuten, pfählen und rösten mag, den Schurken, der es gewagt hat –« Ein gefährliches Grummeln, wie das eines Vulkans kurz vor dem Ausbruch, veranlasste ihn zu schweigen. »Ihr überschätzt die Rachsucht Hulagus!«, bürstete ihn sein Oberkommandierender unwirsch ab. »Man wird Euch rufen, Sundchak!«

Der General war nicht gewillt, als Geschlagener aus dem Zelt zu stapfen. »So lange Ihr mir die Ehre der Ablieferung verwehrt, Kitbogha«,. stieß er drohend aus, »verfahre ich mit meinem Gefangenen, wie es mir gefällt!«

Doch der Alte ging auf den neuerlichen Affront nicht mehr ein. Sundchak befahl seinen Leuten, mitsamt den Köpfen und dem Käfig abzurücken ins Quartier. Das vollzog sich gerade noch rechtzeitig, bevor jetzt die Nachhut unter Khazar eintraf.

Yeza hatte Yves den Bretonen gebeten, dass sie gleich bei Ankunft – noch vor der unvermeidlichen Aufwartung, die sie dem Il-Khan und der Dokuz-Khatun würde machen müssen – Kitbogha zu sehen wünschte, schon um dem väterlichen Zorn über Baitschus Ungehorsam die Spitze zu nehmen. Der Zeitpunkt hätte schlechter nicht gewählt sein können, doch der Alte breitete seine Arme aus, kaum, dass er Yezas ansichtig wurde, und sie lief auf ihn zu wie ein kleines Mädchen. Sie umarmten sich lange, und danach war auch die Verfehlung Baitschus kein Thema mehr. Mit sichtbarem Stolz nahm Kitbogha den Bericht Khazars entgegen, der von Baitschus Geschick in schwierigen Lagen in höchsten Tönen schwärmte und im Übrigen die Taten des Generals Sundchak in einem gänzlich anderen Licht erscheinen ließ.

»Unbeherrscht und unnötig grausam«, pflichtete ihm der Bretone bei. »Ich würde ihm den Emir von Mayyafaraqin nicht allzu lange zur freien Hand überlassen«, warnte er Kitbogha, »sonst wird der Il-Khan den Übeltäter nur noch scheibchenweise oder als Gehacktes zu Gesicht bekommen.«

Kitboghas Miene verfinsterte sich nur kurz, dann lächelte er Yeza an, die jetzt Baitschu vor seinen mächtigen Vater schob. Kitbogha tat einfach so, als sei es schon immer sein ausdrücklicher Wunsch gewesen, dass der Knabe seine ersten Erfahrungen im Felde sammelte. Er tätschelte kurz dessen Kopf, bevor er ihm einen kräftigen Stüber verpasste. »Mach nur weiter so, Bürschlein!«, war sein zweideutiges Lob für den Filius, dann ließ er Yeza in ihr Zelt geleiten, damit sie sich für den Empfang beim Il-Khan frisch machen konnte, und schickte alle anderen hinaus, um endlich mit dem Bretonen allein zu sein. Zu dem erhofften besonnenen Gespräch kam es indessen nicht, denn jetzt erschien der Anführer der Hundertschaft, die den Sultan von Damaskus auf seiner ›Flucht‹ gestellt hatte.

Die Köpfe An-Nasirs und seiner Favoritin wies er sogleich vor und erwartete dafür auch ein Lob des Oberbefehlshabers. Kitbogha begriff, dass er Hulagu nunmehr Mitteilung machen musste, dass dessen triumphalem Einzug in Damaskus nichts mehr im Wege stand.

»Ich schlage Euch im Guten vor, Kitbogha«, hielt ihn der Bretone zurück, »Yeza nicht mit der Tüchtigkeit Eurer Unterführer zu konfrontieren. Weder die Köpfe ihrer Freunde, der Derwische, die sie mit der erlesenen Dichtkunst des berühmten Rumi erfreuten, noch der ihrer Jugendfreundin Clarion von Salentin sind dazu angetan, die Prinzessin den Plänen der Mongolen besonders gewogen zu machen.« Bei allem Sarkasmus vermied es Yves, irgendwelche Erregung zu zeigen. »Ich warne Euch!«

Kitbogha machte sich die Bedenken des Bretonen zu Eigen. »Der Empfang von Yeza durch den Il-Khan und die Dokuz-Khatun soll vorgezogen werden!«, befand er. »Die Früchte seines Krieges mag Hulagu danach ungestört genießen – «

»Wenn die raue Wirklichkeit ihm nicht auf den empfindlichen Magen schlägt!«, setzte Yves aufsässig hinzu. Kitbogha belobigte den Führer der Hundertschaft und schickte ihn mit seinen blutigen Beweisstücken ins Quartier des Generals Sundchak, wo er warten solle, bis er vor den Il-Khan gerufen würde. Dann begab er sich selbst zu Hulagu.

Dort waren gerade aus Antioch der junge Fürst Bohemund und sein Schwiegervater Hethum, der König von Armenien, angelangt, mit reichem Gefolge und kostbaren Geschenken, sie nahmen die Aufmerksamkeit des erfreuten Il-Khan völlig in Beschlag, sodass der alte Kitbogha nicht sogleich das Ohr seines Herrn fand. Hingegen hatte der beleidigte General Sundchak geschickt dafür gesorgt, dass der Oberhofmeister des Hulagu von seinem Fang erfuhr und von sich aus verlangte, den unverschämten El-Kamil herbeizuschaffen, auch um vor allem den feinen Herren aus Antioch handgreiflich zu zeigen, wie es einem ergeht, der sich gegen den Willen des Herrschers erhoben hatte. Der Oberhofmeister hätte ihnen gern auch den unseligen Lulu, den Atabeg von Mossul, vorgeführt, doch der war – da sein großartig angekündigtes Huldigungsgeschenk, ein Riesenteppich aus Täbriz, nie eingetroffen – unter entsetzlichen Qualen vor einigen Tagen in seinem engen Gefängnis verendet. So befahl der Oberhofmeister den Käfig, der seitdem leer vor dem Prunkzelt stand, ins Quartier des Generals Sundchak zu schicken, damit der den Emir von Mayyafaraqin hineinstecke und ihn herbrächte. Diese Order war bereits ergangen, als Kitbogha endlich vor Hulagu treten konnte.

Yves der Bretone hatte sich zum Zelt der Prinzessin begeben, um sie abzuholen. Er fand Yeza aufgelöst in Tränen vor. Es dauerte seine Zeit, der mönchische Yves hatte keine Erfahrungen mit Frauen, besonders nicht mit weinenden, bis der Bretone aus der heftig Schluchzenden brockenweise herausgeholt hatte, was passiert war. Die jungen mongolischen Mädchen, die man ihr als Zofen geschickt hatte, waren plötzlich kichernd vor die Zelttür gelaufen. Feierlich wie in einer kirchlichen Prozession war gemessenen Schritts ein Käfig vorbeigetragen worden. In ihm hockte mit verwildertem Bart gleich einem gefährlichen Tier El-Kamil und hatte sie mit glühenden Augen angestarrt. Als sie seinem für sie schwer erträglichen Anblick auszuweichen suchte, glitten ihre Augen hoch zu den Lanzen, auf deren Spitzen abgeschnittene Köpfe steckten. Mit Schrecken erkannte sie die Gesichter der Derwische, die im Garten der Zenobe ihre lieben Gäste gewesen, doch das Haupt, das über der Ecke des grässlichen Gehäuses thronte, fiel ihr durch das lang herabfallende Haar auf. Sie war wie gelähmt, langsam wankte der Schinderkäfig an ihr vorüber, da drehte sich der Frauenkopf auf der Stange, und sie starrte in das wachsbleiche Antlitz ihrer schönen Freundin Clarion. Yeza wollte schreien, aber sie brachte keinen Ton heraus. Sie war zurück in das Zelt gestürzt, hatte die Mädchen mit Schlägen davongejagt – und hatte seitdem geheult, hemmungslos. Yves hätte die Verzweifelte gern in den Arm genommen, aber er wusste auch nicht, welchen Trost er ihr spenden sollte. Hilflos stand er vor Yeza, die immer wieder von zu Herzen gehendem Schluchzen geschüttelt wurde. Ihr in diesem Zustand vorzuschlagen, sie solle jetzt dem Il-Khan ihre Aufwartung machen, war völlig absurd! Wenn es ihm gelingen würde, sie zu überreden, lief er Gefahr, dass sie Hulagu die Augen auskratzte. So ließ er Yeza allein.

Der muntere Baitschu tauchte auf. Der Bretone befahl ihm, vor dem Zelt Wache zu stehen und niemanden zur Prinzessin vorzulassen. Erstaunlicherweise begriff der Knabe sofort die schreckliche Lage, in der sich Yeza befand, und versprach dem Herrn Yves, sich nicht von der Stelle zu rühren und keinem zu gestatten, die Schwelle zu übertreten!

Verfolgt von den Bildern, die Yeza vor ihm ausgebreitet hatte, begab sich der Bretone zum Prunkzelt des Hulagu. Er war bereit, in Ungnade zu fallen, aber er musste dem Herrscher klarmachen, dass die Mongolen im Begriff waren, ihre Friedenskönige zu verlieren, und zwar für immer!

ARSLAN DER SCHAMANE stand unbeweglich zwischen den schroffen Felsen der Gebirgskette, die im Westen die Wüste begrenzte. Seine Gestalt schien eins mit dem Stein, der Bär lagerte zu seinen Füßen. Weit unter ihm, am Fuß der Klippen hielt eine Patrouille der Mongolen. Sie starrten gebannt auf den einzelnen Reiter, der aus der Wüste heranfegte, genau auf sie zu. Schon von weitem erkannten sie ihn als Iltschi. Seine hochaufragende Standarte mit dem Reichsemblem machte ihnen sofort Respekt. Schnell sprangen sie von ihren Tieren ab und verneigten sich ehrerbietig vor dem Staatsboten. Der Iltschi musterte mit kundigem Blick ihre Pferde, griff sich das beste, schwang sich in den Sattel, nickte dem sich nochmals verbeugenden Anführer zu und stob wieder davon, weiter gen Westen, der glutrot untergehenden Sonne entgegen.

Auch Arslan sah ihm lange nach. Ein Iltschi aus dem fernen Karakorum, dem Sitz des erhabenen Großkhan, brachte selten gute

Nachrichten. Dieser hier, das spürte der Schamane ganz deutlich, war ein Künder von großem Unheil –

DAS *CASTELLUM REGIS*, die Burg der Könige von Jerusalem am Regierungssitz zu Akkon, strahlte von jeher wenig Glanz aus. Seine Nüchternheit gemahnte an das Provisorium, an die Notlösung, allein der Name des »Königreiches von Jerusalem« hielt den nie aufgegebenen Anspruch auf die eigentliche Hauptstadt aufrecht. Die allerdings hatten die Christen nun schon bald vor hundert Jahren an den großen Saladin verloren. Einen König hatten sie auch nicht mehr, Königin Plaisance regierte das, was von dem Reich noch übrig war, von Zypern aus. Sie ließ sich vor Ort durch einen *bailli* vertreten, dessen Hauptaufgabe es war, die ständigen Streitereien zwischen den Seerepubliken Genua, Venedig und Pisa zu schlichten und die beiden größten Ritterorden davon abzuhalten, sich die Schädel einzuschlagen. Deswegen hatte der redlich bemühte Herr Gottfried von Sargines auch alle Überredungskunst aufwenden müssen, die beiden Großmeister, die Herren Thomas de Bérard für den Tempel und Hugo de Revel für den Johanniterorden, zu bewegen, sich gleichzeitig bei ihm im Castellum, sozusagen an einem neutralen Ort, zu treffen. Um diese Begegnung nicht durch unnötige Zeugen zu belasten, hatte er von den Baronen des Königreiches nur einen dazugebeten, allerdings den wichtigsten, Philipp de Montfort, den Herrn von Tyros, – von der hohen Geistlichkeit hingegen niemanden. Es ging schließlich um politische Entscheidungen von einiger Tragweite, Fragen des Glaubens hätten die Suche nach einer Lösung nur zusätzlich erschwert.

So saßen die vier ergrauten Männer schließlich allein im Arbeitszimmer des Bailli. Ihr Gefolge, ihre Leibwachen hatten sie im Kronsaal zurückgelassen, mit der Ermahnung, sich nicht provozieren zu lassen und sich auch nicht zu schlagen, selbst in Anbetracht, dass zwischen den Ordensleuten manche Rechnung offen stand.

»Wir sollten zu einer gemeinsamen Linie finden«, fasste Herr Gottfried seine Wünsche zusammen. »Wir haben die Mongolen schließlich ins Land gerufen, damit sie uns zum Sieg über den Islam verhelfen.« Keiner seiner Zuhörer verzog eine Miene, die leidige Feststellung entbehrte nicht eines gewissen Wahrheitsgehalts, als Tatsache war das Hilfsersuchen unbestreitbar, auch wenn die Fehleinschätzung von dessen Konsequenzen ihnen längst zum Hals raushing. »Wenn wir ihnen jetzt keinen schlüssigen Plan zum gemeinsamen Handeln vorlegen, dann werden sie uns nicht länger als Bundesgenossen betrachten, sondern unsere Unterwerfung verlangen –«

»Wie es Herr Bohemund für Antioch ihnen bereits angedient!«, spottete der Herr von Tyros bitter.

»So macht man dem Il-Khan Appetit«, pflichtete ihm Hugo de Revel bei. »Wir sollten Initiative und Stärke zeigen, indem wir schleunigst das herrenlose Damaskus besetzen, dann nehmen sie uns wieder ernst!«

»Ich Euch immer weniger, Hugo de Revel!«, fuhr ihm der Großmeister des Tempels über den Mund. »Damaskus! Haha! Stecht nur in diesen honigtriefenden Bienenkorb, dann habt Ihr die Stacheln der gesamten islamischen Welt in Eurem weichen Sitzfleisch stecken, die Mamelucken an der Spitze!«

»Wäre dennoch zu überlegen«, bemerkte Philipp de Montfort sinnend, »so kämen wir zu einem soliden Ausgleich der Kräfte: hier die furchtbaren Mongolen, dort die lästigen Ägypter – und wir mit Damaskus das Zünglein an der Waage!«

»Wisst Ihr, Herr Philipp, wie es sich hernach anfühlt, wenn man im Eifer des Gefechts seine Zunge mutwillig zwischen Harnisch und Visier herausstreckt?!«, verlachte der Templer jetzt auch den Herrn von Tyros.

»Meine Herren!« Gottfried von Sargines suchte den aufkommenden Streit einzudämmen. »Die Mongolen stehen bei Baalbek, Damaskus liegt vor ihnen auf silberner Schüssel dargereicht! Der Il-Khan würde es uns sehr verübeln –«

»– wenn wir es wagen, ihm in die Suppe zu spucken!«, knurrte Philipp verächtlich.

»Also harren wir, bis auch wir zu Tisch gebeten werden!«, höhnte Thomas Bérard.

»Die Templer haben gut reden!«, gab sich nun auch Hugo de Revel angriffslustig. »Sie warten nicht, welche Knochen für sie abfallen, sie bedienen sich der Filetstücke des Königreiches!«

»Will der Orden vom Hospital die Schulden des Julian de Beaufort begleichen?«, schlug sofort der Großmeister vom Tempel zurück. »Sidon war als Pfand längst überfällig – und von Rechts wegen auch Beaufort, das dieser wortbrüchige Herr nicht herausrücken mag –«

»Ein Straßenräuber!«, Philipp de Montfort hielt mit seiner Geringschätzung des Standesgenossen nicht hinterm Berg. »Mit solchen Leuten legen wir nirgendwo Ehre ein –«

»Nicht einmal bei den räuberischen Mongolen, wolltet Ihr wohl sagen?«, spöttelte Herr Thomas. »Wir sollten uns klar werden darüber, was wir wollen – und mit wem wir bislang, von gelegentlichen Reibereien mal abgesehen, ganz gut gefahren sind.« Er suchte die Zustimmung des Bailli. »Das ist zweifelsohne das Sultanat von Kairo! Von den Mongolen indessen –«

Voller Spott unterbrach ihn sein Gegenspieler vom Orden der Johanniter. »Von den Mongolen indessen können die Templer keine Sonderbehandlung erwarten, wenn ihnen Euer geheimer Pakt mit dem Mameluckensultan zu Ohren kommt!« Das Gesicht des Thomas Bérard konnte den aufsteigenden Ärger nicht verstecken.

»Meine Herren!«, flehte Gottfried von Sargines, Philipp de Montfort sprang wütend auf. »Ich sehe, dass wir zu keiner gemeinsamen Haltung gegenüber den Mongolen kommen werden, selbst, wenn sie morgen vor Akkon und Tyros stehen werden!«, rief er aufgebracht. »Also lassen wir Damaskus ruhig in ihre Hände fallen. Jeder ist sich selbst am nächsten«, er verneigte sich vor dem verzweifelten Bailli, »bis die Reihe an ihm! Mich könnt Ihr in Tyros erreichen. Dort steht immer ein Schiff für Euch bereit, Bailli, wenn Ihr zu Eurer Königin nach Zypern flüchten müsst!« Aufrechten Schrittes verließ er den Raum und stampfte sporenklirrend durch den angrenzenden Thronsaal.

Gottfried von Sargines unternahm einen letzten Versuch. »Ich schlage vor, wir holen die Meinung des Meisters Hanno von Sangershausen ein?«

»Die Rolle des Deutschen Ritterordens ist so bedeutend«, höhnte der Templer, »dass man ihm Parteinahme schon mangels Masse nicht unterstellen kann!«

»Ich vertraue dem klugen Urteil des ehrenwerten Hochmeisters«, verkleidete, kaum angreifbar, der Johanniter seine Rüge und nickte dem Bailli sein Einverständnis zu. Thomas Bérard stiefelte hinaus zu seinem wartenden Gefolge.

KITBOGHA, der Oberkommandierende des mongolischen Heeres, trabte leicht gebeugt und sehr nachdenklich auf das Prunkzelt seines Herrn zu, des Il-Khan Hulagu. Der mit den Köpfen geschmückte Käfig stand nicht mehr auf dem freien Platz davor, dafür hatte *stante pede* Kitbogha gesorgt, nachdem er nicht hatte verhindern können, dass die Trophäen – blutrünstige Garnierung für den Insassen El-Kamil – überhaupt dem Il-Khan vorgeführt worden waren. Die Folge war gewesen, dass Hulagu sich von der sattsam bekannten Grausamkeit seines Generals Sundchak hatte anstecken und dazu hinreißen lassen, ausgerechnet dem Schlächter von Palmyra die Ausführung einer abschreckenden wie rächenden Strafe an dem Emir zu überlassen. Besorgt wiegte Kitbogha seinen kantigen Schädel, ohne dass er sich dessen bewusst wurde, dann straffte sich sein massiger Körper, die Wachen salutierten und der Alte schritt über die Schwelle des herrscherlichen Zeltes.

Der Oberkommandierende erwies dem Il-Khan die geschuldete Ehrerbietung, verneigte sich vor der Dokuz-Khatun, von der er wusste, dass sie als Christin unter der Rohheit bestimmter Krieger litt wie er, begrüßte die hochstehenden Anwesenden, so den jungen, schwachen Fürsten von Antioch und den durchtriebenen König der Armenier. Beruhigt stellte er fest, dass der ständige Gesandte des Königs der Franken, Yves der Bretone, ebenfalls zugegen war, wenn er sich auch im Hintergrund hielt. Erwartet wurde die Prinzessin Yeza, und um sie – natürlich auch um den immer noch fehlenden Roç – drehte sich das Gespräch, das hauptsächlich die Khatun bestritt. Von Kitbogha verlangte sie sogleich zu wissen, ob die Prinzessin sich nun endlich beruhigt habe und gedenke, sich zu zeigen.

Kitbogha zuckte mit den Schultern. »Der eigene Tod mag Ruhe verschaffen –«, gab er dann zur Antwort. »Der von hingemetzelten Freunden gibt einer empfindsamen Seele so schnell keinen Frieden!«

Hulagu reagierte unleidlich. »Von Königen kann man erwarten, dass sie Härte zeigen und hart sind im Hinnehmen von Verlusten!«, befand er gereizt. Der armenische König Hethum nickte dem Il-Khan beifällig seine volle Zustimmung, was Kitbogha ärgerte. »Milde am falschen Platz wirkt wie ein erster fauler Zahn«, tat Hethum, der alte Fuchs, dann noch belehrend kund. »Ist einmal ein Stein aus der Krone gefallen –«

»Königen wie Euch vielleicht«, fuhr der Alte dem Armenier ruppig übers Maul. »Doch Roç und Yeza ist ein ›Königtum des Friedens‹ versprochen worden, und das sollte sich weiß Gott! anders äußern –«

»Geschenkt bekommen sie es kaum«, griff Hethum geschickt zurückweichend den Vorwurf auf, bevor Hulagu ihn auf sich, als Widerspruch seines Oberkommandierenden gegen sein herrscherliches Verdikt, beziehen konnte. »Machterwerb, und noch mehr: Machterhalt bedarf noch immer des Einsatzes von Gewalt –«

»Nein! Schämt Euch, nein!«, unterbrach ihn da die lamentierende Stimme der Dokuz-Khatun, die meist ins Schrille umschlug, wenn sie in Erregung geriet. »Die Macht der Liebe, der christlichen Liebe zum Nächsten!« Sie konnte es sich leisten, herausfordernd ihren Gatten anzublicken, doch der winkte nur müde ab, der Streit war nicht neu.

»Ihr hättet besser daran getan«, hielt er dem Fürsten von Antioch ungnädig vor, schon weil ihm ein lauter Wind entfahren, »diesen Roç Trencavel mit Euch herzubringen« – Hulagu litt an ständigem Magengrimmen –, »dann könnte der jetzt mannhaft der jungen Dame Bescheid stoßen.«

»So wäre zwar das Königliche Paar vereint«, gab statt seines Schwiegersohns König Hethum, nun ebenfalls verstimmt, seine

Meinung sarkastisch zum Besten, er konnte sich schließlich auch ein offenes Wort erlauben, »aber Ihr hättet es dann gleich mit zwei äußerst schwierigen Charakteren zu tun!«

»Ich glaube fest daran«, nutzte der betagte Kitbogha das eingetretene Schweigen, »dass nur aus der harmonischen Liebe des Königlichen Paares zueinander eine Kraft entstehen kann, die dieser Welt …«, dann hatte der Kriegsmann den Faden verloren.

»– der Welt zum Geschenk!«, sprang ihm Bohemund bei.

»– eine Kraft, deren sie dringend bedarf, wenn Glück und Frieden einziehen sollen!« Der Alte räusperte sich, schon weil er es nicht gewohnt war, seine Gedanken in schöne Worte zu fassen. »Deswegen müssen wir alles daran setzen, die Trennung des Königlichen Paares schnellstens zu beenden!«

Der Il-Khan hatte mit säuerlichem Lächeln den Sermon seines Oberkommandierenden über sich ergehen lassen, Kitbogha wurde alt. »Dann schafft den Roç Trencavel herbei!«, erteilte Hulagu ihm die unmissverständliche Order. »Hat der zukünftige König die Stadt Antioch verlassen, wie Uns Herr Bohemund berichtete, kann sich Unser junger Held nicht allzu weit von Uns befinden – also setzt ihn endlich fest – zu seinem Besten!«

Aus der Chronik des William von Roebruk

Wir, der Rote Falke, seine Frau Madulain und ich, waren Gast des Deutschen Ritterordens zu Akkon. Meine freundschaftliche Verbindung zum Ordenshaus ging noch auf den alten Komtur von Starkenberg zurück, aber auch der Sohn des ehemaligen ägyptischen Großwesirs war hier als »Konstanz von Selinunt« bestens eingeführt, schließlich hatte ihn noch Kaiser Friedrich selbst zum Ritter geschlagen. So standen der Rote Falke und ich auf dem flachen Dach der Festungsanlage, die wie ein wuchtiger Klotz in den zweiten Verteidigungsring der wehrhaften Stadt eingelassen war. Das Bollwerk überwachte vor allem das Brückentor, die kritische Stelle, an der die äußere Stadtmauer ins Meer hinausragte, zum

Schutz des Hafens und des dort gelegenen Arsenals. Die Bastionen beider Ecktürme, die den gesamten in Reichweite liegenden Mauerabschnitt an Mächtigkeit und Höhe weit überragten, waren mit schweren, stets einsatzbereiten Katapulten bestückt, auch wenn jetzt nur zwei einsame Ordensritter in langen weißen Mänteln mit wuchtigem schwarzem Kreuz dort jeweils den Wachdienst versahen. Unser Blick ging nicht auf Mauer und Meer hinaus, wir hielten stadteinwärts Ausschau nach dem seltenen Besuch, der unserem Gastgeber, dem Hoch- und Großmeister Hanno von Sangershausen, ins Haus stand. Der ihm in Freundschaft und Respekt verbundene Bailli des Königsreiches, Herr Gottfried von Sargines, hatte einen reitenden Boten vorausgeschickt, dass er ihn – in genötigter Begleitung der verstrittenen Großmeister des Tempels und der Johanniter – überfallen würde, in der vagen Hoffnung, dass es der ausgleichenden Art des Herrn Hanno gelingen möge, die beiden Kampfhähne nicht etwa zu versöhnen, sie aber wenigstens auf eine gemeinsame Linie einzuschwören. Das Vorrücken der gewaltigen Armee der Mongolen auf Damaskus verlange von der Regierung des Königreiches, endlich eine klare Stellung zu beziehen, zwischen strikter Neutralität oder den beiden möglichen Allianzen, sei es mit dem Il-Khan Hulagu – wovon die Mongolen ausgingen –, sei es mit dem Sultan von Kairo, dem alten, aber vertrauten Erzfeind. Das Schreiben hatte Herr Hanno uns lesen lassen, weswegen wir jetzt auf den Zinnen der Akkon zugewandten Front der deutschen Burg standen und hinabäugten, neugierig zu sehen, wie sich die angekündigten Besucher präsentieren würden – und in welcher Reihenfolge? Dass sich die Herren Großmeister der beiden anderen Ritterorden, die ansonsten jeden an Hochmut und Dünkel zu übertreffen suchten, zu einem solchen *colloquium* im Haus der »Teutonen« bereit fanden, lag nicht zuletzt auch daran, dass deren Ambitionen in Outremer inzwischen gleich null waren, also keinerlei Konkurrenz darstellten. Der Deutsche Ritterorden hatte seinen Ehrgeiz seit langem auf das Baltikum hoch im Norden gerichtet, wo er sich sogar ein eigenes Ordensland geschaffen hatte. Darum beneideten Templer wie Johanniter die Deutschen ungeheuer, wenn sie es auch nicht zugaben.

Der Erste, der eintraf, das hatten wir auch gar nicht anders erwartet, war Herr Gottfried von Sargines. In seiner zurückhaltenden Art verzichtete der Bailli auf jeglichen Pomp oder prächtiges Gefolge, grad' mal seine Leibwächter begleiteten ihn bis in den Innenhof, wo er sie warten hieß und allein die breite Treppe hinaufstieg zum Refektorium.

»Wollt Ihr mit mir wetten, William«, bot mir der Rote Falke scherzend an, »wer hier als Letzter seinen Auftritt zelebriert?« Ich musste nicht lange überlegen, für mich waren das klar die Templer unter ihrem Meister Thomas Bérard, aber Prinz Konstanz hielt dagegen: »Eben weil sich die Johanniter denken können, dass die Gegenseite diesen kleinen Triumph einheimsen will, werden sie alles dransetzen, dass die anderen auf ihr Eintreffen warten müssen!«

»Ich steh' zu meinem Favoriten«, ging ich auf das Spiel ein, »lasst mich nur zuvor wissen, was der Einsatz ist?«

Der Rote Falke lachte. »Mein Weib Madulain ist zum Bazar gezogen«, er schaute prüfend hinunter auf den Platz vor der Festung. »Ich schlage vor, die Rechnung, die sie mir präsentiert, zahlt entweder Ihr, William, oder ich werde mit der doppelten Ausgabe geschlagen.«

Das gefiel mir, hatte es doch selbst bei Verlust der Wette den ritterlichen Effekt, der Dame, die mir lieb und wert, zu Gefallen zu sein. Außerdem war ich mir meiner Sache völlig sicher.

»Seht mal, wer da kommt!« Er hatte einen kleinen Trupp Berittener erspäht, die gemächlich näher kamen. »Armer Bruder des heiligen Franz, Ihr habt die Wette verloren!«

In der Tat, es waren Tempelritter, die eine Sänfte geleiteten, die von Turkopolen des Ordens getragen wurden. Deutlich leuchteten die roten Tatzenkreuze, diesmal auf schwarzen Wämsern, zu uns hinauf, doch ich gab mich nicht geschlagen, die schwarz verhangene Sänfte, ohne jeden Zierrat oder Wappen, rief bei mir ganz andere Erinnerungen wach.

»Es gilt lediglich das Erscheinen des Thomas Bérard«, wies ich seine voreilige Siegesgewissheit zurück, »das sich erst mit dem Betreten des Innenhofes manifestiert!«

Die Schwarzen Templer hatten die Sänfte inzwischen ziemlich weit vor der bewachten Pforte des Hauses abgesetzt und machten nicht die geringsten Anstalten, dort einzureiten. Der Rote Falke war perplex über dies Verhalten, mir aber fuhr ein gelinder Schreck in die Glieder: Der Sänfte entstieg nicht die Ehrfurcht gebietende Person, die ich in dem düsteren Gehäuse vermutet hatte – zugegeben mit ziemlicher Beklemmung! –, sondern Lorenz von Orta!

Doch auch dem zierlichen Alten wünschte ich nicht über den Weg zu laufen, hatte ich mich doch ohne Erlaubnis, ja gegen seinen ausdrücklichen Befehl von meinem Schreibturm auf dem Montjoie entfernt. Dass ich danach auf dem Krak de Mauclerc dem Patriarchen in die Hände gefallen war, konnte er mir zwar nicht in die Schuhe schieben, eher dem von ihm wohl unterschätzten Widerstand gegen sein Wirken als Secretarius jener geheimen Bruderschaft innerhalb des Templerordens. Lediglich, dass ich mich gegenüber dem Inquisitionstribunal dann recht töricht verhalten hatte, musste ich mir selbst vorwerfen – dafür hätte ich ja um ein Haar auch mit meinem Leben bezahlt! Nicht, dass mich Gefühle der Scham überkamen oder ein schlechtes Gewissen, aber sein Auftauchen hier, unter Benutzung der ominösen schwarzen Sänfte, zeigte mir bedrohlich an, dass die geheime Macht sich von einem kleinen Minoriten wie mir nicht auf der Nase herumtanzen ließ. Ich behielt meine Befürchtungen für mich und sann angestrengt nach einem Ausweg, Lorenz von Orta nicht in die Hände zu fallen.

Mein Prinz von Selinunt missverstand den Grund, warum ich mich plötzlich so kleinlaut gab. »Ich glaube, mein lieber William, ich durchschaue den raffinierten Schachzug des Templers.« Er zeigte hinab auf die Ordensritter, die weiterhin hoch zu Ross vor dem Tor hielten, während die Sänfte von den Bediensteten fortgetragen wurde. »Wenn jetzt die Johanniter des Hugo de Revel anrücken oder Späher ausschicken, dann müssen sie glauben, dass Herr Thomas bereits eingetroffen ist, weil die Ehrengarde, die ihn begleitete, nun schon auf seine Rückkehr wartet!«

»Ihr habt leider Recht, mein Prinz«, sagte ich gerade mit dem größtmöglichen Ausdruck des Bedauerns. »Ich kann nur hoffen,

Euer liebes Weib hält sich bei den Verlockungen der Soukhs zurück!«, als aus der Straße, die auf den Platz vor der Burg mündete, das Aufgebot der Johanniter herantrabte. Ohne Scheu zeigten sie die Macht und den Reichtum ihres Ordens. Verstärkt wurde dieser pompöse Eindruck durch die auffallende Präsenz zahlreicher Geistlichkeit, die dem Zug fast den Charakter einer Wallfahrt verlieh.

»Jakob Pantaleon!«, entfuhr es mir schreckhaft, doch ich fing mich sofort wieder. »Das mag dem Herrn Bailli gar säuerlich aufstoßen.«

»Wie der vergorene Messwein des Monsignore?!« Der Rote Falke maß meiner Beurteilung der neuen Lage zwar nicht mein Gewicht bei, er nahm sie eher amüsiert zur Kenntnis, doch wenigstens teilte er meine tiefe Abscheu für diesen geistlichen Herrn. »Ein unvorhergesehenes wie unerwünschtes Hinzuziehen des Patriarchen von Jerusalem könnte nicht nur dem Bailli Gottfried von Sargines missfallen!«

»Wie ich das Temperament des Großmeisters vom Tempel einschätze, mag es geschehen«, regte ich mich unnötig auf, »dass er auf der Stelle kehrtmacht!«

»Dann hättet Ihr die Wette verloren, William«, verspottete mich Konstanz, »aber er wird die Zähne zusammenbeißen, schon um Hugo de Revel nicht das Feld zu überlassen – genauso wie der Hausherr gute Miene zum bösen Spiel machen wird, auch wenn Hanno von Sangershausen diesem ungehobelten Emporkömmling Jakob Pantaleon am liebsten die Tür weisen würde.«

»Den allseits verhassten Patriarchen, diesen Schuster aus Troyes, anzuschleppen, das kann auch nur dem Hugo de Revel einfallen«, kehrte ich den erfahrenen alten Hasen heraus, »frisch gewählt ins Amt des Meisters vom Hospital und noch unerfahren in den Intrigen von Outremer!«

»Oder aus kühler Berechnung! Das werden wir gleich erleben«, stutzte mich mein Freund zurecht. »Wir sollten uns jetzt ins Refektorium begeben, denn nun nach dem feierlichen Einzug der edlen Ritter des heiligen Johannes und dem Hinterherschlurfen des ungewaschenen Klerus –« Die Letzten der von ihm so unterschiedlich Bewerteten verschwanden gerade vom Innenhof, die breite Marmortreppe hinauf, mit Herrn Hugo de Revel an der Spitze, als vor der Burg endlich Herr Thomas Bérard erschien, begleitet nur von wenigen Rittern, deren Hauptaufgabe es schien, stolz den »Beauséant«, die Fahne des Ordens, hochzuhalten. Die vor dem Tor postierten Schwarzen Templer grüßten den Großmeister mit knappem Kopfnicken. Herr Thomas war schon im Begriff, das Gebäude zu betreten, als sich aus dem Schatten der umlaufenden Arkaden ein Mann löste und eilig hinkend auf ihn zustrebte. Er trug den Rock eines gewöhnlichen Templersergeanten, und ich wunderte mich, dass der ansonsten so hochfahrende Großmeister innehielt, um auf den rangniedrigen Hinker zu warten.

»Naiman!«, zischte der Rote Falke verächtlich durch die Zähne. »Der übelste aller Geheimagenten des Sultans von Kairo!« Auch ich erkannte den windigen Burschen, was keine guten Erinnerungen in mir wachrief. »Lasst uns jetzt hinuntergehen«, mahnte mich mein Begleiter. »Herr Thomas liebt es nicht, wenn noch jemand nach ihm kommt!«

Wegen der anstehenden Begegnung mit Lorenz von Orta und vor allem angesichts der zu erwartenden Konfrontation mit dem mir übel wollenden Patriarchen, hätte ich meinen Auftritt im Refektorium gern noch etwas hinausgezögert, aber solche Schwäche ließ mir der Rote Falke nicht durchgehen.

BAITSCHU VERSCHAFFTE SICH ZUGANG zum Prunkzelt bei den Wachen nur dank des Hinweises auf seinen mächtigen Vater. »Die Prinzessin weigert sich, hier zu erscheinen!«, teilte er Kitbogha unaufgefordert und so lautstark mit – man hatte ihm verboten, in der Gegenwart des Il-Khan zu flüstern –, dass alle es hörten. Die daraufhin einsetzende Diskussion nutzte Baitschu geschickt, sich unauffällig an Yves heranzumachen. »Ihr sollt bitte zu Yeza kommen!«, ließ er den Bretonen mit gedämpfter Stimme wissen.

Yves schaute sich um, die Dokuz-Khatun zeterte, man könne nicht länger diesen Eigensinn der Prinzessin dulden. Es würde niemandem auffallen, wenn er sich jetzt aus dem Zelt stahl. Einer bemerkte es dennoch, das war der aufmerksame Kitbogha, und der tat so, als sähe er es nicht.

»Wisst Ihr, Bretone, was Baitschu mit angesehen hat?« Yeza sprach völlig unaufgeregt, doch Yves kannte sie zu gut, um nicht zu spüren, wie aufgewühlt und empört die Prinzessin war. Abwartend schaute er sie an. Von ihm erwartete Yeza keine Gefühle, sondern Taten. »Schon während seines Transports«, berichtete die Prinzessin kühl, »hatte Sundchak den Emir von Mayyafaraqin so lange hungern lassen, bis der nun versuchte, sein ledernes Schuhwerk runterzuwürgen. Dann schleppten sie ein Fass siedendes Öl herbei, griffen ihn und säbelten ihm mit raschem Schnitt ein Bein unterhalb des Knies ab – «

»Und das will Baitschu mit eigenen Augen gesehen haben?«, hinterfragte der Bretone ungläubig. »Vielleicht hat er es irgendwo im Lager aufgeschnappt?! Kinder prahlen gern mit Schauergeschichten.«

Wie in Trance fuhr Yeza jedoch fort, als hätte sie selber der Folter beigewohnt. »Den Stumpf drückten sie mit Gewalt kurz in das siedende Öl, bis die Wunde verschmort war. Er muss geschrien haben, dass es selbst dem allerlei gewohnten Baitschu zu viel wurde.« Yeza legte eine Pause ein, um die Reaktion des Bretonen zu prüfen, doch Yves zeigte keine. »Dann überließen sie dem Emir seinen abgeschnittenen, in Öl gesottenen Unterschenkel. Baitschu wusste nicht zu sagen, ob El-Kamil hineingebissen hat, weil er dann weggelaufen war – er musste sich übergeben – «

»Hunger wird das Opfer erst mal nicht mehr verspürt haben«, sagte Yves bedächtig, »die Schmerzen sind so rasend, dass sie meist das Bewusstsein rauben! Aber ich bin froh, dass der Knabe gekotzt hat. Schlimm wäre es, wenn Baitschu diese Bilder in sich hineinfressen würde – «

»Da mögt Ihr Recht haben, Bretone, mir hat es bei der Schilderung den Magen umgedreht, aber Baitschu schien es nichts auszumachen – «

»Diese Mongolenkinder schlürfen Blut schon mit der Muttermilch«, sinnierte Yves, »letztlich ist Kumiz, ihr Lieblingsgetränk, auch nichts anderes. – Der Il-Khan erwartet Euch!«

Yeza schien nicht überrascht, sie schaute ihrem Gegenüber in die Augen. »Ich will, dass Ihr den Leiden des El-Kamil ein Ende bereitet.«

Er hielt ihrem Blick stand. »Wenn Ihr vor Hulagu und die Dokuz-Khatun tretet, könnt Ihr gewiss sein, dass der Emir nicht mehr lebt.«

Yeza nickte, wortlos trennten sie sich.

Aus der Chronik des William von Roebruk

In der großen Halle der Burg von Akkon, ausgelegt auf die einst stattliche Anzahl deutscher Ordensritter, verloren sich die Geladenen unter den schweren Eichenbalken der Kassettendecke und den hohen Fenstern, die zum Innenhof hinausgingen, und Hanno von Sangershausen, der Hoch- und Großmeister, der nur wenn Not am Mann sich von seinem eigentlichen Sitz auf der Marienburg ins Heilige Land begab, schien wenig erfreut, seine knappe Zeit mit den leidigen Streitereien zwischen Templern und Johannitern zu verbringen. Er fand sie ebenso überflüssig wie den seit längerem schwelenden Handelskrieg zwischen den Seerepubliken von Genua und Venedig, der jederzeit wieder offen ausbrechen konnte. Beides schwächte die sowieso nicht eben rosige Lage des Königreiches von Jerusalem! Mit Bedacht hatte er seine Gäste an der langen Refektoriumstafel platziert und – wahrscheinlich mit einiger Schadenfreude – genossen, wie sie sich um die Sitzordnung stritten. So saßen sich die beiden Großmeister Hugo de Revel für das Hospital und Thomas de Bérard für den Tempel gegenüber. Gottfried von Sargines, der Bailli der Königin, hatte sich neben Herrn Hanno an den Kopf der Tafel verdrückt, weil ihm nicht im Geringsten daran lag, den Vorsitz zu führen. In der festen Meinung, dass der einzig und allein ihm zustünde, hatte sich der Patriarch erbost an der gegenüberliegenden Stirnseite niedergelassen. Zwischen den einzelnen Blöcken war viel freier Raum, denn die Großmeister ließen ihr engstes Gefolge nicht etwa neben sich Platz nehmen, sondern hinter sich stehen. So bemerkte ich den ›Templersergeanten‹ Naiman gleich am Ohr des Thomas Bérard, während Lorenz von Orta sich bis zur Wand des Raumes zurückgezogen hatte, schon um keiner der Parteien zugerechnet zu werden. Der Patriarch tat so, als sei ich Luft, denn kaum hatten der Rote Falke und ich den Raum betreten, stellte uns Herr Hanno mit lauter Stimme den Geladenen und Erschienenen vor.

»Der Prinz Konstanz von Selinunt, Ritter des Kaisers, aufgrund seiner edlen Geburt ein hervorragender Kenner des Orients, speziell von Outremer, und bestens vertraut mit der Politik am Hofe von Kairo.« Keine Hand rührte sich zu beifälliger Begrüßung, eher schien es, als habe sich frostiges Schweigen über das sowieso schon sich grimmig anstarrende Geviert gelegt. Der Hoch- und Großmeister wies auf mich. »Dies ist William von Roebruk, *ordinis fratrum minorum*, der es im fernen Karakorum fast bis zum Rang eines Patriarchen gebracht und daher wie kein anderer mit den Gedanken und Plänen der Mongolen vertraut!«

Der unnötige Hinweis auf meine erfolgreiche Mission zum Großkhan und meine missglückte Karriere innerhalb der nestorianischen Staatskirche der Mongolen musste natürlich Jakob Pantaleon, den lateinischen Patriarchen von Jerusalem, erbosen. Sein Zorn entlud sich jedoch in andere Richtung als erwartet. »Ist das nicht jener abtrünnige Franziskaner?«, giftete er los, als würde er mir grad' zum ersten Male begegnen, »der sich selbst zum Hüter des ketzerischen, usurpatorischen Königlichen Paares bestellt, das uns die Mongolen –!«

Weiter kam er mit seiner Hasstirade nicht, weil ausgerechnet die zahlreichen Johanniter, die ihm sein Auftreten hier erst ermöglicht hatten, ein Brausen der Entrüstung erhoben, das ihn verstummen ließ. Die Templer, von denen ich solchen Protest eigentlich erwartet hatte, verharrten hingegen in eisigem Schweigen.

Herr Hugo de Revel bat ums Wort. »Wenn hier schon – dankenswerterweise«, er verneigte sich vor dem düpierten Patriarchen, »die mögliche Rolle des Königlichen Paares angesprochen wird, dann gebe ich zu bedenken, dass sein besänftigender, mäßigender Einfluss auf die Mongolen und ihre künftige Politik nicht unterschätzt werden sollte!« Er sah dabei seinem Gegenüber nicht fest genug, eher fragend ins Auge.

»*Vestigia terrent!*«, ließ die wenig nachsichtige Antwort des Templers nicht auf sich warten. »Zudem war die bereits versuchte Inthronisierung von Roç Trencavel und Yeza Esclarmunde zu Jerusalem ein totales Desaster –«

Der hinter ihm sich duckende Naiman meinte ihm soufflieren zu müssen: »Popanze des Il-Khan!«

Jeder im Raum hatte es gehört, nur Herr Thomas tat so, als ginge ihn der Einwurf des Agenten nichts an. »Es geht doch darum«, wandte er sich diplomatisch an die beiden Vorsitzenden, den deutschen Hochmeister und den Bailli, »ob das Christliche Königreich von Jerusalem, eine relativ kleine Größe im Kräftespiel des Orients, sich überhaupt mit den Mongolen einlassen soll – ob nun gemäßigt oder gar abgemildert oder nichts dergleichen –« Er ließ den Angesprochenen Zeit, damit sie ihm folgen konnten. »Wo doch jetzt schon fest steht, dass unsere natürliche Umgebung, die gesamte Welt des Islam, eine solche neue Vormacht nicht dulden wird, nie dulden wird!«

»Einem Kämpfer für den Glauben«, wies ihn ebenso kühl lächelnd Herr Hugo zurecht, »einem wahren Streiter Christi stehen solche Worte schlecht zu Gesicht! Wenn Ihr die Irrlehre des Propheten Mohammed als ›natürliche‹ Gegebenheit seht, dann ist Euer Orden vom Tempel hier in der *terra sancta* fehl am Platz – samt seinem halbherzigen – letztlich verlogenen – Eintreten für das Königliche Paar!«

Damit hatte er alles gesagt, was dem empörten Jakob Pantaleon auf der Zunge brannte, sodass dem nur noch ein dramatischer Abgang blieb, eine Chance, die der Patriarch sofort wahrnahm. »Ihr seid alle Diener Satans!«, fauchte er über die gesamte Länge des Tisches hinweg. »Ketzer, Schamanen, Heiden!« Er sprang auf und raffte sein Gewand. »Ihr redet mit Teufelszungen, als wären diese gottlosen Wesen, die ihr ›königlich‹ nennt, Menschen, Ebenbilder unseres Herrn, getaufte Glieder der allein selig machenden Kirche

Christi und des Papstes!« Er reckte seinen Stab mit dem Kreuz über die Versammlung. »Rettet Eure Seelen!«, rief er und stürmte mit seinen Priestern aus dem Saal.

Spürbare Erleichterung breitete sich aus.

»Musste das sein!?«, spöttelte Herr Hanno überlegen in die Runde.

»Ich hatte den Schuster aus Troyes nicht geladen!«, wehrte sich der neben ihm sitzende Bailli.

»Einer, der alles über einen Leisten schlägt, ist manchmal nützlich zur Klärung, wer sich welchen Schuh anziehen mag und welchen Weg er damit gehen will!« Nach dieser schlauen Bemerkung lächelte der Großmeister der Johanniter zufrieden, der des Tempels schwieg.

»Lasst uns den erfahrenen Wanderer zwischen den Welten hören, den Bruder William von Roebruk!«, sprach vermittelnd Herr Hanno, gewillt, das Colloquium hinter sich zu bringen. Ich nahm die Einladung gern an.

»Die Pläne der Mongolen zielen mitnichten darauf, sich in dieser Umgebung, die ihnen misstrauisch, so nicht feindlich gegenübersteht, festzusetzen – wenngleich wir, der König von Frankreich wie der Papst von Rom, sie gerufen haben!« Ich genoss immer noch Worte, die schon tausendmal gesagt waren. »Die Mongolen werden hier, im ›Rest der Welt‹ – wie sie es bezeichnenderweise nennen –, das Königliche Paar als Herrscher einsetzen und sich danach weitgehend zurückziehen!«

»Wer 's glaubt!«, spottete Herr Thomas, doch Herr Hanno sprang mir bei.

»So bleiben sie uns immerhin als Schutzmacht erhalten!«, stellte er befriedigt fest, doch das mochte der Templer nicht gelten lassen.

»Ihr Deutschen habt Eure Schäflein ins Trockene gebracht, wenn man die Kurische Nehrung als solch Land betrachten will.« Er wurde ernst. »Wir hier in Outremer sind darauf angewiesen, mit den Voraussetzungen, die ich realistisch als naturbedingt bezeichnet habe, auszukommen –«

Hier unterbrach ihn Hugo de Revel. »Fromme Lämmlein

scheinen mir eher diejenigen, die sich mit solchen Gegebenheiten – mit solchen, von einem falschen Propheten vergifteten Weidegründen – abfinden, anstatt die dargebotene Hand der Mongolen zu ergreifen, ein Volk von unverdorbener Natürlichkeit, was Sitte und Glauben anbetrifft! Zusammen mit der geballten Macht des Il-Khan können wir durchaus die Ungläubigen hinwegfegen, zumindest von Asia Minor bis hinab nach Kairo!«

Der Johanniter beschloss, dem Rivalen offen Paroli zu bieten. »Wenn ein Orden sich den Schafsbock als Idol erwählt, dann zeugt das entweder von bornierter Blödheit – oder vom Willen zum Bösen, wie schon das Haupt des *Baphomet* deutlich zeigt!«

Wer dachte, jetzt explodiert der Templer ob dieser ungeheuren Beleidigung, sah sich getäuscht, denn der reagierte eher belustigt. »Hirnlose Träumer!«, stellte er einleitend in den Raum. »Ahnungslose Ignoranten, die sich kein Bild über die wahre Ausbreitung des Islam machen! Mag sein, dass das Reich der Mongolen in der Fläche größer ist, gewaltiger auch in den Armeen, die es aufbieten kann, aber ihr Beweggrund ist allein die Ausweitung der Macht des Großkhan, der Islam hingegen speist sich aus der Kraft des Glaubens, so wie ihn der Prophet Mohammed gelehrt – und damit ist die Bewegung des Koran der gottlosen Herrschsucht und Kriegsmacht der Mongolen – wenn schon nicht von Anfang an, so doch auf lange Sicht – überlegen, wie ein pochendes Herz einer mit stickiger Luft aufgepumpten Schweinsblase!«

Herr Thomas hatte seine Zuhörer beeindruckt, jedenfalls kam erst einmal kein Widerwort.

»Stimmt Ihr dem zu?«, erteilte der Hochmeister dem Prinzen Konstanz von Selinunt das Wort, den er als *moslem* für berufen hielt, Stellung zu beziehen.

»Gewisslich, was den Wert des Glaubens anbelangt, der Fürsten wie Krieger beseelt«, der Rote Falke hielt inne und lächelte beiden Großmeistern zu. »Dies ist auch die Quelle, aus der die Christen von Outremer einst ihren Siegeswillen, heute die Kraft für ihren erbitterten Widerstand schöpfen: die Zuversicht, den wahren Glauben zu besitzen! Für ihn einzustehen, mit Leib und Leben, findet den wahren *moslem* ebenso bereit wie den gläubigen

Christen! Und das kann sich zwar zeitweilig abschwächen, wird sich aber im Prinzip nie ändern!« Der Rote Falke ging jetzt den Großmeister der Templer direkt an. »Es ist allerdings ein gefährlicher Irrtum, wenn man aus ›natürlicher‹ Umgebung ableitet, dass diese sich gleichbleibend tolerant verhält. Wie schon richtig erkannt, befindet sich das Christentum, wie es sich mit dem Königreich von Jerusalem darstellt, in Outremer in erheblicher Minderheit und in lästiger obendrein! Bislang sicherten einzig interne Streitigkeiten aufseiten der Muslime diesem Gebilde immer wieder ein Überleben wie auch die Bequemlichkeit islamischer Herrscher, sich der christlichen Handelsstädte an der Küste zu bedienen. Es bedarf aber nur eines geringen Gesinnungswandels unter den Anhängern des Propheten – denkt an den großen Saladin –, um dieser Duldung ein rasches Ende zu bereiten und die Handelsmonopole selbst zu nutzen! Daher, meine Herren, verlasst Euch nicht auf den Status quo: Die Mamelucken werden – ohne jede Hast – eine sich bietende Gelegenheit wahrnehmen, die Christen wieder über das Meer zu verjagen, dahin, woher sie gekommen sind!« Diese explizite Warnung des Roten Falken vor Kairo fuchste den Naiman so sehr, dass er nicht an sich hielt und – ich jedenfalls habe es deutlich gehört! – in das aufkommende Gebrummel deutlich die Worte *Ya muslim al murtad! Ya ḳhain al kadr!*, einen Schimpf, der nichts anderes als »Abtrünniger Moslem!«, »Infamer Verräter!« besagen will, ausstieß.

Um das allgemeine Getöse zu dämpfen, erhob jetzt der Bailli seine Stimme, der sich bisher missgelaunt zurückgehalten hatte. »Ich fasse zusammen«, rief er den Erregten zu. »Wir sollten die Finger von Damaskus lassen und uns möglichst weder von den Mongolen vereinnahmen noch gegen sie aufwiegeln lassen!«

»Wir stecken den Kopf in den Brunnenschacht«, spottete der Großmeister des Tempels, »und hoffen, dass niemand unseren Arsch sieht!«

»Dies ist die Stunde des Königlichen Paares!«, rief von der Saalwand her der schmächtige Lorenz von Orta, alle wandten sich zu ihm um. »Roç Trencavel und seine Yeza Esclarmunde auf dem imaginären Thron des himmlischen Friedens werden uns den Weg führen, der zur Versöhnung zwischen den verfeindeten Religionen und den sich nicht verstehenden Welten unabdingbar ist!«

Was mir als etwas peinliche Verzückung des Alten vorkam, hatte jedoch gewissen Anklang gefunden. Niemand protestierte, oder nahmen sie seine prophetischen Worte nicht ernst? Lorenz war sofort danach verschwunden, die anderen benutzten samt und sonders die Gelegenheit, die Versammlung, die letztlich wenig gebracht hatte, schleunigst zu verlassen. Ich stürmte die Treppe hinauf, um vom Dach aus den Abzug der beteiligten Delegationen zu beobachten, vor allem aber, um nicht dem Lorenz von Orta noch in die Arme zu laufen. Als ich atemlos um die letzte Ecke bog, stand mein Zuchtmeister schon vor mir.

»Dieses Mal entwischst du mir nicht wieder, William!«, befahl er verschmitzt lächelnd. Ich folgte ihm durch das Treppenhaus eines Gesindeaufgangs, der unmittelbar neben den Räumen der Torwache mündete. Nicht einmal der Schritt durch das Portal war mir vergönnt, wo sich jetzt die Teilnehmer an der Gesprächsrunde so herzlich voneinander verabschiedeten, als sei nie ein böses Wort zwischen ihnen gefallen. Sicher hätte mir der eine oder andere anerkennend auf die Schulter geklopft. Auch darum brachte mich mein gestrenger Aufseher. Er schob mich durch einen Seiteneinlass, und ich stand vor der schwarzen Sänfte, die wie zuvor von den vier schwarzen Tempelrittern eskortiert wurde. Ihre Gesichter konnte ich nicht sehen, denn sie hielten die Visiere ihrer Topfhelme geschlossen. Damit war mir klar, dass diesmal die Herrin der schwarzen Sänfte persönlich zugegen war: Marie de Saint-Clair, unter Eingeweihten – und auch nur bei vorgehaltener Hand – bekannt als »La Grande Maîtresse«! Ich erkannte auch sofort die herrische Stimme der alten Dame wieder, die jetzt den Sekretär rügte, dass er nicht eingegriffen habe, als ausgerechnet dieser windige Agent des Sultans das Königliche Paar verächtlich zu machen versuchte – Lorenz senkte schuldbewusst sein weißhaariges Haupt –, außerdem fuhr die Stimme in voller Schärfe fort, solle er Herrn Thomas Bérard ausrichten, er möge sich gefälligst nicht mit dieser Kreatur aus Kairo in der Öffentlichkeit zeigen.

»Ganz gleich, was er damit bezwecken mag, es ist – mehr noch als eine Frage der Reputation des Ordens – ganz einfach einer ritterlichen Gesinnung unwürdig!« Der alte Lorenz dauerte mich, wie er so von seiner Oberen – und das vor mir – gescholten wurde wie ein dummer Junge. »William von Roebruk nehme ich mit mir!«, erging ihre klare Anweisung – gefragt wurde ich nie! »Er wird mir bei der Aufgabe zur Hand gehen, die mir jetzt doch dringend erforderlich scheint!«

Damit war der Sekretär entlassen, während mir nicht einmal die Gunst gewährt wurde, mich von meinen Freunden, dem Roten Falken und Madulain, zu verabschieden. So kam ich auch nicht in den Genuss der gewonnenen Wette. Dafür würde mir – das schwante selbst einem schlichten Gemüt wie dem meinen sogleich – das schwierige Unternehmen der Zusammenführung von Roç und Yeza weiterhin aufgebürdet bleiben!

Nur schien sich die alte Dame nicht bewusst zu sein – und das war meine stille Genugtuung –, dass die beiden keine Kinder mehr waren und längst ihre eigenen, eigensinnigen Wege gingen. Allerdings ahnte ich ebenso wenig, was mir nun bevorstehen würde, als ich – von den Turkopolen auf ein Pferd gehievt – jetzt hinter der Sänfte hertrabend die Stadt Akkon wieder verließ. Offensichtlich ließ sich mein Leben von dem des Königlichen Paares nicht trennen. Und das war mir auch ein Trost!

DER ALTE KITBOGHA strahlte über sein faltiges Gesicht, als Yeza das Zelt des Il-Khan betrat. Bohemund von Antioch und Hethum, der König von Armenien, sahen sich bedeutungsvoll an, als sei das Erscheinen der Prinzessin ihr Verdienst. Yeza verneigte sich vor dem Herrscherpaar.

»Wenn Ihr nur einen Teil des Aufwandes«, ging sie sofort in ihrer überlegten, meist überlegenen Art den Il-Khan selbst an, »den Ihr betreibt, um Euch meiner Person zu vergewissern, dazu verwandt hättet, Roç Trencavel davon abzuhalten, sich in unnötige Abenteuer zu stürzen, dann könnten wir jetzt –« Yeza stockte, denn sie sah im Hintergrund, dass Yves der Bretone des Zelt betrat. Sie suchte seinen Blick und verlor den Faden.

Hulagu, der schon immer eine Schwäche für die Prinzessin hatte, fühlte sich keineswegs angegriffen, sondern sprang ihr lächelnd bei. »Wir *werden* gemeinsam in Damaskus einziehen«, er war sich völlig sicher, dass dies die einzige Besorgnis der Prinzessin darstellte, der gemeinsame Auftritt des Königlichen Paares an der Seite seines illustren Beschützers. »Und wenn Roç Trencavel sich bis dahin nicht besonnen hat, dann sollt Ihr, Prinzessin, den Jubel Eures zukünftigen Volkes stellvertretend allein entgegennehmen!« Er glaubte sie damit glücklich gemacht zu haben, doch Yeza schüttelte energisch ihre blonde Mähne, sie hatte das kurze bestätigende Nicken des Bretonen aufgefangen.

»Darum geht es mir nicht«, setzte sie gerade an, um ihren Protest loszuwerden. »Frieden will und kann das Königliche Paar nur bringen, wenn Ihr –«

Kitbogha schnitt Yeza fürsorglich die Beschwerde ab, denn Hulagus Gesicht hatte sich verfinstert. »Die Prinzessin ist sich durchaus bewusst, welche Aufgabe dem Königlichen Paar zugedacht ist«, sprach er so laut, dass ihre Worte darin untergingen und sie schließlich verstummte. »Die Macht des erhabenen Großkhan und das Durchsetzen der glorreichen Friedensherrschaft der Mongolen über diesen Rest der Welt werden von ihr keineswegs angezweifelt –«

»Ich weiß, Kitbogha«, fiel ihm da Yeza heftig in die Rede, so ließ sie sich nicht überrollen, »dass Ihr das Königliche Paar als nützliches Gespann seht, als prunkvoll geschmückten mongolischen Karren, der eine ebenso reich verzierte Jurte transportiert!« Sie gab sich sichtbar Mühe, ihre aufsteigende Wut zu beherrschen. »Nur, dass uns unter den Prachtgewändern die Hände gefesselt sind, wenn Euer Plan denn so zur Ausführung kommen sollte, wie Ihr es Euch vorgaukelt –« Sie versuchte den leichten Ton beizubehalten, es gelang ihr nicht. »Dagegen können und werden wir uns zur Wehr setzen, doch das weitaus Schlimmere ist, was hinter unserem Rücken an Unmenschlichkeit und Barbarei in der verschlossenen Jurte geschieht!« Yeza hatte ihre Anklage längst an den erstarrten

Il-Khan gewandt. »Wir haben Euch bereits nach dem Verbrechen von Alamut den Rücken gekehrt – der völlig sinnlosen Zerstörung von Menschen und Kultur! Glaubt Ihr etwa, wir haben unsere Einstellung geändert?« Ihre grünen Augen funkelten Hulagu an. »Solche Verbrechen trägt das Königliche Paar nicht mit!«

Ein Tumult am Eingang zog die Aufmerksamkeit aller, sehr zum Ärger der erbosten Yeza, auf sich. Ein wutschnaubender Sundchak verlangte, die Wachen wie ein wütender Stier beiseite stoßend, zum Il-Khan vorgelassen zu werden. Kitbogha sah, dass Hulagu die Unterbrechung der äußerst unliebsamen Situation begrüßte, und unternahm nichts gegen den ungebührlichen Vorstoß seines Generals.

»Verrat!«, brüllte der schon, noch bevor er seinen massigen Körper zum Kotau niedergezwungen hatte. »Der falsche Franke da«, sein Finger stach in Richtung des Bretonen, »hat sich angedient«, keuchte er mit hochrotem Kopf, »dem – von Euch verurteilten Gefangenen –« Brockenweise spie er den in seinen Augen ungeheuerlichen Vorgang aus, »– eigenhändig ein weiteres Glied abzuschlagen! Es sei ihm ein inneres Bedürfnis, zum Vollzug der gerechten Strafe an einem Feind des mongolischen Volkes beizutragen –«

Sundchak musste nach Luft schnappen wie ein fetter Karpfen, den eine Welle aufs Ufer geschleudert. »Meine Leute ließen ihn gern gewähren – und was macht der Schurke mit seinem riesigen Schwert?!« Der General starrte puterrot mit anschwellendem Hals auf Yves, der ihn auch noch herausfordernd angrinste. »Mit einem furchtbaren Hieb trennt er dem verdammten Emir nicht nur den Arm, sondern auch den Kopf ab!«

Erschüttert zeigte sich eigentlich nur die Dokuz-Khatun, während sich Yeza anmutig vor dem Schnaubenden verneigte. »Ich danke Euch, General, für die gelungene Schilderung dessen, was sich in Eurem Quartier – verborgen vor den Augen aller – abspielt.« Sundchak glotzte sie an, kaum noch schnaubender Stier, eher wie ein tumber Ochse. »Es unterstreicht – mehr als es meine schwachen Worte vermögen – die grundsätzlichen Bedenken des Königlichen Paares!«

Am Einlass zum Prunkzelt des Il-Khan entstand Unruhe, gedämpfte Rufe wurden laut. »Ein Iltschi!«

Yezas Blick wanderte wie der aller anderen zum Eingang, ein Staatsbote aus dem fernen Karakorum verhieß selten Gutes. Die Wachen beeilten sich, dem vom Ritt verschwitzten, staubbedeckten Kurier den Weg zum Il-Khan zu bahnen, ein Iltschi hatte stets das Recht auf freien Zugang und auf jede Art von Hilfestellung, wo immer er sich im Reiche der Mongolen befand. Der im ledernen Wams gekleidete Mann, über dessen Nacken noch die Standarte hinausragte, trat vor Hulagu, zerrte das Schreiben aus seiner Kuriertasche und überreichte es. Der Il-Khan überflog es, zögerte, den Inhalt bekannt zu geben, und überließ es dann Kitbogha. Der warf nur einen kurzen Blick darauf, und ein Schatten fiel über sein faltiges Antlitz. Es wurde still im Zelt.

»Der Großkhan ist tot«, verkündete Kitbogha mit tonloser Stimme. Schweigend und gesenkten Hauptes verließen alle den Raum. Nicht, dass der Tod des Herrschers im fernen Karakorum sie derart betroffen machte, aber wer zur Spitze der mongolischen Heeresführung gehörte oder sich mit den Gepflogenheiten der Mongolen auskannte, der wusste, dass diese Nachricht den gesamten Heereszug infrage stellte. Nichts war mehr wie zuvor.

DIE SCHLANGE AUS DER TIEFE

»CAPUT DRACONIS« – DIE VERSCHWÖRER

VOR ROÇ TRENCAVEL und seinem zusammengewürfelten Haufen dehnte sich das hügelige prächtige Damaskus. Der Baouab beschwor seinen neuen Herrn fast flehentlich, ihn vorauszuschicken, damit für einen würdevollen Empfang durch die noch ahnungslose Stadt gesorgt sei. Roç ließ dem eifrigen Hofbeamten seinen Willen, zumal mit ihm auch die Karawane ziehen und so der leidige Kelim aus seinen Augen verschwinden würde. Er gab ihm die fünf armenischen Ritter zur Seite. Josh der Zimmermann und David der Templer vergaßen auf der Stelle ihr Versprechen, zukünftig nicht länger sklavisch an ihrer Spielunterlage zu hängen. Ohne auch nur einen Augenblick der Scham oder Reue zu empfinden, folgten sie dem Tross wie zwei alte Straßenköter dem Knochen an der Schnur. Roç sah es, und es stimmte ihn traurig, aber er sagte nichts. Auch, dass Ali sich dem Zug anschloss, entging ihm nicht. Da er und seine Freunde den ägyptischen Sultansspross wie stinkende Luft behandelten, kam der Trencavel auch nicht auf die Idee, Ali etwa daran zu hindern.

»Ich traue diesem Mamelucken nicht!«, bemerkte Berenice besorgt, die neben ihm stand und der das verstohlene Sich-Davonschleichen nicht entgangen war. »Er hat Augen wie eine Viper!«

Roç schürzte verächtlich die Lippen. »Aber keinen Giftzahn!«

Ihr Blick hätte ihm gezeigt, dass sie anderer Meinung war, doch den fing der Trencavel nicht mehr auf.

Das Vorauskommando wurde bereits am Bab as-Saghir von herbeigeströmten Einwohnern der Stadt neugierig empfangen. Sie erkannten sofort in der Karawane diejenigen, die schmählich mit dem Sultan Damaskus verlassen hatten. Dass sie jetzt mit einer monströsen Teppichrolle beladen und als Vorboten eines fremden

Königs heimkehrten, versetzte die Leute in Unruhe und Erstaunen. Von der Zitadelle war der Kommandant der dort ausharrenden Garnison herbeigeeilt. Während der Baouab mit dem Kelim sofort weiterzog zum Palast, Josh und David im Schlepptau, suchte Ali die Freundschaft des Kommandanten, indem er sich als treuer und loyaler Mitstreiter des Trencavel ausgab, den er sogleich als liebenswerten Träumer und schwachen König hinstellte, mit der Folge, dass alle notwendige Tatkraft zwangsläufig auf seinen Schultern laste. Aber er wäre der Mann, dem das Schicksal der Stadt mehr noch als alles andere am Herzen läge! Der Kommandant, der so viel an Zuspruch lange hatte vermissen müssen, war tief beeindruckt, er sah in Ali eine verwandte Seele, die große Verantwortung zu tragen hatte, doch nur wenig Dank empfing. Gerührt übergab er Ali den Kampfelefanten des An-Nasir, damit er das Tier dem neuen Herrscher andiene, wenn er in die Schlacht gegen den Feind auszöge, gegen die heranrückenden Mongolen. Ali versprach ihm, dafür zu sorgen, bestätigte den guten Mann in seinem Posten als Befehlshaber der Zitadelle und schickte die fünf Armenier, die von der Unterhaltung schon mangels Interesse wenig mitbekommen hatten, hinter dem Baouab her, damit sie den würdigen Empfang des Trencavel vorbereiten halfen. Er musste sie loswerden, denn es blieb ihm nicht mehr viel Zeit, wenn es ihm noch gelingen sollte, sich anstelle Roçs zum Herrscher von Damaskus aufzuwerfen.

Die Stallungen des Elefanten waren in den Gewölben des früheren römischen Theaters untergebracht, das an der Decumana lag, der großen Prunkstraße, die Damaskus von West nach Ost durchlief. Zerstreut ließ sich Ali von den Wärtern den Dickhäuter zeigen, denn seine Gedanken kreisten einzig und allein um einen Weg, der ihn seinem Ziel näher bringen sollte. Es fiel ihm nichts ein. Den gewöhnlichen Meuchelmord, einen raschen Dolchstoß, den konnte er selbst mit Sicherheit kaum überleben, die Okzitanier würden ihn auf der Stelle in Stücke hacken. Assassinen zu dingen, dazu fehlten ihm die Zeit und vor allem entsprechende Verbindungen, über die er in dieser fremden Stadt nicht verfügte. Es blieb nur noch *musiba*, ein »Unglück« von der sauberen Art, dass ihm keine Schuld nachzuweisen wäre!

Der Baouab hatte den Kelim auf dem Großen Platz zwischen Moschee und Palast ausrollen lassen. Dies schien ihm der geeignete Ort, den Damaszenern Gelegenheit zu bieten, der Inthronisierung beizuwohnen. Diese hatte für ihn selbstverständlich inmitten dieses prunkvollen Teppichs stattzufinden, bevor der dann im Innern der Omayyad-Moschee, vielleicht vor dem Schrein Johannes' des Täufers, in Erinnerung an das Ereignis seinen Ehrenplatz finden könnte. So hatte sich der Baouab das gedacht, und er fand es ausgesprochen unangebracht, dass sich Josh der Zimmermann und David der Templer ausgerechnet an der Stelle niederlassen wollten, wo er sich den noch zu errichtenden Thron vorstellte. Die beiden trollten sich, schließlich fehlte ihnen nicht nur der vierte, sondern schon der dritte Mann. Auf Ali würden sie notfalls zurückgreifen können, ansonsten müssten sie die Ankunft der Okzitanier abwarten, wenn sie bis dahin keine andere Lösung für ihren fehlenden Mitspieler gefunden hatten. Sie zogen los, durch die engen Gassen der Soukhs zum römischen Theater, wo sie Ali zum letzten Mal gesehen hatten, als der Kommandant der Zitadelle die in der Stadt eingetroffene Vorhut begrüßte. Während sie aufmerksam die überdachten Gänge des Bazars durchstreiften, glaubte David plötzlich William von Roebruk in der Menge gesehen zu haben. Das war natürlich eine unerwartet glückliche Fügung, den Franziskaner möglicherweise als Mitspieler zu gewinnen. Sie trennten sich hastig, David , um Williams habhaft zu werden, Joshua, um jetzt umso energischer den vierten Platz mit Ali zu besetzen.

Aus dem Dunkel der Gewölbe löste sich eine hinkende Gestalt. Es war Naiman, der Agent des Sultans von Kairo, eine Figur, die Ali sofort einen gehörigen Schrecken einjagte, hatte sie doch beim gewaltsamen Tod seines Vaters die Finger mit im Spiel gehabt. Seine Hand zuckte zum Dolch, aber Naiman hob beschwichtigend beide Arme.

»Zerbrecht Ihr Euch das dunkel gelockte Haupt, Ali, wie es mit der Krone von Damaskus zu schmücken sei?« Naiman blieb höhnisch grinsend ob der gelungenen Überraschung im Schatten des nächsten Pfeilers und im gebührenden Abstand zum Dolch des erregten jungen Mannes. »Der Trencavel muss weg!«, raunte der Geheimagent dem jungen Manne zu. »Das königliche Pärchen, das die Mongolen der Welt ins warme Nest setzen wollen, muss gewürgt werden, bevor die Brut –« Naiman hielt inne, weil er glaubte, eine ihm verdächtige Gestalt hinter den Stallungen herumschleichen gesehen zu haben, doch Ali wischte seinen Argwohn beiseite.

»Die Leute hier sind wissbegierig auf alles, was wir im Schilde führen könnten.« Er betrachtete deprimiert den Elefanten, der ungerührt sein Grünzeug verschlang. »Dabei verfüge ich nicht einmal über den Ansatz eines Planes«, klagte er freimütig, »wie ich den vorgegebenen Lauf der Dinge verhindern könnte.«

»So ist das oft!«, spottete Naiman und deutete auf den mampfenden Dickhäuter. »Ihr steht viel zu dicht vor der genialen wie massiven Lösung unseres gemeinsamen Problems! Wisst Ihr eigentlich«, zog er seine Erklärung genüsslich in die Länge, »wie sich ein solch friedliches Tier in eine alles niederwalzende, wütend tobende Kampfmaschine verwandelt?« Er ergötzte sich an dem törichten Gesichtsausdruck des Ali, bevor er die Antwort preisgab: »Feuer!«, zischte er. »Feuer versetzt Elefanten in panische Angst, lässt sie blindwütig rasen!«

Ali – statt hinzuhören – riss seinen Dolch heraus und tat einen mächtigen Satz, an dem erschrockenen Naiman vorbei, hinter die nächste Säule. Er zerrte den ebenfalls überraschten Joshua hervor.

»Ich kam nur zu fragen«, stotterte der Zimmermann eher ärgerlich ob der Behandlung als eingeschüchtert, »ob Ihr einer neuen Runde unseres Wesen-Spiels die Ehre geben wollt!«

Aus den Schatten der sie umgebenden Pfeiler traten jetzt mehrere, wenig Vertrauen erweckende Gesellen. »Meine Leute!«, erklärte knapp der Agent. »Sollte der Kerl uns schon die ganze Zeit belauscht haben –« Er ließ den Satz unbeendet im Raum stehen. Joshua schwieg grimmig. »Schafft ihn zu den Kakerlaken!«, ordnete Naiman an und wandte sich wieder Ali zu. »Ihr habt noch viel zu lernen, junger Herr«, empfahl er mit ironischer Verbeugung. »Also überlasst das Präparieren des Elefanten mir und begebt Euch zum Baouab, mit der höflichen Bitte, der Bevölkerung von Damaskus heute Abend anlässlich der Thronbesteigung ein festliches

Feuerwerk zu gestatten, weswegen er den Beginn der Feierlichkeiten tunlichst bis zum Anbruch der Dunkelheit verschieben soll!« Naiman war Herr der Situation.

Josh der Zimmermann wurde gefesselt und mit einem Sack über dem Kopf abgeführt. Ali machte sich auf den angegebenen Weg. Wenn er erst einmal Herrscher von Damaskus wäre, würde er diesem schielenden Hinker seinen Hochmut schon heimzahlen!

Aus der Chronik des William von Roebruk

Es setzt mich immer wieder in Erstaunen, wie viele mir völlig unbekannte Pfade durch das Gebirge führen, auf denen ein eher kostbar anmutender Trupp wie der unsere von niemandem gesehen wird, ein paar Schafhirten mal ausgenommen. Ich trabte folgsam hinter der schwarzen Sänfte her, jenem bei mir immer noch eine starke Beklemmung auslösenden Gehäuse der Grande Maîtresse, das jetzt auf Reisen von acht Turkopolen getragen wurde, während je vier jener ebenfalls schwarzgewandeten Tempelritter die Vor- und die Nachhut bildeten. So erreichten wir eine mächtige Burg in den Bergen oberhalb des Jordan, die mir bei näherem Hinschauen plötzlich arg bekannt vorkam. Dies musste der Ort gewesen sein, an dem mich jener ältere – und unbestreitbar ranghohe Templer mit der krächzenden Stimme aus der vorausschauenden – wenn auch von mir nicht ganz freiwillig erduldeten – Obhut des Lorenz von Orta gerissen hatte. – Womit er mich *de facto* dem Inquisitionstribunal des Patriarchen überantwortete, der mich dann zu ersäufen trachtete, wie einen überzähligen Wurf junger Katzen! Also keine ermutigende Erinnerung, doch jeder Zweifel wurde mir genommen, als wir in den Hof einritten und die Sänfte der Grande Maîtresse von eben diesem Tempeloberen mit dem gleichen unverwechselbaren Krächzen empfangen wurde. Ich bekam auch diesmal weder ihn noch die betagte Insassin zu sehen, denn ihr Gehäuse wurde sofort ins Innere der Burg getragen. Meiner Wenigkeit wurde hingegen so wenig Wert beigemessen, dass man mich erst mal im Burghof stehen ließ, in Gesellschaft der Sänftenträger, mir selbst überlassen. So brachte ich wenigstens in Erfahrung, dass es die Ordensburg Safed war, auf der ich mich befand, und dass sie dem – nach Großmeister Thomas Bérard – im Rang am höchsten stehenden Groß-Prior Karl von Gisors unterstünde, der auch noch das Ehrenamt eines Marschalls *militiae templi Salomonis* bekleide. Das wurde mir nur zögerlich und flüsternd anvertraut, woraus ich entnehmen durfte, dass dieser hohe Herr recht gefürchtet war.

Kurz darauf erhielten die mich beaufsichtigenden Turkopolen Befehl, den Minoriten William von Roebruk ins »Archiv« zu bringen. Dies war ein fensterloses Gewölbe im ersten Stock der weitverzweigten Burg, hinter einer Tür aus dicken Eichenbalken, stark wie ein Rammbock. Vor ihr harrte meiner schon ein spindeldürres, schlohweißes Männlein, anscheinend der Herr über all die in Leder gebundenen Folianten und von Wachs geschützten Manuskripte, kostbare illuminierte Bücher, die ich in hohen Regalen gestapelt bis unter die Decke erwartete. Doch in dem mir sich öffnenden Raum befand sich kein einziges Buch noch irgendeine Schriftrolle. Allein ein Schreibpult stand bereit, inmitten der völlig kahlen Wände, reichlich Pergament war zu seiner Seite gestapelt, und von der Kuppel des Gewölbes hing eine nicht nur strahlend helles Licht verbreitende fünfarmige *lucerna*, auch deren Öle verströmten köstlichen Duft von Zimt und Kardamom, Rosen und Lavendel.

»Die rechte Mixtur, um die Stirn zu befreien und das Hirn anzuregen«, erläuterte mir lächelnd mein Kustos, während er sich zufrieden vergewisserte, dass ich mein eigen Feder und Tintenfässchen mit mir führte. Dann schritt er tippelnd zur Wand, wo in Hüfthöhe eine Art Schranktür bündig zum Mauerwerk und kaum auffällig eingelassen war. Der zierliche Greis zog sein gewaltiges Schlüsselbund und öffnete einen zweiflügeligen Verschlag. Doch dahinter kam sofort ein weiteres Portal zum Vorschein, eine kostbare Intarsienarbeit aus edlen Hölzern mit Elfenbein versetzt. Für diese Tür benötigte er schon vier Schlüssel von seinem Bund, um sie vollends zu entriegeln und ihre Flügel rechts und links zusammenzufalten, sodass endlich die dritte Pforte sichtbar wurde, ganz aus Eisen, nur ihre Zierbeschläge schienen mir aus Messing aufgesetzt. Sie dienten auch nur, die Schlüssellöcher zu verbergen, und es schien mir, dass die Einhaltung eines bestimmten, kunstvollen Ritus eingefordert wurde, mit dem der geschickte und sehr behende Alte die verschiedenartigen Bärte zum Einsatz brachte, oft durch gegenläufiges Drehen. Schließlich öffnete sich der Berg Sesam zu einer kleinen dunklen Grotte. Der Kustos streifte sich einen ledrigen Fäustling über die feingliedrige Hand, griff in die Höhlung des Tresors und zog einen unscheinbaren, verschnürten Packen ans Licht. Fast feierlich legte er ihn vor mir auf das Pult und löste die mehrfach versiegelten Schnüre.

»Dies umgehend und aufmerksam zu lesen, … bef… bittet Euch die ehrwürdige Meisterin Marie de Saint-Clair«, sprach mein Kustos mit aufmunterndem Lächeln.

Ich war mir im Unklaren, ob ich es erwidern sollte, doch überwog meine Neugier das grundsätzliche Misstrauen, das bei allem hochkam, das mit der Grande Maîtresse in Verbindung stand, ich nickte ihm mein Einverständnis und trat zum Pult. Der freundliche Greis zog sich unhörbar zurück, ich bemerkte es erst, als sich knirschend der Schlüssel von außen im Schloss der Bohlentür drehte, doch da hatte ich schon das Deckblatt beiseite geschoben und erkannte sofort das *sigillum* der geheimen Bruderschaft, das über den ersten Zeilen prangte: *Sine dubio!* Vor mir lag – in Abschrift oder gar im Original – der Große Plan! Ob ich nun wollte oder nicht, ich geriet in den magischen Sog des ketzerischen Manifests:

Vielfältig verschlungen ist das Siegel des Geheimen Bundes, die Speerspitze des Glaubens stößt aus dem Kelch der Lilie, das Trigon durchdringt den Kreis und schwebt über den Wassern. Wem es bestimmt ist zu wissen, der weiß, wer zu ihm spricht!

Wer die Wahrheit sucht, tut gut daran, sich in Gottes Wort zu vertiefen, wie es in der Bibel geschrieben steht. Er tut nicht gut daran, den Kirchenvätern zu vertrauen. Sie waren keine Suchenden wie er, sondern Deuter der Schrift, die sie nach Gutdünken auslegten zu ihrem eigenen Nutz und Frommen.

Wer die Wahrheit sucht, kann aber auch Gott bitten, ihm Einblick in das große Buch der Geschichte zu gewähren. Gott schreibt

nicht mit der Tinte der «scribentes», sondern mit dem Leben der Menschen und Völker.

Als es Gott gefiel, das Volk Israel aus seiner Auserwähltheit zu erlösen, es von der erdrückenden Last zu befreien, unter der es nicht die Kraft aufbrachte, andere Völker an dem Einen Gott teilhaben zu lassen; als Er sah, dass sich die Seelen der Kinder Israel verhärteten wie Leder in der Sonne und brüchig wurden, sandte Er Propheten aus, von der Größe Seines Reiches zu zeugen.

Als Erster trat auf Johannes, der Täufer. Er blieb ein Rufer in der Wüste; denn das Volk war verstockt, und seine Ohren waren taub.

Auf ihn folgte Jesus aus dem Hause David, der sein Leben hingab. Aber seine Jünger drehten ihm die Botschaft der Liebe im Munde um und verfälschten das Vermächtnis seines Opfers. Sie zeigten sich weder fähig, das Mysterium der Transsubstantiation noch das der Wiederauferstehung zu erfassen.

Und schließlich erschien Mohammed, der den irrenden Völkern den einfachen Weg wies, ohne Schuld und Vergebung, den geraden Weg ins Paradies durch ein frommes und gerechtes Leben auf Erden.

Wie Gott Israel straft seit dem Auszug aus Ägypten,
so zürnt Er den Muslimen seit der Hedschra, dem Auszug aus Mekka.

Seitdem ist das Erbe Mohammeds zerrissen zwischen denen, die blind nur die Sunna, die Botschaft, hören, und denen, die taub nur auf die Schia, die Blutslinie, starren. Gott allein weiß, welcher Weg der richtige ist. Die Muslime wissen es nicht.

Stumm vor Zorn aber ist der Herr, wenn er das Ungeheuer betrachtet, das die Nachfolger Christi in die Welt gesetzt haben. So wie sie sich selbst aus eigenen Gnaden ernannten, schufen sie die sich selbst fortpflanzende, sich selbst gebärende Kirche. Noch dient sie Ihm, die anderen zu strafen: die Juden mit Vertreibung »zerstreut in alle Welt«; den Islam mit Spaltung, die beide Glieder den Schlägen aussetzt, welche das Ungeheuer mit seinen Schwänzen austeilt, während seine Tentakel sie würgen, erpressen und berauben.

Aber die blutige Spur, die das Tier wie eine Schleppe hinter sich herzieht, ist auch ein Versprechen, dass Gott der Herr die Missetaten nicht vergessen wird. Gott allein weiß, wann der Tag des Gerichts kommen wird, aber er wird kommen! Denn die Gräuel der Nachfolger Christi schreien zum Himmel.

Als Erstes leugneten sie die Leiblichkeit des Jesus von Nazareth. In ihrem Wahn und in ihrer Vermessenheit gingen sie so weit, ihn zu Gottes Sohn zu erklären, zum Nebengott. Und damit nicht genug: Sie erhoben auch seine Mutter zu einer die Mutterschaft verhöhnenden göttlichen Jungfer und füllten so den eben gereinigten Tempel – dem Einen Gott, nur Ihm allein geweiht – mit allerlei Nebenaltären.

Dann buhlten sie um die Gunst der Römer, denn in deren Hauptstadt, «caput mundi», sollte das eitle Ungeheuer nisten, seine Arme ausstrecken, alle Menschen an seine Brust ziehen und die erwürgen, die es nicht anbeteten.

Diese Bedrohung wandte sich auch gegen jene, die dem Auftrag des Meisters gefolgt waren: »Gehet hin in alle Welt«, und sein Wort jene lehrten, die Ohren hatten zu hören. Es waren der Jünger ja zwölf gewesen, die so ausgesandt waren.

Saulus war keiner von ihnen und ward zu Damaskus auch nicht zum Apostel, sondern zu Paulus, Paulus dem Strategen. Paulus traf die schicksalsschwere Entscheidung für das Rom der Caesaren – nicht für Bagdad, die Wiege der Menschheit, nicht für Alexandria, den Hort ihrer Geistigkeit, und schon gar nicht für das Jerusalem der Väter. Ihm verdanken wir die Krake, nicht dem braven Fischermann Petrus. Paulus brachte das Tier dorthin, wo es sich nur zum Ungeheuer entwickeln konnte.

Um sich bei Rom einzuschmeicheln, machten die Häupter der Kirche alsdann vergessen, dass es die Römer gewesen waren, die – in strikter Anwendung ihres «codex militaris» – den Jesus von Nazareth, «Rex Judaeorum», gekreuzigt hatten. Sie schoben es seinem eigenen Volke, den Juden, in die Schuhe, den Messias ermordet zu haben. So erhoben sie ihn zum Märtyrergott, ja, zu Gott selbst – und das Tier stieß die erste Giftwolke aus seinen Nüstern, die seitdem unheilschwanger über der Welt wabert, den

Hass auf die Kinder Israel und ihre Kindeskinder. Nichts eint eine Gefolgschaft so sehr wie ein gemeinsamer Feind.

Das Tier hatte die Botschaft des Gekreuzigten an sich gerissen und aufgesogen, seinen Leib, und, wie es vermeinte, auch sein Blut. Nichts erboste das Tier in Rom so sehr wie die Erkenntnis, dass die Blutslinie des Hauses David nicht erloschen war, sein Samen sich fortpflanzte. Da Jesus jetzt ein Gott war, war seine Sippe – soweit nicht mit ihm zusammen vergöttlicht – dem Tier ein Dorn im Auge. Also wurde seine Frau als Hure verschrien; seine Söhne, Bar-Rabbi und die anderen, wurden Straßenräubern gleichgestellt. Wer sich vor der Kreuzigungsjustiz der Römer retten konnte, wurde totgeschwiegen.

Ein ähnliches Schicksal erlitten die Gemeinden der übrigen Apostel. Kaum war das Tier aus den Katakomben gekrochen, hinauf auf den Thron der römischen Staatskirche, begann eine grimme Verfolgung derer, die vom ›rechten Glauben‹ abwichen. Erst wurden sie als Sektierer verunglimpft, dann als Häretiker an den Pranger gestellt. Wer sich dem Anspruch der «Ecclesia catolica» – so nannte sich das Ungeheuer jetzt –, allein die Schlüssel zum Himmelreich zu besitzen, nicht beugte, verfiel dem Bann. Holz und Stroh wurden unter den Pranger gehäuft. Das Tier, in die Fußspuren des Imperiums getreten, spie nicht mehr nur Gift, sondern nun auch Feuer. Die ersten Scheiterhaufen loderten.

Und der Rest der Welt? Die Anhänger des Propheten Mohammed, den Gott nach Jesus entsandt hatte – und Gott wusste, was er tat –, sie wurden zum Heer der »Ungläubigen«, zu Heiden. Waren sie sanft und gutwillig und küssten das Kreuz, dann konnte man sie taufen. Ließen sie sich nicht bekehren, war es besser, sie gleich totzuschlagen.

Ich war unruhig, eigentlich musste ich pinkeln, aber mehr noch war ich von einer Unruhe erfasst, ich vermeinte Schritte auf der Treppe vor meiner Tür gehört zu haben, ein seltsames, tastendes Kratzen im Schloss. Ich hielt den Atem an und lauschte. Nichts! Es war wohl nur der Wind, der durch den Flur der Burg strich? Etwas raschelte tief im Innern des geöffneten Schranks, dessen eisenummanteltes Geheimfach sicher weit in das Hohlwerk der Mauern reichte. Mäuse wahrscheinlich – oder Vögel wisperten im Schlaf. Ich schalt mich einen Hasenfuß und las weiter –

Nun mussten die Menschen des Abendlandes wie des Morgenlandes in den letzten Jahren erfahren, dass weit hinten im Osten noch riesige Völkerscharen leben, für deren Herrscher wir, hier um das «Mare Nostrum» geschart, mit unserem «caput mundi» nur »Rest der Welt« sind. Was soll, von unserer Seite aus, mit ihnen geschehen? Und wie werden sie ihrerseits mit uns verfahren?

Das Tier hatte sich auf einen bröckelnden Felsen gesetzt: Das Imperium Romanum brach auseinander.

Ostrom, Byzanz, aufgrund seiner Lage zwischen Orient und Okzident anfangs das weitaus mächtigere Teilreich, hatte keine Schwierigkeiten, weltliche und geistliche Macht getrennt zu halten und dennoch am gleichen Ort zu vereinen. Man verstand sich als Bollwerk gegen die Völker der aufgehenden Sonne und als Mittler zugleich.

Das Tier hingegen saß in Westrom. Im Niedergang des Reiches ging die imperiale Macht erst an germanische Soldatenkaiser, dann an das »Sacrum Imperium Romanum«, fest in der Hand der Deutschen.

Doch die von ihren Anfängen an auf irdischen Erfolg abgerichtete Kirche war keineswegs gewillt, auf den Primat der Macht zu verzichten. Die »Päpste«, so nannten sich die obersten Priester des Ungeheuers, schmückten sich mit der Tiara, der dreifachen Krone, auf dem Haupt und zeigten ihren angehäuften Reichtum ohne Scham: Sie sahen sich als die wahren Nachfolger der Caesaren. Diese «vicarii Christi», Stellvertreter des Gottessohnes, heischten Gehorsam und befahlen Fürsten vor ihren Thron, ihnen zu huldigen. Dem Patriarchen von Byzanz wie auch dem deutschen Kaiser muteten sie zu, sich vor dem Tier zu verneigen. So beschwor Rom das Schisma herauf und den Streit um die Investitur: Wer setzt wen ein? Der Papst den Patriarchen? Der Kaiser den Pontifex maximus? Oder –

Ein leichtes Knacken in der Tür schreckte mich aus meinen Überlegungen auf, zu denen mich das Gelesene unweigerlich verleitete, auch wenn es mir ungeheuerlich stimmig erschien. Der weißhaarige Kustos betrat meine Zelle. Er trug eine Karaffe aus teurem geschliffenem Kristall in einem geflochtenen Korb nebst einem Silberpokal herein, schob die Pergamente des Großen Plans beiseite und stellte sein Mitbringsel auf das Pult.

»Dies sendet Euch Seine Eminenz, der Herr Groß-Prior, mit den besten Segenswünschen.« Der Alte schob sich näher heran und senkte seine Stimme. »Mein gütiger Herr ist der Meinung, Ihr, William von Roebruk, solltet dem Traktat, das Euch seine werte Schwester zu lesen hieß, nicht allzu viel Gewicht beimessen, sondern Euch bei einem guten Tropfen aus seinem eigenen Keller gelegentlich entspannen und den Kopf wieder freimachen von der schwer verdaulichen, höchst konspirativen Kost.« Der zierliche Kustos grinste dabei selbst recht verschwörerisch, während er mir aus dem kostbaren Gefäß den Pokal füllte.

»Karl von Gisors ist also der Bruder der Grande Maîtresse –?«

»Der leibliche sogar – und der jüngere«, lautete die freimütige Bestätigung. »Das erklärt auch die unterschiedlichen Standpunkte, die von beiden Geschwistern eingenommen werden.« Ich wusste nicht sofort, wie ich mit dieser Erkenntnis umgehen sollte, vor allem, welche Konsequenzen sie für mich zeitigen könnte. Doch ich sollte es sogleich erfahren. »Der Groß-Prior regt an, dass Ihr hingegen nun Euer Ohr schärfen sollt – « Ich muss den Alten ziemlich verständnislos angeglotzt haben, denn er führte mich wie ein Kind zu der offenen Schranktür in der Wand. »Durch diese Öffnung werdet Ihr binnen kurzem jedes Wort vernehmen, das nebenan in der Bibliothek gesprochen wird – «

Ich bemühte mich jetzt, rasche Auffassungsgabe zu zeigen. »Das Gespräch, das ich belauschen soll, findet vertraulich *inter familiam* statt?«

»Ihr sollt nicht spionieren, William«, korrigierte mich mein Kustos, »sondern das Gehörte protokollieren, um es in Eure dürftige Chronik aufzunehmen.« Er wies lächelnd, aber bestimmt auf die vorbereiteten Pergamente hin.

»Ich soll also alles niederschreiben?« Ein letzter schwacher Versuch meinerseits, der neuerlichen Fron, jetzt sogar in verschärfter Form, zu entgehen.

»Diesen Auftrag führt Ihr nun schon lange mit Euch herum, ohne dass Ihr ihm im Geringsten und im Wesentlichen bislang nachgekommen seid!« Der Alte war jetzt streng mit mir. »Diesmal ist Erfüllung angesagt! Ihr werdet sonst diesen Raum nicht wieder verlassen –«

›Lebend‹ hatte er nicht hinzugesagt, aber es war mir klar, dass der Herr von Gisors keine Skrupel empfinden würde, wenn ich versagte, mich versagen sollte. Mein Kustos schob das Pult unmittelbar vor die offene Schranktür, stellte die Karaffe auf den Boden und breitete die leeren Pergamentseiten vor mir aus.

»So könnt Ihr alles hören«, versicherte er mir fürsorglich, »und greift bitte nicht in die Öffnung hinein, das könnte Eure Tätigkeit – aber auch Euer Wohlbefinden – allzu rasch beenden!«

Mit dieser Drohung ließ er mich allein im ›Archiv‹ zurück. Ich griff erst mal zum gefüllten Pokal, der Wein war gut, für ein Henkersmahl geradezu exzellent. Während in der Eichentür die Verrieglung geräuschvoll wieder einschnappte, leerte ich genüsslich den Pokal – und lauschte. Es war nichts zu hören, außer dem sanften Säuseln des Luftzuges aus den Eingeweiden der Mauern, dem Wispern der unsichtbaren Nager und dem leisen Ruf eines fernen Käuzchens. So nahm ich mir meine Lektüre wieder vor.

Seit dem Untergang des Römischen Reiches und dem Eindringen der einst barbarischen Völker aus dem Norden und dem fernen Osten hatte sich das Antlitz des Orbis Mundi verändert. Colonia, London, Paris waren längst keine in die keltisch-germanische Wildnis vorgeschobenen Garnisonen mehr, sondern Mittelpunkte von mächtigen Landen. Carolus Magnus hatte noch caesarengleich über die Welt der untergehenden Sonne geboten. Danach bildeten sich zwar eigenständige Königreiche, doch über allen stand, als eine Institution von Gottes Gnaden, der »Kaiser«!

Im Westen, auf der Iberischen Halbinsel, und im Süden Italiens, der zu Byzanz gehörte, hatte der Okzident zwar Einbrüche der jungen Kraft des Islam hinzunehmen. Dafür dehnte sich das Reich immer weiter nach Osten aus, unterwarf die Könige von Böhmen, Polen und Ungarn seiner Lehnspflicht, missionierte den Norden, und aus den Grenzmarken wurden Herzogtümer.

Der König von Frankreich hätte es den Deutschen gerne gleichgetan, doch ihm verblieb wenig Raum, und er hatte nicht die Autorität der Kaiserkrone.

Der reiche Südwesten, das okzitanische Tolosa und das Languedoc, war weder ihm noch Rom botmäßig. Hier hatten sich Gnosis und Mani wie Tau auf fruchtbarer Erde niedergeschlagen, war das «sang réal», das königliche Blut aus dem Hause David, zum ›San Gral‹, dem Heiligen Gral, geworden.

Der Legende nach waren hier die Kinder Jesu an Land gegangen, waren von den in der Diaspora lebenden Juden im Exil aufgenommen worden. Ihr Blut, das der Belissen, hatte sich erst mit den keltischen, dann mit den gotischen Königen vermischt. Das Haus Okzitanien, die Merowinger, die Trencavel, ja, die gesamte Nobilität des Landes leitet sich von ihnen ab. Hier entstand der Begriff des »Adels«, der von Gott gewollten Bevorzugung eines bestimmten Blutes. Sein Land, diese jahrhundertelang in sich geschlossene Insel der Seligen, mit ihrer eigenen Sprache, der «langue d'oc», ein Land mit eigenen Gesetzen, den «leys d'amor», und seiner eigenen Religion, in der das Paradies nahe war und ein Papst nicht vorkam, schenkte dem Okzident die Poesie der Minne und der Troubadoure.
Es gerät erst in das begehrliche Auge Frankreichs und in das scheele Roms, als sich zu Beginn des zweiten Millennium nach Christi Geburt das Abendland noch einmal – unheilvoll, selbstzerstörerisch – in Bewegung setzt.

Rom war längst nicht mehr Mittelpunkt des Abendlandes; die Apenninhalbinsel war zum Anhängsel geworden. Die Lombardei, einst Kernstück des Reiches, versuchte dessen Vormundschaft abzuschütteln. Das »Patrimonium Petri«, so nannte mittlerweile das Tier sein Gehege, war inzwischen zum eigenen Staat, zum

Kirchenstaat, geworden. Den blühenden, aber wilden Süden des Landes, das ehemalige »Königreich Sizilien« hatte inzwischen eine Hand voll normannischer Abenteurer den Mauren entrissen.

Die Päpste waren an den Rand des Geschehens gedrängt worden, das sich immer weiter nach Norden, West und Ost verlagert hatte, und sie wurden nur noch ab und an von den Machthabern besucht – meist heimgesucht.

Das konnte das Tier nicht ertragen. Ohne Not beschwor Rom das offizielle Schisma herauf. Byzanz weigerte sich nun endgültig, die Oberhoheit des Papstes anzuerkennen.

Etwa ein Jahrzehnt später kommt es zu einem folgenschweren Gefecht im Norden Europas. Die Normannen setzen über den Kanal und erobern das Königreich England, wodurch auf französischem Boden die Kräfte aus dem Gleichgewicht geraten und fortan mit sich selbst befasst sind, ohne Rücksicht auf Kaiser und Papst.

Und diese beiden ewigen Kontrahenten spitzen ihre Auseinandersetzung in – für beide Seiten – unerträglicher Weise zu. Schlag auf Schlag wechseln sich Antipapst und Gegenkönige ab, der Kaiser gebannt, der Nachfolger Petri muss ins Exil nach Frankreich flüchten. Sowohl die weltlichen wie auch die geistlichen Fürsten Europas profitieren maßlos von dieser Führungslosigkeit, sie bereichern sich, sie empören sich, sie verschwören sich, Chaos macht sich breit.

In dieser Not ruft Urban II. auf dem Konzil von Clermont zum Kreuzzug auf: »Deus lo volt!«

Ich lauschte in die dunkle Öffnung hinein – nichts, kein Laut. War die vorgesehene Unterredung zwischen den beiden Geschwistern doch nicht zustande gekommen, hatte sich die Grande Maîtresse meine Zeugenschaft als Chronist verbeten? Schließlich wusste sie ja, wo ich mich aufhielt – und die Besonderheiten des Aufbewahrungsortes des Großen Plans mussten auch ihr geläufig sein!? Ich füllte den Pokal nach. Obgleich ich leichten Harndrang bändigen musste, trank ich einen kräftigen Schluck.

Ob Gott den Kreuzzug gewollt hatte, steht dahin; gewiss gehörte er zu den Geißeln, mit denen Er die Menschheit zu züchtigen gedachte, und was Er will, lässt er auch geschehen. Das Tier hatte diese Lawine aus Blut und Tränen, Hass, Gier und Verblendung mutwillig losgetreten. Das Ungeheuer hatte wohl insgeheim damit gerechnet, eines Tages von der empörten Menge in Stücke gerissen, erschlagen und verbrannt zu werden – aber nicht, übergangen und in der Folge vergessen zu werden.

Der Kreuzzug war nichts anderes als die trotzige Demonstration des Papsttums, an der Spitze des gesamten Abendlandes zu stehen, die Fürsten zu einem solchen Schritt treiben zu können. Es waren deren zweit- und drittgeborene Söhne, ohne Aussicht auf ein Erbe oder Lehen, die sich das Kreuz an den Mantel hefteten und die Führung des Zuges übernahm. Ihnen folgte das Heer der Armen – flüchtige Strauchdiebe, Schinderknechte, Hurentreiber, Galgenstricke, Wegelagerer, Beutelschneider, Schnappsäcke und sonstiges Gesindel –, und dazu kamen die Weiber, die käuflichen und die beseelten, die liederlichen und die fürsorglichen, die liebenden und die enttäuschten. Und dann noch die Mönche und Priester, verludert oder voll glühendem Reformeifer, fanatische Bekehrer und solche, die sich neue Pfründe erhofften. Solcherart war der Zug, der sich durch Europa wälzte.

Wüste Pogrome eilten ihm voraus; die Giftsaat des Tieres ging auf. Juden totzuschlagen war eine gute Fingerübung für das, was man den Heiden zugedacht hatte. Und das Ungeheuer hatte ja völligen Ablass aller Sünden denen versprochen, die aus christlichem Gewissen das Kreuz genommen hatten. Den von weltlichen Gründen Bewegten winkte über das Seelenheil hinaus noch der Gewinn ungeheurer Reichtümer. Und die Gierigen waren in der Überzahl!

Viele träumten auch von einem Garten Eden, der seit der Vertreibung aus dem Paradies unbevölkert geblieben war, von verlassenen Palästen, in denen Schatztruhen offen standen, gefüllt mit Gold und Juwelen – und das Tier ließ sie träumen. Viele meinten, die »Ungläubigen« harrten wie Kinder demütig kniend am Strand sehnsüchtig auf das Kommen der Kreuzfahrer in ungeduldiger Erwartung, endlich »getauft« zu werden. Viele dachten überhaupt nichts und wunderten sich umso mehr darüber, ein in Jahrhunderten gewachsenes Feudalgefüge vorzufinden, Zivilisation und Wissenschaft, der unseren weit überlegen.

Diejenigen, die das Gift des Tieres nicht blind, taub und gefühllos gemacht hatte, empfanden die Erfahrung des Heiligen Landes als einen Schlag ins Gesicht. Aber auch das Tier wurde schwer getroffen: Aus dem Morgenland drangen nicht nur Duftwässer und ätherische Öle in die Poren des Abendlandes, nicht nur die Kunst der Liebe, des Tanzes, der Musik, des Gesanges, der Poesie, sondern vor allem Geister, Geister der Philosophie, Geister des freien Gedankens. Geister, die das Abendland nicht mehr losließen, so sehr das Tier auch schnaubte und Feuer spuckte. Es spürte, dass dieser Wind des Orients seinen Giftodem eines Tages vertreiben würde und dass es in der klaren Luft der Vernunft nicht mehr zu gedeihen vermöchte.

Der Erste Kreuzzug nahm seinen glorreichen Abschluss mit der Einnahme von Jerusalem. Die Eroberer wateten drei Tage lang im Blut der erschlagenen Muselmanen, der erwürgten Juden, der niedergemetzelten Christen der Stadt. Dann riefen sie das »Ewige Königreich« aus und teilten Land, Burgen und Städte unter sich, unter den noblen Führern auf. Die mitgezogenen Armen, soweit sie nicht umgekommen waren durch Hunger, Durst, Hitze und Kälte, durch Schlachten oder in der Sklaverei, blieben das, was sie schon vorher gewesen waren: Habenichtse!

Es dauerte drei Generationen, bis sich die islamische Welt von dem Entsetzen erholt hatte, bis sie unter einer Hand geeint war – es musste erst ein Saladin auftreten, der von Syrien bis Kairo alle Macht auf sich vereinte. Dann aber war es um die Christen schnell geschehen. Nach der Schlacht bei den Hörnern von Hattin ging ihnen Jerusalem wieder verloren. Nicht so, wie sie es gewonnen hatten – o nein! Saladin vergoss nicht das Blut von Besiegten. Er beschämte sie? O nein! Sie kannten keine Scham.

Aber sie überlebten. Und der Hof des Königreiches von Jerusalem residiert nunmehr in Akkon.

Endlich vernahm ich Stimmen! Es waren die mir angekündigten, Marie de Saint-Clair, die Großmeisterin jener geheimen Bruderschaft – deren Namen ich nicht aussprechen, geschweige denn niederschreiben darf! –, und ihr offensichtlicher Gegenspieler im Templerorden, ihr leiblicher Bruder Karl von Gisors, der Groß-Prior, hatten endlich die Bibliothek betreten. Für dieses Ereignis hatte ich mir schon den Kopf zerbrochen, wie ich die beiden Namen in der gebotenen Eile abkürzen könnte, ohne despektierlich zu wirken, mich schließlich aber für Grande Maîtresse für die hohe Frau und Groß-Prior für den mächtigen Herrn entschieden. Doch die Stimmen entfernten sich wieder, nachdem ich etwas wie eine gekrächzte Einladung des Hausherrn zu einem gemeinsamen Mittagsmahl vernommen hatte. Ich war enttäuscht, dann aber hörte ich ganz deutlich meinen Kustos von der Bibliothek her zu mir sprechen.

»Die Herrschaften sind zu der gemeinsamen Auffassung gelangt, dass Ihr, William von Roebruk, das gesamte Euch vorliegende Scriptum durchgelesen haben solltet, bevor Ihr vom Verstand her und der raschen Rezeption in der Lage wäret, einen Disput über Konzept und Konsequenzen sinnvoll niederzuschreiben – «

»Ich hab' Hunger!«, war die einzige Antwort, die mir darauf einfiel. »Ein gebratenes Huhn – oder mir fällt die Feder aus der Hand, bevor ich auch nur die erste Zeile notiert – «

Mein Kerkermeister auf der anderen Seite der Mauer überlegte nicht lange. »Wenn Ihr beim Umblättern keine Fettflecken auf den Pergamenten hinterlasst, bekommt Ihr das Gewünschte in einer Viertelstunde!«

Ich würde ihm auch gerne sagen, dass ich liebend gerne pinkeln würde, aber ich verkneif' es mir.

Hundert Jahre sind seit dem Beginn der Kreuzzüge vergangen. Unter der glühenden Sonne des Morgenlandes hat jeder sein schattiges Plätzchen gefunden, ob Christ oder Moslem; man hat sich zusammengerauft. Da kreißt das Tier und gebiert ein Ungeheuer, einen Purpurträger, wie ihn die Welt noch nicht gesehen: Innozenz III.

Seine Instinkte hatten das Tier nicht im Stich gelassen. Es witterte das Heranziehen einer großen Gefahr: Irgendwo schmiedete Gott ein Eisen, das ihm die Gurgel aufschlitzen konnte.

Das Eisen waren die Staufer, die das deutsche Königtum erblich gemacht hatten und seit dem großen Barbarossa den Kaisertitel gleich dazu. Dessen Sohn heiratet die letzte Normannenprinzessin, Erbin des Königreiches Beider Sizilien.

Was das Tier immer befürchtet hatte, war eingetreten: die Vereinigung des Südens mit dem Reiche, «unio regnis ad imperium», und das Patrimonium Petri dazwischen in tödlicher Umklammerung!

Dem kaiserlichen Paar wird zu Jesi ein Sohn geboren: Friedrich II. Der neue Pontifex maximus, der selbst mit dem Anspruch auf Weltherrschaft der Päpste sein Amt angetreten hatte, adoptiert den jungen Staufer; das Tier versucht Friedrich mit seinen Tentakeln zu umgarnen, ihm das Gift der Gefügigkeit einzuspritzen.

Mit Innozenz auf dem Stuhle Petri ist dem Ungeheuer ein Haupt von ungeahnter Gefährlichkeit erwachsen. Es schlägt nicht blind um sich, sondern es greift versteckt an, es versetzt tödliche Stiche, unter denen das gesamte Abendland erschauert.

Mit teuflischer List wird der nächste Kreuzzug mithilfe Venedigs, das seine Händlermacht beachtlich ausweiten kann, gegen das schismatische Byzanz umgeleitet. Der oströmische Patriarch, dem Papsttum so lange ein Dorn im Auge, muss fliehen. Dass damit ein Damm, das einzige Bollwerk des Abendlandes gen Osten, zerstört wird, kümmert den hasserfüllten Reiter auf der Bestie wenig.

Bösartig führt Innozenz den nächsten Schlag gegen die Ketzer, die Katharer Okzitaniens. Ihre Häresie, dem Prunk der römischen Amtskirche die Bedürfnislosigkeit der eigenen Priester entgegenzustellen, den düsteren Drohungen der Dominikaner die freudige Gewissheit des Paradieses, der Käuflichkeit und Vetternwirtschaft der «Ecclesia catolica» die freiwillige Opferbereitschaft der »Reinen« – das alles war dem Tier seit eh und je zuwider. Jetzt war der Tag der Rache gekommen.

Dem Frankreich der Capets versprach das Ungeheuer Land und Titel des reichen Südwestens, und die Machtgier der Könige in Paris setzte sich über alle Bedenken hinweg. So wurde der »Kreuzzug gegen den Gral« entfesselt, der Krieg gegen die Albigenser. Wenn das Ungeheuer sich seinen Namen nicht schon vorher verdient hatte, jetzt erwarb es sich ihn mit einer Grausamkeit, die kein Scheusal auf Erden zuvor bewiesen.

Im Flammenodem des Tieres verbrannten die Städte. Katholiken, Katharer und Juden – »Verbrennt sie alle!«, lautete die Losung Roms. »Am Tag des Jüngsten Gerichts wird der Herr die Seinen schon finden!« Das Ungeheuer wälzte sich durch das Languedoc, stülpte sich über Toulouse und Carcassonne, würgte Béziers und Termes, folterte mit den Krallen der Inquisition, zertrat die Kultur des lieblichen Okzitaniens und löschte Menschen und Sprache aus.

Als das Tier sich derart gelabt hatte am Blut Unschuldiger, wandte es sich seinem Mündel zu. Friedrich –

Dann kam das Huhn! Ich war so vertieft in das bizarre Gemälde meiner eigenen Jugendjahre, dass ich das Öffnen der schweren Tür gar nicht bemerkt hatte, erst wieder ihr geräuschvolles Zuziehen und Verschließen. Man hatte mir den hölzernen Teller mit dem Tier, und einem Stück Brot, einfach in die Zelle geschoben, wie einem Strafgefangenen! Die Köche mussten auch nicht ganz bei der Sache gewesen sein, denn das Huhn war arg verbrannt. Da mein Kerker weder Stuhl noch Tisch aufwies, hockte ich auf dem Boden nieder, gleich neben dem Dreifuß meines Pults, zerriss den zähen Braten, stopfte mir die Bissen ins hungrige Maul, kaute erzwungenermaßen ausgiebig und spülte dann mit dem Roten nach, von dessen kostbaren Tropfen ich auch einige zum Reinigen meiner fettigen Finger verwandte, bevor ich mich wieder hochstemmte.

… seinem Mündel zu. Friedrich war nach dem frühen Tod seiner Eltern schon als Knabe auf den Thron gelangt. Der junge Staufer war zwar so weit vergiftet, dass auch er bis auf den heutigen Tag in den Katharern nichts als auszurottende Ketzer sehen mag. Aber mit seiner klaren Idee von der Stellung des Kaisers entwand er sich der Umarmung seines Vormunds.

Innozenz wurde vom Schlagfluss dahingerafft. Doch dem Leib des Ungeheuers erwuchs sofort ein neuer Drachenkopf: Gregor IX. Unter ihm setzte dann unerbittlich die Verfolgung der Staufer ein. Dem jetzigen Papst, Innozenz IV., rinnt der Geifer aus dem Maul, wenn er schwört, Friedrich und sein »Natterngezücht« zu vernichten. – Das Maß ist übervoll! Irgendwann sollte dem Kaiser der Geduldsfaden reißen. Dann wird er all seine Kraft zusammennehmen, und er erschlägt das entsetzliche Tier, verbrennt es in einem riesigen Scheiterhaufen auf dem Castel Sant' Angelo, dass die Mauern ob der Hitze bersten, und verstreut seine Asche in alle Winde!

In der Bibliothek kehrten die Stimmen zurück, hörbar aufgekratzt vom opulenten Mahle. Ich nehme noch schnell einen letzten Schluck und tauche die Feder ins bereitstehende Tintenfass.

Groß-Prior: »Jerusalem ist für immer verloren. Selbst wenn wir es zurückgewinnen sollten, werden wir es nicht halten können. Es ist nicht mehr mit einem Kreuzzug getan: Gewaltige Heerscharen müssten als Besatzer in der *terra sancta* stehen, um das Eroberte verteidigen zu können.«

Grande Maîtresse: »Hundertfünfzig Jahre voller Gräuel und Ungerechtigkeiten, Bedrohung und Hass haben auf beiden Seiten so viel Verbitterung erzeugt, dass kein Frieden, keine Versöhnung mehr in Sicht ist.«

Groß-Prior: »Das alles erfüllt mich mit tiefer Trauer und Besorgnis.«

Grande Maîtresse: »Das will ich Euch glauben, Karl de Gisors! Doch für jemanden wie mich, dem das Mittelmeer nicht *Mare Nostrum* der Römer ist, sondern *mediaterra*, also Bindeglied, nicht Trenngraben zwischen den Ländern des Morgen- und Abendlandes, ist der Zeitpunkt gekommen, verantwortungsvoll dieser beschämenden Entwicklung gegenzusteuern –«

Groß-Prior: »Und das wollt Ihr, werte Schwester, mit der Schaffung einer neuen dynastischen Blutslinie erreichen?«

Grande Maîtresse: »Ich kann im Wahlkönigtum den Finger Gottes nicht erblicken. Der gesalbte Herrscher wird gegeben, eingegeben! Außerdem, was heißt Ihr hier neu? Das wäre sie – weiß Gott – nicht! Ich zumindest kenne keine ältere, keine, die mit mehr Berechtigung antreten könnte –«

Groß-Prior: »Aber eine anerkannte Dynastie, deren Euer mediterranes Reich bedarf, ist nirgendwo in Sicht –«, und unverhohlen spottend legte er noch nach: »Nicht einmal eine Wurzel, eine Art Knolle, aus der sie sich herausschälen könnte!«

Grande Maîtresse: »Noch nicht!« Marie de Saint-Clair musste erst ihre Erregung abklingen lassen, bevor sie die Sprache wiederfand. »Herr, ich bitte dich um Erleuchtung, welche Elemente des Abendlandes dem Schmelztiegel beizugeben sind, welchen Adern der Lebenssaft entströmen soll, welche Tropfen Bluts der göttlichen Mischung unerlässlich sind? Herr, lass mich des *lapis ex coelis* teilhaftig werden, um das Große Werk zu vollbringen!«

»Es ist wohl eher ein *penis excillis,* dessen es hier bedarf!« Der Scherz kam nicht an. So legte der Groß-Prior eine Pause der Höflichkeit ein, bevor er einzulenken vorgab: »Sicher könnte die Basis in der Nachkommenschaft des Hauses David gegeben sein –«

Die Grande Maîtresse spürte die falsche Freundlichkeit: »– im aussterbenden Geschlecht der Trencavel. Deren Anspruch war unzweifelbar und erfüllt mein Herz mit Stolz –«, auf solches Entgegenkommen war sie nicht angewiesen. »Ihr Blut kreist beiderseits der Pyrenäen und vertritt ganz Okzitanien.«

Ihr Bruder ließ dann auch lachend die Maske fallen: »Und das reicht Euch? Was ist mit dem Adel Frankreichs! War es nicht der große Bernhard aus dem Hause Chatillon-Montbard, der initiierte, dass der Orden des Tempels seine Aufgabe erhielt und erfüllte?« Das Krächzen steigerte sich mit seiner aufkommenden Erregung: »Ein Geschlecht, das es ebenfalls zu bedenken gilt, sind die normannischen Hüter der Eiche von Gisors!« Sein Spott wurde unüberhörbar. »Damit wäre auch das England der Plantagenets, Anjou und Aquitanien einbezogen. Aus dem Deutschen kommt nur das Gewächs der Staufer in Betracht –«

»Doch gerade deren Drang zur Verbindung mit dem *sang réal*

ist selbst für ein nur mittelmäßig sensibles Gespür erfahrbar«, unterbrach sie ihn spitz. »Sie verfügen über die Kraft, die dem Hause Okzitanien verloren gegangen ist. *Stupor mundi!* Friedrich konnte ihren Triumph nicht mehr erleben, aber sein Samen wird aufgehen in den zukünftigen Herrschern.«

Karl von Gisors seufzte hörbar. »Ich will Euch nicht unterstellen, dass Ihr der Ketzerei Vorschub zu leisten wünscht. Zumindest aber ist der Boden hier in der *terra sancta* denkbar ungünstig für das zarte Pflänzchen Eurer dynastischen Phantastereien! Zu trocken, zu heiß! Mir hingegen liegt das Schicksal der Templer am Herzen. Selbst für diesen mächtigen Orden, dem ich Leib und Gut geweiht habe, wird das Fortbestehen an der historischen Stätte seiner ruhmreichen Gründung eines absehbaren Tages nicht mehr gegeben sein. – Dann heißt es, mit wehendem Beauséant untergehen – oder –«

»Oder Schaffung eines Ordensstaats auf dem sicheren Boden Frankreichs?!«, spöttelte die Grande Maîtresse. »Mich mögt Ihr eine närrische Phantastin schelten, aber was Ihr da erwägt, ist Hochverrat! Hochverrat an der Krone Frankreichs, denn seinem Adel gehören die Gisors – wie fast alle Tempelherren – noch immer an! Und das Territorium, das Ihr, lieber Karl, Euch so bedenkenlos auserkoren habt, ist eben nicht mehr das freie Okzitanien, sondern gehört sogar zu den Kronlanden der zu Paris herrschenden Familie der Capets! Da hätten die Templer vor fünfzig Jahren die Partei der Unterdrückten stärken müssen – jetzt ist es zu spät! Ich hasse diese Usurpatoren, diese Mörder Dagoberts, zumindest genauso wie Ihr, aber ich bin Realist – und deswegen plane – oder träume ich, ganz wie Ihr wollt – hier in einem Lande, das mir diese Möglichkeit noch bietet!«

»Es bleibt ein Traumgespinst, Marie«, krächzte der Groß-Prior, Niedergeschlagenheit in seiner Stimme. »Ihr seid auf die tatkräftige Unterstützung unseres Ordens angewiesen – und das Blut, das Ihr wie eine Alchemistin, um nicht zu sagen, wie eine alte Zauberin Euch im verschwiegenen Tiegel angerührt habt, ist zur Gänze den Adern Europas abgezapft!«

Die Grande Maîtresse gab sich nicht so leicht geschlagen.

»Heute vermag ich nur für das Abendland zu sprechen. Sein Blut, das des höchsten Adels, ist gerettet; die Vermischung mit der Idee des von Gott gewollten Caesarentums hat stattgefunden. Unsere Aufgabe ist nunmehr, die Vereinigung mit der Nachkommenschaft des Propheten Mohammed, der Schia, herbeizuführen. Deshalb unser Pakt mit den Assassinen vom Stamme Ismaëls, den Hütern des anderen Blutes. Und so wird sich über die gemeinsame arianische Herkunft, über den großen Zoroastra, über die Lehre des Mani der Kreis dann schließen: Eine dynastische Verknüpfung der Nachfolge beider Propheten vereint in der Welt Kalifat und Kaisertum und mündet im Geiste in die höchste *sublimatio*, in den Gral.«

Dafür erntete sie nicht einmal Hohn, sondern nur müden Spott. »Nun ist nur noch das Reich zu schaffen, das Reich der Versöhnung von Orient und Okzident, das Reich der Friedenskönige! Wo soll das Zentrum dieses Reiches denn liegen?«

Grande Maîtresse: »Roms Name ist für alle Zeiten besudelt. Palermo? Würde es von der arabischen Welt angenommen werden? Ja, wenn wir dem Islam gleichberechtigte Rückkehr nach Sizilien zumindest anbieten könnten. Das aber wird nicht geschehen, solange das Tier herrscht, ob in Rom oder im französischen Exil. Liegt das Zentrum in Jerusalem, dann kümmert es – wie wir gesehen haben – die Fürsten des Abendlandes wenig.«

Groß-Prior: »Es sei denn, alle würden sich mit Geld und Macht und vor allem mit Inbrunst für ein solches ›Divina Hierosolyma‹ des Friedens einsetzen. Wir, *magistri templi Salomonis*, an der Spitze!«

Grande Maîtresse: »Aber würde das nicht zur Unterdrückung der arabischen Völker führen, des islamischen Glaubens? Und auch das Kalifat von Bagdad und das Sultanat von Kairo müssten seine Oberhoheit anerkennen, anstatt um seinen Besitz zu zerren, und Damaskus müsste seinen großsyrischen Traum aufgeben und stolz in den Schatten der Heiligen Stätten treten.«

Groß-Prior: »Kaum vorstellbar!«

Grande Maîtresse: »Ebenso wenig ist es vorstellbar, dass sich die Christen jetzt zu einer Duldung Andersgläubiger durchringen, die sie seit Menschenaltern nicht mehr aufbrachten. Zudem wären nun auch die Muslime nicht mehr bereit, einer solchen Wendung Glauben zu schenken. Also müssen wir Abschied nehmen von Jerusalem.«

Groß-Prior: »Oder müssten vielleicht die Religionen neu bedacht werden?«

Grande Maîtresse: »Auszuschließen von jeder zu formenden Gemeinschaft ist als Erstes das Tier!«

Groß-Prior: »Aber auch der Islam wies schon immer Züge von Intoleranz auf.«

Grande Maîtresse: »Lediglich die Minnekirche des Gral bietet sich für eine solch übergreifende Aufgabe an. Besinnung auf den Ursprung: Jesus von Nazareth, der Paraklet, Prophet wie Mohammed – das ist auch für den Islam annehmbar. Beider dynastisches Blut ist vorhanden, wenn auch im Verborgenen.«

Mit diesen Worten schien die Grande Maîtresse das Colloquium beendet zu haben, von ihrem Gegenpart, dem Groß-Prior Karl von Gisors, kam jedenfalls keine Antwort mehr, und das sagte für mich mehr als Worte. Der Gral?! Beide hatten wohl die Bibliothek wieder verlassen. Ich hatte mir zum Schluss von einem Bein aufs andere getreten, der Druck auf meine Blase war unerträglich geworden. Jetzt musste ich wirklich erst mal pissen! Aber wohin? Der immer noch reichlich vorhandene Wein in der Karaffe deuchte mir – weiß Gott! – zu schade, ich gedachte ihn jetzt in aller wohlverdienten Ruhe mit Genuss auszutrinken. Blieb nur noch der Wandschrank: Gut gezielt ist mehr als halb gewonnen!

Erleichtert, geradezu glücklich und befreit, wendete ich mich wieder der noch verbliebenen Lektüre des ›Großen Plans‹ zu, dessen Sinn mir nach allem Gehörtem nun vielleicht in einem ganz anderen Licht erscheinen würde?

Wir schreiben das Jahr des Herrn 1244. Das Volk Israel wartet noch immer auf den Messias, und für den Islam sind 622 Jahre seit der Hedschra vergangen. Beide, Christentum wie Islam, leiden noch immer unter dem Tier, dieser furchtbaren Geißel Gottes. Mit ihnen leiden all die Christen, die sich Zugang zu der unver-

fälschten Botschaft des Jesus von Nazareth verschaffen konnten und im Geheimen – verfolgt und verfemt – nach ihr zu leben trachten. Die Welt wartet.

Die Eins wurde zur Zwei; verdoppelt vier, zusammen drei und eins sind acht, wie vier und vier. 1244. Sechshunderzweiundzwanzig Jahre nach der Geburt des Propheten Jesus verließ der Prophet Mohammed die heilige Stadt Mekka. Seitdem sind wieder 622 Jahre verstrichen. 1244 ist das Jahr des endgültigen Verlustes von Jerusalem für die Christen und der Apotheose der Reinen vom Montségur, Schwelle des Neuen Zeitalters. Ein neues Reich wird kommen, das Reich der Friedenskönige, das Reich des Gral. Sein Licht wird brechen aus der Finsternis, in der es verborgen liegt. Sein Wiedererscheinen auf Erden ist die Voraussetzung für die Herrschaft des göttlichen Paares, der Friedenskönige, der Mittler.

Der Ort ihres Herrschens sollte dagegen in den Hintergrund treten. Sicher muss das Mittelmeer Bindeglied, nicht Trenngraben sein. Die Städte sind verworfen. Himmlisch wäre eine Insel im Meer. «Lapis ex coelis». Eine Insel? Zypern wäre dem Abendland zu entrückt, Kreta ist zu griechisch trotz seiner uralten Traditionen. Malta? Seine Lage als Mittler ist unvergleichlich, seine Tempel zeugen von Gottes einstigem Wohlgefallen, doch dieses Charisma ist dem Felseneiland längst abhanden gekommen. Ein Schiff? Ein Schiff, das auf dem Meer fährt, ohne dass jemand genau weiß, wo es sich gerade befindet – das wäre das Angemessene! Das Herrscherpaar sollte nicht greifbar sein, keinen Hafen zu seinem Schutz anlaufen müssen, dürfte nicht in die Hände irgendwelcher Mächte fallen. Eine königliche Flotille auf dem Meer, jederzeit zum Handeln bereit, erreichbar, aber unnahbar, stets gegenwärtig, aber nicht fassbar – höchste Autorität, höchstes Geheimnis!

Gegeben mit eigener Hand an einem geheimen Ort, übermittelt dem Freunde durch Boten am Tage, an dem ich erfuhr, dass der Montségur gefallen, die Kinder aber gerettet. Der Große Plan nehme also seinen Lauf. Der Berg Zion möge sein Hüter sein.

Wie lange ich sinnend vor den letzten Seiten des Konvoluts gestanden bin, weiß ich nicht mehr. Irgendwann musste ich mich gesetzt haben. Das Gelesene hatte mich aufgewühlt, vielleicht mehr noch als damals, als ich die Schrift zum ersten Mal zu Gesicht bekam. Es war die Prophetie vieler Zeilen, die – vor nunmehr sechzehn Jahren verfasst – sich inzwischen in vielen Entwicklungen und Ereignissen längst bewahrheitet hatte, die mich erschrocken hatte. Wer mochte der Autor gewesen sein? Er war schon im Jahre des Ursprungs des Großen Plans im Verborgenen geblieben, aus gutem Grund, denn er konnte sich der erbittertsten Verfolgung sicher sein! Nach meinem Dafürhalten musste er den Rang eines Secretarius innegehalten haben, in des Wortes wahrster Bedeutung – vergleichbar vielleicht mit der Position, die heute Lorenz von Orta zu bekleiden scheint? Beim Grübeln über seine Rolle innerhalb des geheimnisvollen Ordens musste mich der Schlummer – auch Dank des mittlerweile bis zur Neige genossenen Weines – dann doch übermannt haben.

Ich erwachte erst, als der Kustos – wohl schon längst eingetreten – vor dem Tresor stand und die letzte gepanzerte Eisentür geräuschvoll verschloss. Das Schreibpult war wieder leer geräumt. Ich lag – noch mit meiner verschwitzten Reisekleidung angetan – auf dem Boden neben meinem Schreib- und Lesepult, zwischen abgenagten Hühnerknochen und der leeren Karaffe.

»Ihr werdet im Refektorium erwartet, William von Roebruk«, ließ mich mein Betreuer wissen und zog den Schlüssel ab. »Ich werde Euch begleiten, wenn Ihr Euch ordentlich hergerichtet habt!« Er wies unmissverständlich auf das kupferne Becken hin, das mit frischem Wasser gefüllt war, auf dem Rosenblätter schwammen. Ich folgte mit Wohlbehagen seiner Aufforderung.

Als ich das Refektorium betreten durfte, begriff ich sofort, dass die ansonsten so unnahbare alte Dame mich zu sprechen wünschte. Endlich! Mir gegenüber, an der Stirnwand des ehrwürdigen Saals stand die schwarze Sänfte, solide gearbeitet wie eine mächtige Schatulle, breit geschwungen und auch mit ausreichend Kopfhöhe.

Desgleichen waren die Tragstangen nicht für vier Bedienstete gearbeitet, sondern für deren acht, und die standen auch in ihren schwarzen Wämsern, die Arme vor der Brust verschränkt, rechts und links neben dem Gehäuse der berühmten Großmeisterin des Bundes. Die Gesichter der Turkopolen waren von wollenen Ganzmasken verhüllt, die ihnen den Anstrich von Henkersknechten verliehen. – So wirkten sie zumindest auf ein schreckhaftes Gemüt wie mich. Hinter der Sänfte an der Saalwand standen die Ritter der Eskorte der Grande Maîtresse in voller Rüstung, nur, dass sie ihre furchterregenden Lanzen nicht mit sich führten.

»Tretet näher, William von Roebruk!«, befahl ihre heisere Stimme aus dem Innern. Ich trat zögerlich vor, bis zu der Kordel, welche die vordersten der Knechte Abstand heischend vor der Sänfte gespannt hielten. »Ihr hattet Gelegenheit, den alten Text nochmals zu lesen«, sagte sie streng, »den Ihr unbefugterweise schon vor Jahren an Euch gebracht –«, mir rutschte unter der meinen Wanst umspannenden Kutte das Herz in die Leibwäsche – oder noch tiefer, doch die Stimme gab sich zu meinem Erstaunen plötzlich milde. »Was ist Euch an Unstimmigkeiten zwischen der damaligen Bestandsaufnahme und der heutigen Lage aufgefallen?«

Mit derart inquisitorischer Fragestellung hatte ich nicht gerechnet, ich fühlte mich – wohl zur Strafe für meine nicht zu leugnende Neugier – überrumpelt und brachte nur ein unsicheres Stammeln hervor. »Die Mongolen?«, flüsterte ich. »Das Eingreifen der Mongolen war nicht bedacht – nicht vorgesehen?«, verbesserte ich mich zaghaft.

»Und sonst?!«, forschte die Stimme ungeduldig weiter, schon weit weniger nachsichtig gestimmt.

Ich zermarterte meinen armen Kopf. »Eine Verschmelzung der Nachkommen aus dem Hause David mit der Blutslinie des Propheten Mohammed hat bislang nicht stattgefunden?«, riet ich aufs Geratewohl, nicht wissend, was ich mit meiner Offenheit riskierte.

»Sie wird auch nicht vollzogen werden!«, bekam ich ungehalten zu hören. »Was hingegen die Nachfahren des Dschingis-Khan anbelangt –«, mir war, als hätte ich einen tiefen Seufzer vernommen, »sie sind kein Element des Wesens, aus dem ein Reis entspringt, sondern höchstens als Vollstrecker unseres Willens brauchbar!« Die Enttäuschung der alten Dame war deutlich herauszuhören. Ich hüllte mich wohlweislich in Schweigen, zumal auch mir der Gedanke befremdlich erschien, die Zukunft könnte bei diesen Barbaren aus den fernen Steppen liegen. »William von Roebruk!«, riss mich der befehlsgewohnte Ton aus meinem Grübeln. »Ihr habt Euch stets als der Hüter von Roç und Yeza aufgespielt.« Mir wurde flau im Magen. »Doch seid Ihr nichts als der säumige Chronist des Weges, den das Königliche Paar nimmt! Nicht mehr, aber auch nicht weniger als das!« Sie ließ mir keine Zeit, Atem zu holen für jeglichen Einwand, oder gar zu widersprechen. »Dieser Weg tritt in seine entscheidende Phase ein, reißt Euch also am *cingulum* Eures Ordenskleides und zeigt Euch von nun an dieser verantwortungsvollen Aufgabe gewachsen und würdig!«

Nun musste ich doch mein Maul aufmachen, auch wenn es wirken mochte wie das Schnappen eines Ochsenfroschs im Teich nach Luft. »Wird denn ihre Krönung nun stattfinden, werden Roç und Yeza den Thron einnehmen?« Ich fühlte die eiskalten Augen der mächtigen Großmeisterin des Geheimen Bundes auf mich gerichtet – ähnlich dem Starren des Reptils auf den fetten Brummer auf dem Blatt der Seerose –

»Man kann dieses Paar inthronisieren.« Die Antwort kam gequält und unendlich müde. »Doch Hoffnung besteht nur bei der Vermischung ihres Blutes, also eines Nachkommens, mit der spirituellen Kraft des Ostens, wie sie auf dem Dach der Welt, an den Hängen der höchsten Gipfel auf Erden zu finden ist. Dort wächst in gewaltigen Klöstern und erhabener Einsamkeit ein Menschenschlag heran, dem die Zukunft gehört –« Ich wagte nicht zu atmen. »Aus dem Land der aufgehenden Sonne, nicht mehr aus dem des Abends kann sie kommen – oder …« Die prophetische Stimme der betagten Großmeisterin erstarb zu einem nicht mehr hörbaren Laut. Also ein Kind, ein noch zu zeugendes Kind war die letzte Hoffnung. Ich traute mich nicht, meine Erkenntnis in Worte zu fassen, noch einmal nachzufragen, ob ich richtig verstanden hatte. Es musste also außer den Mongolen im fernen Orient noch ganz andere Völker geben, mit einer Kultur, von der wir im Okzident noch gar nichts wussten, nicht einmal ahnten. Nur eine so außerordentliche Persönlichkeit wie die Grande Maîtresse besaß das geheime Wissen um die Größe von Gottes Welt!

Mein beredtes Schweigen verband sich mit der Last, die ihre Eröffnung auf meine Schultern gehäuft hatte. Doch zum weiteren Male überraschte mich die ehrwürdige Meisterin mit einer völlig neuen Wendung.

»Ich will«, erklärte sie mit frisch gewonnener Bestimmtheit, »ich will Euch die Einleitung zu Eurer weiteren Arbeit diktieren, William von Roebruk.«

Der Kustos trat ein und händigte mir meine Pilgertasche aus, mit allen Schreibutensilien, deren ich als Chronist bedurfte. Ich glättete das Pergament und tauchte die Feder in das mitgebrachte Tintenfässchen. Ich war bereit. Während sie mich noch warten ließ, kreisten meine wirren Gedanken um Roç und Yeza: Wussten sie von dem, was von ihnen erwartet wurde?! Würden sie sich bereit finden, der geheimen Bruderschaft dieses Verlangen zu erfüllen, das über ihre eigene Existenz hinaus die Verwirklichung des Großen Plans auf ein Kind übertrug, das noch ungeboren war? In ihren Augen wäre es das natürliche Zeugnis ihrer einzigartigen Liebe zueinander – das große Glück im Leben zweier Liebender – und die Gnade Gottes! Für den berechnenden Orden käme es hingegen einem akzeptierten Verzicht des Königlichen Paares gleich, auf der unmittelbar erwarteten Krönung zu bestehen? Mit der Geburt eines Kindes hätten Roç und Yeza ihre Aufgabe dann erfüllt – kam das nicht einem Urteil gleich? Mir schon! Eigentlich müsste ich sie warnen –

Die harte Stimme der alten Frau riss mich aus meinen Zweifeln, sie sprach langsam und deutlich, doch wie in Trance:

In der großen Einfachheit erschließt sich das Siegel des Neuen Bundes. Nicht länger das Zeichen des Gekreuzigten liegt dem Emblem des Geheimen Ordens zugrunde, sondern die Rose der vier Winde dieser Welt bricht auf aus dem ewigen Symbol des Werdens und Vergehens, der Überhöhung und des Niedergangs. Die vier Elemente göttlicher Schöpfung durchdringen

das Schwingen der Kreise, doch der Ring des Bundes hält sie zusammen, führt Feuer und Wasser, die Gegensätze der beiden Geschlechter, zur ewig gültigen Einheit.

– Wem es bestimmt ist zu wissen, der weiß, wer zu ihm spricht! –

Kaum waren ihre Worte verhallt und ich hatte mit kühnem Federstrich den mir schon geläufigen Abschluss zu Pergament gebracht, geleitete mich mein Kustos hinaus in den Hof der Burg Safed. Ich muss ihn fragend angeschaut haben, als er sich von mir verabschiedete.

»Es ist nun an Euch, William von Roebruk, – nach dem Willen, den Ihr vernommen, und in diesem Sinne mit der Chronik fortzufahren!«

TIEF IN DER NACHT erreichte die geheimnisvolle schwarze Sänfte Damaskus, Syriens prächtige Hauptstadt. Im Gefolge der Grande Maîtresse befand sich auch William von Roebruk.

Der Templerorden besaß in Damaskus verständlicherweise kein eigenes Haus, begünstigte jedoch seit eh und je die hiesige Niederlassung der Zisterzienser, sodass Marie de Saint-Clair dort ohne Umstände Aufnahme fand. Das Kloster mit dem angrenzenden Kirchlein des heiligen Johannes und großzügig ausgestattetem Hospital lag gleich hinter der Moschee an der nördlichen Stadtmauer unweit des *Bab halap*.

Am nächsten Morgen – William hatte es sich angewöhnt, bereits vor Tagesanbruch reisefertig zu sein – ließ sich die alte Dame viel Zeit, denn sie zog noch Erkundigungen ein. Der Franziskaner musste in der ihm zugewiesenen Klosterzelle warten, bis sie ihn rufen ließ.

»Ich wünsche selbst mit Roç Trencavel zu sprechen –«, teilte sie ihm mit ihrer heiseren Stimme mit, »– bevor er den falschen Schritt begeht, der sich schon anbahnt.« Wie immer sprach sie mit dem Mönch durch den Vorhang der Sänfte verborgen – so wie sie es übrigens auch mit allen anderen hielt. Marie de Saint-Clair übermittelte ihre Wünsche, die Befehle waren, nur in allerknappster Form, doch war sie stets über alles, was sich um sie herum abspielte, genauestens informiert.

So trafen sie genau dann an dem großen Platz mit dem ausgebreiteten Teppich ein, als der Trencavel mit seinem kleinen Gefolge, den Okzitaniern und den Rittern aus Antioch, die Decumana von Osten heraufkommend, um die Ecke bog, wo ihn auch voller Stolz der Baouab erwartete. Angesichts des unerwarteten Kelims wollte Roç sich gerade wutentbrannt wieder abwenden, als ihm William den Weg versperrte und stumm auf die Sänfte hinwies. Der Trencavel wusste genau, mit wem er es zu tun hatte, dennoch trat er wenig ehrerbietig an das schwarze Gehäuse heran. Die Grande Maîtresse ließ ihn schmoren, bevor sie endlich mit ihrer heiseren, unverkennbaren Stimme das Wort an ihn richtete.

»Erwartet von mir kein Willkommen, Roç Trencavel!«, knurrte sie dann unvermittelt. »Von wem und in wessen Namen wollt Ihr Euch allein zum ›Malik‹ von Damaskus ausrufen lassen – und dazu noch im Alleingang?!«, rügte sie mit leichtem Spott in ihrer Greisinnenstimme. »Der Königstitel hat hier weder dynastische Tradition, noch findet er Anklang beim Volk!«

Roç schaute verärgert drein. »Soll ich etwa auf Yeza warten?!«

»Gewiss!«, kam die trockene Antwort, um dann in milder Abgeklärtheit die Erläuterung nachzuschieben: »Nur das Königliche Paar in seiner Gänze macht Sinn. In seiner geistigen Überhöhung allein ist es in der Lage, die Verheißung der Friedensherrschaft zu erfüllen –«

»Das haben wir – ›in aller Gänze‹ schon zu Jerusalem erlebt!«, lehnte sich Roç auf, vergeblich bemüht, im Tonfall nicht zu entgleisen.

Die alte Dame sah es ihm nach. »Ich verstehe Eure Ungeduld, Roç Trencavel. Die Ausgangslage hat sich mit dem Erscheinen der Mongolen verändert«, appellierte sie an Roçs Verständigkeit, »es ist müßig, darüber zu streiten, ob zu unserem Guten oder Schlechten: Wir haben sie lediglich in unsere Überlegungen einzubeziehen –«

»Der Il-Khan wünscht uns als Herrscher einzusetzen«, versuchte Roç sich einzubringen, doch die Grande Maîtresse ließ sich den Faden, an dem sie spann, nicht aus der Hand winden.

»Frage ist: Unter welchen Voraussetzungen, wann und vor allem wo?«

Roç ignorierte das Auftauchen Davids, der höchst erregt versuchte, ihm eine Nachricht zukommen zu lassen, schließlich vertraute der Templer sie dem Mönch an.

»Ich bin besorgt über das Verschwinden Joshuas!«, flüsterte er William zu. »Er wollte diesen Ali zum Wesen-Spiel holen, doch der behauptet, den Zimmermann nicht gesehen zu haben.«

William wusste auch nicht, was er darauf antworten sollte, und winkte beschwichtigend ab, zumal die Grande Maîtresse gerade in ihrem ihn weitaus mehr interessierenden Diskurs fortfuhr. »Ganz sicher darf nicht Damaskus als Synonym für den Sitz einer spirituellen Herrschaft stehen, das würde den allumfassenden Anspruch, den wir dem Friedenskönigtum gegeben, auf gefährliche Weise reduzieren, ihn klein und erbärmlich machen! Es sollte –«

»Ihr vergesst, hohe Dame«, traute sich Roç ihr ins Wort zu fallen, »dass die Mongolen darüber befinden werden!«

Die Grande Maîtresse hinter ihrem schwarzen Vorhang musste schlucken, sie hüstelte. »Unsere Aufgabe ist es, die kindlichen Vorstellungen dieser törichten Barbaren in die rechte Bahn zu lenken: Niemand mutet ihnen zu, eigene Gedanken zu entwickeln! Wir müssen sie nur benutzen, unsere Vision zu verwirklichen!«

»Was heißt das nun für mich und für Yeza?«, begehrte Roç auf, er schien nicht länger gewillt, sich dem nebulösen Konzept zu unterwerfen.

»Sucht die Vereinigung«, beschied sie ihn. »Wenn Ihr dem Il-Khan nicht entgegeneilen mögt, dann wartet hier auf sein Kommen und fügt Euch seinem Ratschluss, auf den wir Einfluss nehmen werden.« Sie bemerkte die Unlust des Trencavel. »Widersteht der Verführung, Trencavel, Euch hier unbeweibt zum machtlosen ›Malik‹ von Damaskus ausrufen zu lassen, das kann dem Bild vom Königlichen Paar nur Schaden zufügen. Lehnt die Würde ab, die Euch der verrottete Hofklüngel andienen will, macht den Leuten mannhaft klar, dass Ihr Euch nicht gegen die Mongolen stellen werdet, die allein die Macht besitzen, euch, dich, Roç, und Yeza als Herrscher zu inthronisieren!« Die Grande Maîtresse beließ es bei dieser klaren Ermahnung und gab ihrer Eskorte – wie immer klopfte sie mit ihrem Stock an die Innenwand – das Zeichen, die Sänfte aufzunehmen. Ohne ein weiteres Wort an Roç zu richten – etwas Trost, ein aufmunterndes Versprechen, schienen selbst William, dem stummen Zeugen der Unterredung, durchaus angebracht –, entschwand sie den ratlosen Blicken der um den Trencavel Versammelten.

Aus der Chronik des William von Roebruk

Roç musste ähnlich wie der Chronist empfunden haben. »Habt Ihr, William, auch nur mit einem Satz vernommen, was die Alte mit uns vorhat?! Sie faselt von einem Friedenskönigtum in einer Welt, die nur das Recht des Stärkeren anerkennt, von nackter Gewalt gezeichnet ist!« Roçs Erregung hielt sich zu meinem Erstaunen in Grenzen, er war auch eher verärgert, zumindest enttäuscht. »Ich will diese Vormundschaft nicht länger«, knurrte er mich an, als sei ich der verantwortliche Vertreter, den die Grande Maîtresse zurückgelassen hatte, um für die Durchsetzung des Großen Plans zu sorgen. »Genauso wenig steht mir der Sinn nach einem Königtum von des Il-Khan Gnaden!« Ich nickte aus tiefer Überzeugung, was ihn zu versöhnen schien. »Yeza sieht das gewiss genau so wie ich!« Er wandte sich an den Baouab, der die ganze Zeit über die Arbeiten auf dem Teppich vorangetrieben hatte, ohne sich im Geringsten um den Auftritt der alten Dame in ihrer Sänfte zu kümmern. Jetzt traten auch die drei Okzitanier und Berenice wieder hinzu, die sich während der Unterredung diskret abseits gehalten hatten.

»Ich habe mich entschlossen«, teilte der Trencavel nunmehr dem Baouab mit, »meinen offiziellen Einzug in Damaskus in der würdigen Form zu halten, die vom Volk ersehnt wird.«

Der oberste Hofbeamte hatte wohl nichts anderes erwartet, geschweige denn etwas von der Aversion Roçs gegen den Einbezug des Kelims mitbekommen. Er wies dem Trencavel mit Feldherrngeste die schon deutlich sichtbaren Aufbauten und Absperrungen, an denen seine Leute noch fleißig zimmerten. »Wir haben für den festlichen Augenblick, an dem Ihr gegenüber der großen Moschee auf dem Platz eintrefft, ein prächtiges Feuerwerk vorgesehen.«

So genau wollte Roç es allerdings nicht wissen. »Sagt mir nur, von wo ich kommen soll und wohin ich mich zu wenden habe.« Er wandte sich abrupt von der Szenerie auf dem großen Platz ab, und der Baouab war gezwungen, hinter ihm herzuhasten.

»Roç sollte sich ausruhen«, befand die besorgte Berenice. »Wir haben im Palast bereits Quartier gemacht.«

Die tatkräftige Frau machte ihrem Ehemann Terèz samt dem Brüderchen Pons energisch Beine, damit sie dem Trencavel folgten. Guy de Muret hatte ich am Ärmel erwischt und noch zurückgehalten.

»Wenn 's ums Wohl von Roç Trencavel geht«, stichelte der ungerührt, »verwandelt sich die Greifin zur Glucke!«

Mir lag jetzt nicht daran, Berenice zu verteidigen, offensichtlich hatte Guy andere weibliche Ideale – die von ihm minniglich bedrängte Maid Alais, so hatte mir Pons gesteckt, sollte ja lieblich und von sanfter Güte wie syrisches Naschwerk sein –, doch mochte ich sein Verdikt nicht so abwertend stehen lassen. »Unter rauer Schale verbirgt sich oft süße Frucht!«, wies ich ihn auf meine Vorlieben hin. »Auch die kämpferische Amazone entpuppt sich – nach Ablegen von Armschiene und Bogen – als liebesbedürftiges Weib.«

»Nur, dass sie dem Kriegshandwerk willig die eine Brust geopfert hat!«, ließ sich der vormalige Dominikanermönch nicht von seinem Vorurteil abbringen. »Solch ein Mannweib tut sich leicht, treu zu sein!«

»Und Ihr, Guy de Muret«, entgegnete ich bissig, »wie steht es mit Eurer Treue?« Mein altes Misstrauen kam plötzlich wieder hoch. »Ich meine damit keinen Weiberkram, sondern unverbrüchliche Ergebenheit –«

Anfügen wollte ich noch »gegenüber dem Trencavel«, aber Guy reagierte mit unerwarteter Heftigkeit. »Sicher schulde ich sie keinem Weibe!«, fauchte er mich an. »Und mir selbst gegenüber mag ich treulos sein, wie es mir behagt!« Er riss sich los und rannte hinter den anderen her.

Ich blieb mit David dem einarmigen Templer allein, der sich auf seiner vergeblichen Suche nach seinem Spielgefährten Joshua notgedrungen überall in der Stadt umgesehen hatte. So erfuhr ich, dass der Einzug durch das Osttor Bab Sharki erfolgen sollte, die volle Länge der Decumana entlang, um dann beim Palast, wo wir jetzt standen, in weicher Kurve zur Mitte des Großen Platzes zu führen – die Moschee im Hintergrund. Von hier ab hatte der Baouab massive hölzerne Sperrgitter errichtet, um das andrängende Volk zurückzuhalten, aber dahinter auch Ehrentribünen, für die Honoratioren und Reichen der Stadt. Somit würden Roç und sein Gefolge unweigerlich dem Thronpodest zugeführt, das diese mit Girlanden und Fähnchen geschmückte Triumphstraße abschloss. Dort erhob sich der doppelsitzige Thron – ein Verweis auf die noch fehlende Königin –, das schien mir aber auch das einzige Zugeständnis auf die Vorhaltungen der Grande Maîtresse – von denen der Baouab nichts wissen konnte. Ansonsten schien der tüchtige Baumeister alles getan zu haben, was im vollen Widerspruch zu den Intentionen der alten Dame stand. Entweder verfügte der Baouab über die Gabe, den Wünschen seines neuen Herrn im vorauseilenden Gehorsam zuvorzukommen, oder der Sheitan musste ihm die Art der Gestaltung eingeflüstert haben. Es gab kein Entrinnen auf diesem Weg zum Thron! Mir lag es fern, Roç sein Beschreiten auszureden – abgesehen davon, dass er auf mich nicht hören würde, und die Grande Maîtresse hatte es auch nicht für nötig gehalten, irgendwelche Ermahnungen gerade mir ans Herz zu legen!

Ich vertröstete David damit, dass Josh sicher Freunde in der Stadt gefunden hätte und mit ihnen die verbleibende Zeit verbrachte, zum Festakt würde er sicherlich schon wieder auftauchen. Dann begab auch ich mich zum Palast, wiewohl ich mir nicht sicher war, dort willkommen zu sein.

DER BRENNENDE ELEFANT

IM HEERLAGER DER MONGOLEN hatte der Il-Khan Hulagu seine wichtigsten Heerführer in sein Zelt geladen, dazu auch den Gesandten des Königs von Frankreich, Yves den Bretonen, der sich schon seit Aleppo am Hofe aufhielt, sowie die beiden christlichen Fürsten, die als Verbündete galten, König Hethum von Armenien und Bohemund von Antioch. Natürlich war auch Hulagus Ehefrau, die Dokuz-Khatun, eine nestorianische Christin an der Seite des Il-Khan, und auf nachdrückliches Verlangen des Herrscherpaares hatte man der Prinzessin Yeza nahe gelegt, ebenfalls auf der Thronempore Platz zu nehmen. Sie saß zur Rechten des Herrschers, und ihr Gesichtsausdruck verriet, wie wenig sie mit ihrer Position und den an sie gestellten Anforderungen glücklich war. Hinter ihr standen zwar ihr kleiner Freund Baitschu, der jüngste Sohn Kitboghas, sowie Yves der Bretone, aber auch das vermochte ihre Laune nicht aufzuheitern. Unter den Heerführern entdeckte das aufmerksame Auge des Gesandten den bulligen General Sundchak und unter den wenigen zugelassenen Unterführern und Hauptleuten Khazar, den Neffen des Oberkommandierenden, und Dungai, den altgedienten Vertrauten Kitboghas. Der Il-Khan hielt seine Ansprache kurz.

»Der Tod des Großkhan Möngke, meines erhabenen Bruders, zwingt mich, nach Karakorum zurückzukehren.« Von rücksichtsvollen Einleitungen hielt Hulagu nichts. »Da es wenig Sinn macht, zum einberaumten Kuriltay, auf dem über die Nachfolge entschieden wird, ohne sichtbare Macht aufzutreten, werde ich zwei Drittel der Armee mit mir führen – den Rest übergebe ich hiermit meinem treuen und verlässlichen Kitbogha!«

Leiser Protest war unüberhörbar, den der Angesprochene behutsam in die alle bewegende Frage kleidete: »Wie soll ich damit gegen Kairo ziehen?«

Hulagus Bescheid fiel noch knapper aus: »Damaskus! Und danach ist erst mal Schluss!«

Sein eigenes Weib fiel ihm in den Rücken. »Und was, bitte, geschieht mit dem Königlichen Paar?« Die Dokuz-Khatun nahm aber auch den Oberkommandierenden in die Pflicht: »Ist Roç endlich gefunden?!«

»Wir haben die Prinzessin Yeza«, Kitbogha vermied es, zum Thronpodest aufzuschauen, er wollte sich nicht länger von der Frau in seine Strategie hineinreden lassen, »die wir mit uns nach Damaskus führen werden!«

Er achtete nicht auf die Unmutsfalte auf der Stirn Yezas, zumal der Il-Khan trocken nachlegte: »Und inthronisieren sie erst mal allein!« Die Unmutsgebärde der jungen Frau an seiner Seite verleitete ihn zum seltenen Lächeln. »Hat die Prinzessin Uns doch hinreichend bewiesen, dass sie durchaus ihren Mann zu stehen vermag!« Nach diesem Schlenker wurde Hulagu sofort wieder ernst. »Eine Demonstration Unseres Anspruchs auf den ›Rest der Welt‹!«

»Dafür scheint mir Damaskus, mit Verlaub, zu tief gegriffen!« Hethum war der Einzige, der sich mit offener Kritik hervorwagte. »Jerusalem sollte es bitte schon sein!«

Dass der König von Armenien sich solche kühnen Worte erlaubte, verdross den General Sundchak. »Das hieße aber«, machte er sich gleich lieb Kind bei Hulagu, »Weiterführung des Eroberungskrieges – genau das, was der Il-Khan gerade ausdrücklich abgelehnt hatte!«

Ehe Kitbogha seinem Untergebenen wegen dieser Einmischung übers Maul fahren konnte, griff Hulagu den Einwurf geschmeichelt auf. »Jetzt nicht!«, beschied er den vorgepreschten Sundchak. »Wenn wir die Armee wieder zur jetzigen Stärke aufgefüllt haben, wofür ich als Großkhan schnellstens Sorge tragen werde, marschieren wir bis Kairo und Alexandria und werden diesen Mamelucken unseren Willen, den Willen des Siegers aufzwingen!«

»Sehr richtig!«, lenkte Kitbogha ein. »Nichts wäre dem Ansehen des mongolischen Heeres abträglicher als ein Steckenbleiben des Vormarsches.« Er wandte sich mit Bedacht an Hethum. »Jedes Zaudern, und sei es bedingt durch eine rein taktische Verzögerung, wird von unseren Feinden als Erfolglosigkeit ausgeschlachtet, stärkt ihre Reihen – «

Doch der König der Armenier ließ sich nicht von seiner vorgefassten Meinung abbringen. »Wer würde es verstehen, wenn wir nach der Einnahme von Damaskus nicht weiter vorrückten? Keiner, nicht einmal die christlichen Barone und Ritterorden des Königreiches sähen darin einen Sinn!«

Kitbogha suchte – mit vorgespielter Ruhe – dieser Kriegshetze einen Riegel vorzuschieben. »Das Königliche Paar!«, rief er, allerdings nun sichtbar erregt, und es war auch kein sehr sachliches Argument. »Die Installation von Roç und Yeza als Friedenskönige macht diesen Sinn!« Der alte Haudegen war von seiner Sicht der Dinge überzeugt. »Wir werden in Syrien viel, genug zu tun haben, um ihre Friedensherrschaft im Sinne der *pax Mongolica* zu festigen – «

Sein eigener General war es, der ihm in die Ferse biss. »Als Feigheit wird es uns ausgelegt werden«, schnaubte Sundchak, »als Schwäche!«

»Wir werden jeden Angreifer eines Besseren belehren!«, blaffte der Alte zurück.

Hulagu wischte alle Diskussionen beiseite. »Es bleibt dabei: Damaskus und Inthronisierung des Königlichen Paares! Herr Yves wird für dessen Vereinigung sorgen, er erhält von Euch, Kitbogha, dazu alle nötigen Vollmachten und Mittel!«

»Ich bitte Euch, Herr Yves«, ließ sich jetzt auch die Dokuz-Khatun mit ihrer weinerlichen Stimme vernehmen. »Sorgt dafür, dass die Kinder endlich zur Vernunft kommen!«

Yeza wollte empört aufspringen, fühlte aber die starke Hand des Bretonen auf ihrer Schulter, die sie niederdrückte in ihren Sitz.

Der Armenier hatte die Szene beobachtet. »Schade«, wandte er sich grinsend an den Il-Khan, »dass ich keinen Sohn habe! Da wäre das Problem schon erledigt.«

»Wäre der wie Ihr«, diesmal hielt Yeza nicht an sich, »hätte ich ihm längst die Kehle durchgeschnitten!«

Alle lachten, und die Versammlung löste sich auf.

Aus der Chronik des William von Roebruk

Als der Abend über Damaskus hereinbrach, begab ich mich durch die festliche Menge zur Tribüne, unweit des Thronpodests, wo es mir durch Vermittlung des Baouab gelang, der völlig überfordert und erschöpft jetzt auch noch den Zeremonienmeister gab, einen guten Platz zu ergattern. Der Trencavel und seine Freunde – zu denen ich offensichtlich nicht mehr zählte, jedenfalls hatte mich keiner aufgefordert, ihn zu begleiten – hatten sich hinaus aus der Stadt begeben. Wir warteten alle auf den Einbruch der Dunkelheit. Nach dem Ruf des Muezzins zum *salat al maghreb*, dem Abendgebet, und nachdem sich alle freudig gen Mekka verneigt hatten, fiel die Dämmerung rasch, und die Spannung wuchs. Dann hörte man vereinzelte Hochrufe von der Decumana aufbrausen, die ersten Feuerwerkskörper zischten voreilig in den samtblauen Abendhimmel. Der Jubel schwoll an, brandete wild auf, als vorweg die Armenier, dann die Ritter aus Antioch im scharfen Trab zwischen den Gittern in den Festplatz einbogen. Ihnen folgte – umgeben von seinen vier Okzitaniern, denn Berenice, wie stets als Ritter verkleidet, gehörte dazu – schließlich der Held des Tages, »König Roç Trencavel«!

»El Malik! El Malik!«, schrie das Volk hinter den Sperrgittern.

Doch genau dann, erst nur undeutlich erkennbar im nun prasselnd einsetzenden Feuerwerk, ertönten laute Entsetzensschreie, die wie eine Springflut auf den Großen Platz schwappten: Der Elefant tobte trompetend und sich schüttelnd, mit fauchenden Raketen bestückt hinter den Vorausziehenden her. Selbst an seinem Schwanz hatte man dem Tier eine brennende Fackel befestigt. Die Okzitanier sprangen von ihren Pferden und schwangen sich über die Holzbrüstung, um sich vor den wütend schwingenden Stoßzähnen zu retten. Roç stürzte aus seinem Sattel, blieb im Steigbügel hängen, sein Pferd konnte nicht durchgehen, weil die Gäule der Okzitanier ihm den Weg versperrten, kein Mensch konnte den am Boden liegenden Trencavel jetzt noch vor den wie riesige Baumstrünke vorwärts stampfenden Füßen des verängstigten Tieres retten, da warf sich Berenice dem tobenden Koloss entgegen. Sein Rüssel packte sie, hob ihren schlanken Leib empor, der Helm fiel ihr vom Haupt, das wallende Haar für einen kurzen Augenblick freigebend, bevor er sie zu Boden schmetterte. Nur das Knattern der Raketen ersparte unseren Ohren das grässliche Knacken der Rüstung unter dem Fuß des Elefanten. Der auftosende Schrei des Entsetzens überdeckte die Ohnmacht derer, die es aus nächster Nähe mit ansehen mussten. Ich hatte mich abgewendet...

DIE MONGOLEN LAGERTEN immer noch bei Baalbek. Spione in das nunmehr feststehende Ziel Damaskus zu entsenden, um sich ein Bild von der Lage in der Stadt und von der Stimmung der Bevölkerung zu machen, hielt die Heeresführung für nicht erforderlich. Hulagu befahl dem General Sundchak, das Heer im von ihm vorgegebenen Verhältnis zu teilen und den Aufbruch vorzubereiten. Der nutzte gleich seine Befehlsgewalt, dem Unterführer Khazar das lästige Durchzählen der Ochsenkarren und Jurten aufzuhalsen. Der Oberkommandierende ließ ihn gewähren. Während Sundchak befriedigt hinausstapfte, beauftragte Kitbogha den Mann seines Vertrauens, den Hauptmann Dungai, dafür zu sorgen, dass alle Kriegsmaschinen, insbesondere die Waffenlager von Pfeilen und Speeren, nicht von den Abziehenden mitgenommen würden, sondern dem verbleibenden Heer erhalten blieben.

Dungai hatte sogleich verstanden. »Dazu gehören in erster Linie die schnellsten und kräftigsten Pferde!«, fügte er hinzu. »Unser Drittel muss eine Auslese der Besten sein!«

»Das gilt vor allem für die Reiter!«, setzte der alte Kämpe schmunzelnd hinzu und verabschiedete seinen Hauptmann mit einem Schlag auf die Schulter.

Beim Verlassen des herrscherlichen Zeltes versuchte Bohemund seine langjährige Freundin Yeza aufzuheitern. »Könnte ich dich doch gegen meine Frau Sybille eintauschen!«, beklagte er mehr sein Los als Schwiegersohn Hethums, als dass er je mit einem solchen Gedanken gespielt hätte.

Yeza strahlte den Spielgefährten ihrer Jugend aus grüngrauen Augen an. »Die Tochter des Armeniers gestaltet dir das Leben vielleicht etwas schwierig, lieber Bo, – die Tochter des Gral würde es dir unlebbar machen!«

Der junge Baitschu trottete neben dem missmutigen Khazar, der sich jetzt der Aufgabe der Viehzählung unterziehen musste. »Die schönste Jurte, Khazar«, schlug er seinem Vetter vor, »stellst du beiseite, die soll für Yeza sein!« Khazar nickte einverständig. »Wir sollten der Prinzessin eine Freude machen und Roç finden!«

»Die aus Antioch sagen, er sei gen Damaskus gezogen«, offenbarte Khazar den spärlichen Wissensstand der Mongolen. »Unsere Kundschafter aus Damaskus hingegen berichten, er sei nach Antioch geritten –«

Baitschu ließ sich von dieser unbefriedigenden Bestandsaufnahme nicht beirren. »Wir beide, Khazar, wir werden den edlen Trencavel jagen wie einen Hirschen, und wir werden ihn aufstöbern, gleich in welchem Unterholz er sich versteckt!«

Khazar betrachtete den Jüngeren wenig überzeugt. Sie trennten sich.

Aus der Chronik des William von Roebruk

Das Entsetzen war einer tiefen Betroffenheit gewichen, allerdings überwog der Schmerz über den schrecklichen Opfertod der Berenice nicht lange die bohrende Frage, wer hinter dem Attentat stehen mochte. Dass es dem Trencavel gegolten hatte, darüber waren sich die Okzitanier schnell einig, doch es blieb mir vorbehalten, den Namen Alis auszusprechen. Für Roç und seine Freunde war der Sultanssohn aus Kairo längst derart zur Unperson geworden, dass sie ihn nicht einmal für eine derartige Untat wie den mörderischen Einsatz des Elefanten in Erwägung zogen, ja nicht einmal dessen für fähig hielten. Selbst, wenn es so wäre, mussten Ali ruchlose Verschwörer zur Seite gestanden haben, die ihr wahnwitziges Vorhaben beherzt und rücksichtslos in die Tat umgesetzt hatten. Unsere Lage war keineswegs so, dass wir auf Mitwirkung der Bevölkerung von Damaskus zählen konnten. Die Zuschauer hatten rasch ihre Plätze auf den Tribünen geräumt, ihr Getuschel und Gemurmel konnte vieles bedeuten, doch kaum Mitgefühl oder Anteilnahme an dem Unglück. Eher, so musste ich, der zwischen ihnen gesessen hatte, als es geschah, mit eigenen Ohren zu hören bekommen, waren sie verärgert und enttäuscht über den Ausgang des Abends, der ihnen die festliche Stimmung verdorben hatte. Schuld war nicht der beliebte Elefant, geschweige denn waren es die Attentäter, sondern diese Fremden! Selbst der allgegenwärtige Baouab ließ sich nicht mehr sehen. Terèz, von dem wir alle erwarteten, dass er vom Schmerz überwältigt zusammenbrechen würde, hatte mit malmenden Kiefern zu einer geradezu granitenen Haltung gefunden und mit rauer Stimme vorgebracht, wir sollten uns erst mal auf die Zitadelle zurückziehen.

Mit der Leiche seiner Frau, von einem Tuch gnädig verhüllt, auf einer provisorischen Bahre, die er und Guy trugen, waren wir zum Tor der Festung aufgestiegen und hatten Einlass verlangt. Der Kommandant der Garnison verweigerte sich unserem Begehr. Ich dachte, jetzt platzt der Trencavel! Doch Roç nahm auch diesen Schlag hin, ohne die Miene zu verziehen. Der nächste Vorschlag war von David, meinem einarmigen Freund, gekommen. Die Beziehungen seines Ordens zum Kloster der Zisterzienser würden diesen kaum gestatten, sich unserer Aufnahme zu widersetzen. So fanden wir uns bald in der Stille des Kreuzganges wieder, um die Bahre mit der ermordeten Berenice geschart. Wenn Roç von ihrem Tod in irgendeiner Weise berührt war, so gelang es ihm vollkommen, seine Gefühle zu verbergen. Ich glaube allerdings, dass Terèz ihn eiskalt auf der Stelle erwürgt hätte, wenn der Trencavel jetzt in Trauer oder gar Selbstanklagen ausgebrochen wäre. Der Einzige, der ungehindert seinen Tränen freien Lauf lassen durfte, war der dicke kleine Pons de Tarascon, jüngerer Bruder der Berenice. Sein Schluchzen rührte selbst den sonst so aalglatten Guy de

Muret. Er strich seinem Freund unbeholfen immer wieder übers Haar, wenn auch ohne Erfolg. Die Stimmung war gespannt. Bevor sie unerträglich wurde, bat David den Abt des Klosters um die Erlaubnis, die Tote auf dem Friedhof bestatten zu dürfen. Guy, der ehemalige Dominikaner, sprach das Totengebet. Als wir den Leib der kühnen Berenice, Gräfin von Tarascon und Foix, zur letzten Ruhe gebettet hatten, raffte sich endlich Roç auf und sagte, es sei gewiss auch im Sinne der Verstorbenen, wenn wir wieder Besitz von dem Palast des Herrschers nähmen. Keiner widersprach ihm, keiner sagte überhaupt ein Wort, doch irgendwie waren wir alle erleichtert. Die restliche Nacht verbrachten wir im Konvent der Zisterzienser, und des Morgens zogen wir also an den Mauern der Großen Moschee vorbei, unter strikter Umgehung des Platzes, wo immer noch der Kelim lag – niemand von uns hatte das Verlangen, den Blutfleck zu sehen, der kurz vor der Stelle sichtbar sein musste, wo sich der Thron erhoben hatte. Mit einem verstohlenen Blick nahm ich wahr, dass alle Aufbauten inzwischen entfernt worden waren, einschließlich des Podiums, das der Elefant zertrümmert hatte, bevor ihn seine Treiber von den Raketen und der verheerenden Fackel am Schwanz befreit und schließlich beruhigt hatten. Unangefochten, allerdings auch von niemandem willkommen geheißen, hielten wir Einzug in den Palast, wo uns schon die Armenier erwarteten, während die Ritter aus Antioch die ganze Zeit über unsere zurückhaltenden schweigenden Begleiter gewesen waren.

KITBOGHA UND DIE PRINZESSIN schauten von einem Hügel am Rande des Lagers der abziehenden Mongolenarmee nach. Was Yeza in diesem Augenblick fühlte, war ihr selbst wenig klar – gewiss, der Fuchtel der bigotten Dokuz-Khatun entronnen zu sein bedeutete erst einmal ein Gefühl der Erleichterung. Wenn sie dagegen bedachte, was ihr noch alles bevorstand, war ihr weder zum Lachen noch zum Weinen zumute. Sie hatte ein flaues Gefühl im Magen, gemischt mit Wut. Ihr Zorn galt Roç. Der Trencavel machte sich die Sache ziemlich leicht, er steckte den Kopf in den Sand und wartete wohl darauf, dass sie, Yeza, die Lösung fand. Wie bequem, dann ins gemachte Bett zu schlüpfen, und wenn 's der harte Thronsessel war, den sie ihm jetzt anwärmen sollte! Ärgerlich ließ Yeza ihr Pferd steigen, da sah sie eine Träne im Auge ihres bärbeißigen Gönners. Kitbogha wischte sie verstohlen weg, und gerade diese anrührende Geste führte dazu, dass sich Yeza ihrer selbstsüchtigen Gedanken schämte. Welche gefährliche Last hatte der betagte Feldherr hingegen zu schultern, nachdem man ihm – bildlich gesehen – zumindest den einen Arm und einen Fuß abgeschlagen hatte! Für die Einnahme von Damaskus reichte der verbliebene Rest zwar allemal, aber damit war es nicht getan, so wie sich der Il-Khan das vorstellte! Es war der Griff eines schwer verletzten Bären mitten in die Honigwaben eines unübersehbaren Bienenvolks! Über kurz oder lang würden sich die *moslemuun* vereint gegen den Eindringling zur Wehr setzen – und dann? Yeza empfand das Bedürfnis, dem Alten zu zeigen, dass sie seine Sorgen verstand, aber es reichte nur zu einem aufmunternden Blick, den sie ihm wider besseren Wissens zuwarf. Kitbogha seufzte tief.

Die letzten Staubwolken des entschwindenden Heeres vermengten sich mit dem dunklen Horizont. Als sie ihre Rosse wendeten, vermeinten sie beide im Dunst der Abendsonne bereits das Schimmern von Damaskus wahrzunehmen, Verlockung und Bedrohung zugleich.

Zurück im Lager beraumte der Oberkommandierende eine Besprechung mit König Hethum, Fürst Bohemund von Antioch und Yves dem Bretonen an. Zuvor empfing er noch den Rapport seines Vertrauten Dungai, der ihm meldete, dass nicht einmal dreißig Tausendschaften übrig geblieben seien, die allerdings bestens ausgerüstet und mit hoher Kampfmoral. Der General Sundchak sei bereits fertig zum Abmarsch auf Damaskus.

Als Erster traf Yves der Bretone ein. Er wischte alles beiseite, was Kitbogha ihm bezüglich des Einzugs in Damaskus mitteilen wollte, denn er hatte auf eigene Faust Erkundigungen eingezogen, und die hielt er allemal für wesentlicher als alle protokollarischen

Überlegungen: Roç Trencavel sei in der Stadt einzogen, und die Bevölkerung sei drauf und dran, ihn zum »Malik«, also zum König auszurufen! Man müsse sofort handeln! Am besten wäre es, er würde sofort mit der Prinzessin aufbrechen, denn nur eine Aussprache zwischen dem Königlichen Paar könne einen solchen einseitigen Schritt aufschieben bis zum Eintreffen des mongolischen Heeres! Der ansonsten eher bedächtige Bretone war ziemlich erregt ob dieser unerwarteten Nachricht, vielleicht sogar stolz auf seine Eigeninitiative, doch zu seinem Erstaunen nahm Kitbogha die Neuigkeit eher gelassen zur Kenntnis, und seine erste Frage war nur:

»Weiß die Prinzessin Yeza von dieser Sache?!«

»Noch nicht«, entgegnete Yves, »doch ich will gern derjenige sein, der ihr die freudige –«

Der Oberkommandierende unterbrach ihn brüsk, zumal er sah, dass König Hethum und sein Schwiegersohn das Zelt betraten. »Darüber wollen wir, werter Herr Yves, erst einmal gemeinsam beraten!«

Yves war empört über diese so wenig begeisterte Reaktion und wollte sich zum Gehen wenden, doch der Alte beschied ihn barsch: »Ihr bleibt hier!« Er wies ihm einen Stuhl an, doch der Bretone blieb trotzig stehen. Allerdings erkannte er rechtzeitig, dass die Wachen am Zelteingang ihn ohne Genehmigung des alten Feldherrn am Verlassen des Zeltes hindern würden. Verärgert nahm der Bretone zur Kenntnis, dass der Alte seinen Hauptmann Dungai beauftragte, den Wahrheitsgehalt des ›Gerüchts‹ durch Gewährsleute in Damaskus überprüfen zu lassen.

Kitbogha informierte die Neuankömmlinge König Hethum und Fürst Bohemund knapp über die ›unbestätigten‹ Nachrichten aus Damaskus.

Yves verlor die Geduld. »Endlich ist eine Vereinigung unseres Paares in greifbare Nähe gerückt«, schnaubte er, »und Ihr zögert?!«

König Hethum enthob den Mongolen einer Antwort. »Wir sollten auf einen formellen Einzug christlicher Herrscher bestehen«, erklärte er ungerührt ob der Erregung des Bretonen. »Nur nach einem solchen solennen Akt kann sich die Krönung der von uns – im Namen des erhabenen Großkhan –«, verbesserte er sich geschickt, »eingesetzten Herrscher vollziehen!«

Der junge Fürst von Antioch nickte eifrig, Yves kochte innerlich, welch törichte, eitle Eigensucht dieser Stiefellecker!

Der alte Kitbogha erkannte den steigenden Unmut des Bretonen. »Natürlich ist die Wiedervereinigung von Roç Trencavel und der Prinzessin Yeza für uns alle von größter Wichtigkeit und Dringlichkeit«, versuchte er die Wogen zu glätten, »aber wir dürfen jetzt nicht das Risiko eingehen, dass die Dinge in Damaskus außer Kontrolle geraten. Wie Ihr selbst geschildert habt, Herr Yves, hat, nach dem Verschwinden des Sultans An-Nasir, das Volk von Damaskus sich zum Herrn über die Stadt ausgerufen!«

»Eine Inthronisierung durch den Pöbel muss unbedingt verhindert werden!«, schalt der Armenier den Bretonen. »Einer solchen Krone fehlt das wichtigste Element: Das ›Von-Gott-Gegebensein!‹«

Das war dem Bretonen – als Mann des Königs von Frankreich – durchaus einsichtig, auch wenn er sich ungern von diesem Hethum daran gemahnen ließ, keinesfalls jedoch wollte er das umständliche Verfahren akzeptieren. »Mir geht es nur darum«, verteidigte er sich zu Kitbogha hingewandt, »die Gelegenheit nicht zu versäumen, endlich des lang gesuchten Trencavels habhaft zu werden!«

»Der läuft nicht weg!«, bürstete Hethum hochfahrend den Einwand ab und fügte hinzu: »Ihn dingfest zu machen, dafür könntet Ihr ja sorgen, Herr Yves!«

Der Bretone hielt mühsam an sich. »Außerdem«, sprach er beherrscht immer noch zu Kitbogha, »hat die Prinzessin Yeza das Recht, mit dem Langvermissten endlich wieder vereint zu sein!« Er verneigte sich knapp vor dem Oberkommandierenden, diesmal gewillt, sich nicht länger aufhalten zu lassen.

Da schaute dieser ihn nachdenklich an und sagte leise: »Herr Yves, Ihr steht unter Arrest!«

Aus der Chronik des William von Roebruk

Der Sitz der Herrscher von Damaskus gegenüber der Großen Moschee war seit byzantinischer Zeit so oft umgebaut, erweitert und verfeinert worden, dass sich selbst lang gedientes Personal in dem Gewirr von Treppenläufen, verwinkelten Innenhöfen und Seitenflügeln auf unterschiedlichen Ebenen nicht völlig auskannte. Erst recht entpuppte sich die Anlage als Labyrinth, wenn man in die Kellergrüfte hinabstieg. Geheime Verliese und Fluchtwege mündeten in ein weit verzweigtes Katakombennetz, versteckte Zisternen wechselten mit unauffindbaren Schutzkammern, uneinnehmbar für Nichteingeweihte. David der Templer, immer noch auf verzweifelter Suche nach seinem Freund Josh dem Zimmermann, vermutete ihn ausgerechnet hier in den düsteren Tiefen des Palastes. Für mich konnte der liebenswerte Kabbalist, wenn er denn in ihm oder uns nicht wohlgesonnene Hände gefallen war, eher auf der Zitadelle gefangen gehalten werden als ausgerechnet hier im Palast, von dem jeder wusste, dass der Trencavel ihn über kurz oder lang in Beschlag legen würde. Doch David ließ sich nicht davon abbringen, zumal nachdem ihm einige der Köche schauerliche Geschichten aufgetischt hatten, von Eingekerkerten, die man nicht etwa vergessen, sondern einfach nicht wiedergefunden hatte, bis man nach Jahren zufällig auf ihre Skelette stieß.

Die Stadt rund um den Palast brodelte nicht, sondern grummelte leise und gefährlich. Das Summen nahm jeden Tag zu, und die Armenier, die es als Einzige hinaus in die Soukhs zog, berichteten von zunehmend feindlicher Stimmung unter der Bevölkerung. Schließlich ließ sich auch der Baouab wieder blicken, der seinem neuen Herrn Trencavel – allen vorangegangenen Treueschwüren zum Trotz – seit dem Unglück tunlichst aus dem Wege ging. Er kam als Sprecher des »Volkes von Damaskus«, und ich muss ihm zugute halten, er nahm kein Blatt vor den Mund. Die Geschichte mit dem Elefanten würde von den meisten Leuten als böses Omen angesehen. Der Trencavel würde als Herrscher der Stadt kein Glück bringen, und da die Mongolen vor der Tür stünden, wolle man sich jetzt auch nicht an einen neuen Malik binden, von dem man nicht wüsste, ob er dem Il-Khan wirklich genehm sei. Man habe keine grundsätzlichen Einwände gegen Roç – jetzt wurde der Baouab deutlicher –, aber die Tatsache, dass er ohne die Prinzessin Yeza erschienen sei, spräche ebenfalls nicht für sein Verbleiben innerhalb der Mauern. Roç hatte sich die Frechheiten des Dieners schweigend angehört, aber Terèz und Guy warfen den Unverschämten aus dem Raum, in dem das Treffen stattgefunden hatte. Damit war aber auch klar, dass der Palast uns Fremden keinen Schutz bieten würde, jedem kundigen Eindringling jedoch offen stand wie ein Taubenschlag. Dann kamen die Armenier und berichteten – nicht ohne Schadenfreude, wie mich deuchte –, das Volk rotte sich bereits an einigen Stellen, so im Bazar der Stadt, zusammen. Auch hätten sie diesen Ali gesehen, der die Leute gegen uns aufhetzen würde. Genau in diesem Moment erschien kreideweiß und völlig verstört David der Templer. Er hatte Josh gefunden, erhängt in einer fensterlosen, ehemaligen Zisterne, deren einziger Zugang durch die Palastküche führte. Bei den Köchen hießen die Gewölbe *burj al saraseer,* »Turm der Kakerlaken«. Nach seiner Leichenstarre zu schließen, müsse der Zimmermann schon vor zwei Tagen zu Tode gekommen sein.

Der Trencavel gab den Befehl zum Aufbruch. Er geriet zum Ausfall, denn inzwischen hatten sich schon erboste oder aufgestachelte Bürger auf dem Kelim eingefunden, wo sie drohend ihre bewaffneten Fäuste schwangen. Mitten unter sie sprengte Roç, umgeben von seinen Okzitaniern und gefolgt von den zehn Rittern aus Antioch, sowie David dem Templer. Die Leute wichen erschrocken zur Seite, und so trabte der Trencavel erhobenen Hauptes, doch finsteren Blickes zur Stadt hinaus. Mich hatte keiner aufgefordert mitzukommen – es war mir nicht gelungen, die Gunst des Trencavel nochmals zu erringen, wohl auch, weil er wusste, dass ich immer ein unbeugsamer Befürworter des Königlichen Paares »in seiner Gänze« bleiben würde und nie meine unverbrüchliche Zuneigung zu Yeza für ein noch so attraktives Amt am Hofe eines ›Malik Roç‹ aufzugeben bereit wäre! Zurück mit mir blieben der Kelim und die fünf Armenier, die Roç kurz vor seinem Auszug aus Palast und Stadt den Dienst aufgekündigt hatten. Allerdings preschten sie zu seinem Schutz noch mit bis zum südlichen *Bab Keisan*, durch das der glücklose Trencavel Damaskus verließ. Der im Handumdrehen wieder aufgetauchte Baouab wirkte sehr erleichtert und bewirtete uns auf das Großzügigste.

KHAZAR, BEGLEITET VON BAITSCHU, hatte Yeza stolz zu dem für sie bestimmten Ochsenkarren geführt, auf dem sich ihre Jurte erhob. Das Doppelgespann wie auch das filzbezogene Gehäuse waren auf das Prächtigste geschmückt. Die beiden hatten sich viel Mühe gegeben, Yeza eine Freude zu bereiten, doch die Prinzessin rümpfte die Nase, sie zöge den Einzug hoch zu Ross vor. Um ihre Verehrer nicht gänzlich vor den Kopf zu stoßen, willigte Yeza ein, dass das Gefährt samt Behausung ihr auf dem Fuße folgen solle, sodass sie, wann immer sie sich ausruhen wolle, davon Gebrauch machen könne. In Wahrheit war Yeza nicht im Geringsten gewillt, sich mit solchen mongolischen Attributen zu zeigen. Befreit von den lästigen Versuchen der Dokuz-Khatun, sie zu gängeln, erwachte in ihr wieder die Kriegerin. Zum Bogenschießen verabredete sie sich mit ihren beiden getreuen Anhängern und Helfern, wenngleich ihr die Gesellschaft des Bretonen lieber gewesen wäre.

Um Yves, immerhin Gesandter des Königs von Frankreich, die Schmach einer Arretierung zu ersparen, hatte ihn Kitbogha, der nunmehr oberste Befehlshaber aller Mongolen, in seine vom Audienzzelt abgetrennten Privatgemächer bringen lassen. Der Bretone gab sich gefügig, sodass sich Kitbogha eigentlich schämte, ihm eine solche Behandlung zuteil werden zu lassen. Er wünschte diesen Zustand so schnell wie möglich zu beenden. Auch die Anwesenheit von König Hethum und von Bohemund, dem Fürsten von Antioch, war ihm – er hatte sie ja rufen lassen – schon wieder lästig. So schnitt Kitbogha ihnen jede weitere Diskussion über die Form des gemeinsamen Auftritts in Damaskus ab. Er habe Vertrauensleute darauf angesetzt, in Erfahrung zu bringen, was es mit dem angeblichen Auftauchen des Trencavel in der Stadt auf sich habe. Er sähe wenig Sinn in einem pompösen Auftritt, solange nicht der angekündigte feierliche Anlass, die Vorführung des Königlichen Paares, mit absoluter Sicherheit gegeben sei. Der Armenier und auch Bohemund widersprachen heftig und bestanden auf einem »Triumph des Erlösers und der Jungfrau Maria« – wie sie es nannten. Wann je seien drei – mit der Prinzessin gar vier – christliche Fürsten gleichzeitig und gemeinsam in Damaskus eingeritten? Damit schmeichelten sie dem Feldherrn, dessen Angehörigkeit zur nestorianischen Kirche des Ostens ansonsten von den etablierten christlichen Glaubensgemeinschaften nicht für voll genommen wurde. Kitbogha versprach, eine Lösung zu finden, die sie zufrieden stellen würde.

Währenddessen hatte sich Baitschu – von den Wachen wie von seinem Vater ungesehen – Zutritt zu dem Privatgemach des Feldherrn verschafft, wo Yves der Bretone gereizt auf- und abtigerte. Das Erscheinen des Knaben und sein Bericht kamen ihm mehr als gelegen. Er vergatterte Baitschu, sich heimlich zurück zu Yeza zu begeben und sie aufzufordern, ohne Aufsehen zu erregen, sich außerhalb des Lagers beim Bogenschießplatz einzufinden, auch solle er drei schnelle Pferde dorthin bringen. Baitschu war sofort Feuer und Flamme für das sich andeutende Abenteuer, zumal als er begriff, dass er selbst mit dabei sein würde. Der Knabe entwich geschickt unter den Zeltplanen hindurch, gerade bevor die Wachen den Bretonen nochmals in das Audienzzelt baten. Zur Durchsetzung seiner Ziele scheute sich der Armenier nicht, den lästigen Bretonen einzuspannen. Hethum lud den werten Herrn Yves ein, in Vertretung seines Königs sich ebenfalls dem feierlichen Einzug in Damaskus anzuschließen. Doch Yves lehnte dankend ab, er passe nicht in die erlauchte Runde von höchstem Adel. Wie um dies zu unterstreichen, verneigte er sich ungelenk und zog sich wieder in die ihm zugewiesenen Gemächer zurück.

Der Aufbruch des Heeres wurde für den nächsten Morgen festgesetzt. Kitbogha fühlte sich zwar durch seinen unfreiwilligen Gast eingeschränkt, war aber nicht willens, Yves freizulassen.

DIE KRONE – ZWISCHEN GIER UND VERHEISSUNG

Aus der Chronik des William von Roebruk

Ich weiß, dass es mein Einsetzen für Yeza, mein ständiges Ermahnen war, doch endlich die starrköpfige Trennung zwischen den beiden zu beenden, mit dem ich Roç in den Ohren lag, dass er mich nicht länger hatte leiden können. Selbst wenn ich den Mund nicht aufgemacht hätte, wäre ihm meine vorwurfsvolle Anwesenheit auf die Eier gegangen – dabei wollte ich doch nur ihr Bestes, schließlich waren die beiden ›meine‹ Gralskinder, zu deren Hüter ich doch berufen war – oder galt das alles nicht mehr? Die Art und Weise, wie mich schon zuvor die Grande Maîtresse hatte stehen lassen, konnte durchaus besagen, dass sie mir die schwierige Mission zutraute und es weiterer Anweisungen an mich nicht bedurfte – oder das genaue Gegenteil: Ich war auch für sie wertlos geworden! Jedenfalls saß ich nun wieder allein in Damaskus und wusste nicht mehr ein und aus. Yeza blieb meine einzige Hoffnung, sie würde Verständnis haben für die Nöte ihres William – doch wo war meine kleine Prinzessin abgeblieben? Was konnte ich noch unternehmen, um sie zu finden, sie mit ihrem Trencavel zusammenzuführen?

Ali hatte, kaum, dass Roç das Feld geräumt, Besitz vom Herrscherpalast ergriffen. Der Kommandant der Zitadelle hatte ihm dazu willig die Hand gereicht und einen Teil der dort stationierten Truppen abgezweigt, damit sie Alis Anspruch auf die Herrschaft durchsetzten. Doch der Sultanssohn – meines Wissens keineswegs durch irgendwelche Blutsbande mit dem umgekommenen An-Nasir verbunden, sondern mamelukischer Herkunft – stieß auf keinerlei Widerstand. Ich wunderte mich noch darüber, warum die Damaszener, letzte Bastion der Ayubiten und seit dem großen Saladin mit eigenem Anspruch auf den Sultanstitel, ausgerechnet einem Ägypter die Stadt ausliefern wollten. Aus Kairo war ihnen doch noch nie Gutes widerfahren?! Was also hatte den aufrechten Kommandanten dazu bewogen, sich diesem windigen Ali an den Hals zu werfen?

Der Baouab wurde in den *salet al tadj*, den Kronsaal, beordert, damit er als Oberhofmeister dem neuen Herrn stellvertretend für die gesamte Dienerschaft des Palastes die Treue schwöre. Ich sollte als Zeuge bei diesem Akt zugegen sein, wenngleich ich mir als christlicher Mönch höchst überflüssig vorkam. Doch schien es mir nicht ratsam, mich dem Wunsch des aufbrausenden und wahrscheinlich auch tückischen Ali zu widersetzen. Ali hatte auf dem Thron des Sultans Platz genommen und ließ den Baouab vor ihm niederknien. Er winkte ihn näher zu sich heran und zog aus dem Halsausschnitt seines *qamis* ein Medaillon am Lederband hervor. Das hielt er dem Baouab unter die Nase.

»Erkennt Ihr diese *hamsa,* das Zeichen meiner herrscherlichen Würde?«

Allein schon der Ton seiner leise vorgebrachten Frage drängte den Oberhaushofmeister sie freudig mit »Ja, gewiss doch, mein Herr!« zu beantworten.

Doch Ali in seiner Güte ließ es dabei nicht bewenden. Laut, damit es alle hören konnten, fügte er noch hinzu: »Lange Jahre nachdem mein erhabener Vater Sultan An-Nasir Yusuf mich in der Fremde zeugte und ich mein junges Leben in der Verborgenheit des Exils im wilden Kurdistan verbringen musste, unter der Obhut meines ayubitischen Vetters El-Kamil, Emir von Mayyafaraqin, bin ich nun in mein geliebtes Damaskus zurückgekehrt.« Dabei fixierte mich der dreiste Mameluk, doch ich hielt seinem stechenden Blick tapfer stand. »In Zeiten höchster Not will der Sohn und legitime Erbe Stadt und Land nicht im Stich lassen, wie jener frevelhafte Usurpator, den ihr gerade davongejagt, es vorhatte –« Ali holte tief Atem. »Ich, Ali ibn Yusuf An-Nasir, werde weder meine treuen

Untertanen noch unseren Glauben an diese heidnischen Mongolen ausliefern! Das schwöre ich Euch – beim Andenken meines Vaters, dessen Seele Allah bei sich aufgenommen!«

Der Baouab küsste Ali die Hände, ich war sprachlos. Anders verhielt es sich mit den fünf Rittern aus Armenien, die ebenfalls dieser Szene beiwohnen mussten und jetzt vom Kommandanten aufgefordert wurden, dem neuen Herrscher nicht nur zu huldigen, sondern den Treueid zu leisten. Die Ritter erklärten rundheraus, den hätten sie schon ihrem König Hethum geschworen, dessen Vasallen sie seien. Ali geriet außer sich vor Wut und ließ sie, die vor Betreten des Thronsaals die Waffen hatten ablegen müssen, von den Soldaten des Kommandanten festnehmen und fesseln. Ali setzte ihnen eine Frist: Wenn sie beim Ausklingen der letzten Sure des Mittagsgebets den verlangten Schwur nicht abgelegt hätten, würden ihnen die Köpfe abgeschlagen!

DER HAUPTMANN DUNGAI begehrte eiligst Zugang zum Audienzzelt seines Oberkommandierenden. Die Wachen, die um seine Vertrauensstellung wussten, ließen ihn sofort passieren. Der Treue erstattete seine Meldung erst, als er so dicht vor Kitbogha stand, dass niemand mithören konnte.

»Der Trencavel ist ungekrönt und mit unbekanntem Ziel aus Damaskus entflohen«, berichtete er mit gedämpfter Stimme. »Ein Anschlag auf sein Leben und ein – von wem auch immer angezettelter – Volksaufstand veranlassten ihn zu diesem Schritt!«

Kitbogha wiegte sein graues Haupt. »Ihr seid Euch der Zuverlässigkeit Eures Informanten sicher?«

»Ich habe diesen Mönch aus dem Kloster der Zisterzienser selbst befragt.« Dungai ließ keinen Zweifel zu. »Der Mann war noch völlig erschüttert von dem grässlichen Geschehen!« Der Hauptmann erzählte die unglaubliche Geschichte von dem böswillig in Brand gesetzten Elefanten.

Der Feldherr schickte sofort nach Yves, doch die Wachen kamen aufgeregt zurück, der Gefangene sei aus den Privatgemächern entwichen – die Zeltwand sei mit scharfem Schnitt mannshoch aufgeschlitzt!

Am Eingang zum Audienzzelt entstand Unruhe: Yves der Bretone begehrte Einlass. Er führte sein riesiges Schwert, das ihm Baitschu unter der Zeltwand durchgeschoben hatte, ohne Scheu oder gar Reue mit sich.

Kitbogha grinste. »Einen Mann wie Euch kann man nicht seiner Freiheit berauben«, rief er ihm zur Begrüßung entgegen, »man müsste ihm das Leben nehmen!« Er gab den Wachen ein Zeichen, den Bretonen – gegen alle Regeln – mit der blanken Waffe in der Hand durchzulassen. »Ihr hattet Recht, Bretone«, überfiel er seinen freiwilligen Besucher mit der gerade erhaltenen Nachricht. »Der Trencavel ist uns schon wieder entwischt!«

Yves war nicht gelaunt, daraus Genugtuung zu ziehen, er sagte gar nichts, außer: »Es ist mir leid um Yeza!«

Der alte Feldherr nahm sich diesmal die Worte des Bretonen zu Herzen. »Da Ihr nun frei seid in Euren Entscheidungen, Herr Yves, kann ich Euch nur bitten –« Kitbogha suchte nach Worten, die seine Schwäche für die Prinzessin verbergen sollten. »Es tut nicht Not, Yezas Leid dadurch zu vergrößern, dass wir sie wissen lassen, wie nahe sie dem Wiedersehen mit dem Geliebten war und wie leichtfertig und selbstsüchtig wir diese Chance vergeben haben!« Er seufzte und suchte den Blick des Bretonen. »Es hilft der Prinzessin nicht weiter und macht der Heeresführung die Erfüllung ihrer Aufgaben nicht leichter!«

Yves senkte sein Haupt. »Gut, ich werde schweigen«, entgegnete er streng, »aber von nun an überlasst Ihr es mir, welchen Weg ich auch finden mag oder einschlagen werde, um das Königliche Paar seiner Bestimmung zuzuführen –« Er richtete sich auf. »Der Gesandte des Königs von Frankreich ist nicht gewillt, sich den eitlen Wünschen eines Königs von Armenien oder eines Fürsten von Antioch unterzuordnen!« Sprach 's und verließ das Zelt.

Yves fand Yeza beim Bogenschießen. Die Prinzessin hatte sich gewundert, dass Baitschu sie hoch zu Ross abholte und noch ein weiteres Pferd mit sich führte, denn zum Schießplatz gelangte man leicht zu Fuß. Weder Khazar noch der junge Baitschu waren für sie Gegner beim Zielen auf die mit Stroh ausgestopften Puppen aus vollem Galopp, mit denen es lohnte, sich in Geschicklichkeit und Treffsicherheit zu messen. Da sie nicht wusste, warum der Bretone sie hierher bestellt hatte, nahm sie sein Angebot erfreut an, mit ihm vors Lager gen Süden auszureiten. Bitter enttäuscht war nur Baitschu, der sich jetzt ausgeschlossen fühlte, um das erwartete Abenteuer gebracht und sich von dem von ihm so hoch verehrten Bretonen auch noch undankbar behandelt sah. Zornig sah er die beiden – ohne ihn – abziehen. Yves, der sich keinen Gedanken um den Gemütszustand des Knaben machte, ging es darum auszuloten, wie weit sich Yezas Vorstellungen von der Bestimmung des Königlichen Paares mit der seinen deckten. Wie gedächte die Prinzessin, die ihr zugedachte Würde mit Leben auszufüllen? Der Bretone kam gar nicht auf den Gedanken, die »Berufung« als solche infrage zu stellen, was Yeza mehr und mehr tat – innerlich hatte sie sich längst von der Idee des Friedenskönigtums gelöst, alle Erfahrungen, die sie in ihrem jungen Leben hatte machen müssen, sprachen dagegen, Krieg und Gewalt beherrschten die Welt, in der sie aufgewachsen waren. Yeza bezog Roç, ihn fast entschuldigend, in ihre Betrachtung mit ein – freiwillige Beschränkung, friedlicher Stillstand forderten stets Besitzstreben, Machtzunahme auf der anderen, dann feindlichen Seite heraus.

»Ich weiß nicht«, sagte Yeza versonnen zu ihrem schweigsamen Begleiter, »ob es nicht weitaus glückbringender für mich wäre, dieser Welt zu entsagen, ein Kind auf einer einsamen Insel großzuziehen, dazu reicht meine Kraft, doch nicht, mich gegen den Lauf der Dinge zu stemmen, die ich weder aufzuhalten noch zu beeinflussen vermag?«

Genau das wollte der Bretone, selbst durch und durch ein Mann kriegerischer Gewalt, nicht gelten lassen. »Das Wesen Eurer Bestimmung, Prinzessin, ist jedoch, dem uns unabänderlich gültig Scheinenden etwas Neues entgegenzusetzen, Euch nicht mit der furchtbaren Gleichgültigkeit von Mord und Totschlag abzufinden –« Yeza wich seinem beschwörenden Blick aus, weil sie die

Trauer in seinen Augen nicht ertragen wollte. »Dieser Frieden der Könige findet sich auf keiner Blumeninsel, wo in klaren Bächlein die Forellen springen, wo sich die Äste unter den Früchten herniederbiegen und die erfüllt ist mit Kinderlachen. Er muss täglich unter uns aufs Neue erkämpft werden, der Wert seiner Prinzipien immer wieder unter Beweis gestellt werden!«

Lächelnd sah Yeza ihn an. »Mir scheint, Herr Yves, dass Ihr derjenige seid, der sich auf ein Eiland im blauen Meer träumt!« Ihr Blick folgte dem seinen, der hinausging in das Land. Sie hatten die letzte Erhebung einer Hügelkette erreicht, und unter ihnen, in der Ferne, dehnte sich von Mauern und Türmen umgürtet das Häusermeer von Damaskus.

»Ihr habt Recht, Prinzessin, ich möchte heimkehren in die grüne Kühle Frankreichs, an die rauen Gestade der Bretagne – dort will ich mich in einem Kloster einschließen und nur noch lesen –«

»Ihr dürft mich jetzt nicht allein lassen, Yves«, entfuhr es Yeza erschrocken, »besonders nicht nach dem, was Ihr von mir verlangt.«

Der Bretone lächelte. »Das brächte ich auch nicht übers Herz!«

Sie ritten zurück. Yeza war zwar weder von der Richtigkeit der bevorstehenden Schritte überzeugt, noch davon, dass sie ihr – in alleiniger Vertretung des Königlichen Paares – Glück bringen würden. Sie war froh, dass Roç nicht greifbar war – so sehr sie ihn bisweilen vermisste –, sodass die offizielle Inthronisierung, die sie beide in fataler Weise an dieses zweifelhafte Königtum ketten würde, erst einmal noch aufgeschoben blieb. Keinesfalls war Yeza gewillt, an einer – wie auch immer gearteten – provisorischen Krönungszeremonie teilzunehmen! Yeza war zur Erkenntnis gelangt, und das hatte ihr auch der Bretone nicht auszureden vermocht, dass es sich um ein giftiges Phantomgebilde handelte, wie es nur die bösen *djinn* ersinnen können, das wie der Geist aus der Flasche entwichen, sich als dunkle Wolke immer dicker aufblähte. Und keiner brachte den Mut auf, es zu vertreiben, in Stücke zu zerblasen. Eher ging man das Risiko ein, dass sie und Roç auf der Jagd nach diesem Trugbild auf der Strecke blieben, Opfer auf dem Altar der schönen Idee des Friedens! Yves den Bretonen sah Yeza dabei durchaus als einen Freund, auf den sie sich verlassen konnte, aber er war auch einer der Jäger.

Aus der Chronik des William von Roebruk

Mitten auf dem Kelim hatte man für Ali einen Thron aufgestellt, ein Podest aus Holz, schnell zusammengezimmert, denn die bisherige Konstruktion hatte ja der Elefant zertrümmert. Darauf einen hochlehnigen Sessel, in dem der Malik in glühender Mittagshitze hockte. Ich musste neben ihm stehen, wie ein Secretarius. Dem Baouab oblag es, einen seidenen Schirm über ihn zu halten, von dessen Schatten ich jedoch nicht profitieren durfte. Die fünf Armenier knieten, die Hände auf den Rücken gefesselt, nebeneinander am Rande des Teppichs, und hinter ihnen stand breitbeinig mit mächtigem blankem Krummsäbel der Scharfrichter. Wir warteten, endlos schien die Zeit zu verrinnen. Als dann der erste, von fern verwehte Ruf eines Muezzin in der flirrenden Hitze an mein Ohr drang, nahm ich allen meinen Mut zusammen, verbeugte mich knapp vor Ali, ohne ihm in die Augen zu schauen. Ich schritt hastig über den Kelim auf die Todgeweihten zu, denn jetzt tönte auch mächtig die Aufforderung *Allahu akbar! Allahu akbar!* zum *salat al thuhr*, dem Mittagsgebet vom Minarett der nahen Moschee.

Ashadu an la illaha illaha! Ashadu ana Muhamadan rassululah!

Im Laufen zerrte ich mein hölzernes Kruzifix aus der Kutte, ich trat vor jeden Einzelnen, hielt ihnen den Heiland an die Lippen.

»Christus ist mit dir!«, murmelte ich jedes Mal, gegen das dröhnende Krächzen des Muezzin an:

Haya alla as-salah! Haya alla as-salah!

Haya alla al falah! Haya alla al falah!

… das in sich überschlagenden Rufen dem Abschluss der fatalen Sure immer näher rückte. Da kam völlig unangebracht und stolpernd der Kommandant der Garnison quer über den Teppich gerannt, hinter ihm erschollen aufgeregte Rufe aus den Gassen der Stadt:

»Die Mongolen! Die Mongolen kommen!«

Allahu akbar! Allahu akbar!

Mit dieser letzten Anrufung Allahs endete das *salat al thuhr*. Der Scharfrichter schaute verunsichert hinüber zu Ali, der wild gestikulierend ihm ein »Kopf ab« aufzuzwingen suchte – der starke Mann, auf dessen nackter Brust bereits Schweißtropfen standen, warf einen verzweifelten Blick zum Baouab, der ihm hinterm Rücken Alis genau das Gegenteil wedelte. Der Henker ließ sein riesiges Richtschwert sinken und verdrückte sich in der jetzt auf den Kelim strömenden, ständig anwachsenden Menschenmenge. Auf einen Wink des Baouab trugen die Diener den immer noch fuchtelnden Ali samt Sessel zurück in den Palast.

Ich stand bei den fünf Rittern aus Armenien am Rande des Kelim, denen der tüchtige Baouab eigenhändig die Fesseln aufgeschnitten hatte, mit denen ihnen die Arme auf den Rücken gebunden waren. Hatten sie der Aussicht, dass ihre Köpfe um ein Haar über den Teppich gerollt wären, mit stoischem Gleichmut entgegengesehen, schimpften sie jetzt wie zänkische Dohlen über das unzumutbare Knien auf hartem Stein, dem man sie ausgesetzt hatte. Der Baouab ging nicht darauf ein, mit eiligst aus dem Palast zusammengetrommelter Dienerschar bemühte er sich, den Kelim für die nächsten Gäste einigermaßen sauber zu fegen. Ali hatte sich aus dem Palast davongestohlen und auf der Zitadelle Zuflucht gesucht. Wir warteten auf das Eintreffen der Heeresspitze der Mongolen. Neugierig – und weil ich das Gekeife der Armenier mir nicht länger anhören wollte – setzte ich mich von der aufgeregten Dienerschaft des Palastes ab und postierte mich eingangs des *midan kabir*, des Großen Platzes, dort wo die Decumana einmündete.

Dann sah ich sie schon kommen: Vorneweg ritt der alte Kitbogha und neben ihm – mein Herz tat einen Freudenhüpfer! – meine Yeza! Gleich gefolgt vom festlich gewandeten Fürsten Bohemund und einem hohen Herrn, den ich nicht kannte – ein gekröntes Haupt! Dahinter die Marschkolonnen der Mongolen, so weit mein Auge reichte. Doch gerade als Yeza auf meiner Höhe angekommen und ich ihr zuwinken wollte, zügelte sie ihr Pferd. Ich sprang hinzu, aber sie achtete nicht auf mich. Ihre Augen waren zornig auf den Kelim gerichtet, der sich in seiner malträtierten Pracht vor ihnen ausbreitete.

»Da habt Ihr endlich das Geschenk des Lulu«, instruierte sie spitz den ergrauten Feldherrn. »Euch mag er als Fußmatte dienen, ich setze keinen Fuß auf diesen ›Teppich des Unglücks‹!« Sie lenkte ihr Pferd zur Seite und ließ Kitbogha allein weiterreiten, denn hinter ihm drohte sich der Zug zu stauen. So zogen sie über den Kelim, ihre Pferde äpfelten ohne Scheu, Hundertschaft auf Hundertschaft. Als der Große Platz völlig von ihnen angefüllt war, gab ihr Oberkommandierender ein Zeichen, und sie rückten wieder über die Decumana ab, während er zusammen mit dem Fürsten von Antioch und dem König von Armenien dem Palast zustrebte. Dass es sich um Hethum handelte, wurde mir klar, als sich die fünf armenischen Ritter zu ihm gesellten und sich – nach ihren Gesten zu urteilen – offensichtlich bei ihm bitter beschwerten. Es waren wenig Zuschauer gekommen, und Jubel war an keiner Stelle – soweit ich es hören konnte – aufgebrandet. Die Damaszener gaben sich nicht feindlich gesonnen, sie verhielten sich eher gleichgültig, vielleicht auch gelangweilt nach den spektakulären Auftritten von Roç Trencavel und dem Mameluckenprinzen Ali.

Yeza, die schweigend die gesamte Prozedur über neben mir gestanden hatte, und ich respektierte ihre Zurückhaltung, legte mir jetzt ihre Hand auf die Schulter und sagte: »Ach, William, du hast mir gerade noch gefehlt!« Doch ihr sofort einsetzendes helles Lachen und eine herzliche Umarmung entschädigten mich auf der Stelle, allerdings drängte es mich, sogleich meine Neugier ob ihres seltsamen Verhaltens zu befriedigen. Was hatte sie so offenkundig davor zurückschrecken lassen, den Kelim zu betreten? Yeza wich meiner Frage aus. »Tausend bösartige *djinn* hocken in seinem Gewebe«, war das Einzige, das sie sich entlocken ließ.

»So ähnlich drückte sich auch der Trencavel aus!«, entfuhr es mir.

Yeza wurde sofort hellhörig. »Roç war hier?!«, fragte sie alarmiert. »Wann?!«

»Wenige Stunden bevor Ihr mit den Mongolen hier eintraft.«

»Warum hat er nicht gewartet?!«

Ich berichtete von der anfänglich begeisterten Aufnahme durch die Bevölkerung, dem schaurigen Tod der Berenice von Tarascon und dem plötzlichen Umschlag der Stimmung, die ihn vertrieb. »Die Damaszener sahen in dem Unfall ein böses Omen!«

»Der Kelim!«, flüsterte Yeza mit trockener Stimme. »*Sidjadet al musiba!* Da hast du den Beweis, William!«

Unbemerkt und unbefangen hatte sich ein mongolischer Knabe zu uns gesellt, den mir Yeza als Baitschu vorstellte, den jüngsten Spross des Kitbogha. »Und wohin hat sich der Trencavel gewandt?« Yeza ließ sich nicht beirren, die Tatsache, dass sie sich nur um so kurze Zeit verpasst hatten, gab ihr doch zu denken. »Vielleicht hält er sich nur verborgen, ganz in der Nähe, und kommt jetzt wieder?«, verlieh sie ihrer Hoffnung Ausdruck.

Ich wollte ihr den Glauben nicht nehmen. »Weit kann er nicht gekommen sein«, tröstete ich sie, »und wenn er hört, dass Ihr jetzt in Damaskus weilt, wird ihn das sicher zur Umkehr bewegen, denn die Suche nach Euch, Yeza, ist es, die ihn umtreibt!«

Sie sah mich mit ihrem durchdringenden Sternenblick fest an. Ich war mir dann nie sicher, ob sie mich ernst nahm oder sich über mich lustig machte. Ich konnte es auch nicht klären, denn jetzt trat ein weiterer junger Mongole hinzu, der sich Khazar nannte und vieles zu berichten wusste. Erst mal sprach er von sich selbst, dass er von dem missgünstigen General Sundchak abkommandiert worden sei, wie übrigens der Großteil des Heeres, nicht an dem Aufmarsch teilzunehmen, sondern vorrangig alle Tore und Türme der Stadt zu sichern.

»Ihr habt nichts versäumt, Khazar!«, beschied ihn Yeza. »Wo ist übrigens Herr Yves abgeblieben?«

»Der hat in einem Mönchskloster Quartier bezogen, zwischen Moschee und Zitadelle!«, wusste dieser tüchtige Khazar auch hier eine Antwort. Mir lag auf der Zunge hinzuzufügen, dass Ali der Mameluk auf der Zitadelle Zuflucht gefunden habe, aber dann hätte ich Yeza von den Hintergründen des Attentats mit dem Elefanten berichten müssen, und das wollte ich in Gegenwart der beiden Mongolen vermeiden. Außerdem rückte Khazar jetzt mit dem heraus, weswegen er eigentlich gekommen war: Yeza wurde im Palast erwartet!

Für mich war es eine Selbstverständlichkeit, dass ich sie begleiten würde – nie wieder wollte ich von ihrer Seite weichen –, aber es wurde mir rundheraus verwehrt, und Yeza setzte sich auch nicht für mich ein. Ich verbarg meine Enttäuschung, so gut es ging. Der Knabe Baitschu half mir ungewollt darüber hinweg, als er vorschlug, mich in die Soukhs zu führen. In Wahrheit suchte er eine Begleitperson, denn es war ihm von seinem Vater strengstens untersagt, sich allein in das dunkle Gewirr der Gassen des Bazars zu begeben. Es zog ihn natürlich nicht zum Gewürzmarkt, wo in offenen Säcken die duftenden Spezereien feilgeboten wurden, noch zu den Schneidern, von denen zwischen samtenen, glitzernden Stoffballen der schwere einheimische Damast, Seide aus China und die federleichten Gewebe aus Mossul abgemessen wurden, noch zu Händlern, die duftendes Rosenwasser und ätherische Öle geschickt in winzige Kristallflakons abfüllten. Sein Ziel waren allein die Waffenschmiede. In dunklen Höhlen fauchten funkensprühend die Essen, mit nackten Oberkörpern zerrten die Schmiedegesellen die glühenden Rohlinge auf ihren Amboss, der ohrenbetäubende Krach ihrer Schläge ließ einen sein eigenes Wort nicht verstehen.

Und genau hier stießen wir auf den Roten Falken, der den Knauf seines Scimtars richten ließ. Er war weniger erstaunt als ich, forderte mich aber durch einen diskreten Wink auf, ihm unauffällig zu folgen. Baitschu sah mich fragend an, ich nickte ihm zu, und gemeinsam betraten wir eine verschwiegene Teestube, wo alte Männer ihre *shisha* schmauchten. Der Rote Falke zog uns in eine Ecke, die Anwesenheit eines Mongolenjungen störte ihn nicht. Die Geschichte, die er mir bei etlichen Gläsern *kasat shai nana* anvertraute, betraf auch die mongolische Schutzmacht des Königlichen Paares. Obgleich er sich unter seinem richtigen Namen Fassr ed-Din Octay, doch letztlich incognito in der Stadt aufhalte, habe ihn einer der gefährlichsten Agenten des Sultans von Kairo hier aufgestöbert: »›Hinkefuß‹ Naiman!«

»Der war doch noch in Akkon«, trug ich aufgeregt bei, »als schielender Templersergeant verkleidet!?«

»Genau der!«, bestätigte mir der Rote Falke und nippte an seinem Tee. »Und Ihr werdet Euch auch erinnern können, dass ich im Haus der Deutschen alle Beteiligten dringend davor warnte, den Mamelucken zu trauen. Das hielt mir der windige Hinker jetzt als ›Hochverrat‹ an der ägyptischen Sache vor. Der Schuft versuchte doch glatt, mich zu erpressen!« Der Rote Falke, wenn selbst auch kein Mameluk, so doch Sohn des vormaligen Großwesirs von Kairo, geriet keineswegs in Erregung, eher erzürnte ihn die Unverschämtheit. »Er verlangte von mir, zum Beweis meiner patriotischen Gesinnung, Yeza zu ermorden!«

Das war es also! Ich war erschüttert, Baitschu hell entsetzt. Der Emir wischte unsere sofort aufgestiegene Besorgnis mit leichter Handbewegung beiseite, wie verschütteten *shai*.

»Ich reagierte zu heftig, als ich ihn zum Teufel jagen, das heißt zur Hölle schicken wollte, der defekte Griff meiner Waffe versagte mir den Dienst. Naiman entkam – auf die Zitadelle!«

Ich schwieg betroffen, aber Baitschu raffte sich auf und überwand seine Hemmungen vor dem Fremden, der ihn ob seiner selbstsicheren, gelassenen Art außerordentlich beeindruckte. »Wenn der Kerl in Euch kein williges Instrument gefunden hat«, formulierte er altklug, »wird er es anderswo noch einmal versuchen.«

»Richtig!«, lächelte der Rote Falke ihm aufmunternd zu.

»Wir müssen sofort meinen Herrn Vater von der drohenden Gefahr benachrichtigen!«

Der Emir nickte ihm sein Einverständnis und trank seinen Tee aus.

Der Rote Falke legte keinen Wert darauf, im Palast zu erscheinen, und überließ uns die Übermittlung der bösen Nachricht. Im Kronsaal hatten sich der Feldherr Kitbogha, Yves der Bretone und der Baouab versammelt. Sie saßen um Yeza herum und redeten auf sie ein, dass sie sich für den nächsten Tag nicht nur zur Verfügung halten sollte, sondern auch für alles Volk sichtbar willig und würdig den Ritus der Inthronisierung des Königlichen Paares zu vollziehen habe, in einer Form, die das Fehlen des Trencavel vergessen lasse. Yeza machte schließlich eine freundliche Miene zum zweifelhaften Spiel und versteifte sich lediglich darauf, dass die Zeremonie keinesfalls auf dem Kelim stattfinden könne, den die Mongolen für besonders geeignet hielten. Während man noch darüber stritt, ob und welcher hohe Vertreter der christlichen Geistlichkeit dem Akt dieser Krönung ohne Krone eine besondere Weihe verleihen könnte, kreiste in Yezas Hirn nur ein Gedanke, wie sie sich dem Spektakel zu entziehen vermöchte, ohne ihre Freunde gänzlich zu verprellen. Da rief Baitschu, der bislang mit mir an der Tür stehen geblieben war, mit lauter Stimme seinem Vater zu:

»Die Mamelucken planen, die Prinzessin zuvor zu ermorden!« Kitbogha sah seinen Sprössling missbilligend an ob dieser Störung, so setzte ich hinzu:

»Ihre gedungenen Meuchelmörder weilen schon in der Stadt!«

Das löste die Versammlung schlagartig auf. Yeza wurde sofort von einem eisernen Kürass umringt! Die *garde du corps* unterstand dem Hauptmann Dungai. Mir gelang es nicht mehr, noch einmal zu ihr vorzudringen.

DIE ZITADELLE VON DAMASKUS füllte das nordwestliche Mauereck aus, sie lag auf einem natürlichen Felsklotz und beherrschte zumindest auf den ersten Blick das Areal von der Großen Moschee bis zum Palast. Hingeduckt zu ihren Füßen befand sich das Kloster der Zisterzienser. Aufgrund ihrer Lage wäre die Festung leicht zu isolieren, jedenfalls versicherte der Baouab dem besorgten Kitbogha, dass von ihr keine Gefahr ausginge, dafür sei die Garnison allemal zu schwach! Außerdem sei ihr Kommandant ein vernünftiger Mann, dem man nur eine gewisse Zeit lassen müsse, sich zu bedenken, in wessen Händen die Macht in der Stadt nun tatsächlich läge. Dem Oberkommandierenden war diese Lösung nur zu recht, denn ihm lag daran, die Bevölkerung freundlich zu stimmen, anstatt sie durch Anwendung von Gewalt gegen die Mongolen aufzubringen, insbesondere im Vorfeld der anstehenden Inthronisierung. So befahl er seinem General Sundchak, der die Zitadelle sogleich erstürmen wollte, seine Truppen dort abzuziehen und sich auf Sicherung des Südteils der Stadt zu beschränken. Angriffe aus dem befriedeten Norden seien sowieso kaum zu erwarten.

Auf der Zitadelle hatte sich Ali verschanzt. Er konnte sich zum einen auf das Gelichter um Naiman stützen, das dort ebenfalls Zuflucht gefunden hatte, zum anderen auf die Freundschaft des Kommandanten. So schwach war die Besatzung der weiträumigen Festungsanlage übrigens nicht, aus dem Heer des Sultans und auch aus der Bürgerschaft hatten es viele vorgezogen, hier oben im Schutz dicker Mauern und gut bestückter Bastionen abzuwarten, wie sich die Dinge entwickeln würden. Zu oft in den letzten Tagen hatten sich die groß angekündigten Ereignisse gegenseitig aufgehoben, geradezu auf den Kopf gestellt. Eines einte die Eingeschlossenen allerdings, das war die grundsätzliche Ablehnung der mongolischen Besatzer und eine tiefe Verachtung für diese heidnischen Barbaren, da standen ihnen selbst die Christen näher, die besaßen wenigstens einen Glauben, wenn auch den falschen. Doch die Zugehörigkeit zur gleichen Religion des Islam stellte keineswegs den Beweggrund dar, der Naiman jetzt veranlasste, sich nochmals Alis zu bedienen. Sein Rezept änderte er dafür nur geringfügig ab: Wenn Ali die verdammte Christenhündin Yeza töten würde, dann würden die Mongolen – des wichtigsten Bestandteils ihres Königlichen Paares beraubt – abziehen, und der Weg für Ali als Herrscher von Damaskus wäre wieder frei! Der Kommandant wendete zwar ein, dass es genauso gut den unerwünschten Effekt zeitigen könnte, dass die Mongolen vor Wut oder aus Rache die Zitadelle samt allen Insassen dem Erdboden gleichmachten, bevor sie dann – vielleicht – abzögen. Doch alle ziehen ihn der Feigheit, die einem Kämpfer für den wahren Glauben schlecht anstünde. Also stellte er die Krieger bereit, die Ali und Naiman verlangten.

Im Palast hatte sich William von Roebruk inzwischen den freien Zugang zur Prinzessin erkämpft. Der für sie verantwortliche Hauptmann Dungai hielt ihn für harmlos, und Yeza sah in dem Franziskaner – der ihre Nähe suchte wie ein schwanzwedelnder, treuer Hund – die willkommene Möglichkeit, weniger sich auszusprechen, als vielmehr den Kontakt zur Außenwelt aufrecht zu halten, denn Dungais Maßnahmen zu ihrer Sicherheit schufen einen Kordon völliger Isolation um ihre Person. So kam es, dass Lorenz von Orta, der bei den Torwachen vorsprach und die Prinzessin verlangte, an William verwiesen wurde. Der herbeigeholte Mönch, immer noch mit einem schlechten Gewissen behaftet, erschrak zuerst, als er den Namen des hochrangigen Vertreters der geheimen Bruderschaft und Vertrauten der Grande Maîtresse hörte. Ihm war bewusst, dass dieser Personenkreis bei allen Fragen, die Roç Trencavel und Yeza Esclarmunde betrafen, ein gewichtiges Wort – wenn nicht das entscheidende – mitzureden hatte. So verwunderte ihn auch nicht, dass der weißhaarige zierliche Alte ihn mit Strenge zwischen Tür und Angel beiseite nahm und ihm quasi auferlegte, dafür zu sorgen, dass die für den morgigen Tag angesetzte feierliche Inthronisation noch einmal verschoben würde, denn die Grande Maîtresse sei sich sicher, den abgängigen Roç Trencavel binnen kurzem beibringen zu können. Williams Einwand, dafür reiche sein Ansehen bei den Mongolen bei weitem nicht aus, wischte Lorenz beiseite. Des Ordensbruders Aufgabe sei lediglich, Yeza vom Stand der Dinge zu informieren; die Prinzessin sei Manns genug, ihre Wünsche durchzusetzen! Damit ließ er William stehen und schritt über den abendlichen Platz von dannen, wo gerade der Teppich unter der Aufsicht des Baouab zusammengerollt wurde, um dem dezidierten Verlangen der Prinzessin nachzukommen.

Das Licht der Abendsonne verweilte am längsten auf den Steinquadern der Zitadelle, das Kloster zu seinen Füßen war längst im Griff der einbrechenden Dunkelheit. Der einsame Heimkehrer hielt kurz inne, um dem Ruf des Muezzin von der nahen Großen Moschee Al-Omayyad zum *salat al maghreb*, dem Abendgebet, zu lauschen, bevor er an ihren Mauern vorbei dem Kloster der Zisterzienser zustrebte, wo er für die Nacht Quartier genommen hatte.

Lorenz von Orta achtete nicht der brennenden Augen, die ihn von den hoch aufragenden Zinnen der sich über ihm erhebenden Zitadelle beobachteten.

Der listige Naiman, der auch diesmal die Planung übernommen hatte, entwickelte seinen Plan dem unbedarften Ali nur in groben Zügen. Doch, wenn ihm dessen Zerstreutheit als völlige Unfähigkeit, seine genialen Schachzüge zu erfassen, vorkam, hatte sich Naiman in einem entscheidenden Punkt getäuscht: Ali ging nur deshalb auf alles so willig ein, weil sich in seinem wirren Hirn bereits eine ganz anders geartete Überlegung eingenistet hatte. Wenn es ihm gelingen würde, die Prinzessin zu rauben statt zu töten, und sie einwilligen würde, seine Frau zu werden, dann hätte er sein Ziel der Herrschaft über Damaskus weit leichter und sicherer erreicht – und er hätte die Mongolen nicht zum Feind, im Gegenteil, sie würden ihn viel eher willkommen heißen als den von ihm in die Flucht geschlagenen Roç Trencavel. Dem war der Schrecken offensichtlich derart in die Glieder gefahren, dass er sich bis zur Stunde nicht wieder nach Damaskus traute, obgleich jetzt die Mongolen zu seinem Schutz eingezogen waren und seine Königin auf ihn wartete. Oder vielleicht nicht einmal das? Gerüchten aus der Küche des Palastes zufolge, wollte sich die Prinzessin am morgigen Tage allein krönen lassen – wie viel lieber müsste es der jungen Frau und ihren Beschützern sein, wenn an ihrer Seite ein wahrer König Thron und Bett bestieg, einer, der dem Weibe ihre Grenzen wies und der den Mongolen ein zuverlässiger Bündnispartner zu sein versprach? So träumte sich Ali, lange wachliegend, in den kurzen Schlaf, der ihm bereits im ersten Morgengrauen die ersehnte Herrschaft bringen sollte. Die Idee, auch nur einen Gedanken an die Vorstellungen und Wünsche Yezas zu verwenden, kam dem zukünftigen Malik nicht, er sah sich schon als den neuen Sultan von Damaskus.

Es war schon tief in der Nacht, als Khazar aufgeregt Einlass zum Flügel des Palastes begehrte, den die Prinzessin umgeben von ihrer Leibwache bezogen hatte. William eilte ihm schlaftrunken entgegen, aber Khazar bestand darauf, Yeza persönlich die Nachricht zu überbringen. William plusterte sich auf, verlangte wenigstens zu wissen, von wem die Botschaft käme, und brachte heraus, dass es »Lorenz von Orta« sei. William, weniger aus Argwohn, als um seine inquisitorische Schärfe zu beweisen, ließ sich den Mann beschreiben. Tatsächlich schilderte Khazar das Gewand des alten Franziskaners so genau, dass es für ihn keinen Zweifel gab, dass der Vertraute der Grande Maîtresse diesmal Khazar als Boten erwählt hatte. Inzwischen war Yeza erwacht und auch Dungai zur Stelle. Vor Erregung fast stotternd, entledigte sich Khazar seines Auftrags, den der alte Mönch, der Khazar in größter Eile erschienen sei, vertraulich, aber dringend ans Herz gelegt habe: Die ›Große Meisterin‹ – so habe Lorenz von Orta sich ausgedrückt, die in einem Kloster weile, aber Yeza nicht zu sprechen wünsche, »weil dem Roç Trencavel ein Unglück zugestoßen sei! Die Prinzessin solle sich sofort allein die Krone aufsetzen!«

Yeza war ob dieser konfusen Nachricht völlig verstört. Sie verlangte sofort von Khazar, er solle sie auf der Stelle zum Kloster zur Grande Maîtresse bringen, ob der das nun passte oder nicht! Dungai erklärte, nur er sei berechtigt – wenn überhaupt –, ihr das Verlassen des Palastes zu gestatten. Er würde jetzt Kitbogha wecken. Yeza verlegte sich auf flehentliches, dann tränenreiches Betteln, denn der Hauptmann wisse genau, dass sein Vorgesetzter es verbieten würde. Dungai ließ sich von den Tränen der Angst um den Liebsten erbarmen und beorderte nur eine wenige Mann starke Eskorte unter seiner persönlichen Führung. Ihm lag daran, alles Aufsehen zu vermeiden, außerdem würde man ja vor Tagesanbruch zurück sein, sodass der kleine Ausflug unbemerkt bleiben konnte. Dem ewig blauen Himmelszelt sei Dank, hatten der Oberkommandierende und Yves der Bretone am Abend dem Kumiz so reichlich zugesprochen, dass beide betrunken am Tisch des Kronsaales fest eingeschlafen waren und durchaus die Aussicht bestand, dass ihr Rausch weit in den Morgen andauern würde. So zog ein Trupp von grad' zwölf ausgesuchten Kämpfern, die Yeza und Dungai umringten, hinaus in die Nacht.

ALS ES ZU DAMASKUS IMMER HELLER WURDE und der Trupp um Yeza immer noch nicht zurückgekehrt war, beriet sich der besorgte Khazar mit William, und der rüttelte schließlich den Bretonen wach. Hellwach wurde Yves schlagartig, als er von der nächtlichen Eigenmächtigkeit des verantwortlichen Hauptmanns vernahm. Er knöpfte sich auf der Stelle den verdatterten Khazar vor und ließ sich nochmals den ›Lorenz von Orta‹ beschreiben.

»Silberweißes Haar?«

Khazar zuckte die Schultern. »Die Kapuze reichte bis in die Stirn«, verteidigte er sich maulig.

»Hinkte dieser Mönch?!«, stellte der Bretone sofort die Fangfrage.

»Oh ja!«, bestätigte Khazar. »Ich sah es genau, als er sich eilends entfernte!« Yves wusste genug, er gürtete sein Schwert und verließ ohne jede Begleitung den Palast. Den Oberkommandierenden zu wecken, überließ er William und dem nun völlig bestürzten Khazar.

Yves hatte das Kloster noch nicht erreicht, da sah er schon die Leichen der allesamt hingemetzelten Mongolen. Die Angreifer mussten im Dunkeln ein Netz über sie geworfen haben, denn dessen zerfetzte Reste hingen noch zwischen den erschlagenen Körpern, die man nicht einmal ihrer Waffen beraubt hatte. Alles musste in größter Hast erfolgt sein, wahrscheinlich um die Beute sofort in Sicherheit zu bringen, denn zwischen den mongolischen Kriegern, die bis zuletzt erbitterten Widerstand geleistet hatten, lagen auch etliche tote Damaszener. Man hatte sie ebenfalls den Geiern überlassen, die jetzt schon über der Walstatt kreisten. Yves schaute hinauf zu den Zinnen der Zitadelle. Nichts rührte sich dort oben. Schließlich entdeckte er den Hauptmann Dungai, der anscheinend versucht hatte, den Räubern zu entfliehen, denn schon aus vielen Wunden blutend, musste er noch das Tor des Klosters erreicht haben, bevor ihm ein Hieb den Schädel spaltete. Yves überflog die Anzahl der toten Mongolen, sie stimmte überein mit den Angaben Khazars. Ein Wunder, dachte der Bretone erbittert, wenn die Prinzessin das Gemetzel unversehrt überstanden hatte, aber schließlich wusste sich Yeza sowohl zur Wehr zu setzen als sich auch vor Schlag und Hieb zu schützen. Er betrat das Kloster. Kein Bruder Pförtner wie gewohnt, alles schien wie ausgestorben. Er schritt die Treppen hinauf und vernahm endlich leises Gemurmel. Die Tür zum Refektorium war von außen verrammelt, er stieß die Balken beiseite und riss die Tür auf. Alle Mönche kauerten ängstlich in der äußersten Ecke des Saals und beteten. Die Angreifer von der Zitadelle hatten sie schon zurzeit der Vesper überrascht und hier eingesperrt, bei Androhung von grässlichen Toden, falls sie auch nur einen Laut von sich gäben oder gar zu fliehen versuchten. Yves fragte nach der Grande Maîtresse und stieß auf völlig erstaunte Mienen: Seit den so tragisch geendeten Krönungsfeierlichkeiten des Roç Trencavel habe die hohe Dame nicht mehr in den Mauern des Klosters geweilt – noch habe sie ihren neuerlichen Besuch angekündigt!

»Lorenz von Orta?«, hakte der Bretone nach, ja, der sei sehr wohl ihr Gast, aber gestern Abend, ungefähr zurzeit des Überfalls, hätte er sich zum Palast begeben. Keiner wusste es genau, auch nicht, ob er heimgekehrt wäre. Yves scheuchte die Mönche aus dem Refektorium, sie sollten in allen Räumen des Hauses Ausschau nach dem Franziskaner halten. Es dauerte nicht lange, da hallten entsetzte Rufe aus den Stallungen. Im Schweinekoben hing der nackte Körper des Sekretärs, an einem um die Beine geschlungenen Strick, mit dem Gesicht – oder was noch von ihm übrig war – nach unten, zwischen den grunzenden Säuen!

Der Bretone befahl ihnen barsch, den Leichnam des Lorenz von Orta angemessen zu bestatten und auch vor dem Kloster die Körper ordentlich aufzubahren und sie vor den Attacken der Geier zu schützen.

Yves verfluchte den Kumiz und dass er sich von Kitbogha und seinem General Sundchak hatte breitschlagen lassen, am Vorabend auf die bevorstehende Krönung zu trinken. Sundchak hielt zwar nichts von der Idee des Königlichen Paares, weswegen sein Vorgesetzter ihn umso mehr mit Trinksprüchen traktierte, was schließlich in einem großen mongolischen Besäufnis endete, nur dass

Sundchak sich als der Trinkfestere erwies und die Runde spätestens verlassen haben musste, als Kitbogha und der Bretone unterm Tisch lagen. Wäre dem nicht so gewesen, hätte Yves bereits am Abend das Kloster aufgesucht, wo er sein Quartier hatte, und alles wäre vielleicht anders gekommen, zumindest nicht so erbärmlich und beschämend!

Yves zog sein Schwert, dass die riesige Klinge weithin sichtbar in der Sonne glänzte, und begann den mühsamen Aufstieg zum Tor der Zitadelle. Jeden Moment erwartete er den einsetzenden Pfeilhagel von oben, das war dann eben der Preis, den zu zahlen er bereit war – für den Raub der Prinzessin, der sich quasi vor seinen besoffenen Augen abgespielt hatte. Aber nichts dergleichen geschah. An dem doppelt und dreifach gesicherten Haupttor der Festung erwarteten ihn neugierig bis zu den Zähnen bewaffnete Wächter und führten ihn auf sein Verlangen hin zum Kommandanten. Der stand mit Yeza, die einen Verband um die Stirn und den einen Arm in der Schlinge trug, oben auf der äußersten Bastion. Von dort fielen die Mauern in leichter Schräge tief nach unten ab, und der Blick vermochte ungehindert über das Kloster und die Moschee zu schweifen, selbst der Große Platz und der dahinter liegende Palast waren gut einsehbar. Kaum, dass der Kommandant des Bretonen ansichtig wurde, nahm er seinen Scimtar und zersäbelte mit mehreren Schnitten ein dickes Tau, das über die Brüstung in die Tiefe führte. Gleichzeitig mit dem peitschenden Verschwinden des abgeschnittenen Endes ertönte von außen ein lang gezogener Schrei, den ein Aufschlag auf felsigem Grund abrupt beendete.

»Der junge Herr Ali, für einen kurzen Tag Malik dieser Stadt«, eröffnete der Kommandant lächelnd dem Bretonen, »legte größten Wert darauf, Euch nicht in die Hände zu fallen. Ich habe ihm diesen Wunsch erfüllt.«

Weder Yeza noch Yves verspürten das Bedürfnis, es dem freundlichen Kommandanten gleichzutun und noch einen Blick hinab auf den zerschmetterten Körper zu werfen.

»Die Inthronisation habt Ihr zwar versäumt, Prinzessin«, sprach Yves die wie versteinert wirkende Yeza an, »doch nichtsdestotrotz werde ich Euch jetzt zurückbringen in den Palast, wo Ihr von Eurem Freund und Gönner Kitbogha sehnlichst erwartet werdet.«

Yeza starrte den Bretonen an wie einen Geist, mit einem Satz sprang sie auf die Mauerkrone. »Wenn Ihr Hand an mich legt, Bretone, springe ich!« Ihre Stimme gellte ungewohnt schrill. »Ich hänge nicht an meinem Leben, nachdem das von Roç Trencavel nunmehr erloschen ist!«

Yves begriff, dass sie es ernst meinte, und trat einen Schritt zurück. Yeza glaubte also immer noch den Teil der Lügengeschichte, die sie dazu brachte, des Nachts den Palast zu verlassen und sich – und andere – ins Unglück zu stürzen. Kein Wunder, dachte Yves, nach allem, was ihm der Baouab inzwischen von dem Irrsinnsanschlag auf Roç mit dem brennenden Elefanten erzählt hatte. Eine liebende junge Frau musste da den Verstand verlieren, doch Yeza war aus härterem Holz geschnitzt, er musste sie wieder zur Vernunft bringen.

»Ich schwöre Euch, fallt nicht auf die Intrigen gegen Euch herein: Roç ist wohlauf!«

»Ich bin auch wohlauf!«, schrie ihn Yeza an. »Nachdem ich das grausame Hinschlachten meiner Eskorte, verschleppt zu werden wie eine Sklavin erdulden musste, den üblen Versuch einer erzwungenen Eheschließung und jetzt auch noch die ›Befreiung‹ durch Euch, Yves!«

Sie hatte sich so in Rage gesteigert, immer den Bretonen im flackernden Blick behaltend, dass sie nicht auf den Kommandanten achtete, der jetzt mit einem Hechtsprung ihre Beine umklammerte und sie von der Mauer riss. Er stieß die Tobende in die Arme des Bretonen. Der hielt Yeza fest umschlungen, bis sich ihr Weinkrampf löste und in ein konvulsives Schluchzen überging.

»Schwört mir, dass er lebt!«

»Ich schwöre es bei meinem Leben!«, versicherte ihr der Bretone. »Ihr könnt mir den Kopf abschlagen, wenn es nicht der Wahrheit entspricht!«

Yeza beruhigte sich. Yves garantierte dem Kommandanten und seiner Garnison freies Geleit, ließ sich die Zitadelle aushändigen und geleitete die zurückeroberte Prinzessin wieder in den Palast.

Aus der Chronik
des William von Roebruk

Unsere Prinzessin Yeza wirkte für mich wie eine erschöpfte Schwimmerin, die im Begriff war, sich aufzugeben, sich nicht einmal retten lassen wollte, auch wenn dies vielleicht an meinen untauglichen Versuchen lag. Die leichten Blessuren an Stirn und Arm spielten dabei keine Rolle, die Belastungen für ihr Gemüt waren einfach zu viel gewesen. Sie wandelte wie ein *djinn* neben sich her, ihre immer noch grün schimmernden Augen schienen verständnislos das zarte, zerbrechliche Wesen zu betrachten, das früher die freche forsche Yeza gewesen war. Das Einzige, das ich für sie tun konnte, war, dafür zu sorgen, dass sie sich schonte. Gott sei Dank – von ihrer vorgesehenen Inthronisierung war nicht mehr die Rede!

Der Kommandant der Zitadelle, der sie im Auftrag des Bretonen von seinen Leuten hatte herbringen lassen – denn Yves scheute sich, selbst Hand an die sich Sträubende zu legen –, bestätigte im Großen und Ganzen meine Vermutungen, was den Ablauf der bösen Intrige des Naiman betraf. Natürlich spielte er alles herunter, was seinen Anteil an der Durchführung betraf. Neu war für mich das Zerwürfnis zwischen dem ägyptischen Agenten und Ali, immerhin Sohn des letzten, wenn auch gestürzten Sultans der Mamelucken. Naiman, der an dem Überfall beim Kloster der Zisterzienser – wie es seiner Art entsprach – nicht in eigener Person teilgenommen hatte, war außer sich vor Wut, als Ali auf der Zitadelle mit der *lebenden* Yeza erschien und sich auch noch gegen seinen Auftraggeber stellte, als der den Tod der Prinzessin verlangte. Hier glaube ich sogar dem Anspruch des Kommandanten, dass nur sein Eingreifen Yeza vor der Ermeuchlung durch Naimanns Strolche bewahrte. Der Meisteragent sah sich, durch das – in seinen Augen – völlig unverständliche, aberwitzige Sich-Verlieben des Sultanssohns in die schon zur Strecke gebrachte Prinzessin um die Früchte seines infamen Ränkespiels betrogen. Jedenfalls drohte Naiman dem Ali, dass er ihm den Bretonen auf den Hals hetzen würde, von dem bekannt sei, dass kein Übeltäter seiner gerechten Strafe und der

Schärfe seines Richtschwertes entrinnen könnte. Diese Warnung musste sich aber auch Naiman selbst zu Herzen genommen haben, denn er entschwand sofort danach. Deshalb habe Ali sich auch überstürzt abgeseilt, als er sah, wie Yves ungehindert dann die Zitadelle betrat.

Der Kommandant zog es vor – seinen Soldaten brannte der Boden unter den Füßen –, noch am gleichen Tag Damaskus zu verlassen, bevor die Mongolen angesichts ihrer abgeschlachteten Kameraden anderen Sinnes würden und das Wort des Bretonen nicht länger galt. Yves begleitete die abziehende Garnison noch bis zum Bab Touma, dem Tor gen Nordosten, das dem ungläubigen Thomas zugeeignet ist. Dort übergab ihm der Kommandant, heilfroh, die Stadt mit ihren so verwirrend rasch wechselnden Herrschern hinter sich zu lassen, die Schlüssel der Zitadelle. Danach begab sich der Bretone zurück zum Kloster in sein Quartier. Ein Wort des Dankes über die ansonsten kampflose Einnahme der Zitadelle konnte er – in Anbetracht vor allem des Verlustes seines treuen Dungai – von Kitbogha nicht erwarten, er hätte es aber trotzdem gern gehört.

Der Oberkommandierende ließ sich jetzt selten im Palast blicken, sondern inspizierte die Truppen, die rings um die Stadt lagen. Khazar und Baitschu mussten ihn begleiten. Eine solche Unvorsichtigkeit, wie sie ihm nach seinem Dafürhalten Yeza – und natürlich ich, dieser lästige Minorit – eingebrockt hatten, sollte sich nicht wiederholen, disziplinloser Leichtsinn!

DES RAUBRITTERS SCHÖNES WEIB

ROÇ TRENCAVEL, »DER EDLE RITTER« – so hieß ihn Guy de Muret, der ehemalige Dominikaner, und es klang weitaus mehr nach Spott denn nach grenzenlosem Respekt –, ritt inmitten seines Haufens. Die beschämende Flucht aus Damaskus, in das sie mit so großen Erwartungen eingezogen waren, lastete noch auf allen, aber an Roç nagte die Schande mehr noch als das Schuldgefühl, der Auslöser für die schauerlichen Ereignisse gewesen zu sein. Letztlich fühlte er sich nicht im Geringsten verantwortlich für die Leute, die er anführte, und das spürten sie. Der schlaksige Terèz de Foix trabte schweigend dem Zug voran. Ihm lag nichts ferner, als sich mit seinen Kumpanen – und speziell mit Roç – über den Tod von Berenice, seiner Frau, auszulassen. Als Einzige hatte sie wie ein Mann, wie ein Gefolgsmann gehandelt, als der Elefant den hilflosen Trencavel mit Sicherheit zertrampelt hätte – oder was sonst sollte sein kühnes Weib veranlasst haben, sich so bedenkenlos zu opfern? Zu den düsteren Zweifeln gesellte sich der Vorwurf, sich selbst nicht in die Bresche geworfen zu haben – dann läge *er* jetzt im Grabe, und Berenice läge –?

Pons de Tarascon, der jüngere Bruder der Verstorbenen, schloss zu Terèz auf. »*Quo vadis*, Chevalier?!«, versuchte er den Schwager in seinem Brüten aufzuheitern, denn letztlich wusste keiner von ihnen so recht, wohin es ging. »Im Norden sind alle Wege von den Truppen des Il-Khan abgeriegelt«, plapperte er auf den Langen ein. »Somit können wir nicht zurück nach Antioch – außerdem will unser Trencavel von den Mongolen bekanntlich nichts mehr wissen!«

Aber Terèz de Foix strafte auch den geschwätzigen kleinen Dicken mit seinem verbissenen Schweigen.

Derart war die Stimmung der ziellos Dahintrabenden, als sie

plötzlich von einen Hügel herabstürmenden Reitern umringt wurden. Nach ihren flatternden Fähnlein und den Wappen auf ihren Schilden endlich einmal keine vermummten muslimischen Räuber und kein mongolischer Spähtrupp, sondern christliche Ritter wie sie selbst! Ihr Anführer versperrte dem vorausreitenden Terèz die Straße, der sofort sein Schwert zückte und damit keinerlei Bereitschaft zu erkennen gab, sich aufhalten zu lassen. Darauf zogen auch die Mannen des Fremden allesamt blank und hoben ihren Schild, sie waren weitaus in der Überzahl. Roç sah sich genötigt einzugreifen. Da erkannte ihn der Ritter.

»Ihr seid der Trencavel!«, rief er erfreut und klappte sein Visier hoch. »Ich bin Julian von Sidon!«, stellte er sich vor. »Wie Ihr ein Fürst ohne Reich, rechtlos im Land meiner Väter«, er lachte bitter, »seid mir dennoch als gern gesehener Gast willkommen!«

Roç schaute misstrauisch in das eine kalte Auge, das andere deckte eine lederne Binde ab. »Weit von hier liegt am Meer die Stadt, deren Ihr Euch rühmt?« Roç war bemüht, seine Entgegnung nicht zu sehr als Frage zu kleiden, um den Einäugigen nicht damit zu verletzen, dass er ihm keinen Glauben schenkte oder gar für einen frechen Lügner hielt.

Der Fremde ließ es ihm durchgehen. »Die raffgierigen Templer haben sich meinen Besitz unter die schwarzen Nägel gerissen«, gab er gehässig zur Auskunft. »Als verfallenes Pfand für ihr lumpiges Geld!«, setzte er widerwillig hinzu. Der Blick aus seinem Auge besagte, dass er zu weiteren Konzessionen nicht bereit war.

Das erkannte Roç rechtzeitig. »Gern nehmen wir Eure Einladung an!«, erwiderte er schnell. »Freunde im Kampf gegen erlittene Unbill und Willkür der Mächtigen sind auch mir stets willkommen!«

Damit hatte der Trencavel das Verhältnis klargestellt. Nichts lag ihm so fern, wie mit dem Orden unter dem roten Tatzenkreuz ins Gehege zu geraten, doch als Verstärkung seiner seit Damaskus stark dezimierten Mannschaft kam ihm dieser Julian von Sidon durchaus gelegen, auch wenn Roç Trencavel zu diesem Zeitpunkt am allerwenigsten wusste, was er eigentlich tun oder lassen sollte. So sehr war ihm in Fleisch und Blut übergegangen, dass er etwas

»erreichen« musste, dass er sich die Frage nach dem ›was‹ und nach dem ›warum‹ gar nicht mehr stellte. Ob es nun um eine nicht greifbare Krone ging oder um nicht genauer definierte Macht, er brauchte auf jeden Fall Leute, die auf ihn hörten, ihm Gehorsam schuldeten. Einige wenige deuchten ihm dabei überschaubarer, ein ganzes Heer zu befehligen, hätte Roç wahrscheinlich in Verlegenheit gebracht. Das war wohl auch einer der sich selbst nicht eingestandenen Gründe, weswegen er sich den Mongolen entzog, der Thron, den sie für ihn – und Yeza – vorgesehen hatten, begeisterte ihn immer weniger, er konnte sich kaum etwas darunter vorstellen – letztlich ängstigte ihn sogar eine derartige Fülle an Gewalt und Würde. Yeza wäre mit solchen Anforderungen fertig geworden, sie war die geborene Königin! Doch wie schon so oft war sie nicht zur Hand, zum anderen wollte er nicht der Prinzgemahl an ihrer Seite sein!

Der Herr von Sidon, der sein Pferd neben den Trencavel gelenkt hatte, erging sich derweil wortreich über die Chancen, ›seine‹ Stadt den Templern wieder zu entreißen und sich zum Herrn der Küste bis hinauf nach Tripoli aufzuwerfen. Roç ersparte sich den Hinweis, dass dort der Herrschaftsbereich der Fürsten von Antioch begann, so wie er im Süden mit Philipp von Montfort rechnen müsse, der in Tyros saß. Für Julian schien es ein Geschenk des Himmels, den berühmten Trencavel als Bundesgenossen gewonnen zu haben. Immerhin verfügte er mit der ihm noch verbliebenen starken Festung Beaufort über eine strategisch bedeutsame Burg, von der aus er das gesamte Beka'a-Tal kontrollieren konnte. Dorthin versprach er seine neu gewonnenen Freunde zu führen und ihnen großzügig herrschaftliches Quartier zu gewähren.

Aus der Chronik des William von Roebruk

Yezas abwesender Zustand veränderte sich, als in Damaskus einige Tage später Fürstin Sybille, begleitet von ihrer Kammerzofe Alais, aus Antioch eintraf. Die leidenschaftliche Tochter Hethums wollte nach ihrem Mann sehen, der weit über die vorgesehene Zeit hinaus aushäusig war. Sie fand ihren Bohemund zusammen mit ihrem Vater Hethum und meiner Wenigkeit besorgt um Yeza versammelt, Bohemund hielt ihr sogar die Hand, um sie zu beruhigen, denn ihre Lethargie – es war keine Teilnahmslosigkeit – schlug häufig um in Ausbrüche wilder Verzweiflung. Eigentlich war es das erste Mal, dass die Prinzessin ihre Gemächer verlassen hatte, um mit uns einen Pfefferminztee zu trinken und sich zu beraten, was nun geschehen sollte, vor allem aber um uns vorzuwerfen, wir unternähmen – genauso wenig wie die Mongolen – nichts, um Roç Trencavel ausfindig zu machen. Die Fürstin Sybille ärgerte sich sogleich, dass nicht ihre Ankunft im Mittelpunkt stand, sondern dass sich alles um das Befinden Yezas drehte. Und da sie den Namen Roç Trencavels aufgeschnappt hatte und um sein Verhältnis zu Yeza wusste, konnte sie es nicht sein lassen, mit spitzer Zunge ihre Erfahrungen mit seiner Liebesfähigkeit anzudeuten.

»Sybille war schon immer eine Maulhure!«, versuchte König Hethum sofort scherzend zu entschärfen, als er die Gesichter der Betroffenen sah, das töricht bestürzte seines Schwiegersohns und die Zornesfalte über der Nasenwurzel von Yeza, so weit der Stirnverband diese Sicht freigab. Doch das reizte die Tochter erst recht.

»Blondes Haar zwischen den Schenkeln macht einer Ziege noch längst kein Goldenes Vlies!«, zog sie jetzt vom Leder und fügte hohnlachend hinzu: »Und einem Bock wie Roç kein drittes Bein!«

Yeza wirkte wie erstarrt, aber ich sah, wie in ihren Augen Mord aufglomm. Der junge Fürst warf sich in die Bresche. »Du solltest dich schämen!«, flüsterte er seinem Weibe zu, nur mühsam die Ruhe bewahrend.

»Wenn meine Tochter so etwas wie Scham kennen würde«, heizte Hethum königlich amüsiert die Eruption noch weiter an, »aber wo andere ihr Hirn haben, ist bei ihr auch nur ein feuchtes Loch!«

»Du bist eine armenische Sau!«, entrang sich Bohemund und ließ offen, ob er Vater oder Tochter meinte.

Sybille zog sich den Stiefel an. »Der Fürst von Antioch kann sich ja scheiden lassen«, trat sie ihm voll ins Gekröse, »damit er diese flachbrüstige blasse Zicke ohne Arsch und Titten heiraten kann.« Da ihr Vater sie beherzt am Gürtel gegriffen hatte und nicht mehr losließ, trampelte sie ihre Wut ins Leere, die sich jetzt wieder gegen Yeza richtete. »Ich angel' mir den Trencavel!«, fauchte sie ihr herausfordernd entgegen. »Lieber ab und zu einen scharfen Hecht in der Reuse, als zweimal wöchentlich normannisches Trockenrudern! Bo – he – mund, Bo – he – mund!«, ließ sie den Namen ihres Mannes genüsslich gedehnt und untermalt von obszönen Gebärden der *copulatio a tergo* auf der Zunge zergehen.

Yeza hatte sich inzwischen langsam von ihrem Sitz erhoben. »Lasst sie frei!«, befahl sie König Hethum, und da der unvorsichtigerweise seinen Griff lockerte, riss sich Sybille los und stürzte sich mit schrillem Schrei auf die verhasste Lockenpracht der Prinzessin. Geschmeidig duckte sich Yeza in die Knie, und die robuste Armenierin flog ungebremst über sie hinweg auf den Marmorboden des Saales. Es hätte ihr eine Warnung sein müssen, aber Sybille hielt es für ein Missgeschick, sie rappelte sich wieder auf, verwundert, dass Yeza nicht über sie hergefallen war, als sie am Boden lag. Das deutete sie als Feigheit und stampfte wiegenden Schritts, die Fäuste protzend in die Hüften gestemmt, auf ihr schmächtiges Opfer zu. Außer Zerren der Haare und dem Zerkratzen eines Gesichts schien die schwerleibige Fürstin keine Art zu kennen, ihre Aggressionen loszuwerden. Yeza ergriff das Handgelenk der vorschnellenden Faust, drehte ihr blitzschnell den Arm auf den Rücken, sodass der niedergehende Kopf in Reichweite von Yezas Kniespitze geriet, das Krachen des Kiefers war deutlich zu hören, und Zunge zwischen diesen aufeinander schlagenden Zähnen wollte ich auch nicht gewesen sein! Das Schmerzensgeheul der Sybille war markerschütternd und verebbte nur, weil Yeza ihr einen abschließenden Tritt in den Arsch gab, womit sie wieder in voller Länge auf dem Bauch landete. Doch nicht genug, wie eine Wildkatze sprang Yeza den besorgt hinzutretenden Bohemund an, und ehe der sich 's versah, hatte sie ihm seinen Dolch aus dem Gürtel gezogen.

»Nein!«, donnerte eine Stimme von der Tür her, es war der heimgekehrte Kitbogha.

»Doch!«, sagte Yeza seelenruhig und warf der sich gerade mühsam erhebenden Fürstin die Waffe zu. Die hielt das dummerweise für einen Vorteil. Während Yeza ihr noch trocken verkündete: *»Et nunc ad memoriam! –«*, war Sybille willens, das Blut, das sie spuckte, mit dem Blut dieser tückischen Schlange zu begleichen.

»Nein!«, schrie jetzt auch König Hethum, der das Schlimmste befürchtete. Doch Sybille riss bereits den Dolch hoch, um wütend auf Yeza einzustechen. Ich – und wohl auch kein anderer – habe nicht so schnell schauen können, wie es geschah. Ich sah noch, wie Yeza, als sähe sie die auf sie einstürzende Gefahr nicht, seelenruhig zum Nacken zwischen ihr volles Haar griff – dann starrten alle auf Sybille, der ein blitzschneller feiner Schnitt zwischen die geöffneten Lippen gefahren war, sie wollte den Mund zum Schrei aufmachen, aber der glühende Schmerz erlaubte es ihr nicht mehr.

»Damit Ihr Euer Karpfenmaul zukünftig noch weiter aufreißen könnt!«, beschied Yeza die stöhnende Fürstin, die jetzt wimmernd in die Knie ging und zusammenbrach. Sie drehte der Gemaßregelten den Rücken zu und wollte stolzen Hauptes den Saal verlassen, doch der alte Kitbogha versperrte ihr breitbeinig den Weg. Zu einer anderen Tür geleitete Alais ihre heftig blutende Herrin hinaus, während Bohemund hinterherlief und nach einem Arzt schrie.

»Ich habe den Entschluss gefasst«, sprach der Oberkommandierende, »und Eure letzte Darbietung, Prinzessin, bestätigt mir die Richtigkeit meiner Entscheidung –«

»Sie ist wahnsinnig!«, polterte Hethum. »Sie gehört –«

»Die Prinzessin gehört nicht sich selbst –«, Kitbogha ließ sich von einem wie dem König von Armenien nicht aus seinem Konzept bringen, »sondern uns allen, dem ›Rest der Welt‹ ebenso wie dem Volk der Mongolen!«

»Wenn ich jemandem gehöre«, widersprach ihm Yeza, »dann meinem fernen Liebsten Roç Trencavel!«

»Eben darum«, nahm Kitbogha auch diesen Faden auf, »werdet Ihr auf die Burg Schaha verbracht werden und dort – geschützt vor äußeren Feinden wie auch vor Euch selbst – in Sicherheit verwahrt bleiben, bis Roç Trencavel in Fleisch und Blut vor uns steht!«

»Großartig!«, empörte sich Yeza, die das Verdikt nicht ernst zu nehmen schien. »Dort mag ich dann zur alten Jungfer verdorren, denn keiner von Euch«, ihr Blick glitt funkelnd von Hethum über mich zu Kitbogha, »kann mir garantieren, dass Roç Trencavel je wieder zurückkehrt, und wenn, dann zu mir –?«

Sie tat mir Leid, denn ihre Zweifel an Roçs Treue waren ja nicht von der Hand zu weisen. Und Schaha, das wusste auch ich, lag weit, sehr weit entfernt am Urmiah-See. Der Il-Khan hatte es als uneinnehmbare Schatzburg erbauen lassen, um dort die immense Beute an Gold und Juwelen zu horten, die ihm vor allem bei der Plünderung von Bagdad und Aleppo in die Hände gefallen war.

»Ihr habt mein Wort gehört, Yeza, und Ihr tut gut daran, Euch mit der gefällten Maßnahme abzufinden«, redete ihr der Alte wie ein strenger, aber liebender Vater gut zu. »Die Mitnahme des Teppichs, der Euch verleidet ist, wie mir William sagte, will ich Euch hingegen ersparen –«

Da sah ihn Yeza mit kalten Augen an. »Der Kelim kommt mit!«

Inzwischen hatte sich der Saal mit Leuten gefüllt, die gespannt der Auseinandersetzung folgten. Das gab den Ausschlag. Ganz langsam, so wie sie vorhin zum verborgenen Dolch gegriffen hatte, hob sie leise an, aber jeder im Raum sollte es hören.

»Ich will jede Nacht auf ihm schlafen – jeder Mann, der des Weges kommt, kann mich haben«, sie spielte mit ihrer Stimme wie mit den Bildern, die sie ihren Zuhörern aufzwang, »ich hoffe nur, dass es ihnen besser ergeht als El-Kamil, dem Emir von Mayyafaraqin, der seine Leidenschaft für mich mit seinem eigenen Fleisch Stück um Stück bezahlen musste.« Yeza wurde lauter. »Besser als den Seldschukenprinzen Kaikaus und Alp-Kilidsch, die sich für die Prinzessin gegenseitig mit ihren Eisen durchbohrten, besser als Aziz, dem einzigen Sohn des letzten Sultans von Damaskus, dem sein Kopf um ihretwillen vom Rumpf getrennt wurde«, ihre Stimme wurde zu einer Fanfare, »und seinem Mörder Ali, dessen Körper, zerschmettert am Fuß der Zitadelle den Geiern zum Fraße dient –« Sie lachte schrill. »So wird es allen ergehen – denn die Prinzessin ist böse!« Mit diesem letzten Aufschrei sackte Yeza zusammen, doch ehe ihr jemand zu Hilfe eilen konnte – ich war wie erstarrt über diesen lavaartigen Ausbruch all dessen, was sie durchgemacht hatte –, raffte sie sich wieder auf, was Hethum veranlasste, seine Meinung kundzutun.

»Ihr seid außer Euch!«, rief er vorwurfsvoll.

»Außer mir?!«, höhnte Yeza und riss sich die Kleider vom Leibe. »Wollt Ihr mich sehen, wie ich wirklich bin!?« Nackt stand die Prinzessin vor uns, dann legte ihr die zurückgekommene Alais eine Decke um und führte die Zitternde aus dem Raum.

Nach diesem Skandal, der mir wie der Vulkanausbruch einer fiebrigen Krankheit vorkam, wobei wir alle, wenn wir mit uns ehrlich waren, statt gerecht, im Funken- und Ascheregen standen, ließ man Yeza in Ruhe. Hinter ihrem Rücken wurden allerdings die Vorbereitungen zu der weiten Reise vorangetrieben. Kitbogha übertrug die Leitung der starken Eskorte seinem Neffen Khazar, dem er – sehr zum Ärger des Generals Sundchak – dafür zwei Hundertschaften gab. Als Yves das vernahm, war er zutiefst beleidigt und verließ die Stadt, ohne sich bei irgendjemandem von uns zu verabschieden. Kitbogha hätte ihn zumindest fragen können, ob er diesen Dienst an Yeza übernehmen wollte, nach allem, was er für die Prinzessin getan hatte. Aber der Bretone war auch wütend über einen anderen Wortbruch der Mongolen, das Brechen eines Wortes, das er dem Kommandanten der Zitadelle gegeben hatte. Kaum hatten die Soldaten der Garnison die Stadt verlassen, war der General Sundchak – angeblich um Rache für den Hauptmann Dungai zu nehmen, von dem jeder wusste, dass Sundchak ihn nicht ausstehen konnte – über die Abziehenden hergefallen und hatte sie niedergemacht bis auf den letzten Mann. Ihre Köpfe schmückten tagelang die Zinnen der Zitadelle. Die Abreise von Yves wurde vor Yeza verheimlicht, hingegen ordnete Kitbogha an, dass ich die Prinzessin auf die Festung am Urmiah-See begleiten würde. Desgleichen sollte Baitschu mit uns gehen, den sein Vater ebenfalls in der Sicherheit von Schaha wissen wollte.

DIE VON HERRN JULIAN vollmundig angekündigte fürstliche Bewirtung auf Beaufort fiel recht kärglich aus, aber anfangs stieß es den Gästen noch nicht auf, wie rigoros innerhalb der Mauern Schmalhans als Küchenmeister regierte. Die beiden Okzitanier Guy und Pons folgten – kaum angekommen – bereits dem Vorschlag Davids, das seit längerem zu kurz gekommene Wesen-Spiel wieder aufzunehmen. Ihr Gefährte Terèz hatte noch nie daran teilgenommen – er setzte sich sofort wie ein Einsiedlerkrebs von seinen Kumpanen ab –, und auch Roç selbst schlug ihnen ihr Ansinnen grob ab, den vierten Mann abzugeben. Wie sehr vermissten sie jetzt ihren stets willigen Mitspieler Josh den Zimmermann! Aus Trotz versuchten sie es zu dritt, doch kaum hatten sie mit dem Bau der Pyramide begonnen, erregte ihr Treiben die heftige Neugier ihres Gastgebers. Julian war sofort Feuer und Flamme. Seine Gäste und ihr Wohlergehen interessierten ihn nicht mehr die Bohne, er versäumte sogar, sie der Schlossherrin, seiner Frau, vorzustellen.

Roç kümmerte sich um die zufrieden stellende Unterbringung der zehnköpfigen Truppe aus Antioch, denn er hatte hellhörig mitbekommen, dass die Ritter, die ihm Bohemund beigegeben, unwillig murrten, als er sich diesem Julian von Sidon anschloss. Einige von ihnen wussten zu berichten, dass der frühere Herr von Sidon seine Burg Beaufort schon seit längerem als Ausgangspunkt für Raubüberfälle in näherer und weiterer Umgebung benutzte, nicht selten auch die Grenzen des im Norden gelegenen Fürstentums von Antioch überschreitend. Der Trencavel beruhigte die Gemüter und setzte seine Erkundung der weitläufigen Festungsanlage fort.

Julian ließ ihn gewähren, wahrscheinlich nahm er das Treiben seines Gastes gar nicht mehr wahr, so exzessiv hatte er sich der Spielleidenschaft ergeben. Seine zugreifende Hand zitterte regelrecht vor Erregung und Begierde, sein Kopf zuckte bei jedem Stäbchen, das einer von seinen Mitspielern aufnahm.

Beaufort lag lang gestreckt auf einem Felsrücken, der auf der Talseite seine natürlichen, steilabfallenden Wände anbot, die noch zusätzlich mit glatten Steinplatten verkleidet waren, während die dem Berg zugewandte Flanke durch einen tiefen, in den Fels gehauenen Graben geschützt war. Der Zugang verlief unterirdisch durch einen mehrfach gewinkelten Tunnel, durch drei Torbauten zusätzlich gesichert. Ein mächtiger Klotz von Donjon thronte über der Anlage. Roç machte sich an den Aufstieg.

Als er die Falltür zum obersten Turmgemach aufstieß, stand über ihm eine junge Frau. Ihn verwirrte nicht so sehr, dass sie ihm mit einem merkwürdigen Lächeln Einblick unter ihren Rock bis ins Dunkel ihrer Scham gewährte, sondern dass er sie beim ersten kurzen Blick in ihr schmales Gesicht für die verschlankte und verjüngte Fürstin von Antioch hielt.

»Tretet nur näher, Roç Trencavel«, sagte die Schöne mit belustigter Stimme, »meine Schwester Sybille hat mir – auf ihrem Wege nach Damaskus, wo sie Euch zu sehen hoffte – von Euren wohligen Taten berichtet, die Ihr ihrem nimmersatten Schoße zu Antioch angedeihen ließet«, sprach sie mit wohlgesetzten Worten und reichte Roç die Hand, um sicherzugehen, dass er nicht Reißaus nahm. »Hier gibt es keine Rutsche zur schnöden Flucht«, lachte sie ihn an und trat beherzt die Klappe, aus der er entstiegen, hinter ihm zu. »Ich habe lange auf Euch gewartet, Roç Trencavel«, sagte Johanna von Sidon, bevor sie ihr Gewand fallen ließ.

TERÈZ DE FOIX hatte sich von der Feste Beaufort hinwegbegeben und zog mit einer Meute von wenig Vertrauen erweckenden Gesellen, die ihm der Burgherr Julian von Sidon bereitwillig mitgegeben hatte, durch die felsige Hochebene, die von den Gebirgsketten des Libanon begrenzt wurde. Die zehn Ritter aus Antioch waren ebenfalls sofort mit von der Partie, als Terèz sie aufforderte, der Langeweile auf der Burg zu entrinnen und lieber zu schauen, ob sie nicht irgendwo Beute machen könnten, um den Küchenzettel etwas zu bereichern. Dem Grafen von Foix ging es uneingestanden eher darum, den Tod seiner Berenice zu vergessen, und deswegen konnte er auch Roçs Gegenwart nicht mehr ertragen, der sich – Terèz meinte es als Einziger zu wissen – mit der Frau des Gastgebers eingelassen hatte, als sei nichts geschehen. Der hochaufgeschossene Recke überlegte ernsthaft, ob er nicht dem Trencavel den Dienst aufkündigen sollte. Der eigentliche Beweggrund, weswegen er und seine Kumpane Roç bisher Gefolgschaft geleistet hatten, war, ihn bei der Suche nach Yeza zu unterstützen. Doch davon war nicht mehr die Rede – von glorreichen Heldentaten ganz zu schweigen. Ganz im Gegenteil!

Ziellos zog der kleine Haufen im Zickzack durch das karge Land, nirgendwo wollte sich lohnender Fang zeigen, es zeigte sich überhaupt niemand, keine schwer bepackte Kamelkarawane, keine durchreisenden Kaufleute, die man um ihre Beutel erleichtern konnte, niemand! Sie wollten schon umdrehen, da erblickte Terèz eine Schafsherde, groß genug, um von etlichen Schäfern gemächlich über die Ebene getrieben zu werden. Das entsprach zwar keineswegs dem, was er sich an Abenteuer, Kampf und Beute erhofft hatte, aber die herausfordernd blökenden Tiere versprachen reichlich schmackhaftes Fleisch, und selbst das Fell konnte man ihnen noch über die Ohren ziehen. Der Graf von Foix versicherte sich mit raschem Blick der Zustimmung seiner Gefährten. Sie dachten wohl wie er, besser ein fetter Hammel am Spieß, als schmählich mit leeren Händen zurück nach Beaufort. Terèz gab das Zeichen zum Angriff. In breiter Formation, die sich zur Zange öffnete, preschten sie auf die wenig beeindruckten Schäfer los, nur die Hunde bellten. Den Ältesten griff sich der Foix und machte ihm klar, dass sein Leben nun davon abhinge, wie rasch ihn seine Füße in die vorgegebene Richtung trügen, ohne dass er dabei eines seiner Tiere verlöre. Der Alte begriff schnell. Anscheinend war es den Schäfern egal, für wen sie die Herde trieben. Das einzig Unangenehme war, dass sie jetzt hurtig über Stock und Stein springen mussten – ähnlich wie ihre Böcke und Lämmer. Dafür sorgten die Ritter, die hoch zu Ross das wogende Feld aus brauner und schwarzer Wolle vor sich herjagten. Welch mannhaftes Abenteuer! Von ihren Rüstungen arg geschunden, verfielen sie erst in schonenden Trab, als sie schon die Silhouette von Beaufort vor sich aufragen sahen.

Auf der Burg im ansonsten leeren Rittersaal hockten Guy de Muret, der dicke Pons und David der einarmige Templer um den einzigen Tisch und starrten abwechselnd erwartungsvoll hin zur Tür und missbilligend auf den leeren Platz. Ihr vierter Mann, der Burgherr selbst, hatte sich ums andere Mal entschuldigt, und ohne ihn war schlecht spielen. Die Stäbchen-Pyramide hatten sie längst wieder errichtet, David, nach dem schmerzlichen Verlust des Kabbalisten nunmehr der dienstälteste Spieler, betrachtete den akkuraten Bau mit sinkendem Wohlgefallen. Was nützte alle Perfektion, wenn das liebevoll aufgeschichtete Gebilde nicht seiner Bestimmung zugeführt werden konnte, dem für jeden Spieler so spannenden Abbau der Stäbchen, dem beherzten Griff in das vom Schicksal bereitgehaltene Los? Sie warteten, gähnten, aber sie hielten aus.

Im obersten Turmzimmer des mächtigen Donjon saß Roç sprungbereit und längst wieder in seinen Kleidern auf der Bettkante der armenischen Johanna, dem Eheweib des Hausherrn. Das schöne Weib vor ihm lag nackt, schamlos nackt! Nicht einmal das verknitterte Laken zog sie über die Blöße ihres weißen Fleisches.

»Fürchtet Ihr Euch nicht, von Eurem Mann entdeckt zu werden?«, versuchte Roç ihr einzureden, ihn aus dem klammernden Griff in sein Gemächte zu entlassen.

Sie sah ihn aus ihren Katzenaugen an. »Weniger als Ihr, Trencavel!«, statt ihre Krallen von seiner Maus zu lösen, spielte sie mit dem Tier in seiner Hose. »Julian erspart sich seit langem die Last der Eifersucht ebenso wie die Mühen ehelicher Pflichten«, wie um ihre Worte zu unterstreichen, verstärkte Johanna das spielerische Bemühen, ihr Opfer wieder zu sprießendem Leben zu erwecken. »Ich bekomme keine Kinder«, erklärte sie leichthin, ließ aber den Satz stehen. Dass dies ihre Lust nicht minderte, bewiesen ihre geschickten Finger, Roç war nicht Wachs in ihrer Hand, sondern Kerze.

»Und er verstößt Euch nicht?«, sagte er, um etwas zu sagen.

»Es ist ihm recht«, gab sie schnurrend zur Auskunft, »weil es nichts zu erben gibt! Selbst Beaufort haben ihm die Templer unter dem Hintern weggepfändet!«

Herr seiner Lenden blieb auch der Trencavel nicht mehr lang. Johanna ließ ihr Liebespfand nicht eher los, als bis er sich über sie geworfen und ihre Hartnäckigkeit belohnte, auch wenn er sich als Mann allemal einreden mochte, sie gehörig zu bestrafen.

Terèz de Foix und seine Mannen hatten ihre Beute durch sämtliche Tore von Beaufort getrieben, der gesamte Burghof war voll mit sich drängenden, blökenden Mutterschafen, hoppelnden Lämmern und störrischen Widdern. Julian war sofort herbeigeeilt und hatte – an Terèz vorbei – seine eigenen Männer, die er den Fremden beigegeben, wütend zur Rede gestellt.

»Was habt ihr nur in euren Bocksschädeln?!«, fauchte er sie an. »Hättet ihr ein Hirn oder wenigstens Augäpfel hinten im Kopf, dann hättet ihr längst spitzgekriegt, was ich mit geschlossenen Lidern vor mir sehe.« Schnaubend holte er Luft. »Sämtliche Beduinenstämme der Beka'a ziehen zornentbrannt auf Beaufort zu, um den Raub dieser stinkenden Herde zu rächen!« Die gescholtenen Burschen senkten schuldbewusst ihre verwegenen Räuberschädel. »Bringt mir die Schafhirten!«, wies er sie an. »Und dann lasst mich gefälligst allein mit ihnen –« Das galt mehr Terèz de Foix und den Rittern aus Antioch, die sich über diesen schnöden Empfang ärgerten und sich schon deswegen erhobenen Hauptes entfernten. Inzwischen waren bereits – wie vorhergesagt – die ersten Beduinen vor der Burg angelangt und schickten – um der guten, alten Freundschaft willen! – Abgesandte zum Herrn Julian, damit er die Herde freigäbe und sie angemessen entschädige. Der Burgherr bat sie in den Rittersaal, aus dem jetzt die Wesen-Spieler rüde vertrieben wurden. Das Problem des Herrn Julian war, dass er nichts besaß, um die Erzürnten zu versöhnen. Er ließ also das Beste – und Letzte – aus Küche und Keller auffahren, um Zeit zu gewinnen. In solcherart genährter Hoffnung, so war sein Kalkül, würden sich die Stimmführer der wichtigsten Hirtenclans schon beruhigen. Beim listig gewährten Umtrunk ließ er sie erst einmal erzählen, was die Hirten auch willig taten. Der ungewohnte Weingenuss lockerte die Zungen und besänftigte die Gemüter. Dabei berichteten sie, etwas verwirrend, weil alle durcheinander redeten, dass eine ungewöhnliche Karawane der Mongolen Damaskus verlassen habe und nordwärts gen Baalbek zöge. Zwei Hundertschaften eskortierten die schwer beladenen Kamele, die nicht nur eine riesige Teppichrolle mit sich schleppten, sondern auch viele kleine Kisten und Truhen – Julian hatte ihnen aufmerksam gelauscht und war sofort hellhörig geworden, als er von den schweren kleinen Truhen vernahm. Das konnte nur den Transport von Gold bedeuten, wahrscheinlich brachten die Mongolen ihre räuberische Ausbeute von Hama, Homs und Damaskus in Sicherheit. Sein Hirn arbeitete fieberhaft. Dann sei da noch eine Sänfte mit einem jungen Weib, das goldenes Haar habe. Anscheinend sei sie eine besondere Gefangene, die man auch hungern ließ, denn das junge Weib sei erschreckend dünn. Nach dieser Beschreibung, die Julian lächelnd aufnahm, konnte es sich nur um jene Yeza handeln, die andere Hälfte dieses legendären Königlichen Paares, dessen männlicher Part Roç Trencavel als Gast in seinen Mauern weilte. Julian pries die Heilige Jungfrau und seine eigene weise Voraussicht, dass er sich allein mit den Beduinenführern in diesem Raum befand. Sein Plan nahm Formen an. Er billigte den Hirtensöhnen die sofortige Rückgabe der Herde zu und darüber hinaus eine Entschädigung für die erlittene Unbill, in einer Höhe, die deren kühnste Erwartungen weit überstieg. Allerdings müssten sie ihrerseits ihm mit einem Dienst zu Gefallen sein, ein kleiner Heereszug ihrer Stämme unter seiner Führung.

»Kampf gegen die Feinde des Glaubens!«, das ging Julian glatt von der Zunge, schließlich waren Nestorianer eben keine wahren Christen! – Diese Hirtensöhne hatten sofort verstanden, dass es gegen die Mongolen ging, gegen besagte Karawane. Allein hätten sie sich nie getraut, sich mit den gefürchteten *firsan al nabbala*, diesen »Bogenreitern«, aus dem fernen Land der aufgehenden Sonne anzulegen, aber unter dem Kommando eines so erfahrenen Kriegsherrn, wie es der Herr Julian in ihren Augen war, machte die Sache Sinn und Freude. Sie sagten spontan zu und versprachen, schon am nächsten Tag mit ihren Aufgeboten zur Stelle zu sein. Rasch leerte sich der Burghof von seinen vierbeinigen Besetzern. Außer vielen Kötteln ließen die Hirten zwei fette Hammel und ein Dutzend Milchlämmer zurück, »zum tröstenden Verzehr für den langen Herrn Terèz und die Ritter aus Antioch«, wie sie Herrn Julian beim Abschied baten.

Julian von Sidon, Herr auf Beaufort, ließ die Tür zum Turmgemach im Donjon nicht aus den Augen. Kaum hatte der Trencavel breitbeinig schwankenden Schritts die Kemenate der Burgherrin verlassen, wand er sich aus seinem unbequemen Versteck unter der hölzernen Treppe und schlüpfte durch die Tür des Gemachs. Seine Frau Johanna stand, das Bettlaken um die Hüften geschlungen, am schmalen Fenster und schaute hinab in den Burghof.

»Jammerschade«, sagte sie im schläfrigen Ton einer Nimmersatten, »eine saftige Hammellende tät mir jetzt gut munden!«

Ihr Ehemann grinste sie verständnisvoll an. »Der Verzicht auf die leichte Vorspeise«, eröffnete er ihr geheimnisvoll, »schafft im Magen mehr Platz für den köstlichsten Festschmaus – sehr viele Kamele in einer langen Reihe – eine ganze Karawane!«

Angewidert verzog Johanna die Mundwinkel, doch wartete sie ab, sie kannte ihren Julian.

»Schwerbewaffnete schützen die kleinen Kisten, die sie transportiert –«

»Gold!?«, entfuhr es der plötzlich hellwachen Armenierin, ihre Augen glitzerten. »Auch größere Truhen mit Geschmeide, Körbe mit juwelenbesetzten Roben, Perlen ?«, hakte sie gierig nach.

Ihr Mann schüttelte den Kopf. »Einen alten Teppich schleppen die törichten Mongolen noch mit, er soll wohl im fernen Karakorum dem Großkhan die Füße wärmen –«

»Und sonst nichts?!«

»Nichts von Bedeutung«, wiegelte Julian ab, »eine Sänfte mit einem jungen Weibe –«

Mit sofort entfachtem Misstrauen sah ihm Johanna fest in die Augen. »Die Prinzessin Yeza!«, stellte sie fest, keine Frage.

»Möglich«, sagte ihr Mann.

»Warum versucht Ihr, es mir zu verschweigen?«, empfing er seinen Tadel.

»Nur wenn ich alles weiß, kann ich Euch raten –« Julian grinste wieder, diesmal wie ein ertappter Schüler. »Nun gut«, räumte er ein, »aber was hilft das?!«

Johanna nahm im Schneidersitz auf ihrem Lager Platz. »Die Stärke der Eskorte, so entnehme ich Euren Worten«, eröffnete die

Nackte das Gespräch, versonnen spielte sie mit ihren Brustwarzen, »übertrifft die Kampfkraft unserer Leute?« Julian nickte, er hatte sich immer auf sein Weib verlassen können. »Zum anderen habt Ihr nicht vor, mit Roç Trencavel zu teilen –?« Wieder nickte Julian. »Ihn vom Geschehen fern zu halten, dafür ist der gurrende Lockruf der Prinzessin Yeza von größter Wichtigkeit«, ein kleiner Stachel war Johanna geblieben. »Es bleibt jedoch die Übermacht der Feinde, die es entweder von ihrem Gold zu trennen oder zu vernichten gilt.«

»Beides ist unmöglich!«, brach Julian ihren Vortrag enttäuscht ab. »Gar nicht daran zu denken!«

Johanna leckte sich die Lippen. »Ihr unterschätzt noch immer die List des Weibes!«, sie lachte kurz auf, während sie mit beiden Händen die Spitzen ihrer Brüste liebkoste. »Jede Frau kennt die Verführung durch Provokation, die Schwächung des Gegners durch geschickten Hinterhalt.« Julian sah sie erwartungsvoll an. »Oder beides!«, beschied ihn Johanna nachdenklich.

»Ihr seid wahrlich eine Tochter Hethums!«, murmelte er anerkennend. »Lasst mich Euren Plan hören –«

Mit einladender Geste wies ihm seine Frau einen Platz zu ihren Füßen.

Die Leute, über die Julian von Sidon gebot, sahen wahrhaftig nicht aus wie Schäfer, aber ausstaffiert mit dem üblichen Habit der Hirten, Stock und Tasche, dazu ein Lämmlein im Arm und einen der fetten Hammel zur Seite – der andere drehte sich in der Küche bereits am Spieß –, wirkten die drei ausgewählten Strolche durchaus überzeugend. Julian hatte sie genauestens instruiert. Dann zog er Roç zur Seite und führte ihn über verwinkelte Wege und unterirdische Gänge zum Treffen im abgelegenen Turm der Außenmauer. Schon unterwegs bereitete der Burgherr seinen Gast auf die außerordentliche Brisanz der Nachricht vor, die zu erhalten ungeheuer schwierig gewesen sei. Mit dem Tode seien die armen Hirten bedroht, wenn es ruchbar würde, dass sie das Geheimnis der Mongolen verraten hätten. Damit hatten sie das verfallene Gemäuer erreicht, wo die drei vermummten Gestalten mit ihren

Hunden und Lämmern warteten. Sie sprachen einen Dialekt, den der Trencavel nur mühsam verstand, und ließen sich jedes Wort einzeln aus dem Maul ziehen. Julian leistete Hilfestellung, und Roç erfuhr so bruchstückweise, dass Yeza als Gefangene, nur umgeben von einer Eskorte mongolischer Krieger, deren Zahl man an den Fingern abzählen könne, nach Westen verbracht würde. Der kleine Trupp bewege sich von Damaskus kommend auf Qal'at Subeibe zu, eine Burg in den Bergen von Hermon, die von den Mongolen kürzlich – ohne auf Widerstand zu stoßen – erobert worden war. Doch das sei nicht das endgültige Ziel –

Roç wusste nicht recht, was er von der Geschichte halten sollte, wider Erwarten gab er sich zögerlich, in seiner Not erinnerte sich Julian an den Teppich und fügte der Truppe schnell noch die hinter ihr herziehende Kamelkarawane hinzu, die einen unförmigen Teppich schleppe – wahrscheinlich ein Geschenk für den Großkhan. Die Erwähnung des verhassten Kelims war jedoch der Punkt, der jetzt den Trencavel überzeugte. Er ließ sich kaum noch den Weg nach Qal'at Subeibe beschreiben, wunderte sich auch nicht, dass diese Burg weder nördlich noch östlich, sondern westlich von Damaskus lag – er wollte keine Zeit verlieren, die Eskorte möglichst noch angreifen, bevor sie die schützende Burg erreicht hatte. Weit bis dahin war es nicht, ein, höchstens zwei Tagesritte, wie ihm Julian versicherte. Roç trommelte seine Leute zusammen, es galt, Yeza zu befreien, verkündete er stolz und aufgeregt. Doch es zeigte sich, dass seine Worte nicht mehr zündeten, ihm von seinen eigenen Männern kein Glaube mehr geschenkt wurde. Zu oft hatte der Trencavel von der Suche nach seiner Prinzessin gefaselt und es dann an jeder Anstrengung fehlen lassen. Die zehn Ritter aus Antioch waren noch müde vom Einfangen der Herde und verweigerten sich der neuen Strapaze. Roç wollte nicht warten. David der Templer, Guy de Muret und Pons de Tarascon standen zu ihm und machten sich ohne Murren bereit, aber Terèz de Foix erklärte dem Überraschten, dass ein schleichendes Abbröckeln des Respekts mittlerweile die alte Freundschaft derart ins Wanken gebracht habe, dass er sich nun lieber eine Zeit lang von ihm fern halten wolle, um sich über seine Gefühle klar zu werden. Roç sah darin den immer noch auf ihrem Verhältnis lastenden dunklen Schatten des Todes von Berenice und verzichtete ärgerlich darauf, Terèz zum Ändern seiner ruhig vorgebrachten Meinung zu bewegen. Die Zeit drängte und ließ keinen Raum zur Bewältigung von jetzt völlig unangebrachten Sentimentalitäten. Bitter enttäuscht drehte er dem Grafen von Foix seinen Rücken zu.

»So werde ich eben nur mit drei Mann das Wagnis bestreiten, mit mir sind es vier!«, rief er den Verbliebenen zu.

»Im Leben wie im Wesen-Spiel!«, scherzte David der einarmige Templer trotzig, ganz wohl war ihm nicht bei der Aussicht, mit solch geringer Kampfkraft den Mongolen gegenüberzutreten.

Julian schien Mitleid mit dem kleinen Haufen zu empfinden, denn er gab ihnen noch eine Hand voll seiner Strolche mit. »Als Führer und Knappen!«, wie er den ausziehenden Rittern nachrief. Zu etwas anderem waren die verwahrlosten Gesellen auch kaum zu verwenden – wenn überhaupt!

Stirnrunzelnd betrachtete Guy de Muret das ultimative Aufgebot.

»*Ave,* Trencavel!«, schrie Pons keck, der als Letzter durch das Tor hinausritt. *»Morituri te salutant!«*

Aus der Chronik
des William von Roebruk

Unweit von Baalbek befahl Khazar, dem sein Onkel Kitbogha, der Oberbefehlshaber des in Syrien verbliebenen mongolischen Heeres, zwei Hundertschaften anvertraut hatte, das Lager aufzuschlagen. Es war dies erst die zweite Etappe auf unserer langen Reise nach Norden, die uns nach Schaha führen sollte, jener neu erbauten, als uneinnehmbar geltenden Schatzburg am Urmiah-See. Der eigentliche Anlass zu dieser waffenstarken Expedition war der Transport des Goldes, das die Mongolen den eroberten Städten Aleppo bis Damaskus abgepresst hatten und das sie nun in der Sicherheit der Mauern von Schaha wissen wollten. Eine beachtliche Kette von schwer beladenen Kamelen bildete das streng bewachte Herzstück unseres nur langsam vorankommenden Zuges. Doch gleich dahinter schritt eine Gruppe von Tieren, denen es nur oblag, eine Sänfte zu tragen, und das persönliche Gefolge der Prinzessin Yeza. Dazu gehörte – außer der Kammerfrau Alais – auch meine Wenigkeit. Ich hatte keine besondere Aufgabe, als frommer Beichtvater hatte ich mich nie gesehen, obgleich Yeza jetzt des seelsorgerischen Beistandes mehr bedurfte denn je. Sie wurde gegen ihren Willen in dem Zug mitgeführt und betrachtete ihre Sänfte eher als schaukelnde Kerkerzelle, als dass sie darin einen Komfort für die beschwerliche Reise sah. Wie gern hätte sie auf dem Rücken eines Pferdes Platz genommen, doch das hatte man ihr wohlweislich verwehrt. So hockte Yeza missmutig in ihrem Gehäuse auf einem der Kamele, die ihre wenige Habe in den Satteltaschen transportierten. Allerdings hatte die fürsorgliche, ja fast mütterliche Alais noch schnell vor der Abreise auf dem Bazar von Damaskus die Garderobe der Prinzessin aufgebessert, da sie mit Recht davon ausging, dass in der Einöde dieses Urmiah-Sees kaum Einkaufsmöglichkeiten bestanden, zumindest keine für feine Roben aus Damast und Musselin, wohlriechende Essenzen ebenso wenig wie ziselierte Kämme und Broschen. Auch an seidene Kissen und samtene Decken hatte die gute Seele gedacht. Doch Yeza tat keinen einzigen Blick in die geflochtenen Körbe und gefütterten Reisetruhen, sondern trug weiter ihre ausgewaschenen Leinenhosen und ihr abgewetztes Lederwams, wie sie es gewohnt war. Überhaupt erntete die weichherzige Alais wenig Dank dafür, dass sie ihre komfortable Stellung am Hofe von Antioch der Fürstin Sybille Knall auf Fall aufgekündigt hatte, um der Prinzessin zu dienen.

Auch meine Teilnahme – ich war gar nicht erst lange gefragt worden – wurde von der Prinzessin weder anerkennend noch ablehnend aufgenommen, dabei empfand ich diese Reise in die Wüste durchaus als großes Opfer, das ich nur brachte, um ihr nahe zu sein. Einem Leben in Damaskus hätte ich gewiss den Vorzug gegeben, aber mein Schicksal schien mit dem meiner kleinen Könige, die ich einst auf den Knien schaukeln durfte, unauflösbar verbunden. Ganz am Ende schritten die achtundzwanzig Tiere, denen es oblag, die Teppichrolle zu transportieren. Yeza, die auf der Mitnahme des Kelims bestanden hatte, wünschte nicht, ihn vor der Nase zu haben. Der Einzige, den Yeza gern in ihrer Nähe sah, war der Knabe Baitschu. Er heiterte sie auf, und seine Wissbegierde amüsierte sie. Baitschu sah sich als ritterlicher Knappe seiner verehrten Prinzessin, und wir ließen ihn gewähren.

KAUM EINEN TAG nachdem Roç und die Seinen entschwunden, da füllte sich der Burghof von Beaufort mit Wagen und Karren, die aus der Umgebung herbeiströmten, worunter auch viele Flüchtlinge aus Damaskus waren, die den Mongolen nicht wohlgesonnen waren oder sie fürchten mussten. Dazu trafen jetzt nach und nach die Krieger der Hirtenclans ein, bis an die Zähne mit Knüppeln, Steinschleudern und Dolchen aller Art bewaffnet – sicher nicht die beste Art, wohlgerüsteten Mongolenkriegern zu begegnen, aber ihre Kampfeslust und die genaue Kenntnis ihrer schroffen Weidegründe würden es wohl wettmachen. Auch verschiedene Beduinenstämme hatten Kämpfer geschickt, darunter zahlreiche Bogenschützen, die es mit den Mongolen gern aufnehmen wollten.

Julian besah sich aufmerksam seine Heerschar, dann wählte er mit Bedacht etliche bartlose Jünglinge aus, die er in die Burg schickte, damit sie dort von den Frauen unter der Aufsicht der rührigen Johanna zu Haremsdamen verkleidet würden. Das gab erst viel Gelächter und einiges Murren unter den Betroffenen, aber Julian gelang es, den jungen Burschen klar zu machen, dass Wesentliches beim Gelingen seines Plans von ihnen abhing. Um sie nicht vorzeitig dem Spott ihrer Gefährten auszusetzen und so zu entmutigen, ließ er sie in ihren Roben bis zum Abmarsch im Rittersaal warten und gut bewirten. Danach kamen die Älteren an die Reihe. Sie wurden zu ›reichen Kaufleuten‹ hergerichtet. Alle anderen wurden entsprechend ihren jeweiligen Aufgaben des Hinterhalts eingeteilt, und die verschiedenen Gruppen dieser weitaus größten Streiteinheit, bestehend aus den Hirten und Beduinen, wurden eine nach der anderen losgeschickt. Als Szenarium für die entscheidende Begegnung mit den Mongolen hatte man sich auf die Ruinen von Baalbek geeinigt. Diese Tempel waren allen bestens bekannt, dorthin wollte man die Mongolen locken. Das zehnköpfige Ritteraufgebot aus Antioch vergaß alle Müdigkeit, als sie hörten, dass reiche Beute winkte, und sie stellten sich Julian zur Verfügung. Weggewischt wurden auch die von Terèz vorgebrachten Bedenken, dass ihr Fürst Bohemund schließlich offizieller Verbündeter der Mongolen sei, dessen Reputation schweren Schaden nehmen würde, wenn ruchbar werden sollte, dass seine eigenen Vasallen sich gegen die mongolischen Herren stellten. Julian winkte den Störenfried beiseite.

»Wir haben jetzt erst erfahren«, log er ohne Hemmungen, »dass die Eskorte mit der gefangenen Prinzessin Yeza sich auf dieser Straße nach Norden bewegt«, appellierte er an die Ritterlichkeit des Grafen von Foix. »Wenn wir sie nicht für Roç Trencavel befreien, dann wird er sie nie mehr wiedersehen –«

Terèz war klar, dass Julian es war, der Roç absichtlich in die falsche Richtung geschickt hatte, aber es schien ihm durchaus glaubhaft, dass Yeza in der Hand der Mongolen war. Ihr fühlte er sich verpflichtet, und für ihre Freiheit wollte er sich auch einsetzen, und sei es, dass er die Prinzessin vor diesem Räuber Julian von Sidon schützen musste.

»Ich mache mich anerbietig«, entgegnete er nach dieser Überlegung dem Burgherrn, »mich an die Eskorte heranzumachen, denn mich kennt die Prinzessin und vertraut mir. So könnte ich dafür sorgen, dass die Mongolen tatsächlich in Eure Falle von Baalbek tappen – und dass Yeza dabei kein Haar gekrümmt wird.«

Julian sah ihn lauernd an. »Und wer garantiert mir, dass Ihr nicht unseren Plan an die Mongolen verratet?«

Terèz wollte empört aufbrausen, doch er besann sich. Schließlich hatte er ja gerade dem Trencavel zwar keinen Dolch in den Rücken gestoßen, ihm aber wohl zu hartherzig, zu überraschend die Gefolgschaft aufgekündigt, ihn seines Armes beraubt, auf den Roç zählen durfte. Vielleicht ergab sich hier die Chance, diese Scharte in seiner Ehre wieder auszuwetzen?

»Wenn Ihr mir kein Vertrauen schenkt, dann gibt es für Euch nur zwei Möglichkeiten: Entweder Ihr tötet mich auf der Stelle, oder – Ihr kommt mit mir?« Julian sah ihn verdutzt an, doch Terèz spann jetzt seinen, für ihn selbst noch völlig neuen Gedanken fort. »Keiner von den Mongolen, nicht einmal die Prinzessin kennt Euch – gemeinsam sorgen wir dafür, dass alles nach Plan verläuft: Die Giftspinne sitzt im Herz des Feindes und spinnt von dort aus, wo sie keiner vermutet, ihr todbringendes Netz –?«

Julian sah, dass die Letzten seiner so wild und bunt zusammengewürfelten Streitmacht Beaufort verlassen hatten. Er grüßte hinauf zu seinem Weibe.

»Terèz de Foix«, sagte er mit Bestimmtheit, »Ihr reitet an meiner Seite, und unterwegs spinnen wir Euren Vorschlag weiter: Entweder überleben wir Euren Wahnwitz nicht, keiner von uns beiden!«, setzte er drohend hinzu. »Oder Ihr seid danach ein reicher mächtiger Mann, Herr auf Beaufort!« Er lachte auf. »Denn ich werde den Templern das Gold vor die Füße kippen und mir mein Sidon wieder nehmen!«

Die einsamen Reiter bewegten sich in lang gezogener Kette durch das felsige Gelände. Vorneweg der Trencavel, danach Guy de Muret, der dicke Pons, dann die Hilfstruppe aus Beaufort und sozusagen als Nachhut David der einarmige Templer. Die Hitze und die dünne Höhenluft machten ihnen schwer zu schaffen, sie hielten die Köpfe gesenkt – zu sehen gab es nichts, aber Roç hatte verboten, die Helme abzunehmen. Hinter jedem Felsvorsprung konnte der Feind lauern, der sie längst erblickt hatte und nur noch den richtigen Augenblick abwartete, um sie in einem Pfeilhagel abzuschießen wie die Hasen. Doch nichts dergleichen ereignete sich, jedes Mal, wenn sie wieder eine Kammhöhe erreicht hatten und ihre Blicke aufmerksam hinab ins Tal schickten, jede Schlucht abtasteten, jede tiefeingeschnittene Klamm, fanden sie nur vertrocknete Flussbetten und verdorrtes Gestrüpp: von der Karawane und der eskortierten Sänfte keine Spur. Sie trafen überhaupt niemanden an in dieser Einöde, und so konnten sie auch niemanden nach den Gesuchten befragen. Dafür sahen sie endlich die Burg. Qal'at Subeibe erhob sich plötzlich ihnen gegenüber auf einem Bergrücken, ganz so wie Herr Julian es Roç mithilfe der Hirten beschrieben hatte. Aber nicht einmal jetzt regte sich Leben auf den Mauern. Sie stiegen vorsichtig, immer auf Deckung bedacht, nacheinander einzeln hinab ins Tal. Auch dort hielten sie auf Sichtweite Abstand zueinander, um für ein sie beobachtendes Auge keine erkennbare Gruppe zu bilden. Sie ließen sich von ihren Pferden gleiten und wählten auf Anraten ihrer mitgegebenen Führer den weitaus steilsten Aufstieg durch die hoch aufragenden Klippen, der jedoch den Vorteil zu bieten schien, von oben kaum einsehbar zu sein. Wie erfahrene Bergsteiger sicherten stets die als Erste in die Felswand Gestiegenen den mühseligen Weg der ihnen Nachfolgenden ab. Denen oblag es dann auch, die Tiere mit hinaufzuschaffen. Ohne zu murren, übernahmen die Banditen diese schwere Aufgabe. Als endlich alle oben unter den Mauern der Burg versammelt waren, mussten sie erkennen, dass Qal'at Subeibe seit langem unbewohnt sein musste. Die Torflügel standen offen und gaben den Blick frei auf das lang gezogene, von Mauern beidseitig begrenzte Hochplateau. Auf den Treppen wuchs das Gras, und aus den leeren Fensterhöhlen flatterten aufgeschreckte Wildtauben. Roç bestieg mit seinen engsten Getreuen den höchsten Turm und hielt Ausschau in alle Himmelsrichtungen: Nichts! Keine Karawane, kein Blitzen von Speeren, keine verräterische Staubwolke –

»Es macht mir auch wenig Sinn«, ließ sich Guy, der schlaue Fuchs, vernehmen, »von Damaskus aus den Umweg über diese Einöde zu wählen, statt sich gleich nach Norden zu wenden!«

»Die Mongolen werden dies irreführende Gerücht in die Welt gesetzt haben«, kam jetzt auch dem Templer die späte Erleuchtung, »um ungestört ihr Ziel zu erreichen!«

»Und die Hirten sind darauf reingefallen!«, erkannte der dicke Pons und setzte gleich hinzu: »Und wir auf die dummen Hirten!«

Alle sahen auf den Trencavel, der seine Niederlage weder beschönigen noch abstreiten wollte. »Julian von Sidon wusste, wohin er uns schickte!«, sagte Roç bitter. »Wenn wir unser Ziel noch erreichen wollen, müssen wir uns von nun an mit dreifacher Geschwindigkeit den Litani-Fluss hoch bewegen, vielleicht erwischen wir sie noch bei Baalbek!«

BAALBEK –
IM TEMPEL DES GRAUENS

ALS DER EXPEDITIONSTRUPP der Mongolen des Abends Rast machte und die Soldaten ihre Zelte aufschlugen – für Yeza wurde eigens ein Karren mit einer großräumigen Jurte mitgeführt –, sahen sie in der Ferne im Licht der untergehenden Sonne die Ruinen der Tempel von Baalbek. Yeza hatte gehofft, dort würden sie im Schatten der mächtigen Säulen und marmornen Opferaltäre nächtigen, denn sie kannte die antike Stätte von früher, doch Khazar war der Ort suspekt, den Gott Baal kannte er nicht, und was ihm ihre muslimischen Kameltreiber über dessen Kult erzählten, ließ ihn eher erschauern. Dem unerfahrenen Leiter der Expedition schien es schon Strafe genug, dass die Kamelkarawane, die am Ende des Zuges schritt, diesen monströsen Teppich mitschleppen musste, auf dessen Mitnahme die Prinzessin bestanden hatte, obgleich es hieß, dass böse Geister in ihm wohnten.

In der Jurte der Prinzessin hatte ihre Zofe Alais das Schlaflager hergerichtet, obgleich Yeza ihr zu verstehen gegeben hatte, dass sie es vorziehen würde, im Freien zu schlafen. Alais trat hinaus zu ihrer Herrin.

»Auf dem Weg hierher«, brachte sie schüchtern ihr Anliegen vor, »habe ich unweit in einem Felsbecken klares Wasser gesehen –« Yeza nickte zerstreut, sie hatte es ebenfalls wahrgenommen, aber nicht als unverhofftes Angebot der Natur in Betracht gezogen. Ihr eigenes Versäumnis stimmte sie jetzt eher unwillig, doch mit großer Bestimmtheit fuhr Alais fort. »Ich bitte um Eure gütige Erlaubnis, Herrin, noch schnell ein kühles Bad nehmen zu dürfen, denn es ist mir ein inneres Bedürfnis, heute noch meinen Leib zu reinigen.«

Yeza war seltsam berührt von dem feierlichen Ernst ihrer Zofe.

»Auch ich würde mich gern dort waschen und erfrischen –« Sie sagte das mit Blick auf Khazar, der gerade zusammen mit Baitschu aus der Jurte trat, wo er sich selbst überzeugt hatte, dass alles zur vollkommenen Zufriedenheit der Prinzessin Erforderliche unternommen wurde.

Der für diesen delikaten Transport verantwortliche stämmige Khazar runzelte die Stirn. »Das hieße, Ihr wolltet Euch vom Lager entfernen?!« Jetzt begriff er die Gefährlichkeit des Ansinnens. »Ich bitte Euch inständig, Prinzessin, nicht auf diesem Wunsch zu bestehen!« Alais erntete einen rügenden Blick. »Es verstößt gegen die mir strengstens auferlegte Sicherheit Eurer hohen Person!«

Yeza sah, dass sie dem völlig Überforderten Schwierigkeiten bereitete, das wollte sie nicht. »Meiner Zofe, die ich jetzt entbehren kann«, lächelte sie resigniert, »werdet Ihr solche Säuberung von Schweiß und Staub der Reise nicht verwehren können«, strahlte sie ihren Kerkermeister an. »Ich für meinen Teil gebe ihr Baitschu als Beschützer mit, auch wenn die fragliche Wasserstelle nicht auf der Baalbek zugewandten Seite liegt!«

Wenn Yeza meinte, ihrem Pagen damit eine Freude bereitet zu haben, strafte sie der abwehrende Gesichtsausdruck des Knaben Lügen. Aber das kümmerte die Prinzessin nicht.

Beglückt wollte Alais zu Fuß bis zur Felsschlucht laufen, doch Baitschu fand das unter seiner Würde. Er warf sich auf sein Pferd und nötigte die Zofe, vor ihm im Sattel Platz zu nehmen. Die ungewohnte Enge ihrer Leiber, Alais lag ihm zwangsläufig im Arm, der die Zügel hielt, vor allem aber die Nähe ihres Schenkels, der sich gegen seine heiße Lendenzier presste, traf die beiden jungen Leute unvorbereitet. Sein Glied wuchs und stemmte sich gegen die Hose, was ihr nicht entgehen konnte. Baitschu war es äußerst peinlich. Während die beseelt lächelnde Alais nichts tat, um das Scheuern zu mildern, wusste der Reiter nicht, wohin schauen vor Scham. So sprachen sie kein einziges Wort miteinander während des gesamten Ritts.

Das natürliche Becken war von dem schnell fließenden Bach in die Felsplatte am Boden der Schlucht gekerbt worden, ein kleiner

Wasserfall hatte das stete Aushöhlen des Steins begünstigt. Alais ließ sich vom Pferd gleiten, bevor ihr der verwirrte Baitschu die Hand reichen konnte, und begann sich ohne sichtbare Scheu aus ihren Gewändern zu schälen. Der Knabe wandte sich angestrengt seinem Tier zu, das jedoch wenig hilfreich ebenfalls der sich anbietenden Tränke zustrebte. So heftete er sein Auge bemüht auf Sattel und Zaumzeug, bis ein Platscher, begleitet von kräftigen Spritzern, ihm anzeigte, dass das junge Weib sich dem kühlen Nass anvertraut hatte. Baitschu riskierte einen Blick. Alais ließ sich auf dem Rücken liegend, die Arme ausgebreitet, im Wasser treiben, kaum, dass die Wellen ihre Brüste bedeckten, das auf der Haut haftende, feine Musselingewebe, ihre *albisa,* zeichnete ihre dunklen Knospen genauso deutlich ab wie das Dreieck ihrer Scham zwischen den Schenkeln.

»Komm doch, Baitschu!«, forderte sie ihn auf und schlug mit der flachen Hand einen Schwall in seine Richtung. »Zieh dich aus!«

Doch der verunsicherte Knabe drehte sich abrupt weg, griff hastig sein Pferd am Zügel, als wolle er sich dahinter verstecken. Die Zofe nahm seine Verweigerung nicht sonderlich ernst, sie planschte im Wasser, als gäbe es ihn nicht, dabei wies sie ganz bewusst dem Widerstrebenden alle Seiten ihrer unschuldigen Nacktheit. Die spielerische Verführung zeigte bald ihre Wirkung. Baitschu stieg verschämt hinter seinem Pferd aus seinen Beinkleidern, streifte seinen Kittel ab und glitt an einer Stelle, wo er sich vor ihrem Blick geschützt glaubte, schnell ins seine Blöße bedeckende Wasser. Währenddessen hatte Alais die Felsen unterhalb des sprühenden Wasserfalls erklommen und ließ sich wohlig von dem herabstürzenden Strahl überschütten. Baitschu mochte sich nicht dem Verdacht aussetzen, den von der nassen *albisa* mehr zur Schau gestellten als verhüllten Leib unentwegt anzustarren, deswegen schwamm er schnell an das andere Ende des Beckens. Als er wendete, war das Mädchen jedoch verschwunden. Das beendete schnell sein Verlangen, sich noch länger im kalten Wasser aufzuhalten. Er kletterte über die Steine an der Stelle ans Ufer, wo sein Pferd stand. Auf seine Kleider gebettet, erwartete ihn Alais, nackt, die Augen geschlossen, die Beine locker gespreizt. Doch als Baitschu sich ein Herz fasste und sich mutig zu ihr niederbeugte, um sie zu umfassen, da kniff sie die Schenkel zusammen und rollte sich zur Seite.

Alais war Jungfrau, und auch Baitschu hatte zwar sein Glied schon oft in der Hand geführt, aber noch nie war es ihm vergönnt gewesen, dass ein Weib sich dessen angenommen hätte. So begann ein stummes Ringen leidenschaftlichen Begehrens im ständigen Wechsel zwischen instinktivem, bohrendem Suchen und ratlosem Verweigern. Keuchend rieben und klammerten sie sich aneinander, bis es unweigerlich dazu kam, dass sich der Penis des stöhnenden Baitschu auf dem glatten Bauch der Zofe pochend entlud. Der Knabe wünschte im Erdboden zu versinken, aber Alais lachte hellauf, zerrte ihn an beiden Händen ins Wasser, in das sie beherzt gesprungen. Seinen sehnigen Körper eng umschlingend, liebkoste sie ihn mit vorgegebener Waschung so lange, bis seine Erregung keineswegs abgeklungen, sich auch mitnichten gemäßigt hatte, wie ihr sein klopfendes Herz verriet. Erst dann stieß sie ihn ans rettende Ufer. Der verwirrte Baitschu ließ sich, unerfüllt in seinem Sehnen und erschöpft zugleich, rücklings auf den Kleiderhaufen niederfallen. Mit kunstvoller Langsamkeit, in der Magie ihrer Erscheinung einer archaischen Gottheit gleich, stieg das Weib aus dem Wasser und kam über ihn …

»Bleib bei mir«, bettelte Alais, die nach dem Sturm ihren Kopf auf seine Brust gebettet hatte, doch Baitschu dachte längst wieder an seine Pflichten. Traurig entließ ihn die junge Zofe, die sich jetzt ebenfalls daran erinnerte, dass ihre Herrin sich Sorgen machen könnte.

Baitschu setzte Alais allein auf das Pferd, das er am Zügel zurück ins Lager führte. Weit vor Yezas Jurte trennten sie sich mit einem verstohlen zärtlichen Händedruck. Baitschu begab sich zu Khazar, wo er auch William von Roebruk vorfand.

Aus der Chronik
des William von Roebruk

Gerade hatten wir uns für die kommende Nacht eingerichtet – die Wachen waren eingeteilt –, als aus dem Nichts ein Reiter erschien und geradewegs auf uns zuhielt. Ich erkannte ihn sofort, denn die Wachen hatten mich herbeigeholt, weil er Yeza zu sprechen begehrte. Es war Terèz de Foix, den ich eigentlich mit dem Trencavel vermutete, doch beides behielt ich erst mal für mich. Inzwischen hatte man auch Khazar benachrichtigt, und der forderte mich auf, den fremden Ritter zu befragen, was er von der Prinzessin wolle. Terèz, der seinerseits ebenfalls nicht zu erkennen gab, dass er mich kannte, bestand darauf, dass er Yeza in Person zu sehen wünsche, um ihr nur unter vier Augen seine Nachricht anzuvertrauen. Khazar hatte bereits einen Boten zur Jurte der Prinzessin geschickt, und der kam, begleitet von Baitschu, auch sehr schnell zurück: Yeza lege keinen Wert auf die Begegnung mit dem Herrn – wenn er etwas mitzuteilen habe, dann könne er es William sagen. Der Graf von Foix schüttelte enttäuscht den Kopf, sah mich mit merkwürdiger Trauer etwas zu lange an und wendete wortlos sein Pferd. Er ritt in den Abend hinein, geradewegs auf Baalbek zu.

Das erschien Khazar nun doch äußerst befremdlich, denn hatte nicht die Prinzessin darauf gedrängt, gerade dort, an diesem verwunschenen Ort, das Nachtlager aufzuschlagen? Er schickte seine besten Späher unauffällig hinter dem ohne Hast Davonreitenden her. Ich begab mich zurück zu unserem Schlafplatz, einem Zelt neben dem Karren mit der Jurte. Yeza erwartete mich mit einer gewissen Spannung.

»Warum wolltet Ihr Terèz nicht anhören?«, fragte ich, der Vorwurf war deutlich.

»Weil der Trencavel, wenn er etwas von mir will, sich gefälligst selbst herbemühen kann!«

Ich war nicht weniger verärgert als sie, allerdings über ihren Dickkopf. »Und wenn Roç verhindert ist, seiner Freiheit beraubt oder gar in höchster Not oder Todesgefahr?!«, hielt ich ihr empört entgegen.

»Dann hätte der Foix nicht gezögert, es Euch zu sagen!«

Das sah ich ein. »Aber warum macht sich dann der Graf die Mühe des Weges, nur um Euch und nur Euch zu sprechen?!«, gab ich meine Überlegungen preis. »Es könnte sich ja auch um Eure Person handeln und nicht um den Trencavel?«

Yeza sah mich nachdenklich an. »Was soll mir noch zustoßen, von dem ich nichts weiß«, sagte sie bitter. »Schaha ist mir gewiss wie das abschließende Amen in den Gebeten deiner Kirche, William!«

Gegen Mitternacht kehrten abgehetzt die von Khazar ausgesandten Späher zurück. Sie hatten sich anfangs zurückhalten müssen, weil die Dunkelheit noch nicht ausreichend war. Dann aber konnten sie sich ungehindert an die Tempelruinen anschleichen. Was sie dort sahen und vor allem hörten, verblüffte sie. Inmitten des Areals hatte eine Reisegesellschaft von anscheinend reichen Kaufleuten und einer Hand voll Rittern eine Art Wagenburg gebildet, die sie mithilfe ihrer Knechte und Diener erbittert gegen aus dem Dunkel immer wieder anstürmende räuberische Beduinen verteidigten. Geschickt hatten die Reisenden dafür den höchstgelegenen Tempel einbezogen, dessen mächtige Granitsäulen praktisch den äußersten Ring der gut organisierten Abwehr gegen ihre Feinde bildeten. Wie Wespen, die einen saftigen Braten gerochen, seien die Räuber ohne Unterlass, aber offensichtlich bar jeder militärischen Führung, wild und wirr gegen diese Barrieren angebrandet. Erschwert würden diese Angriffe aus dem Dunkeln der Nacht zusätzlich durch den hellen Schein brennender Holzstöße, die von den Eingeschlossenen rund um den Tempel aufgetürmt worden waren und die sie durch ständiges Hineinwerfen von Strohballen, Körben und Holzbrettern am Leben erhielten, denn ohne dieses Licht wären die heldenmütigen Verteidiger bereits verloren gewesen, berichteten die Späher noch völlig außer Atem. Anhand der Fähnlein und Schildfarben hätten sie auch ausmachen können, dass es sich zumindest bei einem Teil der Überfallenen um christliche Ritter des Fürsten von Antioch handeln musste. Allerdings befände sich in deren Begleitung mit Sicherheit eine hochgestellte oder sehr reiche muslimische Persönlichkeit, denn außer mit Waren bepackten Kamelen, die im Inneren des Tempels lagerten, hätten sie auch vergitterte Sänften erblickt und vereinzelt sogar verschleierte Frauengestalten. Die Verteidiger schlügen sich mit größter Bravour, das hätten sie schon an den zahlreichen erschlagenen und von Pfeilen erlegten oder verletzten Beduinen gesehen, deren Körper jedoch von ihren Stammesbrüdern jedes Mal wieder aus der Reichweite des Flammenscheins fortgezerrt würden. Lange jedoch könne dieser ungleiche Kampf kaum noch andauern, denn offensichtlich seien diese räuberischen Beduinen in der Überzahl.

Dieser erregten Schilderung hatten auch die Ritter aus Armenien gelauscht, die uns König Hethum für einen Teil des Weges mitgegeben hatte, damit sie dann in sein Königreich heimkehren sollten. Die Erwähnung der Ritter aus dem befreundeten Fürstentum von Antioch versetzte sie – wie das so die heißblütige armenische Art ist – in helle Empörung. Sie drangen auf Khazar ein, es sei seine verdammte Christenpflicht, den bedrängten Brüdern zu Hilfe zu kommen, und als Khazar, der wohl mit einem solchen Ansinnen als Kommandant überfordert war, sich auf mangelnde Befugnis herauszureden versuchte, drohten sie ihm, dass sie sein feiges Verhalten seinem Onkel anzeigen würden, denn schließlich sei Antioch ein wichtiger Bündnispartner der Mongolen – wie das Königreich von Armenien übrigens auch! Khazar ließ sich breitschlagen und gab ihnen eine halbe Hundertschaft mit, mit der sie auf der Stelle losstürmten in die Nacht –

Als der Morgen graute, kamen, vereinzelt, aus vielen Wunden blutend, einige wenige zurück – von den Armeniern keiner. Am Rande unseres Lagers brachen sie vor Erschöpfung zusammen. Keuchend und stockend berichteten sie, dass alle, die sich nicht in den verbarrikadierten Baals-Tempel hatten retten können, erschlagen oder – schlimmer noch – lebend von den grausamen Beduinen gefangen worden seien. Es sei die Hölle gewesen, wenngleich jetzt die Feuer zu erlöschen drohten, weil die Eingeschlossenen nichts mehr besaßen, was sie in die Flammen hätten werfen können, selbst die Sänften des Harems seien schon geopfert worden und alles, was an Gepäck brennbar schien – Khazar war wütend. Er konnte seinen Fehler nur wieder gutmachen, wenn er seine Leute da raushaute – außerdem begehrten seine Unterführer auf. Er durfte nicht ein Viertel seiner Leute opfern! Das erste Tageslicht kündigte sich an. Khazar bat mich, er schien mir ziemlich verzweifelt und so gar nicht von zornigem Siegeswillen getragen, ich solle mich um den Schutz der Prinzessin Yeza kümmern. Auch Baitschu, der unbedingt mit ausziehen wollte, ließ er in meiner Obhut, als wäre ich jetzt der Kommandant des Lagers. Khazar bestimmte eine Wachmannschaft und zog mit dem Hauptteil seiner Truppe los. Noch in Sichtweite der Verbliebenen teilte sich seine Streitmacht in drei getrennte Haufen, Khazar war anscheinend gewillt, sich als guter Feldherr zu beweisen. Die beiden Flügel scherten in deutlich erkennbarer Zangenbewegung aus, während der von ihm selbst angeführte Mittelteil jetzt so vehement losstob, dass er in der Staubwolke verschwand, die von den Hufen aufgewirbelt wurde –

Doch die schnell und drohend wie ein heranziehendes Gewitter auf die Tempelruinen im fahlen Morgenlicht zutreibende Wolke hatte sich kaum unseren besorgten Blicken entzogen, als Yeza von ihrer Jurte herabstieg, mich beiseite schob und die Kommandogewalt in unserem nahezu leer gefegten Lager übernahm. Es erhob sich auch kein Widerspruch, die restlichen Wachen schienen sogar froh, dass jemand wie die Prinzessin energisch die Führung an sich zog. Als Erstes befahl Yeza, den Kelim auf der Baalbek zugewandten Fläche auszurollen, dahinter ließ sie ihren Karren schaffen und darum einen doppelten und dreifachen Ring der Kamelleiber legen, zuvorderst die mit den Goldkisten. Von den Tieren hatten wir reichlich, und sie ließen sich auch fügsam und gar nicht störrisch an den angewiesenen Stellen nieder. Dann ließ sie sämtliche Zelte niederreißen, sodass sie um uns herum keinem Angreifer mehr Schutz bieten konnten, während alle verfügbaren Bogenschützen hinter dem lebenden Schutzwall Platz nehmen mussten. Gerade wollte ich die eifrige Kommandantin fragen, ob sie denn das Schlimmste befürchte, als in der Ferne die ersten Schreie laut und vereinzelte Reiter und auch Menschen zu Fuß sichtbar wurden. Nicht zu erkennen, ob Freund oder Feind!

Es war beides: Die Unsrigen flüchteten in wilder Panik, und die siegreichen Beduinen setzten ihnen nach, hieben und stachen auf die Fliehenden ein, während ein größerer Haufen, offensichtlich unter einem Anführer, der sich hatte durchsetzen können, in geschlossener Formation auf unser Lager losbrauste. Sie näherten sich bereits dem Rande des Kelim, der sich merkwürdig einladend vor ihnen ausbreiten musste – Yeza gab leise das Kommando an die hinter den Kamelleibern kauernden Bogenschützen, die Pfeile aufzulegen – die ersten Mongolen, es waren nur noch wenige, rannten und stolperten bereits über den Teppich auf den rettenden Kamelwall zu, einige unserer Wachen vergaßen die Order der Prinzessin und sprangen auf, um ihren Stammesbrüdern zu helfen – ich musste mit kräftiger Hand Baitschu festhalten und zu Boden drücken, der es ihnen gleichtun wollte –, der feindliche Haufen kam immer näher gedonnert, man konnte schon die von den Hufen hochspritzenden Steine erkennen, die mordlüstern vorgereckten Lanzen, das böse Blitzen der Schwerter, die ersten Pfeile flogen – Alais tat keinen Schrei, ein tiefer Seufzer entrang sich ihrer Brust, in die das Geschoss eingedrungen war. Sie hatte sich vor Yeza geworfen, die, wütend ihre Befehle schreiend, der heranfliegenden Gefahr keinerlei Achtung schenkte. Der Mörderhaufen hatte den Rand des Kelims erreicht, wir waren verloren!

Da stockte der Gewaltritt der Räuber, als hätte die unsichtbare Hand Gottes ihnen vor die Brust geschlagen, ihre Pferde bäumten sich auf, die Nachdrängenden konnten die ihren nicht mehr zügeln, es war, als würde der Teppich den plötzlichen Stau verursachen, mein Blick irrte ungläubig über den mit dem Blut Getöteter, kriechender Verletzter besudelten Kelim – da sah ich die Hand Gottes: Zur Rechten wie zur Linken wuchsen wie schweigende Mauern aus den felsigen Hügeln die stählernen Flanken eines gewaltigen Ritterheeres. Blutrot leuchtete das Tatzenkreuz auf den schneeweißen Clamys: die Templer!

Sie hatten ihre langen Lanzen nicht einmal eingelegt, sondern ließen sie noch senkrecht über ihren Kübelhelmen in die Morgenluft ragen. Doch ihr Anblick genügte. Der Räuberhaufen löste sich auf, stob in wirrer Flucht auseinander.

Ein einzelner Ritter trat mit seinem Rappen aus der sich öffnenden Mauer. Ich erkannte ihn sofort an seinem breiten Schwert. Yves der Bretone hatte die Truppen des Ordens aus Sidon herbeigerufen.

»Gerade noch rechtzeitig!«, wie Yeza mit fast eisiger Stimme vermerkte, was mich seltsam berührte, denn in ihren Armen starb die liebevolle, weichherzige Alais. Yezas Blick verschleierte sich wie der der Toten, als Yves langsam auf uns zukam. Gottes Hand war keine Faust, zwischen seinen Fingern blieb immer noch Raum für das Schicksal einzelner Menschen. »Amen!« Ich verschloss behutsam die gebrochenen Augen. Erst jetzt fiel mir auf, dass ich Baitschu nicht mehr erblickte, der bis dahin nicht von der Seite der beiden Frauen gewichen war. Gab sich der Knabe Schuld an dem plötzlichen Tod der jungen Zofe?

VON WEITEM ERBLICKTEN SIE schon die Geier, die am mattblauen Himmel kreisten, dort wo sich die Ruinen von Baalbek erheben mussten. Roç Trencavel trieb unwillkürlich die Seinen zur Eile an. Keiner von ihnen verlor ein Wort über das üble Zeichen, zumal es zwar das Vorhandensein von Leichen ankündigte, aber völlig im Ungewissen ließ, wer die Opfer waren. Die Tempel waren kaum in Sichtweite, da stießen sie auf die Reste des verwüsteten Lagers der Mongolen, niedergerissene Zelte, einen einzelnen Karren mit einer leeren Jurte, die Kadaver von einigen Kamelen, in denen noch die Pfeile steckten, weswegen man ihnen dann wohl die Halsschlagadern durchschnitten hatte. Unmittelbar davor breitete sich der Kelim, blutbefleckt, ein paar verstreute Waffen, aber keine Toten. Roç wollte sich gerade abwenden, da ertönte vom Rande des Teppichs eine röchelnde Stimme.

»Wasser!« Sie fanden den Sterbenden zwischen offensichtlich frisch aufgeworfenen mannslangen Erdhügeln. Es war einer der fünf armenischen Ritter, die König Hethum dem Trencavel in Antioch beigesteuert hatte und die ihn nach dem Desaster von Damaskus verlassen hatten.

David der Templer beugte sich nieder und flößte dem Todgeweihten etwas Nass aus seinem Beutel ein.

»Wer?«, fragte der trotz Schauderns neugierige Pons, und der Armenier rang nach Worten.

»Terèz de Foix!«, stieß er mit letzter Kraft aus, es war wie ein erleichterter Seufzer, und sein Gesicht fiel in den Staub.

»Also war Julian von Sidon vor uns hier?!«, kam David die späte Erkenntnis.

Roç nickte. Sie bedeckten den toten Ritter mit Sand und Steinen, gleich dort, wo er lag. Von den bereits vorhandenen, anscheinend eilig aufgeworfenen Grabhügeln schmückte nur einen eine Art Kreuz. Ein farbiges Band hielt die beiden Zweige zusammen, seine Enden flatterten im Wind. Plötzlich fiel Guy de Muret vor dem Grab in die Knie, schloss die Augen und führte zitternd das Seidenband an seine Lippen.

»Alais?«, flüsterte Pons teilnehmend, ihm kamen die Tränen.

Guy de Muret erhob sich langsam, sein Blick suchte den Trencavel. »Das Königliche Paar bringt Glück und Frieden!«, stellte er trocken fest. Sein Sarkasmus schien ungebrochen. Er war der Erste, der wieder sein Pferd bestieg. Die Strolche, die ihnen seit Beaufort auf Geheiß des Herrn Julian folgten, waren gar nicht erst abgesessen.

Roç warf einen letzten hasserfüllten Blick auf den Kelim, den er endgültig nie mehr wiederzusehen wünschte – es zu schwören, wagte er nicht! Dieser schreckliche Teppich brachte wahrlich allen Menschen, die mit ihm in Berührung kamen, nichts als Verderben! Presste sich dieser verdammte Kelim nicht auch immer wieder zwischen ihn und Yeza – wie ein höhnischer, breitarschiger Fürst der Finsternis –, oder verknüpfte er sie auf eine unheimliche Weise, aus der es kein Entkommen gab?

Roç versuchte die auf ihn einstürmenden Gedanken einfach abzuschütteln, es gelang ihm nicht. Wütend wollte er auf den Teppich spucken, aber der Wind wehte seinen Auswurf in den Sand, auf die Gräber. Erschrocken wandte er sich ab. Dann ritten sie zu den Ruinen.

Je näher sie Baalbek im goldleuchtenden Licht der Nachmittagssonne kamen, desto mehr Leichen lagen zwischen den Steinen verstreut, aber immer nur Mongolen. Ihre eigenen Toten hatten die Angreifer mit sich genommen – oder gab es keine? Roç und sein kleiner Haufen drangen in die Ruinen ein. Mit empörtem Kreischen und wildem Flügelschlagen erhoben sich die in ihrem unappetitlichen Mahl gestörten Geier. Die Treppenstufen, die zum Haupttempel hinaufführten, waren besät mit den Körpern toter Mongolen, auffallend war, dass ihnen nicht nur Pfeile in der Brust staken, sondern auch zwischen Schulterblättern, im Rücken – oft auf beiden Seiten. Dem Trencavel und seinem Gefolge blieb keine Zeit, sich über den Ablauf des mörderischen Geschehens den Kopf zu zerbrechen, – offensichtlich waren die Mongolen in eine Falle gestürmt, aus der es für sie kein Entrinnen mehr gab. Denn als sie die oberste Stufe erreicht hatten und zwischen den mächtigen Säulen das Innere des Tempels erblickten, stockte ihnen der Atem: Inmitten des Heiligtums, dicht zusammengedrängt oder, genauer gesagt, auf einen Haufen geworfen, erhob sich vor ihnen ein Leichenberg. Mit blutigen Schnäbeln und Hälsen fuhren die Geier auf, die auf die Übereinanderliegenden einhackten. Fast allen hatte man die Kehlen durchgeschnitten oder sie sonst wie niedergemetzelt.

»Unfasslich!«, sagte der erschütterte David. »Was mag die Mongolen getrieben haben, sich in solcher Weise hier abschlachten zu lassen – und das ohne jede Gegenwehr!«

Guy de Muret, der sich die Toten genauer ansah, konnte ihm nicht widersprechen. »Ihrer Waffen hat man sie nicht beraubt.« Denn in der Tat zwischen den Körpern staken noch etliche Spieße, viele Fäuste hielten noch das Schwert umklammert. »Eine teuflische Falle, in die sie Mann für Mann vertrauensvoll gerannt sein müssen!«

»Lasst uns gehen!«, jammerte Pons. »Ich ertrage diesen Anblick nicht länger!«

Als Roç die Stufen auf der Stirnseite wieder hinabschritt, sah er den Knaben. Baitschu hockte vor seinem erschlagenen Vetter Khazar, den er an eine Säule gelehnt hatte, als wolle er mit ihm sprechen. In Khazars Herz steckten gleich zwei Pfeile, doch das Blut auf seiner Brust stammte von dem, der ihn von hinten in den Hals getroffen und ihn so aufgerissen hatte, dass die Spitze vorne wieder rausschaute.

Der Knabe blickte auf: »Du bist der Trencavel!«

Roç sah ihn erstaunt an. »Wieso hast du überlebt?«, fragte er Baitschu, den er nicht kannte, mit einem Blick auf den toten Khazar.

Der Knabe schien um die Antwort nicht verlegen. »Ich war im Lager bei der Prinzessin Yeza geblieben«, die Erinnerung wühlte ihn jetzt doch auf, »als wir uns schon in Feindeshand sahen«, fasste er sich kurz, »da erschien Yves der Bretone mit den Templern und jagte sie alle in die Flucht!«

Dass er stolz auf diese Tat seines Freundes war, konnte man deutlich heraushören. Doch darum ging es Roç nicht. »Die Prinzessin war hier?!«, fasste er ungläubig noch einmal nach. »Der Angriff galt also ihr?«

»Ihr und dem Gold!«, bestätigte Baitschu mit jugendlicher Genugtuung, einem berühmten Helden wie dem Trencavel eine so wichtige Auskunft erteilen zu können. »Aber ihr ist nichts geschehen!«, setzte er noch rasch hinzu und schaute Roç treuherzig an. »Ich hätte wahrlich mein Leben für sie gegeben!«, ließ er seinen Helden wissen.

Das rührte Roç. »Wenn du mit uns kommen willst –?«

Baitschu nickte, besann sich aber. »Wenn Ihr mir zuvor helft, Khazar zu begraben«, verlangte er, und das taten sie. Sie trugen den Leichnam hinaus und bestatteten ihn in einer Vertiefung unweit der Ruinen.

Roç überdachte die Lage. Yeza in den Händen der Templer, das bedeutete erst einmal Sicherheit. Wahrscheinlich hatte der Bretone dafür gesorgt, dass sie in Sidon aufgenommen wurde, denn das war der nächstgelegene Stützpunkt des Ordens, seitdem er Stadt und Burg dem Räuber Julian abgenommen hatte. So wütend er auf Julian war, der ihn hintergangen hatte, es erschien ihm unangemessen, jetzt nach Beaufort zurückzureiten und den Schurken zur Rede zu stellen. Er schickte ihm stattdessen die mitgegebenen Strolche zurück, mit dem ausdrücklichen Auftrag, Frau Johanna zu grüßen. Dann ritten sie los.

»Nach Sidon?«, fragte Guy, und Roç musste kleinlaut gestehen: »Es scheint mir das Naheliegendste –«

Aus der Chronik des William von Roebruk

Yves der Bretone geleitete Yeza und mich wie zwei erbeutete Trophäen in die Stadt Sidon. Es folgten Kamele, die schwer an ihren Kisten trugen, denn deren Anzahl war die gleiche geblieben, die der Lasttiere hingegen bei dem abgeschlagenen Angriff auf das Lager erheblich dezimiert worden. Nachträglich gesehen, war es ein Wunder, dass weder die Prinzessin noch ihr treuer William eine Pfeilwunde davongetragen hatten – doch sollte der Chronist die aufopfernde Tat der guten Alais nicht vergessen, die Yeza – für sein Gefühl – seltsam unberührt weggesteckt hatte.

Der unerwartete Goldsegen wurde von den Ordensoberen der Templer mit größter Selbstverständlichkeit in Empfang genommen und sofort auf ihrer Festungsinsel am Hafeneingang in Sicherheit gebracht. Diese *Qal'at al-bahr* ist nur über eine äußerst schmale Steinbrücke zu erreichen und gilt als nahezu uneinnehmbar, zumal sie vom offenen Meer her versorgt werden kann. In langer Kette trugen die Kamele ihre kostbare Last zu ihr hinüber. Die Prinzessin wurde hingegen auf der landseitigen Zitadelle untergebracht.

Ich hatte den ganzen Tag geschlafen, als ich gegen Mittag dort Zeuge einer heftigen Auseinandersetzung zwischen dem residierenden Komtur des Ordens mit dem roten Tatzenkreuz auf blütenweißer Clamys und Yves dem Bretonen wurde. Fast gleichmütig, doch nicht ohne den berüchtigten Dünkel der Templer, hatte Marc de Montbard seinen Gast, dem er immerhin viel verdankte, für das viele Gold zumindest dankbar sein sollte, wissen lassen, wen er soeben am nahegelegenen Südtor abgewiesen hatte.

»Da verlangte einer Zutritt zur Prinzessin!«, berichtete er voller Häme und Überheblichkeit. »Er sei der Trencavel, behauptete der heruntergekommene Bursche doch glatt!«

Yves hatte – nur für mich merklich – aufgehorcht, verzog aber keine Miene, was den Komtur ärgerte. »Begleitet war er von nicht minder dubiosen Gestalten, darunter einem Knaben, der mir wie ein Mongolenbürschlein vorkam, und einem armseligen Ritter, den unser Orden längst hätte ausstoßen sollen, einem gewissen David von Bosra, der mir sein Ehrenwort anbot, dass dem so sei!«

»Dem war so!«, unterbrach ihn der Bretone ungehalten. »Ihr hättet mich hinzuziehen sollen!«, warf er dem Herrn de Montbard vor, der ihn sofort seinen Hochmut spüren ließ.

»Wie komme ich dazu«, er fing sich schnell, »einen werten Gast mit einer derart lächerlichen Angelegenheit zu behelligen?!«

»Ihr hättet Eurem Orden den Verdienst an den Beauséant heften können, das Königliche Paar endlich wieder zusammengeführt zu haben!«

»Ist das die Aufgabe der Templer?!«, höhnte der Komtur. »Mir reicht es, dieser Prinzessin Gastfreundschaft zu gewähren, und das auch nur, weil Ihr sie angeschleppt habt!«

Yves beherrschte sich nur mühsam. »Auf die Euch wohlbekannten Pläne der Mongolen keine Rücksicht genommen zu haben wird Euch vielleicht Sidon kosten«, sagte er scharf, » dass Ihr den erklärten Herzenswunsch der Grande Maîtresse missachtet habt, wird Euch mit tödlicher Sicherheit um Posten und Titelwürde bringen!«

»Was hätte ich denn machen sollen?« Der Komtur gab sich nur vorübergehend kleinmaulig, »da kann ja jeder kommen!«

»Der Trencavel kam nur einmal!«, der Bretone schenkte es sich, den billigen Triumph weiter auszukosten. »Mit welcher Begründung habt Ihr ihn denn abgewiesen?«

Doch Marc de Montbard war nicht gewillt, sich weiter abfragen zu lassen wie ein kleiner Sergeant. »Zum Teufel hab' ich ihn gejagt!« Er wurde jetzt laut. »Und das sollte ich auch mit Euch tun!«, setzte er hochfahrend hinzu. »Mit Euch und Eurer Prinzessin!«

Yves war bleich geworden, aber er ließ sich nicht zu der Antwort hinreißen, die dieser eitle Komtur verdient hätte. »Ich bin bereit«, entgegnete er einladend, »aber ich fürchte, dass Eure Eier lang vor den meinen in den Flammen der Hölle geröstet werden!« Er machte auf dem Absatz kehrt und schritt sporenklirrend aus dem Saal.

Beide Herren blieben Sidon und speziell der Zitadelle vorerst erhalten, ich beschloss, Yeza nichts davon zu sagen, wie nah ihr Roç bereits gewesen war. Sie hätte dem Komtur zumindest ein Fegefeuer auf Erden bereitet. Auch der Bretone ersparte sich solch Ungemach, allerdings vertraute er mir an, dass er diesem Ort so schnell wie möglich den Rücken kehren wolle, und zwar mit Yeza! Er habe sich entschlossen, sie tatsächlich nach Schaha zu bringen, so wie es von Kitbogha geplant gewesen sei. Nach dieser, ein weiteres Mal – diesmal durch pure Ignoranz – fehlgeschlagenen Wiedervereinigung des Königlichen Pares sei der leiblichen Sicherheit der Prinzessin, für die er sich nun allein verantwortlich fühle, der absolute Vorrang einzuräumen.

»Manchmal bringt Dummheit gepaart mit Hochmut mehr an Gefahr als Böswilligkeit!«, sagte ich, um mein Verständnis zu beweisen. »Und Roç Trencavel erweist sich mal wieder glatter als eine Forelle im Wildbach, so wie er sich – ohne eigenes Zutun – jedem Zugriff entzieht!«

»Wenn, was ich hoffte, Yeza hier gut aufgehoben wäre, hätte ich mich jetzt aufgemacht, und mir wäre der Trencavel nicht entwischt«, sagte der Bretone mit Bedauern. »Ich kann lange im kalten Wasser stehen –«

»Derweil könnte ich doch?«, hob ich an, meine Hilfe anzubieten, doch der Herr Yves schnitt mich kurz.

»Werter William«, er legte mir die kräftige Hand auf die Schulter, was mich ehrte. »Dem, was auf Sidon, die Prinzessin und die Templer jetzt zukommt«, sprach er düster, »seid Ihr mit Eurer Güte und Nächstenliebe nicht gewachsen! Aber sorgt Euch nicht, mein Nacken ist es gewohnt, die Lasten anderer zu tragen – und so wird es bleiben, so lange mein harter Schädel über seinen starren Hals noch fest mit ihm verwachsen!«

DER EMPFANG AUF BEAUFORT, der Burg des Raubritters Julian von Sidon, war frostig. Roç und sein kleiner Haufen wurden dennoch durch den unterirdischen Gang, die drei Tore mit ihren dräuenden Fallgittern hinauf in das Untergeschoss des mächtigen Donjon geleitet. Der fensterlose Gewölbesaal wies eine rundum laufende steinerne Empore auf, hinter der sich das hölzerne Treppenhaus nach oben schraubte. Hier erwartete sie der Hausherr, erstaunt, belustigt ob ihrer Rückkehr in sein Räubernest.

»Was verleitet Euch zu dieser Tollheit, Roç Trencavel, mir noch einmal unter die Augen zu treten, nachdem klar erwiesen, dass es der von Euch dazu bestimmte Terèz de Foix war, der mich an die Templer verriet?« Sein nicht bedecktes Auge starrte dennoch die vor ihm Stehenden voller Argwohn an, die Torwache hatte es versäumt, ihnen die Waffen abzufordern. Sein Blick glitt hoch zur Balustrade, von den Säulen verborgen, sah er die Läufe seiner Armbrustschützen auf die Besucher gerichtet. Der Trencavel hatte es nicht bemerkt, wohl aber der stets misstrauische Guy de Muret.

»Warum sollte ich Euch die Templer auf den Hals hetzen, die sich jetzt im unerwarteten Besitz der geliebten Frau sehen, um derentwillen ich auszog –« Roç schaute seinem Gegenüber offen in das entstellte Gesicht. »Hättet Ihr mich nicht in die Irre geschickt –«

»Hättet Ihr mit Eurer Torheit mir alles verdorben!«

Da kicherte der kleine dicke Pons, der den Ernst der Lage noch nicht erfasst hatte. »Es war Yves der Bretone«, ließ er Julian gerne wissen, »der Euch einen Strich durch die Rechnung machte, nicht Terèz de Foix!«

Der Burgherr dankte es ihm mit dem Blick einer Schlange, die eine ahnungslose Feldmaus im Visier hat. »Und wer hat diesen verdammten Bretonen auf unsere Fährte gesetzt?!«, schnaubte Julian, diesmal an die Gefährten des Trencavel gerichtet, dabei hatte er die Antwort längst parat, doch Guy tat ihm den Gefallen nicht, seinen Freund Terèz zu bezichtigen.

»Herr Yves leidet unter demselben zwanghaften Verlangen wie

noch etliche auf dieser Welt: endlich das Königliche Paar vereinigt zu sehen!« Das war weniger eine Spitze gegen Roç als die offenkundige Tatsache, dass er sich über alle, Anhänger wie Gegner, lustig machte, den Burgherrn eingeschlossen. Dem konnte das nicht gefallen.

Barsch wandte er sich an Roç, gerade als Frau Johanna, von ihrer Kemenate herabgestiegen, auf der Treppe erschien. »Ihr habt mir unermesslichen Schaden zugefügt!« Julian erkannte, dass seine Folgerung für den Angesprochenen nicht schlüssig war. »Schließlich ist es Eure Prinzessin Yeza, deren bloße Existenz mich um ein Vermögen gebracht, das Gold, mit dem ich Sidon hätte auslösen können!« Auffordernd verharrte sein starrender Blick auf dem Trencavel. »Welchen Lohn erwartet Ihr also?«

Jetzt sah auch Roç ihn belustigt an, ihm lag auf der Zunge, die Antwort zu geben: »Euer treuliebend Weib Johanna!«, doch verkniff er sich diese Bloßstellung der Dame des Hauses. »Ihr könntet – diesmal mit mir zusammen – versuchen, in Sidon einzudringen«, schlug er Julian keck vor. »Ich hole mir meine Prinzessin zurück, Ihr Euch das Gold!«

Der Burgherr brach in schallendes Gelächter aus. »Die einzige Gemeinsamkeit, die ich sehe«, prustete er, »sind wir, Seite an Seite, beide mit langen Hälsen – an den Zinnen der Stadtmauer aufgehängt!« Die Gefährten schauten den Trencavel betroffen an. Hatte Roç tatsächlich geglaubt, jemanden wie Julian für ein solches Wahnsinnsunternehmen zu gewinnen? Guy de Muret kam zu diesem Schluss. Beide hatten bereits hinreichend bewiesen, dass es nichts gab, was sie sich nicht zutrauten. Zusammen wären sie vielleicht unschlagbar – Julian brachte die Sache zum raschen Ende. »Schert Euch zum Teufel, Trencavel!«, rief er aus, ein durchaus jovialer Unterton schwang mit. »Ihr bringt mir kein Glück!«

»Wartet!«, ließ sich da von der Treppe Frau Johanna vernehmen. »Ihr mögt Euch wohl gegenseitig im Schwachsinn überbieten, doch jetzt seid Ihr, Julian, nicht mehr ganz bei Trost!« Ihrem Ehegespons war zumindest das Lachen vergangen, er schaute erwartungsvoll hoch zu seiner klügeren Hälfte, und die wies ungerührt auf Roç und seine Getreuen. »Die da sind die Einzigen, die wissen, dass Ihr es wart, Julian, der um des schnöden Goldes willen die Mongolen abschlachtete – und nicht die Templer!«

Störrisch wehrte sich der Herr der Burg. »Das muss er erst mal beweisen, der Herr Trencavel!«

Aber sein Weib ließ nicht locker. »Er muss nur den Grafen von Foix, den Ihr Euch habt durch die Lappen gehen lassen, auftreiben und als Zeugen aufbieten!«, höhnte Johanna ob solchen Starrsinns, doch da meldete sich Baitschu erregt zu Wort.

»Ihr seid der Mörder!«, klagte er unerschrocken Julian an. »An Euren Händen klebt das Blut meines Vetters Khazar und das all der anderen tapferen Männer meines Volkes!«, der tollkühne Knabe holte tief Atem. »Mein Herr Vater, der oberste General unseres Heeres, wird sie furchtbar rächen!« Baitschu erkannte zu spät in seinem jugendlichen Zorn, in welche Gefahr er sich und die anderen brachte. »Und mich auch!«, setzte er mit Stolz noch oben drauf.

Erst schien es, als habe der wütende Ausbruch des Knaben Herrn Julian die Sprache verschlagen, aber unvermittelt verfiel er wieder in seine dröhnende Lache. »Euer Grab habt Ihr Euch selber geschaufelt!« Er wies hoch zu den Armbrustschützen, Roçs Hand zuckte zum Schwertgehänge, doch Davids Hand hinderte ihm den Griff. »Werft Eure Schwerter weg, wenn Ihr an Eurem Leben hängt!«, befahl Julian und zog sich aus der Reichweite jeder Waffe zurück hinter die Lehne seines Stuhls. Nicht einmal Yezas Wurfdolch hätte noch helfen können, durchfuhr es Roç, er hätte dem Schurken längst an die Gurgel springen sollen, nun war auch diese letzte Chance verstrichen. Als Letzter ließ er sein Schwert fallen.

»Unser Blut wird über Euch kommen!« Roç war nicht gewillt, Verzweiflung oder gar Unterwürfigkeit zu zeigen, doch das steigerte nur noch einmal die grenzenlose Heiterkeit des Herrn Julian, obgleich er schon nach Luft japste. »Euer Blut!«, spottete er. »Euer kostbares Blut, edler Trencavel! *Lebend* seid Ihr der Garant für die Unversehrtheit meines Leibes!« Er fing sich langsam wieder. »Und so auch Euer Mongolenbürschlein!« Julian schaute beifallheischend zu seiner Frau. Johanna wog unbestimmt und mit sichtbarem Bedenken ihr Haupt, doch ihr Mann nahm das als Einverständnis. »Führt sie ab!«, wies er seine Strolche an, die nur auf diesen Befehl gelauert hatten. Herr Julian war bester Laune, seinen Gefangenen wurden die Hände auf den Rücken gebunden. »Ihr kommt an einen ruhigen Ort, geräumiger und komfortabler als Kerker gemeinhin sind«, er freute sich richtig ob der gelungenen Wendung der Dinge. »Mein Weib Johanna kann Euch dort gelegentlich besuchen, wenn ihr danach ist!« Er war ein großzügiger Ehemann.

Roç sagte dazu nichts, und auch Johanna fand die Bemerkung unpassend. Dem Trencavel fiel ein Stein vom Herzen, nicht um seinetwillen, sondern der Gefährten wegen – besonders für Baitschus junges Leben fühlte er sich plötzlich verantwortlich. Für sich selbst hätte er den Tod in Kauf genommen, als späten Preis für eine Liebe, deren er sich bisher nicht würdig gezeigt hatte. Sollte er je wieder das Licht des Tages erblicken, wollte er sein Leben einzig dieser Liebe zu Yeza weihen!

Die Gefangenen wurden abgeführt.

»In der alten Zisterne können wir sie so lange trocken lagern, bis sie verdorrt sind – oder zumindest bis der Sturm sich gelegt hat«, erklärte Julian stolz seinem Weib, deren Gedanken längst weitergeeilt waren.

»Du solltest einen Templer losschicken«, gab sie ihre Überlegungen preis, »der ein vertrauliches Schreiben an den Großmeister des Ordens befördert, in dem der amtierende Komtur von Sidon, dieser eitle Marc de Montbard, sich seines Schlachtensieges rühmt und anfragt, wohin mit dem erbeuteten Gold –«

»Und woher soll ich den nehmen?«, fragte Julian vorsichtig nach, einleuchtend fand er den Plan auch nicht.

»Mach dir einen!«, schalt Johanna seine Begriffsstutzigkeit. »Wichtig ist nur, dass die Mongolen den Brief abfangen!«

Julian küsste seiner Frau die Füße.

Aus der Chronik des William von Roebruk

Am nächsten Tag traf Herr Thomas Bérard in Sidon ein, der Großmeister des Ordens *Sacrae domus militiae Templi Hierosolymitiani magistri*. Er kam von Tyros herauf, wo er Gast des Stadtherrn Philipp de Montfort gewesen. Hier hatte er vor, seine Galeere zu besteigen, die ihn nach Europa bringen sollte, wo er um Unterstützung für die Tätigkeit des Ordens im Heiligen Land werben wollte, sei es um Nachschub für seine Ritterschaft, sei es um Spenden einzusammeln. Er war hocherfreut, als er von dem unglaublichen Fischzug seiner Leute hörte. In der Tat übertrafen die abgefangenen Lösegelder der Städte Damaskus und Aleppo bei weitem das, was im Abendland vom knauserigen Stuhle Petri oder gar aus weltlichen Säckeln zu erwarten war.

Yves der Bretone machte sich nicht sonderlich beliebt bei dem hohen Herrn, als er darauf hinwies, dass die Mongolen wohl kaum auf das Gold verzichten würden, das sie als ihr Eigen betrachteten, wenn es auch den Muslimen abgepresst sei. Davon wollte Herr Thomas Bérard nichts hören. Mit hochfahrender Handbewegung ließ er seinen Untergebenen samt diesen Bevollmächtigten des Königs von Frankreich wissen, dass die Unterredung beendet sei.

Immerhin stieß der Bretone anschließend unter vier Augen bei Marc de Montbard nicht auf völlig taube Ohren. Bisher könne der Komtur noch davon ausgehen, dass die Mongolen sich mit der Rückerstattung ihres Goldes zufrieden geben und Sidon verschonen würden. Sollte aber der Orden die Aushändigung verweigern, dann fiele auch der Verdacht auf die Templer, sie hätten mit den Mördern der zwei Hundertschaften unter einer Decke gesteckt, und mit denen würden die Mongolen keinerlei Erbarmen kennen. Das leuchtete dem Komtur ein.

»Zumindest gab er sich den Anschein!«, wie mir Yves später anvertraute.

Inzwischen traf auch die Großmeisterliche Galeere ein, sie war von Askalon, der südlichsten Niederlassung des Ordens, heraufgekommen und der Kapitän teilte uns mit, dass ein von Kitbogha ausgesandtes Heer Nablus und Gazah erobert habe.

»Eine klare Herausforderung der Mamelucken von Ägypten«, bemerkte Yves der Bretone ungerührt. Die Anwesenheit des Großmeisters hatte ihm den Status eines Sonderbevollmächtigten des Königs von Frankreich zurückgegeben, den der Komtur Marc de Montbard bislang ignoriert hatte. Mit bei Templern seltener Einsichtigkeit begann sich der Komtur mehr und mehr an den Bretonen anzulehnen, denn der musste, wie er selbst, vor Ort in Outremer ausharren und konnte sich nicht nach Europa absetzen.

»Qutuz, der Sultan von Kairo«, gab Herr Thomas Bérard zu bedenken, »weiß genau, dass der Il-Khan einen großen Teil des mongolischen Heeres abgezogen hat. Er wird es – nach dieser Provokation – auf eine militärische Auseinandersetzung ankommen lassen.«

»Also Krieg?!«, sagte Herr Marc de Montbard nicht etwa mit Schaudern, auch nicht mit klammheimlicher Genugtuung, sondern mit dieser deutlich spürbaren Geilheit aller Templer, die ich kannte, auf jede Art von Waffengang – meinen Freund David von Bosra mal ausgenommen.

Der Großmeister nickte sinnend. »Lasst alle Kisten mit diesem Gold auf mein Schiff bringen!«, befahl er überraschend, der Komtur war so verwirrt, dass er sich zu einer Reaktion hinreißen ließ, die weder dem Gebot absoluten Gehorsams entsprach noch von besonderer Tapferkeit zeugte.

»Aber – aber das ist unser Todesurteil!«, entfuhr es ihm. Sein Großmeister maß ihn mit einem Blick, der vernichtender war, als jede Hinrichtung es sein konnte.

»Euer Leben gehört dem Orden«, befand er trocken. »Euer Tod hätte Euch zur Ehre gereichen können –« Er ließ die Worte grausam lang im Raum stehen, dann sagte er leichthin: »Meine Galeere wird voll beladen Sidon verlassen, aber ohne mich. Damit sind die Beweisstücke außer Landes!«, erklärte er befriedigt. »Ich bleibe auf meinem Posten zu Akkon« – er sah den Komtur nicht einmal mehr an – »so wie Ihr, Marc de Montbard, auf dem Euren!« Sein Blick lag auf Yves, dem die Worte jedoch nicht galten. »Vielleicht sind ja die Mamelucken schneller als die Mongolen, und sonst habt Ihr ihnen ja noch die Prinzessin anzubieten – im Tausch für Euer kostbares Leben!«

Ich sah hinüber zu Yves. Er verzog keine Miene. Da wusste ich, dass Yeza mitnichten Pfand sein würde, so wie sich der Großmeister des Tempels das vorzustellen beliebte. Ich vertraute der Findigkeit des Bretonen. Allerdings war Yeza damit erst mal wieder Gefangene, auch wenn sie nichts davon ahnte.

PHÖNIX AUS DER ASCHE

DER TOD
DES ROTEN FALKEN

ZU DAMASKUS IM VERWAISTEN SULTANSPALAST tagte die mongolische Heeresführung. Den Vorsitz führte der betagte Kitbogha, den die Schläge der letzten Tage sichtbar gezeichnet hatten. Sein Neffe Khazar erschlagen, sein jünster Sohn Baitschu, den der Alte abgöttisch liebte, war seit dem üblen Hinterhalt der Templer, die mit diesem Julian von Sidon unter einer Decke steckten, spurlos verschwunden, desgleichen das Königliche Paar, auf dem alle Hoffnung der Mongolen ruhte.

»Und dies ganz im Besondern«, trug er den wenigen ihm verbliebenen Generälen vor, »seitdem durch den Abzug unseres verehrten Il-Khan die Armee der Mongolen erheblich geschwächt ist –«

Diese fatalistische Haltung empörte den General Sundchak. »Was jammert Ihr diesen nutzlosen Friedenskönigen nach?!« Der Fleischerhund schnaubte in die Runde, damit sich der Alte nicht unmittelbar angegriffen fühlen sollte. »Wir haben zwei Hundertschaften verloren, durch die Unfähigkeit eines Unterführers, der dazu –«

Die gebieterisch erhobene Hand des Oberkommandierenden ließ ihn verstummen, Kitbogha war zornig. »General Sundchak!«, donnerte die Stimme. »Wenn es Eure strategische Weitsicht für erforderlich hält, dann könnt Ihr gern gegen Sidon vorgehen und Euren rotglühenden Schwengel am kalten Stahl der dortigen Templer kühlen –«

»Heißer Strahl gegen kalten Stahl!«, fauchte der trotzig. »Ich werd' denen so lange auf die Eier zischen, bis sie das geraubte Gold wieder ausspucken, das schließlich dem Il-Khan gehört!«

»Dann erledigt Euer dringendes Bedürfnis bitte rasch, denn wir brauchen die Truppen für Wichtigeres als Euer Rachepissen!« Kitbogha hatte die dröhnenden Lacher auf seiner Seite.

»Was sollte denn Wichtigeres sein?« Sundchak wurde puterrot. »Als diesen feigen Mord, diesen frechen Diebstahl zu strafen?! Etwa die Suche nach Eurem Königlichen Paar?!«

Der alte Kibogha hatte längst beschlossen, sich über Sundchak auf seine alten Tage nicht mehr aufzuregen. »Unsere Männer werden davon nicht wieder lebendig, das Gold werdet Ihr in Sidon nicht mehr finden«, entgegnete er trocken, »aus Gazah habe ich Nachricht, dass der Gesandte, den unser dortiger General nach Kairo geschickt hat, bisher nicht zurückgekehrt ist –«

Sofort schnappte der Fleischerhund zu. »Es wird höchste Zeit, dass wir uns Respekt verschaffen, anstatt hier untätig in Damaskus zu hocken! Dieses Mameluckenpack tanzt uns – Arm in Arm mit den«, er spuckte vor Verachtung, »ihnen anverlobten Templerhuren auf der Nase herum!«

Kitbogha blieb ruhig. »Solange es nur um Euer so ausgeprägtes Witterungsvermögen geht, und nicht an unsere Eier«, heimste er einen weiteren Lacher ein, »werde ich mich an die Vorgabe des Il-Khan halten, und die hieß: Damaskus!« Er besann sich verärgert. »Es reut mich längst, dass ich Eurem Drängen nachgegeben und Truppen an die Grenze zu Ägypten habe vorrücken lassen!«

»Wie wolltet Ihr sonst Syrien schützen?!« Sundchak zeigte jetzt Milde mit seinem Vorgesetzten, zumal ihm Kitbogha in letzter Zeit schlagartig sehr gealtert erschien.

Der Alte nahm dies als Treuebeweis. »Es kann zurzeit nicht in unserem Interesse liegen, die Mamelucken zu reizen«, erklärte er seinen Generälen. »Ich habe deshalb eine neutrale Persönlichkeit beauftragt, beim Sultan von Kairo vorzusprechen und ihm zu versichern, dass wir nicht vorhaben, die Grenze seines Reiches zu verletzen.« Die Unruhe, die im Raum entstand, konnte auch als Murren gewertet werden. »Ich bin sogar bereit, einen Nichtangriffspakt abzuschließen, wenn das gewünscht wird.« Sundchak warf sich zum Sprecher der Unzufriedenen auf. »Ihr habt dafür den so genannten Prinzen Konstanz von Selinunt ausgewählt«, spottete er, »der hier in Damaskus unter dem Namen ›Der Rote Falke‹

bekannt ist, von dem niemand weiß, für wen er spioniert – und der nur von Glück reden kann, dass ihn noch keiner um seinen verräterischen Kopf kürzer gemacht hat!«

Kitbogha musste seinen aufsteigenden Ärger herunterschlucken. »Fassr ed-Din ist der Sohn des letzten ägyptischen Großwesirs und gilt als exzellenter Mittler zwischen Orient und Okzident!«

»Hier handelt es sich aber um einen Konflikt – nicht zwischen Christentum und Islam, sondern um unseren mongolischen Machtanspruch auf den ›Rest der Welt‹, die Einführung unserer *pax Mongolica* – und die Aufsässigkeit dieser Mamelucken!«

»Eure klare Sicht der Dinge, Sundchak, setzt mich in Erstaunen«, lobte Kitbogha seinen Fleischerhund. »Warum handelt Ihr so selten danach?« Der General bekam den Knochen des Lobes quer ins Maul. »Deswegen habe ich dem Emir auch eine mongolische Eskorte beigegeben, damit seine Position klar ist – er wollte eine solche Begleitung übrigens nicht, ich habe sie ihm aufgezwungen!«

»Der Kerl schämt sich wohl, im Namen von uns Mongolen aufzutreten!«, stichelte Sundchak, doch Kitbogha ging darüber hinweg.

»Das muss er mit sich selber ausmachen!«, beschied er den Renitenten. »Ihm geht es um Aussöhnung mit den Muslimen – und um das Glück der zukünftigen Könige des Friedens!«

»Dachte ich mir 's doch!« Der General erhob seinen massigen Körper. »Ich sehe meine Aufgabe in dieser Welt, uns Mongolen den geschuldeten Respekt zu verschaffen!« Damit stampfte er aus dem Saal.

Aus der Chronik des William von Roebruk

Um mich kümmerte sich eigentlich niemand in Sidon, so konnte ich mich frei bewegen zwischen der enormen Zitadelle, einem Felskegel, wuchtig einbezogen in die landseitigen Mauern der Stadt, und ihrem durch natürliche Felsbarrieren geschützten Hafen. Zusätzlich bewacht wurde dies Becken von der Qal'at al-bahr, einer genial befestigten Insel, die als uneinnehmbar galt. Yeza hingegen blieb solch ungehinderter Ausgang versagt, und wahrscheinlich war das auch im Sinne des Bretonen, dass die Templer den Schutz der Prinzessin vorschoben. Sicher wünschten beide Seiten nicht, dass Yezas Anwesenheit in Sidon bekannt würde oder sie sogar mit ihrer Erscheinung für das übliche Aufsehen sorgte. Sie selbst schien sich vorläufig mit ihrer Lage abzufinden. Die Prinzessin war nicht länger die beliebig verschiebbare Dame im Spiel der mongolischen Eroberer, wenngleich ihr bewusst sein musste, dass auch hinter dem Orden der Templer jene geheimnisvolle Macht stand, die es sich in den Kopf gesetzt hatte, Yeza mit Roç zum Königlichen Paar zu vereinen und zu herrscherlichen Würden zu verhelfen. Schon sah ich die unsichtbare Hand der Grande Maîtresse bei allem im Spiel, was mit Yeza geschah, – es würde mich auch nicht wundern, wenn sich Yves der Bretone als Mitglied der mysteriösen Bruderschaft herausstellen sollte. Zumindest erschien er mir wie ein treuer Kettenhund, so wie er vor den Gemächern der Prinzessin wachte.

Der Großmeister des Tempels war kaum abgereist, zurück nach Akkon, da lief im Hafenbecken ein Schnellsegler des Ordens ein. Das Schiff komme aus Ägypten hörte ich, was meine Neugier schürte, wenngleich es ein offenes Geheimnis war, dass die Templer mit Kairo – allen sonstigen Konfrontationen zum Trotz – stets eine enge Verbindung aufrecht hielten. So entging es meiner Aufmerksamkeit nicht, welcher Passagier – ohne jegliche Verkleidung – mit größter Selbstverständlichkeit an Land ging: der hinkende Naiman! Ich lief so schnell ich konnte zurück zur Zitadelle, um es Herrn Yves zu hinterbringen. Doch dann deuchte mich die bloße Nachricht von der Ankunft des Geheimagenten des Sultans zu dürftig, und ich begab mich rasch in die Bibliothek hinter dem Arbeitszimmer des Komturs. Durch das hölzerne Gitterwerk der Abtrennung zwischen den beiden Räumen konnte ich alles hören und vieles auch sehen, insbesondere wen der Herr Marc de Montbard – meist unbekümmert um meine Anwesenheit – dort empfing. Und Naiman platzte sogleich nach der formlosen Begrüßung durch den Templer mit der ersten Neuigkeit heraus.

»Der Gesandte, den der mongolische General zum Sultan geschickt hatte, bekam diesen gar nicht zu Gesicht!« Schlürfenden Schritts zog Naiman es vor, den angebotenen Hocker zu übersehen und erst mal seine eigene Schilderung des Ereignisses genussvoll auszukosten. »Der Ouazir al-Khazna, der Oberhofkämmerer, ließ sich das Anliegen des Tölpels vortragen, dann winkte er die Wachen wieder herbei, die ihn gebracht hatten, und ließ ihn ›auf kürzestem Wege‹ aus dem Palast entfernen: Sie stürzten den Gesandten von den Zinnen der Palastmauer, hinunter auf das steinige Pflaster der Altstadt von Kairo, wo die Bevölkerung den Zerschmetterten dann endgültig zu Tode schleifte!«

Der Komtur hatte sich die Geschichte ungerührt angehört. »Auf einen mehr oder weniger kommt es bei den Kugelköpfen nicht an«, bemerkte er wegwerfend, sehr zur Enttäuschung des Agenten, »was mich viel mehr interessiert, ist die Botschaft, die er überbringen sollte.«

Naiman ließ sich, sein verkrüppeltes Bein geschickt nachziehend, auf den Hocker fallen. »Nicht nur die Überlassung von ganz Syrien verlangte der Unverschämte, sondern dazu noch die Unterwerfung des Sultans unter die Oberhoheit der Mongolen!« Naiman unterstrich mit einem Kichern, das sich wie das Meckern eines Ziegenbocks anhörte, die Torheit eines solchen Verlangens. »Stellt Euch vor, unser erhabener Sultan Qutuz sich auf den Bauch werfend –«

»Kommt drauf an, vor wem«, der Templer trieb sein Spiel mit seinem Besucher. »Kotau vor dem Großkhan, vor dem Il-Khan?«, zog er anscheinend ernsthaft in Betracht.

»Vor diesem Königlichen Paar!«, explodierte Naiman wütend vor Empörung, was den Komtur freute, denn jetzt war er sicher, dass die Mamelucken seine Meinung teilten, und er änderte den Ton.

»Dieser dämliche Einfall der Mongolen«, er senkte jetzt auch seine Stimme, denn damit verstieß er gegen die offizielle Haltung seines Ordens – und die Wände hatten Ohren, nämlich die eines aufrechten Minoriten, »wird uns noch in größte Schwierigkeiten bringen!«

Die plötzliche Vertraulichkeit des Marc de Montbard verleitete den Agenten, einen Schritt weiterzugehen. »Sie könnte aber auch dazu führen«, lockte er jetzt offen, »dass die ägyptische Flotte Euch hier zu Hilfe kommt, gegen die Rache der Mongolen für Baalbek?«

»Das waren nicht wir!« Dem Komtur war plötzlich nicht mehr zum Scherzen zumute. »Baalbek war einzig und allein das Werk dieses unverantwortlichen und bis über die Ohren verschuldeten Herrn Julian!«

»Und damit er seine Schulden beim Tempel begleichen kann, habt Ihr ihn veranlasst, die Drecksarbeit, das Massaker von Baalbek – «

»Ich schwöre Euch, wir wussten von nichts!«

Naiman ließ wieder sein meckerndes Gelächter ertönen. »Das erzählt doch bitte dem General Sundchak, der Euch in Bälde die Mauern dieser Stadt einreißen wird! Nach Recht und Blut ist der feine Herr Julian immer noch Titular von Sidon!«

Der Komtur schwieg betroffen, dieser windige Spion hatte wohl Recht. »Was könnte –?«

Naiman winkte ihn zu sich heran. »Ihr beherbergt doch in Euren Mauern jene Prinzessin?«

Ich hatte Yezas Namen – trotz des gezischten Flüsterns – deutlich genug gehört, auch wenn der Herr Marc de Montbard jetzt stammelte: »Der Preis ist mir zu hoch.«

Auf Zehenspitzen verließ ich die Bibliothek durch die Hintertür und rannte zu den Gemächern der Prinzessin. Yves der Bretone hielt mich auf. »Die Prinzessin ist in Sicherheit!«, beschwichtigte er mich, der ich völlig außer Atem war.

»Qal‹at al-bahr?«

Der Bretone schwieg, das war auch eine Antwort. Ich ging zurück und traf Naiman alleine an. Wenn ich ein Assassine gewesen wäre oder überhaupt einen Dolch besitzen würde, hätte ich die Gelegenheit wahrgenommen und ihn getötet. Naiman musste es meinem Gesichtsausdruck wohl angesehen haben, denn er kicherte gleich los.

»Euch, William von Roebruk, für einen Giftmord zu dingen, wäre doch eine gute Idee!?«

»Mit größtem Vergnügen, Naiman, wenn Ihr das Opfer wäret!«

Das machte ihm Spaß, und er zahlte es mir mit gleicher Münze zurück. »Oder damit es Euch ergeht wie Eurem lieben Freund, dem von Euch so hoch verehrten ›Roten Falken‹?« Er ließ mich etwas zappeln wie einen aufgespießten Käfer. »Dem habe ich eine Grube gegraben, in die er diesmal fahren wird!« Er lachte böse. »Seinen Kopf wird er verlieren, oder sein Hals wird etwas länger«, quälte er mich, »das hängt nur davon ab, in wessen Hände er innerhalb der Mamelucken-Hierarchie geraten wird!«

»Bislang«, begehrte ich auf, »hatte er noch immer des Sultans Ohr!«

»Bislang«, schlug Naiman zurück, »wusste der erhabene Qutuz auch nicht, dass der falsche ›Prinz Konstanz von Selinunt‹ gegen die Interessen Ägyptens intrigiert, die christlichen Barone des so genannten Königreiches von Jerusalem gegen die Mamelucken aufhetzt und für die Mongolen wirbt! Ihr wart ja selbst in Akkon zugegen, William von Roebruk –«

Ich war empört über den feigen Denunzianten. »Ich werde als Zeuge gegen Eure Verleumdungen auftreten!«, rief ich und war auch bereit dazu.

»Zu spät, nichtsnutziger Bruder des Einfältigen von Assisi! Bis Ihr am Nil eintrefft, fressen Euren Freund schon die Würmer!«

»Der Rote Falke wird über Eure Niedertracht triumphieren!« Ich wollte mich von dieser schielenden Ratte nicht ins Bockshorn jagen lassen. »Außerdem hat er mächtige Freunde unter den Mamelucken – wie zum Beispiel den Emir Baibars, den berühmten ›Bogenschützen‹ – übrigens auch ein alter Verehrer der Prinzessin Yeza!«

Naiman war des Lachens wohl müde. »Genau dem hat der erhabene Sultan den militärischen Oberbefehl anvertraut«, musste er mir zugeben.

»Seht Ihr, missgünstige Schlange Naiman!«, erstattete ich ihm seine Beleidigung zurück. »wie Eure teuflischen Pläne zunichte werden –«

Das eine Auge Naimans lächelte. »Damit die Verehrung des Königlichen Paares beim Emir Rukn ed-Din Baibars Bunduktari nicht überhand nimmt, hat der kluge Sultan Qutuz den Sohn desselben Bogenschützen, den kleinen Mahmoud, als Geisel an seinen Hof genommen.« Ich sah seine gespaltene Zunge heftig züngeln. »Sonst könnte dem – zugegebenermaßen – höchst gefährlichen Bogenschützen noch einfallen, Roç und Yeza als Vizekönige in Syrien einzusetzen!« Das Schlangenauge sah mich durchdringend an. »Nicht jeder geniale Feldherr, und das ist Baibars zweifelsohne, muss auch ein begnadeter Politiker sein!« Sein Blick bekam etwas Stechendes, Kaltes, das mich ins Herz traf, mir schauderte. »So war auch Euer Roter Falke ein vom Glück oft begünstigter Abenteurer, meinetwegen auch ein Held – aber kein Geist, der dem meinen schlussendlich gewachsen!«

Ich fühlte mich elend in meiner Ohnmacht gegen so viel teuflische Bosheit. Naiman verließ, sein Bein nachziehend, den Raum als Sieger.

Kurz darauf erschien der Komtur der Templer in unserem Quartier auf der Festung im Meer und verlangte Yves den Bretonen unter vier Augen zu sprechen, meine Anwesenheit zählte nicht.

»Bitte kümmert Ihr Euch, Herr Yves«, sprach Marc de Montbard sorgenvoll, »dass die Prinzessin hier innerhalb der sicheren Mauern der Qal'at al-bahr festgehalten bleibt, schon zum Schutz vor Naiman!« Yves nickte grimmig, aber Marc de Montbard fuhr fort. »Ich bin nicht gewillt, mir das Pfand durch Leichtfertigkeit aus der Hand nehmen zu lassen, weder tot – wie es die Mamelucken wünschen –, noch lebend – wie es sich die Mongolen erhoffen!«

Mir war klar, und Yves wohl auch, dass es für beide Varianten noch weitaus mehr Anwärter gab. Und Yeza als ahnungsloser Spielball mittendrin!

DIE ALTE ZISTERNE lag weit von der Burg entfernt, tief unter dem gewaltigen, in den Felsen geschnittenen Graben. Sie war seit Jahrzehnten nicht mehr gebraucht worden, man hatte die Wasserversorgung ins geschützte Innere der Mauern von Beaufort verlegt. Der abgelegene, unterirdische Raum war geräumig und trocken, von oben fiel durch den kreisrunden, nicht einmal vergitterten Einlass das Licht der Sonne. Als Fluchtmöglichkeit blieb er den Gefangenen dennoch verschlossen, viel zu hoch in der gewölbten Decke öffnete sich das Loch. Täglich wurde ein Korb mit Speisen zu Roç und seinen Gefährten heruntergelassen, auch ein hölzerner Bottich mit frischem Wasser. Doch es war die Einsamkeit, diese völlige Stille, die ihnen zu schaffen machte, diese Ohnmacht, von niemandem gehört zu werden, außer von den Ohren der übel gelaunten Mitgefangenen. Guy de Muret war der Unruhigste von allen, er litt förmlich darunter, untätig herumzusitzen. Immer wieder strich er die Wände entlang, seine Fuchsaugen suchten sie nach jeder Anomalie ab, die einen möglichen Weg in die Freiheit weisen könnte. Hoch über ihren Köpfen, kaum einen Fuß breit unter dem Gewölbeansatz der Decke, verlief ein Mauersims rings um den Raum, wahrscheinlich verbarg es die Überlaufrinne, und die musste schließlich in einem Abflussrohr enden – soweit seine schlauen, doch völlig nutzlosen Überlegungen, denn selbst bis zu dieser Höhe konnten sie nicht gelangen! Doch dann entdeckte Pons den eisernen Haken oben in der Wand! Mithilfe der zusammengebundenen Stricke von Korb und Kübel gelang es nach vielen fruchtlosen Versuchen schließlich dem Geschicktesten von ihnen, und das war Roç, das Seil über den vorstehenden Haken zu schleudern.

Baitschu war zweifellos der Leichteste von allen. So wurde der in den Korb gesetzt und vorsichtig hochgezogen. Der Knabe zeigte sich als sehr gewandt, er schwang sich über den Rand der Rinne – und war vor ihren Blicken verschwunden! Baitschu kroch das gesamte Gesims ab, bis er endlich stolz verkündete, er habe den Abfluss entdeckt, sogar das helle Tageslicht sei am Ende der Röhre zu sehen, doch schiene sie ihm sehr eng. Wie sie noch dastanden und beratschlagten, hörten sie Stimmen oben am Einlass der Zisterne: Die Strolche des Herrn Julian beugten sich über das Loch und riefen nach David dem Templer! Alle waren sehr erschrocken, aber besonders der stille David, der den ganzen Tag in der Ecke hockte und wahrscheinlich betete, wie Guy oft spottete.

»Sie wollen mich töten!«, sagte er und schlotterte am ganzen Leib.

»Vielmehr«, versuchte der dicke Pons ihn zu trösten, »werden sie dich gegen uns aufzubringen versuchen?«

»Ich will Euch nicht verlassen!«, wandte sich der einarmige Templer flehentlich an Roç. »Erklärt ihnen, dass ich mich weigere!«

Die von oben hatten gut zugehört. »Euch geschieht nichts!«, riefen sie herab. »Wir bringen Euch zu Frau Johanna!« Das verwunderte das Häuflein in der Tiefe der Zisterne noch mehr, doch die Strolche hatten keine Lust, weitere Zeit zu verlieren. Sie ließen eine Holzkiepe an einem starken Strick hinab. »Wenn Ihr jetzt nicht einsteigt, gibt 's ab sofort nichts mehr zu essen!«

Das wirkte. David umarmte die Gefährten, stieg in das Traggestell und wurde stehend hochgezogen. Als sie wieder allein waren, riefen sie nach Baitschu. Der Knabe antwortete nicht. Da mussten sie hoffen, dass es ihm gelungen war, durch die Röhre zu entkommen.

»Wäre er stecken geblieben«, beruhigte Guy die besorgten Gefährten, »hätte er bestimmt um Hilfe gerufen!«

So recht überzeugen tat dies niemanden, denn wenn einer in solcher Enge festgeklemmt war, schluckte der eigene Leib jedes Wort, das der Mund vorne schrie. Sie hielten inne und lauschten in die Stille: nichts!

David wurde tatsächlich zu Frau Johanna gebracht, allerdings nicht in ihre Kemenate hoch droben im Donjon, sondern die Burgherrin erwartete den Templer in der Waschküche.

»Wollt Ihr mich baden?«, fragte er entsetzt die Dame, die umgeben von kichernden Zofen und Mägden vor dem dampfenden Zuber stand.

»Schaden könnte es nicht«, erklärte sie ihm lächelnd. »Ihr würdet besser riechen – und wir könnten in der Zeit Eurer Clamys wieder zum blütenweißen Glanz verhelfen, jetzt wirkt sie von weitem wie die verkackte Kutte eines Minoriten – eigentlich eine Schande für den eitlen Orden, dem Ihr angehört!«

David sah betroffen an sich herunter, »weiß« konnte man das nicht mehr nennen! Er schälte sich aus dem Überwurf und überließ ihn den Mägden. Frau Johanna schaute ihn an, sie tat das in einer Weise, dass sich der Templer nicht gedrängt fühlen sollte oder befürchten musste, seine Keuschheit sei in Gefahr – es sei denn, er wollte selbst das strikte Gebot des Ordens abstreifen wie seine Clamys. Doch David wankte nicht, also musste die zielstrebige Dame zu anderen Mitteln greifen.

»Wie grässlich zerschlissen ist denn Euer Wams?!«, rief sie mit gespielter Entrüstung und griff ihm beherzt an das letzte Kleidungsstück, das er noch auf der nackten Haut trug, vorn und hinten aus festem Leder wie ein Koller, aber darunter mit härenem Sacktuch gefüttert – nicht etwa zur Bequemlichkeit des Trägers, sondern als stete Kasteiung vom Orden vorgeschrieben. Dieses Futter zerriss Johanna gekonnt und unwiederbringlich.

»Oh!«, sagte sie mit erschrockenem Bedauern. »Das müssen wir ganz neu nähen.« Damit hatte sie den Templer völlig überrollt, die aufsteigende Scham verringerte seine Verwirrung mitnichten. »Gebt nur her!«, gurrte Johanna und zerrte beherzt an dem Wams.

Der einarmige David ließ es mit sich geschehen, und weil er sich mit entblößtem Oberkörper nicht den Blicken der jungen Weiber aussetzen wollte, willigte er jetzt auch ein, in ein Tuch gehüllt in den dampfenden Zuber zu steigen. Die Mädchen begannen damit, ihm den Rücken mit Lauge einzureiben, bald schon fühlte er ihre Hände auf den Schultern – David schloss die Augen.

Stolz stürmte Johanna an ihrem Ehemann vorbei in ihre Kemenate. »Ich hab 's!«, sie schwenkte das zerrissene, beißend streng dünstende Wams wie eine Jagdtrophäe. »Bringt mir nun den Brief«, forderte sie ihn auf, »damit wir ihn unter dem neuen Futter mit einnähen können!«

Julian zog das vorbereitete, eigens verknitterte Pergament mit einem triumphierenden Lächeln aus seiner Brusttasche. »Ich habe es walken und so lange klopfen lassen, dass es nicht mehr knistert und wispert als eine in der Mehlkammer versteckte Maus!«

Johanna knüllte das verräterische Schreiben dennoch zur Probe. Gefolgt von ihren Zofen verschwand die tüchtige Frau des Hauses in ihren Gemächern.

UNMITTELBAR NACH DEM VERLASSEN von Gazah dehnte sich die Negev-Wüste vor den Reisenden. Die letzte Stadt vor der Grenze zum Gebiet des Sultans von Kairo war nach ihrer Eroberung von den Mongolen mit einer mehr als Achtung gebietenden Garnison bestückt worden, sie sollte durchaus auch als Drohung an das angrenzende Reich der Mamelucken wirken. Der Rote Falke und seine ihn begleitende Frau Madulain waren von einer zahlreichen Eskorte umgeben, die der dort kommandierende General der Mongolen noch einmal verstärkt hatte. Nichtsdestotrotz fühlte sich die ehemalige Prinzessin der Saratz von den mongolischen Kriegern eher bewacht als beschützt. Madulain haderte mit ihrem Mann, dass er sich von Kitbogha diese heikle Mission hatte aufschwatzen lassen.

Sie ritten jetzt durch Niemandsland, auf das – wie der Rote Falke wusste – Ägypten schon immer Anspruch erhoben hatte, vorbei an verlassenen Burgen der Kreuzritter und verödeten Karawansereien.

Hier war weit und breit außer Sand nichts zu gewinnen, aber eine Schlacht leicht zu verlieren. Der Rote Falke verzögerte das Reisetempo, er wollte unter allen Umständen den Eindruck des mutwilligen Eindringens in dieses Territorium vermeiden.

Schließlich nach zwei Tagen stießen sie auf eine Vorhut der Mamelucken – Späher hatten längst ihr Kommen gemeldet –, sie wurden in den Dünen von zahlenmäßig ihnen weit überlegenen Lanzenreitern umringt und nach mehrstündigem Ritt in das ägyptische Lager gebracht.

Der Heerführer war der berüchtigte Emir Baibars. Der erfahrene Haudegen ließ sich seine Zeit, während die Männer der mongolischen Eskorte ohne viel Federlesens von dem Roten Falken getrennt wurden, schon um gleich klarzustellen, dass man in ihnen Kriegsgefangene sah. Erst dann gewährte Baibars dem »Überbringer einer Botschaft« – ein Ausdruck, der schon von grober Missachtung des Gesandten-Status zeugte – die gewünschte »Anhörung«. Madulain wurde bedeutet, dass ihre Anwesenheit bei der Unterredung nicht erwünscht sei. Baibars behandelte den »Emir Fassr ed-Din«, obwohl sie sich seit langem kannten, wie einen Fremden, um nur ja keine Vertraulichkeit aufkommen zu lassen – denn die gibt es auch unter erbitterten Feinden. Dem Roten Falken war diese Distanz nur recht. Er trug ohne Umschweife und im Namen Kitboghas die Botschaft vor, die er überbringen sollte: die Erklärung, dass die Mongolen nichts als friedliche Absichten gegenüber dem Sultan von Kairo hegten –

»Damit kommt Ihr zu spät«, bürstete ihn Baibars sofort ab. »Die Einnahme von Nablus und vor allem von Gazah spricht eine andere Sprache!«

Der Rote Falke war auf diesen Einwand vorbereitet. »Daran soll ein Waffenstillstand nicht scheitern«, zeigte er sich geschmeidig. »Wir ziehen die Truppen aus den von Euch beanstandeten Plätzen zurück –«

»Jetzt sprecht Ihr schon von ›wir‹, Fassr ed-Din!«, nagelte ihn Baibars mit dem tückischen Blinzeln eines kampferprobten Bären fest, bevor er dem Roten Falken den nächsten Prankenhieb versetzte. »Was hat den abtrünnigen Sohn Ägyptens eigentlich dazu getrieben, sich mutwillig in unsere Hände zu begeben?!«

»Das wisst Ihr genau, Rukn ed-Din Baibars!«, schlug der jetzt zurück. »Mir geht es nicht um die Mongolen!«

Der Bär richtete sich auf. »Bis zu seinem letzten Atemzug diente Euer Vater ergeben dem verkommenen letzten Sultan der Ayubiten!«

Der Rote Falke verschluckte die Antwort, die ihm auf der Zunge lag: ›Der Großwesir fiel im Kampf, bei der Verteidigung Ägyptens gegen den König der Franken – der Sultan hingegen von Meuchelhand – Eurer Hand, Baibars!‹ »Immerhin einer der Nachkommen des großen Saladin!«, stellte er nur klar.

Das reizte den Bären. »Und die wollt Ihr wieder auf dem Thron sehen?!« Sein lauernder Hohn verfehlte sein Ziel, doch der Rote Falke verließ von sich aus die Deckung.

»Nein!«, erklärte er fest. »Mein Verstand gebot mir, mich mein Leben lang für die Aussöhnung zwischen Orient und Okzident einzusetzen, was mir Euren Spott eintragen mag – « Er besann sich seines Stolzes, des selbst gewählten roten Greifvogels in seinem Wappen. »Doch mein Herz schlägt für Roç Trencavel und Yeza Esclarmunde, das Königliche Paar, dem die Friedensherrschaft bestimmt ist über diese Welt von Elend und Krieg!« Sein hochaufgerichtetes Flügelschlagen empfand er selbst nicht einmal als lächerlich, aber Baibars entlockte es ein Schmunzeln, und er holte aus zum nächsten Hieb.

»Die beiden in Damaskus oder Jersualem, gar in Kairo auf dem Thron sehen zu wollen«, seine Stimme wurde hart, »grenzt an Hochverrat, denn alles Land bis Euphrat und Tigris steht allein dem Sultan von Kairo zu!«

Der Rote Falke achtete des Schlages nicht. »Was hindert ihn«, fuhr er in seinem Höhenflug fort, »Roç und Yeza – unter seiner Oberherrlichkeit – dort regieren zu lassen, wo seit dem Tode Saladins nur Hass und gewaltsamer Tod geherrscht haben?!«

Der Mameluckenemir schaute sein Gegenüber befremdet an. »Daran tragen Eure christlichen Freunde ein gerütteltes Maß an Schuld«, gab er vorweg zu bedenken. »Wie stellt Ihr Euch das eigentlich vor?« Baibars bemühte sich, nicht wieder in den Ton des Anklägers zu verfallen, sondern warb eher um Verständnis. »Der muslimische Sultan von Kairo duldet in seinem Machtbereich, und damit in seiner Verantwortung vor Allah, auf syrischem Boden, getränkt vom Blut der Märtyrer des wahren Glaubens – ein christliches Herrscherpaar?!«

Der Rote Falke hatte längst abgehoben. »Mit der Kirche Roms haben der Trencavel und seine Prinzessin so wenig zu schaffen wie Ihr und ich«, fiel ihm gerade noch die mysteriöse Herkunft der beiden ein, bevor er wieder ins Schwärmen verfiel, »doch dem Islam würden sie den Frieden bringen mit den streitsüchtigen Orden und den machtgierigen Baronen des Königreichs von Jerusalem!«

»Soviel ich weiß«, entgegnete der Mameluk trocken, »halten die wenig von Euren Schützlingen.« Er wiegte seinen Bauernschädel, als würde er dies sogar bedauern. »Nicht einmal auf die Templer können sie sich noch verlassen –«

Der Rote Falke fühlte, wie ihm die Schwingen erlahmten, so sehr er sich auch dem Unvermeidlichen entgegenstemmte, er sank herab zur Erde. »Der Orden hat viel von seiner Spiritualität eingebüßt«, musste er zugeben, »seine fast mystische Ausstrahlung ist ihm abhanden gekommen, seit er sich dem Erwerb irdischen Besitzes zugewandt, mehr und mehr an so genannten Sicherheiten hängt, statt der Stärke des Geistes und dem Bollwerk seiner elitären Regeln zu vertrauen –«

Baibars konnte ihm nur zustimmen. »Die Mächte, die einst hinter dem Orden standen, haben sich selbst ihrer magischen Kräfte entgeben!« Doch er durfte sich nicht auf die Gedankenwelt der Gegenseite einlassen! »Wer heute noch an das Hirngespinst vom überirdischen Friedenskönigtum glaubt, ist ein Narr!« Dabei übersah er völlig, wie sehr er damit sein Gegenüber in dessen Selbstverständnis traf. Oder lag ihm daran, den Mut und Willen des Roten Falken zu brechen? Ungerührt fuhr Baibars fort. »Was Syrien braucht, sind keine mit unhaltbaren Versprechungen irregeleiteten, unreifen, letztlich bedauernswerten Geschöpfe, sondern eine starke Hand! Hand und Schwertarm der Mamelucken, die dort für Ordnung sorgen – und irgendwann die Ritter und die Barone zurück ins Meer jagen, über das sie gekommen sind!« Sinnend, fast bekümmert ruhte sein Blick auf dem Roten Falken. »Also schlagt Euch das aus dem Kopf!«, gab er ihm den guten Rat, doch der Angesprochene hörte kaum hin.

Durch die offene Zelttür sah er, wie seine Begleitmannschaft in Ketten vorbeigetrieben wurde, unter Peitschenhieben. Es war sinnlos, dass er sich empörte, er tat es um seiner Würde willen. »Was geschieht mit den Männern?«

»Sklaverei – wenn sie Glück haben«, beschied ihn der Mameluk mit von Erstaunen gerunzelter Stirn, »ansonsten werden sie in der Hauptstadt dem Volkszorn überantwortet.«

»Sie waren meine Eskorte als Gesandter!«

Baibars sah ihn offen an. »Wer sagt, dass es Euch sehr viel anders ergeht?!« Er besann sich darauf, dass er seinem Gegenüber eine bessere Erklärung schuldete. »Ich will Euch sogar abnehmen, Fassr ed-Din, dass Ihr nicht mit unseren Gegnern, den Mongolen, konspiriert«, er legte eine bedeutungsvolle Pause ein, damit das nun Folgende sich in aller Schärfe vom bisherigen Geplänkel abhob, »aber Ihr wiegelt die fränkischen Barone auf, nicht in den Mongolen, sondern in uns, den Mamelucken, ihre wahren Feinde zu sehen! Das könnt Ihr nicht abstreiten – genauso wenig wie es den Franken helfen wird!« Wieder verhielt er, um die Wirkung seiner Worte noch zu steigern. Der Rote Falke zuckte mit keiner Miene. »Es beweist Eure verräterische Einstellung – oder wollt Ihr leugnen, welche Haltung Ihr zu Akkon an den Tag gelegt habt?!« Fassr ed-Din biss die Zähne aufeinander, Baibars ließ sich zur Heftigkeit hinreißen. »Ihr seid schon lange kein Ägypter mehr und auch kein rechter *moslem sahih*!«

Der Beschuldigte schwieg lange, bevor er in wiedergewonnener Ruhe erwiderte. »Meinen festen Glauben an Allah und an seinen Propheten Mohammed könnt Ihr mir nicht nehmen, Baibars.«

Der Mameluk erhob sich schwerfällig, die Auseinandersetzung zeigte auch bei ihm ihre Spuren. »Dann betet!«, forderte er müde den Mann auf, dessen Schicksal in seine Hände gegeben war. »Ich überlasse Euch mein Zelt«, überraschte er sich selbst noch mehr als den Roten Falken. »Legt Euch zu Eurem Weibe, und versucht zu schlafen – mir wird das nicht gelingen!« Mit einer abrupten Bewegung stürmte er zum Ausgang, von wo er sich noch einmal umwandte, ohne dem anderen in die Augen zu sehen. »Morgen Früh werde ich Euch das Urteil wissen lassen!«

AUF BEAUFORT SASS DAVID DER TEMPLER nun schon den zweiten Tag beim Gesinde und wartete darauf, dass die Mägde ihm sein Lederwams und seine Clamys zurückerstatteten. Stattdessen versuchten die Weiber, alte wie junge, ihn mit frivolen Lockungen zu überreden, sich auch noch von seinen Beinkleidern zu trennen, denn sicher hätte seine Leibwäsche es ebenfalls nötig, einmal in kräftiger Lauge ordentlich geschrubbt zu werden! Ob es denn stimmen würde, hänselten sie ihn, dass die Templer niemals das grobe Tuch wechseln, das sie unter den Hosen um ihre Lenden geschlungen trügen? David litt unter den Anspielungen mehr, als er sich anmerken ließ, er wünschte sich nur eines, dass sie ihm seine Sachen wiedergäben, um dann *stante pede* in die stille Zisterne zurückzueilen, wo seine Gefährten gefangen gehalten wurden. Doch auf sein Drängen bekam er nichts als Ausflüchte zu hören oder schnöde Scherze. Allerdings schütteten sie ihm in einem Verschlag reichlich Stroh auf und gaben ihm eine Decke, damit er sich zum Schlafen legen konnte. David verriegelte die Lattentür so gut es ging von innen, damit seine Keuschheit des Nachts nicht Gefahr lief, von den frechen Mägden geraubt zu werden.

In dem hohen Gewölbe unter dem Burggraben am äußersten Ende von Beaufort gelegen, hatten Roç und die beiden verbliebenen Okzitanier, Guy und der dicke Pons, alle Hände voll zu tun, die Flucht von Baitschu zu vertuschen. Beim ersten Mal formten sie eine Puppe aus Stroh, die sie zudeckten wie einen Schlafenden – und dann wegen seiner Trägheit beschimpften, als von den Strolchen des Julian von oben der Korb mit der täglichen Speise herabgelassen wurde. Dann setzten sie die Puppe in eine Ecke, als würde der Knabe gerade fürchterlich stinkend seine Notdurft verrichten, sodass sie sich die Nase zuhalten mussten. Sie rotteten sich unter der runden Deckenöffnung zusammen, um frische Luft zu schnappen, sobald von oben die Gesichter ihrer Wächter neugierig, aber ohne jedes Mitleid sich von ihrem Wohlbefinden überzeugten. Sie mussten befürchten, dass ihnen kaum Zeit blieb, immer neue Varianten zur Figur Baitschu auszuhecken und stets auf unerwartete Kontrollen vorbereitet zu sein, denn – außer dem fest schlummernden ›Faulpelz‹ – schien es ihnen nicht ratsam, ihre Einfälle allzu oft zu wiederholen, nur um ihre Wärter vom Verschwinden des munteren Knaben abzulenken! Außerdem hätten sie wirklich gerne gewusst, was mit dem einarmigen Templer geschehen war.

Als David schon alle Hoffnung aufgegeben hatte, sich wütend zum Narren gehalten fühlte, kam die alte Wirtschafterin, eine hagere Hexe, und brachte ihm das hergerichtete Wams, völlig mit neuem Futter versehen. Die Mägde bestanden darauf, dass David es auf der Stelle anlegte. Jetzt fühlte er sich schon wohler in seiner Haut, denn er musste nicht länger ihre feuchten Hände auf seinem nackten Rücken spüren – oder wenn sie begehrlich seine behaarte Brust betasteten. Mutig fragte er die alte Hexe nun auch nach seiner Clamys. Die tat ganz erstaunt, mit vorwurfsvollem Blick zu den Maiden, sein blütenweiß gewaschenes Ordensgewand hänge doch schon so lange im Obstgärtchen auf der Wäscheleine, dass es längst in der Sonne getrocknet sein müsste!

David war darüber so erfreut, dass er das Angebot der Alten begierig annahm, doch selbst in den Garten zu laufen und es sich zu holen. Also stürzte er durch die Küche, die er zuvor nie hatte betreten dürfen, ließ sich das Türlein zum Garten zeigen und stolperte ins Freie. Der Kräutergarten mit dem anschließenden Olivenhain zog sich hin bis zur Außenmauer. Schnell entdeckte David seine geliebte Clamys zwischen allerlei bunten Tüchern, Schürzen und Laken. Feuerrot leuchtete ihm das Tatzenkreuz entgegen. Bebend zog er sich das Kleid seines Ordens über, feierlich war ihm zumute, und neue Kraft schien ihn zu durchströmen. Abenteuerlustig schaute er sich um. Sein Blick fiel durch einen offenen Torbogen. Erst wollte David seinen Augen nicht trauen: Da stand ein Pferd, ein gesatteltes Pferd! – Und niemand weit und breit? Der Versuch war es wert, er schlenderte durch den Torbogen, jederzeit darauf gefasst, barsch vom Besitzer des Tieres oder irgendwelchen Wachen weggescheucht zu werden. Kaum hatte er es erreicht – und noch immer hatte sich ihm keiner in den Weg gestellt –, erkannte der Templer, dass er die Mauern von Beaufort bereits hinter sich gelassen hatte. Immer noch ungläubig löste er die Zügel von dem Feigenbaum, an den es angebunden stand. Beherzt schwang er sich in den Sattel und ritt davon, ohne sich noch einmal umzusehen.

Oben im Donjon, hinter dem schmalen Fenster ihrer Kemenate, stand Frau Johanna und schaute lächelnd dem immer schneller trabenden Templer hinterdrein.

DURCH EINEN BLÜHENDEN FRUCHTGARTEN ritt ein junges Paar. Wo immer die Leiber ihrer Pferde oder sein Helm die Zweige streiften, fielen Blütenblätter zu Boden. Üppige rosa Mandelbäume wechselten mit den kleinen weißen Sternen, mit denen die Zitrusstauden übersät waren. Sie hatten dem ihnen folgenden Reiter den Rücken zugewandt, aber er hegte nicht den geringsten Zweifel, dass es Roç und Yeza waren, wenn auch das Blondhaar der Prinzessin von einem silbrig glänzenden Turban gebändigt wurde. Granatapfel, schlanke Dattelpalmen, ausladende Feigensträucher flogen vorbei, der Ritt wurde schneller. Das Königliche Paar drohte ihm zu enteilen, er wollte sie bei ihren Namen rufen, doch seine Stimme versagte ihm den Dienst, die Blütenblätter wirbelten ihm ins Gesicht, so sehr drängte es ihn, sie einzuholen, da wandte sich die junge Frau zu ihm um – der Rote Falke sah in das Gesicht von Madulain, die sich über ihn beugte, sie musste schon lange wach an seiner Seite seinen Schlaf behütet haben.

»Man hat mich gebeten, Euch zu verlassen«, sagte sie und erhob sich. Sie trug bereits ihren Reiseanzug, dazu den *amamah* aus mit Silberfäden durchwirkter Seide, der sie aus der Ferne oft wie ein schlanker junger Mann wirken ließ.

Der Rote Falke schloss die Augen, er wollte sie nicht gehen sehen. Dann traten zwei dunkelhäutige Knaben an seine Lagerstatt und fragten, ob sie ihm beim Anlegen seiner Kleider behilflich sein dürften. Er gestattete ihnen nur, ihm beim Anziehen der Reitstiefel zur Hand zu gehen. Baibars betrat das Zelt, grüßte den Roten Falken freundlich, um dann ohne Umschweife zur Sache zu kommen.

»Euer Tod ist beschlossen«, verkündete er mit größter Selbstverständlichkeit. »Ich kann Euch in Ketten nach Kairo schicken, zur Verfügung des regierenden Sultans Qutuz, der Euch übel gesonnen ist, weil Ihr dem Ali, Sohn seines gewaltsam beseitigten Vorgängers, Hilfe bei dessen Flucht geleistet habt –, oder ich kann das Urteil hier vollstrecken?« Der Mameluckenemir sah ihn fragend an. »Ihr habt die Wahl –«

Der Rote Falke musste sich nicht bedenken. »Ich ziehe die Hand eines Mannes vor, der zwar nie mein Freund war, aber den ich achte – vor allem, weil er mir die Ehre nicht nimmt.«

»Wollt Ihr Euch von Eurem Weibe verabschieden?«

»Nein, wir haben uns alles gesagt.«

»Ihr seid also bereit?«

»Keineswegs«, erwiderte der Verurteilte. »Zuvor sollt Ihr, Baibars, mir schwören, dass – wie auch immer das Schlachtenglück zwischen Euch und Kitbogha entscheidet – Ihr Roç und Yeza kein Haar krümmen werdet, sollten sie Euch lebend in die Hände fallen –«

Baibars sah ihn nachdenklich an, ein Lächeln huschte über sein von Wind und Wüstensand gegerbtes Gesicht. »Es tut mir Leid, wenn Ihr Euch deswegen solch Ungemach bereitet habt, denn ich schätze den jungen Trencavel und die Prinzessin ganz im Besonderen –« Er sah dem Roten Falken fest ins Auge. »Diese, meine Hochachtung gilt über den leiblichen Tod hinaus – den Meinen wie den Euren –« Baibars bedachte sich bei diesem Gedanken nicht lange. »Ich will Euch sogar versprechen, dass ich, was in meiner Macht steht – also alles, was von Seiten der Mamelucken geschieht, unternehmen werde, um die Unversehrtheit dieser beiden außergewöhnlichen jungen Menschen zu gewährleisten.« Baibars war kein Freund großer Worte, er war langes Reden nicht gewohnt. »Nicht nur, weil die Prinzessin Yeza einst meinem Sohn Mahmoud das Leben gerettet hat, sondern weil ich Euch im Angesicht des Todes den Traum von der Friedensherrschaft nicht rauben will.«

Die beiden Männer umarmten sich. Dann betrat der Scharfrichter das Zelt.

UNTERM TATZENKREUZ

ES GAB JEMANDEN, der hatte die Burg Beaufort seit Tagen niemals aus seinem Blick verloren. Der einsame Reiter hatte sein Pferd in einer Höhle der gegenüberliegenden Felswand versteckt und hockte selbst hinter einem Stein über dem tief eingeschnittenen Flusstal. Terèz de Foix wartete auf die Stunde der Abrechnung mit Julian von Sidon, dem Herrn der Burg. Das Tor hatte er im Auge behalten, seitdem Roç Trencavel und seine Freunde dort eingeritten waren und nicht wiederkehrten. Weil die Röhre auf der ihm abgewandten Seite ins Geröll mündete, war ihm die Flucht Baitschus aus der Zisterne entgangen, nicht aber das plötzliche Auftauchen des David von Bosra, hoch zu Ross! Der einarmige Templer – weithin leuchtete seine schneeweiße Clamys mit dem blutroten Tatzenkreuz auf der Brust! – war eilig davongeritten, als befürchte er, verfolgt zu werden. Jeden Augenblick müssten jetzt die Strolche aus dem Tor hervorpreschen, um den Flüchtling wieder einzufangen, aber nichts dergleichen geschah! So ließ Terèz seine Armbrust wieder sinken, doch er war fest entschlossen, ja sogar begierig darauf, die offensichtliche Flucht des Gefährten von seinem Hinterhalt aus zu decken –

Der Knabe Baitschu hingegen – kaum, dass er, mit vor Aufregung zitternden Beinen, durch das Felsgeröll gekrochen und sich aus der Sichtweite von Beaufort entfernt wähnte – verlor schnell jegliche Orientierung. Hastig, dabei einige Male stürzend und sich die Knie aufschürfend, sprang er den steinigen Hang hinab, erklomm den nächsten und musste sich schon wieder ducken, weil die Burg sich plötzlich ums andere Mal dräuend über ihm erhob. Baitschu versuchte sich nach den Schatten zu richten, die von den glühend heißen Felsen geworfen wurden – aber sie führten ihn immer mehr in die Irre. Er nahm seine Sinne zusammen und beschloss, in einer schmalen Klamm zwischen den Klippen die Dunkelheit abzuwarten, bevor er seine Flucht fortsetzte.

Auf Beaufort wollte sich Herr Julian nicht den Anblick der enttäuschten Gesichter versagen, wenn er seinen Gefangenen in der Tiefe der Zisterne mitteilte, dass ihr einarmiger Gefährte David der Templer zu den Mongolen geritten sei, um den dummen Kugelköpfen den schriftlichen Beweis zu überbringen, dass es die Templer von Sidon waren – und niemand sonst! –, die das Massaker von Baalbek veranstaltet hätten! Doch zu seinem Ärger erntete er, als er seine schadenfrohe Ankündigung von oben durch das Loch in der Decke hinunterposaunt hatte, nur ungläubiges Schweigen. Anscheinend trauten sie ihrem Freund eine solche Torheit nicht zu, und so verlangte Herr Julian den Knaben Baitschu zu sehen, dieses freche mongolische Bürschchen, das er jetzt mit seinem Hohn überschütten wollte und vor allem mit der bitteren Nachricht für alle, dass von den Mongolen nun keine Rettung mehr zu erwarten sei. Doch der Knabe Baitschu befand sich nicht mehr unter den Insassen der Zisterne, so gründlich Herr Julian sie auch von oben inspizierte. Da Roç Trencavel und die anderen sich weiterhin in Schweigen hüllten, hetzte er eine Hand voll seiner Strolche hinab zu den verstockten Gefangenen. Die fanden auch schnell die stillgelegte Abflussröhre, den einzig möglichen Fluchtweg. Brüllend vor Wut, jagte Herr Julian das gesamte Wachpersonal in die Sättel, und kurz darauf preschten die Strolche bereits aus dem weit aufgerissenen Tor.

So sah sich Terèz de Foix plötzlich doch noch belohnt. Die Figur des davonreitenden Templers war am Talausgang – schon durch sein leuchtend weißes Tuch – noch deutlich auszumachen. Auch die Verfolger mussten den Fliehenden erspäht haben – Terèz spannte seine Armbrust und legte den ersten Bolzen auf, denn gleich müssten die Strolche unter ihm auftauchen. Doch sie schwenkten allesamt in die entgegengesetzte Richtung, teilten sich in zwei Gruppen und strebten unter den Mauern der Burg zu den Felsklippen auf deren Rückseite hin, als wollten sie dort einen gefährlichen Angreifer überraschend in die Zange nehmen – oder galt ihr Manöver einem ahnungslosen Flüchtling? Terèz sah ein, dass er auf seinem jetzigen Posten nicht in das Geschehen eingreifen konnte, holte sein Pferd aus dem Versteck, nahm es am Zügel und verließ – nach allen Seiten sichernd – die Felswand.

Baitschu war es nicht gelungen, einen wesentlichen Abstand zwischen sich und Beaufort zu bringen, er hatte kein Pferd, und das ungewohnte Klettern in den scharfkantigen Klippen oder das mühselige Krauchen und Stolpern durch die Steinwüste hatten ihn erschöpft. Er sah seine Verfolger nicht, aber sie hatten die Gestalt des Knaben entdeckt, die sich nur langsam wie ein aus dem Nest gefallener Vogel hüpfend zwischen den Felsen voranbewegte. Zwei der Strolche machten sich getrennt, behenden Bergziegen gleich, an den Abstieg, hefteten sich an die Fersen ihres ahnungslosen Opfers. Der erste war ihm schnell so nahe gekommen, dass er schon den blanken Dolch zwischen die Zähne nahm, um den letzten Fels zu erklimmen, der ihn noch von Baitschu trennte. Er setzte zum Sprung an, als ihn der Bolzen in den Hals traf. Der Knabe schaute nur erschrocken auf, als die blanke Stahlklinge scheppernd vor ihm zwischen den Steinen zu liegen kam. Entsetzt rannte er in die entgegengesetzte Richtung, hechtete mit einem Satz der Verzweiflung über eine sich vor ihm auftuende Felsspalte, genau dem zweiten Häscher entgegen. Der zückte seinen Hirschfänger und richtete sich auf – der Bolzen drang ihm zwischen den Schulterblättern in den Rücken, und er fiel vornüber, Baitschu knapp verfehlend stürzte er an ihm vorbei. Der Knabe schenkte auch ihm keinerlei Beachtung, denn er hatte von dem jetzt erklommenen Fels aus in der Ferne den Heereszug der Mongolen entdeckt –

David der Templer ritt unangefochten in die Richtung, von der er annahm, dass sie ihn nach Sidon führen würde. Auch er sah aus sicherer Entfernung das Heer der Mongolen, das sich rasch und zielstrebig vorwärts bewegte. Da er von der Angewohnheit der mongolischen Reiterei wusste, stets Späher ausschwärmen zu lassen, schien es ihm zu riskant – David war kein Held! –, jetzt noch zu versuchen, vor ihnen sein Ziel zu erreichen. Sicher musste er die Bewohner von Sidon auch nicht mehr warnen, denn ein solches Heer im Anmarsch auf die Stadt konnte dort nicht unbemerkt geblieben sein. Also verharrte der Templer an dem Ort, an dem er sich gerade befand, suchte Schutz zwischen den Steinen, damit sein weithin leuchtendes Gewand ihn nicht verriet, um den Vorbeizug der Mongolen abzuwarten. Allerdings wusste er jetzt nicht mehr, wohin er sich anschließend wenden sollte. Nach Sidon würde er nicht mehr hineingelangen, bei jedem Versuch war die Chance, dabei zu Tode zu kommen, wesentlich größer als die geringe Wahrscheinlichkeit, sich doch noch bis zu seinen Ordensbrüdern durchzuschlagen. Und wenn? Um dann mit ihnen zusammen über die Klinge zu springen – oder bestenfalls in Gefangenschaft und Sklaverei zu geraten? Blieben also die Mongolen!? Doch wie würden die mit einem offenkundigen Mitglied jenes ruhmreichen Ritterordens verfahren, gegen dessen Besitz, also die Stadt und Burg Sidon, sie gerade ihren Rachefeldzug führten? – Völlig absurd, jedoch durchaus machbar, erschien ihm die dritte Variante: Einfach umzudrehen und zurückzureiten nach Beaufort! Dort musste er zwar damit rechnen, wieder zu seinen Freunden ins Gefängnis geworfen zu werden, aber vielleicht konnte er auch etwas zur Verbesserung ihrer Lage erreichen, denn Herr Julian und sein liebes Weib Johanna wollten ihm anscheinend gut – zumindest ging er davon aus.

Als Baitschu sich völlig erschöpft dem vorbeiziehenden Heer der Mongolen bemerkbar gemacht und sofort aufgegriffen vor den General Sundchak gebracht wurde, war sein erstes Anliegen, Hilfe für Roç und seine Gefährten zu fordern. Diese seien heimtückisch und niederträchtig von dem Räuber Julian auf der Burg Beaufort in den Kerker geworfen, auch sei dies der Schurke – und nicht die Templer! –, der die zwei Hundertschaften bei Baalbek in die tödliche Falle gelockt, seinen braven Vetter Khazar brutal erschlagen habe!

Der stiernackige Sundchak ließ den Knaben seine wilde Geschichte hervorsprudeln und verzog keine Miene im geröteten Gesicht. Erst als Baitschu dann atemlos erwartete, dass seine Neuigkeiten und sein Eifer nun belohnt würden, bellte ihn der General an: Ihm sei der Trencavel so gleichgültig wie ein abgenagter Knochen, und auch Khazar habe nur die Quittung für seine Disziplinlosigkeit und Unfähigkeit erhalten! Er, Baitschu, solle keinen solchen Unsinn über Baalbek verbreiten: Die Mörder seien die Tempelherren von Sidon, und gegen sie ginge er jetzt mit aller Härte vor! Wie er sich das in seinem Knabenhirn wohl vorstelle, schnaubte der Fleischerhund, dass ein armseliger Strauchritter wie dieser Julian zwei gut bewaffnete Hundertschaften niedermachen könnte?! Baitschu gehöre schnellstens wieder unter die Fuchtel seines Herrn Vaters, der ihm solche Flausen schon austreiben würde, anstatt dass er, Sundchak, ihn bei sich behalten wolle, um sich absolut kindische militärische Ratschläge anhören zu müssen!

Natürlich hatte auch Terèz de Foix das mongolische Heer wahrgenommen, das offensichtlich gen Sidon zog. Ein ihm Gänsehaut erzeugender Anblick, Tausende von Tausendfüßlern, an unsichtbaren straffen Leinen geführt! Widerwillig beschloss er, den grauslichen Lindwurm dennoch im Auge zu behalten, um ganz sicher zu gehen, dass es nicht im letzten Moment – eine bekannte Taktik der Mongolen! – einen Schwenk vollzog und sich überraschend gegen Beaufort wandte. Terèz war mit der Beobachtung der diszipliniert in scharfkantigen Blöcken sich vorwärts bewegenden Mongolen derart beschäftigt, dass er sein eigenes Umfeld vergaß – auch fielen ihm vor Müdigkeit immer wieder die Augen zu.

So bemerkte er nicht, dass zwei der Strolche sich ebenfalls bis hierhin vorgearbeitet hatten und sich ärgerten, dass ihnen der flüchtige Hase Baitschu in das für sie unerreichbare, sichere Nest entkommen war. Da erspähten sie Terèz de Foix unter sich in den Klippen. Von dem Tod ihrer beiden Kumpane wussten sie nichts. Sie eröffneten die Jagd auf ihn, mehr aus Frust und um nicht mit leeren Händen nach Beaufort zurückzukehren. Die ersten Pfeile verfehlten ihr Ziel nur knapp, doch achtlos losgetretene, winzige Steinbrocken verrieten Terèz ihren Standort. Kaum hatte der Foix erkannt, dass es sich nicht um mongolische Späher handelte, nahm er den Kampf geradezu mit grimmem Vergnügen auf. Aus den Jägern wurden Gejagte. Mithilfe von Steinwürfen lockte er sie aus ihrer weitaus besseren Position, schon verließ der Erste die Deckung, um sich weiter unten zu überzeugen, dass sie ihre Beute – wenn nicht erlegt, so doch getroffen hatten. Der Strolch bezahlte seinen Leichtsinn auf der Stelle und fiel genau dahin, wohin die lautlos über die Felsen gleitende Echse ihn haben wollte, in eine von oben nicht einsehbare Spalte. Terèz benutzte den leblosen Körper, indem er ihm seinen eigenen, recht auffälligen Helm aufsetzte. Der Rest war reines Puppentheater. Terèz, der erfahrene Spieler, ließ den behelmten Kopf auftauchen, wedelte auch mit dem schlaffen Arm. Sein unsichtbarer Gegner versenkte zwei, drei Pfeile in das leblose Fleisch, bevor Terèz die Puppe taumeln und dann zusammenbrechen ließ. Für den siegesgewiss Herabsteigenden benötigte der Foix nur einen Bolzenschuss.

Gerade noch rechtzeitig richtete der Schütze sein Augenmerk wieder auf die Mongolen, denn jetzt verließ ein kleiner Trupp die weiterziehende Marschsäule. Es war die Eskorte, die auf Befehl des General Sundchak das abenteuerlustige Söhnchen zurück zu seinem Vater Kitbogha schaffen sollte. Baitschu musste sich fügen –

Aus der Chronik des William von Roebruk

Am Abend des Tages darauf erschien das mongolische Heer vor der Stadt Sidon. Die Templer zeigten sich nicht gewillt, ihren einträglichen Besitz zu verteidigen, sie zogen sich geordnet, unter Mitnahme aller Kunstschätze – das war vor allem das kostbare Altargerät der christlichen Kirchen – in ihre ›Burg am Meer‹, jene Qal'at al-bahr zurück, die nur über einen schmalen, leicht zu verteidigenden Brückensteg zu erreichen war. Die Bevölkerung der Stadt überließen sie sich selbst. Die Leute besetzten angstvoll die Mauern, doch die städtische Miliz war seit Inbesitznahme von Sidon durch den Orden nicht mehr aufgestellt worden, sie waren zu wenige und nur unzureichend bewaffnet. Frauen und Kinder wurden auf die Zitadelle geschickt. Diesen gut befestigten Festungsberg hofften sie halten zu können, bis Hilfe eintreffen würde. Sie wussten allerdings nicht, von wem –

An der gut geschützten, zum offenen Meer hin gelegenen Anlegestelle der Qal'at al-bahr tauchte quasi aus dem Nichts ein Schnellsegler des Ordens auf. Pfeilschnell war er aus dem Dunkel der einbrechenden Nacht herangeglitten. Der Zweimaster kam aus Askalon, also aus dem Grenzgebiet zwischen Königreich und dem Mameluckensultanat – wie ich sofort in Erfahrung brachte. Ich hatte mich – schon um in Yezas Nähe zu sein – ebenfalls und unauffällig in die kleine vom Wasser umgebene Felsenburg verzogen, bemüht, weder dem Hausherrn und ihrem Komtur noch Herrn Yves lästig zu fallen. Doch bevor ich mich dem Schiff nähern konnte, musste ich mit ansehen, wie Hinkebein Naiman als Erster – und ziemlich behende – an Bord kletterte. Keine der Templerwachen hinderte ihn, offensichtlich war es ein Vorrecht des Agenten, sich um diese Verbindung von und nach Ägypten zu kümmern. Ich verzichtete also auf näheren Augenschein, beschloss aber, das Schiff im Blick zu behalten.

Die Mongolen schlugen rings um die landseitigen Mauern ihre Zelte auf. General Sundchak hatte den Angriffsbeginn auf Sonnenaufgang festgelegt, obgleich die Zinnen jetzt schon geräumt erschienen. Ihre Lagerfeuer erhellten gespenstisch die verrammelten Tore und trutzigen Türme, vor allem aber die wie Folterwerkzeug bereitgelegten Wurfanker und die im Hintergrund lauernden spinnenfüßigen Katapulte. Wenn es nach dem Willen des mongolischen Generals ging, versprach der morgige Tag für die Bewohner von Sidon zum Inferno zu werden! Die Verteidiger hielten lediglich noch den Abschnitt besetzt, der die Zitadelle *Qal'at al-mu'azza* mit dem so gennanten Ägyptischen Hafen verband und ihnen den Zugang zum offenen Meer sicherte.

Von meinem versteckt gelegenen Unterschlupf auf der Qal'at al-bahr aus, einem verschwiegenen Turmgemach, hatte ich den gestern Abend eingetroffenen Schnellsegler des Ordens nicht aus den Augen gelassen. Die Templerwachen hatten ihn und die gesamte Anlegestelle die ganze Nacht über ins Licht von Fackeln getaucht – als würden die Mongolen über geübte Schwimmer verfügen, die als Taucher fähig wären, einen Sabotageanschlag auszuführen! Meine Beobachtungen beschränkten sich allerdings darauf, mich ab und an zu vergewissern, dass der – vielleicht rettende – Segler noch da lag. So war mir dann auch entgangen, ob und wann der ägyptische Agent wieder von Bord gegangen war. Im ersten Licht des sich ankündigenden Tages machte sich allerdings Unruhe an Deck bemerkbar: Ein Körper wurde – in weißes Totenlaken gehüllt – auf einer Bahre über die Reling gehoben und herbeigeeilten Templersergeanten übergeben. Sie trugen die Leiche hastig hinüber zur Burg. Ihrer Neugier verdankte ich den Blick, den ich auf sie werfen konnte. Grad' unterhalb des schmalen Sehschlitzes, einer Schießscharte, mit der mein Versteck versehen war, schlug einer der Sergeanten das verhüllende Laken zurück, und ich starrte in das wachsbleiche Antlitz von Madulain, Prinzessin der Saratz, Weib meines Freundes, des Roten Falken – und flüchtige Geliebte eines blutjungen Franziskaners – vor langer, langer Zeit! Die Erinnerungen übermannten mich stärker als der anfängliche Schreck – zumal das Gesicht dieser so zärtlichen wie energischen jungen Frau im Widerschein der flackernden Fackeln immer noch zu leben und zu atmen schien. Ihr Tod traf mich auch nicht unerwartet, er bestätigte mir meine Befürchtungen, dass auch der Rote Falke nicht mehr unter den Lebenden weilte. Konsequent wie die Saratz Zeit ihres wilden Lebens stets gehandelt hatte, war ihm Madulain in den Tod gefolgt! – Als ich mich wieder traute, nochmals hinabzuschauen, war die Bahre schon in der Burg verschwunden.

DER KNABE BAITSCHU fühlte sich wenig glücklich in seiner Haut. Nicht weil er jetzt unter Eskorte zu seinem Vater Kitbogha, dem Oberkommandierenden der gesamten mongolischen Streitkräfte, in Syrien zurückgeschafft wurde – er hatte sich schließlich nichts vorzuwerfen –, sondern weil er einsehen musste, dass mit dieser kaum halben Hundertschaft, die der General Sundchak für seine Heimschaffung abgestellt hatte, sich kein Überfall auf die Burg Beaufort bewerkstelligen ließ. Wahrscheinlich hätten die Krieger, die sich sowieso schon um die beuteträchtige Eroberung von Sidon gebracht sahen, sich auch geweigert, ihm zu Gefallen den Umweg über Beaufort zu nehmen, wo es nichts zu holen gab. Baitschu jedoch lag daran, unbedingt den von ihm verehrten Trencavel samt seinen Gefährten dort aus der Gefangenschaft des Schurken Julian zu befreien – am liebsten diesen feigen Mörder auch gleich hart zu bestrafen, nachdem Sundchak nicht begreifen wollte, dass dort auf Beaufort der wahre Übeltäter saß und sich womöglich ins Fäustchen lachte, dass die Mongolen jetzt auf die Templer von Sidon losgingen –

Die fixe Idee, der Ritterorden vom Tempel zu Jerusalem sei der böse Feind, den es gnadenlos zu vernichten galt – ähnlich wie die Mongolen schon auf brutalste Weise mit den Assassinen verfahren waren –, hatte der General Sundchak seinen Kriegern schon gleich nach dem Ausrücken aus Damaskus eingebläut: Keine Gefangenen! Jeder Ordensritter, dessen sie habhaft würden, sei auf der Stelle niederzumachen! Dieser Sundchak war Fleischerhund und Schlächter in einem, da hatte die Prinzessin Yeza völlig Recht, aber leider – bedauerte der Knabe Baitschu – hatte sein Herr Vater eine unerklärliche Schwäche für diesen stiernackigen Klotz, er schätzte seine Treue – wahrscheinlicher war aber, dass Kitbogha sich selbst die Hände nicht besudeln mochte, während Sundchak die seinen mit Wonne bis zu den Ärmeln ins Blut seiner Feinde tauchte.

Baitschu haderte noch mit der Ungerechtigkeit des Schicksals, des seinen im Besonderen, als plötzlich die Reiter hinter ihm ein wildes Geschrei erhoben und seitlich den Felshang hinaufgaloppierten, als hätten sie einen saftigen Braten entdeckt, eine Berggazelle oder gar einen Hirsch! Baitschu sah vom Weg aus zwischen den Steinen nur das Huschen eines weißen Gewands, er kam nicht dazu, den Flüchtigen zu Gesicht zu bekommen. Schon hatten die vordersten ihre Bögen hochgerissen, die Pfeile selbst bei diesem schwierigen Ritt über Stock und Stein aufgelegt – und ohne Zögern abgeschossen. Ihre Beute stürzte stumm aus den Klippen und rollte über den steilen Geröllhang, bis sie über den Köpfen der auf dem Saumpfad Harrenden liegen blieb: ein Templer! Rot leuchtete das Tatzenkreuz auf seiner Brust, verbreitete sich schnell zu einem riesigen Blutfleck, denn zwei, drei Pfeile staken dort, wo eben noch das Herz schlug! Entsetzt starrte Baitschu in das bleiche Gesicht von David, dem stillen einarmigen Templer, den er in der Sicherheit der Zisterne bei den anderen Gefangenen wähnte.

Wütend sprang Baitschu von seinem Pferd. »Idioten!«, schrie er die stolzen Schützen an. »Ihr habt mir einen Freund erschossen!« Er durfte jetzt nicht weinen, auch nicht ungerecht sein, die dummen Kerle konnten nichts dafür. »Bringt ihn her!«, befahl er gerade den betroffen die Leiche Umstehenden, da löste sich aus den Klippen eine weitere Gestalt, die zwei Pferde am Halfter hinter sich herzog und – ohne sich im Geringsten um die Mongolen zu kümmern – bei dem Toten niederkniete.

»Herr Terèz!«, rief Baitschu den erschütterten Ritter an. »Ich habe es nicht verhindern können!«

»Ich auch nicht!«, antwortete der Foix. »Ich hatte ihn aus den Augen verloren!«

Der Anführer der Eskorte, der an ihrer Spitze geritten war, trat schuldbewusst zum Sohn Kitboghas. »Was sollen wir jetzt tun, Baitschu?«

»Das werde ich Euch sagen!«, mischte sich da mit seltsamer Bestimmtheit Terèz de Foix ein. »Euer Einverständnis vorausgesetzt?«, wandte er sich mehr an Baitschu als an den Anführer der Eskorte, doch der nickte ergeben.

»Beaufort?!«, kam Baitschu die freudige Erkenntnis.

»Der Preis war hoch – und unnötig«, beschied ihn Terèz, »doch wenigstens soll er zu etwas nütze sein –«

»Ich lege das Kommando in Eure Hand, Terèz de Foix«, verkündete Baitschu kühn, aber der Anführer war es zufrieden. So zogen sie los.

Aus der Chronik des William von Roebruk

Ich muss zugeben, dass die Schauergeschichten, die aus der erstürmten Stadt zu uns auf unsere unzugängliche Insel gelangten, mich nicht sonderlich erschütterten. Einige wenige, die sich ins Wasser des Hafenbeckens geworfen hatten und die Qal'at al-bahr schwimmend erreichten, berichteten, dass die Mongolen jede lebende Seele ohne Ansehen der Person niederhackten. Es waren meist Sterbenskranke und die Gebrechlichen, die den steilen Weg hinauf zur Zitadelle nicht mehr geschafft hatten. Es spielte auch keine Rolle. Kaum hatten die Eroberer Sidon nicht in einen Friedhof, sondern in ein Schlachthaus verwandelt, bei dem nur keiner sich um die herumliegenden Kadaver kümmerte, zogen sie alle ihre Kräfte zusammen und begannen den Sturm auf die Qal'at al mu'azzam. Von allen Seiten gleichzeitig überschütteten sie die verängstigten Verteidiger der Zitadelle mit einem pausenlosen Hagel von Brandpfeilen und in Tontöpfen geschleudertem Griechischem Feuer. Dieser Art zermürbt, ließ die Besatzung der Festungsmauern es bald an der notwendigen Aufmerksamkeit fehlen. Als die ersten Mongolen auf den Zinnen erschienen, brach ihr Widerstand zusammen. Wer im Kampf gefallen war, konnte von Glück reden, die Überlebenden wurden auf bestialische Weise zu Tode gebracht, Frauen und Kinder – nur junge Knaben und Mädchen blieben am Leben, für einige Stunden, die Zeit, in der sie geschändet wurden –

Ich verbrachte die meiste Zeit – Yeza wollte mich nicht sehen, niemanden! – in meinem turmartigen Gemäuer an der äußersten Ecke der Festung, die dort ins Meer ragte. In diesem abgelegenen Bollwerk hatten die Templer wohl früher ihren Wein gelagert. Alle

Fässer waren leer gesoffen, aber dann fand ich bei gründlicher Untersuchung doch noch eines, das sie wohl übersehen hatten. Dafür war der Tropfen nun von exzellenter Qualität. Ich betrachtete den nur über verwinkelte Treppen erreichbaren, nahezu fensterlosen Raum und vor allem das Fass als mein alleiniges Geheimnis. Nur Yves weihte ich ein, weil ich wusste, dass er nicht trank, er andererseits wissen musste, wo er mich finden konnte. In dem Gewölbe befand sich ein schweres, eisenbeschlagenes Tor aus Eichenbohlen, das ganz offensichtlich hinausging aufs Meer. Durch eine einzige schräge Schießscharte konnte ich auf die Stelle hinabschauen, wo der steile Torweg kurz über dem Wasser münden musste. Dort hatte man nämlich säuberlich die Felsen bearbeitet, dass ein freies Karree im Ufersand zu sehen war, mit kanalartigem Zugang zum offenen Meer, die Brandung schwappte bis an den Fuß meines Turmes. Ein schmaler, gemauerter Steg, nicht einmal mannshoch, endete, vom Sockel ausgehend, genau vor diesem Miniaturhafen. Selbst für normale Ruderboote war das künstliche flache Becken zu eng und viel zu klein. Dann kam mir die Erleuchtung: Hier wurden einst die Weinfässer angelandet, angeschwemmt und irgendwie zum zweiflügeligen Eichentor hinaufgehievt. Ich hatte schon mehrfach versucht, es zu öffnen, zumal zwei schön gearbeitete bronzene Griffe dazu einluden, aber es gelang mir nicht. Ich füllte also meinen Pokal ums andere Mal mit dem guten Roten, den ich als trockenen Burgunder einstufte.

Anders als im Suff schien mir meine Lage schwer zu ertragen. Gut, wir, die wir hier auf der Qal'at al-bahr sichere Zuflucht gefunden hatten – zu meinem Ärger auch der grässliche Naiman! –, verließen uns, wie unsere Hausherren, die Templer, auf die Uneinnehmbarkeit dieser Festung. Die Mongolen konnten nicht schwimmen und verfügten auch über keine Flotte. Die Verbindung zum Festland hatten wir gekappt. Für die Versorgung der Burg trafen immer wieder Schiffe ein, meist Genuesen, die uns im Notfall auch evakuieren würden. Allein das Warten auf diesen Zeitpunkt zehrte an unserem Gemüt. Bei mir kam noch erschwerend hinzu, dass ich spürte, dass Yves der Bretone nur auf eine Gelegenheit lauerte, um mit Yeza und mir das Felseiland zu verlassen. Er hatte sich in den

Kopf gesetzt, dass es wirklich das Beste wäre – und das einzig Richtige–, die Prinzessin nach Schaha in Sicherheit zu bringen. Meine einzige Hoffnng war der Widerstand von Yeza, die partout sich nicht dorthin verfrachten lassen wollte. Deswegen sprach sie auch mit dem Bretonen kein Wort mehr. In gewisser Weise hatte Yves ja Recht, zumal, wenn ich daran dachte, was jetzt wieder in Sidon geschehen war. Sehen konnte man es von hier aus nicht, aber der süßliche Verwesungsgeruch wehte auch hinüber zur Qal'at al-bahr, und so würde es zwangsläufig weitergehen, besonders, wenn die Mamelucken den Fehdehandschuh aufgenommen!

Das eigentliche Problem war die verwunschene Situation, fast wie ein Fluch, dass es bei bestem – oder schwachem? – Willen bisher nicht gelungen war, Yeza mit Roç wieder zu vereinen! Das hätte alle Parteien wahrscheinlich gezwungen, ihre Vorstellungen neu zu überdenken, Farbe zu bekennen! Aber in dieser ungeklärten Situation, in der sich das Königliche Paar befand – eher ein spirituelles Wunschbild als politische Realität! –, konnte man leicht, auch leichtherzig alle Entscheidungen vor sich herschieben, und derweil gingen immer mehr Menschen auf beiden Seiten zum Teufel! – Und Roç? Und Yeza? – Nahmen nicht auch sie Schaden mit jedem Tag, der in das verwüstete Land ging?

Schlechter als geschildert konnte meine Laune kaum noch geraten, als ausgerechnet Naiman die Steintreppe in meine Weinklause hinabgehinkt kam. Er schien sich hier auszukennen, denn ohne mich zu fragen, legte er die Bronzegriffe des Tores um und öffnete die schweren Flügel einen Spalt breit und spähte vorsichtig hinaus. Ich warf einen raschen Blick durch meine Schießscharte und sah den Schnellsegler unweit der Felsküste in der Brandung manövrieren.

»Sie warten auf mich!«, informierte der Spitzel mich, wohl um die Wichtigkeit seiner Person zu unterstreichen oder um mich zu ärgern.

»Ich glaube nicht«, versuchte ich den Kerl zu verunsichern, »dass der Komtur Euch in dieser Lage gestattet, als einziger Passagier auf einem Schiff des Ordens das Weite zu suchen!«

Naiman sah mich amüsiert an, dann zog er einen prallen Beutel hervor und ließ mich, bei allem Widerwillen, hineinschauen: alles Goldmünzen! »Den Kapitän habe ich schon bestochen«, sagte er leichthin, »so wie ich auch Euch kaufen kann, William von Roebruk! Alles nur eine Frage der Höhe der Summe – « Ich hätte ihn erwürgen können, allein schon bei dem Gedanken, was er dem Roten Falken eingebrockt hatte, doch ich traute mir diese Handgreiflichkeit nicht zu. Naiman sah von mir keine Gefahr ausgehen. Er griff nochmals in seine Tasche, die er reisefertig geschultert hatte, und brachte einen winzigen Glasflakon zutage. »*Sabu nuqat lil maot,* der ›Sieben-Tropfen-Tod‹«, übersetzte er mir freundlich. »Mir bleibt jetzt keine Zeit, Euch zu überzeugen, William, doch ich halte Euch für einen Ehrenmann!« Der Ausdruck meines Gesichts allein schon sollte ihn Lügen strafen. »Und was die Wirksamkeit anbetrifft, Mönchlein, Ihr erinnert Euch an das Weib Eures Freundes, des Roten Falken – ?« Der Schurke genoss grinsend meine Pein. »Die Saratz kam, um seinen Tod an mir zu rächen – « Er schob mir den vollen Beutel und das Fläschchen über den Tisch. »Also, wenn ich in Kairo dann höre, dass die Prinzessin Yeza unerwartet verschieden ist – «

»Nie und nimmer!«, fuhr ich dazwischen, anstatt ihm die Giftphiole ins Gesicht zu schleudern oder den Geldsack an den Kopf!

»– erhaltet Ihr zuverlässig das Zehnfache dieser Anzahlung«, fuhr er genüsslich fort, »genug für ein festes Haus im schönen Land der Franken, mit einem duftenden Rosengarten und drei jungen Weibern darin, die Euch – «

Weiter kam er nicht, denn oben auf der Treppe erschien, sporenklirrend, sein riesiges Schwert mit geballter Faust vor sich hertragend, Herr Yves. Niemanden fürchtete anscheinend Naiman mehr als den Bretonen. Wie ein Ratz sauste er zum Eichentor, zwängte sich durch den Spalt.

»Schließt es hinter mir!«, zischte er beschwörend, denn er hoffte wohl, Herr Yves hätte ihn noch nicht erblickt. Doch so leicht sollte der Schuft nicht entkommen, ich sprang ihm nach zum Tor, mit aller Kraft drückte ich die beiden Flügel auseinander, sie öffneten sich, wie man Butter schneidet – damit der Bretone des Flüchtigen noch habhaft werden sollte.

»Naiman flieht!«, rief ich dem gemächlich Heranstapfenden gerade zu, als ein markerschütternder Schrei ertönte, gefolgt von einem tierischen Gebrüll. Ich stürzte an meine Schießscharte, während Yves ganz langsam das Tor wieder zuzog.

Was ich sah, ließ mir das Blut in den Adern gefrieren: Zwei gewölbte Gabeln mit rostigen Zinken – wohl für das Greifen der Fässer gedacht – waren seitlich aus dem seichten Meer aufgefahren und hielten in ihrer grauslichen Klammer den aufgespießten Naiman! Die verwitterten Krallen hatten seinen Leib durchbohrt, sein Schreien hatte aufgehört – fast behutsam, in dem Maße, wie der Bretone die schweren Flügel des Tores schloss, sank die Mördergabel zurück ins Meer, versteckte sich wieder zwischen den Felsen im Sand, aber hielt immer noch ihr Opfer in den Klauen. Vom Wasser kaum bedeckt, starrte das schielende Auge zu mir herauf.

»Den habt Ihr auf dem Gewissen, William«, teilte mir der Bretone beruhigend mit. »Das heftige Aufreißen der Tür ließ den friedlichen Hebemechanismus hochschnellen wie ein tödliches Fuchseisen –«

Ich nahm nicht an, dass Yves von mir einen Ausdruck des Bedauerns oder gar der Reue erwartete. Was immer dieser böse Mensch anderen Infames, Teuflisches angetan hatte, ich, William von Roebruk, hatte dem Meisterspion des Sultans das schmutzige Handwerk gelegt!

AUF BEAUFORT TRAT TERÈZ DE FOIX vor den Herrn der Burg. Julian konnte diese Dreistigkeit nicht fassen, andererseits war von seinen Strolchen nur einer zurückgekehrt, und das mit leeren Händen. Also war der Knabe Baitschu wohl bis zu den Mongolen gelangt, während keineswegs sicher war, ob die Kugelköpfe das verräterische Schreiben, das David mit sich trug, entdeckt hatten, falls ihnen der Templer überhaupt in die Fänge geraten war. Alarmiert rief Julian nach seinem Weibe. Doch bevor noch Johanna erschien, drängte der unverschämte Terèz den Herrn Julian zum Fenster und zeigte auf die gegenüberliegende Felswand. Überall hockten da Mongolen und glotzten ihn an, doch das Schlimmste war: In ihrer Mitte, freundschaftlich von ihnen untergehakt, saß David der einarmige Templer, die Augen treuherzig vorwurfsvoll auf ihn geheftet. Johanna trat hinzu, mit einem Blick aus dem Fenster hatte sie die Situation erfasst, das rote Tatzenkreuz leuchtete schließlich wie ein Feuermal, doch weit entfernt davon, ihr ein schlechtes Gewissen zu bereiten.

»Also haben sie den Brief gefunden«, gab sich die Tochter Hethums siegessicher, »der unsere Unschuld klar beweist?«

Terèz verstand nicht, worauf sie anspielte. »Sie können nicht lesen«, versuchte er aufs Geratewohl sein Glück, »und so lange sie den Inhalt nicht kennen, lastet der Verdacht auf Euch und Beaufort –«

Johanna sah Terèz angriffslustig ins Gesicht. »Wie können wir uns solch perfider Verleumdung erwehren?«, begehrte sie auf. »Die Ehre unseres Namens –«

Terèz winkte ab und zwang sie, nochmals hinüber zu dem Berghang zu schauen, wo jetzt über dem Kamm und zwischen den Felsklippen die Speerspitzen weiterer mongolischer Krieger deutlich zu erkennen waren. »Sie sind Euch nicht feindlich gesonnen«, sprach Terèz einfühlsam. »Ich habe den braven Männern nur versprechen müssen, dass sie an vorderster Stelle dabei sein dürfen, wenn ich Euren lieben Gast hier abhole und dann im feierlichen Triumphzug nach Damaskus geleite.«

Julian warf diesmal seinem Weibe keinen fragenden Blick zu, sein ihm verbliebenes Auge bohrte sich mit zähnefletschender Liebenswürdigkeit in den Rücken des fast unbeteiligt am Fenster Stehenden. »Holt den Trencavel herauf!«, befahl er dem letzten ihm noch verbliebenen Strolch. »Samt seinen beiden Gefährten –« Julian besann sich. »Mein Weib und ich legen Wert darauf, uns von dem berühmten Helden in allen Ehren zu verabschieden. Der Trencavel soll Beaufort in guter Erinnerung behalten!«

Frau Johanna lächelte in sich hinein, wieder einmal hatten sie Glück gehabt! »Unsere ergebensten Grüße möge Roç bitte dem Oberkommandierenden Kitbogha ausrichten«, wandte sie sich vorsorglich an Terèz. »Unsere ganze Liebe gilt dem mongolischen

Volke, das uns die Hoffnung auf die Friedensherrschaft des Königlichen Paares geschenkt hat!«

Terèz de Foix biss die Zähne aufeinander, ihr Knirschen war deutlich vernehmbar.

Aus der Chronik des William von Roebruk

Das Geschreie – anders mag ich die lautstarke Auseinandersetzung zwischen der Prinzessin und dem Bretonen nicht bezeichnen – hallte durch die gesamte Qal'at al-bahr, zumindest durch den Teil, in dem Yeza auf Anordnung des Komturs festgehalten wurde. Wahrscheinlich hatte ihr Herr Yves eröffnet, dass er sie nunmehr von hier fortschaffen würde, auf die Schatzburg der Mongolen Schaha am fernen Urmiah-See. Der Bretone hatte mir bereits seinen Plan mitgeteilt, auch dass er dafür den Schnellsegler des Ordens benützen würde. Dass Naiman dessen Kapitän bereits bestochen hatte – das wusste nur ich, und ich hatte Yves den inzwischen ziemlich unbehelflichen Umstand verschwiegen. Der Segler lag immer noch da, wohin ihn der ägyptische Meisteragent bestellt hatte, ich konnte sein schnittiges Heck durch meine Schießscharte sehen – wenn mir auch jedes Mal der Anblick des toten Naiman nicht erspart blieb. Der schaute sich jetzt mit seinem Schielauge das Schiff von unten an, umschwirrt von vielen kleinen hungrigen Fischlein –

Yves der Bretone betrat meine Höhle, er schien mir am Ende seiner Kräfte und seiner Geduld. Ich schob ihm meinen gefüllten Pokal hin, aber er wies ihn unwirsch zurück.

»Die Prinzessin zetert und tobt!«, seufzte er. »Sie ist wie von Sinnen, ich weiß nicht, wie ich sie bändigen soll.«

»Geht es ihr um Roç?«, fragte ich teilnahmsvoll.

»Sie will nicht lebendig begraben werden!«

»Das kann ich verstehen.« Ich nahm einen kräftigen Schluck. »Gibt es denn keine andere Lösung?«

Yves schenkte mir einen mitleidigen Blick. »Wenn Ihr, William von Roebruk, die Garantie für ihre Sicherheit übernehmen könnt ...«, er ließ den Spott beiseite und fuhr mürrisch fort, »eine Sicherheit, für die nicht einmal der mächtige Kitbogha eine andere Wahl sieht –«

»Am besten wär 's«, gab ich schlau zu bedenken, »wenn auch Roç Trencavel dorthin nach Schaha verbracht würde, dann wären sie wieder vereint und könnten –«

»Dieser Aufgabe soll sich gefälligst jemand anderes unterziehen!«, gereizt fuhr er mich an. »Mir reicht die junge Dame. Und wenn Ihr, William, mir keine nützlicheren Vorschläge zu machen habt, dann wäre es besser, Ihr öffnetet Euren Mund nur, um Euch weiter zu betrinken!« Wütend wandte er sich wieder der Treppe zu.

Das wollte ich nicht auf mir sitzen lassen. »Naiman«, sagte ich rasch, »hat mir ein Fläschchen hinterlassen – mit Gift.« Ich zerrte es aus meiner Tasche und stellte es auf den Tisch. *»Sabu nuqat lil maot,* den ›Sieben-Tropfen-Tod‹ nannte er es – und ausnahmsweise will ich ihm glauben!«

Der Bretone nahm es nachdenklich in die Hand. »Die Frage ist nur, wie wirkt es?« Er hielt den Flakon gegen das Licht, das durch die Schießscharte einfiel, »und was für einen Effekt erzielt man mit ein, zwei – drei Tropfen? Übelkeit oder Betäubung?«

»Der Einzige, der es uns sagen könnte«, bot ich meine Bereitwilligkeit an mitzuüberlegen, indem ich mit dem Daumen hinunterwies, wo der Naiman aufgespießt im seichten Wasser vor sich hin weste, *»ruhu illa jahanam!* Möge seine Seele in der Hölle schmoren, wie man hierzulande sagt –«

»Die rechte Dosis müsste man kennen«, murmelte der Bretone, und mir schien, er schaute dabei begehrlich auf meinen vollen Pokal. »Mir ist jetzt doch nach einem Schluck von Eurem mit Fleiß verborgenen Fass!«

Erfreut holte ich einen weiteren Becher und füllte ihn reichlich.

»Schon um mich Eurem Trinkspruch anzuschließen«, sprach der Bretone leichthin. »A propos, schaut doch mal nach, ob der Kerl bereits vom Teufel geholt wurde!«

Bereitwillig trat ich zu meinem Ausguck: Die Wellen spielten immer noch im schütteren Haar des Naiman, und mir war, als hätte sein Schielen zugenommen. »Den will nicht einmal der *sheitan*!« Ich wandte mich wieder dem Bretonen zu.

Wir hoben unsere Becher und sahen uns befriedigt grinsend in die Augen und tranken – weich rollte der kostbare Tropfen durch meine Kehle, mir wurde warm und schläfrig, meine Glieder waren wie Blei – ich wollte noch etwas sagen, aber ich brachte die Lippen nicht mehr auseinander.

»HERMES TRISMEGISTOS« – DAS UNVERMEIDLICHE VERMEIDEN

MITHILFE DES TOTEN DAVID und der willig mitspielenden Mongolen, die eigentlich Baitschu auf kürzestem Weg zu seinem Vater zurückschaffen sollten, war es Terèz de Foix gelungen, den perfiden Burgherrn von Beaufort und sein ansonsten so durchtriebenes Weib ins Bockshorn zu jagen: Sie ließen Roç Trencavel und seine beiden Gefährten, Guy de Muret und den dicken Pons de Tarascon, ziehen. Kaum waren die drei außerhalb der Bolzenschussweite von Beaufort in sicherer Freiheit, da verschwanden auch die Mongolen zwischen den gegenüberliegenden Felsen, die bislang so grimmig auf die Burg gestarrt.

Terèz sorgte dafür, dass der einarmige Templer – nachdem er seinen Freunden diesen letzten Dienst erwiesen hatte – in einer Felshöhle eine würdige Ruhestätte fand. Besonders die mongolischen Bogenschützen, die seinen Tod verursacht hatten, legten eifrig mit Hand an, als es darum ging, den Eingang zur Grotte mit Steinbrocken zu verschließen, schon damit der Geist des Toten sie nicht heimsuchen sollte.

Der Trencavel machte ihnen keine Vorwürfe. Von Baitschu wusste Roç, dass Yeza mit größter Wahrscheinlichkeit von den Templern nach Sidon verschleppt worden war. Sich ein weiteres Mal dorthin zu wenden, ungeachtet des schmählichen Empfangs, den sie ihm bereits bei seinem ersten Versuch hatten zuteil werden lassen, war für ihn nicht nur das Naheliegendste, er hatte auch im Kerker von Beaufort die Zeit gefunden, sich über das klar zu werden, was er eigentlich wollte. Und das war – unter Verzicht auf alle Herrscherwürden und die Glorie eitler Abenteuer – jetzt nur noch der Wunsch, wieder mit Yeza vereint zu sein. Auf den Knien wollte er sie bitten, ihm zu verzeihen. Und dafür war er auch bereit, sich zu demütigen, selbst vor den hochmütigen Templern. Doch es war ausgerechnet der Knabe Baitschu, der seinem Verlangen widersprach. Wenn die Templer von Sidon überhaupt noch am Leben seien – der General Sundchak hätte sich ihre völlige Vernichtung auf die Fahnen geschrieben –, dann sei in jedem Fall kein Durchkommen mehr durch den Belagerungsring der Mongolen. Das sah Roç ein, und von allen mongolischen Heerführern war Sundchak der Letzte, dem er sich in die Hand geben wollte.

Sie waren mittlerweile an den Litani gelangt, einen reißenden Gebirgsfluss, der vom Libanon zur Küste bei Tyros herabströmt. Obgleich in der Schlucht etliche Felsbrocken auf den ersten Blick zur Überquerung einluden, bei genauerem Hinsehen und nach einigen missglückten Versuchen, bei denen zwei vorwitzige Mongolen der Eskorte von den Wassern fortgerissen wurden, verließ die Gefährten schnell der Mut. Allein hätte Roç es gewagt, doch er scheute das Risiko, auch noch die letzten Begleiter zu verlieren, die ihm treu die Stange hielten. Sie verharrten noch am Ufer, verzagt bemüht, eine andere Möglichkeit zu entdecken, als Roç flussaufwärts die Gestalt des Schamanen zu sehen glaubte, der gefolgt von seinem Bären behende von Stein zu Stein hüpfte. Arslan schien ihm dabei zuzuwinken, doch kaum hatte der Alte leichtfüßig das andere Ufer erreicht, war er samt seinem zotteligen Tier verschwunden. Der Trencavel befahl den Mongolen, an der angegebenen Stelle den wilden Fluss zu überwinden. Erst nachdem sie allesamt die gegenüberliegende Felsböschung erklommen hatten, hieß er seine drei Okzitanier und Baitschu, es ihnen gleichzutun. Roç bestritt die Nachhut. Ihm war klar, dass der Schamane sich ihm nicht gezeigt hatte – die anderen hatten die Erscheinung gar nicht bemerkt –, um ihm den Weg durch den wilden Litani zu weisen, sondern weil der Alte eine Botschaft für ihn hatte. Doch wohin Roç auch schaute, er vermochte ihn nicht mehr zu entdecken. Dann sprang ihm ein kleiner Stein vor die Füße, und Roç richtete seinen Blick nach oben in die Felswand. Der Bär kletterte hoch über ihm im Ginstergestrüpp, das sich dort im Gestein festgekrallt hatte, es geschickt wie eine Strickleiter nutzend. Also deutete der Trencavel unerbittlich hinauf in die Höhe, und widerspruchslos machten sich die Mongolen an den Aufstieg, nur Pons maulte, und Baitschu lachte den Dicken aus.

»Roç Trencavel hat uns über den Fluss geführt«, stichelte Guy, »er wird auch wissen, warum wir nicht bequem ihm entlang im Tale wandern, sondern uns den steilsten Saumpfad erwählen!«

Roç sagte nichts, sondern ließ auch die drei Okzitanier in die Wand einsteigen, bevor er sich, gefolgt von Baitschu, auf den Weg machte. Der Bär erwies sich als unermüdlicher Kletterer, jedes Mal, wenn Roç glaubte, nun das ihm unbekannte Ziel endlich erreicht zu haben, tauchte das nur für ihn wahrnehmbare Fell des Tieres irgendwo zwischen den Felsen der nächsten Anhöhe auf. Doch dann, als sie schon völlig erschöpft waren, bot sich ihnen plötzlich eine Aussicht hinab auf das Jordantal, von überirdischer Schönheit – wie auf das verheißene Land. Die Gefährten ließen sich ermattet niederfallen, aber Roç trat bis an den Rand der Klippen.

»Du lässt andere für dich kämpfen und sterben, Roç Trencavel«, vernahm er die Stimme, auf die er gewartet hatte, doch sie klang genauso müde, wie er sich fühlte. »So verlierst du deine königliche Kraft –«

Roç machte sich nicht die Mühe, nach dem Schamanen Ausschau zu halten. »Ich lege keinen Wert mehr auf die Erlangung des Königtums«, stellte er ohne Aufregung klar, »ich wünsche mir nur das Glück, das ich allein an der Seite Yezas finden kann –«

»Dann suche sie!«, beschied ihn die Stimme hart. »Such sie nicht bei den Templern, denen du aus dem Weg gehen solltest, wo immer sie den deinen kreuzen!« Die Worte Arslans drangen klar und deutlich an sein Ohr. »Such sie allein, ohne jegliches kampferprobte Gefolge – so kommst du nicht in Versuchung, die Macht des Schwertes einzusetzen, das dich –«

Die Stimme erlosch wie die Flamme eines von einem heftigen Windstoß erstickten Feuers – übertönt von dem Schnauben unzähliger, Tausender Pferdenüstern, dem Klirren eines Lanzenwaldes, dem Knarren der Wagenachsen und dem vieltausendfachen Hufschlag. Roç sah hinab in die weite Ebene, seine Augen suchten den Anblick des Heeres der Mongolen zu erhaschen, doch da war das

Geräusch weggeweht, und dem Auge bot sich wieder die verheißungsvolle Lieblichkeit des Jordantales. Der Trencavel befahl den Abstieg. Wie sich der Alte das wohl vorstellte: Er einsam und allein, vielleicht wie ein mongolischer Iltschi, auf der Suche nach Yeza?! Nein, mit den Mongolen wollte er nichts mehr zu tun haben! Mit ihrem Königlichen Paar klammerten sie sich an ein Hirngespinst, das er nicht länger gewillt war, mit seinem Blut am Leben zu erhalten! Hinter allem stand natürlich jene geheime Bruderschaft, der die Grande Maîtresse vorsaß, die auch den Orden der Templer an unsichtbaren Fäden in jede gewünschte Richtung bewegte. Da hatte Arslan Recht, auch an die stolzen Ritter unterm Tatzenkreuz sollte er sich nicht länger halten – doch, wenn Yeza in deren Hand war? Sie, Schwester und Geliebte, Genossin und Rivalin, untrennbarer Teil von ihm und dem Bild, das sich andere von ihnen machten – Yeza war der Antrieb, aber auch das größte Hindernis seines Lebens. Roç wusste nicht, an wen, wohin sich wenden? Wie sollte er sich verhalten? Er fühlte sich umstellt von grauen, tauben, undurchdringlichen Wänden. Wären sie von heller, kristallener Klarheit, er würde durch sie hindurchschreiten, ohne sich zu bedenken. Seine Hand legte sich auf Baitschus Schulter, als könne der Knabe ihm raten. Doch der strahlte seinen Helden nur hocherfreut an.

Aus der Chronik des William von Roebruk

Ich erwachte nur zögerlich und im völligen Dunkel. Mein Auge suchte die Schießscharte, ich fand sie nicht, es war wohl tatsächlich Nacht. Ich wollte mich erheben, denn ich lag am Boden, doch meine Glieder waren wie Blei, ich spürte sie nicht. Es gelang mir nicht, mich zu erinnern, was mit mir geschehen war, so sehr ich mich auch quälte. Dann wurde meine Aufmerksamkeit von mir abgezogen, ich hörte über mir Stimmen, im ersten Moment war es, als vernähme ich das heisere Organ der Grande Maîtresse – doch würde sich die alte Dame ausgerechnet jetzt in das belagerte Sidon begeben? Die andere gehörte ganz klar Marc de Montbard.

»Der Bretone verlangt die Stellung einer Eskorte, um die Prinzessin nach – irgendwo im Norden oder Osten in Sicherheit zu bringen?«, trug der Komtur mit unterschwelligem Protest vor, doch der trockene Bescheid nahm darauf keine Rücksicht.

»Dann gebt sie ihm doch! Hier im Qa'lat al-bahr ist es sowieso zu eng!« Das war nicht die Stimme der Grande Maîtresse – auch nicht die des Thomas Bérard, dessen ätzender Tonfall mir noch durchaus geläufig war; außerdem hatte der Großmeister der Templer Sidon nachweislich längst verlassen –

Der Komtur wand sich wie ein Aal am Haken. Die Prinzessin würde er ziehen lassen müssen, obgleich er Yeza als Pfand – im Austausch gegen freien Abzug aus Sidon – gern noch behalten hätte. »Gilt diese Anweisung auch für den sie begleitenden Mönch?«

Das bittere Verdikt bekam ich sofort zu hören. »William von Roebruk hat sich weder fähig noch willens gezeigt, die Chronik so zu verfassen, wie ihm aufgetragen«, befand die krächzende Stimme, »daher besteht kein Anlass, ihn noch weiter mitzuschleppen!«

Ich lag offensichtlich unter einem ›Ohr des Dionysos‹, einer unsichtbaren Öffnung in der Decke, die wie ein Schalltrichter nach unten wirkte, aber nur, wenn das Ohr des Lauschers eine bestimmte Position einnahm.

»Der Befehl des Großmeisters«, wagte der Komtur noch einzuwenden, »weist mich klar an, überzählige Truppen nach Safed zu verlegen?!«

»Leistet ihm Gehorsam durch Weitergabe an den Kapitän – und an niemanden sonst!« Jetzt wusste ich, wem diese so auffällig krächzende Stimme zuzuschreiben war: Karl de Gisors! Der Groß-Prior und Marschall des Templerordens schien davon auszugehen, dass sein Kommando widerspruchslos befolgt wurde.

Ich überlegte noch, ob mit diesem Ausschluss von jeglicher Information vor allem der Bretone gemeint war, den man offensichtlich im Irrglauben lassen wollte, der Segler würde ihn und Yeza nach Norden bringen. Sollte ich ihn warnen? Schon um Yezas willen, von der ich wusste, dass sie absolut nicht nach Schaha wollte, behielt ich das Gehörte besser für mich – mein Zustand erlaubte mir sowieso nicht, etwas zu unternehmen, zumal ich immer noch keine Gewalt über meine Glieder wiedererlangt hatte – in meinem Schädel summte es wie in einem Bienenstock. Ich weiß nicht, wie lange ich so dalag, ohne auch nur den Kopf bewegen zu können, nicht einmal meine Augenlider gehorchten mir, nur meine Gedanken schien ich ordnen zu können. Yves hatte mich missbraucht, um an der Wirkung der Tropfen, die er mir in den Wein getan, zu ermessen, wie weit er bei Yeza gehen konnte, um sie ruhig zu stellen, ohne sie zu töten. Yeza sollte ich warnen, aber dafür war es wohl zu spät. Über meinem Kopf ertönten wieder Stimmen, diesmal erkannte ich das raue Organ des Bretonen. Der ahnungslose Yves bedankte sich beim Komtur für die reichliche Eskorte.

»Ich werde dem Orden die Männer in Baghras zurückerstatten«, versprach der Bretone feierlich, »dort werde ich für den weiteren Weg sicherlich Unterstützung beim Fürsten von Antioch finden –«

»Oder bei König Hethum«, bestärkte ihn heuchlerisch Marc de Montbard, »der den Templern sehr gewogen ist.«

Die Männer schienen sich zu verabschieden. Ich versuchte meinen Kopf hin und her zu werfen, nachdem meine Arme und Beine immer noch wie gelähmt waren. Endlich gelang es mir, die Augen aufzureißen, und die bleischweren Fesseln fielen von mir ab. Ich sprang zur Schießscharte, um mich zu vergewissern, dass der Schnellsegler noch in der Dünung schaukelte. Ich sah sein Heck, die Ankerkette schien mir schon eingeholt. Aus Angst, die wenige mir noch verbleibende Zeit zu verlieren, stemmte ich die schwere Bohlentür auf, verlor auf der abschüssigen Ebene mein Gleichgewicht, schlitterte wie ein nasser Sack den schmalen Torweg hinunter und platschte unter dem triefend über mir schwebenden Naiman in das flache Sandbecken. Hastig rappelte ich mich auf, stieß mit der Stirn gegen seinen herabhängenden Fuß, was mich in der Eile auch nur eher kurz erschreckte denn mit Ekel erfüllte. Wütend auf den Bretonen, watete ich torkelnd vorwärts und fand das Fallreep, das augenscheinlich schon für die Übernahme der Prinzessin hergerichtet war, denn Templersergeanten standen mit Fackeln bereit und beleuchteten die gespenstische Szenerie. Mit dem Ausdruck größter Selbstverständlichkeit betrat ich das schwankende Brett und stand an Deck sofort vor dem Kapitän. Ein Maure, ganz sicher kein Ordensritter, eher ein Pirat im Dienste des Tempels. Er trug einen dicken Goldring im Ohr und musterte mich wie ein Bündel verdorbener Ware, pudelnass wie ich war. Für den Kapitän in keinem Fall eine Person von besonderem Wert. Er winkte zweien seiner Leute zu, mich wieder von Bord zu befördern. Da sagte ich schnell: »Zu dem, was Naiman Euch zahlte, lege ich noch zehn Golddukaten obendrauf, wenn Ihr mich mitnehmt – ohne, dass mich jemand zu Gesicht bekommt?!«

Der Pirat grinste und streckte die Hand aus. Im Hintergrund sah ich an Land die von Templern eskortierte Sänfte herankommen, Yves schritt vorneweg. Ich warf dem Kapitän einen dringlich flehenden Blick zu. Er öffnete eine Luke, ich suchte noch nach der Leiter, da erhielt ich einen Stoß und flog hinunter in eine Vorratskammer über dem Kielraum. Bald darauf legten wir ab.

KITBOGHA, Oberkommandierender aller in Syrien und Palästina verbliebenen mongolischen Truppen, hatte wegen Aufständen in Damaskus den Hauptteil seines Heeres wieder nach Baalbek zurückbeordert und in der Hauptstadt nur eine starke Garnison auf der Zitadelle gelassen. Der erfahrene Haudegen wünschte keine handgreifliche Auseinandersetzung mit der Bevölkerung, schon gar nicht in seinem Rücken, denn aus Nablus kamen sich überschlagend Nachrichten, dass ein gewaltiges Heer der Mamelucken die Grenze überschritten habe und bereits vor Gazah stünde. Angeführt wurde es von dem berüchtigten Emir Baibars, genannt »Der Bogenschütze«, bei weitem der fähigste Feldherr, den die Ägypter aufbieten konnten. Kitbogha schickte also Boten nach Sidon zu seinem General Sundchak mit der Aufforderung, von der Belagerung der Templer abzulassen, Sidon zu räumen und sich mit ihm am Fuße des Berges Hermon zu vereinen. Sundchak kündigte an, er würde direkt nach Süden ziehen, sich mit Kitbogha an der ›Jakobsfurt‹ zu treffen, nördlich des Sees Genezareth. Kitbogha ließ sich darauf ein, er wusste, dass Sundchak die so gewonnene Zeit nur nutzen wollte, die ihm verhasste Templerburg niederzureißen und die Beute aus der Stadt Sidon einzusacken. Das Spitzelsystem innerhalb des mongolischen Heeres funktionierte hervorragend, aber im Außendienst versagten die Spione, zum Teil, weil die muslimische Bevölkerung durchweg den Mongolen feindlich gesonnen war, aber auch aus eigener Ignoranz.

So war die Nachrichtenlage für den Oberkommandierenden außerordentlich lückenhaft und ungenau. Keiner wusste ihm zu sagen, wie stark das Mameluckenheer in Wahrheit war und wo es zur Zeit stand. Dazu kam, dass Sundchak, der die Mamelucken verachtete und sich überschätzte, seinen Vorgesetzten mit Erfolgsmeldungen überschüttete, so von großen Erfolgen der Mongolen bei Gazah, als der Grenzort längst gefallen war und der Feind schon auf der Höhe von Jaffa die Küste hinaufmarschierte. Die Ägypter konnten auch auf Flankendeckung und Versorgung durch ihre entlang der Küste mitziehende Flotte rechnen, etwas, das die Mongolen überhaupt nicht kannten. Sundchak brannte auf die kriegerische Auseinandersetzung, Kitbogha bedauerte zutiefst, dass sie sich anscheinend nicht vermeiden ließ. Schweren Herzens gab er den Befehl zum Aufbruch.

Aus der Chronik des William von Roebruk

Das Schiff schlingerte und stampfte. Ich hatte in dem dunklen Loch einen Stapel Säcke entdeckt, die wohl Hirsekörner enthielten, und mich auf ihnen hingekauert, doch zur Ruhe kam ich nicht, immer wieder schleuderte mich die unsichtbare Faust des Meeresgottes hinunter, gegen die Wanten, während oben die Brecher über das Deck rollten und das Wasser durch die Ritzen des Lukendeckels auf mich sprühte. Immerhin hatte ich bei einem meiner Stürze Bekanntschaft mit der Leiter gemacht, doch sie aufzustellen oder gar zu besteigen war ein Ding der Unmöglichkeit. Durch das Toben der Wellen vernahm ich über mir die lautstark gebrüllte Auseinandersetzung zwischen Yves dem Bretonen und diesem Piratenkapitän. Aus den Wortfetzen, die das Heulen des Sturms nicht verschlang, musste ich entnehmen, dass der Bretone trotz Unwetter und stockfinsterer Nacht sehr wohl mitbekommen hatte, dass der Pirat mit dem Steuer südwärts hielt, statt nach Norden, worauf Herr Yves zornig bestand, ja er drohte dem Kapitän, er würde ihn töten – wer den Bretonen kannte, wusste, dass dies keine leere Drohung war –, doch der Pirat lachte und stellte die Gegenfrage, wer dann wohl den Segler durch Wind und Wetter steuern würde? Ich hatte mich aus Neugierde doch auf die Leiter gewagt und wollte gerade den Lukendeckel hochstemmen, als ein schwerer Brecher mich hinunterwischte und ich diesmal mein Bewusstsein verlor –

Ich fand mich wieder in einer Ecke, über mir die Leiter, und durch eine feine Ritze am Lukendeckel schimmerte rosiggrau das sich ankündende Morgenlicht. Der Sturm hatte sich völlig gelegt. Ich zog mich zerschlagen die Sprossen der Leiter hoch und hob den Deckel einen Spalt mit der Schulter. Der Pirat schien am Steuer zu schlafen, von Herrn Yves keine Spur. Ich dachte daran, wie Yeza wohl die Nacht überstanden hatte, die stürmische Fahrt musste ihr doch hart zugesetzt haben, oder hatte Yves ihr so viel von dem gefährlichen Betäubungsmittel eingeflößt, dass sie das Gewitter verschlafen hatte – vielleicht fest angebunden auf ihrem Lager? Dem Bretonen war das zuzutrauen!

Der Pirat zwinkerte mir zu. Mir war, als nähme er jetzt Kurs auf die Küste. Dem geschundenen blinden Passagier war es nur allzu recht! Ich wollte ihm gerade mein freudiges Einverständnis signalisieren, da trat jemand von hinten auf den Lukendeckel, der auf meinen Kopf fiel, was mich wieder unsanft auf den Boden der Kammer beförderte –

Ich wachte auf von einem ins Mark gehenden Knirschen unterm Kiel, gefolgt von einem furchtbaren Stoß, der mich diesmal auf die Säcke warf. Dann war alles still, das Schiff rührte sich nicht mehr – nur ein leises Rauschen der Brandung war zu hören. Wir waren auf Grund gelaufen! – Dann Gerenne und aufgeregte Stimmen über mir, hastig richtete ich die Leiter auf und stieß diesmal mein hölzernes Kruzifix in den Spalt unter dem Deckel. Zwischen den Stiefeln des Bretonen schaute ich auf den Piratenkapitän, der sich gerade voll verlogenem Pathos vor ihm auf die Knie warf.

»Ihr könnt mir den Kopf abschlagen«, spottete er dem wütenden Yves dreist ins Gesicht, »aber das Schiff sitzt fest!«

Vor meinen Augen riss der Bretone sein breites Schwert aus der Scheide. »Das werd' ich fürwahr!«, murmelte er kaum vernehmbar und hob seine furchtbare Waffe, da trat aus den die Szene umstehenden Templern einer vor, ein älterer, hagerer Ritter. In gebieterischer Abwehr zückte er seine bloße Hand gegen Yves, der sofort innehielt, jedoch sein Schwert nicht senkte. »Mir ist die Macht des Richtens gegeben«, grollte der Bretone, »und Ihr solltet das wissen!«

Der grauhaarige Templer wich ebenfalls nicht zurück. »Ihr könnt nicht uns allen den Kopf abschlagen, Herr Yves«, beschied er den Bretonen in aller Ruhe, »dieser Mann handelte auf meinen Befehl, und wer mir dazu das Recht gegeben, das wisst auch Ihr!«

Jetzt erkannte ich die krächzende Stimme wieder, die vor unserer Abreise bereits in Sidon dem Komtur klare Anweisungen gegeben hatte. Das erste Mal, dass ich Karl von Gisors, dem geheimen Groß-Prior, ins Antlitz sah, und mir war es nicht unlieb, dass ihm meine Gegenwart entging. Der Bretone ließ langsam sein Schwert sinken. Es war auch das erste Mal, dass ich ihn beigeben sah, doch nur kurz.

»Wenn es so ist, wie es ist«, entgegnete Yves nachdenklich, doch mit Bestimmtheit zu dem Hageren, »dann weist mir die Ritter, die aufgrund ihres Gelübdes bereit sein müssen, mich und die Tochter des Gral auf unserer langen Reise schützend zu begleiten!«

Der sah den Bretonen prüfend an. »Ihr habt Euch in Eurer bekannten Selbstgerechtigkeit eine Aufgabe auf die Schultern geladen, die mitzutragen keiner von uns bereit sein muss, doch wer sich Euch aus freien Stücken anschließen will, den wird der Orden nicht hindern.«

Yves schob mit zusammengekniffenen Lippen sein Richtschwert zurück in die Scheide und sah forschend in die Gesichter derer, die ihn umstanden. Keiner schlug die Augen nieder, doch auch keiner gab durch ein Zeichen zu erkennen, dass er bereit wäre, dem

Bretonen zu folgen. Der Grauhaarige befreite Herrn Yves aus der Schmach einer weiteren Niederlage.

»Wir begeben uns jetzt nach Safed«, wandte er sich erst an den Kreis der Templer, um dann das Wort an Yves zu richten. »Dort wird es Euch gegeben sein, eine Expedition der Art auszurichten, deren es bedarf für den weiteren Weg.«

Der Bretone nickte grimmig, er hatte schwer daran zu schlucken, dass nicht alles so lief, wie er es sich vorgestellt hatte. Auf seinen Befehl hin wurde die Sänfte aus der Heckkajüte geholt und vorsichtig über Bord gehoben. Da sie zu Sidon in der Eile nur wenige Pferde mit an Bord genommen hatten, bestimmten die fürbass Schreitenden die Geschwindigkeit des kaum zwanzig Mann starken Häufleins. So verschwand die Sänfte mit Yeza ganz langsam in der Wüste.

»Mein Herz reist mit dir, Prinzessin!«, flüsterte ich von Wehmut bedrängt. Ich stieg vollends aus meiner Luke und trat neben den Piraten. »Sehr fest saß Euer Kopf nicht mehr auf dem Halse!«, scherzte ich.

Er sah mich mitleidig an. »Ihr solltet einzig und allein Eurem Herzen folgen, Mönchlein!«, sagte er freundlich. Zwei seiner Leute griffen mich und warfen mich über die Reling in das seichte Wasser.

DER GROSSE INNENHOF des königlichen Palastes zu Akkon zeigte ein ungewohnt fremdländisches Bild: Ein Prunkzelt erhob sich inmitten des gepflasterten Gevierts, Turbanträger versorgten die mitgebrachten Kamele ebenso wie die innerhalb des Zeltes tagenden *moslemuun*. Der Mameluckensultan von Kairo hatte eine Gesandtschaft an den Regenten des Christlichen Königreiches geschickt, und der hatte sofort den Kronrat einberufen, um nicht allein die Verantwortung für die verlangte Entscheidung zu übernehmen. Es ging um mehr als nur freien Durchzug durch fränkisches Gebiet und die Stellung von Proviant für das ägyptische Heer, die überbrachte Botschaft des Sultan Qutuz enthielt auch die wenig verblümte Aufforderung, sich militärisch am Feldzug gegen die Mongolen zu beteiligen. Über dieser heiklen Frage brüteten oben im Kronsaal des *Castellum regis* die maßgeblichen Barone und die Großmeister der Ritterorden unter dem Vorsitz des Herrn Gottfried von Sargines, des Bailli der Königin, während man die Gesandten gebeten hatte, unten im Hof zu warten. Dort ließ man es den Herren aus Kairo an nichts fehlen, sie wurden aufmerksam mit allem versorgt, das sie begehrten, niemand hatte Interesse daran, den mächtigen Herrscher von Ägypten zu verärgern. In der Ratsversammlung ging es derweil heiß her.

»Reichlich spät«, wetterte Hugo de Revel, »fällt es Sultan Qutuz ein, unsere Erlaubnis einzuholen!« Der amtierende Großmeister der Johanniter verbarg seine Empörung nicht. »Die Vorhut des Mameluckenheeres, das unsere Küste hinaufzieht, steht bereits vor Caesarea.«

»Seid froh, dass wir überhaupt gefragt werden!«, bürstete der Meister vom Tempel seinen Rivalen ab. »Oder wollt Ihr mit Euren Rittern den Vormarsch einer Armee wie der Ägyptens aufhalten!?«

»Unser Orden stellt jedenfalls dem Feind keinen Hafen zur Verfügung, in unserem Rücken«, giftete Herr Hugo zurück, »wie Ihr es mit Sidon vorhabt – so uns Herr Julian wissen ließ!«

»Meine Herren!«, versuchte der Bailli vergeblich den ausgebrochenen Streit einzudämmen, denn Thomas Bérard war aufgesprungen.

»Dieser elende Verleumder kann Gott danken, dass er hier nicht erschienen ist!« Der Templer suchte seine Beherrschung zurückzugewinnen. »Und Ihr, Hugo de Revel, solltet Euer –«

»Euer Bedauern zum Ausdruck bringen«, fuhr mit dröhnender Stimme alle übertönend Philipp von Montfort dazwischen, der Herr von Tyros, »dass Ihr das Geschwätz eines windigen Schufts für eine solch ungeheuerliche Unterstellung –«

»Meine Herren!«, brüllte jetzt der Bailli. »Unten warten die Gesandten auf eine Antwort, und wir –«

»Wir können ihnen nur eine zustimmende Antwort erteilen, alles andere wäre Selbstmord!«, stellte der Großmeister der Templer sofort klar. »Am Durchzug können wir sie nicht hindern, wenn wir ihnen keine Verpflegung liefern, werden sie sich ihren Bedarf durch Raub und Plünderung beschaffen!« Er sah sich Beifall heischend um, Zustimmung und Unbehagen hielten sich im Gemurmel die Waage, aber noch einmal sprang ihm Herr Philipp bei.

»Ihr habt Sidon ins Spiel gebracht«, wandte er sich gegen Hugo de Revel. »Für mich ist der Fall der Stadt ein weiteres Beispiel unmenschlichen Abschlachtens der Bevölkerung durch die Mongolen.« Das brachte dem Herrn von Tyros den Beifall aller ein. »Unsere muslimischen Nachbarn hingegen sind uns vertraut«, fuhr er deshalb fort, »ich muss zugeben, vielen von ihnen zolle ich mehr Achtung als etwa den einheimischen Christen, die sich bei den Mongolen lieb Kind machen.« Selbst für diese freizügige Äußerung erhielt er vereinzelt Applaus.

»Es wäre also nur noch die Frage der Truppenhilfe abzuklären«, zog der Bailli Gottfried von Sargines den Vorsitz wieder an sich. »Wer würde denn welche Mannschaft bereitstellen?«

Die Stille im Raum nutzte nur einer, der bisher eisern geschwiegen hatte, Hanno von Sangershausen. »Meine Herren«, sprach der Großmeister des Deutschen Ritterordens, »ich versichere Euch allen, die jetzt ihre Sympathie für die Muslime entdecken, dass sie eine böse Überraschung erleben werden, sobald die Mamelucken – mit unserer Hilfe oder ohne sie – den Sieg über die Mongolen davongetragen haben!« Herr Hanno heischte keinen Beifall für seine bedächtige Rede. »Denn danach sind wir, in ihren Augen immer noch ungläubige Eindringlinge, an der Reihe – und keiner wird uns helfen!«

Das einsetzende Schweigen war so bedrückend, dass es mehr um Wahrung der Form ging, als der vorsitzende Bailli jetzt die Frage stellte: »Wer stimmt für eine militärische Unterstützung?« Es hob sich keine Hand. »Also«, ließ sich Gottfried von Sargines erleichtert vernehmen, »die Gesandten können jetzt wieder vor uns erscheinen, und ich werde ihnen das Ergebnis unserer Entscheidung mitteilen.«

Dagegen erhob sich kein Einwand, und es wurden die Saaldiener hinuntergeschickt, die Herren aus Kairo vor den Kronrat zu bitten.

ROÇ TRENCAVEL UND SEINE GETREUEN waren unschlüssig weiter auf dem Höhenzug gen Süden gezogen, der ihnen die Möglichkeit gab, sich vor den Blicken jener zu verbergen, denen sie nicht begegnen wollten. Wobei der Trencavel sich keine Rechenschaft darüber ablegte, wen er eigentlich fürchtete, wahrscheinlich lief er sich selber davon, doch diese Erkenntnis blieb Roç verschlossen. Die Anwesenheit von Baitschu, dem seine Eskorte wie ein Rudel gut dressierter Hirtenhunde folgte, gemahnte ihn ständig daran, dass es das Vernünftigste sein würde, wenn er sich dem ihm wohlgesonnenen Kitbogha stellte, doch Roç sah darin das Eingeständnis einer Niederlage, seiner Unfähigkeit, Yeza ohne das Mitwirken der Mongolen zu erreichen, sich endlich wieder mit ihr zusammenzutun. Wollte er sie eigentlich finden? Der Weg, den er ging, konnte ihn wohl kaum zu ihr führen, ganz gleich, in wessen Händen sie sich befand. Den hier oben in den letzten Ausläufern des Libanon gelegenen Burgen, wie Toron oder Montfort, waren sie ausgewichen, außer ein paar Hirten niemandem begegnet. Das ständige Schwanken zwischen Sich-Verstecken und zielloser Suche machte keinen Sinn, sein Verhalten war kindisch, jedenfalls eines Mannes oder gar Herrschers nicht würdig. Roç befahl einen Halt. Von hier oben hatten sie einen guten Blick über das Jordantal. Die Gefährten lagerten sich um ihn herum, die Mongolen etwas abseits. Der Trencavel spürte, dass sie alle von ihm eine Entscheidung erwarteten, das war auch ihr Recht, doch er hüllte sich in düsteres Schweigen.

Da zerrte Pons ein abgeschabtes pralles Säckchen aus seiner Satteltasche, und Guy de Muret lästerte sogleich: »Da schleppt unser Dicker doch tatsächlich noch immer das Wesen-Spiel mit sich herum!«

Pons ließ sich nicht beirren, er öffnete den Sack und kippte die farbigen Stäbchen mit ihren magischen Symbolen und Fabelwesen zwischen den Sitzenden auf die Decke, die sie ausgebreitet hatten. Roç sah zu Terèz hinüber, dessen Einverständnis ihm am wichtigsten war, doch der hob nur kritisch die Augenbraue.

»Warum nicht?!«, gab sich Roc trotzig. »Lasst mich Euer vierter Mann sein!«

Einträchtig errichteten sie zügig die Pyramide. Pons de Tarascon ließ sich das Austeilen der Stäbchen nicht nehmen.

»Lasst uns offen spielen!«, schlug er seinen Gefährten vor. »Es ist zu wichtig!«

Terèz nahm jeden Stein, den er erhielt, einzeln in die Hand. »Irgendwie von Bedeutung muss es wohl sein!«, sann er, immer noch zweifelnd. »Da nun nicht nur unser König Roç, sondern auch ich – sein Erster Paladin – sich der okkulten Macht des Hermes Trismegistos ausliefern!«

»Wir unterwerfen uns nicht!«, protestierte Pons. »Der Trencavel und seine drei Okzitanier fordern ihr Schicksal in die Schranken!«

»Von mir aus«, erklärte Guy de Muret und betrachtete aufmerksam die zwölf Zeichen, die inzwischen jeder vor sich liegen hatte. »Wenn es auch noch nichts besagen will, ist es doch wie ein Wink mystischer Bestimmung, dass bereits einem jeden von uns eines jener seltenen Fabelwesen zugewiesen wurde: Roç der Phönix aus der Asche, Terèz – man sollte es nicht vermuten! – das Meeresungeheuer, die Seeschlange, und meinem dicken Pons – ebenso erstaunlich! – der Salamander, dem das Feuer zum Element geworden ist –« Er wies auf seine eigenen Steine. »Mir begegnet das Einhorn, und es scheint sich wohl zu fühlen, denn es befindet sich in vertrauter Gesellschaft von Saturnus, Mond und Terra!«

»Und wie verträgt sich das dunkle Tier, das wohl die Abgründe meiner Seele bewacht, die Untiefen unter schimmernder Oberfläche, mit der auffälligen Anhäufung von Jupiter und vielen Sonnen?«, verlangte Terèz scherzhaft zu wissen, er dachte nicht im Traum daran, das Spiel ernst zu nehmen.

»Brillant, mein lieber Herr de Foix, in Eurem nächsten Leben werdet Ihr nicht wieder als Bastard zur Welt kommen, sondern als Herrscher!«

Darüber lachten alle, nur Roç nicht. »Ich weiß von der Eifersucht des höchsten Zeus auf das ›Große Licht‹«, belehrte er seine Mitspieler, die solche mythologische Kenntnis bei ihm nicht vermutet hatten. »Mich bekümmert jedoch der ominöse Vogel, der erst verbrennen muss, um wiederzuerstehen!«

»Stellt Euch einfach vor, Roç Trencavel, es sei der Greif, und erwählt Euch den zum Wappen als kämpferischen Herrn der Lüfte«, sprach ihm Terèz Trost zu, »und erfreut Euch der Frau Venus, die ich bei Euch sehe.«

Alle schauten auf Roçs Stäbchen, wo sich die Göttin der Liebe in mannigfaltiger Gestalt, Aer und etliche feurige Sonnenzeichen ein vielversprechendes Stelldichein gaben.

»Und was wird aus mir?«, beklagte sich Pons mit kindlicher Stimme. »Was mach' grad' ich mit dem kriegerischen Mars und dieser Feuerechse?!«

»Dazu passen doch deine Drachen *Caput et Cauda draconis*, mein Kleiner!«, munterte ihn sein Kumpan Guy de Muret auf. »Und Frau Luna lässt dich auch nicht verkommen! Die Mondsicheln halten dein Gefühlsleben im Gleichgewicht.« So zupften sie in seltener Eintracht immer neue Stäbchen aus der Pyramide, warfen die von sich, die ihnen nicht behagten, oder schoben sie gleich demjenigen hin, von dem sie nicht nur annahmen, sondern gleich lautstark behaupteten, er könne, nein, er müsse diesen bestimmten Stein in sein Spiel einfügen!

Doch dann zog der Trencavel, der die heitere Aufgeregtheit seiner Gefährten nicht teilte, sondern immer nachdenklicher wurde, plötzlich den *Lapis ex coelis,* das Höchste Wesen, und brachte sein Spiel mit diesem ›Stein der Weisen‹ zum unerwarteten Abschluss. Er konnte es selbst nicht fassen, aber alles ging mit einem Male auf. Als Geschenk des Himmels mochte Roç es nicht empfinden, eher auf eine fast unheimliche Weise leicht, federleicht!

Doch bei den anderen löste Roçs überraschender Sieg Betroffenheit aus, als wäre das Ergebnis nicht mit rechten Dingen zustande gekommen. Guy, der inzwischen von den Verbliebenen die größte Erfahrung in der Auslegung der Spielergebnisse besaß, nahm die Sache mit Sarkasmus. »Bis auf unseren Trencavel«, begann er die Deutung, »der sich *Sol invictus* – in gefährlicher Nähe zu dem ambiguen Hermes Trismegistos – zugelegt hat, sind wir anderen allesamt dem Lunaren verfallen, ob nun in den Marskomponenten, dem langen Schwanz des Drachen, Jupiter oder Saturn.« Er schaute die Freunde prüfend an. »Genau genommen ist das – zusammen mit dem evidenten Gott des Krieges und der dunklen Seite des *Mercurius* – die Konstellation der vier apokalyptischen Reiter – «

»Frage ist nur«, unterbrach ihn trocken Terèz, »wem bringen sie Tod und Verderben?«

Dieses Bild verschlug ihnen die Sprache. In das Schweigen hinein platzte schließlich Pons. »Ich fürchte mich!«

Das lockerte unfreiwillig die gedrückte Stimmung.

»Auf jeden Fall«, scherzte Terèz, dem Dicken tröstlich auf die Schulter klopfend, »werden wir unserem Schicksal – so scheint es mir – gemeinsam begegnen und es miteinander meistern!«

»Kommt es da unten schon angeritten?« Guy de Muret zeigte belustigt hinab ins Tal. Auf der gegenüberliegenden Seite des Flusses war jetzt deutlich eine nicht enden wollende Staubwolke zu erkennen, aufgewirbelt von Tausenden von Pferdehufen. Manchmal, wenn die Sonne auf blanken Stahl traf, blitzte es auch auf, zu hören war auf die Entfernung nichts.

»Das Heer meines Vaters!«, rief Baitschu stolz, auch seine Eskorte war aufgesprungen und starrte begeistert auf das Schauspiel.

Der Trencavel musste zu einem Entschluss kommen, er wandte sich an die Mongolen. »Warum reitet ihr nicht hinüber und richtet dem verehrten Kitbogha aus, dass Roç Trencavel bereit ist, sich ihm anzuschließen – und sich mit der Prinzessin, die er mit sich führt, zum Königlichen Paar zu vereinen?« Dabei wusste Roc von Baitschu, dass dem eher nicht so war und dass Yeza wahrscheinlich in der Hand der Templer – doch auch die Eskorte reagierte unwillig.

»Der uns erteilte Auftrag lautet«, erkärte ihr Anführer starrsinnig, »Baitschu, den Sohn unseres Oberkommandierenden, zu seinem Vater zu begleiten.« Er holte Luft, um sich Mut zu machen. »Wenn Ihr Baitschu hergeben – «

»Nein!«, rief der Knabe. »Ich bleibe bei Roç Trencavel!«

Terèz de Foix schlug eine Lösung vor. »Zwei oder drei von Euch«, hielt er sich an den Anführer der Eskorte, »schickt Ihr jetzt mit der Nachricht los, und sagt auch, dass sein tapferer Sohn wohlauf ist – « Er schaute fragend auf Roç, der nickte. »Entsprechend der Nachricht, die uns Herr Kitbogha zukommen lässt, werden wir über kurz oder lang zu ihm stoßen.«

»Wir reiten auf dieser Seite des Jordan«, entschied Roç, »und werden mit seinem Heer Schritt halten.«

Die drei ausgewählten Reiter stoben den Abhang hinab. Der Trencavel gab jedoch auch jetzt nicht das Zeichen, den Abstieg zu beginnen, um im Tal dem Treffen entgegenzureiten, sondern folgte weiter unschlüssig dem Höhenzug, der das bergige Hinterland vom Tal des Jordan trennt.

DER GRAL
DER LIEBENDEN

KITBOGHA, der Oberkommandierende des mongolischen Heeres, hatte noch das Eintreffen der armenischen und georgischen Verbündeten abgewartet, war dann an Damaskus vorbeigezogen, wo er von der starken Garnison alle entbehrlichen Truppen abzog und nur die Zitadelle besetzt blieb. Er umging den Berg Hermon, ließ auch die am Weg liegenden Festungen der Assassinen unbehelligt und stieß über Banyas ans Ostufer der Jakobsfurt vor. Hier erreichten ihn die drei Boten des Trencavel, die ihn auch über das bislang ungewisse Schicksal seines jüngsten Sohnes Baitschu beruhigen konnten. Ihr strenges Verhör brachte zutage, dass Yves der Bretone mithilfe der Templer von Sidon die bei Baalbek überfallene Prinzessin gerettet habe. So stand jetzt für Kitbogha zu hoffen, dass beide bei der Eroberung von Sidon durch seinen General Sundchak wohlbehalten in dessen Hände gefallen waren. Wie er allerdings seinen Metzgerhund einschätzte, dazu die Dickköpfigkeit des Bretonen – und die Animosität zwischen den beiden –, war er sich dessen nicht so sicher. Um für jeden Fall gewappnet zu sein, gab er den Befehl, den hochrädrigen Karren mit dem Thronaufbau, den die Armee immer mit sich geführt hatte, bereitzustellen, um Roç Trencavel und die Prinzessin Yeza gebührend einholen zu können. Denn von dem sichtbaren Mitführen des Königlichen Paares versprach er sich ein mitreißendes Signal für den Kampfesmut seiner Truppen. So ließ er den aufsehenerregenden Thronwagen bei Erreichen der Furt vorneweg durch die Wasser des Jordan rollen. Dieser Anblick – und die gute Nachricht von seinem Lieblingssohn Baitschu – erfreute das Herz des Alten.

Am anderen Ufer sollte dann – wie vereinbart – der von Sidon herabmarschierende Sundchak zu ihm stoßen. Kitbogha beschloss, dort zu lagern und auf ihn zu warten. Die drei Botenreiter schickte er nicht zurück zum Trencavel, weil er – aufgrund ihrer Befragung – guten Glaubens war, dass der Langgesuchte sowieso binnen kurzem im Lager auftauchen würde. Wahrscheinlich würde er zusammen mit dem General eintreffen.

Die mit Beute aus Sidon schwer beladene Heerestruppe der Mongolen unter Sundchak kam nur langsam vorwärts. Sie hatten gerade die Burg Toron passiert, als vorausgesandte Späher dem General meldeten, dass sein Oberbefehlshaber sich anschicke, den Jordan durch die Jakobsfurt zu überschreiten. Worauf Sundchak, der bis dahin seine Leute scharf angetrieben hatte, erst mal eine Rastpause einlegte.

Dass zwischen ihm und Kitbogha noch Roç Trencavel mit seinem kleinen Haufen des Weges zog, wusste er nicht. Seinen Spähern waren sie entgangen, außerdem hätte es den General nicht sonderlich gekümmert. Der Gedanke, diese Fremden aus dem »Rest der Welt« als Herrscher in einem eroberten mongolischen Reich einzusetzen, war ihm nach wie vor zuwider, die Faszination, die diese Idee auf Kitbogha ausübte, vermochte Sundchak nicht nachzuvollziehen. In seinen Augen wurde der Alte zusehends wirrer im Kopf.

YEZA HATTE SEIT DEM VERLASSEN VON SIDON alles so erlebt, als befände sich ihr Körper in einer Welt unter Wasser. Schwerelos trieb sie dahin, sie empfand keinen Zorn mehr, noch Sehnsucht wieder aufzutauchen aus diesem ebenso klaren wie als unwirklich empfundenen Element. Das Ganze hatte schon begonnen, als sie in ihrem Turm diesen furchtbaren Streit mit Yves hatte. Der Bretone hatte sich zum Vollstrecker einer völlig absurden Idee aufgeworfen, die sich aus purer Hilflosigkeit im Hirn des ›gütigen‹ Kitbogha breit gemacht hatte. Weil die Mongolen nicht in der Lage waren, Roç aufzutreiben, sollte sie, Yeza, in einer fernen Burg eingemauert werden, nicht zur Strafe, sondern um sie aufzubewahren, frisch zu halten bis zum Tag der mystischen Krönung des Königlichen Paares. Sie wusste genau, wer dieses elitäre Konzept in die Köpfe der Führungsspitze der Mongolen eingepflanzt hatte, sodass sie es sich zu Eigen machten, als wäre es der gottgegebenen Intuition des erhabenen Dschingis-Khan *in personam* entsprungen. Der »Große blaue Himmel« selbst hatte eingegriffen, als Khazar sie in die Verbannung nach Schaha hatte führen sollen, die Templer hatten sie aus der Hand der brutalen Wegelagerer befreit. Was, zum Teufel, war in den Bretonen gefahren, dass er diese Zeichen nicht erkannte und das Rad des Schicksals zurückdrehen wollte?! Dass er so weit ging, ihr Speis und Trank zu vergiften?! Doch als Yeza merkte, dass es mit ihrem leiblichen Befinden nicht mit rechten Dingen zuging, war ihr Wille schon gebrochen. Sie ließ es mit sich geschehen. Yves hätte sich ihr auch als Mann nähern können, um sie zu bespringen wie eine Stute, aber das tat er nicht. Yves hielt sich fern von ihr wie ein Mönch, wie ein eifernder Dominikaner, denn verbissen kümmerte er sich einzig darum, dass ihr willenloser Zustand anhielt. Yeza war in eine gläserne Traumwelt eingetaucht, weißes, helles Licht umgab sie, doch ihr Verstand arbeitete weiter, wenn auch ohne jedes Aufbegehren, ohne festes – noch so fernes Ziel.

Umso erstaunter war Yeza, als eines Tages ein älterer, hagerer Tempelritter ihr Gemach betrat. Sie erinnerte sich an seine auffällig krächzende Stimme. Er stellte sich nicht vor, sondern sagte nur, dass die ehrwürdige Marie de Saint-Clair ihn schicke – das war die Grande Maîtresse –, um ihr, Yeza Esclarmunde, mitzuteilen, dass dem Vorhaben des Bretonen nicht stattgegeben wurde, sie also nicht besorgt sein müsse, nach Schaha verbracht zu werden. Yeza erinnerte sich, dass sie den Ritter fragen wollte, was denn stattdessen mit ihr geschehen sollte, aber sie brachte die Frage nicht über die Lippen. Von da an ertrug sie die Fesseln des Giftes in ihren Adern noch gleichmütiger. Sie empörte sich nicht über die nächtliche Verbringung auf das Schiff, überstand wütenden Sturm und tosende Wellen ebenso wie das abrupte Auflaufen des Seglers im Ufersand. Das leichte Schaukeln eines Ruderboots in der Brandung versetzte sie lediglich in wohlige Erregung. Sie wusste sich auch nach dem Verlassen des gestrandeten Schiffes von Templern umgeben, vernahm beruhigenderweise das heisere Krächzen des

Hageren, den sie als ihren eigentlichen Beschützer ansah. Willig ließ sie sich in ihrer Sänfte vom Meeresstrand weg zu den im Hintergrund aufragenden Bergen tragen.

Für Yves und die ihn und die Sänfte begleitenden Ordensritter war der Marsch durch die Wüste ein weniger angenehmes Unterfangen. Sie hatten das kastenförmige Gestell zwischen zwei Pferden eingehängt, die fehlten ihnen somit zusätzlich als Reittiere. Auf den anderen saßen sie zu zweit, doch die meisten von ihnen mussten zu Fuß gehen. Sie hatten kaum die baumbestandene vorgelagerte Hügelkette erreicht, als sie im Süden, am Fuß des Berg Karmel, unvermittelt einen starken Trupp bewaffneter Reiter herankommen sahen. Es war die Vorhut des Mameluckenheeres, das von dem Angebot der Regierung zu Akkon überraschend schnellen Gebrauch machte und mitten durch die Länder der Franken zog. Die Tempelritter hatten aufgrund ihrer guten Beziehungen zu Kairo zwar bei einem Zusammentreffen mit den Truppen des Sultans normalerweise nichts zu befürchten, aber in Anbetracht des Umstandes, dass sie die Prinzessin Yeza transportierten, beschwor Yves seine Begleiter, sich bedeckt zu halten. So kauerten sie im Schutz des Unterholzes und hofften nur, dass von den Reitern keine ausschwärmen und das kleine Häuflein aufstöbern würden. Doch die Vorhut hielt sich dicht an der Küste und machte keine Anstalten, von ihrer Stoßrichtung auf Akkon abzuweichen.

Yves nutzte die Pause und erlaubte Yeza auszusteigen, auch reichte er ihr zu trinken aus seinem eigenen Beutel. Die Ritter, von denen nur der Hagere wusste, dass Yeza mit jedem Schluck aus dem *kis* auch wieder jenes Gift verabreicht bekam, das sie während der gesamten bisherigen Reise so folgsam, ja teilnahmslos erscheinen ließ, betrachteten die zarte Figur der Prinzessin voller Ehrfurcht. Viele empfanden Mitleid mit der bleichen jungen Frau, die anscheinend leidend war, aber ihre Krankheit tapfer ertrug. Der Bretone hatte fürsorglich eine Decke ausgebreitet, und darauf legte sich Yeza nieder und fiel bald in totenähnliche Starre.

Yves wollte sie gerade behutsam auf seine kräftigen Arme nehmen, um die Ohnmächtige wieder in die Sänfte zu betten, als eine Kamelkarawane in den Hügeln erschien und die Lagernden sogleich entdeckte. Der größte Schreck traf jedoch den Bretonen, denn der spindeldürre Derwisch, der auf dem vordersten Kamel ritt, war kein anderer als Jalal al-Sufi, den Yves in Palmyra bereits als glühenden Verehrer der Prinzessin erlebt hatte und der damals schon übel genommen hatte, dass Yves ihnen die Königin entführte. Mit kleinem Aufschrei des Entsetzens rutschte der kleine Derwisch von seinem Tier.

»Oh, mein Geliebter!«, rief er und stürzte zu der Liegenden. »Hast du sie zu dir genommen?«

Yves hielt ihn davon ab, sich neben Yeza niederzuwerfen. »Die Prinzessin ist nicht tot«, beruhigte er den aufgeregten Jalal, »die Prinzessin schläft einen heilsamen Schlaf!« Mit diesen Worten führte der Bretone den Derwisch zurück zu seiner Karawane. »Was transportiert Ihr da?«, fragte er beiläufig und besah sich verwundert die gewaltige Teppichrolle. Ein plötzlicher Argwohn stieg in ihm auf. »Der Kelim?«

Jalal al-Sufi nickte eifrig und lächelte. »Meine Freunde«, er wies auf die ihn begleitenden Beduinen, »haben ihn bei Baalbek gefunden – blutbefleckt und herrenlos! Sie hörten dann von den Leuten, er sei ein Gastgeschenk für den Il-Khan der Mongolen – «

Yves schaute dem Kleinen streng in das heitere Gesicht. »Hat man ihnen auch gesagt, dass tausend böse *djinn* in ihm wohnen und er Unheil bringt?!«

Das brachte den Derwisch erst recht zum Lachen. »Deswegen tragen wir ihn jetzt zu den Mongolen, damit diese ungläubigen Invasoren unseres Landes den Fluch der Übel bewirkenden Geister endlich zu spüren bekommen!«

Der Bretone wusste nicht recht, ob er nun selbst an die Zauberkräfte des Teppichs glauben oder das ganze Gerede als schlichten Humbug abtun sollte. Er drohte dem Derwisch mit erhobenem Finger. »Macht, dass Ihr weiterkommt, bevor die Prinzessin erwacht! Ich möchte ihr den Anblick ersparen – «

Beleidigt kletterte Jalal al-Sufi auf sein Kamel, und die Karawane setzte sich wieder in Bewegung. Kaum war sie entschwunden, drängten die Templer ebenfalls zum Aufbruch. Die Prinzessin wurde – immer noch totenähnlich schlafend – wieder in die Kissen ihrer Sänfte gebettet, und der Zug trat den mühseligen Weg durch das Gebirge an, in Richtung der Templerburg Safed, die das Jordantal in der Höhe der Jakobsfurt bewachte.

DIE MAMELUCKEN hatten ihr gewaltiges Heer zügig durch die Sanddünen der Bucht von Haifa nach Akkon geführt. Damit befanden sie sich bereits auf ungefähr gleicher Höhe mit den Mongolen, von denen ihre Gegner nun erwarteten, dass sie sich – nach Überquerung des Jordan – jetzt zum See Genezareth hinabbewegten. Doch die Kenntnis eines solchen Schritts würde einzig den Mamelucken vorbehalten sein, die in ihrer vorgeschobenen Position nichts zu befürchten hatten, standen sie doch mit ihrer Flotte übers offene Meer in steter Verbindung und hatten mit Akkon eine ihnen nicht feindlich gesonnene Stadt im Rücken. Die Mongolen hingegen waren von allen Nachrichten abgeschnitten, ihre Späher hatten noch keine Witterung des Gegners aufnehmen können.

Die Vorhut des ägyptischen Heeres, unter dem Kommando des Emir Baibars, hatte das Lager für die Hauptmacht, die Sultan Qutuz persönlich heranführte, vor den Mauern von Akkon in den Obsthainen vorbereitet. Der Bailli der Königin lud – in Absprache mit den Großmeistern der Ritterorden – Baibars und sein Gefolge ein, die Stadt als Ehrengäste zu besuchen. Sie wurden zwar nicht herumgeführt, man gab ihnen ein Bankett, aber die Eindrücke reichten – für einen fähigen Heerführer wie Baibars allemal –, sich ein Bild vom Zustand der Festungswerke und deren Bemannung zu machen. Als die Mameluckenemire in ihr Lager vor der Stadt zurückkehrten, war inzwischen der Sultan eingetroffen. Baibars eilte, ihn zu begrüßen, und berichtete sofort ausführlich über die Lage der Stadt und die dort angetroffenen Möglichkeiten, sie zu verteidigen, die er als außerordentlich gering einschätzte. Vertraulich ließ er Qutuz wissen, dass es für die Mamelucken keinerlei Problem darstellen würde, die Mauern in einem Überrumpelungsangriff zu überrennen, doch der Sultan wies ein solches Ansinnen scharf zurück, nicht so sehr ob seiner Unehrenhaftigkeit, sondern weil er mit einem derartigen Wortbruch sämtliche christlichen Barone und die Ritterorden allemal auf einen Schlag ins Lager der Mongolen treiben würde. Solange dieser Feind noch unbesiegt sei, könnte eine solche Allianz, die Ägypten bisher erfolgreich hintertrieben hätte, sich zur größten Gefahr für sein Heer auswachsen, zumal man sich weit entfernt vom eigenen Territorium und Nachschub befände. Denn im Gegensatz zu den Mongolen verfügten die Kreuzfahrerstaaten, die italienischen Seerepubliken und die Orden über ansehnliche, kampferprobte Flottenverbände, die mehrfach den Ägyptern ihre Überlegenheit und ihre Vormachtstellung auf dem gesamten Mittelmeer bewiesen hätten. Auch zu Lande, wo sich eine solche kriegerische Auseinandersetzung abspielen würde, kannten sich die Franken bestens aus und konnten auf ihre starken Burgen zurückgreifen. Der düpierte Baibars schluckte seinen Ärger hinunter – vergessen würde er die Zurückweisung nicht!

Als hätten die Herren der Stadt derart gefährliche Gedankenspiele gerochen, schränkten sie am nächsten Tag die Anzahl der zu ihren Märkten zugelassenen Besucher gewaltig ein, sodass sich nie mehr als eine überschaubare Menge Fremder innerhalb der Mauern aufhielt. Als Qutuz von dieser Maßnahme vernahm, schickte er Baibars nochmals zum Bailli Gottfried von Sargines, um ihm zu versichern, dass der Sultan hoch erfreut über das bisherige Zusammenwirken sei und man sich gern erkenntlich zeigen wolle, indem den Franken sämtliche erbeuteten Pferde zu herabgesetzten Preisen angeboten würden.

Sultan Qutuz hatte bereits der Vorhut unter dem Emir Baibars den Befehl gegeben, sich marschierbereit zu halten, als Spione meldeten, das mongolische Heer habe nach Durchquerung der Jakobsfurt Halt gemacht. Diese Nachricht beunruhigte die Mamelucken gewaltig. Baibars drängte darauf, in einem nächtlichen Eilmarsch bis nach Nazareth vorzustoßen. Sie überlegten noch, als eine neue Meldung eintraf, Kitbogha habe sein Lager abgebrochen und bewege sich, an den Hörnern von Hattin vorbei, auf das am See gelegene Tiberias zu.

In der Tat hatte der Oberkommandierende des mongolischen Heeres sich entschlossen, nicht länger auf Sundchak zu warten, sondern ihm Boten geschickt, dass der General seine Truppen bis zu dieser Stadt führen solle, um sie dort mit dem Hauptheer zu vereinen. Daraufhin ließ der Sultan die Vorhut losmarschieren und folgte ihr am nächsten Morgen nach.

Auf diese Weise befand sich sowohl Yeza, eskortiert von Yves und den Templern auf ihrem beschwerlichen Weg ins Landesinnere gen Safed, zwischen den Fronten, als auch vor allem Roç und sein kleiner Haufen, der nicht ahnte, wie dicht hinter ihm bereits der General Sundchak folgte.

ROÇ TRENCAVEL hatte eine seltsame Unruhe ergriffen, seitdem er des südwärts ziehenden Heeres der Mongolen ansichtig geworden war. Das war nicht irgendeine zur Erkundung oder Bestrafung ausgesandte Truppe, sondern die Kernmacht der Mongolen, eine schwerwiegende Entscheidung, denn das Ziel konnte nur Jerusalem – oder noch Größeres sein. Was hatte Kitbogha zu einem solchen Schritt veranlasst, nachdem er wochenlang sich mit Damaskus begnügt hatte? Irgendetwas bewog Roç, sich mit dem Zusammentreffen nicht zu beeilen, es war ihm durchaus bewusst, dass er versuchte, der Wahrheit auszuweichen. Entweder er traf Yeza dort im Lager der Mongolen an – was er herbeisehnte, aber auch fürchtete. Die von vielen betriebene und von noch mehr Kräften hintertriebene Zusammenführung des Königlichen Paares würde ihrer beider Schicksal besiegeln, die mongolische Führung würde sie nicht wieder auslassen. Auf Gedeih und Verderben wären sie ihrem Machtwort ausgeliefert, würden auf ihren Thron gesetzt, eine Vorstellung, die Roç mehr und mehr unheimlich ankam, also ob unter seinem Sitz die Feuer der Hölle glühten – oder der Eishauch des Todes ihn und Yeza erfassen könnte!

Gemäß seines unsteten Wesens wollte sich Roç Trencavel bis zuletzt die Möglichkeit offen halten, Yeza zu finden – oder auch nicht! Solange er unerkannt seines Weges zog, mit dem Gedanken spielen konnte, seine Prinzessin sei in der Hand der Templer und die Entscheidung, ob er sie befreite, als strahlender Held rettete, als Liebender umarmte, sich mit ihr in sein Glück stürzte und die Erfüllung seines Lebens fand, läge einzig und allein bei ihm, musste er sich nicht festlegen! Natürlich liebte er Yeza, über alles in der Welt! Aber das große Abenteuer, deuchte ihn, würde nur andauern, wenn er jeder Bindung aus dem Wege ging, sich allem, was von ihm erwartet wurde, nicht stellte, keine Verantwortung übernahm, der Liebe keine Macht über sein Herz einräumte –

Seine drei Okzitanier, die einträchtig vor ihm an der Spitze des Zuges ritten, waren womöglich die besten Weggefährten für jemanden wie ihn, sie hatten den Verlust ihrer Weiber weggesteckt, so wie er es insgeheim von ihnen erwartet hatte – Liebe kommt, Liebe geht!

Roç ließ Baitschu, der die ganze Zeit stolz neben ihm getrabt war, in der Obhut seiner ihnen nachfolgenden mongolischen Eskorte zurück. Dem musste sich der Knabe fügen, und der Trencavel schloss auf zu Terèz, Guy und Pons. Sie drängten ihn nicht, sich mit Kitbogha zu vereinen, sie fragten nicht einmal, was denn nun seine Pläne seien, sie respektierten ihn als den Anführer, erwarteten nichts und waren zu allem bereit.

Yves der Bretone hatte darauf bestanden, eine letzte Rast einzulegen, als der hagere alte Templer, der seinen Namen nicht preisgab, ihn hatte wissen lassen, dass sie jetzt bald das Ziel ihres mühseligen Marsches erreicht haben würden, Safed, die Ordensburg, die den See Genezareth überblickte und auch die Furt durch den Jordan bewachte. Der Trupp der Ritter mit der Sänfte näherte sich ihr, von der Meeresbucht zwischen Akkon und Haifa kommend, durch die hügelige Berglandschaft, die ihnen auch die Sicht auf das breite Jordantal verwehrte. Der Weg, den sie jetzt einschlagen mussten, an dessen Ende sich Safed erheben sollte, folgte, in tiefeingeschnittener Schlucht, einem nur im Winter Wasser führenden Gebirgsfluss. Der Groß-Prior hatte gehofft, mit seiner Ankündigung zu erreichen, dass sie jetzt, unter Aufbietung aller Kräfte, bis ins Ziel durchhalten würden, doch Yves nahm den erzwungenen Aufenthalt als seine letzte Chance, die Ankunft zu verzögern. Einmal auf der Burg, das war ihm klar, würde er sich dem Diktat des Ordens fügen müssen – und das würde nie und nimmer so ausfallen, wie er sich die Erfüllung seiner Aufgabe, seiner Pflicht vorstellte. Sie würden ihm die Aufsicht über Yeza entziehen, sich zwischen ihn und die Prinzessin stellen. Hier war es das letzte Mal, dass er das Sagen hatte. Also hatte er die zwischen Schlaf und Ohnmacht Schwebende aus der Sänfte gehoben und – wie immer – auf der Decke gebettet, die Wirkung der Tropfen hielt noch an, sodass er ihr vorerst keinen weiteren ›Heiltrank‹ einflößen musste.

Der hagere alte Templer, der nach Yves' Einschätzung nur um Yezas willen an dieser Reise teilnahm – sicherlich im Auftrag der Grande Maîtresse –, winkte den Bretonen beiseite. »Es macht keinen Sinn, Bruder Yves«, krächzte er mit geflüsterter Stimme, womit er sich als – sicher ranghohes – Mitglied der geheimen *confraternitas* zu erkennen gab, der auch der Bretone angehörte, »dass Ihr Euch weiterhin gegen den Ratschluss stemmt und darauf besteht, die Prinzessin in eine Sicherheit zu verbringen, die keine wirkliche Sicherheit ist – ein Vorhaben, von dem selbst die Mongolen inzwischen wieder abgerückt sind.« Yves hörte sich den Vortrag des Alten an, aber seine Ohren waren verschlossen. Er tat seine ablehnende Haltung auch nicht durch eine wie auch immer geartete Erwiderung kund. »Das Königliche Paar kann nicht ›aufbewahrt‹ werden wie eine verderbliche Frucht im Eis«, fuhr der hagere Templer deswegen unbeirrt fort. »Es muss seine Erfüllung jetzt und hier erfahren –«

Diese Aussage brachte den Bretonen nun doch dazu, seine Deckung zu verlassen, und zwar zornig. »Angesichts der bevorstehenden Auseinandersetzung könnte das ihren Tod bedeuten!«

Der Alte sah ihn an, ohne die Spur der geringsten Betroffenheit. »Der leibliche Tod des Königlichen Paares ist womöglich der Idee jenes alles umfassenden, alle Konflikte ausgleichenden Königtums wesentlich hilfreicher als eine schwache Herrschaft völlig überforderter Lebewesen!« Yves war wie vor den Kopf geschlagen, was der Hagere dazu benutzte, etwas wie ein Einlenken zu zeigen. »Der Große Plan sollte – aus Gründen der Legitimation – der heiligen königlichen Blutslinie folgen, aber er muss nicht!« Sein leiser, krächzender Tonfall zog den Bretonen ins Vertrauen. »Wenn dem jetzigen Königspaar keine Nachkommen beschieden sein sollten, dann ist die Weitergabe der unsichtbaren Krone auch als Erbe des Geistes vorstellbar. Der Gral kann sich in jeder Form, in noch so manchen Menschenwesen, auf dieser Erde manifestieren –«

Yves fühlte sich von dieser fast konspirativen Eröffnung des Alten unangenehm berührt. Was wusste er, wie weit die Vollmachten gerade dieses merkwürdigen Templers gingen, was wusste er überhaupt von dem Großen Plan? Der Bretone raffte sich zu einer Entgegnung auf, obgleich es ihm zutiefst zuwider war, sich auf eine solche Diskussion einzulassen. »Ich weiß nicht, wer mich an diesen, meinen Platz gestellt hat, aber in mir findet Ihr einen einfachen Mann, der gelernt hat, seine Aufgaben hier und heute zu erledigen. Ich bin daher keineswegs bereit, Roç und Yeza auf den Abfallhaufen der Geschichte zu werfen wie rostiges oder stumpfes Eisen –« Yves schien einen Moment selbst von seinen Worten überwältigt, er bedachte ihren Inhalt erst im Nachhinein – und sah die Gefahr, in die er nicht nur Yezas, sondern auch sein eigenes Leben brachte, denn den alten Templer würde es nicht mehr als ein Fingerschnippen kosten, um sie wie ihn auf der Stelle vom Erdboden verschwinden zu lassen, aber Furcht hatte der Bretone nie an sich herangelassen, und er wusste auch, dass die Prinzessin – in der Lage, frei nach ihrem Willen zu entscheiden – ganz sicher vor dem letzten Schritt nicht zurückschrecken würde. Wenn der Templer etwas bewirkt hatte, dann war es die Einsicht des Bretonen in sein bisheriges Handeln. Ganz gewiss wollte er nicht den Willen anderer an der Prinzessin vollstrecken! Er würde auch nicht länger ihren Kerkermeister abgeben, sondern Yeza freistellen, zu gehen, wie und wohin sie es wünschte, sobald sie die Templerburg Safed hinter sich hätten.

»Lasst uns jetzt wieder aufbrechen«, schlug er dem Hageren vor, »ich wünsche nicht, dass die Prinzessin irgendetwas von dem mitbekommt, was Ihr mir offenbart habt, es könnte sie belasten!«

So kehrten der Bretone und der alte Templer zu dem Lagerplatz zurück.

Yeza war zwar ohnmächtig, was den Gebrauch ihrer Glieder anbetraf, nicht einmal die Lippen, geschweige denn ihre Augenlider vermochte sie zu bewegen, aber keineswegs war sie »bewusstlos«! Vor ihren weit aufgerissenen Pupillen nahm sie wie durch milchiges Wasser schemenhaft die weißen Clamys der Templer wahr, körperlose, verschwommene Gestalten, die sie besorgt umringten. Sie hörte die krächzende Stimme des Hageren und seinen Disput mit dem Bretonen. Es ging um sie, sie konnte nicht eingreifen, nicht einmal sich wenigstens Gehör verschaffen bei diesen Männern, die vorgaben, ihr Bestes zu wollen, und aus diesem Anspruch heraus über sie verfügten, als sei sie ein Wesen ohne eigenen Willen oder, schlimmer noch, so krank im Kopf, dass man sie behandeln musste wie eine arme, gebrechliche Idiotin – oder wie eine höchst gefährliche, unberechenbare Irre!

Yeza war derart empört über ihre Ohnmacht und ihr zugleich ergeben, dass sie – unkontrollierbare Folge des Giftes – jedes Bemühen um Wachsein, um ein bewusstes Miterleben aufgab und sich wieder in diese totenähnliche, apathische Starre fallen ließ –

Der Trencavel war nicht der Erste, der die Gruppe der Templer unten im Tal verharren sah, das war Guy de Muret gewesen, der misstrauischer als seine Gefährten ständig nach Gefahren Ausschau hielt. Aber Roç erspähte sofort die Sänfte und die dunkle Gestalt des Bretonen zwischen den weißen Clamys, schon weil Yves bei der Liegenden kniete, während die Templer sie umstanden. Da wusste Roç, dass es Yeza war, und sein Herz schlug bis zum Halse! Er preschte los, den steilen Hang hinunter, ehe auch nur einer der Okzitanier begriffen hatte, was in ihm vorging. Sie folgten ihm blind. In wilder Jagd stoben sie den felsigen Abhang hinab, doch Roç war schneller, seine Gedanken überschlugen sich: Yeza war tot! Ermordet oder schuldhaft ums Leben gebracht, anders konnte es gar nicht sein! Er zerrte im Ritt sein Schwert aus der Scheide.

»Mörderpack!«, schrie er wie von Sinnen. »Elende, feige Mörder, die ihr seid!«, sein Gaul stolperte, hätte ihn fast abgeworfen, vor die Füße der konsterniert verharrenden Ritter. Einzig der Älteste, der hagere Templer, ermannte sich. »Ihr irrt!«, krächzte er und griff gekonnt in die Zügel des durchgehenden Pferdes, doch Roç schlug sofort zu, traf den Hilfsbereiten zwischen Schulter und Hals, klaglos stürzte der zu Boden, während Roç bereits auf die nächsten Templer einhieb, die sofort eine Mauer zwischen dem ungestüm Angreifenden und der am Boden liegenden Yeza gebildet hatten. Inzwischen waren auch die drei Okzitanier zur Stelle. Die Ordensritter ließen ihren Zorn über den unbedachten – wenn nicht tückischen – Totschlag des Hageren an ihnen aus. Yves nahm sich sofort zurück, als er sah, dass er die Streitenden nicht mehr trennen konnte. Breitbeinig, wie der Erzengel an der Pforte zum Paradies, sein riesiges Schwert vor sich in den Boden gerammt, hielt er über seiner Schutzbefohlenen Wacht. Doch ihn suchten die Rache heischenden flackernden Augen des Trencavel! Yeza sah Roç, ihren Geliebten und törichten Helden. Sie sah ihn wie eine Ertrunkene durch klares dickes Eis eines zugefrorenen Sees. Mit keinem Wimpernschlag konnte sie das Missverständnis noch aufhalten. Es fielen keine Worte mehr, nur das Kreischen von Stahl gegen Stahl und das Fauchen der Schwerter klang in den Ohren.

Der kleine dicke Pons brüllte: »Für Yeza Esclarmunde!«, und rannte gegen die Templer an. Der fröhliche Graf von Tarascon starb mit dem Namen seiner Herrin auf den Lippen. Guy de Muret hatte den tödlichen Stoß nicht mehr hindern können, sein Hieb trennte dem Tempelritter den Schwertarm glatt von der Beuge. Guy schaute einen Augenblick zu lang auf das Bild vom Schwert im Herzen seines Freundes, der Knauf noch umklammert von der Hand des Templers – dass er sich selbst eine Blöße gab und ihm eine Klinge in die Schulter schnitt. Wie ein Berserker schlug er dem Angreifer über den Helm, stach einem zweiten in den Unterleib, bevor ihn ein dritter mit seiner Lanze niederstreckte. Der Trencavel, der seinen Blick nur für die Dauer der Schläge, die er austeilte, von dem zwischen ihm und Yeza stehenden Yves abwandte, sah den Stoß nicht kommen, Terèz sprang ihm bei und stieß dem Templer die Spitze seines Schwertes zwischen Harnisch und Brünne, doch das nutzte ein anderer, hackte dem Grafen von Foix in die Kniekehle, Terèz fiel vornüber, der Ritter holte aus zum Fangstoß ins Genick, da fuhr ihm ein Pfeil in die Brust, und er stürzte über sein Opfer. Roç drehte – seine Waffe im Rundschlag kreisen lassend – sich nur kurz um nach Baitschu: Der eiserne Ring seiner mongolischen Eskorte ließ den Knaben nicht aus, aber sie begannen mit Pfeil und Bogen gezielt in den Kampf einzugreifen, denn mehr und mehr Ordensritter zerrten wütend an den tückischen Geschossen, die sich in ihrem Fleisch verhakt hatten. Die kurze Ablenkung – die Templer stürmten auf der Stelle gegen den neuen Feind, eine Lücke – nutzte Roç, um tollkühn dem Bretonen vors breite Schwert zu springen. Yves zog die Waffe eher zurück, als dass er sie gegen den Trencavel erhob. Roçs Blick war auf das wachsbleiche Gesicht Yezas gefallen. Er sah in ihre weit aufgerissenen Sternenaugen. Einmal noch sollte sie ihn sehen!

»Stellt Euch, Bretone!«, keuchte er dem Zurückweichenden entgegen, der abwehrend seine breite Klinge Roç entgegenhielt.

»Macht Euch nicht unglücklich, Trencavel!«

Hasserfüllt und unbedacht unterlief der die messerscharfe Schneide mit geschickter Finte, sein eigenes Schwert zielte auf das Gekröse des Bretonen, Yves riss schützend sein Knie hoch, Roçs Klinge fuhr ihm mit raschem Schnitt über das Handgelenk, das schwere Richtschwert senkte sich unerbittlich gegen die Halsbeuge des Vorwärtsstürmenden.

»Sie lebt!«, beschwor ihn Yves vor Schmerzen stöhnend, er konnte das Gewicht des Eisens nicht länger halten. Sehenden Auges, doch ohne ein Gefühl der Verwundung nahm Yeza wahr, wie Roç sich selbst immer tiefer in den Hals schnitt – ihr Todeskuss überdeckte den Moment, in dem er willigen Muts die eigene Lebensader durchtrennte. Sein Kopf fiel zur Seite, sein Blut ergoss sich über ihren Leib, als er auf Yeza sank. Yves hatte seinen Zweihänder fahren lassen, versuchte den tödlich Verwundeten aufzufangen, er entglitt seinen Händen. Mit spitzem Schrei hatte sich Baitschu seinen Bewachern entwunden, war den gegen sie andrängenden Templern durch die Beine geschlüpft und hob seinen Dolch trotzig gegen Yves.

»Warum hast du –!?«, stammelte er weinend, da hatten die blutigen Arme des Bretonen ihn schon umfangen und schützend an sich gerissen, denn einer der Templer mochte auch dem Knaben die Flucht nicht gönnen und war ihm nachgesetzt. Die zahlenmäßig überlegene mongolische Eskorte Baitschus hatte die Templer – außer sich vor Wut – in Stücke gehackt, bis auf den letzten Mann. Doch mehr als die Hälfte aller Ordensritter bedeckte die Walstatt –

Yves' Blick ging in das Land, hing verloren zwischen den Hügeln. Er sah den Karren herankommen, den gleichen hochrädrigen Karren, der ihm schon begegnet war, als er einst zum Heer der Mongolen stieß. Das Gefährt schwankte – genauso wie damals trug es auf dem emporragenden Gestell den vergoldeten Thron, umgeben von dem käfigartigen Gitter – Schutz und Gefängnis zugleich. Der Prunkwagen – gezogen von vier Doppelgespannen – kam, das Königliche Paar heimzuholen …

YEZA ERWACHTE, es gelang ihr, die Augen zu schließen. Mit einem Blick hatte sie wahrgenommen, dass die wüsten Bilder, deren Töne auf sie eingeschlagen, eingestochen hatten, Wirklichkeit waren: Neben ihr lag Roç Trencavel in seinem Blut, alles Leben war aus ihm gewichen. Sie tastete nach seinem Haar, ihre Fingerspitzen glitten über sein Gesicht, berührten seine Lippen. Yeza dankte Gott für diese Gunst, dies alles mit geschlossenen Augen erfahren, sich noch ein letztes Mal vorstellen zu dürfen, dass sie gleich neben dem schlafenden Geliebten erwachen würde …

Das Erwachen war nüchtern, Grausamkeit konnte ihr nichts mehr anhaben. Sie empfand auch keinen Schmerz, eher eine ungeahnte Erleichterung, deren sie sich nicht schämte. Alle Zweifel, alles Bangen und Hoffen waren ihr genommen, waren von ihr abgefallen! Für die eingetretene Leere lohnte es sich nicht länger zu leben, diese Klarheit umflutete sie wie helles Licht, nicht wohltuend matt und milde, sondern beglückend in ihrem Versprechen, dass hinter der Helligkeit von tausend Sonnen ihre Seele das Paradies erlangen werde –

Dicht bei dicht umstanden die mongolischen Soldaten des General Sundchak die Prinzessin. Yeza richtete sich auf. Von den Tempelrittern hatte keiner das Eintreffen dieser Truppe überlebt, sie waren regelrecht abgeschlachtet worden. Einzig Yves hatten die Mongolen auf Befehl Sundchaks in Ketten gelegt. Baitschu, der sich verzweifelt an den Bretonen geklammert hatte, war von ihm weggerissen und in die Sänfte gesteckt worden. Der Karren mit dem goldenen Thron war eingetroffen. Yeza wurde behutsam über eine Leiter auf die obere Plattform geleitet, wo sie Platz nahm, steif wie eine Puppe. Sie sah mit ausdruckslosem Blick von oben auf das Geschehen zu ihren Füßen, während Roçs Leichnam, in die blutige Decke gehüllt, von mehreren Kriegern, die eine Kette bildeten, zu ihr hinaufgehoben wurde. Sie schlug das verhüllende Tuch zurück und bettete das Haupt des toten Geliebten in ihrem Schoß. Mit der ihr eigenen Autorität bestand Yeza darauf, dass der Käfig nicht geschlossen wurde. Sundchak wollte keine weitere Zeit verlieren, er ließ den Bretonen hinten an den Karren ketten, sodass er dem Gefährt wie ein Armsünder zu Fuß folgen musste. Dann gab der General das Zeichen zum Aufbruch, insgeheim bleckte der Fleischerhund die Zähne im Vorgeschmack, als er sich das Gesicht Kitboghas vorstellte, wenn er dem sein wertes Königliches Paar zu Füßen legte. Damit würde er seinen Vorgesetzten tief ins Mark treffen!

Auch Yeza dachte an Kitbogha, an den Schmerz, den sie ihm zufügen würde. Einziger Trost mochte für den bärbeißigen Alten sein, dass er seinen Sprössling Baitschu wieder in die Arme schließen konnte. Yeza bedachte selbst die Situation von Yves. Wie auch immer es geschehen sein mochte, es machte keinen Sinn, den Bretonen dafür mit seinem Blut zahlen zu lassen, wie sich Sundchak das frohlockend vorstellte und es auch alle Welt wissen ließ. Yeza beschloss die Zeit, die ihr noch verblieb, gerade weil der Traum zerstoben, nun erst recht als willensstarke Königin zu wirken, Herrin über Leben und Tod! –

So rollte der Karren mit dem goldenen Thron dahin, vorbei an den Hörnern von Hattin, jenen Hügeln, bei denen Saladin den Christen einst die entscheidende Niederlage beibrachte, ihnen Jerusalem wieder nahm. Doch daran erinnerte sich keiner von denen, die jetzt eilends südwärts zogen, nicht die Mongolen, nicht Yves noch Yeza mit dem Toten im Arm. Das Königliche Paar endlich vereint …

EIN TEPPICH IN DER WÜSTE

Aus der Chronik des William von Roebruk

Ich weiß nicht, ob die Mongolen ein Auge hatten für die Lieblichkeit der Landschaft, in der Kitbogha sie ihr Feldlager hatte aufschlagen lassen. Den Oberkommandierenden plagten ohne Zweifel andere Sorgen. Er zog gegen einen Feind, dessen Stärke er nicht kannte, er wusste wenig über die Strategie seines Gegenspielers Baibars – nicht einmal genau, wo dieser stand. Als ich am Morgen auf das Heer der Mongolen stieß, hatte ich den Eindruck, dass sie sich eng zusammengeballt am Ufer des Sees von Genezareth versammelt hatten, als suchten sie gegenseitig einander Geborgenheit und Zuversicht zu geben. Die kleine, aber gut befestigte Stadt Tiberias ließen sie – entgegen ihrer Gewohnheit – unbehelligt, requirierten lediglich die Früchte der Gärten und Felder, wie auch alle Herden, deren sie im reichen Umland habhaft wurden. Überall drehten sich fette Hammel und Rinder am Spieß, wurde geschmurgelt und gebacken, als wolle man sich den Wanst noch einmal so recht voll schlagen, bevor – bevor was?!

Dass sie auf einen Feind warteten, war ihrem Verhalten nicht zu entnehmen. Dass sie willens waren, den Mamelucken entgegenzuziehen und ihnen die Schlacht aufzuzwingen, noch viel weniger. Und doch warteten sie auf etwas, und zwar voller – wenn auch nicht eingestandener – Unruhe und Besorgnis. Sie ergriff mich, obgleich ich nicht im Geringsten ahnte, was auf mich zukommen würde. Ich war gerade im Begriff, mich zum Zelt Kitboghas zu begeben, um dem Feldherrn meine Aufwartung zu machen, als das Ereignis eintrat.

Von Norden kommend, womit ich nicht gerechnet hatte, weil

ich das Heer bereits für vollzählig hielt, führte der General Sundchak die siegreichen, mit Beute beladenen Truppen aus Sidon heran. Dem jubelnden Lager gab das Auftrieb, bei mir erregten diese Soldaten nur Abscheu, wenn ich daran dachte, wie sie in der eroberten Stadt gehaust, sich mit Blut besudelt hatten! Doch blieb mir keine Zeit, um mich über diesen Schlächter Sundchak zu erregen, denn mit ihnen traf ein Gefährt ein, das mir, schon als ich seiner von weitem ansichtig wurde, Schauder einjagte. Düster und vor allem unheimlich grausam in seiner Anmutung, rumpelte ein gewaltiger Karren heran, er trug ein hoch aufragendes Gestell, das durch einen goldenen Käfig gekrönt war –

Und dann erkannte ich das gebeugte menschliche Wesen, ein junges Weib, auf dem Thron: Es war Yeza! Und auf ihren Knien hielt sie einen Toten! Den toten Geliebten! Ich war entsetzt, ich rannte weg. Roç Trencavel getötet? Mir war es, jemand zerrte an meinem Herzen, um es mir aus der Brust zu reißen! Da ich mich mehrfach umdrehte nach der goldenen Hinrichtungsmaschine, die hoch über die Jurten ragte, mich zu verfolgen schien, fiel ich über die eigenen Füße, mit dem Gesicht in den Dreck. Ich schlich mich in das Zelt des Feldherrn, hockte still in eine Ecke, zitterte am ganzen Leib – und konnte nicht weinen!

Der General Sundchak schritt triumphierend als Erster über die Schwelle. Er meldete dem Feldherrn den erfolgreichen Ausgang seiner Mission gegen die Stadt der Templer. Kitbogha verzog keine Miene. Das hatte Sundchak auch nicht anders erwartet. Er forderte seinen Vorgesetzten scheinheilig auf – draußen wurden Rufe laut, sie klangen nicht begeistert, eher zeugten sie von großer Erregung –, vor das Zelt zu treten. Von vier Doppelgespannen gezogen war dort der hochrädrige Karren zum Stehen gekommen. Kitbogha leistete der Einladung keine Folge, würdigte den General nicht mal einer Antwort, er schickte einige seiner Unterführer hinaus, ich folgte ihnen beklommen.

Yeza verließ gerade und ohne Hilfe das Goldene Gehäuse oben auf der Spitze der hölzernen Pyramide. Sie stieg hinab wie eine Königin, wie eine kriegerische Göttin, unnahbar. Den Leichnam des Toten hatte sie zuvor auf den breiten Thronsessel gebettet. Da lag nun der Trencavel hoch über seinem Volk, das zu regieren ihm nicht vergönnt gewesen. Viele schauten andächtig hinauf, einige hatten Tränen in den Augen. Es war still geworden, als Yeza – ohne ihn zu beachten – an Sundchak vorbei das Zelt ihres alten Freundes und Förderers Kitbogha betrat. Der Alte war aufgesprungen, und die beiden umarmten sich lange. Ob wortlos, wüsste ich nicht zu sagen, denn sofort darauf wurden Wachen hinausgesandt, und die kamen mit dem immer noch geketteten Bretonen zurück. Kitbogha befahl seinem General barsch, Yves von seinen Fesseln zu befreien.

»Bis zu seiner Verurteilung handelt es sich immer noch um den Gesandten des Königs von Frankreich!«, belehrte er den vor Zorn rot angelaufenen Sundchak, der sich sträubte, den Befehl auszuführen. Das übernahmen die zurückgekehrten Unterführer, aber sie zwangen Yves vor Kitbogha in die Knie. Der schaute fragend auf Yeza. Die Königin sah lange gedankenverloren auf den Bretonen, bevor sie nicht nur ihn, sondern alle im Zelt ansprach.

»Es ist gekommen, wie es kommen musste«, sagte sie leise, um dann mit klarer Stimme fortzufahren, »Könige werden von Gott eingesetzt und nicht von Menschenhand – weder von solchen, die sich ›Herrscher der Welt‹ glauben, noch durch Macht geheimer Orden!«

Sundchak schnaubte vernehmlich, er sah seine Felle wegschwimmen, zumindest das des Bretonen, für den er wenigstens das Häuten bei lebendigem Leibe vorgesehen hatte. Aber auch Kitbogha reagierte unwirsch. »Durch seine Hand kam Roç Trencavel zu Tode!«, protestierte er.

»Gewiss«, sagte Yeza mit eiserner Ruhe. »Herr Yves ist der Tod. Damit muss er leben.« Sie zwang Kitbogha in den Blick ihrer graugrünen Sternenaugen, bis der Alte unmerklich beigab und sich von Yves abwandte.

»Es steht mir nicht an, Euch das Leben zu schenken, sondern ich will nur dafür sorgen, dass es Euch keiner nimmt!« Yeza war zu dem Knieenden getreten, aber sie reichte ihm nicht die Hand. »Steht auf, Herr Yves, Ihr seid ein freier Mann!«

Doch der Bretone rührte sich nicht vom Fleck. »Gebt mir die Freiheit«, erwiderte er mit seiner trockenen Stimme, »hier zu knien, bis ich aus Eurem Munde erfahre, dass Ihr für Euch das Leben erwählt –«

Yezas Augen verdunkelten sich, sie wollte heftig auffahren, doch dann gewann sie ihre Beherrschung zurück. »Kniet, so lange Ihr wollt!«, sagte sie leichthin. »Niemand soll mich fürderhin unter Zwang oder Druck setzen, auch Ihr nicht.« Sie trat kühl lächelnd vor Kitbogha. »Ich habe beschlossen, meinem Leben ein Ende zu setzen.«

Dieser klare Satz ließ alle im Zelt erschrocken zusammenfahren. Mit versteinertem Gesicht erteilte der alte Feldherr den Wachen Befehl, das Zelt von allen Besuchern zu räumen, dem musste sich auch Sundchak beugen und sämtliche Unterführer. Mich wollten sie gleichermaßen entfernen, aber obgleich keiner für mich ein Wort eingelegt hatte, ließen sie von mir ab, vielleicht weil ich ihnen mein Holzkreuz fest umklammert entgegenstreckte.

Auf einer Bahre wurde der Trencavel hereingetragen. Sie hatten ihn bis zum Kinn mit schwarzem Tuch bedeckt, sodass die Wunde und das Blut nicht zu sehen waren, nur das wachsbleiche Antlitz meines Helden. Der Leichnam wurde inmitten des Raumes aufgebockt, grad' vor dem immer noch knienden Yves. Ich trat hinzu und faltete die Hände.

Requiem aeternam dona eis Domine:
et lux perpetua luceat eis.

Yeza runzelte die Stirn, was mich aber nicht vom Totengebet abhielt.

Te decet hymnus Deus in Sion,
et tibi reddetur votum in Jerusalem:

Auch Yves bewegte seine Lippen, nur sie stand da und starrte verträumt auf das Gesicht des Geliebten.

Exaudi orationem meam,
ad te omnis caro veniet.

Ich senkte meine Stimme, um ihre Andacht nicht zu stören.

Requiem aeternam dona eis Domine:

Nachdenklich, doch mit einem Ausdruck siegesgewisser Entschlossenheit wandte sich Yeza von der Bahre ab.

Et lux perpetua luceat eis

… flüsterte ich den Abschluss des Gradual. Diesmal kämpfte ich mit den Tränen.

Wir waren jetzt allein, auch die Wachen hatten sich zurückgezogen. Ich fühlte mich verpflichtet, meiner kleinen Prinzessin den Todeswunsch auszureden, aber ich fand nicht die rechten Worte. »Niemand macht dir den Vorwurf, gibt dir die Schuld!«, stammelte ich unbeholfen. »So musst du auch nicht für das Unglück büßen«, fügte ich an, verzweifelt ob meiner Ohnmacht.

Yeza schenkte mir einen ihrer Blicke, bei denen ich nie wusste, ob sie mich für nicht ganz bei Troste hielt oder Mitleid mit mir empfand. Auch der zutiefst erschütterte Kitbogha stieß in das gleiche Horn. »Ein Schritt wie dieser«, hielt er ihr in aller Güte vor, »macht den Toten nicht wieder lebendig, er verdoppelt den Verlust und vertausendfacht den Schmerz, den wir empfinden – « Der Alte sah Yeza dabei flehentlich an. »Beraubt das Volk der Mongolen nicht auch noch Eurer königlichen Person!«, beschwor er sie. »Erspart uns dieses unnötige, grausame Opfer!«

Yeza trat hinter den aufgebahrten Roç, wobei sie mich, der ich schon wieder still betete, sanft zur Seite schob. »Schuldig sind wir alle, doch weder belastet das mich, noch bestimmt es mein Handeln. Roç Trencavel und ich, wir sind als erwählte Kinder des Gral aufgewachsen, wurden in frühester Jugend bereits als das Königliche Paar erzogen, und so haben wir in den Jahren, die uns gegeben waren, ein Leben leben dürfen – oder leben müssen –, das sich nun erfüllt hat. Anders als Ihr, Kitbogha, es Euch für Euer Volk erhofft habt, anders als Ihr, Yves, es Euch für die Macht, die hinter Euch steht, erträumt habt.« Yeza sprach selbstsicher und langsam genug, dass wir alle ihren Gedanken folgen konnten. »Doch der eingetretene Verlust meines Herrn und Liebsten, meines Mannes und Bruders ist der Abschluss dieses Lebens, dessen Teil ich war, es war ein einmaliges Dasein auf dieser Erde –« Yeza sah in die Runde, sie streifte auch mich, ich fühlte mich angesprochen. »Wollt Ihr mir zumuten, mich jetzt mit einem anderen Mann zu vermählen – oder als allein kämpfende Witwe alt und grau zu werden!? Um was noch zu erreichen? Ich habe alles gehabt, ich bin in meinen besten Jahren – und darum gehe ich jetzt.« Die Königin verneigte sich vor ihren Zuhörern. »Und nun lasst mich bitte allein mit meinem Geliebten.«

Ich stand mit dem alten Kitbogha und dem Bretonen vor dem Zelt. Wir waren ratlos. Yezas Entschlossenheit hatte uns alle überrascht, überrollt. Die Wachen und die Unterführer und dahinter eine unzählige Menge von einfachen Soldaten umstanden uns und das Zelt in respektvollem Abstand.

»Das kann sie uns doch nicht antun?!«, jammerte ich unbeherrscht. »Sie weiß doch, wie wir alle sie lieben und verehren!«

Yves ging darüber hinweg, er wandte sich an den Feldherrn. »Ich weiß nur, dass die Prinzessin sich unnachgiebig zeigen wird.«

Der Alte nickte gramgefurcht. Das war in dem Moment, als der Derwisch Jalal al-Sufi mit der Karawane eintraf, die den Kelim mit sich führte. Mir war dieses Zusammentreffen nicht geheuer, auch der Bretone war von dem unerwarteten Wiederauftauchen des verfluchten oder zumindest verwunschenen Teppichs sichtbar unangenehm berührt. Einzig Kitbogha sagte die schwere Rolle, die von den Kamelen in die Mitte unseres Kreises getragen und abgelegt wurde, rein gar nichts.

»Was soll das?!«, bellte er ungehalten die Wachen an, die den Derwisch durchgelassen hatten.

»Das ist das lang erwartete Geschenk von Lulu«, der Bretone

hatte seinen Sarkasmus wiedergefunden, »des unseligen Atabeg von Mossul – wenn Ihr Euch erinnern wollt?!«

Kitbogha war verwirrt und wollte ungehalten die Karawane des Platzes verweisen, da kam Baitschu gelaufen, das verunsicherte seinen Vater noch mehr, denn der Filius hatte sich bislang noch nicht getraut, sich zurückzumelden. Doch anstatt seinen Vater zu umarmen, was der erwartet hatte, rief der Knabe: »Die Prinzessin wünscht Euch zu sprechen – und ebenfalls Jalal al-Sufi!«

Wir folgten Baitschu in das Zelt, Yeza stand inmitten des Raumes und hatte wohl die Ankunft des Kelims mitbekommen.

»Setzt Euch bitte«, forderte sie uns auf, und folgsam kamen wir der Einladung nach, keiner wollte die Prinzessin reizen, im Gegenteil Hoffnung kam auf, es könne sich doch noch alles zum Guten wenden.

»Nach Rang und Würde«, sprach sie Kitbogha an, »bin ich als Prinzessin der Mongolen den Gliedern des Herrscherhauses gleichgestellt?«, lautete ihre erste Frage, die ihr der Feldherr eifrig bestätigte.

»Für unser Volk seid Ihr im Besitz der gleichen Rechte wie die erhabene Familie der Dschingiden!«

Yeza quittierte diese Feststellung mit befriedigtem Lächeln – was mich wunderlich ankam! »Es gilt für alle Dschingiden das unantastbare Gesetz«, fragte sie zügig fort, »dass keines Menschen Hand sie zu Tode bringen darf, nicht einmal bei Hochverrat oder anderen schlimmen Verbrechen?«

»Gewiss!«, entfuhr es Kitbogha voreilig, denn er ahnte immer noch nicht, wohin Yeza ihn führen wollte, mir schwante es bereits, und er erfuhr es jetzt. »Deswegen wird ihnen im Falle eines Schuldspruchs das Leben mittels eines Teppichs genommen, die Hufe der über ihn hinweg Reitenden bringen dem – oder der Verurteilten den Tod!«

Der Alte war vor Entsetzen sprachlos, auch Yves war zur Salzsäule erstarrt. Einzig der Derwisch hatte noch nicht begriffen, dass es um Yeza selbst ging.

»Wohin ich gehen soll, ich weiß es nicht, noch was zu tun? Still an Deiner Seite zu sitzen, gibt mir keinen Trost – Ein Leben ohne

Dich, scheint mir unmöglich!« Jalal sprach sehr leise und mehr zu sich selbst, zumal ihm auch kaum jemand Beachtung zu schenken gewillt war. *»Ich schreie und ich verbrenne in diesem Schrei – ich schweige und ich verbrenne in diesem Schweigen –«*

Yeza bedachte den Vortragenden der Verszeilen mit einem flüchtigen Lächeln, das ihrer Verehrung für den von ihr glühend verehrten Sufi-Dichter Ausdruck geben sollte, mehr aber jetzt nicht.

»Wir haben uns verstanden?!«, wandte sie sich mit der gleichen lächelnden Verbindlichkeit an ihren alten Freund Kitbogha. Der konnte nicht anders, als ihr sein Einverständnis zuzunicken. »Ich will mich heute schon von Euch verabschieden«, sagte sie dann zu Yves, dessen Gesicht seit der gefällten Entscheidung zusehends maskengleicher geworden war, dennoch raffte er sich zu einer Erwiderung auf.

»Ich danke Euch, Yeza – und nehmt dies bitte auch stellvertretend für Roç Trencavel –, dass ich Euer bewegtes Leben so lange verfolgen durfte«, dem Bretonen fielen seine Worte sichtlich nicht leicht, »so wurde ich vom erbitterten Häscher zum tief ergebenen Verfechter Eurer Sache, doch schoss ich verblendet und selbstgerecht über das sich mir letztlich verbergende Ziel hinaus!« Der harte Mann kämpfte mit einem Kloß im Hals. »Verzeiht mir«, würgte er hervor und wandte sich abrupt ab.

Auch Yeza schien bewegt. »Wir sehen uns morgen Früh«, hielt sie sich nur kurz an Kitbogha. »Ich rechne mit Eurem Arm auf meinem letzten Gang.«

Auch der alte Feldherr schluckte, besonders als Yeza jetzt Baitschu an sich zog und ihn auf die Stirn und dann auf den Mund küsste. »Dein Vater ist mit Recht stolz auf dich!«, sagte sie aufmunternd zu dem schluchzenden Knaben und reichte ihm ihr Tüchlein. »Zieh für mich in die Welt, nicht als tumber Held, sondern um klug und tapfer kämpfend ihre Torheit und Ignoranz zu überwinden!« Der Knabe riss sich los und rannte aus dem Zelt. Yeza sah ihm nach. »Baitschu soll morgen nicht dabei sein!«, forderte sie von Kitbogha. »Geleitet nun bitte den Trencavel in mein Zelt, wir wollen die Nacht zusammen wachen!«, sprach sie mehr zu sich selbst, doch dann fügte sie zu meiner Überraschung plötzlich heiter hinzu: »Und bringt uns Wein! Auch Rumi soll mit uns feiern, Jalal al-Sufi wird mir die schönsten Verse von der Köstlichkeit des einzig Geliebten zu Gehör bringen!«

Ich fühlte mich ausgeschlossen, und Yeza musste es gespürt haben. »Mein guter William«, sagte sie. »Ich bin sicher, wenn Roç und ich ins Paradies eintreten, dann wirst du dort schon auf uns warten, unter dem Baum der Erkenntnis sitzend, liebreizende Huris werden dich alle Sünden vergessen machen!« So scherzte sie, aber mir genügte das nicht.

»Ich will Euch begleiten!«, stieß ich standhaft hervor, »so wie ich immer –«

»William!«, unterbrach sie mich. »Du warst dabei, als das große Abenteuer begann. Du wirst mir morgen der Nächste sein, wenn ich es beende, um mich in ein weitaus gewaltigeres Sein aufzuschwingen!«

Kitbogha hieß die Unterführer wieder eintreten, und sie trugen den Trencavel auf ihren Schultern hinaus, Yeza folgte dem Zug – ohne Begleitung, wie sie es wünschte.

Der Bretone sagte: »Ich werde morgen Früh – vor Sonnenaufgang – das Lager verlassen und nach Paris zurückkehren.«

Kitbogha nickte. »Ich möchte Euch um etwas bitten, mein Freund –«, er zögerte, bis er sich des Einverständnisses des Bretonen sicher war. »Nehmt Baitschu mit Euch ins Land der Franken, damit er dort aufwächst –«

Herr Yves verneigte sich vor dem Feldherrn. »Das wollte ich Euch sowieso vorschlagen, Kitbogha. Ich verbürge mich für seine ritterliche Erziehung, so wie die Prinzessin Yeza es für ihn gewünscht hat!«

Ich verließ das Zelt, um draußen, am Ufer des Sees, die Nacht betend zu verbringen, aber ich weinte die ganze Nacht.

SULTAN QUTUZ war mit dem Hauptheer der Mamelucken den ganzen Tag über im Eilmarsch den ausgetrockneten Belus hinauf und dann durchs Gebirge bis nach Nazareth vorgedrungen. Es dunkelte schon, als er auf seine Vorhut traf, die er unter Baibars vorausgeschickt hatte. Der Emir berichtete ihm, dass er bereits das nahe liegende Gelände besichtigt habe, das ihm als Austragungsort für die Schlacht geeignet schiene. Es handele sich um eine Ebene, die von den Einheimischen »Ain Djalud« geheißen würde, den Christen war die Gegend als »Goliaths Tümpel« geläufig. Am liebsten hätte ihn Baibars noch am gleichen Abend dorthin geführt, um ihm an Ort und Stelle seinen Schlachtplan zu entwickeln. Der Sultan war jedoch erschöpft, und die Besichtigung wurde auf den frühen Morgen verschoben, bei Sonnenaufgang.

Aus der Chronik des William von Roebruk

Im Osten kündigte sich blutrot das erste Licht des Tages an. Die gesamte mongolische Reiterei harrte aufgesessen des angekündigten Ritts über den Teppich. Ganz wohl war den meisten sicher nicht dabei, Yeza genoss beim Heer viel Sympathie und auch Respekt. Deswegen hatte der General Sundchak sich an die Spitze der ersten Tausendschaft gesetzt, denen die rasche Durchführung der todbringenden Kavalkade oblag. Es waren seine Leute, Reiter, auf die er sich verlassen konnte, ein bereits in Schlachtformation gestaffelter Block. Unweit vor ihren unruhigen Hufen lag zusammengefaltet der Kelim. Anstatt der üblichen Rolle hatten sie ihn über Spitz gelegt. So lauerte er bedrohlich wie ein riesiger Drache, bereit zum zerstörerischen Flug, das dreikantige Haupt züngelnd erhoben, erregt den gezackten Schweif peitschend. Zu beiden Seiten kauerten geduckt Hunderte von Helfern, zusätzlich waren auf beiden Seiten Gespanne in Stellung gegangen, deren Aufgabe es war, das Ausbringen des schweren Teppichs blitzschnell zu besorgen, wenn das Königliche Paar seinen Platz eingenommen hatte. Mir fiel auf, wie uneben das vorgesehene Gelände war, Mulden wechselten mit kleinen Hügeln, als suche man bewusst die genaue Lage der menschlichen Leiber zu verschleiern. Ich kniete am Rande nieder, einigen Abstand lassend, denn ich wollte nicht mit unter die Hufe kommen. Wie oft hatte ich mir eingeredet, ich würde wie ein Märtyrer mein Leben für »meine Kinder« geben, als gefeiertes Opfer mit ihnen sterben ?! Nun – und nie wieder – bot sich mir die Möglichkeit, den großen Worten die einmalige Tat folgen zu lassen – und der treue William hing an seinem armseligen Leben wie ein Hund, der seinen Knochen verteidigt! Ich hatte zwar die ganze Nacht kein Auge zugetan und auch bitterlich geweint, doch es waren Tränen des Selbstmitleids, schmerzlich ergriffen bedauerte ich das schreckliche Los des armen Bruder William, der mit dem Weggang seiner Helden wieder in der Bedeutungslosigkeit versinken würde, aus der die Kinder des Gral ihn dereinst erhoben –

Acht Unterführer trugen die breite, mit Tuch bedeckte Bahre heran, auf der, für alle noch einmal anzuschauen, der tote Trencavel ruhte. Langsam und feierlich setzten sie den Leichnam in der Mitte des für den Kelim vorgesehenen Feldes ab und traten dann zur mir gegenüberliegenden Seite. Wir warteten auf Yeza, die von Kitbogha geleitet sein würde –

YVES DER BRETONE UND BAITSCHU ritten nebeneinander durch die Hügel Richtung Akkon. In ihrem Rücken ging hell die Sonne auf. Baitschu warf einen prüfenden Blick zurück. »Lasst uns innehalten«, forderte er den älteren Ritter auf. »Wir sollten jetzt zu Gott beten, dass er ihre Seelen gnädig bei sich aufnimmt.« Baitschu war schon abgesprungen, der Bretone leistete seinem Beispiel Folge, darauf bedacht, die Gefühle des Knaben nicht zu verletzen.

Yves schaute ihm offen in die Augen. *»Che Diaus aduja questo dona de grando couratge!«*, murmelte er, das heimatliche Idiom der Yezabel Esclarmonde versonnen für seinen letzten Gruß benutzend.

Baitschu war niedergekniet. »Ich wünsche mir, so tapfer zu werden wie die Prinzessin Yeza!«, begann er sein Gebet, das er in den Morgenhimmel sandte.

SULTAN QUTUZ führte das Hauptheer der Mamelucken an Goliaths Tümpel vorbei in die sich dahinter erstreckenden Hügel, hinter denen er es geschickt verbarg. Er ordnete seine Truppen in einem unsichtbaren Halbkreis an und postierte sein Feldherrnzelt auf der höchsten Erhebung in dessen Mitte, unter Blattgrün verborgen. Die Vorhut unter Baibars hingegen nahm Aufstellung in der Ebene, für den anrückenden Feind schon von weitem verlockend sichtbar –

Aus der Chronik des William von Roebruk

Durch die Zeltgassen schritten gebeugt der alte Kitbogha und aufrecht an seiner Seite die Prinzessin. Als hätte Yeza meinen Herzenswunsch erraten, betrat sie nicht sofort das vor ihr liegende Feld, auf dem Roç sie schon erwartete, sondern sie ließ sich von dem Alten bis zur Höhe führen, wo ich kniete. Sie schenkte mir zwar keinen einzigen Blick, sondern umarmte plötzlich spontan wie ein kleines Mädchen den obersten Feldherrn der Mongolen. In meinen Augen war Kitbogha über Nacht zum Greis gealtert, ein gebrochener Mann! Musste er doch Abschied nehmen von seinem Lebenswerk, auch wenn es ein Traumgespinst war, in das er sich vernarrt hatte! – Yeza, sich der Umarmung entziehend, griff tastend hinter sich, über die Schulter in ihr volles Blondhaar. Ich wusste, was der Griff zu bedeuten hatte: Dort steckte ihr zweischneidiger Wurfdolch. Dessen hatte sie sich vergewissern wollen – keiner außer mir hatte es bemerkt –, nun schritt sie schon über das Feld, ließ sich neben dem Trencavel nieder und presste ihn fest in ihre Arme. Das war das Zeichen!

Unter Aufbietung aller Kraft von Hunderten muskulösen Fäusten und etlichen Pferdeleibern stürmte der Kelim voran wie ein ungeheurer Drache – ich schaute weg, den Anblick wollte ich nicht als letztes Bild von meinen Lieben in mir tragen! – Als ich wieder hinsah, war das Feld schon von der unheimlichen Ornamentik des Kelim bedeckt, ich vermochte zwischen seinen glutvollen Farben und geheimnisvollen Symbolen nicht einmal die Erhebung ausmachen, unter der … denn schon hatte der General die Hand erhoben, und tausend Reiter donnerten dicht gedrängt über den Kelim hinweg, sie ritten als Erste in die alles entscheidende Schlacht von Ain Djalud.

DIE SCHLACHT VON AIN DJALUD

DIE ARMEEFÜHRUNG DER MAMELUCKEN bewegte nur eine Sorge, das Heer der Mongolen könnte nach Verlassen seines letzten Quartiers am Westufer des Sees Genezareth weiter dem Lauf des Jordan folgen und so an den vom Sultan und Baibars vorbereiteten Stellungen vorbeiziehen. Dann hätten sie den Feind plötzlich statt in der Falle im Rücken gehabt und wären womöglich vom Nachschub aus Ägypten abgeschnitten! Also setzte Qutuz Agenten ein, die sich als Fischer am See und als Hirten in den Hügeln von der Vorhut unter Sundchak aufgreifen ließen und bereitwillig zur Auskunft gaben, dass sie Mameluckenkrieger am Berg Tabor gesichtet hätten, die auf die Ebene von Ain Djalud zuhielten. Als letzte Maßnahme zur Absicherung des ägyptischen Plans hatte der Emir Baibars die Johanniter-Besatzung der Burg Belvoir überrumpelt, ohne Spuren zu hinterlassen beseitigt und durch eigene Leute ersetzt, die dafür sorgen sollten, dass spätestens in dieser Höhe des Jordantals das mongolische Heer gen Westen in die Ebene der Goliaths Tümpel einschwenkte, denn jeder weitere Vormarsch hätte das Vorhaben der Mamelucken über den Haufen geworfen. Doch alle Befürchtungen erwiesen sich als unbegründet, Einwohner der Stadt Nazareth hatten schon in der Nacht heimlich Boten zu Kitbogha gesandt und ihm verraten, dass die ägyptische Armee sich nach Süden bewege, Richtung Ain Djalud und offensichtlich auf der Flucht vor den heranrückenden Mongolen. So trieb der kampfbegierige Sundchak die Vorhut schon am Ende des Sees aus dem Tal in die Berge, um den Feind nicht entkommen zu lassen. Kitbogha, der seinen General kannte, blieb ihm auf den Fersen.

Gegen Mittag trafen die mongolischen Angriffsspitzen am Rand der Ebene ein, Späher meldeten, dass die Mamelucken – allem Anschein nach völlig ahnungslos – noch bei den Goliaths Tümpeln verharrten. Die Heeresleitung der Mongolen war einhellig der Meinung, dass es sich dabei um die gesamte ägyptische Armee handelte. Sundchak äußerte noch sein Erstaunen über die anscheinend geringe Mannschaftsstärke, er hätte weitaus mehr feindliche Kräfte erwartet. Kitbogha musste von seiner Kommandogewalt als oberster Feldherr energisch Gebrauch machen, um seinen General am sofortigen Vorstürmen zu hindern. Das Heer der Mongolen sammelte sich am Fuße des Berges Tabor. Kaum, dass es vollständig war, gab Kitbogha dem Druck seiner siegesgewissen Unterführer nach. Die Mongolen stürzten sich auf den Köder Baibars.

Der Emir Rukn ed-Din Baibars »Bunduktari« machte seinem berüchtigten Beinamen alle Ehre. »Der Bogenschütze« war nicht gewillt, seine Leute unnütz dem geplanten Manöver zu opfern. Widerstand mussten nur die Hilfstruppen aus Gazah und dem Negev leisten, und die wurden auch prompt überrannt und niedergemacht, aber das reichte Baibars, um unter vorgetäuschter Panik mit der Kernmannschaft ›in wilder Flucht‹ die nahen Hügel zu erreichen, wo Sultan Qutuz wartete. Die vorgepreschte Vorhut unter dem General Sundchak setzte ihm mit Ungestüm nach. Breit gefächert stoben die fliehenden Mamelucken in die sich öffnenden Täler und Schluchten, so die Angreifer verleitend, sich ebenfalls aufzusplittern. Kitbogha, der diese Gefahr erkannte, hielt seine Truppen zusammen, versuchte natürlich die Verbindung zu den blindlings vorwärts Stürmenden nicht abreißen zu lassen. So geriet auch das Hauptheer der Mongolen in die schlecht überschaubare Berglandschaft, wo es seine Stärke der geballten Masse nicht entfalten konnte. Sultan Qutuz beobachtete diese Entwicklung gelassen. Als er sicher war, dass es Baibars gelungen war, das gesamte mongolische Heer in die Falle zu locken, machte er den Sack zu. Die Mamelucken riegelten rigoros jedweden Rückzug in die für ein gedrilltes Reiterheer rettende Ebene ab, bevor sie von den Hügeln herabstürmten und aus den Tälern hervorbrachen. Sundchak, der sich am weitesten vorgewagt hatte, gehörte zu den Ersten, die erschlagen wurden. Als Kitbogha begriff, in welche Lage er sich hatte manövrieren lassen, rief er sofort seine Truppen zusammen, soweit er sie noch erreichen konnte, und lieferte aus einer rasch geformten Igelstellung heraus den Ägyptern eine unerwartet heftige Schlacht. Deren Reihen begannen zu wanken, denn der alte Feldherr setzte jetzt seine Tausendschaften wie eherne Keile gezielt und druckvoll ein. Solcher Wucht waren die Mamelucken nicht gewachsen. Der Sultan hatte alle Hände voll zu tun, den Ring nicht aufreißen zu lassen, denn Baibars war, abgeschnitten von ihm, tief im Inneren des Gebirges immer noch damit beschäftigt, die weit vorgestoßene Vorhut des Generals, und das war die Elite des mongolischen Heeres, in erbitterten Einzelkämpfen aufzureiben. Doch mit der Zeit machte sich die zahlenmäßige Übermacht der Mamelucken bemerkbar, Baibars gelang es, den Anschluss zum Hauptheer wiederherzustellen. Das gab den Ägyptern zusätzlichen Auftrieb. Einigen der Mongolen und Rittern aus Armenien gelang es, die sich mehr und mehr zusammenziehende tödliche Umklammerung aufzubrechen und zu entkommen. Kitbogha weigerte sich zu fliehen, obgleich seine Leibgarde sich erbot, ihm den Weg frei zu schlagen. Der alte Haudegen setzte alles daran, seine Niederlage nicht zu überleben. Seine nächste Umgebung fiel Mann für Mann im Pfeilhagel, den Baibars der Bogenschütze auf sie niedergehen ließ. Sie schossen Kitbogha das Pferd unterm Leib weg, selbst noch zu Fuß schlug er sich furios – bis zum bitteren Ende!

Die Leute des Emirs überwältigten schließlich den Alten. Mit seiner Gefangennahme brach der Widerstand der letzten Mongolen zusammen.

Aus der Chronik des William von Roebruk (Letzte Niederschrift)

Das Heer der Mongolen war davongeritten, ich hockte noch immer benommen weit entfernt vom Rande des Kelim, der nach der Kavalkade Tausender von Pferdehufen und gleichermaßen nicht zu zählender Wagenräder seinen mir nie ganz geheuren Aspekt auf erbarmungswürdige Weise verändert hatte: aufgeworfen, zertrampelt, voll geschissen war sein einstmals mir Schauder einflößendes höllisches Antlitz zur erbärmlichen Fratze verzerrt. Wie eine tief hängende Regenwolke hing mein Blick über diesem Abdruck von Gewalt und Zerstörung, unendlich lange gelähmt von dem über mich hinwegziehenden Donnern und Tosen – bis mir endlich wieder bewusst wurde, dass unter diesem geschundenen Teppichgewebe irgendwo meine Lieben lagen. Ich presste mir die Nägel ins Fleisch und zwang mich unter Schmerzen, nicht an ihren Zustand zu denken, mir wurde übel, Erbrechen drohte mir, mein einziges Trachten zielte darauf, schonend die Sinne zu verlieren. War der böse Traum die Wirklichkeit? Wie oft war es mir gelungen, meinem Bewusstsein einen Streich zu spielen, diesmal drehte es den Spieß um und bohrte ihn in mein Herz. Ich kniete vor den Trümmern all dessen, was ich mir zum Inhalt meines Lebens erkoren, teuflische Mächte hatten meine beiden einzigen Kinder, meine Familie hingemordet. Ich schaute mich um. Rund um den Kelim saßen stumm die Beduinen, die ihn mit ihrer Karawane hergetragen hatten – grad' zur rechten Zeit an diesen Ort, um sein letztes böses Werk zu vollenden! Jalal al-Sufi, der quirlige Derwisch, trat zu mir. ›Nur jetzt bitte keinen Rumi!‹, schoss es mir durch den Kopf, was sicher ungerecht war – hatte doch Yeza dessen Verse stets mehr als jede andere Poesie geliebt. Wollte er mir sein Beileid aussprechen? Ich war so verblendet, dass ich mich als einziger Hinterbliebener empfand, der ein Anrecht auf Mitgefühl und Trost geltend machen durfte. Doch der kleine Sufi strich um mich herum, und ich hatte den Eindruck, er machte sich über mich lustig – was ich als völlig unangebracht empfand, dennoch wollte ich ihm eine Brücke bauen.

»Dein Entsetzen«, bot ich ihm an, »erschlägt die Trauer, der Schmerz zermalmt die Sinne –«

Jalal blieb stehen und sah mich fassungslos an, dann lachte er schallend. *»Ihr Leben war Abenteuer, Heldenmut und kühnes Vorwärtsstreben – sagst Du?!«* Jalal ließ sich von meinem verständnislosen, abwehrenden Gesichtsausdruck nicht beirren. *»Ihr Leben war Verfolgung, Angst und Flucht – sagt sie!«* Er lachte mir ins Gesicht. *»Endlich hatte sie das einzig große Abenteuer vor sich, konnte es mit nie gewagtem Heldenmut angehen und hat nun das Paradies gewonnen!«* Er schaute mich streng an. »Was also jammerst du, mein Bruder William?!« Erst war ich erschrocken, dann schämte ich mich, ich war völlig verwirrt, sodass ich kopflos von einem würdigen Grab plapperte, etwas, an das ich vorher gewiss nicht gedacht hatte. »Dazu müssen wir sie erst einmal finden –« Jalal sah mich merkwürdig von der Seite an. »Und das wird der Anblick sein, den du nicht ertragen willst, William –« Ich wollte aufbegehren, stattdessen nickte ich dankbar. »Darum entferne dich!«, befahl er mir, und ich erhob mich und verließ wankend den Ort …

Wie lange ich am Seeufer herumgeirrt, darüber könnte ich keine Rechenschaft geben. Schließlich kehrte ich zurück, in der bangen Hoffnung, dass der Kelch, den ich fürchtete, bereits gnädig an mir vorübergegangen war. Der Kelim lag am gleichen Platz, auch sein Zustand schien mir unverändert. Der Sufi nahm mich zur Seite, wie ein Kind, dem man beibringen muss, dass seiner lieben Mutter etwas zugestoßen sei. Jalal zeigte verstohlen auf die immer noch um den Kelim herumhockenden Beduinen.

»Wir haben überall nachgeschaut«, verriet er mir mit gedämpfter Stimme, »besonders rings um die Stelle, wo wir sie zum letzten Male gesehen – von der Prinzessin und Roç Trencavel ist nichts zu finden, kein Knöchelchen, kein Tropfen Blut, nicht die geringste Spur!«

Ich muss ihn ungläubig angestarrt haben, zumindest wenig überzeugt, denn das war ich auch mitnichten. Jalal bot mir an, ich könnte selbst jeden Fuß des sandigen Bodens durchwühlen, dafür würden seine Leute den Kelim der tausend *djinn* – bei gutem Zureden – und etwas *bakshish* noch einmal lüften – obgleich sie sich vor dem ihm innewohnenden Fluch entsetzlich fürchteten. Das wollte ich weiß Gott nicht, deshalb schlug ich ihm vor, die Beduinen sollten den Kelim so liegen lassen, wie er lag, und ihn stattdessen mit Sand bedecken, bis nichts mehr von ihm zu sehen sei. Das gefiel dem Derwisch, und ich überließ der Karawane den Beutel mit dem Gold, jenes Blutgeld, das mir Naiman zugesteckt hatte, bevor ich ihn tötete. Eigentlich hatte der Kerl sein Ziel erreicht: Roç und Yeza waren tot. Waren sie tot?

Während die Beduinen damit begannen, körbeweise Sand über den Kelim auszuschütten, sah ich meine Kinder ins glutrote Licht der untergehenden Sonne davonreiten, zwei schwarze Silhouetten, die mit zunehmender Entfernung immer mehr an Gestalt verloren – bis sie mit dem Feuerball eins waren.

SCHON UM SICH NICHT dem Verwesungsgeruch der zigtausend Leichen auszusetzen, hatte Sultan Qutuz unmittelbar nach der gewonnenen Schlacht weitab von Ain Djalud das Aufschlagen seines Lagers zwischen dem Städtchen Nazareth und dem das Land beherrschenden Berg Tabor befohlen. Irgendwelche Angriffe hatten die Mamelucken jetzt nicht mehr zu befürchten. Sie setzten deswegen auch den Geflohenen nicht nach. Vor allem die von den Mongolen verpflichteten Hilfskontingente, christliche Ritter aus Antioch, Armenien und selbst aus dem fernen Königreich von Georgien, hatten sich mit der Kriegstaktik der Muslime vertrauter gezeigt als die sieggewohnten Mongolen und waren weitaus weniger erpicht darauf, sich mit den gefürchteten Mamelucken im Kampf zu messen. Viele von ihnen setzten sich rechtzeitig ab und entgingen so dem mörderischen Kesseltreiben in den Hügeln rings um Ain Djalud. Teils schlugen sie sich durch bis zur Templerburg Athlit am Meer oder hinauf zum Turm der Johanniter auf dem Berg Tabor. Dennoch in Gefangenschaft geriet, wer am Belvoir anklopfte, dem Kastell oberhalb des Jordantals, das Baibars zuvor schon vorsorglich in seine Hand gebracht. Einige flohen schwimmend über den Fluss oder wichen aus in die Berge. Einheimische Christen halfen ihnen, nur die Templer von Safed wiesen hartherzig jedem Flüchtling die Tür.

Im kaum errichteten Feldlager der Mamelucken wird der gefangene Kitbogha vor Sultan Qutuz gebracht. Der verhöhnt den Feldherrn der Mongolen ob der Unzuverlässigkeit seiner armenischen Verbündeten und der Ritter aus Antioch, die ihn schmählich im Stich gelassen hätten.

»Christen können nicht treu sein!«

Das ließ der Alte, der sich sonst wenig aus seinem Glauben machte, nicht auf sich sitzen. »Ich bin mein langes Leben stets meinem Herrn, dem Il-Khan treu geblieben, im Gegensatz zu gewissen Emiren der Mamelucken!«

Sein Blick hätte dabei nicht verächtlich auf Baibars fallen sollen, denn das entging dem Sultan nicht. Für ihn war der Alte bereits ein toter Mann, so ließ er es zu, dass der Emir sich den betagten Feldherrn griff. Seinen Ärger überlegen im Zaume haltend, führte Baibars den Gefesselten aus dem Zelt. Auf dem freien Platz davor hieß er Kitbogha niederknien, doch den Gefallen tat ihm der Alte nicht. Sollte der Mameluk ihm doch stehend das Haupt abschlagen! Aber zuvor ging es Baibars um eine ganz andere Frage, die einzige, die ihm ein Anliegen war, eine Frage seiner Ehre, ihm auferlegt vom Roten Falken.

»Wo sind Roç Trencavel und die Prinzessin Yeza?!«

Für Kitbogha kam sie überraschend, und er fand sie aus dem Munde des Mamelucken höchst ungebührlich. »Was geht Euch das an!«, schlug er jedes Entgegenkommen aus und da er – neben der Verärgerung des Bogenschützen – auch dessen Betroffenheit bemerkte, fügte er triumphierend hinzu: »Sie haben sich der Ehre einer Gefangennahme durch Euch Mamelucken wirkungsvoll entzogen –« Mit dröhnender Lache spottete er über den Emir, aber ebenso über seine eigene Verständnislosigkeit dessen, was geschehen war. »Der Tod erschien ihnen erstrebenswerter!«

»Ihr habt sie getötet?!«, bedrängte ihn Baibars. »Sagt mir die Wahrheit!«

Kitbogha sah seine Stunde kommen. »Ihr sollt mir den Kopf abschlagen, gleich ob ich lüge oder nicht!«, raunzte er den Emir an wie einen Untergebenen und ließ sich auf die Knie fallen. »Ich werde sie wiedersehen – Ihr nicht –«

Das waren seine letzten Worte, Baibars hatte nicht länger an sich gehalten, angesichts seines Gefolges, dass ihn umstand, musste er der Sache ein Ende bereiten, eigenhändig. Das Haupt Kitboghas sprang in den Sand.

WÄHRENDDESSEN RITTEN BAITSCHU, der jüngste Sohn des Kitbogha, und Yves der Bretone, der Sonderbotschafter des Königs von Frankreich, durch die Hügel auf die christliche Hafenstadt Akkon zu, wo sie sich einschiffen wollten, um die *terra sancta* ein für alle Mal zu verlassen und um heimzukehren in die Bretagne, wohin sich Herr Yves zurückziehen wollte, um Bücher zu lesen und dem Schwert zu entsagen.

»Ich weiß nicht, Baitschu«, wandte sich der bedächtige Bretone an seinen jungen Knappen, »ob ich der Richtige bin, das Verlangen deines Vaters zu erfüllen, das auch der letzte Wunsch der Prinzessin war, dich zu einem Ritter zu erziehen?«

Baitschu schien von der Eröffnung nicht enttäuscht. »Viel lieber würde ich lesen lernen«, bedachte er sich, »diese Chronik, an der William von Roebruk schrieb, wo er ging und stand – ich möchte gern alles wissen, über Yeza und Roç!«

Yves lächelte versonnen. »Dann hätten die wilden Aufzeichnungen des Franziskaners doch einen Sinn, auch wenn sie nicht die Ordnung und Belehrung aufweisen, die seine Auftraggeber sich erhofft hatten!« Dem Bretonen gefiel der Gedanke, je länger er darüber nachsann, ausnehmend gut. »Eine neue Jugend kann daraus gewiss lernen, sich nicht von den alten Drachen der Macht, wie Krieg und Religion, widerspruchslos beherrschen zu lassen, sondern eigene Wege zu gehen!«

Baitschu hörte sich diese Eloge wortlos an, nur einmal schaute er kurz erstaunt auf zu dem Mann, dem seine Erziehung anvertraut worden war. So ritten sie dann schweigend weiter – in der Ferne konnte man schon das Meer in der Bucht von Akkon erkennen.

WENIGE TAGE NACH SEINEM SIEG zog der Sultan in Damaskus ein, binnen Monatsfrist war auch Aleppo zurückgewonnen. Das angrenzende Fürstentum von Antioch blieb nur verschont, weil der Il-Khan, der selbst nicht eingreifen konnte – die Herrschaftsfrage in der Mongolei war immer noch ungeklärt –, wenigstens Truppen schickte, die den Norden Syriens für die Mongolen sicherten. So blieb den Mamelucken vorerst auch verwehrt, König Hethum von Armenien oder seinen Schwiegersohn für ihre offene Parteinahme zu strafen.

DAS KLEINE LAGERFEUER war schon weitgehend heruntergebrannt, es herrschte eine dieser sternenklaren Nächte des Frühherbstes, in der sich der Sommer noch nicht entscheiden will, ihr seine aufgespeicherte Wärme gänzlich zu entziehen. Drei Männer hockten um die verglimmende Glut, zwei ältere und ein Knabe. Zu Yves dem Bretonen und Baitschu hatte sich Arslan der Schamane gesellt, sein Bär ruhte abseits irgendwo im Schatten der Felsen. Die Nacht war hell genug, um erkennen zu können, dass nicht mehr die Hügel vor Akkon die umgebende Landschaft darstellten, sondern dass diese längst den schroffen Gebirgszügen des nördlichen Syriens gewichen waren.

»Kaum mehr als eines Tages Ritt von hier«, Arslans weiter Kaftanärmel wies gen Westen, »könntet Ihr auf die Küste bei Antioch stoßen und über das Meer heimkehren in das Land der Franken«, wandte er sich an den Bretonen, »doch viele Wochen wäret Ihr unterwegs, wenn Ihr Euch aufmacht, die Seinsform zu erreichen, die ich Euch beschrieben –«

»Diese Stadt der goldenen Tempel in den Höhen schneebedeckter Gebirge«, warf Baitschu ein, der bis dahin das Himmelszelt aufmerksam beobachtet hatte, damit ihm keine der gelegentlichen Sternschnuppen entging, »kann ich dort bei diesen kahlköpfigen Mönchen in sonnenfarbenen Gewändern auch lesen und schreiben lernen?«

»Wichtig ist«, enthob Yves den Schamanen der Antwort, »dass du dort in Demut und Weisheit zum Herrscher erzogen wirst!« Bevor noch der Knabe antworten konnte, setzte Arslan dann lächelnd hinzu: »Du wirst dich selbst erfahren, Baitschu, und dann die richtige Entscheidung treffen, jedes Mal aufs Neue, denn es ist eine Erfahrung ohne Ende –«

»Aber das Ziel?!«, protestierte der Bretone um Sanftheit bemüht und auch aus Respekt vor dem Alten.

»Vielleicht ist es der Weg?« Dann schwieg der Schamane, auch Yves starrte lange in das letzte Glühen der Zweige, ohne nach einem fürsorglichen Blick auf den Knaben sich zu einer Antwort entschließen zu können.

Arslan erhob sich. »Die Entscheidung, den Weg überhaupt zu beschreiten, liegt bei Euch. Ich habe Euch nur die Richtung gewiesen.« Aus dem Schatten der Felsen löste sich der Bär. Der Schamane schritt auf ihn zu und war bald im Dunkel verschwunden.

Baitschu sah ihm lange nach, bevor er sich an seinen älteren Begleiter wandte. »Zuvor will ich in der Lage sein, das Leben von Roç Trencavel und der Prinzessin Yeza zu erfahren, so wie es William niedergeschrieben hat –«

»Wenn dir die Nachfolge bestimmt ist, dann wird dir auch die Chronik an die Hand gegeben werden –«

»Da wäre ich mir nicht so sicher, Yves«, sagte Baitschu, »bedenke ich die Verheißung und das Schicksal des Königlichen Paares, dann könnte es gut sein, dass ich gar kein Fürst werden möchte, sondern nur einer, der lesen und schreiben kann!«

Der Bretone schaute erstaunt zu dem Knaben auf. »Ich denke, wir sind auf dem richtigen Weg«, sagte er und lächelte.

IM HERBST DES GLEICHEN JAHRES 1260 kehrte Sultan Qutuz ruhmbedeckt nach Ägypten zurück, doch der Hinweis des alten Kitbogha auf die Treulosigkeit seiner Emire sollte sich noch handgreiflich manifestieren. Baibars erwartete, für seine Verdienste zum Statthalter von Aleppo ernannt zu werden. Qutuz wies diesen Anspruch brüsk zurück. Bei Erreichen des Nildeltas schlugen ihm seine Emire einen erholsamen Jagdausflug vor, den er nicht überleben sollte. Kaum waren sie außer Sichtweite der Truppen, hielten einige von Baibars Freunden den Sultan fest, und Baibars rammte ihm sein Schwert in den Rücken, dann kehrten sie eilends zum Heer zurück. Der *raib arkan al sultan*, der Stabschef des Sultans, fragte sie, wer den Mord begangen habe? Baibars stand zu seiner Tat und wurde auf der Stelle genötigt, den Thron des Herrschers einzunehmen. Sämtliche Heerführer und Emire huldigten ihm, Baibars zog als Sultan in Kairo ein.

SULTAN RUKN ED-DIN BAIBARS BUNDUKTARI erwies sich als ebenso fähig wie konsequent. Mit ihm begann die Vorherrschaft der Mamelucken im vorderen Orient, die andauern sollte bis zu ihrer Ablösung durch das Osmanische Reich. Es konnte nicht ausbleiben, dass sie – besonders nach dem misslungenen Versuch der Christen, die Mongolen zu Hilfe herbeizurufen – jetzt als Erstes mit den Kreuzfahrerstaaten an der Küste Syriens aufräumten. Insofern bewahrheitete sich die Befürchtung des Großmeisters des Deutschen Ritterordens. Es sollten keine dreißig Jahre mehr ins ›Heilige‹ Land gehen und Akkon, die Hauptstadt des Königreiches von Jerusalem, musste als letzte Bastion, nach verzweifeltem, stoisch sich aufopferndem Widerstand von den christlichen Verteidigern für immer geräumt werden. Damit ging das große Abenteuer der Kreuzzüge – nach fast zweihundert ruhmreichen Jahren – zu Ende.

Die Schlacht von Ain Djalud war eine der bedeutendsten Entscheidungen in der Geschichte des vergangenen Milleniums. Der Sieg der Mamelucken rettete den Islam in seinen Kernlanden vor der gefährlichsten Bedrohung, der er sich je gegenübergesehen hatte. Wären die Mongolen bis Kairo vorgedrungen, hätte die Lehre des Propheten sich in Nordafrika nicht halten können, ganz sicher wäre auch in Kleinasien die Entwicklung anders verlaufen. Im Gegenzug wurde das Christentum im Vorderen Orient endgültig zur Marginalie zurückgedrängt.

Doch die gravierendste Auswirkung hatte diese erste Niederlage der Mongolen in ihrem eigenen, immer noch riesigen Herrschaftsbereich. Binnen zweier Generationen nahmen die Nachkommen Dschingis-Khans den Glauben der Sieger an. Der lange muslimische Gürtel, der sich heute im Süden Russlands vom Kaukasus bis zur Mandschurei erstreckt, hätte im gegenteiligen Fall – gesagt ist es nicht – weiterhin dem nestorianischen Christentum der mongolischen Eroberer frönen können. Der eigentliche Verlierer von Ain Djalud war Rom, das die unheilvolle Lawine der Kreuzzüge einst mutwillig losgetreten hatte und dessen Vertreter in der *terra sancta* mit ihrer mangelnden oder halbherzigen Unterstützung – um nicht zu sagen: ihrem Verrat – der Mongolen den Ausgang der Schlacht maßgeblich beeinflusst hatten.

Sicher ist auch das nicht! Geschichte folgt ihren eigenen Regeln, die glückliche – oder unglückliche – Zufälle, nicht vorhersehbare Ereignisse mit einschließen. Wäre der Großkhan im fernen Karakorum nicht gerade zu diesem Zeitpunkt gestorben …? Vielleicht war es ja auch gut so: Aus egozentrischer europäischer Sicht, aus unserem abendländischen Selbstverständnis heraus betrachtet, hätte – bei einem Sieg – eine mongolische Vorherrschaft in weiten Teilen des Orients und sicher auch in einigen Regionen des Abendlandes unserer Zivilisation und ihrer Entwicklung eine völlig andere Richtung gegeben. Auf jeden Fall, die Welt sähe heute anders aus! Doch geschichtliche Ereignisse lassen sich nicht rückgängig machen.

Ein Chronist sollte nur das aufschreiben, was sich tatsächlich zutrug. William von Roebruk hat seine Niederschrift mit allem angereichert, was ihn an Gefühlen überkam, schildert seine Wünsche, Ärger und Ängste, spart selbst seine eigenen Schwächen nicht aus.

Auch so gesehen war der Mönch ein fragwürdiger Autor und ein liederlicher Bruder des heiligen Franz – wie viele, die nicht ohne Fehl durch ihr Leben gingen. Er liebte und wurde geliebt.

Nach Abschluss seiner Niederschrift verliert sich seine Spur. Für eine Weile hielten sich Gerüchte, er sei nach Jerusalem zurückgekehrt und hätte die Taverne Zum letzten Nagel eine Zeit lang geführt. Dass er hinter Klostermauern verschwand, ist nicht anzunehmen.

Rom, den 20.03.2004 Peter Berling

FINIS

ANMERKUNGEN

DAS EINHORN
S. 11

Arslan: mongolischer Schamane; Berater des Herrscherhauses der Dschingiden

Schamane: Zauberkundiger der sibirischen Völker, der mit den Naturgeistern in Verbindung steht, wahrsagt und heilt. Schamanische Praktiken verbreiteten sich von Sibirien durch ganz Eurasien bis hin zu den Indianern Nordamerikas; zur Zeit Dschingis-Khans waren die mongolischen Schamanen hochgeachtete Propheten und Magier, die zwischen den Menschen und den Geistern vermittelten.

djinn: (arab.) Geister

hijab: (arab.) Frauenschleier

Roç: eigentlich Roger-Ramon-Bertrand, geb. um 1240/41, Eltern unbekannt; legte sich später zusätzlich den Namen »Trencavel du Haut-Ségur« zu, was auf die ausgestorbene Parsifal-Linie schließen lässt. Der Sohn Parsifals (Vicomte de Carcassone), Roger Ramon III., fiel 1241 beim Versuch der Wiedereroberung von Carcassone.

Yeza: Isabel-Constance-Ramona, geb. um 1239/40, Eltern unbekannt, legte sich den Namen »Yezabel Esclarmunde du Mont y Grial« zu. Ihre Mutter war vermutlich nicht die berühmte Esclarmunde aus der Parsifal-Legende, sondern die gleichnamige Tochter des Kastellans vom Montségur, ihr Vater möglicherweise Friedrichs Bastardsohn Enzio, geb. 1216, der erst 1272 in der Gefangenschaft Bolognas starb. Roç und Yeza führen den Beinamen die »Kinder des Gral«.

Jurte: mongolisches Wohnzelt aus filzbespanntem Weidengeflecht; wurde meistens als Ganzes auf riesigen Ochsenkarren transportiert.

Kentauren: Mischwesen der

griechischen Sagenwelt mit menschlichem Oberkörper und Pferdeleib

Sundchak: mongol. General

Yves der Bretone: geb. um 1224, studierte zu Paris Theologie und Arabisch für den Priesterberuf, erschlug 1244 in Notwehr vier königliche Sergeanten, wurde jedoch von König Ludwig begnadigt und als Leibwächter in Dienst genommen.

Hulagu: (1218–1265), wurde von seinem Bruder Möngke, Großkhan, nach Persien geschickt, nahm 1260 den Titel Il-Khan an.

Khazar: Neffe Kitboghas und mongolischer Unterführer

Baitschu: Sohn Kitboghas

Der Große Plan: geheimes Dokument, wahrscheinlich von John Turnbull für die Geheimgesellschaft Prieuré de Sion verfasst, das in verschlüsselter Form über die Bestimmung der Kinder des Gral Auskunft gibt. Inwieweit der Große Plan von der Prieuré übernommen und tatsächlich verfolgt wurde, bleibt im Dunkeln.

Gral: großes Geheimnis der Sekte der Katharer, nur Eingeweihten offenbart; bis heute ungeklärt, ob es sich um einen Gegenstand (Kelch mit den aufgefangenen Blutstropfen Christi), einen Schatz oder um geheimes Wissen (um die dynastische Linie des königlichen Hauses David, die über Jesus von Nazareth bis nach Südfrankreich/Okzitanien führt) handelt.

König Ludwig: Louis IX., geb. 1214, König von Frankreich, verheiratet mit Margarethe von der Provence; Ludwig erhielt schon zu Lebzeiten den Beinamen »der Heilige« (Saint-Louis); die Heiligsprechung erfolgte 1297; seine beiden unglückseligen Kreuzzüge nach Ägypten (1248–1254) und nach Tunesien (1270) brachten ihm zwar keinen materiellen Nutzen, erwarben ihm jedoch große Volkstümlichkeit, und dies zu einer Zeit, da die Kreuzzugsmystik fast nur noch beim niederen Volk lebendig war. Unter seiner erfolgreichen Regierung beendete der »Vertrag von Meaux« (1229) die Albigenserkriege, fiel 1244 der Montségur und musste König Henri III. von England im »Vertrag von Paris« die

Oberhoheit des französischen Königs über die englischen Besitzungen auf dem Kontinent anerkennen. Beim VII. Kreuzzug starb Ludwig 1270 vor Tunis.

Kinder des Gral: In diesem Beinamen der Kinder drückt sich die Vermutung aus, dass sie das königliche Blut des Hauses David in sich tragen.

General Kitbogha: Oberster mongolischer Heerführer unter Hulagu, 1260 von Baibars hingerichtet

Conceptio: (lat.) Abfassung einer Schrift; Vorstellung

Outremer: (frz.) »jenseits des Meeres«; der Begriff war damals für das Heilige Land gebräuchlich.

Königreich von Jerusalem: Ergebnis des I. Kreuzzuges 1099, umfasste einen Küstengürtel bis Gaza im Süden und Beirut im Norden mit der Hauptstadt Jerusalem; assoziiert waren die Grafschaft Tripoli und das Fürstentum Antioch, das sich bis zur Grenze des Königreiches von Klein-Armenien im Norden erstreckte. 1187 eroberte Saladin Jerusalem zurück, Hauptstadt wurde Akkon. Im 13. Jahrhundert besteht es nur noch aus diesem befestigten Hafen und dem von Tyros.

Ecclesia catolica: (lat.)die allgemeine Kirche; offizielle Bezeichnung für die römisch-katholische Kirche

Choresmierhorden: Chwarezm, Huwarizm, Hwarizm; Nomadenreich, deren Oberhaupt den Titel eines Schahs führte. Südöstlich des Kaspischen Meeres gelegen; erstreckte sich zeitweilig über Persien bis nach Indien hinein; vier Dynastien von 990–1231, danach waren die Choresmier herrscherlose Horden, oft auch als Söldnerheere, die bis in die Türkei und Ägypten vorstießen; berühmt durch die endgültige Einnahme und Zerstörung Jerusalems 1244.

des großen Staufers: gemeint ist Kaiser Friedrich II.

William von Roebruk: (1222–1293), geb. als Willem im Dorf Roebruk (auch Rubruc oder Roebroek) in Flandern, studierte als Minoritenbruder Guilelmus in Paris. Arabischlehrer des französischen Königs Ludwig IX., wurde von diesem 1243 zur Belagerung des Montségur delegiert; geriet in die Rettungsaktion der Kinder des Gral und begleitet seither das Schicksal der beiden. 1253 ernannte der König William zum Gesandten und schickte ihn als Missionar zum Großkhan der Mongolen, eine Reise, die er zur Rückführung der Kinder des Gral benutzte, denen er in Freundschaft verbunden war; über die Reise verfasste William eine offizielle Chronik, das »Itinerarium«.

Hierosolyma: (lat.) Jerusalem

Skribent: (lat.) Schreiber, Autor

Lektor: (lat.) Leser, Vorleser

Faktotum: (lat.) die rechte Hand, »Mädchen für alles«

Alamut: im Khorasan-Gebirge südwestlich des Kaspischen Meeres gelegen, bedeutendste von ungefähr dreißig Assassinenfesten, Hauptquartier und Sitz des Imams; kontrollierte die dort verlaufende Seidenstraße; heute schwer zugängliche Ruinen.

Demiurg: (lat., von demiurgus = Weltenschöpfer) im katharischen Glauben der von Gott abgefallene, böse Schöpfer der irdischen Welt

Naiman: Scherge des Mameluckensultans Saif ed-Din Qutuz

Mamelucken: Leibgarde der Fatimidensultane von Ägypten (türkische Sklaven)

Ayubiten: von Sultan Saladin begründete Dynastie (genannt nach seinem Vater Ayub); herrschten über Syrien (Damaskus) und Ägypten (Kairo), wo sie 1249 durch eine Palastrevolte der Mamelucken abgelöst wurden, während sich der syrische Zweig selbständig machte und bis 1260 bestand.

Sultan Qutuz: Saif ed-Din Qutuz, Mameluckensultan (Nachfolger von Aibek)

Baibars »der Bogenschütze«: az-Zahir Rukn ed-Din Baibars al-Bunduqari (Bunduktari), gen. »Der Bogenschütze«, (geb. 1211). Der Kommandeur der Palastgarde besiegte König Ludwig IX. bei Mansurah, ermordete eigenhändig den letzten Ayubitensultan Turanshah, ließ aber den Mameluckengeneral Izz ed-Din Aibek zum Sultan ausrufen. Blieb die Graue Eminenz des Sultanats von Kairo und regierte selbst erst 1260–1277 als Baibars I. von Ägypten.

Saladin: Salah ad Din Jusuf Ibn Ayub; (1137 oder 1138 geb; gest. 1193 in Damaskus) löste 1171 die Fatimiden-Dynastie ab und machte sich 1176 zum Sultan von Ägypten und Syrien; eroberte 1187 – nach der siegreichen Schlacht bei den »Hörnern von Hattin« – Jerusalem. Die von ihm begründete (sunnitische) Herrscherdynastie nannte sich nach seinem Vater, dem General Ayub (Ayubiten).

Usurpatoren: Herrscher, die sich widerrechtlich in den Besitz der Macht bringen

Kumiz: mongolisches Nationalgetränk; gegorene Stutenmilch, im Vorderen Orient aus Kamelstutenmilch (Qumys), oft mit Blut versetzt, äußerst nahrhaft und berauschend

Omen: (lat.) böses Vorzeichen

faux pas: (frz.) Fehler, Fehltritt (in übertragenem Sinne)

Dokuz-Khatun: (gest. 1265) Gemahlin des Il-Khan, nestorianische Christin

secretarius venerabilis: (lat.) Titel: Ehrwürdiger Sekretär

Lorenz von Orta: Franziskaner, geb. 1222, Portugiese, 1245 von Papst Innozenz IV. nach Antioch geschickt, um den Kirchenstreit mit den Griechisch-Orthodoxen zu schlichten

Habit: Tracht

Pax et bonum: (lat.) Frieden und Gutes; Grußformel der Franziskaner

Lamento: (ital.) Gejammer

Bohemund VI: Fürst von Antioch, geb. 1237, folgte seinem Vater mit vierzehn auf den Thron und heiratete Sybille von Armenien, die Tochter Hethums I.

El-Aziz: Sohn des An-Nasir, Ayubitensultan von Syrien

An-Nasir: (al-Malik an-Nasir II. Salah-ad-Din), Ayubit, ab 1237 Malik (König) von Aleppo; nahm nach der Ermordung des letzten Ayubiten-Sultans von Kairo (1249) durch die Mamelucken im Handstreich Damaskus und rief sich 1250 dort zum Sultan von Syrien aus; regierte bis zur Einnahme der Stadt durch die Mongolen 1260.

Badr ed-Din Lulu: Atabeg von Mossul

Kaikaus: Seldschukenprinz und Bruder von Alp-Kilidsch

Alp-Kilidsch: Seldschukenprinz und Bruder von Kaikaus

Majordomus: (lat.) Vorsteher des Haushalts, Oberhofmeister

pax Mongolica: (lat.) mongolischer Frieden; Befriedung des Reiches der Mongolen durch die von Dschingis-Khan erlassenen Gesetze

Syrische Pforte: alter Gebirgspass zwischen Beaufort und Banyas im heutigen Südlibanon, Zugang zur Buqaia-Ebene

Paladin: (von »palatinus«, lat., zum Hof, Palast gehörig) treuer Gefolgsmann

libas: (arab.) Kleidung

bantalon: (arab.) Pluderhosen

El-Kamil: gest. 1238, ayubitischer Sultan von Ägypten

aramäische Christen: im 3. Jahrhundert von der byzantinischen Kirche abgespaltene eigenständige christliche Kirche, deren Sprache für Theologie und Liturgie bis heute das Aramäische ist.

koptische Christen: ägyptische Christen (das Wort »Kopten« ist eine Verstümmelung von »Ägypten«, die koptische Kirche existiert auch heute noch in Abessinien und Ägypten.

Josh der Zimmermann: auch Joshua der Kabbalist genannt

David der Templer: David von Bosra

Sufi: (arab.) wörtlich Wollkleidträger; Anhänger des Sufismus, einer islamischen Lehre, die die Ergründung des Spirituellen (u.a. durch Askese, Meditation) zu einer Wissenschaft erhoben hat (s. auch »Derwisch«).

Derwisch: (arab.) »der an der Schwelle steht«, in freien Gruppierungen organisierte islamische Suchende«; Vertiefung mithilfe der Ekstase (s. auch ›Sufi‹

Jalaluddin Rumi: Mevlana Jellaludin Rumi, sufischer Mystiker aus Persien; floh vor den Mongolen zu den Rum-Seldschuken (Ikonium), wurde 1244 Schüler des Shams-i Täbrisi. Nach der Legende erfand Rumi den Drehtanz der »wirbelnden Derwische«, das »sema«, um seinem Schmerz über den Verlust des ermordeten Freundes Shams Ausdruck zu verleihen. Sein berühmtestes Werk ist das in Persisch verfasste »Mesnevi«.

Tempelritter: Gründungsdatum und –umstände des Ordens liegen im Dunkeln. Gleich nach der Eroberung von Jerusalem nach dem I. Kreuzzug 1096–1099 erhielten einige Ritter (aus der Verwandtschaft des Bernhard von Clairvaux) die Erlaubnis, sich im Gebäude des ehemaligen Tempels niederzulassen. 1118 beauftragte der erste Großmeister Hugo de Payns die Anerkennung als Ritterorden, die 1120 erfolgte. Die »Sacrae domus militiae Templi Hierosolymitani magistri« wurden 1307 durch Prozess vom frz. König Philipp der Schöne aufgelöst. Ihr letzter Großmeister Jacques de Molay wurde 1314 auf der Seine-Insel in Paris verbrannt.

Kabbalist: Deuter der Kabbala, der jüdischen Geheimlehre (im 9.-13. Jahrhundert entwickelt); betreibt mystische Interpretationen des Alten Testaments; Umsetzung der Erkenntnisse in Zahlen und Formen

Adept: Bewerber um Aufnahme in einen Geheimbund bzw. Einweisung in eine Geheimlehre (z. B. Alchemie)

Filius: (lat.) Sohn

Scimtar: arabisches Krummschwert, meist Damaszener Klinge, oft an der Spitze breit auslaufend oder sogar als Dreieck endend

Der Rote Falke bzw. Konstanz von Selinunt: alias Fassr ed-Din Octay, geb. 1215 als Sohn des Großwesirs Fakhr ed-Din und der christlichen Sklavin Anna, der Jugendliebe des Sigbert von Öxfeld aus der Zeit des Kinderkreuzzuges 1213. Beiname ›Roter Falke‹. Wurde am Hof zu Palermo erzogen und vom Kaiser zum Ritter geschlagen; daher der Titel »Prinz Konstanz von Selinunt«. Sein Vater stammte aus seldschukischem Geschlecht.

Kaiser Friedrich: Kaiser Friedrich II., 1194–1250, Sohn des deutschen Kaisers Heinrich VI. und der Normannenerbin Constance d'Hauteville, Enkel Kaiser Barbarossas (Friedrich I.), 1197 König von Sizilien, 1212 deutscher König, 1220 Kaiser. Überreich an Gaben, Tatkraft und Ideen, war Friedrich eine erstaunliche Persönlichkeit, den schon die Zeitgenossen mit dem Beinamen »stupor mundi« belegten, »das Staunen der Welt«. Nach heftigem Konflikt mit dem Papst wurde Friedrich exkommuniziert, brach aber dennoch zu einem Kreuzzug auf (1227–1229), der damit endete, dass der Sultan von Ägypten den Christen 1229 vertragsweise Jerusalem und die Heiligen Stätten zurückgab. 1245 erklärte das Konzil von Lyon (Papst Innozenz IV.) Friedrich erneut für exkommuniziert und abgesetzt. 1250 starb er in Apulien und vermachte das Königreich Sizilien testamentarisch seinem Sohn Konrad IV.

Madulain: geb. 1229, frühere Geliebte des William von Roebruck, später Frau des Roten Falken; stammte aus einer Sarazener-Familie des Engadin, das um 850 von einer versprengten arabischen Heeresgruppe erobert wurde, die vermutlich den Po aufwärts über Venedig gezogen war und sich mit den rätischen Ureinwohnern Graubündens vermischte; daher der Beiname »Prinzessin der Saratz«. Die Alpensarazenen waren (wie auch die apulischen und provenzalischen) stets »kaiserlich« (ghibellinisch, d. h. staufertreu).

Ali: Sohn des ermordeten Mameluckensultans Aibek von Kairo

Montségur: (Munsalvätsch) Die berühmteste aller Katharer-Burgen auf einem Bergkegel (»Pog«) im Ariège (Grafschaft Foix). Wurde 1204 auf Veranlassung der Esclarmonde von Foix zur Festung ausgebaut. War bis 1244 eine der letzten Bastionen der südfranzösischen Katharer in den Wirren nach den Albigenserkreuzzügen. Auf dem Pog befand sich vor Errichtung des Montségur bereits eine keltische Kultstätte. Die gut erhaltene Burgruine ist noch heute zu besichtigen.

sublimatio: (lat.) Läuterung (Begriff aus der Alchemie)

nom de guerre: (frz.) Deckname, Beiname

Jahwe: (hebr. jáwe) (Jahve, fälschlich Jehova) Name Gottes im Alten Testament

dictum: (lat.) Urteilsspruch

O.F.M.: (lat.) Ordo Fratrum Minorum, Orden der Minderbrüder (Franziskaner)

partout: (frz.) unbedingt

Clamys: weiße Tunika der Tempelritter mit rotem Tatzenkreuz, über der Rüstung getragen

Assassinen: schiitisch-ismaelitische Geheimsekte mit Hauptsitz in Alamut, die 1176 auch in Syrien Fuß fasste. Ihr erster dortiger Großmeister war Sheik Rashid ed-Din Sinan, der unter seinem Beinamen »der Alte vom Berge« berühmt und berüchtigt wurde. Das Wort »Assassinen« leitet sich angeblich von

»haschaschin« ab (den Mitgliedern der Sekte nachgesagter Drogenkonsum) und steht bis heute im Mittelmeerraum für »Meuchelmörder«.

Ronde: (frz.) Runde, Rundgang der Wache

Johanniter: Ritterorden, hervorgegangen aus der Bruderschaft des Hospitals von Jerusalem, die schon vor dem I. Kreuzzug dort kranke Pilger pflegte. 1099 beantragte der Prokurator des Hospitals, Gerald von der Provence, die Ordensgründung, die 1113 durch Papst Paschalis II. bestätigt wurde. 1220 formte der erste Großmeister Raymond du Puy ihn zum Ritterorden um, und der Ordensheilige Johannes, der Almosengeber, wurde durch den streitbaren Evangelisten Johannes ersetzt. Ordenstracht: schwarzer Mantel, im Krieg roter Rock mit weißem Kreuz. Nach ihrem Stiftungssitz, dem Hospital zu Jerusalem, wurden die Ritter auch »Hospitaliter« genannt. 1291, nach dem Fall Akkons, zog der Orden sich nach Zypern zurück, 1309 nach Rhodos, 1530 nach Malta (bis 1798, daher der Name »Malteser«). Existiert bis heute noch in Rom als »Souveräner Orden von Malta« auf exterritorialem Gebiet (Aventin).

Deutscher Ritterorden: Der Deutsche Orden »der Ritter und Brüder des Deutschen Hauses unserer lieben Frauen zu Jerusalem« (Ordo equitum Teutonicorum) wurde 1190 vor Akkon als Bruderschaft zur Krankenpflege gestiftet und 1198 zum Ritterorden (weißer Mantel mit schwarzem Kreuz). 1225 ließ er sich unter seinem berühmten Großmeister Hermann von Salza auch in Preußen nieder, vereinigte sich 1237 mit den Schwertbrüdern. Nach dem Fall von Akkon 1291 wurde erst Venedig (bis 1311), dann die Marienburg an der Nogat Sitz des Ordens (bis 1809).

Grande Maîtresse: Marie de Saint-Clair, Großmeisterin der Prieuré de Sion

apokryph: (griech.) verborgene Zeichen, Schriften mit verborgenem Sinn; Bezeichnung für christliche Überlieferungen, die nicht in den Kanon der offiziellen Bibel aufgenommen wurden

Großmeister: oberster Befehlshaber eines militärischen

Ordens, beim Deutschen Ritterorden auch »Hochmeister« genannt

Mentor: (lat.) Berater, Förderer

Bona nox!: (lat.) Gute Nacht!

Si vis pacem, para bellum!: (lat.) Wenn du Frieden willst, so rüste zum Krieg!

Kronprätendenten: Thronanwärter

iltschi: mongolischer Staatsbote

Crean der Assassine: Crean de Bourivan, geb. 1201, natürlicher Sohn des John Turnbull und der Katharerin Alazais d'Estrombèzes, wuchs unter dem Namen seines Ziehvaters auf der Burg Belgrave in Südfrankreich auf; von John Turnbull mit dem Lehen Blanchefort in Griechenland betraut, wo er 1221 Elena Champ-Litte d'Arcady heiratete. Nach deren gewaltsamem Tod konvertierte er zum Islam und wurde in den Orden der syrischen Assassinen aufgenommen.

Sigbert der Deutschritter: Sigbert von Öxfeld, geb. 1195; diente unter seinem Bruder Gunther beim Bischof von Assisi, schloss sich 1212 dem Kinderkreuzzug an, geriet in ägyptische Gefangenschaft, trat nach seiner Freilassung dem Deutschen Ritterorden bei und wurde dessen Komtur auf Starkenberg.

Caput draconis: (lat.)Drachenkopf (astrologisch auch »Mondknoten«)

Diaboli Angelique Advocati : (lat.)Advokat des Teufels und des Engels

Venus-Prinzip: in der Astrologie der Wunsch nach Schönheit, Hingabe und Ausgleich

Allegorien: sinnbildliche Darstellung in schriftlicher oder künstlerischer Form

Uneheliches Verhältnis zwischen Mars und Venus: (Ehefrau des Hephaistos) in der griechischen Mythologie ein Verhältnis zwischen Ares und Aphrodite; daraus ging Eros, der Gott der Liebe, hervor.

Cauda draconis: (lat.) Drachenschweif (astrologisch auch der »Mondknoten«)

contradictio in se: (lat.) Widerspruch in sich

exaltatio: (lat.) Begeisterung (astrologischer Begriff)

Hermes Trismegistos: (griech.) der »Dreifach-Größte«; 17 Bücher, die ihm zugeschrieben werden, entstanden wahrscheinlich in den ersten Jahrhunderten n. Chr. in der esoterischen Schule Alexandrias und behandeln Astrologie, Tempelrituale und Medizin

die vier Reiter der Apokalypse: allegorische Schreckensgestalten aus der Apokalypse des Johannes, Pest, Krieg, Hunger und Tod versinnbildlichend

Trost des Parakleten: Paraklet (griech., von parakletos = Beistand) Fürsprecher vor Gott, oft Umschreibung für Jesus Christus, wichtiger Erlösungsbegriff im Katharismus

Altan: Söller

Alkoven: (arab.) abgesonderter Teil eines Zimmers oder Nische in der Wand

burqa: (arab.) Schleier mit Sehschlitz

sheitan: (arab.) der Satan oder Teufel

Hundsgugel: Helmform, Beckenhaube mit Visier

Sancti Sepulchri: Kirche des Heiligen Grabes, später, symbolisiert durch das »Nagelkreuz«, Wappen des Königreiches von Jerusalem

Mauclerc: kommt vom altfrz. »mal clerc« und bedeutet »schlechter Priester«

Manuscriptum: (lat.)handschriftliche Aufzeichnung

Kavalkade: schneller Sturmritt eines Reiterhaufens

Donjon: Hauptturm einer (normannischen) Festungsanlage

Jakob Pantaleon: Patriarch von Jerusalem, französischer Herkunft (Troyes)

terra sancta: (lat.) Heiliges Land

Guy de Moret: ehemaliger Inquisitor, dann Beichtvater der Sybille von Antioch, nun weltlicher Kämpfer für das Königliche Paar

Renegat: (lat.-mlat.) Glaubensabtrünniger

Okzitanien: (Occitania) das »Land des Westens«, »Land des Abends«; Landschaft im Südwesten des heutigen Frankreich, die als Fürstentum mit eigener Kultur und Sprache (»Langue d'oc«) bis ins 13. Jahrhundert vom französischen Königreich unabhängig war. Oc basierte im Wesentlichen auf der Grafschaft Toulouse (Tolosa); gotische Gründung.

canis Domini: (lat.) Hund des Herrn, Spitzname für die Dominikaner

sancta ecclesia: (lat.) die heilige Kirche

Corpus mortuus: (lat.)Leichnam, Leiche

Inquisitor: vom Papst eingesetzter Glaubens- oder Ketzerrichter

in vitam: (lat.) am Leben, lebendig

exemplum purum et divinum: (lat.) reines und göttliches Beispiel

Collegium secretum: (lat.)Geheimversammlung, Geheimtreffen

Häresie: Ketzerei, im Mittelalter alle vom römisch-katholischen Glauben abweichenden christlichen Glaubensvorstellungen

Graviditas monachae in cauda nefarii causa: (lat.) Der Nonne Schwangerschaft hat ihre Ursach' von des Teufels Schwanz.

Perceval: (Parsifal) Die Vorstellung von der Linie des heiligen, königlichen Blutes erhielt neuen Auftrieb, als durch den Ende des 11. Jahrhunderts sich ausbreitenden Katharismus auch eine religiöse Komponente hinzutrat. In der Idee des Gral konnten sich beide Richtungen finden. Mit dem Wiederaufgreifen einer keltischen Legende aus der Zeit der Völkerwanderung von König Artus und seinen Rittern entstand, von den Troubadouren gefördert, der Begriff der Gralshüter, der Gralsfamilie, die dann mit der beginnenden Verfolgung in Okzitanien personifiziert wurde; dies war der Beginn des Parsifal-Epos, aufgehängt an der unglücklichen Person des Vicomte von Carcassonne, Roger-Ramon II., aus dem Hause Trencavel (trancher bel = schneide gut) oder auch »Perceval« (percer = durchbohren, mitten durchschneiden) bzw. Parsifal/Parzival. Dieser (vorletzte) Trencavel hatte eine Mutter mit Namen Adelaïde von Burlats-Toulouse (Herzeloïde) sowie zwar keine Schwester, aber eine Tante namens Esclarmunde von Foix, die sich besonders für die bedrängten Katharer einsetzte; 1209 fegte ein Kreuzzug Frankreichs und Roms über das Languedoc hinweg, verbrannte Städte und Menschen, zerstörte Kultur und Sprache. Parsifal wurde gefangen und vergiftet, die Grafschaft Toulouse französisch; nur der Montségur hielt noch bis 1244 aus – doch bei seiner Eroberung

wurde der Gral nicht gefunden.
incubus: (lat.) der Alb, ein Geist, der Albträume verursacht
Gleyiza d'amor: (okzit.) Minnekirche
Refektorium: Speisesaal im Kloster
steupen: stauchen, strafen

DER SALAMANDER IM FEUER
S. 135

Dungai: mongolischer Hauptmann
Rhaban: Fechtmeister der Seldschukenprinzen
Sybille von Antioch: Tochter König Hethums I. von Armenien, verheiratet mit Bohemund VI. von Antioch
Johanna: Schwester von Sybille, verheiratet mit Julian von Sidon und Beaufort
Dispens: (lat.) das Erlassen (einer Bürde); hier offizielle Entlassung aus dem Priesteramt
Pons de Tarascon: Vasall des Trencavel, Bruder der Berenice
Terèz de Foix: Die Grafen von Foix waren (seit gotischer Zeit) unabhängig von einem Souverän, wie die Trencavel von Carcassonne.
Alais: Hofdame und Zofe von Sybille, Fürstin von Antioch
Berenice de Tarascon: Ehefrau von Terèz de Foix und Schwester des Pons de Tarascon
damna: (okzitan.) Dame
burnus: (arab.) Mantel, zumeist aus Wolle
Eleven: (frz.) Schüler
Kotau: : (aus dem Chin.) demütige Ehrerweisung; dreimalige Berührung des Bodens mit der Stirn bäuchlings oder in kniender Haltung
Campagne: (frz.) Feldzug
des Gottes Baal: bei den westlichen Semiten Beiname von Hadad, dem Gott der Atmosphäre, der Luft. In der Bibel zählt Baal zu den falschen Göttern.
Alilat: Göttin der Weisheit, des Handels und der Liebe
beit al malikah: (arab.) Haus der Königin
Huris al hamam: (arab.) Gespielinnen im Badehaus
Marc de Montbard: Komtur der Templer in Sidon
Komtur: Befehlshaber einer Ordensburg oder eines Ordensbezirks

shai nana: (arab.) Tee mit frischen Minzblättern
Fakhr ed-Din: Vater des Roten Falken, ägypt. Großwesir
shisha: (arab.) Wasserpfeife
mashrab shai: (arab.) Teestube
divinatorisch: vorhersagend, weissagend
Deszendenz: Abstammung, Nachkommenschaft (in der Astrologie »abfallend« – im Gegensatz zu »Aszendenz«)
primus inter pares: (lat.) Erster unter Gleichen
Targi: Einzahl von Tuareg
pneumatisches Zeichen: Luftzeichen
Clarion: Gräfin von Salentin, geb. 1226; illegitime Tochter des Staufers Friedrich II., der in seiner Hochzeitsnacht (Brindisi 1225) die Brautjungfer seiner Frau Yolanda schwängerte.
Lapis ex coelis: (lat.) Stein vom Himmel
hamsa: (arab.) Amulett; in Europa bekannt als »Hand der Fatima« (der Tochter des Propheten), muslimischer Unglücks-Abwender (eigentlich arabisch »fünf«, die fünf Finger der Hand)
Pallas Athene: Lieblingstochter des Zeus in der griechischen Mythologie; Stadtgöttin von Athen, Göttin des Krieges und des Friedens, der Weisheit, der Künste und des Handwerks
Fouragetrupp: Versorgungstrupp
Goldener Schnitt: mathematisches Teilungsprinzip einer Strecke nach Euklid im Verhältnis fünf zu acht; Gestaltungselement in der antiken Architektur und der Kunst der Renaissance
Krak des Chevaliers: oder (arab.) Qala'at el-Hosn, Hauptfeste der Johanniter
Königin Plaisance: Plaisance von Zypern, Schwester des Bohemund VI. von Antioch, heiratete König Heinrich I. von Zypern und Jerusalem
Bailli: Vogt, regionaler Oberbeamter; Verwalter der Ländereien des Königshauses von Zypern im Heiligen Land
Gottfried von Sargines: Vogt der Königswitwe Plaisance von Zypern
Thomas de Bérard: 1256–1273 Großmeister der Templer
Hugo de Revel: 1259–1278 Großmeister der Johanniter
Philipp de Montfort: einer der wichtigsten Barone von Outremer, Nachkomme des be-

rühmten Simon de Montfort, des Heerführers in den Albigenserkriegen. Die Montforts saßen im Heiligen Land vor allem in Tyros.

Hanno von Sangershausen: 1257–1274 stellvertretender Großmeister des Deutschen Ritterordens

stante pede: (lat.) stehenden Fußes, sofort

Starkenberg: Stammburg des deutschen Ritterordens im Heiligen Land, nördlich von Akkon im Gebirge gelegen, wurde 1189 von Lübecker Hansekaufleuten für den Orden erworben und wiederaufgebaut; die Kreuzfahrer nannten die Feste auch »Montfort«.

Colloquium: (lat.) Unterredung, Konferenz

Turkopolen: Bezeichnung für einheimische Hilfstruppen der Barone von Outremer und der Ritterorden. Die Turkopolen waren oft nicht einmal Christen, sondern verdingten sich als Söldner an die Herren, die das Gebiet beherrschten, in dem sie heimisch waren. Bei den Orden gab es eigens für sie die Einrichtung eines Turkopolen-Kommandeurs.

Beauséant: Kriegsbanner der Templer

Ordinis fratrum minorum: (lat.) vom Orden der Minderbrüder (Franziskaner) O.F.M.

nestorianisch: Die Nestorianer waren Anhänger der Lehre des 451 verstorbenen Patriarchen Nestorius von Konstantinopel, 431 als Ketzer aus dem Römischen Reich vertrieben; gründeten Kirche in Persien mit Patriarchat in Ktesiphon. Sie missionierten Indien, China, Afrika und auch die Mongolen, ohne deren Schamanentum abzulösen. Dualistische Lehre, Ablehnung des Marienkults.

Vestigia terrent: (lat.) die Fußstapfen schrecken ab

Asia Minor: (lat.) Kleinasien

DIE SCHLANGE AUS DER TIEFE
S. 279

Baphomet: ›Haupt des Baphomet‹, dreigesichtiger Götze, Mischung aus Teufelsfratze und Widderkopf, angeblich heimlich von den Templern verehrt; der Name und seine Herkunft sind bis heute ungeklärt.

de facto: (lat.) faktisch, tatsächlich
militiae templi Salomonis: Streiter des Tempels Salomo; Teil des offiziellen Eigennamens des Templerordens, der sich auf den Gründungsort bezieht, obgleich zu diesem Zeitpunkt der jüdische Tempel nicht mehr existierte und die ersten Templer Sitz im Wohntrakt der Al-Aqsa-Moschee nahmen.
Folianten: Bücher im Format eines Papierblatts
Inkunablen: Buchdrucke in der Frühzeit (vor 1500) mit Holztafeln, so genannter »Wiegen«-Druck
Lucerna: (lat.) Lampe, Leuchte
Kustos: (lat.) Hüter, Wächter, Bibliotheksaufseher
sigillum: (lat.) Siegel
sine dubio: (lat.) ohne Zweifel
Trigon: das Dreieck
Transsubstantiation: Übergang eines Stoffes in einen anderen; in der katholischen Glaubenslehre die Umwandlung von Brot und Wein in Leib und Blut Christi
caput mundi: (lat.) Haupt der Welt, Rom
codex militaris: (lat.) militärische Vorschrift
Rex Iudaeorum: (lat.) König der Juden
Mare Nostrum: (lat.) wörtlich »Unser Meer« (zur Zeit des Römischen Reiches), Mittelmeer
Imperium Romanum: (lat.) Römisches Reich
Sacrum Imperium Romanum …: Heiliges Römisches Reich
Investitur: Amtseinsetzung; hier geht es um die mittelalterliche Rechtsfrage, ob der Papst den Kaiser krönen muss (womit er höher gestellt als Letzterer gewesen wäre).
Pontifex Maximus: (lat.) Oberster Priester, d. h. der Papst
Hörner von Hattin: bei Tiberias; dort schlug Saladin 1187 vernichtend das Kreuzfahrerheer (führte zur Rückeroberung von Jerusalem für den Islam, 1187).
Karl von Gisors: Schwager der Grande Maîtresse Marie de Saint-Clair
inter familiam: (lat.) in der Familie, im vertrauten Kreis
Orbis Mundi: (lat.) der Erdkreis
Colonia: (lat.) Kolonie; hier ist jedoch Köln gemeint (Colonia Agrippina)
Carolus Magnus: Kaiser Karl der Große (747–814), König der Franken (768–814), seit 800 römischer Kaiser

Gnosis: (griech.) Erkenntnis. Hauptzentrum der christlichen Glaubensrichtung der Gnostiker war Alexandria; die Strömung glaubte an einen transzendenten Gott, der barmherzig und gut, doch dem Kosmos fern ist.

Mani: (242 v. Chr.), Gründer der arianisch-gnostischen Religion, des Manichäismus, in Persien, basierend auf dem Dualismus des Zarathustra, wirksam bis ins Mittelalter mit starkem Einfluss auf die Katharer.

Diaspora: (griech.) die Zerstreuung; im Neuen Testament die außerhalb von Judäa lebenden Juden

Nobilität: der Adel

Patrimonium Petri: (lat.) päpstlicher Besitz, die Regionen in Italien, die im Mittelalter den Kirchenstaat ausmachten: Latium, umstrittene Teile der Toskana und Umbriens sowie der »Marken« (Bologna, Ferrara, Ancona)

Schisma: Spaltung der katholischen Kirche in römisch-katholisch und griechisch-orthodox (1054)

Urban II.: 1088–1099 Papst; rief 1095 auf dem Konzil von Clermont zum I. Kreuzzug auf.

Deus lo volt!: (vulgär-lat.) Gott will es!

Schnappsäcke: Taschendiebe

Pogrome: Verfolgung ganzer Volks- oder Glaubensgemeinschaften, insbesondere der Juden

despektierlich: abschätzig, respektlos

Skriptum: (lat.) Geschriebenes, Schriftstück

Innozenz III.: 1198–1216 Papst; war 1197 bis 1215 Vormund des jungen Friedrich II., danach dessen erbitterter Gegner wegen nicht eingehaltenen Kreuzzugsversprechens

Dem großen Barbarossa: Kaiser Barbarossa (Rotbart), der Staufer-Kaiser Friedrich I. (um 1125–1190), Sohn des Herzogs Friedrich von Schwaben und der Welfin Judith. 1152 deutscher König, 1155 Kaiser. Zur Wiederherstellung der Reichsmacht zog Barbarossa fünfmal gegen den Papst und die oberitalienischen Städte; 1189 war er als Haupt der Christenheit Führer des III. Kreuzzuges mit 12–15000 Mann; am 10. Juni 1190 ertrank Barbarossa vor dem Erreichen seines Ziels im Saleph, einem kleinen kilikischen Fluss, und wurde in Tyros beigesetzt.

Katharer: (aus dem griech. »hoi katharoi« = die Reinen) eine sich von der römisch-katholischen Amtskirche radikal lossagende religiöse Erneuerungsbewegung; im südfwestfranzösischen Languedoc fand die »Ketzerei« (der deutsche Begriff ist eine Ableitung aus dem griechischen »katharos«) ebenso Anhänger wie in der Provence, der Lombardei und in Deutschland. Die Lehre der »Reinen« hatte ihren Ursprung im persischen Manichäismus, einer dualistischen Glaubensrichtung, die zwischen dem guten, unsichtbaren Gott und dem »bösen Weltenschöpfer« unterscheidet, dem Demiurgen. Die Menschen sind Teil der dunklen Schöpfung des Demiurgen, tragen aber den Lichtkeim des wahren Gottes in sich. Da die Materie als »teuflisch« abgelehnt wird, soll der Mensch sich ganz von ihr befreien, um zu seinem göttlichen Ursprung zurückzukehren. Diese Einstellung brachte eine große Hinwendung zu den mitleidenden Geschöpfen hervor und eine Ablehnung aller weltlichen Versuchung, aber auch Asketentum bis zur Weltverachtung. Der Katharismus nahm auch Vorstellungen der frühchristlichen Gemeinden, der jüdischen Diaspora und des keltischen Druidentums auf und entwickelte sich im Laufe des 12. Jahrhunderts zur gefährlichen Gegenmacht Roms. Vor allem die Bedürfnislosigkeit der Priester verschaffte den »Ketzern« Zulauf beim Volk. Doch auch der lokale Adel hing dieser Lehre an, da sie im Unterschied zur römischen Kirche keine weltlichen Machtansprüche stellte. Die katharische Religion wurde von ihren Anhängern freudig getragen, verhieß sie doch jedem das Paradies, und mit dem Adel verband sie die gemeinsame Sehnsucht nach dem Heiligen Gral. Die Katharer verlangten die Armut des Einzelnen, ließen den Besitz der Gemeinschaft jedoch zu. Die Bekämpfung durch Kreuzzüge im beginnenden 13. Jahrhundert führte nicht zur Vernichtung der Katharer;

entscheidend war vielmehr die »Gegenmission« durch die Dominikaner. Im Kampf gegen die Ketzer entwickelte die Kirche das Verfahren der Inquisition, das z. T. in »Handbüchern« niedergelegt wurde.

Frankreich der Capets: (Kapetinger, vom lat. »cappa«, Mantel), französisches Königshaus, herrschte von 987 (Hugo Kurzmantel, 987–996) bis zur Französischen Revolution. Gegen Ende des 12. Jahrhunderts verfügte es lediglich über die Ile de-France mit Paris, die Grafschaften Flandern, Champagne und Blois sowie über das Herzogtum Burgund. Das gesamte Südfrankreich (die Provence, das Königreich Burgund, Arelat und Lothringen waren Teile des Römisch-Deutschen Reiches); die mächtige Grafschaft Toulouse (Tolosa) war unabhängig, das Languedoc samt Roussillon aragonischer Lehnsbesitz diesseits der Pyrenäen und somit ebenso wenig im Besitz der Capetinger wie das große Herzogtum Aquitanien (Guyenne, Poitou, Gascogne), das durch die Heirat Eleonores an das England der Plantagenets gefallen war, die ihre Stammlande Normandie, Bretagne und Anjou (mit Maine, Marché und Touraine) ohnehin beanspruchten.

Albigenser: Die Albigenser, eine Gruppe der Katharer aus Albi in Südfrankreich, propagierten strengste Askese, Armut und Absage an die irdische Welt. Ihr Name wurde zum Sammelbegriff für alle Ketzer, ob Katharer oder Waldenser. Als am Anfang 1208 der Legat Peter von Castelnau von einem Pagen Raymonds VI. von Toulouse ermordet wurde, der die Häretiker heimlich zu begünstigen schien und vom Papst exkommuniziert wurde, rief Innozenz III. zum Kreuzzug gegen die Albigenser auf. Als Erstes eroberten die Kreuzfahrer 1209 Béziers, dann Carcassonne. Simon von Montfort nahm Raymond mit Ausnahme von Toulouse und Montauban dessen Besitzungen ab. König Peter II. von Aragon, der seinen Lehnsleuten zu Hilfe eilte, wurde 1213 in der Schlacht von Muret von Simon von Montfort geschlagen und fiel. Das 4. Laterankonzil sprach Raymond VI. seine Ländereien ab, worauf sich die Bevölkerung des Languedoc erhob. 1218 wurde Simon von Montfort bei der Belagerung von Toulouse getötet; die Entscheidung zugunsten der Kreuzfahrer jedoch fiel erst, als der französische König Ludwig VIII. in die Kämpfe eingriff (1226); die entscheidenden Erfolge wurden 1229 im Vertrag von Paris bekräftigt. Doch im Languedoc wurden noch lange militärische Feldzüge gegen die Ketzer geführt, die erst mit Einnahme des Montségur endeten (1244)

Gregor IX: 1227–1241 Papst, geriet rasch in schwere Konflikte mit Kaiser Friedrich II.

Innozenz IV.: Papst von 1243 bis 1254. Er erreichte, dass das Konzil von Lyon 1245 Kaiser Friedrich als abgesetzt erklärte.

Castel Sant'Angelo: (ital.) Engelsburg, auf dem Grabmal des Kaisers Hadrian errichtet

penis excillis: (lat.) hervorragender Penis

der große Bernhard …: der heilige Bernhard von Clairvaux (1091–1153), aus dem Geschlecht der Chatillon, trat 1112 in den Zisterzienserorden ein und gründete 1115 das Reformkloster Claravallis, 1140 verurteilte er den berühmten Scholastiker Abelard, 1145 begleitete er den päpstlichen Legaten auf einer Mission gegen die albigensischen Ketzer. Sein Onkel André de Montbart gehörte zu den Gründungsmitgliedern des Templerordens.

Plantagenet: »Planta Ginestra«, der Ginsterzweig, war Helmzier der Herzöge von Anjou. Als Gottfried der Schöne und seine Frau Mathilde (Maud) den englischen Thron für ihren Sohn Henri II. eroberten, wurde der Zweig zum Stammesnamen des neuen Herrscherhauses erhoben.

Stupor mundi: (lat.) das »Staunen der Welt«, Beiname des Stauferkaisers Friedrich II.

die Mörder Dagoberts: gemeint ist der Merowingerkönig Dagobert III. (711–715), gen. »der Gute«

Schia: (Shia, Shi'at Ali; arab.) Fährte, Spur, (Bluts-)Linie. Ihre Anhänger, die Schiiten, erkennen als Imame bzw. Kalifen nur Nachkommen der Fatima (Tochter des Propheten) und ihres Ehemannes Ali und die auf sie zurückgehende Überlieferung der Worte des Propheten an.

arianische Herkunft: zur Glaubensrichtung der Arianer gehörig, die gemäß ihres Stifters Arius Jesus nicht für gottgleich hielten.

Zoroastra: Zarathustra, Stifter einer der ältesten Religionen der Welt, lebte ca. zwischen 1700 und 1500 v. Chr., Einfluss auf die jüdischen Essener, als Parsismus 600 v. Chr. Persische Staatsreligion. Basierend auf Naturreligionen (Feuer und Wasser) formte Zarathustra Ahura Mazda, den Schöpfergott, und dessen Gegenspieler Ahriman, den Zerstörer. Dieser kosmische Gegensatz zweier in der Schöpfung enthaltener Kräfte führte zum »Spiel des Asha«, dem rituellen Schachspiel.

Divina Hierosolyma: (lat.) Göttliches Jerusalem

magistri templi Salomonis: (lat.) Lehrherren des Tempels Salomo, Teil des offiziellen Titels der Tempelritter

Apotheose: Vergötterung, Versetzung unter die Götter, Himmelfahrt

Berg Zion: Zion, die Burg im alten Jerusalem; im übertragenen Sinne der »echte« alte Glauben

Konvolut: Bündel von Schriften

Dschingis-Khan: (Dschinggis-Qayan, 1167–1227); Einiger der mongolischen Völker um 1195, absoluter Herrscher ab 1206; verheiratet mit Börke, die ihm als junge Frau geraubt wurde, weswegen seinem Erstgeborenen die Thronfolge verweigert wurde.

cingulum: (lat.) Gürtelbinde, Schärpe

Malik: (arab.) König

nebulös: undurchsichtig

Aversion: Widerwillen

Verdikt: Urteil

Möngke: (Monka, Mangu, 1208–1259), Enkel des Dschingis-Khan; wird 1251 auf dem mongolischen Reichstag (Kuriltay) als Nachfolger seines Vetters Guyuk zum Großkhan (Khagan) gewählt

qamis: (arab.) Hemd

Vasallen: in persönlichem Treueverhältnis an einen Schutzherrn gebundener freier Mann

Allahu akbar: (arab.) Gott ist groß

Ashadu an la …: (arab.) Ich bezeuge, dass es keinen Gott gibt außer Gott.

kasat shai nana: (arab.) Gläser von Tee mit frischer Minze

incognito: (lat.)unerkannt, ohne sich zu erkennen zu geben

Kürass: Brustharnisch, Brustpanzer

Garde du corps: (frz.) Leibgarde, Leibwache

Quo vadis, Chevalier?: Wohin gehst du, Ritter?

Goldenes Vlies: im griechischen Mythos das Fell des goldenen Widders, der Phrixos nach Kolchis trug

Copulatio a tergo: (lat.) Stellung beim Geschlechtsverkehr, bei welcher der Mann die Frau von hinten penetriert

Et nunc ad memoriam!: (lat.) Und das zur Erinnerung!

Ave: (lat.) Sei gegrüßt!

Morituri te salutant!: (lat.) Die Todgeweihten grüßen dich!

Musselin: leichtes Baumwollgewebe aus der Stadt Mossul

albisa: (arab.) die Gewänder

PHÖNIX AUS DER ASCHE

S. 401

Phönix aus der Asche: im römischen Mythos verbrennt sich der Vogel Phönix in gewissen Zeitabständen selbst und steigt erneuert aus der Asche empor; dadurch entwickelte sich der Phönix im christlichen Glauben zum Sinnbild Jesu.

Mahmoud: Sohn Baibars des Bogenschützen

amama: (arab.) Turban

Griechisches Feuer: Kallinikos von Byzanz erfand 671 dieses Kampfmittel, das in seiner Wirkung an Phosphor herankommt. Es wurde in verschlossenen Töpfen von Katapulten geschleudert und brannte auch auf dem Wasser. Es bestand aus einer Mischung von Schwefel, Steinsalz, Harz, Erdöl, Asphalt und gebranntem Kalk, wurde 672 von den Byzantinern erfolgreich zur Verteidigung von Konstantinopel gegen die Araber eingesetzt.

Aer: (lat.) die Luft

Sol invictus: (lat.) die unbesiegte Sonne, spätrömische Gottheit, vor allem Titel, den sich die Cäsaren gaben

Mercurius: (lat.) Gott des Handels und der Diebe; lat. auch Bezeichnung für Quecksilber

in personam: (lat.) persönlich, selbst

kis: (arab.) der Beutel

Diktat: Vorgabe, Befehl
confraternitas: (lat.)Bruderschaft
manifestieren: sichtbar, gegenständlich werden
Walstatt: Kampfplatz, Schlachtfeld
Requiem aeternam dona …: (lat.) Ewige Ruhe gib ihnen, Herr, und das Licht leuchte ihnen.
Te decet hymnus…: (lat.) Dir gebühret Lobgesang, Gott in Zion, und Anbetung soll dir werden in Jerusalem;
Exaudi orationem …: (lat.) Erhöre mein Gebet, zu dir komme alles Fleisch.
Graduale: Messgebet oder Chorgesang, bestehend aus Psalmen-Stellen
Huris: (arab.) Gespielinnen
Che Diaus aduja …!: (okzit.) Dass Gott dieser Frau von so großem Mut helfe!
bakshish: (arab.) Trink-, Bestechungsgeld
Marginalie: Randerscheinung, Bedeutungslosigkeit
egozentrisch: ichbezogen

DANK FÜR MITARBEIT UND QUELLEN

Roman Hocke gilt diesmal mein Dank für die behutsame und geduldige Vertretung meiner Interessen. Über seine Tätigkeit als mein neuer Agent hinaus, habe ich in ihm einen verständnisvollen, mich energisch betreuenden Freund.

Dem Verlag Gustav Lübbe, insbesondere Heike Fischer und Johannes Thiele, zolle ich meinen Respekt für die generöse Ausstattung des vorliegenden Buches, das von Daniela Bentele-Hendricks ebenso einfühlsam wie zielstrebig lektoriert wurde.

Von meinen langjährigen Mitarbeitern erwähne ich gern Daniel Speck für alle Fragen des Islam und der Arabistik, Prof. Dario della Porta für kirchliche Belange und klassische Philologie sowie Shirin Fatemi für ihre gelungene graphische Umsetzung meiner Intentionen bei der Ausarbeitung der Symbole des »Wesen-Spiels«.

Aus unterschiedlichen, doch nicht unerheblichen Anlässen bedanke ich mich des Weiteren bei Anke Dowideit-Ceccatelli, Julia Wolters, sowie bei meinen Verlegern Isabelle Laffont, Paris und Mario Muchnik, Madrid, für ihre Unterstützung, und last but not least bei dem verehrten Maître Gunter Fette.

Hervorheben will ich an dieser Stelle jedoch die ausgezeichnete Kollaboration von Sylvia Schnetzer, die zum unermüdlichen Einsatz auch noch stets gut gelaunt die Erfahrung im Umgang mit einem oft anstrengenden Schriftsteller wie mir einzubringen vermag.

Am Anfang aller Literatur, die ich für meine Arbeit heranzog, steht »Der Kreuzzug gegen den Gral« von Otto Rahn, Urban Verlag, 1933 (Neuausgabe 1997, ebd.), dem ich mein Interesse für die Zeit des Hohen Mittelalters verdanke.

Eine reichlich sprudelnde Quelle für viele Zitate war mir »A Garden Beyond Paradise, The mystical Poetry of Rumi«, herausgegeben von Jonathan Star und Shahram Shiva, Bantam Books, New York 1992, eine geglückte Auswahl der Poesie des berühmten Sufis Rumi, die ich selbst ins Deutsche übertrug, weil es sich mir verbot, die kongeniale Poesie der Übertragung von Annemarie Schimmel in einen fremden Kontext einzufügen.

»A History of the Crusades« von Steven Runciman, Cambridge University Press, 1950-54 bleibt für mich schon wegen seiner ausgewogenen Betrachtung sowohl aus dem Blickwinkel des Abendlandes als auch aus der vielfältigen Sicht des Orients das solitäre Meisterwerk der Geschichtsschreibung für die Zeit der Kreuzzüge. Ferner habe ich zurückgegriffen auf:

Bezzola, Gian Andri, Die Mongolen in abendländischer Sicht, Francke, 1974

Bosworth, C.E., The Islamic Dynasties, Edinburgh Univ. Press,1967

Bradbury, Jim, The Medieval Siege, The Boydell Press, 1992

Burman, Edward, The Assassins, Edward Burman, 1989

Forey, Alan, The Military Orders, Macmillan Education Ltd., 1992

Gil, Juan, En demanda del Gran Kan, Alianza Editorial, 1993

Gimpel, Jean, The Medieval Machine, Victor Gollancz Ltd., 1976

Goldstream, Nicola, Medieval Craftsmen, British Museum Press, 1991

Levy, Reuben, A Baghdad Chronicle, Cambridge Univ. Press, 1929

Lewis, Bernard, The Arabs in History, Oxford Univ. Press, 1958

Lewis, Bernard, The Assassins, Weidenfeld & Nicholson, 1967

Maalouf, Amin, Les Croisades vues par les Arabes, J.C. Lattès, 1983

Nagel, Tilmann, Staat und Glaubensgemeinschaft im Islam, Artemis, 1981

Santamaura, Il paradiso degli assassini, Casa Ed. Marietti, 1989
Secen, Sagang, Geschichte der Mongolen, Manesse, 1829
Spuler, Bertold, Geschichte der Mongolen, Artemis, 1968
Taube, Manfred (Hrsg.), Geschichte der Mongolen, C.H. Beck, 1989
Weiers, Michael (Hrsg.), Die Mongolen, Wissenschaftl. Buchges., 1986

Sowie meine eigenen Arbeiten:
Die Kinder des Gral, Gustav Lübbe Verlag, 1991
Das Blut der Könige, Gustav Lübbe Verlag, 1993
Die Krone der Welt, Gustav Lübbe Verlag, 1995
Der schwarze Kelch, Gustav Lübbe Verlag, 1997

Mit dem vorliegenden Band schließt die mittlerweile zu einer Pentalogie gediehene Saga DIE KINDER DES GRAL endgültig ab. Ich danke allen meinen Lesern.

Rom, den 20. November 2004 Peter Berling